U0137532

六姊妹

【下篇】

伊北 著

河南文艺出版社
·郑州·

125

家丽气得七窍冒烟，这个老五，比老四还难缠，老四只是臭硬，老五则说歪理，她那些狗屁不通的逻辑，全都不在正常人的思维范围之内，什么嫁过去祸祸他们家，什么帮人实现心愿，缺心眼！二百五！二性头！

美心还不放弃：“你知不知道，大老汤家死了好几个人了。”

小玲若无其事：“生老病死，不是正常的吗，爸也去世了。”

“跟你爸两码事！你爸那是意外！他们两口子是得绝症。”

小玲笑呵呵地：“那不正好，嫁过去没有公公婆婆，进门就当家，自由自在。”

家丽不得不补充说明：“老五，妈的意思是他们家遗传基因有问题，有遗传糖尿病，你不为你自己想，也得为下一代想想，这一家人根本就不适合结婚生孩子，风险太大，当然这话不能到外头说，但我们不会害你，跟你都说实话，还有那个汤振民，整天不务正业，跳什么霹雳舞，工作吊儿郎当，根本就不是过日子的人。”

小玲连忙：“霹雳舞是一种艺术！”

美心浑身发抖，火冒三丈：“管你艺术不艺术，不行就是不行！”杯子砸碎了。

老太太耳朵不太好，但也听到了，她悠悠地：“悠着点，小心血压。”

自父亲去世后，经过老三，到老四，现在是老五，接连三件事都让何家丽感到挫败。她答应过常胜，要照顾好这个家，让这个家兴旺发达，每个人都幸福，各得其所。可现如今，这些妹妹都仿佛竭力脱离轨道的星球，逐渐超出她的掌控。

尽管何家丽问心无愧，她是为她们好，为这个家好，她的所有判断、决定、建议，都是从每个人的幸福出发。可别人不信。各自的南墙，终究要各自去撞。不撞不信邪。

没多久，某个夜晚，刘小玲竟偷偷搬出去了。外贸在姚家湾有一排女员工宿舍，小玲要了一间，自己单住。

美心得知，大放悲声，说这个家出叛逆了。

老太太劝她："都这个年纪了，还有什么看不开的？儿女大了不由人，随她去吧，只要不违法乱纪就行，吃了苦头，她还是得回家。"

美心落泪："怎么就跟大老汤家扯不清楚。"

老太太道："人都死了，还说这些干吗，我看老三比那个老二还好点，汤家老二，眼睛里邪气。"

屋内一阵响动。美心转头，大声问："老四，干什么呢，地震？"

老四不答，迅速往一只大红皮箱里放衣服。这红皮箱是大姐家丽结婚时的陪嫁。

"老四！"美心伸着细溜溜的脖子，又叫一下。

还是没人答。老太太把忧愁集在眉峰。美心抓住她的手，神色惶恐："不会是……"她以为老四要自杀。

老太太一口茶水呛着，忙往外吐茶叶，"快！快进去看看！"

美心推开门，家欢正站在凳子上，去摘系在天花板上的风铃，绕住了，绳子拉得老长。

美心以为她要上吊。嗷一声："老四！别想不开！"说着抱住家欢的腿，家欢失去平衡，椅子乱晃："妈你别这样，你撒开，撒开……"

轰然一下。连人带椅子还有风铃，都摔在地上。两声惨叫。

"妈！"家欢不能忍。真是飞来横祸。

美心还在劝："老四，没有男人不是不能过！"

"妈！说够了没有，闹够了没有！"家欢尖叫。

安静了。

老太太来到门口。

家欢又说：“阿奶，你看妈捣什么乱。”

老太太问：“你干吗呢?”

家欢深吸一口气：“我要搬出去。”

“去哪儿?”

“不知道，先出去。”

“这个家容不下你了？一个人一个屋。”

“不是空间的问题。”家欢忽然流泪，“阿奶你明白吗？我现在待在这个家，反正我就感觉……我就感觉……我感觉我喘不过来气。我就跟别人不一样，我就是格格不入，我得出去……我得出去透透气，你明白吗阿奶，不然我真的……我真的真的没活路。”

“不许去!”美心还在阻拦。

老太太却说：“你出去可以，但你得告诉我们你去哪儿，另外，一定要注意安全，你要记住，这里随时欢迎你回来，这里永远有你一间屋一张床，我永远是你奶，”又指指美心，“这个人永远是你妈，懂不懂?”

家欢热泪盈眶：“知道。”然后，迅速收拾好箱子，拎着走了。美心深吐一口气，眼泪还在流。

老太太劝她：“行啦，多大了，还挤猫鱼子。”又问：“老六怎么还没下班?”

美心说：“跟她师傅吃饭，不回来吃。”

老太太笑笑：“那就咱们俩。”

美心无奈地：“这么大个屋，就剩咱们俩了。”

老太太看透了：“那有什么，人，赤条条来，赤条条去，都是光杆一个，这个屋保不齐哪天就你一个人。”

“妈——”美心惊，疾呼。

“行啦，晚上吃什么?”

“下点面条子。”

“要有点八宝酱菜就得味了。”

“回头我做点。”

“不该荒废了，你娘不就传了你点这。”

“雕虫小技。”美心感叹，“厂里都看不上。”

老太太道：“别小看酱菜，我们南方人，很多都是从小处着手，无锡的面筋，镇江的醋，哪样是大的，做得好，照样能传千到万。”

“能传到哪儿去。”美心气馁。

老太太说：“你年纪还不大，又是提前退休，那天老三说那话倒对，你不如做点酱菜出去卖卖，看着菜市又方便。不要多，卖也就下午推个小车过去。做起来，将来你也有个事情打发时间，是个寄托。孩子们大了，各有各的忙各有各的事，人一闲，就容易想得多。”

“真要做?”

“自己判断。”

美心拿手在脸边扇风：“这会儿怎么热起来了。”

“心静自然凉。”老太太笑着说。

上班时间，家丽正在和同事查货。一低头，一双白皮鞋来到眼跟前。“已经下班了，请明天再来。”家丽用标准的服务语言。

白皮鞋不动。

“已经下班了。”家丽抬头，秋芳站在她面前。

长嫂如母，汤婆子已经去世，她必须担起家庭的责任，几天前，振民也向为民提出了跟何家老五刘小玲结婚的请求。

为民表示不同意。“为民的意思，结婚不是胡闹，怎么也要慎重考虑，”秋芳急切地，“说句实话，你们家老五和我们家老三，那是一对差心眼，这两个人要弄到一块儿，天都能被捅个窟窿。”

家丽笑笑说：“为民跟我想到一块儿了，我们家也是不同意，开过家庭会议了。”

“小玲什么意见?”

“搬出去了。”家丽说，“她会想明白的，这事宜缓不宜急，拖一拖，等那个劲儿过去，就好了。”

秋芳道：“振民也搬出去了。”

家丽警觉："搬哪儿去了？"

"姚家湾，外贸单身宿舍。"

家丽一跺脚："小玲也是，两个人不会搬到一块去了吧。"

秋芳说："职工宿舍分男女，有管理员，应该不会。"

"危险。"家丽忧心。又问，"秋芳，你和为民不会是因为不想跟我做亲家才反对的吧？"

秋芳忙说："家丽，这么多年，你是什么人我能不知道？我是什么人你又怎么能不知道？千万不要多想，我和为民是打心眼里觉得这两个孩子根本就不合适，都是三天新鲜劲，都是跳舞跳坏了。"

当日晚间，张秋芳和何家丽一起，去姚家湾做振民和小玲的工作。小玲和振民都搬了家，住得不远。在湾子上，刘小玲远远就看到秋芳和家丽一起朝这边来。她连忙骑车抄了个近路。

"汤振民。"小玲敲振民的宿舍窗户。

振民出来了。穿一身霹雳舞装，搞得好像刚从美国电影里下来似的。"你想不想跟我结婚？"

"做梦都想，你是凯丽我是马达，到死咱俩是一茬。"

"跟我走，快！"小玲下指示。

小玲宿舍里亮着黄灯，外面的路灯坏了一只，一闪一闪，不定期发出白光线。这些光交错刺破夜的黑暗。

振民夹了一块蜂窝煤进屋，燃了一半，从下到上，由红到黑。小玲拿中间有朵大牡丹花的搪瓷脸盆接："放进来。"

振民犹豫。小玲像个地下党员："快！"

蜂窝煤落进脸盆里。"再弄点炭，没烧过的，对，蜂窝煤，搞碎。"振民如法炮制。准备好了。

小玲把后面窗户开了个小缝。

"到床上躺着。"

"怎么躺？"振民问。

"就平躺。"小玲说，"躺下就别出声，现在我们在演戏，假装自杀，一会儿你嫂子和我大姐来了，你就闭气，别呼吸，我先醒，听到我的哭声你再喘气，听到没有?”

振民懵懵懂懂，说听到了。

一会儿，门口有自行车脚撑立住的声音。

小玲小声下令：“闭眼，闭气。”她一把拉紧窗户。两个人像僵尸一样并排躺在床上。

秋芳和家丽进门。

“这什么味?”家丽嘀咕。

秋芳率先看到火盆，又见床上躺两个人，大叫一声不好，赶紧去开窗户。家丽扑过去，人已经乱成一团：“怎么了这是，老五，醒醒，老五!”又等了半分钟，刘小玲觉得差不多了——她也实在憋不住了，才猛然吸气，“活”了过来。

眼前就是家丽。她亲爱的大姐。

小玲哇地哭出声来。

秋芳积极救治振民。

不对，说好了一哭就醒。振民怎么没动静。

“马达!”小玲喊他艺名。马达还是不动，静静地，真没了声息。小玲也急了，难道弄假成真，马达真被熏死了?“马达你醒醒，我们还要结婚，我们还要生孩子，马达马达!”

振民猛地咳嗽两声，也醒过来了。

小玲的心这才放下来，不管周围是姐是嫂，一把抱住振民的头，呜呜咽咽地：“活着做不成夫妻，咱们黄泉路上做夫妻吧！我的老天爷呀!”

秋芳和家丽愣在一旁，震撼得头皮发麻。

126

既然到了这一步，非她不娶，非你不嫁。否则就黄泉路上见。何汤两家人一商量，也只能松口。刘小玲和汤振民正式订婚，因为汤婆子去世没多久，还在孝期，不宜大办。只简单摆了几桌，但彩礼陪嫁都没少，为民替振民在新开发的龙湖小区买了一套两室一厅，小玲和振民结婚就搬过去，开始单过。内部婚宴，老四家欢没参加。她现在住在二姐夫卫国帮忙找的粮食局宿舍里，筒子楼，一个大开间，烧饭在门口，一层楼一个厕所，只不过她住最顶层拐弯头，只有两户人家。目前其中一户空置，所以等于她一个人住一层。

家欢乐得清静。

小玲结婚，家丽估摸着她不会愿意来，就说别通知她。家文说："通知还是通知，礼数到，来不来是她的事。"

家丽说："那不是刺激她吗?"

家文笑说："老四是大人了，这点刺激还受不了？也许刺激刺激，反倒成了。"家丽没办法，只好让家文去通知。家文和卫国一起去看家欢，顺带把这个老五的婚讯带了过去。

家欢气鼓鼓地："我不去，去了就是自取其辱，老四还没结婚，老五倒跳到前头去了，我去了就是把脸在地上蹭。"

卫国去宿管科打打招呼。家文一个人陪着家欢。

家文神色柔和："老四，你是读过大学的人，何必那么在乎别人的眼光。"

家欢一怔，两眉蹙着，神色间隐约有些错愕。

“你现在最关键的问题不是找不着，是你根本不知道自己想找什么样的，怎么样才适合你，还有就是，归根到底，你到底是想一个人就这么过了，还是这辈子你的确是打算结婚生孩子的。”

“我要结婚，我要生孩子，别人有的我都要有。”家欢不假思索。

家文笑道：“你看，别人有的你都要有，你又被别人带着走了。你的主见呢，好多事情你不能用脑子。”

“那用什么？”

“用你的心。”家文说着，捉起家欢的手，帮她放在心脏部位，“感受感受，你的愿望，你的期待。”

卫国回来了。家文又跟家欢交代几句，两口子走了。

老五的婚礼如期举行。简朴又热闹，老五刘小玲似乎也不在乎，在婚宴上还跟振民来了一套霹雳舞。她的舞友来得比亲戚还多。宴席吃完了一群人就要去闹洞房。喜宴上，闫宏宇也来了。老闫家跟为民有点交情。宏宇见家喜在，主动走过去：“你好，我是王怀敏的儿子。”家喜放下鸡腿：“你好，我记得你，买一大堆东西的。”

“凯丽是你四姐？”

“什么凯丽，她叫刘小玲，是我们家老五。”

“你喜欢吃鸡腿？”

家喜有些不好意思：“偶尔。”

“我妈做的鸡腿最好吃了，有空去我们家。”

家喜也做营业员的，待人接物不怕生，宏宇这么提，她便说：“好啊好啊，一直说尝尝师傅的手艺，改天约。”

宏宇说：“行，那就明天。”

家喜有些错愕，她说的改天，是出于礼貌，改天就是不知道哪一天。她以为他说的有空去他们家，是永远都没有空。这是社交语言，礼貌而已。他却当真。

“明天要上班。”

“下了班嘛。”宏宇热情。家喜似乎有点不好推托了，“那再看。”她为自己留点口子。

参加完酒席，家艺和欧阳宝回到自己家。廖姐正在洗衣服，家艺叮嘱她晚上不要做饭。

包往沙发上一撂，家艺对欧阳：“看到了吧，这就叫软的怕硬的，硬的怕横的，横的怕不要命的，你说咱们结婚那会儿，怎么就没来个为情自杀共赴黄泉，将他一军。这老五从小就有股子傻劲横劲，真是剑走偏锋。相比之下，我们吃亏大了。”

欧阳宝笑着说：“只要咱们在一起，其他的，计较那么多干吗，现在你过得不好吗？我看你姊妹妹里头，你是最轻松的。”欧阳现在俨然成功人士。梳着背头，一件白色衬衫配褐色西裤，简简单单却有种风流倜傥的味道。钱是人的胆子，也是人的面子，看现在的欧阳宝，谁也不会想到他是从南菜市最穷的一户人家出来的。更想不到他从小得和弟兄们共穿一条裤子，捡煤砟子抠树皮，苦吃尽了。

如今苦尽甘来。因为这，家艺在外头时常夸耀自己的眼光，厂里的小姐妹们给她弄个绰号：何红拂。慧眼识英雄。

可家艺却有她的不满足。“我过得好也不能跟二姐比，二姐下了班，回家就往凳子上一坐，饭都是二姐夫做。”

欧阳忙说：“你不也一样，廖姐做饭不会比陈卫国差吧。”

“陈卫国天天在家呢。”

欧阳好生劝：“小艺，怎么能一样呢，陈卫国是还在体制里头，我已经出来了，我在外面跑，也是为了这个家，我们现在吃的用的住的，样样都是最好的，我就是要兑现当年的承诺，给你最好的日子。”

家艺听得心暖：“算你知趣。”

欧阳忽然神神秘秘地：“有个东西给你看看。”说着，就去旅行包里拿出个“黑色砖头”。

家艺兴奋，叫出来：“大哥大!”

大哥大，最早的移动电话，在香港电影里经常出现，南方城市不少老板已经用上了大哥大。在皖淮小城，大哥大还很鲜见，是个硬通货，是身份的象征。

“怎么样?”欧阳表情很得意。他出去谈生意，用大哥大，也是个面子。家艺猛地亲了欧阳一口：“太能干了。”

自从那年被炮仗炸伤眼睛后，家欢怕火。她不太愿意去厨房，久而久之，小时候习得的一丁点厨艺，也就忘得差不多了。以前在家里，饭来张口，如今单住，晚上这顿成了大问题。

家欢连炉子都没生。

晚饭就用电饭锅烧点稀饭，配酱菜：萝卜干、辣菜、黄豆芽、豆腐乳。吃了一个月，家欢口淡，郁郁寡欢。偏她又是个最好吃的。

但不行，不能就这么回龙湖菜市娘家。怎么着也得忍住。难受就躺着，电视机没有，只有一台巨大的卡带播放机，反复地听着王杰的歌。只有王杰的歌声最能贴合家欢的状态，一场游戏一场梦，王杰是“浪子”。她自诩“浪女”。

窗外咚的一声巨响。家欢感觉地震了一下。她连忙跑出门看，走廊上，一个男人正搬着一只硕大的柜子，刚上楼，两手叉腰，气喘吁吁。

“你谁呀?”家欢没好气。

男子指了指那间空屋子：“我住这儿。”

有邻居了？还是个男的？家欢本能地有些抵触。

“动静小点！你不休息别人还要休息。”

男子没说话，再搬家具，果然轻拿轻放。家欢关上门，撩开一点点窗帘，偷偷看。这男子衣着朴实，蓝布裤，白衬衫，头发不长不短，个子挺高。一张脸，也是朴朴实实。挑不出什么毛病。走廊灯光暗，这也只是她的第一印象。次日，家欢下班，这男的已经回来了。

疑问很多。他是谁？做什么的？怎么会到这里住？他多大了？是淮南人吗……也不好问姐夫卫国。他肯定知道。有些问题家欢靠观察大致能知道。新邻居肯定是田家庵人，口音听出来的。他没什么朋友，因为来住了一个礼拜，一个上门的人都没有。或许他连家人也很少。年纪，三十出头？白天看头发比晚上长。有点凌乱。多少有些落魄文人的味道。但他肯定不是文人，或者起码下放过，做体力劳动。因为他的手看上去粗粗笨笨。但干起活来似乎又很灵巧。他话不多。下了班就做点手工活，或者在屋里听京剧。跟家欢的流行歌曲明显是两个时代。他们不是一代人。

他不说话她也不说话，都当哑巴。家欢认为自己不能掉价，万不可主动。他们的交集，多半是一些尴尬和误会。

比如，早晨去水池洗漱。这男的正在刷牙，家欢端着脸盆过来了。男人还算有绅士风度，让开了。家欢慢。男的急了，芳草牌牙膏辣嘴巴。家欢好心让开。男人连忙漱口，一喷，啪，泡沫四溅，家欢脸上一颗白沫沫。

又或者是上厕所。男人在里头蹲着，家欢进去了，随即大叫。厕所是公共式，没有门。男人只好在厕所门口的墙上钉一颗钉子，挂一个牌子。正面写：正在使用；反面写：无人使用。

最让家欢受不了的是：这个男人会做饭。

自从他宿舍门口的灶台砌起来之后，这男的每天晚上都会端出一盘香喷喷的菜来。家欢根据气味都能闻出他的菜属于标准的田家庵菜。她甚至怀疑，这人是不是个厨师。炒豆饼、炸藕盒、熘肥肠、烧黄花鱼，没有他不拿手的。最厉害的是烧扒皮鱼。何家欢隔着门板都能闻到香味。

每到邻居烧扒皮鱼的时候，家欢都会痛苦地顽强抵抗，关上门，打开窗，稀释味道，多吃馒头，增加饱腹感。多听音乐，转移注意力。可越是抵抗，那味道就越是处心积虑往她鼻孔里钻，勾起她的馋虫。

这日一下班，打邻居门口经过，家欢就闻出烧扒皮鱼的味道。不对，还有烧鸡孤拐。都是她的最爱。她屏住呼吸，进门，扭开电饭锅，打开窗户。

一会儿，香味飘过来了。家欢急得恨不得大叫。

吃，从她记事开始，她大抵就知道，人生最重要的事情，吃起码能排在前两位。人是铁，饭是钢，一顿不吃饿得慌。

不光要吃，还得吃好。

家欢躺在床上，闭眼，调整呼吸。

敲门声起。“谁呀？”她没多想，去开门。

127

男邻居站在门口，左右手各端着一只碗，左边放着鸡孤拐，右边是两条扒皮鱼。家欢犹豫了一下，终于抗拒不了美食诱惑，礼貌地请他进门。小桌子拉出来，小板凳坐上，两个人开始自做邻居以来，一块吃的第一顿饭。

主食：白馒头，家欢提供。

菜品：红烧扒皮鱼，辣椒炒鸡孤拐，男邻居提供。

家欢不藏着掖着，有的吃，那就大口吃。

“喝不喝啤酒。”她问他。他犹豫了一下，才说：“来点儿。”家欢从床底下摸出一瓶啤酒，本来是打算招待二姐夫好好感谢他的。现在提前派上用场。

男的回去拿自己的搪瓷缸子。家欢用玻璃杯。满上，干了。家欢接连消灭两只馒头。

“好手艺。”家欢不吝赞美之词。

“你不会做饭？”男邻居问。

“会，怎么不会，我就是嫌麻烦，还有就是，”家欢冥思苦想，“就是要减肥。”

“减肥得靠运动，不能不吃东西。”

“那也得少吃。”家欢言之凿凿，根本不在乎自己刚吃了两只大馒头、一条鱼、十几个鸡孤拐，“毕竟年龄不同了。”

男的顺着问：“你多大？”

“马上二十九。”家欢忘记防备，脱口而出。说出来才后悔。只好反问，“你多大?”

男的正准备说，有人推门进来。是二姐家文，手里拿着饭盒，是刚做的木樨肉。

孤男寡女。同处一室。特别招待。家欢本不觉得尴尬，可二姐家文突然到来。她百口莫辩。男邻居瞟了家文一眼，局促地注视着自己的碗筷。家文愣了一下，迅速处理好情绪，笑着说：“有客人。”

“不是——”家欢虎了吧唧，为冲淡尴尬，又对男邻居，“这是我姐，何家文。”

家文放下饭盒，说：“介绍介绍。”

家欢为难了，只好应急处理，她都还不知道他名字，只顾吃了。“你自己介绍。”她对男客人说。

男客站起来，像小学生背书一般：“我叫方涛，是粮食局车队的，住隔壁。”

闫宏宇进门就喊妈。王怀敏从厨房探出头来：“马上好，你们去坐一会儿。”

家喜跟在宏宇后头。他人高马大，她在他身后仿佛一个影子。闫大庆，宏宇的爸，坐在客厅拿着个茶壶，对着嘴喝。

家喜进门，才发现客厅里竟那么多人。宏宇的大哥、二姐和四弟都坐在里头。好像专程来迎接她。见家喜来，二姐连忙拉过去坐，问这个问那个。问了半天，才晓得人物关系，一拍大腿：“哦，就是龙湖菜市老何家的女儿呀，我知道，何家艺，工艺厂的，是个人物。”家喜小声说：“是我三姐。”

又问姊妹几个。家喜说六个。

宏宇二姐道：“多好，哪像我，都是兄弟，没有姊妹，孤孤单单，以后你做我妹妹吧。”

一会儿，王怀敏端菜上来，果然有鸡腿。

王怀敏笑着说：“早都想请家喜过来，一直没机会，还是宏宇知道我的想法，歪打正着。”

一家人吃得热热闹闹。宏宇一个劲给家喜夹菜。

家喜表示感谢。

二姐打趣：“我就没见过宏宇对谁这么上心过。”

闫宏宇嗔：“姐！看你说的，那不是以前没遇着嘛。”

意思很明显了。家喜完全明白，闫宏宇已经开始追她了。他喜欢开玩笑。但他的玩笑里，总藏着认真。他是用玩笑把自己保护起来，免于受伤害。

家喜有点飘飘然。

她享受着这种追捧。这是她在自己家享受不到的。在何家，她永远只是老小，成长最慢的人。是角落里不起眼的小花。

次日上班，整理货架的时候，王怀敏冷不丁一问：“家喜，觉得宏宇这人怎么样?”

也太迅速。家喜答：“还不算太了解。”

“第一感觉，就说第一个感觉。”

“挺实在，挺热情。”

“踏实，”王怀敏说，“我这个三儿子，首先就是踏实，在二汽，谁不说闫宏宇是个好苗子，技能好，工作认真，人高马大，一表人才，多少小姑娘追着，他都瞧不上。”

家喜故意地：“哎哟，师傅，那可得好好挑挑，别看走眼了。”

王怀敏立刻说：“乱七八糟的姑娘，我也不答应。”

“什么叫乱七八糟的姑娘?”

“不踏实的，没有正经工作的，谈过好多次恋爱的，不能生养的，社会关系太复杂的，家庭负担太重的……”王怀敏掰着手指头数。

“哎哟师傅，那您这可有点难找。”

王怀敏也觉得自己说得过分，多说多错，连忙往回找补：“当然了，还是以宏宇的意见为主。”

“那万一宏宇喜欢的人不喜欢宏宇，怎么办?”

“不会吧!”王怀敏做不可思议状，“宏宇那么一表人才。”其实闫宏宇谈不上帅气，胖橄榄型头，皮肤又黑，有点喜庆，不过他有个优点，脸皮厚。

“那可说不准。”当上营业员之后，何家喜几乎是个大人了。社会经验积累了不少。

晚上到家，光明已经睡了。卫国在台灯下翻书，还是他那套《马克思文集》里的一本。家文把饭盒放下，卫国连忙起身去刷。洗好弄好。两个人才得空说话。

“老四旁边住进来个邻居，叫方涛。”

卫国哦一声，说：“哪个方涛?”

“说是粮食局车队的。”

“好像有这人。”

“我去老四那儿，两个人正在屋里。”

“在屋里干吗?”卫国兴致来了。听上去像个香艳的故事。

“你认为在干吗?”家文瞧不惯卫国的积极态度，故意吊他一下。

卫国顽皮：“这可不好说，问题可大可小，可以高尚也可以恶劣。”

“高尚了怎么说?”

“高尚可以讨论学术问题，老四也是大学生，是有专业的，完全可能是方涛跟她切磋。”

“一个司机跟老四切磋学术问题？你真会破案。恶劣呢？恶劣怎么说。”

“恶劣那就不好说了。”

“说说没关系。”

“就那点事。”

家文拨乱反正：“他们在吃饭。”

“吃饭?”

“对，吃饭。”

“刚做邻居就过成一家子了。”卫国还是打趣。

“我估计是，老四不做饭，那人做了一点，两个人凑合吃点。”

“吃饭啊，饮食男女，人之大欲存焉。”

家文问：“这个方涛的情况，回头打听打听。”

没几天，卫国把情况打听回来。方涛，粮食局车队职工，大车小车都能开，工作是顶替他爸爸的。比家欢大八岁。离婚，无孩，老婆带钱跟人下海去了。他是没地方住，又不愿意住在家里，才申请的宿舍。家文听后沉吟不语。

这个方涛，条件当然不能算好，或者说，比较差。年纪大，离婚。优势是没孩子，会开车，有正经工作。但如果跟家欢配，似乎还是不太妥当。黄花闺女找离过婚的，总觉得有些不甘心。

不过，子非鱼焉知鱼之乐。

家文暂不声张，她宁愿是自己的直觉出了问题。那只是一个邻居，家欢会有自己的判断。先观察观察再说。

隔了一段，家文才到信托公司找家欢。

“二姐，你怎么来了？”

“路过。”

家欢忙着倒茶。自她离家后，家文给她的温暖最多。

“是不是姐夫有什么业务要找我办？”

“他能有什么业务。”

“现在都流行下海。”

“我和你姐夫都不是冒险的人。”

“三姐夫可赚了不少。”

“他赚是他的。”家文并不羡慕，“最近怎么样？”

“挺好的。”家欢摊摊手。

“真打算一直在那儿住了？”

“暂时是这样，怎么，粮食局要赶人。”

“还是两家搭在一起吃饭？”

“哪两家？”

“你和你邻居啊。”

“怎么可能，又不是一家人，怎么搭?”家欢想了想，又说，“不过二姐，你这个主意不错，回头我跟方涛商量商量。”

“方涛这人怎么样?”

“老实人，三棍子打不出一个屁来。”家欢说，“不过手脚还挺麻利。”

“做邻居也有一段时间了，你对他了解多少?”

“一个邻居，有什么好了解的，只要不是坏人，不违法乱纪就行。”

“他离婚了。”

“什么?”家欢眼神深瞑，沉默不语。

回粮食局宿舍，家欢拎着四条小扒皮鱼，经过方涛的厨台，撂给他，家欢豪爽地:“我请，加工加工。”

方涛二话没说，一番操持，菜真端上来了。她贡献了扒皮鱼，他贡献了炒豆角。

“晚上就吃一个菜?”

“够了。就一个人。”方涛平静地。

“一个人，做一个菜，两个人，自然就两个菜。众人拾柴火焰高。”家欢白话着。方涛静静地听她说。

“我有个主意。”

“说来听听。”

“咱们合作。”

“怎么合作?”

“搭伙。”家欢一脸机灵样子，“一周七天，我包四天菜钱，你包三天，不过菜你炒，饭我做，等于合作分工，把做饭这件事的效能充分利用起来。”

“你不怕别人说闲话?”方涛直接地。

“这层楼就我们两户，谁说闲话。”家欢哼一下，“就算说闲话，你我也是身正不怕影子斜，随他们说去。”

方涛又不说话了。

“干吗？你怕?”

方涛苦笑：“我就是怕被人说闲话，才搬到这里来的。”

轮到家欢不语，她不知道怎么接。

“我不了解你，你也不了解我。”

“你指哪方面?”家欢较真。

“各方面，我的过去，我这个人。”

“吃个饭需要了解这么多？只要做饭好吃，其他我不管。”

“真的?”

“淑女一言驷马难追。”

方涛这下笑了。在他眼里，家欢当然算不上淑女。但绝对不是个坏女人。当天，他们的合伙吃饭计划便履行起来，居然十分顺利。何家欢当然知道了他已经离婚，他惨淡的过去，他不如意的职业生涯，他越长越高的年纪。可她就是想抬举他！同是天涯沦落人，相逢何必曾相识。离过婚又算什么。何况，家欢仔细观察，方涛其实长得不错，比唐国强还英挺，只是太多不如意，让他蒙上了一层委顿的气质，再加上不擅长打理自己，因此埋没了。家欢简直在他身上看到了另一个自己。

128

刘美心从床底下拉出个大木头箱子，打开，拿出衣服，箱子底部铺着一层牛皮纸。揭开，下面放着一层塑料袋。袋子里头装着几张纸，有些发黄了。美心小心翼翼拿出来，仔细阅读。

老太太在客厅的藤椅上打盹。

刘美心从卧室出来，老太太忽然醒了。美心打招呼：“妈，我出去一下。”

“去哪儿?”

“就菜市。”

龙湖菜市场，刘美心挎着菜篮子，一个摊子一个摊子瞧着。迎面，刘妈走来，笑着打招呼：“买菜呢?”

美心应承一下。刘妈一瞧美心的篮子，里头琳琅满目，笋尖、白菜、黄瓜、青椒、生姜、花生、大豆，应有尽有。

“老刘你干吗呢？给蔬菜开代表大会?”

美心说：“老太太想吃八宝菜。”

忙了一下午，八宝菜腌上了，一昼夜，还要转缸，重新撒盐，用石头压住。全部流程，用料，都遵循美心妈传下来的古方子。腌了八天，加酱，再曝晒十五天，终于出炉。

夹到小瓷碟里，端到老太太嘴跟前。老太太牙掉了不少，吃不了硬东西，但见是老家的八宝菜，还是忍不住尝了好几口。

“不错，”老太太说，“不过跟你妈做的那个比，差点火候。”

美心疑惑：“都按照那个来的。”

老太太道：“你妈用的是井水，你用的是自来水。”

“有这么大差别?”

“手艺的差别，在分毫之间。”老太太毕竟老江湖。

美心决定打井。这事得找卫国。礼拜天，家文跟卫国回来，美心一提，卫国当即答应，隔天就找了北头最会打井的行家，带了三五个哥儿们，没两日，前院就多了一口井。手压式，井水甘甜，省了不少自来水钱。美心一鼓作气，又炮制一缸。再出菜时，老太太点头了。

自家吃不完就卖。美心用家喜拿回来的那个小推车，推着个缸子到龙湖菜市西头。西头人少，不容易碰见熟人。虽然出自小手工业者之家，可刘美心从小到大没做过生意，面子有点磨不开。

又是刘妈，拎着篮子走过来了。

“美心!”刘妈喊。刘美心别过脸，装看不见她。“美心!”刘妈又喊一声。不得不面对了。

“怎么，那天买那么多菜，就为了干这个?”刘妈并没有讽刺的意思。美心听着却多心，讪讪地：“做多了，吃不完……”

刘妈看透了她，善意地：“现在个体户遍地都是，办执照了吗?让为民帮帮忙。真羡慕你，还有个手艺，我帮你一起。”说着，刘妈便招呼两声。美心受到鼓励，胆子也大起来。

朱德启老婆打前头经过，发现她俩。好似发现新大陆。

“哟，二位，怎么着?缺钱?”

美心不好意思。刘妈理直气壮：“这叫资源互换，造福社会，要不要来点?”朱德启老婆道：“送我点差不多。”

美心耐不住：“我做的是生意，不是慈善。”

朱德启老婆半笑不笑：“行，慢慢做吧，我看也就做三天，八宝菜我做得比你还好吃!”

下班，一到家，刘小玲把皮包往沙发上一扔。开始舞动肢体，霹雳舞的风潮过去了些，现在她和振民跳探戈。

振民也到家了，一屁股坐在沙发上。

小玲跳了一会儿，旁若无人。振民起身把音响关小一点。

“今天你做饭。”

小玲没理他。

“衣服也该你洗了。”振民说。

“不洗。”小玲白他一眼，继续揣摩舞蹈动作。

“你这人不讲理啊。”振民申辩。

小玲停下脚步，摆出一副讲理的架势：“我什么情况你不知道?”

“其他怀孕的妇女，也没像你这么娇气。”

“其他怀孕的妇女有人伺候着，像我三姐，家里请了老妈子，你汤振民请得起吗?现在还跟我算一顿饭两顿饭。”

“那出去吃。”振民说。他也不想做。

“你掏钱。”小玲算得清楚。

“我掏我掏。”振民不耐烦。

结婚前，刘小玲和汤振民为争取结婚演了一出共赴黄泉的戏，结婚后，生活归于平淡，两个人反倒不适应了。日常生活的细细碎碎，跟艺术，跟舞蹈，是格格不入的。比如洗衣服做饭打扫卫生，一切，他们都按照过家家的形式来。你干一天，我干一天。可小玲怀了孕，负担就全在汤振民身上了。这是他不乐意的。

回民饭店，角落里，两个人喝着牛肉汤。

小玲抱怨：“早知道不跟你结婚。”

振民道：“现在才想明白，晚了。”

小玲道：“你大哥也是。”她说的是为民，“你爸妈不在了，他成老大了。”

“他本来就是老大。”

“自己生不出儿子，就盯着我的肚子。”

振民不干了，反驳：“这话你可不能乱说，什么叫我大哥盯着你的肚子。”小玲不耐烦：“就那意思！我这肚子就是一块田，你们家巴不得我赶紧生出一只瓜，最好是带把的，好继承你们老汤家的亿万家产。”

振民嬉皮笑脸：“那不是因为我二嫂不行嘛，就看你的了。”

小玲斥道：“什么叫你二嫂不行，明明是你二哥不行！医院都说了，是男方问题，精子活性不够。”

“你怎么知道的？”振民警觉。

“二嫂说的。”

“她怎么这个都说。”振民竭力维护二哥幼民的面子。但没辙，已经扫地。

“有什么不能说，”小玲挑了一根千张丝，细嚼慢咽，“这种黑锅，你二嫂难道背一辈子？你以为你二嫂不委屈，结婚那么久了，她不想要孩子？生不出养不出，回大河北不知道被多少人戳脊梁骨。”

当门口进来一对男女。座位全满，只有门口有空座。两个人就势坐下。斜侧脸，小玲认出来是老六家喜。

她不禁轻喊："我的天妈呀！老六谈朋友了。"

振民转头看，确实是老六。小玲说："你坐过来点。"振民把屁股挪了挪，挡住小玲。

振民不解："谈朋友就谈朋友，也不至于叫天妈。"

小玲反唇："你懂什么，这叫牵一发而动全身。"

"一发在哪儿，全身是谁？"

"我们结婚的时候，四姐一通大闹，就因为我是老五，她是老四，我不能跑到她前头，她面子搁不住，现在倒好，老六都恋爱了，保不齐过一阵就要结婚，让四姐怎么办？"

振民道："不结婚就不结婚，我觉得你四姐挺好，是大学生，有能耐，又聪明。"

小玲恨道："她好你怎么不跟她结婚。"

振民自觉失言，忙找补："她不是没你漂亮嘛，你是凯丽。"

闫宏宇端汤，家喜等油酥烧饼。宏宇接她下班，开着小货车。就这两步路，开车也拉风。

餐食就位，开吃。

"我都不敢去你家。"宏宇忽然说。

家喜笑道："胆子这么小？我都去你家了。"

"是，我害怕。"

"怕什么？"

"怕你爸妈不喜欢我。"

家喜嗤了一声："你糊涂了吧，我爸去世了。"闫宏宇连忙说对不起。家喜原谅了他。

"还有你大姐，我也怕。"

"她有什么可怕的，又不是三头六臂。"

"她是家长，掌握生杀大权。"

"没那么夸张。"家喜说，"就算他们不喜欢你，对你有什么危害？人活在这个世上本来就不能让所有人都喜欢。"

“我不是怕影响你和我的关系嘛。”

“不会影响。”

“家喜。”宏宇口气忽然柔和。

“嗯。”

“要不，咱俩在一起，试一试。”

家喜一口汤差点没呛着：“试什么?”

“你做我女朋友，我做你男朋友，如果你不愿意，可以不公开。”

“不好。”

“怎么样才好?”

“你试做我男朋友，我不试做你女朋友。”家喜说。

宏宇不懂什么意思。“我试用你，你不能试用我。”家喜说，“而且，这事是我们的秘密，谁也不许说。”

“坚决保密!”宏宇表态。

两个人吃饭都快，一会儿，吃完了，便起身离开。小玲和振民还在那儿坐着。小玲吃完咸的想吃甜的。振民又弄了点糖果子、江米条来。两个人刚准备走，当门口又出现一个熟悉的身影。

“等会儿!”小玲拉住振民，“今天这戏还不断了呢。”

振民抬眼一瞧。四姐何家欢和一个陌生男子站在入口处。服务员安排他们坐刚才老六坐的地方。

小玲觉得有意思，嘀咕：“都什么情况啊，老树都开花了。”

振民说：“刚才你的担忧不存在了。”

“看不出来，四姐还有这两把刷子。”小玲感叹。

方涛一侧脸。小玲再评：“沧桑，那男的长得有点像高仓健啊。”

“哦哟，年纪可不小了。”振民不去看，随口说。

小玲命令他：“让开点。”

振民说：“你这一会儿让开一会儿挡上。”

汤端上来了。家欢和方涛一人两个油酥烧饼。天天做饭，偶尔出来吃，“合作社”也要多种经营。

家欢原本能吃四个烧饼，可方涛才吃两个，她不好意思，只能凑合也吃两个。

“跟我做的比怎么样?”

“你做的好。”家欢说实话。

“我知道，你不想打击我。”

“我这人一向实话实说。”

旁边来个中年妇女。站在桌子旁。方涛一抬头，忙站起来，叫了声大姐。小玲远远看着，对振民嘀咕：“怎么着，要打起来？遇到仇家了。”

那位大姐说：“丁倩说她还有个存折压在你们家床板底下她忘了拿，改天我去拿一下。”

方涛表示没问题，态度讪讪地。

又开始吃。家欢为他抱不平：“这什么大姐，这么横。”

“是我前大姨子。”方涛终于点破。

家欢想了半天，才弄清人物关系。刚才那位大姐，应该是方涛前妻的姐姐。

129

再聚在一起吃晚饭的时候，方涛问家欢：“会不会觉得我过去很复杂，历史太多?”

“总比我没有历史强。”

“我搬出来，就是因为不想别人觉得我可怜。”

“没人觉得你可怜。”

方涛笑笑，算是感谢。

家欢说：“我还担心你觉得我可怜。”

“你?”

“一个女人，二十九岁还没对象，身体有轻微残疾，长得也一般般。”

“你长得没问题。”

“别说好听的给我。”

“实话。”

“眼镜摘下来能吓死你。”

“水鬼都吓不死我。”方涛被逗乐了。

“我真摘了?”家欢卸去防御。在方涛面前，她什么都能说，什么都敢做，她是她自己。

方涛放下筷子，侧过身子，准备好了。

家欢慢慢摘掉眼镜，厚酒瓶底子后面的眼珠露了出来，她的左眼珠有点发灰，近似鱼眼睛。

方涛凑近看。家欢也不躲避。彼此的呼吸都靠近了。

“收电费啊。”一个大婶不敲门就进来了。但还没等家欢应承，人又不见了。

“见鬼了?”家欢问。

“收电费的。”方涛有些不好意思。

他想了想，又说：“我们还是分开吃，我做好了，你拿回来就行，免得误会。”

“你怕一个收电费的?”

“你都不怕，我怕什么。”

“那不就得了。”家欢豪放，重新开始吃饭。家欢不假思索，直接问：“方涛，我想问你一个问题，你不想回答可以不回答，但我就是想问。”

方涛望着家欢，讷讷不成言。终于，他说：“你问。”

家欢直白地：“你还爱她吗?”

方涛明白她问的是什么，但他仍旧下意识地：“谁?”

“你前妻，你还爱她吗?”再问一遍。

方涛犹豫。

家欢打断他思路：“不用说了，已经有答案了。”

方涛回不过神来。

迅雷不及掩耳的家欢。

婚后小玲难得回娘家一次。厨房，小玲站在美心旁边。美心正在弄酱菜，见小玲在旁边，烦：“你没事去喂喂鸡。”

小玲这才说：“妈，你还有心思喂鸡做酱菜，出大事了。”

美心紧张：“什么大事，别由着嘴乱说。”

小玲不说话，抚着肚子。

“孩子的事?”

“不是，”小玲笑说，“我也是无意中看到的，你可别说我告诉你的，但这事的确关系咱们家，我做姐姐又做妹妹，不得不向上级禀报。”

“说吧，别废话了。”美心忙着做酱菜。

“老四和老六，都开始处对象了。”

“真的?”

“亲眼所见。”小玲确凿地。美心仔细回想，家喜这一阵回来得的确越来越晚。至于家欢，一个人在外头住着，保不齐会发生点什么。不过这消息令美心半忧半喜。家欢，她巴不得让她早点嫁出去。心病。家喜，她又不希望她那么早出嫁。年纪不大，家喜是六个孩子里唯一一个美心亲自带大的，她偏爱。

而且，如果家喜一走，就宣告了六个女儿全部嫁人。虽然是早都预料到的，但真等那一天到来，美心又觉惘然。

生了一辈子孩子，没一个留得住。

长了翅膀，就飞出去了。

晚间，老太太靠在躺椅上打盹。美心正在忙着算账。

家喜道：“妈，看你忙的，提前退休也是退休，好好休息就是了，好像我们都不孝敬你似的。”

美心拖着悠长的调子："你们孝敬是你们的，我做是我自己的，人哪，千万不能把希望寄托在别人身上。"

"看您说的，"家喜撒娇，"我现在就可以保证，你就寄托在我身上没问题。"

美心带点情绪："话别说那么早，你才多大，不是你妈我说句大话，做女人能做到我这样，也算古今中外都走遍了。"

"什么叫古今中外都走遍?"家喜经常不懂她妈的用词。

美心分析："我是不是生在旧社会，长在红旗下？旧社会是古，红旗下是今，我是不是东方的妇女，但现在我又跟西方学，出来做事情了。我当过女儿，做过妻子，当了儿媳，做了妈妈，种过地干过工，内退后又单干，什么角色我没做过？像我这样，丈夫死了还这么给婆婆养老送终的女人有几个?"

"妈最贤惠。"家喜不得不夸，"以后我也给妈养老送终。"

"哎哟这话，别说太早。"美心说，"你不嫁人了？不找婆家了。"

"陪妈也是一样。"家喜说。

美心识破了："你啊，也就是说几句好听的给我听，不过也舒服，现在这个世道，能说点好听的，就算孝顺儿女了。"

家喜道："看你说的，我能飞了、跑了?"

美心喟叹："儿子都留不住！何况女儿!"

"哪个儿子留不住了，汤家三个，不都留得好好的。"

美心这才说："刘妈的儿子，还有媳妇……"

"秋林哥怎么了?"

"马上两口子都去美国了！飞了飞了，飞过太平洋，一溜烟不见了。"

家喜惊，说："哟，有本事，人才。"

美心不同意："还人才，哼哼，所以说你不当妈你不知道，生孩子，怎么都难，生了女的想要男的，生了男的又想要女的。生出个人才吧，你留不住，生出个蠢材，留在身边看着也烦。"

"那干脆别生了。"家喜说。

美心忽然小声："跟妈说实话，处朋友了没有？"

家喜愣然愣了一下："没有！"

"别着急否认，想想再回答。"

"真没有。"

"都有人在街上看到了。"

"就是普通朋友。"

"哪家的普通朋友？"

"我师傅王怀敏的……"家喜忽然意识到中了套，"妈——"

"王怀敏家的，老三还是老四？"王怀敏算家丽的半个同事。美心颇为了解。

"一个普通朋友问那么多干吗？今天有明天无的。"家喜申辩。

美心拉着女儿的手道："王怀敏家，不管是老三还是老四，都不成。"家喜反驳："妈，你这也太主观了，人有这么坏吗？"

美心娓娓道："不是这孩子不行，是妈不行，王怀敏不行，你看看谁敢把女儿往王怀敏那儿嫁，王怀敏是什么人，服务行业有名的猴子精，一分钱都能掰成八瓣算，一般人能玩过她？"

家喜好笑："又不是跟她过。"

美心说："不跟她跟谁过？三个儿子，一套房子，早给了他们家老大了。老大到现在没生。再娶媳妇，只能是在车站村那个墙拐子边上住。"

"这都是以后的事。"家喜说。

"什么叫以后的事？"美心问，"你跟他，定啦？"

"没有——"家喜拖着调子，"说了是普通朋友。"

老太太慢慢醒来："怎么啦？酱菜做好啦？"

家喜道："阿奶，你看我妈，捕风捉影的。"说着，起身回屋。美心对着女儿背影："不知好歹！"

接连几天，何家欢都不理方涛。迎面见着，也当空气走过。合伙吃饭当然也取消，家欢在外头吃。

终于，方涛忍不住了。

晚上刷牙，何家欢刚拿着搪瓷缸子站在水池边，他也跟来了。家欢背对着他，刷自己的，旁若无人。

用力漱口，吐水到水池子里。牙刷迅速地在搪瓷缸子里涮，敲得缸壁当当响。

“小何。”方涛笨拙地。

家欢听着好笑，气消了些，但表面还得继续生气：“我不叫什么小何!”

“何家欢。”方涛端正地，手足无措，“我们之间是不是有什么误会?”

“没误会。”

“是我说错话了?”方涛试探地。

当然，只是家欢不能指出他的错误。不能说自己吃醋了，吃他前妻的醋。

“你没错。”

“这么说就代表我错了。”方涛说。

“有病。”

“因为我发现你说话有时候是相反的。”

“我表里如一!”

方涛举例子：“你说你不喜欢吃鸡孤拐，可每次你吃得最多。你还说你最喜欢吃小白菜，但好像一筷子也没夹。”

实话，但从他嘴里说出来尤其幽默，一本正经的逗乐。他说得没错。她就是这样一个人。家欢笑了。

“你为什么生气?”方涛靠近了。毕竟三十好几，不是毛头小伙子了。其实说白了，他的胆子也是她纵容出来的。

“我不知道。”家欢还是背对着他。水池以外是广阔天空，暗夜，星星镶在天幕上，一闪一闪。它监视着人间，却永远缄口不言。

方涛放下搪瓷缸子，双臂从后面圈住家欢。

她挣扎了一下，又心甘情愿被囚禁。他比她高半个头，嘴巴刚好在她耳朵后面，每说一句话都痒痒的。

“其实我不爱她。”方涛终于给出答案。

“为什么?”

“因为她早已不爱我。”方涛深情又落寞，“我得给自己一条出路，我得活，我还能够爱别人，我也值得被爱。”

方涛突然变得像诗人。他也的确喜欢读诗，比如汪国真的。

家欢突然转过身，手一撒，搪瓷缸子跌进水池里，当啷两下。家欢勇敢捧起方涛的脸，狠狠亲了下去。

刘妈家，张秋林和孟丽莎拖着箱子。他们刚回来收拾东西。秋林有些老物件，非要带到美国去。秋芳也在家，帮助拾掇。晚上八点多，都收好弄好，秋林和丽莎告别。

秋林说：“妈，姐，别送了，我和莎莎明天去合肥跟老师道别，再去上海，然后就直接飞美国了。”

130 //

刘妈泪眼婆娑，但她不想在儿子媳妇面前落泪，手指掐着掌心，忍住。“一路平安。”她努力扮演一个懂事的妈妈。

丽莎说：“妈，姐，我们到美国就给你们寄正宗的花旗参。”

秋芳叮嘱：“在外头相互照顾着点，你们的科研我不担心，就担心生活。”

丽莎直说：“放心吧姐，我会照顾秋林的，我都会煮面了。”

“再见再见。”刘妈挥手，很无力。秋林和丽莎下了楼，刘妈站在二楼窗口挥手，两个孩子招了招手，终于头也不回地走了。

刘妈突然想起来：“哎呀，坏了，我给秋林带的老鸭烧豆他们没拿!”

秋芳看看表："算了，妈，估计都走远了，咱们自己吃吧。"

"美国哪有老鸭烧豆吃……"刘妈喃喃。

秋芳说真相，"他们去美国也不是为了吃。"又安慰，"妈，你还有我，还有小芳。"

刘妈破涕，婉转地，想说又没开口。

秋芳扶住她妈的肩膀："我知道，女儿哪能跟儿子比，你宝贝儿子才是第一位的。"刘妈这才抱怨："这个丽莎也真是，要走，好歹也生了孩子再走。"

"去美国生不一样？"

"美国生就是美国人，哪有中国孩子好。"刘妈抢白，"什么是根什么是祖，咱们就是在这一方水土上长的，不能忘了。"

"行了妈，现在后悔也迟了。"秋芳说。

刘妈两难地："哪个妈妈不希望自己孩子好，可是这，你弟弟这好得也有点太没边儿了，飞上天了！"

花猫赫兹缓步走来，它也老了。刘妈抱起它。它现在是她的忠实朋友。

"当初还不如就让他找个家门口的，巴着家门框就巴着家门框，我不指望儿媳妇伺候我，可总不能连儿子也给我拐走了，见不着了。"刘妈叹息。

周末卫国和家文带光明去党校。克思是老大，卫国就这一个亲哥，陈老太太去世后，卫国把哥哥嫂子看得很重。家文虽不喜欢大哥大嫂，但碍于卫国的面子，她必须顾全大局。

陶先生站在衣橱前，一件一件展示。都是她多年收藏，一个女人身份地位的象征。

陶先生拿出一件皮衣，墨蓝色皮子，长款，到膝盖，在家文身上比画："这件给你，你穿好看。"故意大方。

家文知道她不过是炫耀一下，便客气道："大姐，你个子高，你穿更好，我撑不起来。"

“那这件，兔毛的。”是个短袄子，兔毛领。

家文用手摸摸，跟她爸常胜的手艺不能比。但已然是陶先生很得意的单品。家文应付着：“大姐，这个颜色你穿好看。”陶先生露出不可置信的表情。但还是应观众要求试了试，对镜子前后照。客厅，光明和光彩在比学习成绩。期中考试，光明考了双百分。光彩作为姐姐，考了一个一百，一个九十九点五。

克思鼓励：“差不多，继续努力。”

吃完午饭，卫国和克思躲在书房里聊天。党校离军分区近，家文带着光明去家丽那儿坐坐。建国带小年补课去了，家里只有小冬和家丽在。光明和表哥小冬在屋里看漫画。就是他们“挪用”买辅导书的钱买的《圣斗士星矢》。光明问：“哥，你这书怎么一股鸡屎味。”小冬不好解释：“看你的吧。”

家文和家丽简单说了安置家欢的情况，还提到她邻居。

家丽说：“你的意思是?”

“不确定。”

“如果情投意合也行。”家丽为家欢发愁。老四的婚事，一直是家丽的心病。

“就是那人离过婚。”家文补充说。

“那不行吧。”家丽更担忧了。

何家客厅，家欢坐在沙发上，跟妈妈美心和奶奶何文氏谈判。

“妈，反正我决定了。”

美心炸毛：“怎么你就决定了，不行。”边说边抚胸口，“这几个小的，一个比一个反动。”

“户口本给我。”家欢强硬。

“人总得带回来看看吧。”

“看不看都要结婚。”家欢说。

老太太道：“老四，我们也没说反对，总得看看人吧。”

“他胆子小，我怕你们吓到他。”家欢解释完便走了。

婚姻大事，自己做主。

美心和老太太商量，说也不知道这人怎么样。老太太道：“车站村老方家的儿子，你找人打听一下不就行了。”美心道：“最好叫来看看。”老太太说：“老四跟其他几个不一样，她看中了，就八九不离十，咱们尽量别反对，免得过了这个村没这个店。”

下了班，家丽从蔬菜公司回龙湖。她接到电话，美心急吼吼地表示有事要商量。她大概知道是老四的事东窗事发了。

但到家她才意识到那么严重。

“斩钉截铁说一不二了？”家丽帮老太太揉着肩。美心坐在她们对面。

“根本没商量的余地。”美心痛心地，“都怪你爸走那么早，要是他还在，三四五六，哪个敢造反。”

老太太示意让家丽停，对美心：“有问题解决问题。”

美心道：“我找刘妈打听了，车站老方家的儿子，就一个没结婚的，三十好几了，属于三棍子打不出一个屁来那种人。”

老太太道：“家欢可能还真得找一个老实的，互补。”

“那总得带回来瞧瞧吧！”美心着急。

家丽问：“她不愿意带回来？”

“搞死不愿意。”

家丽大概明白了，家欢是怕家长们介意他离过婚，当场否决，再一个那个方涛，确是不善言谈，不会讨长辈欢心。

家丽说：“妈，还有一个情况你知道吗？”

“什么情况？”

“特殊情况。”

“别卖关子了。”

家丽为难，语速轻缓些：“老四瞧上的这位他……”

“他怎么啦？疤瘌脸瘸腿子？还是不孕不育作奸犯科？”

家丽尽量轻描淡写，可架不住内容重磅：“他离过婚。”

美心哇地炸开了：“不行不行不行，绝对不行！胡闹！”这反应在家丽预料中。老太太提醒美心："注意血压。"

家丽持中立态度："妈，还是要具体问题具体分析。"

美心执拗："还分析什么！黄花闺女嫁给二婚的？离婚的人有几个好的？"家丽劝："妈，离婚也不都是坏人。"

美心愤然："刘妈的丈夫老张，看到了吧，离婚，是不是坏人。"

"也不能一叶障目，一个例子不能代表什么。"

"反正我不同意，"美心气鼓鼓地，"妈，你什么意见？"

老太太说："等看看再说。"

"妈——"美心失去了半个同盟者，"你别糊涂！"

家丽对美心："妈，那你说，老四找什么样的？她愿意找什么样的？又能找到什么样的？放眼田家庵，不，放眼淮南市？你就说她找谁？"

美心一时想不出做例子的人选。

家丽继续："就老四这个性子，家里家外都要做老大的，能有个人给她欺负，就不错了。"老太太笑。美心摇头，"那总得知道样子吧。"过了没几天，家欢拿回来一张照片。老太太戴上老花镜，拿得远远地看，又对美心："模样还算周正。"

"开车的？"美心问家欢。

"粮食局车队的。"家欢答。老太太说倒是个铁饭碗。美心没再多说。等家丽再来，两个老的嘱咐家丽，让她去看看真人。

家丽本来也有这个打算，她找到家欢，提出要求。家欢向来只服大姐，也相信大姐是为她好，便说："大姐，你帮我掌掌眼，你说行，我就继续谈，你说不行，我就把他轰走。"

家丽觉得老四的话好笑，问："怎么这么听我的话了，回家不是跟妈闹，恨不得明天就结婚。"

家欢说："我知道妈肯定不同意，我只能用这种办法，先让她同意了，然后再从长计议。"家丽笑笑，拍拍妹妹的肩膀。家欢又问约在什么地方，要不要吃个饭。

"那样反而不好，"家丽说，"不自然，他知道是我就会伪装一些，最好自自然然地，找个时间，你让他在淮滨路储蓄所门口的梧桐树下站一会儿，我远远地瞧一眼就行。”

“大姐，你会算命？”

“这个年纪了，到底经过见过一些，好人坏人，瞄一眼就差不离，只要你别落到坏人手里，随你们怎么闹腾去。”

家欢被逗乐了，自嘲：“我就是坏人，还能怕坏人？”

家丽笑得露齿：“那小方羊入虎口了。”

选了个大礼拜，家欢让方涛在淮滨路邮电所门口的大梧桐树下等。她说她先去单位一趟，折回头来一起看电影。

准十点，方涛在树下站着了。旁边有个卖邮票铜钱的，方涛蹲下来看。“猴票值钱啦!”卖邮票的说。方涛藏了几枚猴票，他仔仔细细问价格，单张，四方联，正版，价格不一样。

家丽从邮政储蓄所办业务出来，对着小照片。看准了，走到大梧桐树下，蹲在邮票摊子前。和方涛面对面。

这下看清楚了。第一直觉，这人不坏，个子不矮，皮肤黑黄，眉间两道竖纹。一看就是那种沉闷并轴的人。

“猴票什么价格现在？”家丽见邮票摊子支个牌子说收猴票。

“怎么着？”贩子问，“有货。”

“家里不少。”家丽沉稳。

贩子报出个价格。家丽直接涨一倍。贩子不同意，家丽笑着走了。邮票摊主指着何家丽的背影对方涛说：“就是这种老娘儿们，纯来搅局的，也不排除是条子，不过没用，咱们这合理合法，怎么了!”方涛望着家丽的背影，老觉得她看着眼熟。

“怎么样？”在约定地点，家欢焦急地，“瞧见了吗？”

家丽四两拨千斤地：“行，就他吧。”

家欢大喜，跳起来：“真的，真行？我跟你说大姐我当初就知道是捡到宝了，那身条那模样那脾气性格，到哪儿找，他做饭还特别好吃。”情人眼里出西施。

“那也得真对你好才行。”

“他敢不对我好。”家欢霸气地。

家欢这事就算定下来，合理合法了。

131

家丽正在上班，传达室的大爷来叫她去接电话。家丽从蔬菜仓库出来，一接电话，就立刻找车队的师傅帮忙，立刻送她去矿三院。

医院急救室门口，小年站在那儿。

家丽上前，扳过儿子的肩，问：“你弟呢？”

小年指了指急救室，一脸失落。

“怎么回事？”

小年言简意赅：“玩摸瞎瞎（方言：捉迷藏），他从三楼栽下来了。”

天！这么小年纪，三楼！

“怎么回事？”这次是问原因。

小年小声：“有个栏杆，缝特别大……”

等了一会儿，医生出来了。家丽上前，焦急地：“医生，怎么样，我是孩子妈。”

“没有生命危险，右腿骨折。”医生冷面孔，“三楼摔下来，这样是万幸，你们这些做家长的，生了又不问，生孩子干吗？”

家丽唯唯称是。

住院几天，小冬被接回家休养。功课暂停。何家的二、三、四、五、六几个姨，插花着来看二外甥。家艺逮到机会批评大姐：“这孩子，真要有人管，没人看没人管不行，都放羊，会出问题，枫枫我就说廖姐，看住了，看住了就有年终奖。”

说了等于没说，老三的主要目的是炫富。家丽得上班，建国也得上班，小年小冬的中午饭，都只能凑合在学校吃。建国不会做饭。家丽也不忍心让他做，一个大男人，军人，国家干部，总不能下了班还回来做饭，还是她做。

家文出主意：“妈那儿现在屋子都空着，我看老六也是迟早的事，不如让小年小冬去龙湖住，都上龙湖中学，或者三中，都离得近。”

家丽觉得这意见的确不错。问问建国，他没意见，两个孩子送去姥姥家住可以，他和家丽平时还住军分区。

自己家商量好了，再就是征求美心和老太太的意见。

如果在平日，美心和老太太估计要考虑考虑，但如今小冬断了一条腿，老太太觉得可怜见，立刻就答应了。不日，小年小冬便住进来，睡以前家欢那屋。

这日睡到半夜，老太太忽然惊醒，伸手摸摸美心。美心醒了，问怎么回事。老太太又说自己右眼皮老跳：“去看看小年小冬。”

美心真心觉得老太太大惊小怪，但又不得不去，只好披衣去看了，才回来禀报：“睡得好好的。”

“再去看看家喜。”

“妈——”美心嘀咕，“大半夜的拾掇人，有一出没一出的。”嘴上抱怨，行动上还是听话。去看了，回报：“都打呼了。”

“撕点白纸给我。”老太太伸手。美心明白，她老人家又要开始压她的右眼皮。手伸出帐子——她们一年四季床上都挂着帐子，在床头柜上报纸边拽了一小块。

老太太不含糊：“不行，这纸不白。”

只有白纸，贴上去才能代表“白跳”。

美心只好再度下床，去抽屉里撕了一小片，递给老太太。蘸唾沫，粘在眼皮上，老太太这才放心。

卫国家主卧。家文半夜醒来，没开灯，她推了推身边的卫国，要痰盂，说想吐。卫国连忙起来把痰盂端来，凑在床边。

家文哇哇吐了两口，还不够，又吐了两口，满了小半个痰盂。

卫国嘀咕："也没吃什么啊……"

家文倒在床上，喘着气。卫国把痰盂端出去，准备倒进卫生间便池，一开灯，大惊失色，痰盂里一片殷红。卫国不敢相信，再看看，没错，是血。

家文吐了半痰盂子血。

第一人民医院，家文已经住进病房。卫国急得头冒汗。片子出来，医生诊室，卫国找了个朋友，请人民医院呼吸科最好的医生诊断。

"现在可以确定，您爱人得的是肺结核，肺部已经穿孔，根据片子看，肺部漏洞有鸡蛋大小。"

"一定可以治好吧！一定可以的。"

"放心，我们会尽全力挽救。"医生的话，只能说到这儿。出了诊室，卫国一个人站在医院天井抽烟。小护士提醒："这里不能抽烟。"卫国连忙把烟灭了。这是他继娘亲去世之后，人生第二个巨大打击。命运向他进攻，他从来没畏惧过。他怕的是命运举起长矛，攻击他心爱的人。不，他必须鼓起勇气，他不能倒下，不能有丝毫动摇。他必须给家文信心、动力，帮她战胜病魔，渡过难关。

调整好情绪，卫国往病室去。到门口，护士拦住了他："对不起，这里是传染病病房，你现在不能进去。"

"我是六号床的爱人。"

"不能进去。"

"我是她爱人！"卫国情绪激动。

"现在不能进去，这是规定。"

"我是她爱人我为什么不能进去！她需要照顾，我是她爱人……你们医院讲不讲理……我必须进去，不行……"

听着卫国在门口喧嚷，家文躺在床上，流泪了。

家文生病的消息第二天就传开了。家丽第一个来。美心和老太太年纪大了，家丽怕她们受不了，暂时劝她们别来。老四、老五、老六来打了一头，拎了东西，站在病房外看了看。

家艺最后一个来，带了一堆营养品。

家丽识破她不诚心，不大高兴："病还没好呢，你带这些来给谁吃？"家艺故作委屈："看病人不都这样吗？"

家丽愤然："现在不是你显摆的时候！"

"大姐，你这么说我可不同意了。"家艺较真，"什么叫我显摆，我可是诚心诚意来探病，诚心诚意带东西，怎么就成显摆了，是，我现在条件好点了，可也是熬出来的，十年河东十年河西，这不正常的嘛，人生就是起起落落，头十年，二姐还是天之骄女呢……"

没等她说完，家丽就暴喝："滚出去！"

雷霆万钧，家艺也不顶雷上，踩着高跟鞋，当当敲着地面走了。陈家这边，给卫国面子，一众人也来探病。

陶先生没来。克思代表她和光彩露了一次脸。戴了两层口罩。他劝弟弟卫国："也要注意，她倒下了，你不能再倒下，这毕竟是传染病。"卫国说："到这个阶段，已经不传染了。"

克思惜命："那也要注意，这是医院，到处都是病菌。"他站一会儿，走了。春荣和春华都是自己来的。毕竟是娘家的事，她们不愿意也不好让夫家知道太多。两个人跟弟弟卫国感情好，所以愿意帮忙。春荣问："控制住了吗？"

卫国说："该用的药都用上了。"

春华说："怎么会突然得这个病？"

卫国自责："都怪我粗心，这时候才发现。"

春华劝："说这些也没用，早点治。"

孙黎明赶来了，人还没到跟前，就嚷嚷："怎么家文能病了？"春荣、春华见大姐夫来，让出位子给他坐。大康小健结婚后，他身体状况一路走低，心脏不好。所以一听说家文得病，他感触尤甚，引以为病友。"哥，身体不好就在家歇着。"卫国说。

大康小健都有了孩子，且都是男孩。孙黎明一下抱了两个孙子。人生无憾。“你得给她治，家文是个好人。”

卫国连连说：“肯定治，肯定治。”

孙黎明又问：“老大呢？”

春华道：“来过了，有事，走了。”孙黎明道：“我就知道老大两口子那德行，老大是例行公事！陶先生是巴不得我们都病死。”

春华解释：“也没那么严重……”为避免孙黎明发大火，引发心脏病，大家都说不清，春华只好往春荣二三两个女儿身上引。儿女婚事，是永恒的话题。孙黎明立刻来兴趣，问什么进展。春荣说老二准备结婚，找了二汽的。老三谈着呢。

孙黎明又问：“老大呢，敏子？”

春荣笑：“老大儿子都能说话了。”敏子生了儿子，很招摇。但北头老宅的这些人，她不大理睬。主要暂时顾不上。

陈老太太一走，家散了一半。长辈们走动得都少，多一事不如少一事，小字辈们各奔各的前途，更疏于联络。

孙黎明问：“敏子还是跟那个胡莱？绩溪的？”他记忆力还不错。关键胡莱这个名字太不低调。

春荣笑说：“对对，胡莱，胡来胡有理。”

礼拜天，一大早，田家庵电厂住宅区，鲍敏子家。

敏子把胡莱拉到卧室，一脸严肃，口气类似训斥：“怎么回事？来也不打招呼，说来就来，我这儿是旅馆酒店，还是难民营？”

胡莱为难地：“昨天晚上跟你说了。”

“胡扯！我没听到。”

“睡觉前给你说的。”

“来就来了，还带着个丫头来，什么外甥女，我见都没见过，突然就来，我们家多大房子？睡哪儿？”

“我睡客厅。”胡莱恳求地，“妈就是来看看孙子。”

“可了不得，乡下人进城了。”敏子还是揶揄口气。胡莱见敏子松了口，连忙让他妈和外甥女进门。胡莱妈把行李放下，她带来一点野味给胡莱。自胡莱结婚，她第一次上门。

“妈，洗洗手，洗洗脸。”胡莱带他妈和外甥女到洗手间。

胡莱是胡家第一个大学生。当初是县里第三十名。头二十九名都考上本科了，只有他是大专，电力大专。他是真喜欢敏子，一物降一物。找个本地姑娘，又是电厂双职工，有面子。老家务农，他这一辈成工人了，又是待遇优厚的电厂，光荣。

洗好弄好，胡莱领他妈和外甥女到客厅，还不见敏子出来。

胡莱妈问：“小吉呢。”小吉是敏子和胡莱的儿子。

“睡觉呢，一会儿叫他起来，”胡莱说。又问，“吃早饭了吗？”他外甥女抢着说：“坐的夜车，和姨姥都没吃。”胡莱又忙着下去买早饭。他探头喊：“敏子，吃什么？”

敏子在里头回话：“糖糕！撒汤！”

胡莱妈小声问：“还没起来呢。”胡莱为了维护面子，替敏子撒谎，“哦，昨天上夜班。”

“上夜班伤身体。”胡莱妈叮嘱。一会儿，胡莱买了早点上来。有糖糕、油旋子、韭盒子、糍糕、撒汤、辣汤。

糖糕和撒汤端到屋里去。

胡莱善意提醒：“妈来了。”

“知道。”

“该起来了。”

“不知道我昨天不舒服？”

胡莱出去了。一会儿，敏子施施然从屋里头出来，见到人，也不叫。胡莱妈忙站起来。敏子说：“妈，我们这上班都忙，也顾不上你，一会儿我还得去厂里一趟，你们多吃点。”又对胡莱，“别叫吉吉起来太早，昨儿睡得晚。”

胡莱妈只好说没事，你忙你的。他外甥女也不是傻子，恨得吃糍糕都下劲点。敏子收拾好，出去了，在外头跟女同事玩了一天，到晚上来家。

胡莱一个人坐在客厅抽烟。

敏子东瞧瞧，西看看，带着笑问："你妈呢？"

胡莱把烟头摁在烟灰缸里："回去了。"

敏子没接话，到厨房收拾东西，一边收拾一边嘀咕："你说这大老远，带这些来干吗？哪儿没有这些土货，要命。"

胡莱认真地："能不能给我一点面子，给我妈一点面子，农村人也是人！也有感情，也要自尊。"

敏子拍案板："是人就得懂人的规矩！"

132

为照顾家文，卫国几乎一夜没睡，快天亮才稍微眯一会儿。病床边搭个小行军床，就是他的床铺。黎明前又黑又冷。

家文动了一下，咳嗽两声。卫国找人，托了最好的医生实施了最稳妥有效的治疗方案。家文的病情被控制住，但人还很虚弱。

这种病最怕复发，得继续住院观察。

家文对自己的病能否康复，只有百分之五十的信心。她一向爱做最坏的打算。过去三分之一的人生，一切都在她的掌握中。上学，工作，恋爱，结婚，生子。运筹帷幄，志在千里。她不过是要求一个幸福的家庭。可忽然，彗星撞地球。一场大病，忽然把生命的真相推到她面前，她不得不思考良多。为自己想，为卫国想，为光明想。

家文动了一下，卫国立刻醒了。

"要什么？"卫国问。他担心她的一切。

"没事，你再睡会儿。"

卫国仰起英挺的脸："睡好了，眯一会儿就行。"他是这个家的钢铁战士。为亲人，为朋友，付出一切。

家文侧过身子，流泪了。卫国连忙伸手帮她擦掉泪珠。

"对不起。"她气息微弱。

卫国笑笑，眼神里闪着星星，无限温柔："为什么这么说？我就是你，你就是我，哪个人会对自己说对不起。"

家文悲观："如果我不在了，你再找一个。"黎明前的黑暗让人绝望。

"不可能，"卫国立即，"没有这种可能，你不会不在。你在，我们会一直走下去。"

家文气若游丝："我是说如果，如果成真的了。"

卫国发誓："我这辈子就你一个。"

家文苦笑："别傻了。"

"不说这个。"卫国转移她注意力，"早上想吃什么？"

"我想吃的医生都说不能吃。"

"你说。"

"牛肉汤。"

"那估计不行，里头香料太多。"

"撒汤。"家文说。

"这个没问题，等着。"卫国一骨碌起身，但手脚却很轻，他怕吵到其他病友。他拿起饭缸，出去一会儿，果然端回来一缸子撒汤。家文让他先吃。卫国说："吃完剩的给我。"家文怕传染给他。让他把干净饭盒拿来，用 84 洗刷一番，才倒一点到饭盒里。两个人头对头吃着。十足温馨。撒汤是淮南小吃，用上好老鸡汤，直接冲入打散的鸡蛋，再配上香菜胡椒粉等，滋味诱人。是淮南人早餐常吃的。家文不能吃胡椒，卫国就没让老板撒胡椒粉。

家文微嗔："怎么也不买两个糖糕糍糕。"

"你不能吃，油太大。"

"我不吃你不吃吗？傻子。"

卫国憨憨笑。没买，是为了省钱。这话他不能说，不能让家文担心。为家文治病几乎花光老本。

病友们被撒汤的香味唤醒了。有人吧嗒嘴。隔壁床有个大姐感叹：“小何，你命真好。”大姐的丈夫一个礼拜来看她一次。

卫国仁义，他怜悯大姐：“我再去买点。”他站起来。

家文问干吗。

“见者有份啊。不能香到大家就不管了。”生活艰难，卫国还没丧失幽默感。对待别人，他总是那么慷慨。

秋芳过住院部看家文，见卫国也在，笑着打招呼。又对家文：“你这病不是大问题，主要是康复，得慢慢来，不能心急。”

家文生病，家艺冷不丁帮了个大忙，出了大风头。

有个特效药，进口的，效果好，但说是上海都没有，必须托关系从外国带。陈家这边束手无策。多少辈子都没有海外关系，其余老小的人脉，又仅限于淮南。美心找刘妈，看秋林和丽莎能否帮忙。刘妈不好拒绝。美心陪刘妈去邮电局打投币的越洋电话，打了半天，不通，只好作罢。美心有点不高兴。老太太劝：“可能真打不通，咱们中国和美国，还是两个地界。”

谁料没几天，家艺派欧阳一出手，药立刻就弄到了。

卫国到龙湖菜市何家拿药。家艺已经在那儿等着了。

卫国千恩万谢：“三妹！太感谢了！真的，太感谢了！妹婿太能了！太谢谢了……”又是作揖，又是鞠躬。

家艺消受着，感觉良好：“唉，怎么办呢，谁让那是我姐呢，要是别人，我根本不会管，你知道弄这个药，那真是人都托到南半球去了，那个难度，不可想象！”

家艺故意拖着口气，显示自己的能耐。

“三妹，多少钱你照实收，这个不能让你花钱，我把存折带来了，先放你这儿，三妹你听我说……”卫国一定要给钱。

家艺很享受这种感觉，朗声道：“二姐夫，别跟我提钱，俗！一家人什么钱不钱的，我救我二姐还不是义不容辞！你非要给钱，这个忙我不帮了。”

老太太主持公道：“卫国，钱收回去，暂时先这样，你们正是用钱的时候，等将来老二好了，怎么处理再说。”

卫国只好把存折收好，连着道了好几声谢谢，拿上药，慌忙往医院赶。美心卖酱菜回来，这一向，她生意好多了，有一些老主顾，收入比较稳定。家文生病，她偷偷贴补了点。

家艺的虚荣心还没满足，美心到家，她又拉着亲妈说一通。

美心听了一会儿不耐烦：“可算显到能耐了。”

老太太笑道：“让她谝谝（方言：炫耀，夸口）。”

美心道：“这幸亏帮的是你二姐，要是帮的别人，你还不得让人家跪下来给你磕头？帮人就帮人，别整天挂在嘴上，回头让人家听到，成仇了，帮了还不如不帮。”

家艺拉着老太太：“阿奶，你看妈，我就描述描述情况，她来这么一大套。”小冬从里屋出来，他的腿刚好，能走动了，但还不能做剧烈运动。家艺见了外甥，说：“冬，走，三姨带你吃麻虾去。”

小冬当即欢呼。他嘴壮，爱吃，伤筋动骨的日子也没瘦了他。

“老六呢？”家艺问。

美心道：“天天都不回来吃。”

家艺敏感：“她不会谈恋爱了吧。”

老龙眼水库，闫宏宇站在石崖上，家喜穿着游泳衣，坐在岸边。

“你发令！”宏宇对家喜说。他前后空翻都会做，打算在家喜面前露一手。家喜说算了算了，太危险，别跳了。

宏宇拍拍胸脯：“我以前是游泳队的。”

家喜只好吸一口气，开始数一二三。当数到三的时候，闫宏宇纵身一跳。扑通一声。闫宏宇再没浮起来，水波荡漾。

家喜吓得大喊：“宏宇！”岸边三五个小伙子连忙下水救人。矿三院，手术室门口。王怀敏走来走去。

家喜解释："阿姨，宏宇他非要跳，我也没拦住。"

王怀敏一把扶住家喜的两只胳膊："阿姨没怪你，都怪他自己逞能！该！"医生出来说问题不大，腿撞到水底的石头上，断了一只。已经接上了，但起码需要恢复三个月以上。且左腿以后不能太过用力。

"糟糕，还得开车。"家喜依旧自责。

家丽赶来了。是王怀敏通知她的。

家丽一进门："怎么回事，老六呢，这个天怎么去水库？说了多少次了不能下水不能游野泳，摔断一条腿算轻的……"

王怀敏站在门口，家丽看到她，不耐烦："怎么回事？"

王怀敏一指，家喜就坐在旁边。

"到底谁骨折了？"家丽问。

确认老六没事，王怀敏请家丽借一步说话。

医院走廊外头。王怀敏带着笑："别生气啦，是我儿子骨折，要不是你们家喜想去游泳，也不会去老龙眼。"家丽刚要辩解。王怀敏拦话道："不用说啦，折都折啦，都怪他自己。"

家丽说："我去看看小宇。"

王怀敏突然一本正经："小丽，跟你说个事。"

"什么事？"家丽预感没好事。

"缘分这个东西说不清。"她来个虚的。

"不说走了。"

"哎呀，小丽！宏宇和家喜，爱上啦！"

"什么？"这消息比宏宇骨折还令人震惊。

"王怀敏你到底怎么回事，我是让家喜拜你当师傅，不是让她给你当媳妇！"

王怀敏委屈："我这也是刚知道，两个人就是见着了，爱上了，你说怎么办？真是没辙。"

"不行，我不同意。"

"小丽，你也别太法西斯作风。自由恋爱，要自由。"

小玲家。小玲肚子更大了，她躺在沙发上不肯动。

“振民，去给我买个撒汤。”

“这个点哪儿还有卖撒汤的。”

“怎么没有，你就是不想动，懒，跳舞就想动了。”

“我哪儿跳舞了，你看我现在出去几次，天天下了班就回来陪你。”

“我要的是活陪，不是死陪。”

“反正都是陪。”

“你看人家二姐夫，我二姐生病，他给全病房的人都买了撒汤，我不管，汤老三，今天我吃不到撒汤，这孩子我不生了。”小玲拿出撒手锏。

“冷静!”汤振民站起来，抓起衣服往外走，是那件演出服。

刘小玲对着他的背影喊：“去买个撒汤，搞得跟上台表演似的。”

门一关，振民出去了。小玲对他这态度不满，生闷气，随手扭大音响，空气中充满小虎队的声音：“周末午夜别徘徊，请到苹果乐园来。”

133

龙湖公园门口。几个青年在跳舞。擦玻璃，太空步。水平中下，却也能赢来喝彩。振民瞅着，哼了一声，一个滑步切入，立刻成为舞台的中心。

他享受这种感觉。

疯狂，忘我，陶醉，崇拜。只有在舞蹈的世界里，他是自由的。

手里拎两个油旋子。进门，一只拖鞋直飞过来。振民灵活，连忙躲开。鞋正中门板，当啷一声。他知道小玲在发火。去买撒汤，他用了足足三个小时，关键也没完成任务。

“来啦来啦，周围都跑遍了。”振民把油旋子拎到小玲面前，“这也是你爱吃的。”

小玲目光呆滞，抓油旋子在手里，看了看，往振民脸上一拍。这下没躲开。“不过了!”小玲一声怒吼。跟着就要起来。

振民追在后头：“你听我解释。”

小玲却已经出门了。

何家，小玲前脚进门，振民后脚就跟进来了。美心见两人神色不对，大概猜到吵架了，问：“怎么回事?”

小玲朝自己屋里钻，却发现她的老屋已经被小冬占领。“妈！怎么回事？说好了给我保留的!”

美心不理她，问振民：“你说，怎么回事?”

振民缩着脖子：“妈，就是小玲她现在实在是太不讲道理了，根本就是一点点的事情……”

美心见振民说不明白，算了，她也明白了，便说：“老奶奶在睡觉，你这样，小玲这边，我做工作，你先回你爸妈那儿，一会儿好了，你就来接走，不好再说。”振民只好答应。

汤婆子两口子去世后，为民和秋芳为了方便小芳上学，搬回老屋子住。振民进屋，秋芳正看着小芳做作业。

“嫂子。”振民打招呼，垂头。

“怎么了，这会儿回来。”

“一言难尽。”

“跟老五吵架了?”

“实在受不了她那脾气。”

“你是男的，一家之主，多包容点，何况小玲现在怀着孩子，情绪不稳定是正常的。”

“有我这样的一家之主吗?”振民哭丧着脸。他现在讨厌婚姻。

何家客厅，美心起身去把卧室的门关上。老太太还在酣睡。年纪大了。晚上睡得少。白天却经常打盹儿。

“刘小玲我数三声，你给我出来!”美心不客气。

“妈！我是受害者!”

“一!”真数。

“你应该去帮我打振民。”

“二!”

“你到底是谁的妈?”

“三!”

小玲终于还是出来了。扶着腰，肚子已经很显了。

“你现在给我回去。”

“妈！我出嫁的时候你不是说这个家无论什么时候都是女儿们的坚强后盾，想什么时候回来就什么时候回来，怎么全变了?”

美心训斥道：“多大事？动不动就回娘家，你现在有家有业还怀着孩子，能这么任性吗？把你男人气跑了，有你什么好？刘小玲，你是跟我姓的，怎么就一点不随我呢。”

“妈！实话说了吧，我就是想喝口撒汤，汤振民出去三个小时，买回来两个油旋子。”

美心心疼女儿，但嘴上还得劝和：“我让他去买。”

“这不是关键。”

“关键是什么?”

“关键他心思根本就不在这个家上。”

“当初是谁以死相逼也要结婚的?”

“此一时彼一时。”

“现在你打算怎么办?”

“实在不行就离。”

美心柳眉倒竖：“你敢!”

小玲立刻嬉皮笑脸：“我就说说。”

美心道：“说说，这种事情你想都不要想，一点一丝一毫的念头都不能有。”

“哪有这么严重。”

“离婚女人值钱是不是?”

“好了好了，不想不想。”

“给我回去!”

“妈，我想吃撒汤。”

“你这孩子怎么迷到哪儿是哪儿!”

嘴上坚硬，但面对女儿，美心的心依旧柔软。老五要吃撒汤，她的鸽子汤派上了用场。小冬摔跤，需要滋补，家丽送了鸽子来。美心熬成一锅汤。勾兑淀粉，给老五拿鸡蛋冲了一碗。小玲连碗底子都舔得干干净净。

“妈，你去开饭店得了。”小玲不吝赞美。

美心道:“开个酱菜摊子，已经累死了。”

“妈，要不我搬回来住吧。”小玲说。

“不行!”美心第二次发火。

里屋，老太太醒了，叫美心。美心一边应着，一边指着小玲:“你给我回去，前头姐姐们哪个像你这样?你就是差心眼，讲话做事不过脑子，嫁人了明白吗?”

“不明白。”小玲噘着嘴。

正说着，张秋芳已经带着振民上门接人了。

“回去吧!”美心低喝。

在人民医院住了有日子。待家文病情稳定，卫国找人，把她转到卫校住院部，一来好照料，二来他也该正常上班，挣钱。卫校离机床厂不远。三姐春华也能时不时过来照看照看。春荣的学校离卫校虽然有一段距离，但她看在弟弟的面子上，偶尔也来。

家文也明白，人在人情在，陈老太太不在了，大伯哥和大嫂自然更躲得远远的。两个姑姐来帮忙，也是因为卫国。有卫国在，家文感到很安心。

这日，家丽来看家文，带来一个消息，老四准备结婚了。

家文问:“还是那个?”

家丽笑道："粮食局车队的。"

"离婚原因查了吗?"

"女方不能生，后来跟人跑到南方去了。"

"真是一物降一物。"家文感叹。又说，"婚礼我可能去不了，让卫国代表我吧。"家丽让她好好养病，杂七杂八的事不用管，有什么，自然会跟卫国商量。

"我这病，也不知道能好不能好。"

家丽劝道："你就是心思重，你这个病，三分治，七分养。"家文又问老六的情况，探病的人中，有人把老六处朋友的事跟她提了。家丽恨道："这个王怀敏不是个好东西，我让她带带老六，她把人带到她家里去了。"

"主要看两个小的什么意思。"

"闫宏宇人还可以，就是他这个妈要命。"

"王怀敏到底犯过什么事?"

"'文革'期间她告发过不少人，其中有个五小的副校长，最后还跳楼了。"

"这又是何苦……"家文第一次听说这事。

春荣来了，拎着保温桶。家丽忙站起来跟她打招呼。

"二姐，真多亏你照顾了。"家丽替妹妹道谢。

春荣虽然在四小任职，也当过老师，但待人接物上，嘴却拙得很，所以只礼貌地说应该的应该的。家丽又说："光明中午怎么吃饭?"那意思是在不在春荣家凑合。家文忙说："还是他爸去接，骑自行车，一会儿就到了，光明也离不开人。"

三个人坐着无话。没多大工夫，家丽告辞。挨晚子，春华和卫国同时到医院。家文身体虚弱，下午说多了话，正在打盹儿。陈家姐弟仨在旁边卫校小花园聊天。

"有个偏方，对肺结核病后的身体恢复有帮助。"卫国说。

春华问是什么。在哪里求的。

“小潘庄，一个老中医。”

“什么药？哪来的方子？”春荣问。

卫国从怀里掏出一张笺子，对着微弱的天光，仔仔细细小小心心地念：“《本草纲目》释其名谓：‘天地之先，阴阳之祖，乾坤之始，胚胎将兆，九九数足，胎儿则乘而载之，遨游于西天佛国，南海仙山，飘荡于蓬莱仙境，万里天河，故称之为河车’，初出时为红色，稍放置即转紫色，故称紫河车。”

春华微嗔：“怎么还是文言文。”

春荣到底见得多些，挑出重点：“是说紫河车？”

卫国确定：“对，紫河车。”

“什么是紫河车？”春华问。

“人的胎盘。”卫国解释清楚。一时间三个人都不说话。为滋补身体，弄人的胎盘来做药，如不是家文生病，无法想象。但卫国确定，这就是一味中药，且对肺结核病后恢复特别有效。事实上，他已经联系了保健院。接生过后，很多胎盘都弃置，他打算要几个来做药引。只是，他是男的，去产房等胎盘，又要洗。医院熟人要求，必须来个女的。卫国只好求助两位姐姐。

春华胆子小：“这不好吧。”

卫国瞧向春荣。

春荣提着气：“我去吧。”

当天晚间，春荣便在保健院产房后等着。等了三胎，都不见人送胎盘出来。卫国听老中医的话，必须要男胎胎盘。到下半夜，连续几胎都是男婴，熟人把胎盘包好送了出来，春荣戴上乳胶手套，当即去医院后院的水池子淘洗。腥气熏天。好在是下半夜。洗净了，才装进布口袋。带回去交给卫国。卫国再按照老中医教的制作方法，焙干，消毒，翌日煮了汤药给家文服用。

“这什么东西？脆脆的。”端着碗，家文用瓷勺点点碗里的东西。

“猪肚子。”卫国撒谎。说真话怕她不吃，更怕她说荒唐。“以后回家，还要多吃猪心肺，以形补形。”卫国强调。

这家文倒能理解。

春华嘴快，紫河车的事一不小心传给了老大克思。克思再说给陶先生听。饭桌上，陶先生放下筷子，一脸厌恶，对克思：“别说了别说了，白斩鸡都吃不下去了。”蹲一下，又说，“都什么年代了，还这么愚昧、无知、愚蠢!”克思奉承她，“像你这么知书达理的不多。”陶先生趁机泄愤：“哼哼，瞧见了吧，红颜祸水自古有之，卫国也是痰迷，当初多少人反对，非不听，现在尝着滋味了，真得悬崖勒马。”

“怎么悬崖勒马?”克思不懂她的意思。

陶先生忽然鬼鬼祟祟：“如果这个没了，下一个，千万要帮卫国把把关。”克思听得心也一惊。他没料到陶先生恨家文恨到这个地步。

134

家欢结婚还是从家里走。出嫁前一天，凌晨四点就起来打扮。伴娘选好了，家里姊妹一个没用，用了她几个高中同学，且都选丑丑笨笨的。今天她是绝对的红花。

方涛本来说低调办事?可家欢不同意。他是二婚，她可是头婚。不说豪华高档，怎么也要轰轰烈烈。

家丽早早到龙湖。老太太年纪大了，美心又不能跟着。她做大姐，得全程护航。艳艳来帮家欢做头发。打了一瓶多摩丝。头发吹得老高，定型。

梳妆镜前，家欢在试着戴隐形眼镜。田家庵钟表眼镜公司已经改名为亨得利钟表眼镜店。家文的同学在里头上班，卫国找她，帮家欢弄来一副博士伦。确保家欢在出嫁这天能摘掉眼镜，绝对美丽。

“姐，我这怎么戴上去看不清?”家欢问。

家丽只好让她先取下来，仔细看看：“戴反了!”好在家欢眼睛大，再戴没问题。一阵拨弄，终于戴上了。世界明亮。

家欢问：“二姐能来吗?”

“身体还没恢复，估计来不了。二姐夫争取到。”

“媒人都来不了。”家欢失落。

“老二怎么成媒人了?”

“要不是她帮我找那个房子，也不会遇到方涛。”

“那感谢你二姐夫也是一样。”

“老五不回来吧?”家欢又问。

“说要来。”

“那么大肚子来干吗?”家欢不高兴，“明摆着给我难堪，我老四，她老五，老四刚出嫁，老五都要生了，还一目了然，我成落后分子了。”

家丽劝：“大喜的日子，心胸开阔点，她不也为你高兴嘛，而且这种事情有什么落后不落后的，今儿个过了门，你就奋起直追。”

“姐!”家欢有些不好意思。

家丽问：“你没学老三吧?”

家欢愣了一下，答：“怎么可能!”她仍旧玉洁冰清。

家丽打趣：“那你要小心，方涛是有经验的。”家欢羞得脚乱踢。家丽忽然感慨：“你们一个一个都出嫁了，我都老了。”

“姐——”家欢温柔地，拦腰抱住家丽。她感谢大姐，在人生的每一个关键口帮她指路，护航，不久之前，她还深陷黑暗，怎么也料不到自己有柳暗花明的一天。

外头一阵喧嚷。老六家喜伸头进来：“接亲的来了!”

客厅里老太太和美心已经准备好。家艺两口子并枫枫，小玲两口子，站在前院。男方迎亲的队伍一到门口，欧阳就去点炮仗。噼里啪啦炸开了。何家没有男丁，小年——大名何向东，就作为唯一男丁送姨妈何家欢出门。上了车，一路往新房开。

刘妈站在二楼，看着也喜欢。对比秋林，她现在愈发觉得找一个本地媳妇比什么都强。但儿女的婚事，她显然无法管控。人间欢喜，刘妈反倒想流泪了。

美心和老太太送家欢到门口，也就不继续往前。站在门口，目送。美心流泪了。老太太笑道："高兴的日子，又哭了。"

刘美心道："这一个一个的……"

老太太说："早都知道的事情，干吗还跟自己过不去。"

院子里，闫宏宇拄着单拐，站在人群中。家喜后退，他拉她一下。家喜瞪他："你怎么来了？"

"提前学习一下。观摩观摩。"宏宇嬉皮笑脸。

院子外头，欧阳宝身边围了一圈人。他现在是成功人士，又难得出现一回，不少人向他取经。家艺在外围瞅着，心里满足，欧阳现在做鸭毛鹅毛生意，走一趟就能赚人家多少年的工资。她也自豪。她认为欧阳宝的发达，跟她有关系，她旺夫。要不然怎么解释，欧阳一娶了她，就立即发达？

"让一让，欧阳！"家艺拨开人群，叫她亲爱的丈夫，"还走不走？"欧阳应了一声。转身去单元楼洞里推摩托。本田牌，草绿色，整个淮南仅此一辆。十足拉风。夫妻俩并儿子枫枫戴上头盔，帅气地上车，发动，疾驰而去。

小玲和振民进屋喝水。

小玲感叹："看看，人家结婚，还有个意思，车啊马啊的，我结婚，从这个门出了进那个门，跟没过门没什么区别。"

她结婚是在大老汤家的房子结的，就两步路，不用租车。

振民说："方便不是很好嘛。"

小玲道："亏你还想搞艺术，什么都偷懒，搞什么艺术。"

振民被她说得无话，何家，她是主场。他只能让着点。

美心扶着老太太进门，见小玲还在，说："老五，还不赶紧回医院去，还在这儿晃荡什么。"

小玲说："妈，我就是在医院蹲不住了才出来的。"

美心对振民："你给她送回去。"

振民为难："妈，老五不听我的。"

老太太叹气。美心道："那你们就在这儿躺着吧。"两个人进屋准备换衣服，去春华酒楼吃喜酒。小玲说："妈，能不能不要每次都春华酒楼，金满楼比春华高档。等老六办事，一定金满楼！"

家长都装听不见。

小玲伸一只胳膊给振民："扶我起来。"

振民不耐烦，一个舞蹈动作，牵拉，小玲哎哟一声，就要临盆。一家人乱作一团。

奋战六个小时。作为大嫂，秋芳亲自到场压阵，刘小玲顺利产下一名男婴。汤振民升级做爸爸，大老汤家终于有后。

何汤两家举家欢喜。

只有家欢不高兴。洞房夜，家欢把头花摔到梳妆台上，对方涛抱怨："这老五就是成心，没人让她来，非要赶来，来了又闹出这么大的新闻，一桌子人吃都没吃好都跑去看她生孩子了。我跟你说我跟她就是八字不合。"

方涛笑笑："各过各的。"

"她就是故意地！处处跟我为难！"

"那你也生一个不就得了。"方涛故意激她。

"哪那么容易。"家欢有些底气不足。她还不太了解整个流程。孩子是说生就生的？

"也没什么难的。"方涛说。

"你会你之前怎么没生出来？"家欢反唇。

"又不怪我。"方涛嘀咕。

家欢主动："抱我起来。"

方涛愣了一下，立刻行动。家欢又说："等等，把隐形眼镜去了，难受。"方涛笑："去掉怎么看得清？"

家欢强调："就朦朦胧胧的才好。"

摘掉隐形眼镜，方涛横抱起家欢，正式入了洞房。

秋芳工作太忙，美心又忙着酱菜生意，老太太年纪太大，不可能再伺候小玲月子。秋芳只好请幼民老婆丽侠去帮忙。一来她没正式工作在家闲着，二来到底是自己家人。但秋芳也考虑到幼民和他老婆的感受，他们自己没生孩子，却要去伺候别人坐月子，心里多少会有些不舒服。那钱上就多补贴点。为民出钱，给幼民点，也给幼民老婆。这样各房无话，皆大欢喜。

丽侠毕竟年轻，没伺候过月子，但既然同意了，只能按图索骥照本宣科依葫芦画瓢，反正陪着就是。

小孩放到一边。小玲自己还是个孩子，缺心眼的孩子。

名字是为民帮着取的，大名汤洋，小名洋洋。

丽侠剥好鸡蛋，给小玲递过去。两口一个，这是第三个。

小玲吃完拍拍手，抱怨："你说有什么意思，结婚，生孩子，养孩子，老了，死了，做女人就这些屁事。"

"那不然咋的?"丽侠心情复杂。小玲的抱怨，在她看来是站着说话不腰疼。她是想做做不了。

"男人就省事多了，几分钟，完了，不用生也不用喂奶，不管不顾，振民肯定又去公园跳舞了。"小玲愤愤。

"振民不是那种人，我看他挺关心你的。"

小玲撇撇嘴："二嫂，我说真的，我现在觉得，当初是为了爱情结婚根本就是个错！惹了一屁股麻烦。不过也好，算是给妈妈奶奶一个交代，我刘小玲也结婚生子了，这辈子的任务完成了。"

丽侠好笑地："哪有这么轻松，万里长征刚开始哩，生出来还得养，养还得养好，你生的是儿子，以后要多多操心，培养他长大成人成才成家，你以后是要做婆婆的。"

小玲听着心颤，捂耳朵："哎哟妈呀!"

家欢结婚、小玲生产没几天。王怀敏就笑嘻嘻上门了。人还没进屋子，老太太就听到一阵爽朗笑声。

“是老太太吧，我是蔬菜公司的王怀敏，何家丽的老同事。”

“坐吧。”老太太没有太热情。

王怀敏问：“美心呢？”

“菜市呢。”

“买菜啊？”

“有个酱菜摊子。”

“还累着呢？”王怀敏笑。

“闲不住，”老太太坐在太师椅上，气势十足，“主要人民群众还需要。”

王怀敏欠着身子，大声：“老太太，我今天来是说一个喜事！”

老太太不动如山。面无表情。

“老太太！”王怀敏更大声。以为她耳聋。

“听着呢。”老太太说。

王怀敏揣着笑，喜眉善目地：“你们家老六跟我们家老三，一见钟情，自谈了！”

老太太并没有展现出欢喜。家丽说过，宏宇没毛病，就是这个妈太可怕。老太太唔了一声。

王怀敏继续：“作为男方家长，我是坚决同意的，老话说，宁拆十座庙，不毁一桩婚。”

“这不还没结婚吗？”老太太反问。

“我今天来就是问问你们家长的意思。”王怀敏柔下性子，“婚房我都准备好了。”

老太太拄着拐棍站起来：“小王，你的意思我们知道了，等我们开家庭会议讨论，有结果再告诉你。”

“还有家庭会议呢，怎么搞得跟小组织似的。”

“何家，从来都是一个整体。”

135

晚上，母女都到家。老太太让美心找家喜谈谈。

小冬在里屋做作业，小年还没回来。

三个女人坐在后院，对着窗台上几只南瓜和院中间的月季说话。

老太太先说："今天王怀敏来了。"

家喜反弹剧烈："她怎么来了！我说今天怎么没去上班。"

美心对家喜："我看你都快被王怀敏洗脑了。"

"妈！没有的事！"

美心略带忧伤地："在这个家就这么待不住？就这么迫不及待，老四刚出门，你也要跟着出去。"

家喜听出来了。她妈以为王怀敏是她鼓动来的。"阿妈，阿奶，我根本就不知道王师傅来，我也没让她来！"

"但你也没拒绝！"美心嗷的一声。

老太太劝："她妈，好好说话，有什么说什么别带情绪。"

美心道："家里没个男人，不行！你看看这，几个女儿，这才几年工夫，一个个跟抠矿似的都给我抠走了。"

老太太见美心实在说不明白话，只好亲自上前问："家喜，你跟闫宏宇，到底什么打算。"

"不知道。"家喜说。

"不知道可不行。"老太太说，"我和你妈并不是坚决反对，但都要看你的态度。利弊都要考虑清楚。"

"还凑合。"家喜小声。她对自己的感情也不是十足有信心。只不过，目前为止，宏宇还行。

“什么叫凑合。”

“他的钱给我花。”家喜说。

美心激动：“你拿人家钱了?”

“不是，是他非要给我。”

“给你也不能要!”美心是有原则的，“当时你去五一商场上班，就怕你拿人家钱。”

“妈，这是两码事情……”

老太太教育孙女：“他给你，是他的态度，你不要，是你的底线。要了就代表默认了处朋友的关系。是不是打算继续处下去?”

家喜喉咙里唔了一声。

美心恼得拍南瓜：“你说你这么多家不找，非掉到她家，王怀敏，那是有名的难缠。”

“我又不跟她过……老说这……”

美心急得，对老太太：“老奶奶，我管不了，你管管你孙女。”

老太太只好说：“老六，谈可以，不要这么着急结婚，都看看，你在观察他，他们家，他也在观察你。如果结婚，得有独立的住房，记住了。你不提，到时候我们也帮你谈，记住。”

家喜说记住了。

中午吃饭，卫国做好饭，单分出一盘子。家文的筷子、勺、碗也都是单独的。端上来扒皮鱼，光明要下筷子，卫国阻止：“先给你妈一条。”光明听话，用公筷分了一条到妈妈的碗里。

卫国对家文：“差不多了吧，拍片子都说越来越小，没有传染性了。”

家文道：“等完全好了再说。”大意失荆州，小心驶得万年船，对于病，家文不含糊。卫国道：“心理因素也很重要。”

一家三口吃午饭。

饭后，光明去午睡。卫国和家文靠在床上说话。

卫国道：“听说厂里马上要有变动。”

“哪个厂?”

“先动你们淀粉小厂。”

“怎么动?”

“可能会解散。”卫国说得平静。家文却十足震惊，生病有一年多了，一直请假，没想到还没复工，就迎来巨变。

“那怎么办?”

“一部分员工组成友谊饭店，搞搞三产。你也被分流过去，但你的身体状况，肯定不行，所以也是暂时的，再想办法。”

“可不能没工作。”家文想得远。

“找我哥想办法呢。”卫国说。

“党校的?”

“嗯，他有个学生在人事局。”

家文不说话。她一向不愿意求党校两口子。不过这回是卫国出面，她装不知道。

“大厂不会有变化吧。”家文问，指饲料公司。

“有点风声，不过应该不至于，这么大的公司、厂房。”卫国说。暑假到了，卫国怕光明在家淘神，便带他一起去公司上班。

跟卫国同科室的是两个中老年妇女。一个姓朱，一个也姓陈。

光明叫她们朱奶奶陈奶奶。朱奶奶是本地人，眼看就要退休。陈奶奶是上海人，比朱小不了几岁，打算退了休回上海。

见光明来，两个人都喜欢，问这问那，一会儿，弄了盘跳棋，三个下着比赛。结果每次都是光明赢。

玩一会儿，光明疲了。卫国让他出去找小孩玩。暑假，不少员工都带孩子来上班，饲料公司大院成了他们的天堂。有个叫王大鹏的，带着几个孩子在大院里疯跑。

光明跟上，问他们在玩什么。

王大鹏手里拿着个枯树枝:“捉吊死鬼。”

吊死鬼是一种虫。包裹着树叶，一根丝牵引着吊在树上。王大鹏家养了只八哥，以吊死鬼为食。

光明跟着。王大鹏问："你是陈光明吗？"

光明点点头。

"我认识你。"大鹏说。看来光明还是个小名人。

"你是不是机床厂幼儿园毕业的。"

光明点头。

"你以前在厂里的大剧场表演过独唱。"

有这事。那时候光明还在上幼儿园，被老师选中，唱《妈妈教我一支歌》，轰动全厂。

一整个下午，光明就跟着小伙伴们捉吊死鬼。树下的几乎捉光了，剩余的都机警地躲在树上，不肯下来。

孩子们又去水沟里挑蚂蟥玩。

蚂蟥在水里一伸一缩，一旦被挑到水泥地上，立刻瘫软，太阳晒一会儿，便烤干了。

铁栏杆包着个大机器，光明站在旁边看。栏杆没上锁，而是用软铁丝拧着把手。

"谁敢进去？"大鹏问。

没人应答。谁也不知道这个机器是什么。

"陈光明，你去。"大鹏说。

光明犹豫。但既然朋友提议，他还是不忍拒绝，正打算扭开铁丝，背后一声叫喊十分响亮："光明！"是爸爸卫国。

"光明！"又一声。

光明站立不动，卫国迅速跑来，拉光明到一边，"谁让你进去的？那不能进！进去人就没了！"

光明从未见过爸爸发这么大火。后来他才知道，那是变压器，人靠近，会被强大的电引力吸附，此前有个青年靠近，丢了一只手。如果光明打开铁门，可能丢的就是命。

是卫国救了他一命。

从那以后，卫国不敢让光明单独去玩了。上班带着，还是在办公室下跳棋，下班回家。不过父子俩每天早晨锻炼有个野趣。

去家属楼后面的小潘庄田地钓小龙虾。

一根线绳系在木棍上，下面拴一段鸡肠子，一早上能钓一小塑料桶。

回家，用刷子刷，水龙头底下冲。卫国亲自下厨，用辣椒炒，一炒一钢精盆子。

转眼又是一年。家文恢复得差不多了。早上，一家三口一起去锻炼。日子平淡温馨。家文的工作重新落实，卫国托了不少关系，把她调入离家一墙之隔的第五制药厂，分配在胶囊车间。再拍片子，肺部的穿孔已经弥合，家文正式上班。

家喜和宏宇光明正大谈恋爱，只是房的问题，一直没解决。老太太不松口，这事就拖着。

欧阳宝的毛子生意越做越大，整个淮河以南的鸭毛鹅毛，几乎被他包圆，去年一个冬，他赚了几十万。加上过去的身家，欧阳宝摇身一变成为百万富翁。家里的几个弟兄，有的已经下海跟他干，老欧阳也住上了新房子，安享晚年。当然，欧阳不露财，人人都知道他赚到钱了，可具体多少，不清楚。

唯一清楚的是家艺。

这二年，何家艺毫无争议地走上了人生的顶峰。廖姐还雇着，多少年的老保姆了。有身份的人都要有用人，家艺有。

衣服全部去上海买。她还出国玩了一趟。回来之后描述了几个月。工艺厂的人全都知道了。

老太太劝她："老三，收着点，就算现在好过了，也不要这么张扬。"家艺却说："阿奶，人生能有几天如意日子，得意的时候你不得意，失意的时候后悔都来不及。给你舞台，你站上去就要能表演，人生也是艺术，艺术就是人生。"

老太太知道家艺是劝不服的，也就点到为止，由她去。

美心对老太太："这个家，现在我们说了谁还听？老了！"

老太太笑道："我说老了还差不多。你还早着呢。"

美心叹息，自嘲："不该死的都死了，像我们这些没什么用的，还千年王八万年龟的。"

"留着你有作用。"老太太靠在摇椅上，"老四生了没有？"

美心说："昨晚上生的。"

"我做梦是个小子。"

"妈，你快成仙了，还真是男孩。"

"方家该满意了。"

美心道："人家儿子多，孙子也多，不稀罕这个。"几个女儿都生了儿子，美心多少有点麻木。

老太太说："让老大老二代表一下，去看看。"

美心说："老大老三去了。老二离得远，病也没全好。"

"还没好呢？"老太太表示不可思议。家文生病，没人告诉她实情，"老五呢？"

"居家过日子呢，别让老五去了，老四跟老五不对付。"

保健院，家欢还没出院，方涛陪着她。家丽两口子并家艺两口子去看她。家艺封了个大红包，塞过去。家丽给了两个红包，她一个，老二一个。

"孩子取名字了吗？"

家欢说："等他爹取呢。"

方涛连忙说："我爸昨晚上想了一夜，今儿个早上给的名字。"众人都问叫什么。方涛说："方志成。"

建国叫了声好："有志者事竟成。"

136

探望完家欢，建国说要请家艺两口子吃饭。

欧阳宝忙说："好不容易见一次大姐大姐夫，应该我请！"

豪气冲天。家丽决定给他这个机会。

建国说就在保健院附近的小店吃吃。欧阳怎么都不答应。家丽说："欧阳，你听大姐夫的，他一会儿还要去区里上班。"

家艺撑着不说话。难得有表现机会，她让给丈夫。只见欧阳宝信步走到马路边，掏出钥匙，打开车门。是桑塔纳，黑色，上海制造，是欧阳的新坐骑。"上车！"欧阳笑嘻嘻地。

此时此刻，连家丽都不得不对他刮目相看。从前的捂屁拉稀球痞子小混子，到现在的弄潮儿成功人士，何家丽跟在时代的后面跌跌撞撞，还有些摸不清门道。

车，建国坐得多，但他都坐公家的，私家车还真没坐过几次。

他也喜欢车。"几个钱？"他问。

欧阳笑笑："钱不用说啦，臭臭的东西，大姐夫喜欢开，随时拿去开好了，它就是个男人的玩具，就是玩。"

欧阳做作的洒脱，让家丽不舒服，她偏头看看建国，他似乎很享受。当然她也能理解他。体制内的攀升是那么缓慢，他至今还只是个科级，而像欧阳这种毅然下海的，却摇身一变成为社会主流。家丽深感时代变了。

到地方停车。家丽和建国才发现欧阳把车开到了金满楼。淮南最贵的酒店。不进去吃，太露怯了，显得这个做大姐的没见过世面。进去吃，确实贵，尽管欧阳要请客，家丽还是心疼钱。

咬牙进吧。包间，四个人坐，空荡荡的。建国要换到大堂，欧阳摁他坐下："请贵宾，就要到贵宾室。"又对服务员，"点菜！"家丽只好坐下，家艺脱下她那名牌衣服，交给服务员挂进衣橱，这才坐到家丽旁边。"姐。"家艺甜甜地叫了一声，挽着大姐。

家丽抖了一下肩膀："干吗？我看你就是在蜜罐里泡的时间长了。"

家艺道："怎么啦，我过得好你不为我高兴？当初你还不让我嫁给欧阳呢。"家丽有些发窘，只好找补，自己给自己台阶下："算我打眼了，你对了，行了吗？"

"大姐——"家艺发嗲，"我知道你为我好。"

欧阳要点海参鲍鱼，被建国制止。

家艺道："海参不要，鲍鱼一人一只，燕窝给我一份。"欧阳甜腻腻地，"谨遵老婆法旨。"一会儿，酒菜都上来。

欧阳非要先敬建国一杯，还有话要说，他竖竖大拇指："大姐夫在我眼里一直都是这个。"建国连忙说不敢当。

欧阳继续，看看家艺，又看看大姐："这个家要没有大姐夫，那真只能是武大郎卖粪——论堆。"

家艺嗔："瞧你这比喻。"

欧阳说："多原谅，没什么文化。"又说，"以前大姐夫的光荣事迹，家艺都跟我说了，我是恨哪，恨我没早生几年，要在那个年代，我也去参军，我也去打仗，我也做英雄。我也帮爸爸解决困难，我也跟大姐夫一样，做个真汉子！"

情绪激动，酒差点洒出来。

家丽笑说："你现在做也不迟。"

欧阳脖子一缩，又一伸："那是的，必须孝顺，大姐，我也敬你一杯。"家丽二话不说，一仰脖子喝了。欧阳拍桌，赞："好！大姐是女中豪杰，要说这娘婆两家我唯一佩服的女的，就一个，大姐！"家丽被夸得飘飘然。她料不到欧阳在外面混，混得满嘴跑火车。燕窝上来了，家艺仔细吃着，一边吃一边说："一不小心，真见老了。"

欧阳又说："大姐，要不要跟我干？一年忙一季子，能吃好几年。"家丽有些动心，蔬菜公司里也风传，要有变化。可她不能轻易松口，别人一说，她就干，那成什么了。而且欧阳说话水分也大，不能轻易相信，跌了面子。家丽稳住，说："年纪大了，孩子也要管，家里撒不了手，就不去挣那个钱了。都过了不惑，还争什么，抢什么，安安分分过吧。"

家艺教训欧阳："听到没有，大姐说了，安安分分过。"

欧阳委屈，怪模怪样："哪里不安分了？"

"最好是这样！"家艺瞪他一眼。

建国真诚地："小老弟，赚到钱是好，但这个市场经济，千变万化，得留点后手。"

"大哥，怎么留后手？"

"买房置地。"建国说，"跟老祖宗学。"

"哪里的房，何处的地？"

建国说："供销社门口，淮师附小往南这一排正在建房，都是门面，十几二十万一个，趁着现在手里有点钱，不如买几个，以后不论是自己养老还是传给枫枫，都不错，好歹有个房租吃。算留条后路。"

欧阳风头正健，哪会听这个，他笑笑说："现在生意好做，哪用把钱投到房子上，房子是死的，人可是活的。"

建国一听这话，知道欧阳宝听不进忠告，便点到为止，不再强劝。

何家的墙头矮了。美心和老太太商量，打算把前后院的围墙都重修一下，后院没有门，但墙头上需要砌入碎玻璃防盗，前院有门，需要重新修门头，寓意：光耀门楣。

何家没有儿子，但有女婿，刘美心一声令下，五个女婿和一个准女婿都来了。小工都不用请。建国找了技术工指导，卫国弄了水泥，欧阳掏了红砖钱，方涛拉货，振民买门头的琉璃，宏宇当小工干活最勤。连续三天，这六个与何家女儿有关系的男人都在一楼院子里忙活着。成为一道风景。行来过往的人都啧啧称奇，有羡慕的，赞叹的，也有讽刺的，恨的。刘妈站在二楼，抱着那只叫赫兹的老猫，神色忧伤。秋芳来到她身后：

“又羡慕啦?”

刘妈连忙收了神情：“没有，就看看你小叔子，真是缠不清的亲。”秋芳补充：“你儿子可是科学家。”刘妈苦笑，不申辩。科学对她有什么用，不过就是个说法，面子，在菜场跟人说说好听，哪里有陪在身边实惠。刘妈越来越不喜欢孟丽莎。

院子里，美心给六个力工送水，欢天喜地。

天冷了。但何家小院的热情能冲到天际去。刘妈也羡慕这种热闹。何常胜走了。但他身后这个家兴旺发达。纳入六个人丁，再生六个孩子。

忙好弄好，中午吃饭。过小年，美心不含糊，几个女儿，只要有空的，都来帮忙。家丽洗菜，家文督导，家艺摆盘，家欢看着锅，时不时偷一块吃，小玲切菜，家喜负责端，掌勺的还是美心。厨房里几乎站不下人。客厅里，男人们歇息下来，喝茶，聊天，古今中外地说，他们是连襟，因为各自的女人坐到一起。围着一圈，首座自然是建国，卫国坐在他旁边，然后是欧阳、方涛、宏宇，时不时爆发出笑声和争辩声。前院，这时节月季花还在开，一大丛，越长越高。老太太坐在门廊底下，是个藤椅。孩子们在摔皮卡，玩弹珠。小年已经过了玩这种游戏的年纪。站在一边看，有大人样。小冬成了代理带头大哥，带着光明、小枫、洋洋、大成，玩得不亦乐乎。老太太何文氏看着此情此景，心满意足，在过去，这已经是盛景。四世同堂。

用的是大圆桌，大人们都上桌。菜满满一桌子。凉菜有素拼、荤拼、拌红心萝卜丝、凉拌苦菊、皮蛋豆腐、白切牛肉、香肠片；炒菜有轻炒豆饼、韭菜千张、青椒鸡蛋、青笋木耳、蘑菇炒脆骨、炒猪肝、木须肉、银耳炒腰花；烧菜有红烧大公鸡、糖醋鲤鱼、千张疙瘩烧排骨、护心皮烧馓子、毛白菜烩豆腐、红烧牛肉、老鸭烧豆子、烧咸鱼、红烧大雁、清炖甲鱼、大蒜烧黄鳝；外带明炉羊火锅；汤有甜汤、老母鸡汤（配黄心乌白菜、鹌鹑蛋、银耳）、蹄包汤。

人菜齐备，老太太对家丽：“老大，把你爸的那杯酒也摆上。”

家丽忙去柜子里拿出常胜生前最珍爱的仿古八方杯。满上白酒。家文去搬了个凳子，摆在老太太和美心当中。有空位，就算常胜也在了。良久默然，都等着老太太说话。

老太太眸光微启，扫了桌面一圈：“你们，都是何常胜要等的人。”提起常胜，美心不免眼神幽眇，他离开她们已逾十年。

“有男有女，有夫有妻，父慈子孝，姐友妹恭，我们这个家算是齐全了。”老太太一连用了好几个成语，也不管合适不合适。反正就那意思。众人笑了。老太太继续：“既然是一家子，就要有一家子的样子，要团结一致，一致对外。”

众人点头称是。

老太太忽然把五个指头在桌面上轮番敲了一阵：“什么叫家?”突如其来的考题。

“你说。”老太太指着宏宇。他最小，且还没算进门，都因为他那个妈。

宏宇眼睛骨碌碌转：“那个……家就是……”脑子忽然不够用，只好说，“家不是餐厅。”

全场轰然一笑。老太太道：“也对。”

小玲接话：“家不是酒店。”

家喜说：“家不管是穷是富，温馨舒适最重要。”

家文说：“家不论房大房小，干净整洁就最好。”

家欢不甘落后：“家不是战场，不用争王争霸。”

方涛看家欢：“家不是擂台，不用一比高下。”

欧阳笑道：“奔波在外，最向往的就是家。”

卫国说：“委屈难事，最渴望的也是家。”

建国这才说：“家的组成很简单，慈爱的父母，贴心的夫妻，可爱的孩子。”

家丽总结：“家就是踏实，家就是安心，家就是团结，家是一致。

美心眼眶湿润：“一辈子……只有家……能让人幸福到老。”常胜一死，她就是没家的人。

老太太深深叹息："一个家字，一笔一画，点撇横捺，正好十笔，必得十全十美，才写出一个圆满。"停一停，又说，"我这一辈子，该经的都经了，该见的都见了，活到这个岁数，熬老了前辈，熬走了后辈，我挺知足。家丽！"她忽然喊。家丽连忙应声。

"将来我走了，你要把弟弟妹妹都拢起来，把你这个妈孝顺好。"一桌人皆劝说什么走不走的。老太太说："生老病死，人之常情。"又看看美心，"以后你不要太任性。"

一桌皆纳罕。美心这把年纪，任性什么。也对，在老太太面前，她可能永远是个任性的年轻人。"妈，别说了。"美心泫然，"都怪常胜走得早。"

"妈——"众女儿都来安慰美心。

老太太鼓励："生死有命，富贵在天，活到这个年纪你还不明白？吃饭！动筷子！"

都等着老太太下第一筷子。

老太太看看一桌菜，问："红烧鲤鱼谁弄的？"

家丽应承下来。

老太太笑呵呵地："我来尝个鱼头肉，希望你们明年都能鲤鱼跳龙门。"

老太太下了筷子，这才吃开了。

觥筹交错，热闹酣畅，欢声笑语，喜气洋洋，一派歌舞升平。

席间，小枫拿傻瓜相机，抓拍了几张宴席照，定格了这家族盛景。吃到末了，老太太喝了点甜汤，觉得乏了。

头一耷拉，闭上眼。

家欢坐在她对面，第一个发现异常："阿奶！"

家丽连忙看身边，摇了摇老太太："阿奶！"

"妈！"美心也喊。

孩子们神色间有些错愕，呆在原地。

137

美心摸摸老太太的鼻息，还有暖意。“妈!”美心又喊。老太太慢慢睁开眼，迷迷糊糊：“你们吃，吃完了就犯困。”

虚惊一场。

家丽道：“小年小冬，把老太扶到房里去。”

两个儿子连忙起身去扶。

这场聚会过后，很快，王怀敏正式上门提亲，房子准备好了，就在她车站村一层平房后头加了第二层，说是单独给宏宇和家喜的。老太太见家喜和宏宇感情实在不错。宏宇对家喜百依百顺，便不好再棒打鸳鸯。她如果再反对，闹僵了，家喜嫁过去跟王怀敏也不好相处。美心有些心疼，毕竟家喜是她一手带大的，最有感情，好在她现在手头还有个事做——卖酱菜，所以没几天，这忧愁也就冲淡了。

领了证，就等着办事。本来想再拖一年，等宏宇不跑车，转到科室工作了再说。但美心和家丽考虑再三。一、家喜已经有了身孕，不能等。二、老太太精神一天不如一天，也不能等。两边一合计，只好赶着选了黄道吉日，把事办了。

家喜结婚，彩礼和陪嫁，相较于老四那时候，又上调了一点。时代在变，何况她是何家最后一个女儿。其余酒席、迎亲、洞房一律相同。唯一不同的有两点。一个是录像，宏宇请了开婚纱摄影店的哥儿们全程录像，留录像带，做纪念。二是，家喜送亲的队伍里有六个外甥。也是一景。小年打头，端喜盆；小冬捧痰盂；光明拿灯；小枫握花瓶；洋洋和大成年纪小，一人拿一束假花。迎亲那天，下了车，家喜在前面走，后面六个外甥跟着，蔚为壮观。

王怀敏看着也喜欢。有好事的邻居多嘴，奉承她："嚯，这何家的女儿就是生儿子的命，瞧瞧这一大串子，跟葡萄籽儿似的。老王，你娶这一房儿媳妇可是娶对了，等着抱孙子吧。"

王怀敏乐得合不拢嘴。

小年快初中毕业了。是龙湖中学的一霸，人称：超级赛亚东。

这日，家丽下班，走到家门口。当门立着一个短头发的中年胖妇女，她旁边站着个男孩，耷拉着头。头上裹着白纱布。

"你是何向东的妈妈吗？"胖妇女见家丽走过来，问。

家丽看到那纱布就感觉不妙。不是第一次了。

"你哪位？"家丽问。

胖妇女一把拉过旁边那个负伤的少年："这是赵无极，我是他妈，你们家何向东把我儿子头打破了！他必须要负责任。承担医药费！误学费！精神损失费！大姐，你也应该管管你儿子，整天在学校无法无天，欺这个打那个，现在还是学生呢，以后走向社会，那不成那啥啥才怪！"

家丽只好赔着笑脸说对不起。该答应的，都先答应下来。不是第一次了，她有经验。

搓板往地上一摔。

"跪下！"家丽暴喝。

小年乖乖跪在搓板上。齿缝交错，膝盖一会儿就受不了。小冬吓得躲进屋。他跟哥哥相反，哥哥胆大，他胆小。他从未见过妈妈发这么大火。

家丽手握扫帚头子："屁股撅起来！"

小年为难："妈，我都这么大了，就别用这招了吧。"

"撅起来！"

小年申辩："是赵无极先惹我的，我是自卫反击。"

说话间，扫帚头子已经落下。噼里啪啦如雨打浮萍。小年只能受着，好在被打了这么多年，他早已铜皮铁骨。

建国回来了。一进门，对眼前场景明显感到意外："母子俩这是唱哪出呢。”

小年率先求救：“爸！我是自卫反击，我妈非判我一个侵略，然后对我实行法西斯统治！”

家丽吼：“你儿子又把人头打破了！人家找上门来了！一个月工资又没了，还不知道有没有后续！如果残疾了呢，谁养人一辈子！”说着，扫帚头子又落下。小年下意识用胳膊挡，来了个反作用力，扫帚被震飞了。家丽打红了眼，冲到建国身边，解开他皮带头。建国慌乱：“家丽，别冲动。”

一把抽出建国裤腰上的皮带，好像抽了条龙筋，家丽手握重器，扬鞭训子。这一波攻击更剧烈。小年终于撑不住，铜皮铁骨也被家丽的牛皮神鞭打得哇哇乱叫，满地找牙。

这样不行。不正常。建国拎着裤子上前，抓住她腕子：“家丽！”

“你松开！”家丽目光如刀，像是能在人身上挖几个窟窿。

“你就是打死他，不也于事无补？”

“打死他我去自首！”家丽像中了魔一般。

小年连滚带爬逃回自己屋。把门反锁上。小冬在屋里已经吓哭了。

“何家丽同志！”建国激动。

家丽这才忽然长叹一口气，把牛皮皮带摔在沙发上。

晚饭不吃，算惩罚。家丽不吃，一家人只能跟着不吃。建国乐观主义，对家丽：“人是铁，饭是钢，饿他一顿又何妨。”自相矛盾。但主要表明态度。

家丽就闷坐在沙发上不说话。小年小冬不敢出门。建国陪她坐着，她不声不响，他看书。到晚上十一点，建国才问：“睡吧，明天还要上班。”

家丽叹了口气，到床上歪着。

建国宽慰她：“儿子是你生的，怎么都得兜着。”

家丽不作答。停了一会儿，才说：“老大这书，是读不下去了，让他提前去当兵吧，别等高中毕业了。”

“行，听你的。”建国顺着她，“这小子，也只有部队能治他。小树苗才能捋正了。”

家丽辗转：“今天那学生家长一句话把我说蒙了。”

“什么金科玉律?”

“她说这样的孩子，在学校都这样，将来走到社会上，那可不就是那啥啥。”

“啥啥?”

“就怕他犯罪，这老大不知道怕。”

“放心吧，进部队，什么都修理好了。”

“别给分配太远。”

“那是组织安排，我做不了主，也不能干涉。”在原则问题上，建国毫不让步。

“要你这爸干吗?”

“当兵嘛，不就几年。”

“那要转志愿兵呢，不就一直当下去。”

“看造化吧。”建国说，“我倒觉得，去艰苦的地方锻炼锻炼挺好。”

家丽这才躺下，侧着身子，但睡了好久也没能入眠，反复翻身。建国感觉到，说：“睡吧，明天还要上班呢。”又是这句话。夜，无限延伸，覆盖在家丽心上。她其实有个心事，只是不知道怎么跟建国说。或者说，她是不知道怎么说服自己，让自己接受。家丽觉得自己仿佛就站在这黑夜里，脚下是茫茫大地，她却不知道路在何方。

“睡吧，”建国说，“不然上班没精神。”

家丽心口的岩浆终于喷发出来，“建国——”她叫他。

“嗯?”建国侧过身子，对着她。

“我可能要下岗。”家丽吐了口气。

山雨欲来。

淮南不少厂都开始动员工人下岗。橡胶二厂、杂品厂、食品厂、纺织厂、轴承厂，乃至于更远的蔡家岗机厂、望峰岗选煤厂、八公山机械厂，整个淮南，百分之七十的厂子受到了冲击。六里站有工人开始拦路，蔬菜公司也有人参与。家丽没去，时代大潮赶到这儿了，非个人之力可以扭转。

在单位办了手续，每个月可以领两百八十元生活费。职工自谋生路，等到退休年龄，再到单位办退休。家丽从蔬菜公司走出来，大门口，家丽回望门牌，朴素的一行正体黑字，淮南田家庵蔬菜公司——似乎包含了她大半个青春。然后，走出这个门，就代表结束。

家文的制药厂还没开始下岗，但也面临转型。厂子里生产的药是大众药品，没有专利拳头产品，诸如感冒灵、诺氟沙星、头疼粉这些常见药是个制药厂都能生产，五药厂缺乏竞争力。唯一能支撑的上游半成品，做辅料——向其他更具有竞争力的医药企业提供原料。家文包了一阵胶囊，手刚练熟了，又被调整到辅料车间。

家艺所在的工艺厂也受到一些冲击，但暂时还不至于倒闭。家艺属于熟练工，做手绘上色，尚未下岗。不过她也不怕下岗，欧阳宝如日中天，粗算算，这辈子的钱似乎都赚够了。

家欢所在的信托公司效益却出奇的好。从建立第一年起，就一直在盈利。他们主要做对公业务，经手金额都比较大。

小玲还在外贸干。外贸的情况不容乐观，但还不至于像厂矿企业那样裁员，混着没问题。家喜怀着孩子，她所在的五一商场效益还算不错，她反倒比在蔬菜公司本部的家丽处境更好一些。

何家的几个女婿。建国是雷打不动，在区武装部工作。卫国的饲料公司前景不明，公司的产品要进入市场参与竞争，但设备老旧产品品质堪忧，公司在谋求转型，改了个名字，叫白蓝集团。欧阳宝继续做他的生意，在外头收鸭毛鹅毛，为了存货，他在后院盖了两间房子。振民在供销社混着。宏宇调入二汽的科室，不做货运司机，但随之而来的，是收入减少了。女婿中唯一明确下岗的是方涛。不是领导针对他，而是因为整个粮食局车队解散了。

138

穿好工作服，拎起皮包，何家欢准备出门了。

关于下岗的问题，头天晚上她跟方涛讨论到半夜，他们的意见没能达成一致。方涛的意思是，去维权。他们车队的这些老哥儿们，为粮食局干了半辈子，不能说解散就解散，说清退就清退。总要有个说法，或者分流安置。

“没说法你能怎么样？你跟国家对着干？跟政策对着干？”家欢第一次发现方涛如此不识时务。

“得有个说法。”

家欢着急：“要都有说法迟早都会有说法！你们这么闹有用吗？造纸厂那些人把田东的路都堵了，也没用，那是几万人的大厂。你们呢，一个车队，能翻天？”

“跟你说不通，你不懂。”

“你就在家。”她命令方涛，“四点半成成放学，去接。”

接自己儿子总没怨言。

方涛点一根烟。

“少抽点。”这是家欢上班前说的最后一句话。

下班到家。开门，家里空荡荡的。何家欢头顶上的火一下就冒起来了。放下包，她必须先去幼儿园接成成。她预感到了，方涛没接他。无法沟通！跟这个男人根本就无法沟通！为什么死死抓住粮食局车队不放。那欧阳宝，有铁饭碗的还纵身一跃下海经商呢。为什么不能忘掉过去重新开始。家欢甚至觉得，方涛身上有一种老年人式的固执。认死理，迷到哪儿是哪儿！出不来！

去幼儿园，老师表示，方志成小朋友已经被接走。家欢有些紧张了。她后悔没给方涛配 BP 机。只能去粮食局看看。

粮食局二楼，小会议室。方涛站着，高谈阔论，他憋了太久，有太多话想说。他的言论引发同事们的掌声。这些都是被下岗的司机。成成看家欢站到会议室门口，叫着妈妈，跑了过去。

方涛也看到了家欢，有些分神。

保卫科的人围上来。“停止！”那人拿着橡皮棍。方涛反倒说得更大声。保卫科的人围上来更多，拉拉扯扯间，有人动手了。“他妈的抄家伙！”一个老司机举起一把椅子。司机们纷纷动手呼声震天。家欢怕伤到成成，连忙抱起孩子往下跑。

却听到身后哐当一声，有人尖叫：“杀人啦！”

家欢转身，却见方涛倒在地上，身上都是血。

征兵体检，家丽陪小年排在队伍末尾。小年说：“妈，先回去吧，我自己能行，都多大了，不用妈陪。”

家丽看看周围，也确实没几个家长陪着来体检的。家丽没处去，只好转回家里。老太太坐在藤椅上打盹儿。电视开着。美心还在忙着做酱菜，最近生意越来越好。

“妈。”家丽打了个招呼。

美心头也不回：“没上班？”

家丽没说话，进屋，老太太醒了，见家丽神色不对，问：“这展子（方言：这时候）怎么来了？”

“送小年体检。”

“生病啦？”

“征兵体检。”

“入伍好，让部队管管他。那孩子，属龙的，只有政府能镇得住。”

家丽不说话，捏着桌子上的瓜子嗑着。

“遇到难事了?”老太太睡眼蒙眬，依然明察秋毫。

“下岗了。”家丽跟奶奶不憋着。

老太太笑笑：“我也听后院有人闹事呢，是单位不让你干了?”

“一个月给二百八。”

“比我强，我什么都没有。”老太太向来乐观，“你妈知道了没有？她办退休了。”

“还没跟她说。”家丽神色落寞。美心推着小车，出去了。

“先歇歇，再想想怎么办。”老太太劝，“建国会有办法吧。”

家丽苦笑：“现在厂矿企业普遍不行，建国在公务员系统，有口饭吃，但把我运作进去，几乎不可能。”

“做点小生意，跟你妈做。”老太太建议。没饭吃还要找妈。家丽分析道：“妈这摊生意，虽然小，但是她一个人张罗起来的，我如果凑过去，其他几个小的估计要有意见。”

“能有什么意见。”

“再说。”家丽觉得不妥当。关键她也不认为美心的酱菜摊子能支撑两个甚至更多人的生计。

“跟老三男人干呢?”老太太提议。

“老三那脾气，欧阳那谱儿，我宁愿饿着也不去受那个。姐妹就是姐妹，不要搞那么复杂，弄来弄去，金钱往来，把多年的一点感情都折腾没了，不值得。”家丽看得真真的。

“那就先休息一段。”老太太捏了个花生米，咬不动，又吐出来，自嘲道，“老喽，不中用，花生米都搞不定。”

家丽才想起来，从包里拿出绿豆糕，本来打算让小年体检后吃的。“这个软。”递过去，老太太放进嘴里，果然轻松化了。

“回头多买点。”

老太太阻止：“都下岗了，还费这钱。”

“没到那地步。”家丽还是带着笑。

小健也下岗了，卫国被孙黎明叫去出主意。到北头老宅，克思没来。

自陈老太太去世后，孙黎明一家就跟克思、陶先生断了来往。春荣也没来。她在小学里供职，事业编制，外头的事，她不知道，也帮不上忙。敏子来了，代表妈妈。她和丈夫胡莱，一个在洛河发电厂，一个在田家庵发电厂，正值电力发展最迅猛的时代，敏子一个月的收入，比她爸妈加起来还多。本来是来给小健出主意的。敏子却一番高谈阔论。她有钱，在有钱人眼里没有困难。

当然，她的钱也只是刚好踩在时代的鼓点上，阴差阳错的命好。敏子笑呵呵地，对她小姨春华说："让小忆别考大学了，有什么用，还不如直接考电厂。"

春华讪讪地，机床厂效益也开始走低："电厂现在可不是想进就进的。"

敏子回顾辉煌历史："那年我倒是一下就考上了。"春华不大想理她。敏子继续，说自己想说的，"记得我那个同学张淑媛吧？考上大学那个，最近下岗了，在家坐着呢。"十年河东十年河西，张淑媛当年考上大学对她是个巨大刺激。等了十年她也要扳回一城。怎么不是？她鲍敏子永远得是主角，憋太久。

卫国听不下去："敏子，说小健哥的事呢。"

小健是二性头（方言：执拗，脾气大）："不行我就去码头扛大包。"

卫国说："哪还有大包能扛，码头的工都包出去了，运输也不景气。"小健老婆小云道："小舅，你说说他，他就这样，一点不务实，一点跟不上形势，愣冲脾气暴。"

卫国说："我想想办法，二姐也想想，小健干的是机床行业，看看有没有私人厂干干也行。"孙黎明心脏不好，躺在里屋，只打了个招呼，具体问题，让年轻人去商讨。卫国问春华有没有困难。

春华道："我还好，现在管图纸，厂子不倒就还有饭吃。你姐夫那个大厂下面的小厂，估计要赶人。"

卫国理解，皮之不存，毛将焉附，饲料公司下面的小厂倒了一大片，家文是"逃生"出来的。

“那姐夫怎么办?”

“走一步看一步。”

“惠子和智子呢?”

“惠子还干车工，智子自考大专拿下来了，准备考公务员。”

卫国赞：“智子脑子不算聪明，但肯下苦功夫。”又问小忆的情况。春华说还是支持她考大学。

商量好，各走各路。临了，卫国偷偷给小健留了二百块钱。虽然隔着辈分，到底还是兄弟。“该花还是花，你掏。”留了半句没说，给孙小健面子。他不想让自己人被老婆看不起。

出北头，东城市场门口有卖炸臭干子的。卫国向来爱这口，但考虑到经济问题，他停留了一下，又要走。

卖臭干子的招揽：“来来来，现炸的臭干、土豆片、馄饨，都有。”

卫国抵御不了美食诱惑，推车倒回去：“来两个。”

卖臭干子的好笑：“两个臭干？一块钱一份。”

“来半份。”

“真行，半份!”是生意干吗不做。

卫国现在原则是，能省就省。对自己，他从来都是苛刻的。

到家，家文问卫国小健的事怎么样。卫国如实说了，又提到敏子。家文说：“塞翁失马，焉知非福。当初考大学没考上，算个执念，谁能想到现在峰回路转，成了好事。”

卫国无心评论：“还有一件事。”

“关于谁的?”

“我，和你。”

家文停下手里的活，仔细听他说话。卫国这才说：“公司改成集团后，自负盈亏，科室就留下几个人，其余的转岗或者退休。”转岗退休的事家文知道。自负盈亏是大趋势，能猜得到。

“收入呢？公司不管了?”

“集团的意思是，能赚就能发。”

家文明白："要自己出去打食了。"

卫国说："我和老吕打算去一趟四川，跑跑业务，那边有大的饲料企业，看能不能建立合作，产品是相似的，厂房设备都有，哪怕我们做代工，也能挣碗饭吃。"自结婚过后，卫国和家文没分离过。但这次是为了生计。

"走多久?"家文问。

"也就一个月。"卫国说，"到了我打电报回来。"陈家没有 BP 机。"家里我照顾，放心吧。"家文说。

时代迅速变化，每个人都得调整姿态。阵痛是必须。

"周末你就带光明回娘家。"卫国说。他知道，他不在，家文不会带孩子去两个姑姐家，更不会去党校。

"别操心这个了。"家文笑说。

"未来会好的。"卫国牵牵她的手。

"当然，一定。"家文笃定。有卫国在，她什么都不怕。

139

医院，方涛头上包着纱布。家欢一边给他喂饭一边叨咕："知道了吧，尝到厉害了吧，你就是不见棺材不落泪！不撞南墙不回头！"一勺接一勺，频率很快，方涛嘴很忙。但又必须吃。

"你表个态。"家欢手里的勺子停下了。

"表什么?"

"不去闹事，服从组织安排。"

"知道。"

“下一步打算怎么办?”

“不知道。”方涛说。干了半辈子，突然一下下来，他有些不知所措。更多的是不理解。不理解局里，不理解区里，不理解市里。

“什么叫不知道?”家欢眉头紧蹙。在她的世界，没有不知道不可能几个字。她又有些看不惯方涛了。她觉得他缺乏顶天立地扭转乾坤的男子气概。她觉得跟他越来越难以沟通。

方涛一言不发，眼里尽是家欢看不懂的悲伤。嘴里的汤泡饭一点一点嚼烂，吞下去。有苦也要吞。

家欢忽然问：“味道怎么样?”她很少做饭。这次方涛受伤，她才勉强下厨。她讨厌下厨，又要买又要洗又要做，吃完了还要刷碗，浪费时间。她现在是信托公司的骨干。

方涛还是不说话。家欢掭了一勺，自己尝一口，连她自己也笑了。没放盐，基本等同于白水泡饭。夫妻俩对视一眼，心照不宣，都忍不住笑出声。

“怪我。”家欢主动承认错误。又从病床抽屉里拽出一袋榨菜，撕开，倒进碗里。这下有味道了。“看到了吧，”家欢教育方涛，“这就叫有困难解决困难，对不对? 不能说遇到一点困难你就止步不前了，就停在那儿不走了，你不走，时代走，那不就被甩在后头了吗?”何家欢很会上课。

“能不能让我缓一缓?”方涛说。

家欢愣了一下，放下碗和勺子：“你慢慢缓吧。”她还有班要上，有工作要做。她可不是家庭妇女。

每天都在跟信贷打交道，家欢知道田家庵区的企业，几家欢喜几家愁，虽然目前哀鸿遍野，但也不是没有发展得好的。那种大型国有企业就不用说了。电厂、化肥厂，发展得都不错。像一些小的集体企业，像石棉瓦厂、第三玻璃厂，效益也不错。淮南亨得利钟表眼镜公司甚至跻身全国集体商业一百强。田家庵在走向开放，今年分别在绥芬河、厦门、海口、北京等地设立办事处，作为对外开放窗口。都是机遇。就看你想不想，抓不抓。家欢当然知道，国企改革有它的问题，矛盾尖锐，可作为个人，挣扎有用吗？时代的龙卷风袭来，抵抗是无效的，最好是在风暴中心起舞。

建国进门就听到呼隆隆的声响。

是家丽和几个下岗的老姊妹在打麻将。建国招呼了一声，去做饭。表现良好。事实上，麻将在建国眼里，那是四旧，如今在淮南，不知道怎么又兴起来了。家丽下岗心情不佳，一时又没有去处，打几盘，建国可以理解，但他不喜欢。

小年回来了，进门把鞋子一踢，笑呵呵地凑过去："妈，打起来啦，输了赢了?"这小子凡事求个输赢。家丽说："一边去。"坐在家丽对过的大姐笑问："小年什么时候走?"

家丽道："也就这几天，没几天神下（方言：逍遥自在）了。"

家丽上家问："分到哪儿去了?"

小年自己答："马鞍山。"

"什么兵种?"

"消防兵。"

"哎哟，那舒服，有个当爹的罩着，真不错。我们隔壁那家的小子分到西宁青海，简直是流放。"打牌的嚷嚷着。

建国听不惯这话，戴着围裙从厨房走出来，笑着纠正："我们可没走后门，这地区分配，是听天由命的。"

家丽打出一张东风，补充："这个我可以证明，我们老张最深恶痛绝的就是走后门，小年这次的去处、兵种，都是自然产生的。"

对过大姐打了一张发财，笑："哟，你们这也太清正廉洁了，这没什么大不了，不过退一步说，就算建国不张罗，那人家负责分配的能不知道小年是你们的儿子？呵呵，既然知道了，分的时候自然就手下留情，根本不用你们说。算命里头说，父母就是印，是庇护，自带的，小年命好。"这话建国无从反驳，讪讪地笑，又转回厨房。小冬也回来了。他小升初，考重点中学失败。最后上龙湖中学，议价的，需要交赞助费，是一大笔钱。

他不好意思面对这么多熟人，一进屋就钻进小房间，躲着。

饭做好，建国虚留了麻将搭子们一下，大家都有眼力见儿，收了牌局，各回各家。家丽一家子围坐着吃饭。鸡蛋炒银鱼，豆芽汤，一个烧排骨，小年要走了，这几日天天开大餐。

“妈，明天要去学校交钱。”小冬说。

家丽看看建国，建国说：“明天我去交。”

说完，建国又开始交代去部队的注意事项，比如服从上级命令，不能当逃兵，等等。小年这边耳朵听，那边耳朵出，只顾着吃排骨。吃饭后，家丽刷碗。建国做菜可以，但讨厌刷碗。小年和小冬出去玩。他站在家丽身后，不言不语，就那么看着。

家丽心里清楚，知道他可能对她打麻将不满，头也不回地：“知道，就玩这几天，小年走了就收摊。”

建国心里一暖。他的想法，不用说，她都知道。

“几个姐儿们都下来了，闷。”家丽解释。

“你们打你们的。”建国反倒不好意思。

“钱取出来了吧?”家丽问。

“什么钱?”

“小冬的赞助费。”

“有个定期得现解。”建国说。

“家里还有多少钱?”家丽对钱不敏感。建国也糊里糊涂的，反正知道不多。两个人洗了碗，关上门，打开床头柜，拿出小铁盒子，取出活期存折、定期存单，还有国库券。

“现在解有点亏了。”家丽说。

“总不能去借。”

“借一下，利息就还能保住。”家丽想了想，“我明天先去想想办法。”

军分区小池塘，小年和小冬并排站着。

“以后老实点。”小年对小冬说。

小冬点头。从今往后没人罩着他了。

“我就读我的书。”小冬强调。

“终于去部队了。”小年说。

“部队就那么好?”

“当然。”

“部队又不能谈恋爱。”小冬说。

“偷偷谈。”小年说。

“哥。”小冬叫了他一声。

“嗯?”小年偏过头看他。

“你是不是喜欢汤小芳?”小冬对哥哥知无不言。兄弟俩没有秘密。“胡说!”小年下意识否定。

“那天你们在菜地……”他们家在楼下有一小块菜地，种了草莓。小冬不好意思往下说，两手交叠，开合了两下，空气受到挤压，呼哧呼哧响。

小年和汤小芳彼此夺了对方的初吻。

“不许往外说。”

“绝对保密。”小冬说。

“我和她不可能。”小年很认真地。

“有什么不可能的。”

小年突然失却自信:“我那么烂，她那么好。”

“你不烂。”小冬肯定哥哥。

“真的?”小年问。

“你是超级赛亚东，要当英雄的。”

“那倒是。”小年的自信恢复了一些。

借钱是个为难事。家丽想了一晚上。找妈妈美心和老太太借?她有些开不了口。老二两口子一直不算宽裕。老四刚上班，应该没什么存款。老五老六就更不用说了，有两个花三个的人。考虑来考虑去，只有老三。她那儿可能有现金周转。

硬着头皮去吧。何家艺和欧阳宝的新宅院子里有棵无花果树，到时节，结了不少。家艺吃腻了，任由果子往下掉。廖姐心疼，摘了去市场上卖，也能挣点小钱。这日，午后，家丽到院子门口，廖姐正在拾果子。她把门开了，对家丽嘀咕：“这不吃也可惜了。”

“老三呢?”

“都在，睡午觉呢。”

家丽进去，放下手里的鸡蛋。等了好一会儿，何家艺才穿着真丝睡衣出来。欧阳宝在床上，听说大姐来了，也连忙收拾好，到客厅陪客，泡了好茶。

“碧螺春。”欧阳笑呵呵地，“刚下来的，大姐尝尝。”

家丽有心事，也不是来喝茶的，只是做做样子，抿两口，赞气味清香。家艺一边扎头发一边问：“姐，这展子（方言：这时候）怎么来了?”

家丽也不藏着掖着，一口气说：“我想借点钱，小冬升初中要交赞助费，赶巧了，钱都存了定期，下个月才到期，现在解，有点不划算。现在借，下个月就能还上。”

欧阳立即：“没问题。”又问要多少。家丽报了个数。欧阳转头就往屋里走。家艺又随口问问小年参军的事。

很快，欧阳出来了，拿着个白信封，递给家丽：“大姐，点点。”

“不用，你这当老板当惯了的，钱上面比我们明白，错不了。”家丽堆着笑。脸有点僵。

家艺忽然从大桌子上拽出一个小本子并圆珠笔一支，朝家丽面前推了推，又看看欧阳：“写个借条。”

140

家丽微微一怔，神色间有些错愕。但抵到眼跟前，立刻说不借又不大好意思，她只好调整情绪，拿起笔，在上面写：

今何家丽借何家艺、欧阳宝夫妇两千元整，保证十月一日前归还。何家丽。九月二日。

欧阳连忙阻止：“不用不用，大姐，不用写借条，这像什么样子。”

家艺不作声，冷眼看。

家丽懂礼地：“欧阳，你听我说，亲兄弟还明算账，写个借条，明白点，钱的事不能马虎，好借好还再借不难嘛。”笑也强打的。

家艺没说什么，两臂抱着，悠悠地。

三个人又寒暄几句，家丽便告辞。人刚走，欧阳宝就跟家艺发火：“你这是干吗，就这么点钱，写什么借条，伤感情。”

家艺一句话把他冲老远：“她们不让你我结婚的时候就不伤感情了？借钱写个借条怎么了？还没算利息呢！”

欧阳有点蒙。

廖姐拎着无花果进门。家艺觑了一眼：“卖了钱拿回来分分，别都吞了。”廖姐羞得一脸红。

走出家艺家门前小巷，何家丽满脸阴云密布，她的心有点痛。是，道理上说得通，借钱写个借条。现在是市场经济时代。不，就算是过去，写借条也是应该的。可这个要求从家艺嘴里提出来，家丽有些措手不及。那可是她亲妹妹！

储蓄所窗口前，营业员提醒家丽：“你这个还有一个月到期，现在取损失不小，确定要取吗？”

“取出来。”家丽下定决心。

晚上到家，建国问钱拿到没有。

“明天去学校交，我去吧。”家丽很坚定。第二天，何家丽果然带着小冬和钱，按时去龙湖中学交了赞助费。再过三天小年就要走。美心要在家里给大外孙摆一桌。家丽嫌太兴师动众，不让妈妈多叫人，就一家四口连带美心和老太太凑在一起吃了个饭。

老太太向来最喜欢小年，如今要去参军，她感叹：“真快，这都成人了。”

家丽说："快。我都老了。"对老太太，"阿奶，你没怎么变。"

老太太永远是老太太。在旁人看来，她永远是个老者。只有她自己清楚时间在其身上的作用力。"不知道还能不能等到小年回来。"

美心连忙："怎么等不到，小年结婚生孩子都能看到，就在眼面前的事了。"建国跟着说："不得了，要见五代人了。"

美心笑说："那是五代同堂，不叫见五代人，老太太上面见三代，下面见三代，已经见了五代人了。"

老太太咯咯笑，嘴张着，牙没有了，格外慈祥："成老妖怪了。"

小冬要跟建国下军棋。小年站在院子里，要去参军了，原来没感觉，但顶到眼跟前，心里却有些说不清楚的滋味。他走到汤家门口。汤小芳现在住这儿。小芳出来倒水。隔着院子的镂空墙砖，她看到了他。两个人站在黑暗中，都不说话，也不动。微弱的月光剪出人影，好让他们能够确认彼此的存在。

"我明天走。"小年声音不大。

汤小芳没回答，还是站着。两个人遥遥相对。小芳忽然走近，从脖子上取下一个东西，放在镂空墙砖上。

"小年！"是家丽在喊。小年回头应了一声，再望向汤家小院，汤小芳已经不知去向。他连忙走到墙边，摸到小芳放的东西，是个玉观音。家丽又叫他，他连忙转身回何家小院。

"你去送个东西。"家丽拿着个信封。

"什么东西？"小年问。

家丽递给他："别打开，也别问，现在就去送到你三姨家，当着你三姨夫的面交给三姨，就说用好了，还她的。然后问她要个小纸条，听到没有。"

小年不知其中深意。但既然是妈妈交给的任务，那便立刻去办。脚下步子急，一会儿到了。家艺和欧阳都在家。这个点小年来他们有些意外。

小年把信封递过去："我妈说用好了，还回来的。"

家艺接过去，两个手指挑开信封口瞄了一眼。

“你妈还说什么了？”家艺问。她大概明白大姐的心路历程。老大从来不服输。硬撑都要撑。

“让三姨把小纸条给我。”小年面无表情。

家艺让廖姐把铁盒子拿来，取出纸条，交给小年。小年没多看，揣在口袋里。家艺叮嘱：“别丢了。”小年说不会。

家艺又问：“什么时候走？”指参军。

“明天上午。”

“那么快。”家艺说，“也没见你妈提，真是外道了。”欧阳说：“到那边有什么困难，打三姨夫电话。”说着，又把自己的电话号码抄给小年。家艺笑着，又把小年递过来的那信封塞回给他：“明天就走了，这就算三姨给你的一点饯行礼。”

小年忙说不要。

“收着！”家艺强塞。小年只好收下了，不多坐，就此告辞。一路赶回家，把钱又给回家丽。家丽奇怪：“不是让你给三姨三姨夫吗？”

“给了，她也收了。”小年说。

“那怎么又拿回来了？”家丽问，“条儿呢？”

小年又把借条递给家丽。家丽看了看，当场撕了。

小年说：“三姨说了，这是给我的饯行礼，让我交给你。”

一瞬间，家丽百感交集。这个老三，给她下马威，又要强撑面子。她在乎的不是钱，而是自己在这个家的地位。家艺追求的是一种感觉，再还回去似乎不太适合，家丽只好暂且收了款，打算等下个月枫枫过生日再补回去。反正羊毛出在羊身上。她何家丽不是占便宜的人。

家艺家，欧阳不懂他老婆的作为：“你这是何苦，一点钱，来来去去的。”家艺喝道：“你懂什么？人活着有个东西必须有。”

欧阳嘀咕：“钱。”

“错！”家艺哼了一下，“是面子。人要脸树要皮，我就是让他们知道，我何家艺不是把钱看那么重，但现在既然钱在我手里，就要按照我的规矩来，我的世界，我才是老大。”

方涛的伤好得差不多，家欢帮他张罗了一份事做，开出租。

这在淮南田家庵，还算个时兴活儿。

谁知方涛并不情愿接受，他虎着脸，不说话。

家欢说：“我这定金都交了，还找宏宇托了人，都排着队拿车，说干这行可赚钱了。”

方涛还是闷头看自己的书，梁羽生武侠小说。

“我说话你听到没有?”家欢的气又来了。三棍子打不出一个屁，爷儿俩都这德行。成成写错字，她教训他，他也来个跟他爸一模一样，无声抵抗。但何家欢的原则却是：坦白从宽抗拒从严。因此家庭氛围总是很紧张。

方涛还是不说话。

家欢走过去夺了他手里的书，往桌子上一摔：“你存心跟我过不去是不是?”

“我是拉货的，不是拉人的。”方涛终于说话。

家欢哭笑不得，脸色一连好几变：“拉货跟拉人有什么区别你告诉我?你就把人当成货不就得了！你就当拉了头猪，到地方你就放下来，猪立刻就给你钱，这种好事哪儿找?”

方涛钝钝地：“我只伺候货，不伺候人。”

家欢无法理解地：“你当你是大爷？还不伺候人，我告诉你方涛，只要出了社会，就没有不伺候人的，你以为你老婆在外头是享福呢，别看我现在升副主任了，对内我要伺候主任、行长，对外我要伺候客户，哪里不是伺候？哦，你当大爷，人家就给你钱了？方涛，你年纪不小了，怎么还这么幼稚，这个社会就是这样，你在这里当得了孙子，在别的地方，你才有可能当大爷，清醒点。”

成成从厨房里往外端菜。

七点，准时开饭。这也是方家的规矩。

“我考虑考虑。”方涛说。

成成端了好几趟，还有菜出来。一会儿，小圆桌上满满的，各色菜式。家欢不解："今天怎么做这么多?"

成成这回没藏着，代他爸说："爸说多做几个，因为要庆祝妈妈升官。"

家欢的心一下被击中了。她升副主任，他为她高兴，做了一桌子菜，她却一回来就逼他开出租。似乎反差有点大。

家欢有些不好意思，她坐到桌子前，拾起筷子。

成成提醒她："妈，你得洗手。"

"干净的。"家欢强词夺理。

"点了一天臭钱。"方涛说，带点讽刺。家欢立刻抬杠："方涛，我是信托公司的副主任，负责收放款审批，不是银行的柜台小姐。"方涛没说话，夹了一只虾到她碗里："吃吧，我再想想。"

家欢说："你有空跟闫宏宇交流交流。"

方涛点了点头。

产房外，王怀敏和闫宏宇焦灼地走来走去。

王怀敏批儿子："你别乱晃，看得我心烦。"

闫宏宇嗔道："妈！还不是怪你，没事给阿喜吃什么老鳖汤，那是会掉胎的你不知道吗?"王怀敏反批他："你懂什么？你生过几个孩子？我生你们四个的时候，老鳖汤经常吃，生下来哪个不胖乎乎的，跟你妈大呼小叫什么？你老婆也是我帮你找的。"

宏宇不耐烦："我不跟你废话。"

美心和家丽赶到，满脸焦急。美心最心疼老小："上个礼拜还好好的，小宇，怎么回事?"闫宏宇看他妈，王怀敏挤眉弄眼不让他说实情。闫宏宇只好说："有点动了胎气。"

美心抓住家丽的手，嘀咕："老六本来身子就弱……"家丽一个劲儿安慰她，说没事的没事的。妇产科手术室出来个医生，解开口罩，问："谁是病人家属，产妇现在难产并有出血状况，保大人还是保孩子?"

"保大人!"美心喊。

“保孩子!”王怀敏没控制住自己。

“都保!”闫宏宇喊。

141

三个人几乎同时。空气凝固，呼吸艰难，血液冻结，异常尴尬。刘美心和何家丽四只眼珠子对着王怀敏，想要射出箭来。

王怀敏连忙解释：“嘴瓢了嘴瓢了……是两个都保，实在不行，保大人……”脸上堆着笑。护士带着闫宏宇去办手续，签字。家丽扶美心坐下。她带着气，对宏宇妈：“老王，说好的房子什么时候弄好，这孩子马上都生出来，总不能老住一起。”

王怀敏笑说：“就快了就快了，亲家，孩子生出来，不还是我带？你们家这都六个外孙了，我还没过上抱孙子的瘾。”

“谁说是孙子，万一是孙女呢?”家丽故意说。她知道王怀敏重男轻女。王怀敏皱眉：“不会吧，酸儿辣女，家喜喜欢吃酸的，酸儿。”正说着，又一名护士从产房出来，跟着是婴儿的哭声，音量微弱。“是个小妹，四斤二两。”

王怀敏脸色忽变，但当着美心的面，又不好发作。

宏宇回来了。家丽恭喜他：“是个千金，四斤二两。”

宏宇连连说女儿好女儿好。王怀敏凑了说话空隙，转身先撤了。

女儿的名字是宏宇取的，叫小曼。

小曼不足月，生下来又瘦又小，送进保育箱待了一阵才回到家喜身边。美心怕家喜受委屈，月子让她回龙湖家里坐，刘姐八宝菜摊子暂停，全力照顾女儿。反正也是最后一回照顾月子。

作为婆婆，王怀敏从始至终没出现。

家喜生了女儿，没有功劳，只有苦劳。王怀敏只给了一小笔钱做营养费。宏宇说了不少好话，替他妈赔不是。姐姐们都来看家喜。家喜却一味流泪，不是因为婆婆的苛待，而是由于自我要求。

何家的女儿，前头五个，清一色生的是男孩，大姐还生了两个。怎么到她老六何家喜，就顶不上去，生了女孩。她恨自己不争气!

家丽劝道："男孩女孩不一样的嘛，妈还生了六个女儿呢。"

家文说："女孩比男孩还管经（方言：有用），长大了你就知道了，贴心。"

家艺说："小曼那么漂亮，一看就是摇钱树。"这话水分太大，小曼皮子黑，像她爸闫宏宇。女孩像爸，很遗憾，她没能继承妈妈的美貌。

家欢说："你不要，给我养，成成正好缺一个妹妹。"

小玲道："老六，你就笑吧，生女孩多省事儿，等大了，给点嫁妆，打发出去得了，要是男孩，还得准备房子，帮他娶媳妇，弄得不好，媳妇还给点气受。"

家喜被姐姐们一说，破涕为笑，但心里的坎儿还是没过去。在她看来，姐姐们是站着说话不腰疼。她们都生了男孩，所以才有资格说男孩不好。而她生了女孩，就没有资格。她如果要说不好，别人会说，你都没有，你都没生，你凭什么说男孩好与不好呢？一想到这儿，家喜就倍感懊恼。或者再生一个，可偏偏有计划生育，卡住了，只能到此为止。何家喜偏头看看身边的女儿，她在酣睡，小小的，黑黑的，像个小老鼠，她太虚弱了，甚至没有力气哭泣，只能睡觉。

为民的新星面包房准备开第二家店。幼民力推自己老婆丽侠做店长。为民和秋芳商量，同意让丽侠去上班，但店长，他们打算再找一位有相关行业经验的人士担任。他们想到了家丽。

为民问秋芳："你不介意？"

秋芳道："都什么时候了，我介意这些干吗？家丽不容易，能帮还是帮，再说如果她愿意来，也是帮我们不是？"

为民没表现出太激动，但打心底，他希望能帮家丽一把。

话是刘妈去传的。这日家丽回娘家，刘妈在门口堵住她。把为民的店要扩张，需要人帮忙的话前前后后捋了一遍，才说："阿丽，你就帮帮他们。"

何家丽当然明白，刘妈这么说，是给她留面子。实际情况是，她是下岗女工，秋芳和为民这么做，是在帮她，救济她。可是，不能接受这个帮助。

第一，她不知道秋芳怎么想。她相信既然刘妈来这么说，那张秋芳目前一定是想通了的，可谁能保证以后会不会想通，一切都在变。

第二，她不想和为民的关系有新的变化。几十年了，自从各自结婚，他们就井水不犯河水，保持朋友关系，如果一旦合作，她去他的分店工作，谁也保不齐会有什么变化。

第三，她必须为建国着想。她如果答应，建国会怎么想？对，他肯定会同意，支持，但那都是口头上的，作为妻子，她必须为丈夫建国留足面子。

第四，她必须为自己保留一份尊严。从年轻时代到现在，她和秋芳、为民都是平起平坐的，但如果现在去当了他们的雇员，哪怕关系再好，也是劳资关系，她不免低他们一头。

何家丽不希望这样的事情发生。

这么多个念头在脑子里一揉巴，家丽笑着说："刘妈，谢谢你的好意，谢谢为民、秋芳的善意，但现在家里实在是兵荒马乱。老六刚生孩子，我那个老二学习也上不去，我得看着，老奶奶年纪大了，需要照顾，我妈的酱菜摊子也得搭把手，我就不去开拓第二战场了，谢谢谢谢。"

拒绝得虽然委婉，却很坚决。

刘妈一听这话，了然于心，回头跟秋芳回了。秋芳、为民两口子便也作罢。为民有些失落。秋芳打趣，问："怎么，还忘不了她？"只是句玩笑话。张秋芳现在有足够的自信。她是人民医院的外科主任医师。是汤家和张家两个家庭的女主人。

“没有。”为民说。

“忘不了就忘不了，也没说你什么。”

为民调转焦点：“你说这张建国也是，堂堂一个区里的干部，自己老婆的工作问题都解决不了。”秋芳知道为民的用心。他一辈子都暗暗跟建国比，只是这些年，他残疾着，心灰了不少，如今死灰复燃。

“国家干部也不能滥用公权，能解决的那都是贪官。”秋芳反驳。顿一下，又说，“先请着老二媳妇看看，不过话要说在头里，丽侠上班那就是丽侠上班，幼民别掺和进去。”

为民道：“幼民不会。”

秋芳说：“不会，那天幼民去你店里摸了几个钱你知不知道?”

为民护着弟弟：“没有，是我给他的，他要喝碗牛肉汤，身上正好没带钱。”停了一会儿，为民反应过来，“你怎么知道的?”

秋芳笑说：“我是诸葛亮你不知道？运筹帷幄于千里之外。”其实是小芳看到了，跟秋芳说的。

厨房茶炊响，水开了。秋芳朝书房喊：“小芳，别做作业了，先洗头。”小芳早都巴望着洗头，可以用小舅妈从美国寄回来的桃丽丝洗发水。

一盆清水。秋芳帮小芳把头发打湿，再小心翼翼挤出点洗发露来，在小芳头上揉搓。“味道不错。”秋芳说，“好好学习，以后跟你小舅一样，出国，读书。”

小芳不作声，一提到学习，她感到压力巨大。

起泡了，再揉一会儿，秋芳拿刷牙的搪瓷缸子帮女儿冲水。冲一遍，再一遍。秋芳仔细地：“别动，脖子这茸毛冲冲。”小芳像长颈鹿一样，颈子向前伸长着。秋芳见她脖子上光溜溜的，问：“你那玉观音呢?”小芳只好撒谎：“在枕头底下呢。”秋芳没说什么。洗完头，小芳用吹风机吹头发。秋芳从里屋走出来问：“汤小芳，枕头底下没有你的玉观音。”

当然没有，已经送给小年——何向东了。小芳只好继续演下去，装作不可置信的样子：“不会吧，我就放在枕头底下的。”一番乱找，无果，十分失落的样子。又自言自语：“不会是体育课，掉在操场上了吧？不会不会，我记得还有。”

秋芳懒得跟她理论，恨铁不成钢：“什么好东西都不能给你，那可是一块和田玉。”

家丽决定卖菜，确切地说，是做菜贩子。在蔬菜公司工作这么多年，蔬菜贩售的整个流程她清楚，只是在集体经济时代，一切都由公家运作，但改革开放之后，龙湖菜市的摊贩都是个体户。贩菜，等于做老本行，她驾轻就熟。

她把这个想法跟建国说了，建国表示支持。

“会不会觉得掉价，跌了你面子?”家丽问。

“你怎么会这样想?”

“你是区里的干部，你老婆却在卖菜。”

“我是孤儿，是劳动人民，凭自己的双手自己的劳动谋生，有什么掉价跌面子的？真正掉价的是那些寄生虫。”建国还是那么根正苗红。

有建国这话垫底，家丽勇往直前。

再就是跟美心和老太太说。如果卖菜，她得搬回家里住，这样离龙湖菜市近些。贩菜，得早晨三四点就起，从洞山往这边赶，肯定来不及。最好是住家里。

家丽一提，美心和老太太也表示支持。女儿们出阁后，家里屋子空着。家丽和小冬搬回来，能增添点生气。家丽问要不要跟妹妹们打个招呼。家不是她一个人的家。老太太说：“让你妈打个电话给老四，让她去通知，她上班有电话用。”

这事儿就算定下来。

卫国从四川回来就开始发烧，全身无力，不想吃东西，还吐。家文以为他感冒，给了他几粒感冒片吃，却似乎效果微弱。这日一早，家文进洗手间，低头一看便池，吓了一跳。白色陶瓷的蹲便器内壁，全被染黄了。卫国刚用过卫生间。

不行，必须去医院。

卫国不愿意：“不用，我这身体，能有什么病。”的确，他一向是身体最棒的人。全家，甚至全厂，他都是个强者。可家文还是担忧，敦促着去了趟医院。

一查，黄疸型肝炎。

142

病十之八九是在四川染上的。家文向与卫国共赴四川出差的同事老吕了解情况。老吕痛心疾首：“卫国哪！我劝他也不听，老在路边摊吃饭，省钱，太省。”

家文的心揪了一下。这就是卫国，对自己，他从来都是克扣，对别人，他总是奉献最好的。他是个太好的好人，太孝顺的儿子，太有担当的弟弟，太伟岸的丈夫，太慈祥的父亲。人生的每一个角色，他都扮演得那么到位，唯独忘了心疼自己。

病床前，家文给卫国送饭。

“什么时候出院?”卫国问。

“好好休息。”

“这病来得快去得快。”

家文无奈，递给卫国一面小镜子。卫国拿在手里，瞅瞅，眼珠子都是黄的。卫国不得不面对现实。

家文说：“病来如山倒，病去如抽丝，不能心急。”

卫国反过来安慰她：“没事的。”

家文问：“在路边吃东西了?”指在四川。

“就几次。”卫国有些气弱，又连忙说，“别带光明过来。”他怕孩子传染上。家文说：“甲肝不传染。吃上注意点就行。”

正说着，宏宇进门。几个连襟中，宏宇最佩服卫国。为了让他尽快好，宏宇找老中医给卫国看病，开了药，但其中血蜈蚣一味药不容易抓，他特地开车跑去八公山找到药，送过来。

家文见宏宇来，打了招呼，便回家做饭，留足够空间给他们说话。卫国笑问："听说生了。"

"丫头。"

"有一个就行。"

"感觉怎么样？"宏宇问他。

"吃了你的灵丹妙药，好多了。"卫国还没丧失幽默感。

"这病来得快也好得快。"宏宇安慰。

干干地说几句。闫宏宇突然不知道跟他聊什么。男人之间聊天从来都是有话长无话短，现在聊其他的也没心情。一会儿，春荣、春华过来看弟弟。宏宇便告辞了。

表面上不说，春荣、春华对家文是有意见的，虽然意见保留。在卫国得病的因果关系上，她们认为大致是这么个逻辑：假如不是娶了家文，卫国不会这么累，卫国付出太多，太辛苦；假如家文没生大病，卫国也不会消耗那么多；卫国去四川出差跑路子，很可能也是家文给他无形中的压力导致。因此，卫国的病，家文要负很大的责任。当然，有卫国夹在当中，姊妹俩都没把这话说出口，当面不会说，背后，也只是心照不宣，点到为止。

"卫国太累了。"春荣说。

"这么大一家子。"春华说，"都是他照顾别人，没有人照顾他。"又补充说："当初娶个丑丑笨笨的，可能还好点。"

春荣笑笑，没往下说。说白了，一个愿打，一个愿挨。何况得病是偶然。

只能怪命，面对现实。

自从卫国生病，克思出现过一次，陶先生压根儿没出现过。卫国也不怪她，只说，大嫂要带光彩，医院少来是对的。又强调自己很快就能出院，还要去党校的后山爬山锻炼身体。

“党校后山有红泥，腌鸭蛋不错。”卫国是个热爱生活的人。

放暑假，光明被送到姥姥那儿过几天，跟着大姨家丽。家丽也愿意帮家文一把，照看照看孩子。家文太忙了，要上班，要做饭，要给卫国送饭。家丽能伸把手就伸，尽管她已经开始卖菜。

睡觉前，光明对家丽说：“大姨，我明天跟你去进菜。”

“你起不来，多睡会儿。”进菜早晨四点就得起床。

“起得来，你叫我。”光明坚持，他是个自律的孩子。

“真要去？”

“可以的。”

翌日凌晨四点，家丽和光明果然一同起床。家丽骑着三轮车，光明坐在车斗里。两个人来到龙湖菜市西门。

天蒙蒙亮，西门聚集了田家庵区几乎所有的菜农。喧喧嚷嚷。他们站在西门口，兜售自家的新鲜蔬菜。而家丽每天早晨要做的，就是迅速评估菜农带来的菜的成色，然后买入一些市场上比较好卖的，白天在自己的摊位上卖，赚个差价。俗称：二道贩子。

这很考验眼光。因为买菜人的喜好每天都不一样，如果你进的菜，不是家庭主妇的心头好，当天基本就会砸在手里。又或者进菜的价格过高，就没有赚头。

“这个不错，大姨！”光明当小军师，指着一户菜农的红苋菜。

家丽过来瞅瞅，问价格。菜农说一块三。

“有点过季了，老了。”家丽摸摸菜。

菜农连忙：“我这是晚苋菜，正当季，刚从地里挖的，你看看多好，你看看。”说着，翻翻菜身。

“一块一。”家丽一口价。菜农说太低，要一块二。

家丽拉着光明要走，菜农妥协了，一块一成交。一天，顶多进四五样菜。这日，除了苋菜，家丽还选了水萝卜、黄心乌白菜、菠菜、西红柿，满载而归。

五六点，蔬菜交易已基本结束。西门口人群散去。家丽带光明回家吃了点稀饭。其实光明想吃胡辣汤，但跟大姨不太好意思提，他懂事早，知道大姨现在困难。

七点多，菜市开市，主妇们赶早到来，选最新鲜的一拨菜。光明和家丽站在菜摊前，每样菜都定好价格，有人来问，光明就帮家丽答。因为这孩子伶俐可爱，格外吸引了一些客户驻足。

“阿丽!”是刘妈。

家丽大方地：“刘妈，来买菜。”

刘妈故作为难地：“天天最难的就是买菜，都不知道吃什么了。”家丽随手拿了一根水萝卜，往刘妈菜篮子里放。刘妈连忙说不要。家丽硬给。刘妈非要给钱。最后付了个成本价。

“你妈呢?”刘妈问。

“她下午出摊，就卖那一会儿。”

“这是老几家的?”刘妈瞧见了光明。

“老二家的。”家丽答。刘妈又说了几句，忙着去买菜。

为民站到摊子前。他每天去新星面包房，龙湖菜市是必经之路。

家丽愣了一下，有些尴尬。

光明不认识他，更不知道从前的故事。他问：“买点什么?”

为民本不打算买菜的，但光明这么一问，他似乎不得不买点菜来打掩护。“来点西红柿。”他不看光明，随意敷衍。

“几个?”光明认真卖菜。

“来两个。”为民随口道，又对家丽，“你……”

“我在卖菜，老本行。”家丽故作洒脱。从前在蔬菜公司是份有社会地位的工作，现在做菜贩子可不是。

决定出来做之前，家丽已经做好了心理建设。但遇到为民，她脸上还是有点挂不住。行吧，既然藏不住，就摆到台面上。卖菜就卖菜。

光明也觉察出他们是熟人。不再多问，拿了两个西红柿，放在秤盘里约约。

“不错。”为民从心疼到鼓励。

光明约不准秤。家丽一把把西红柿拿过来，套上塑料袋，给为民递过去：“拿去吃。”为民连忙掏出钱来，一张十块的。两个人客气得好像刚认识。最终，还是家丽获胜，为民把西红柿收下。家丽没要钱。光明看着两个大人推推搡搡客客气气，这都是戏，然而表面戏剧之下的深意，他无法理解。

那包含着太多过去。

人到中年，汤为民和何家丽当然不会再有什么——当初都没什么，现在更不会。他们之间，更多的是对故知的相惜。是世界上有这么一个人存在，过得挺好，那就更安心地珍视。

为民走远了，光明忍不住“批评”家丽：“大姨，你这是做生意不是？”

家丽嗯了一下。

“做生意是要赚钱不是？不能赔钱。”光明拎得清。

家丽笑着点头。

“不能老送，得卖。”

“卖！”家丽吆喝开了。

中午，有个小男孩来送牛角面包，一大袋子，说是新星面包房的。家丽知道是为民送来的，想退回去，但又知道他的脾气，只好收了。光明吃着牛角面包，问：“大姨，这个人对你挺好的。”家丽头皮发麻，小孩子都看出来了？她问：“怎么会这么觉得？”光明说：“你看，你给了他两个西红柿，他给了你一袋面包，那肯定是面包值钱。”

“算账算那么清楚。”

“喜欢一个人就是愿意吃亏。”光明突然说出金句。

家丽也吓了一跳：“别乱说。”

工艺厂现在也风雨飘摇。生产的东西卖不出去，厂子里人心涣散，工人轮番上岗。这个月，轮到家艺休息。

她倒愿意休息。欧阳的买卖越做越大，生活是有保障的。手里的钱，粗算算，能过到老死。家艺感到很心安。

欧阳刚从泰州回来，弄了不少毛子，都存在后院仓库里。他正在洗澡，大哥大响了。

欧阳没法接，廖姐慌忙递给家艺。

家艺摁下接听键："喂!"

听筒里没人说话，只有风声。

"喂!"她又问了一声。

还是没人说话，突然，电话挂断了。何家艺本能地觉得不妙。那些情色的故事，在身边她不是没听过。社会风气开始变化，所谓男人有钱就变坏，女人变坏就有钱。但转念一想，她又觉得欧阳宝不至于。可她不能不防。欧阳家的小七子一直跟着欧阳干生意，她可以问问他。

不过小七能向着她吗？她不过是嫂子，欧阳才是他亲哥。

还是先试试欧阳。

洗完澡，欧阳出来了。家艺帮他点了一支烟，递过去。随口问："你这次出去，有没有遇到什么?"

"遇鬼了。"欧阳说。

143

家艺暗自心惊，不懂欧阳的话是什么意思。

"这批货，出奇的便宜，我都收了。"

"都收了?"

欧阳小声，点头。

"老底都花出去了?"

欧阳自信地："没问题。"

生意上的事何家艺不想管，她继续问："其他呢，遇到什么了？"

"其他，什么方面？"

家艺诈他一下："刚才有个洗头房的小妹打电话来……"欲言又止，带笑不笑，冷眼旁观。家艺等着看他的反应。真话藏在反应里头。这叫察言观色。家艺自认有点识人功夫。

欧阳宝立即："天地良心！冤案！哪个王八蛋打来的！"

家艺见他自然，又说："好像是说打错了。"

欧阳又松弛下来："我就说嘛，我清清白白一个人，搞什么东西！下次再打来，我接，我把她骂一顿。"

家艺把廖姐支开："欧阳，你觉得我现在怎么样？"

"很好。"欧阳不打磕巴。

家艺做作："别骗我了，我说我有白头发了你信吗？"

"怎么搞的，我要批评廖姐，让她给你做的黑芝麻饼呢。"

"是我不肯吃，太油。"

"我看看我看看。"欧阳嘴上心疼。

家艺笑说："不用看头发，看看这眼角皱纹，跟蜘蛛网似的。"

"买的兰贵人呢，用了也不行吗？"兰贵人是时下流行的高级化妆品。

"年龄到了，用什么都不行。"家艺说，"我老了。不得不服。"

"胡说，我看你还是好看。"

"再好看也没有外头的小姑娘好看。"

"你又来了。"欧阳假装不高兴。

"生意场上的事情我又不是不懂，逢场作戏在所难免。"家艺假里含着真，"欧阳，如果你在外头遇到更喜欢的，你告诉我，我不怪你，只要你不带回家来，我都容得下。"

欧阳立即举起右手，做发誓状，喋喋道："我发誓我发誓我发毒誓！我如果在外头有不轨哪怕动了一点点脑筋，我出门立刻被车……"话没说完，家艺拿手捂住他嘴唇。

“哪至于这样，”她也不想听他发这种重的毒誓，“就那一说，看你紧张的，本来没有，你这样，反倒显得跟有似的。”

“绝对没有！”欧阳信誓旦旦。家艺放下戒备。是自己多心。

大哥大又响了。响一下，没声了。

欧阳宝恨道：“看看这些骚扰电话，我给它关掉。”

“别关，”家艺轻声说重话，“放那儿。”

欧阳只好照办。大哥大孤零零立在红木桌上。

果不其然，过了两三分钟，铃声又来了。家艺看了欧阳一眼，说：“你接。”

欧阳苦不堪言，只好接了，家艺凑到旁边听：“喂，那批货很快就到，送到哪个仓库？”是个女人的声音。家艺听得隐隐约约，但性别却分得清清楚楚。

“什么货？什么仓库？”家艺暴喝。火山爆发不过如此。

欧阳道：“就是一个合作伙伴。”

“什么伙伴？怎么那种声音，就是狐狸精。”

欧阳百口莫辩：“小艺，你误会了。”

“她叫什么？哪里的？哦，好像是淮南口音，好啊欧阳宝，现在赚到钱了，赚出毛病来了，你说实话，今天你不说实话我跟你没完。”

廖姐推门进来，她刚切了酥瓜，放在盘子里端进来。

见先生太太在如此对峙，她也有些害怕，绕着弯，来到家艺身后。谁知何家艺就手抓起托盘里的水果刀。

“欧阳！你说不说？”

廖姐吓得手抖，酥瓜摔了一地，逃了出去。

欧阳竭力稳住她：“小艺，你别乱来！”

家艺把刀架在脖子上：“说不说实话。”

欧阳吓得跺脚：“我说我说，你先把刀放下来，太危险，小艺你别拿自己的命开玩笑。”

“是谁？”

欧阳吐露真言："是老五——"

家艺一下松弛下来："老五？"

"是老五弄了一批羊皮，让我帮她代售。"欧阳解释。

羊皮？代售？老五想干吗？家艺觉得不妙，她向丈夫欧阳问了个明白。欧阳知道的也有限。

必有蹊跷。

事不宜迟，何家艺换了衣服，单枪匹马一个人往刘小玲家去。敲门，没人在家。家艺又在楼下等了一会儿。汤振民拉着儿子洋洋回来了。"振民，"家艺斜刺里站出来。振民唬了一跳，看清了，连忙叫三姐。

"老五呢？"她问。

振民支支吾吾："她……加班。"

"外贸加什么班？"

"说有点急活。"振民说。

"跟羊皮有关？"家艺问。振民表示不知道。

"我渴了，上去喝点水。"家艺提议。

振民推托："三姐，家里还真没水，小卖部有，我买一瓶给你。"

"上楼上楼。"家艺坚持。

振民没办法，只好领着洋洋和家艺上楼。开门，振民猛拉灯绳，拽断了，灯没亮。家艺嘀咕："怎么搞的，这穷家破业的。"

洋洋说："三姨，有蜡烛。"

家艺才想起来，说对，蜡烛呢，蜡烛点上。振民急得拦阻。家艺诧异，说你拦我干吗。好歹进了厨房，摸到窗台上的火柴，点了一根蜡烛。何家艺擎着到客厅，烛光普照，她忽然发现这客厅东西少了一半，原本墙壁上的婚纱照也不见了。

家艺不敢往坏了想，喝道："汤老三，怎么回事？"

振民知道纸包不住火，耷拉着头，说："姐，小玲跟我，离婚了。"

家艺惊得蜡烛差点烧到眉毛。

"老五人呢？"她压不住火。

粮食局职工宿舍，刘小玲在洗衣服。家艺撞进来，一下嚷嚷开了："刘小玲！你是不是疯了！"

小玲却从容淡定，在衣服上打肥皂，在搓板上搓："什么疯了傻了，三姐，你能不能不要大惊小怪。"

"你离婚了？"

"这事不新鲜，合适就过，不合适就不过。"

"结婚不是过家家，说好就好就散就散！"

小玲停下，抬头看家艺，"三姐，我不知道你今天来什么目的，如果是来教训教育我，真不必了。我也不是小孩，我的事，我自己能承担，不就离个婚嘛，多大点事。"

"因为什么你就离婚？"家艺骨子里有传统的一面。她吓唬欧阳宝行，但从不愿动真格的，光打雷不下雨。小玲倒好。雷没打，雨倒下下来了，哦不，她下的是冰雹。

严重灾害。

"他嫌我不温柔不体贴不善解人意，我给他同样的评价，我和他，根本就不应该在一块儿！"小玲继续洗衣服。

"这不是理由，"家艺说，"忘了当初你们为了在一起，还差点殉情自杀。"

"都是戏！"

"假的吧？"家艺着急，"你们是假离婚，只是闹不合。"

"姐，别幻想了，是真离了。"

"不行！理由不正当。"

小玲忽然起立，先是狂笑，跟着嘴里像要喷出火来："那个王八蛋跟舞蹈队的女人有故事，就发生在我结婚的床上！这理由正不正当？"

何家艺嘴上嚣张惯了，可故事真的发生在眼前。她反倒不知所措，这这那那说不清楚。刘小玲道："你要是我姐，你就应该帮我去打他们！奸夫淫妇！离婚算便宜他们了。"

"不要冲动……"家艺一时想不到好的应对办法，"这大事，哪能草率，阿奶阿妈，还有大姐，知不知道？”

小玲道：“不用你操心，改天我去跟她们说。”

看来是铁了心。

一直到坐到自家椅子上，何家艺还没从老五离婚的消息中回过神来。欧阳问：“怎么了，出去好好的，回来魂不守舍的。”

家艺伸手要水，连喝了好几口，气捯匀了，才对欧阳说：“我今天可跟你明确说。”

欧阳一见家艺如此严肃，立即端正姿态，洗耳恭听。

“你，欧阳宝，如果有朝一日胆敢跟外头的女人勾勾搭搭，我就先杀了你们，然后再自杀。”

欧阳嚷开了：“哎呀不会，小艺你放心吧，怎么可能呢，家里放着一个天仙一样的老婆不要，去外面找野菜？我有病呀我！”

“就是给你一个警告。”

“警告无效，因为不可能，”欧阳拉住家艺的手，“小艺，咱能不能不要打打杀杀的，你不怕，我都怕，刀光剑影的。”

家艺笑：“就是要让你怕！”

欧阳说：“我是孙猴子，你就是如来佛祖，怎么也逃不出你的手掌心。”

家艺哼哼，讽刺道：“你也就嘴上说说，真遇到事，你能听我的？”欧阳说：“分工的差别嘛，你主内，我主外。”

“一次收那么多货，真的保险？”

欧阳充分自信：“价低，抄底，到年底能翻一番。”

“别玩过火。”家艺提醒他。

“你老公是老江湖。”欧阳油嘴滑舌。

枫枫进门：“妈，廖姐，饿。”枫枫长得快，现在比同龄人都高、胖。家艺在给他扣饭。不等人给他安排，枫枫便自顾自走到厨房，见橱柜里放着一盆排骨，抓起来就吃。

惊得家艺连忙出来阻止，是恨铁不成钢的口气：“不许吃！像什么样子!”

枫枫讨价还价:“老师说了,能吃是福。”

家艺骂:“胖上去就下不来!以后找对象都难!”

144

本来这中间卫国好了一段,在家休息,准备上班。可没多久,病情急转直下,甲肝变肝硬化,所以不得不继续住院治疗。

关于卫国的治疗和住院方案陈家人有分歧。

家文的意思是,继续在第一人民医院住院治疗,这里有全市最好的医生,能随时观察,给出最好的治疗方案。

克思他们却认为,人民医院住院费太贵,离家又远,不如转到地段医院(后改名为交通医院),住院费便宜,送饭方便,治还是一样的治。

家文不大高兴,可又没有发言权,为了给卫国治病,家里的存款干了。卫国暂时不能上班,公司只发二百八十块钱补贴。家文一个人上班,又要支付卫国的看病钱,又要养活一家三口。虽然看病一部分是能报销的,但依旧负担沉重。

其余缺口,陈家两个姐姐,一个哥哥,不定期补贴一点。

家文知道,久病床前还无孝子,何况只是兄弟姐妹。如果婆婆在世,那没话说,各家看着陈老太太的面子,必然全力救治。人一不在,就大不一样。

光明还小,他只知道爸爸生病了,但还领会不到爸爸生病了会怎样,会对他的命运产生什么影响。

卫国住在传染病区,家文不怎么带光明去。很长一段时间,家文的生活节奏是这样：早晨，五点起床，做饭，放进保温桶一部分，她和光明吃一部分。她骑自行车送光明上学，然后，再拐弯，转道地段医院，给卫国送早饭，再去上班。

中午，光明在大姑春荣家吃饭。春荣家就在第四小学内。家文骑车去给卫国送午饭。晚上，接了光明回家，她迅速做好晚饭，带到医院跟卫国一起吃。

一整天来回几趟，她实在没有力气陪床。卫国情况好的时候，不需要陪床。她就回家睡觉。光明一个人睡不着。

如果遇到情况不好的时候，她必须陪床。春荣身体不好，不能陪。偶尔春华来换换班。孙小健跟卫国，虽然隔着辈分，一个是舅，一个是甥，但跟哥儿们一样。他离得近，又是出体力的人，身体顶得住，所以也来换班看护卫国。大康在平圩电厂，离得太远，来不了。

自卫国住院，敏子没来看过她老舅一次。

她正处于人生的巅峰。漂亮，健康，富有，走到哪里都是焦点。而医院，却是个江河日下的地方。她不喜欢去医院。

小健老婆小云道："看到了吧，再疼她有什么用，躺床上了，她看都不看你。"是说鲍敏子的。

小健说："不是有老话说嘛，沉舟侧畔千帆过，病树前头万木春。"小云瞧不上他："什么意思，少跟我装文化人。"小健道："我也跟姥姥读过一点诗词。"小云叹息："姥姥走了也有日子了。"又说，"爸的身体也一天不如一天。"

孙黎明身体不好，老叫喘不过气。

小云道："小舅别走到大的前头。"

小健忽然大声："别胡说！怎么可能！"

小云滋味悠长："我不是咒小舅，本来也是，黄泉路上无老少。"

小健大喝："你给我闭嘴！"在他看来，这个可能性是不允许出现的。从小到大，小舅卫国都是他们当中最优秀最健壮最有前途的。卫国不但是他那个小家的核心，还是整个大家庭的核心，组织者，绝对灵魂。不敢想象，如果卫国不在，这个家会怎样。多半就散了。

早晨，家文骑着自行车，前面的篮筐里放着保温桶，那是卫国的早饭，后面车座上坐着光明。她要送他到学校去。早上，水厂路车多，都是赶着去上班的人。家文一边骑车，一边跟光明交代："中午吃饭，少说话，吃完睡会儿，要听话。"

光明不懂妈妈为什么反复强调这些："妈，知道听话。"

他早都懂得了人在屋檐下的道理。头是要低的。

"你姑说什么了没有?"

"没说什么。"

"姑父呢?"

"也没说什么。"

"中午吃的什么。"

"豆腐，白菜，豆腐多一点，姑父说了，豆腐营养价值高，对身体好，豆腐是没有骨头的肉。"

家文一阵心疼。在春荣家，显然没有那么多肉吃，可又不得不凑合，本来就是白吃饭的。

"晚上吃肉，炒肉丝。"家文许光明一个美好未来。

"是全瘦的吧。"光明不吃肥肉。

"全瘦。"家文说。

车过木材公司，是个三岔路口，车多，都不讲交通规则。家文摇摇晃晃骑过去，想上电厂路，却冷不丁拐来一辆拖拉机，小坦克一般轰轰然，迎面朝家文冲过来。

连忙别车头，躲过去一点，跟着一声惨叫，光明从后座摔下来。膝盖处血流不止。拖拉机停下。四周围满了人。

"光明!"家文撕心裂肺呼喊。光明倒在地上，捂着腿叫疼。开拖拉机的是个农民，也有些不知所措，反复道歉。家文要跟他拼命，他也只能任由她打骂。交警来了，确定为交通事故。光明被带到街边小诊所，医生做了检查，没伤到骨头。小孩骨头软。但包扎也费了好大事。全程，家文流泪。

农民付了药费，他今天没开张，等着去卖菜："对不起哦，别哭了别哭了。"他安慰家文。

家文还在痛哭。这一段时间以来的紧张情绪，碰到这个意外事故，突然喷薄而出，她需要宣泄。丈夫病重，一大早，儿子遭遇车祸，她马上要给卫国送饭，接着就要折回头上班。厂里的情况也不容乐观，一线有人被劝下岗。所以她不能请假，必须加油干。压力太大……有时候午夜梦回，家文会突然惊醒，摸摸身边，光明还在，这是她唯一安慰。万幸，今天真是万幸。她不敢想，如果今天光明再有个三长两短，她的日子会怎么样，她还能不能撑下去。光明过来抱住妈妈。他已经不哭了，可妈妈还在哭。他以为她只是因为他受伤难过。他还无法全面理解生活，体会命运的残酷，生活的重压。然而，也许正因为如此，他偏偏能够无招胜有招，承受这一切。

生活继续。家文还得推起自行车，再度上路。

送光明到学校，委托给春荣。春荣担忧侄子，又带他到校医院检查一番。确认没问题，才让他去班级上课。

"要不我去送吧。"春荣对家文说。

"我去吧，没事，大姐，我去。"家文不好意思再麻烦别人。

沿着电厂路骑下去，太阳在背后，家文觉得身体暖暖的，风迎面吹来，她忍不住再次流泪。是的，到了这个时候，何家文才真正感受到命运的残酷。它仿佛一个大怪兽，蛮横，不讲理，毫无预告地出现，不费吹灰之力就将你的生活撕裂，任凭你痛苦不堪也熟视无睹。然而，面对这一切，何家文又告诉自己，必须挺住。这个家必须有一个人是站着的。那个人注定是她，也只能是她。

没别的，扛。

地段医院门口，家文下了车，一边走，一边抹掉眼泪。到公共水池前，她去捧水冲脸。她必须处理好情绪。她不想让卫国发现她的悲伤。

一进病房门，家文自认情绪处理得很好："上厕所了吗，刷牙了吧，吃饭了。"她像一个幼儿园的老师，要照顾孩子。

可卫国毕竟不是孩子。他敏感、细腻，一丝一毫变化尽收眼底。饭还是照吃，一口一口。家文忙着，嘴里还在规划着："家里那块灵芝回头找出来，说管用，对肝脏好……甲鱼汤你喝了吧？回头再让小健弄一点来，姚家湾老鳖塘的，老鳖就吃小的好，大的成精了。"说着，她自己还笑，调节氛围，缓解情绪。

一转身，卫国看着她，眼眸中满是复杂情绪。

"对不起……"卫国气若游丝。曾经的强者，现在如此虚弱。

家文的心猛然下陷。她再也控制不住自己，瞬间泪如泉涌。她走过去，抱着他的头，喃喃道："不用对不起没有对不起不用不用……"卫国眼眶含泪。他的身体他自己最知道。

索性痛快哭一场。

哭够了，夫妻俩终于越过恐惧，又能够坚强面对新的一天。

"我去上班。"家文强打笑容。酸甜苦辣，这便是生命。

教室门口，值日老师走进来，拿着记录小本，走到光明面前。

"陈光明，鸡蛋糕你还定不定？"老师问。

"不定了。"光明说。

小学生课间有一餐。天冷的时候发鸡蛋糕、桃酥，天热的时候发冰棒。一个学期交二十块钱。家文和春荣商量后，没给光明定。春荣的意思是，作为教工，她有一块，可以让出来给光明。

不用浪费这个钱。

老师记录上，转身走了。一会儿，班长和生活委员抬着一大筐鸡蛋糕进教室。"坐好！"班长命令。同学们立即各就各位，负责发蛋糕的同学抬着筐，从第一位朝后，一列一列发送。

发到陈光明，生活委员提醒："光明没有。"

光明脸上尴尬了一下。他最怕成为异类。只好强调："我有，在我姑那儿。"

生活委员纠正："对，但这里还是没有。"继续往下发。

在光明看来，这是他每天都要面对的关卡，是个痛苦折磨。为什么他会跟别人不一样。别人有鸡蛋糕，他就没有，还非要找孃孃拿。去拿蛋糕也是个痛苦的过程。陈光明拖着步子，穿过喧嚣的走廊。下课十分钟，所有人都在欢闹，只有他，还要去拿鸡蛋糕。

像讨饭，他憎恶这种感觉。

“阿孃。”光明叫姑姑。按照寿县老家叫法，姑姑应叫孃孃，这也是他讨厌的一点。为什么要跟别人不一样。

春荣抬起头，她的工作实在多。见到光明，她才想起来，连忙把桌上的半块鸡蛋糕拿过来。刚才办公室来个同事的孩子，掰走半块，都是人情。

“洗手了吗？”春荣问光明。

光明又去洗手。回来拿了那半块鸡蛋糕，无精打采往教室走。哼，糟糕，半块鸡蛋糕。无端地，光明被深深刺痛着。他是贪吃这半块蛋糕吗？肯定不是。他不是一个贪吃的孩子。他只是觉得，这半块鸡蛋糕侵扰了他的自尊。

经过垃圾桶，光明的手轻轻一扬。像投篮一样，半块鸡蛋糕正中篮心，结束了它的使命。

同学二愣发现了，问：“光明，怎么丢了？”

陈光明答：“难吃死了。”

“挺好吃的啊……”二愣不懂光明复杂的内心世界。

145

半下午，美心出摊了。这个刘姐八宝菜的摊子，现在几乎成了她日常生活最重要的内容和大部分的精神世界。生意也好，每天做的几乎都能卖光。

这日，酱菜卖得差不多了。刘妈和朱德启家的一起打摊子旁经过。朱德启老婆也下来了，现在主要工作是照顾外孙子。朱燕子和武继宁发展都不错，朱燕子在体制内，武继宁在跑生意。

“老妹，别拼了。”朱德启家的驻足说话。

“闲不住。”美心笑说。刘妈帮腔，“小美做的酱菜确实好吃，有祖传秘方。”不管多少岁，她依旧叫她小美。一辈子的闺蜜。

朱德启家的忽然缩头缩脑：“是不是为老大挣的？”

是说家丽，下岗了，是可怜人。

“不是，她自己有一摊子，吃喝够了。”美心说。

刘妈问：“干吗不把手艺传给老大？”

美心没明说，她想传给老六。老六是她带大的，跟她最亲。而且老大也没开口。这是她自己的一份营生，干一天是一天。美心只好找理由：“你以为这活轻省？比上班还累。”

朱德启家的撇撇嘴：“上班累是别人的，这累都是自己的。”刘妈说：“我们这几个里头，美心最能累了。”

美心笑道：“哪有你这么好命，都派人出去挣美元了。”

朱德启老婆话锋一转，对美心：“你们家老五怎么样了？”

美心一下没理解：“没怎么，她怎么了？”

刘妈神色慌张，拉着朱德启家的要走。朱德启家的嘀咕：“你干吗呀，我还没说完呢。”

一直到收摊。美心老觉得朱德启家的提老五有点怪怪的。

晚上吃饭，美心问家丽：“老五最近有什么没有？”

“没听说。”

“回头叫她过来。”

“出什么事了？”家丽问。

“今天朱德启老婆怪怪的。”美心咬筷子头，嘀咕。

家丽说：“她哪天不怪。”

老太太悠悠地："见怪不怪，其怪自败。"

小冬去开冰箱，他自制了牛奶冰棒。

家丽叮嘱："少吃两根，肚子弄坏了又花钱。"

美心说："老三也是，说了不要冰箱，非送来，不花钱啊？有钱就是作。"家丽道："也不是从前了。地球变暖，要个冰箱正常，也是老三的孝心。"

"还是钱来得容易。"美心喟叹。又问，"现在菜好不好卖?"家丽说："糊口可以。"

"幸亏有建国。"美心说，话一转，道，"也不知道卫国怎么样了?"家丽说也有阵子没去看他。美心叹息："老天爷啊有时候也是不公平，好人不长命。"说完，自己觉得不妥，连呸三声，补充道，"也说不好，好人的福报，也许传到下一辈子，也许是转给下一辈人，说不清，像妈这样，一辈子没生过病的，少。"

老太太听到这话，道："怎么没病，胆结石。"

"那哪叫病。"美心说。

这一季菜多，生意好，家丽连忙了几天，忘了给小玲打电话。这日，她在菜场遇到振民拉着洋洋经过，拦住说让他和小玲周末到家里一趟。振民沉着脸，唯唯答应。

周末，小玲一个人来了。一进屋，她倒气势汹汹。美心正在厨房做饭，老太太在前院晒太阳，家丽带着小冬择豆角。

几个人见小玲进来是这个气场，都觉得奇怪。

美心拿着锅盖，伸头说："老五，过来帮忙。"

小玲只好到厨房。美心拿着大勺在汤里搅拌，教育女儿："工作也好，生活也好，都跟这煮汤似的，不是说东西放进去就行了，你得煮你得调，那样才能入味才能煮出好汤来。你啊，干什么都硬邦邦的，耐不下性子。"

小玲忽然严肃："妈，我不行，说出大天来，我也忍不了。"

"忍不了也要忍!"家丽进屋说话。

小玲急得跺脚："姐，我真的忍不了，我跟他一天也过不下去。"

美心停住，放下锅勺："你跟谁过不下去？跟谁？"

小玲被逼到墙角，脖子一硬："跟汤振民！我跟他离婚了。"

晴天霹雳！美心发晕，差点没站稳，家丽连忙扶住妈妈，对老五喝道："刘小玲，别胡说！妈血压高！"

小玲破罐子破摔，也过去扶美心："妈您别晕，是真的，我是真过不下去，又不敢跟家里讲，反正这也是我自己的事，我自己解决了。"

美心扬手给小玲一巴掌，正打在脸上："让你逞脸！"

刘小玲捂着脸，呆愣："我招谁惹谁了！"

事实既然公布。立即开会。还是三堂会审。

老太太强打精神，她也气，但没有美心气得那么厉害。到她这个年纪，什么都看淡了，离婚在她眼里，也只不过是聚散。能比常胜走了还严重？不至于。可在刘美心看来，老五干的这事，却是不着调二百五二性头傻子才会干。她刘美心的女儿怎么会这样？关键老五还姓刘。

同样，家丽也觉得老五这次太过分。都九十年代了。她不是不可以接受离婚。只是，这种大事，怎么着也该跟家里商量商量。私自离婚，程序上大错特错，把家里长辈当成什么了？把这个家当成什么了？就算受了委屈，家里人也能帮着做主不是？

老太太坐在藤椅上，美心坐沙发，抱着两臂。家丽和小玲一人一张凳子，面对面。家丽口气沉郁，对小玲："说吧。"

"说什么？"小玲冒傻气。

家丽吸一口气，不解："刘小玲，你是不是脑子有问题？说什么，结果知道了，现在你得说说事情的原因、经过，婚姻大事，你当过家家？妈和奶奶为你操多少心，妈妈血压都高成什么样了……"美心拦话："算了，不提这些，老五，说说，总得有个原因。"

小玲噘着嘴，嘟囔："原因？原因很简单，他跟歌舞团一个女的有不正当关系，被我抓到了。"

家丽追问："在哪儿抓的？怎么才叫不正当？"

小玲难为情："姐，这也要问……"

“说，都是为你好。”

“家里，床上。”

美心听不下去：“不用说了。”

老太太道：“性质是有点严重，振民是这样的人？以前倒没看出来。”

美心嘀咕：“妈，你现在看谁都是好人。”

家丽问：“只有这个原因？”

小玲把衣服袖子捋起来，胳膊上好几条紫印子。

三个女人惊诧。美心心疼：“挨打了？这个王八蛋！老大，去把汤振民给我弄过来，打死！”

“别冲动。”老太太劝。

家丽细问：“老五，说清楚，这是不是他打的？”

小玲不说话，点头。

“为什么打你？”

“他外遇被我发现，恼羞成怒。”

“这是家庭暴力。”家丽转头看美心和老太太。

“这事没完！”美心激动，护女儿。

家丽保持冷静，继续问情况：“老五，你们现在已经打了离婚证？”

“打了。”

“你住哪儿？”

“租的房子。”

“他是过错方，离婚有没有赔偿？”

“没有。”

“洋洋呢？归谁抚养？”

“还在争，他不肯放，现在一周见我一次。”

家丽叹息，跟美心和老太太商量了一番。还是决心找个日子，请汤家主事的，还有汤振民本人来谈谈。家丽的意思是，离婚可以，但不能离得这么糊里糊涂。就算要散伙，有些关键问题要说清楚。家丽已经想好最坏的打算——打官司。但综合判断，她觉得可能用不着到那一步。毕竟秋芳现在是汤家主事，不至于撕破脸。另外两个关键，财产分配和孩子的抚养权，家丽需要先知道老五的真实想法。老太太睡觉休息，美心去出摊，家丽跟小玲关起门来，单独谈。

“老五，你想没想过你的未来？”

“什么未来？”老五脑子不灵光。

“以后你怎么过日子，过什么日子，以后的路怎么走？”家丽为她担忧。

“走一步算一步。”老五乐观主义。

“起码有个房子吧。”家丽说，“房子你要不要？”

老五说想要。

“好，想要，我们就要争取。”家丽非常有条理，“那孩子呢？你怎么想？”

“也要。”小玲不假思索。

家丽说：“要，也分怎么要，是完全你带，他付抚养费，还是他带，你付抚养费，还是别的办法，你心里要有数。”

“没想好。”

“你要想！”家丽忽然大声。她是真为老五着急。

“想……想……”老五怕大姐。

龙湖菜市东头，美心坐在摊子后头，小推车前面挂着牌子：刘姐八宝菜。刘妈打前面经过，美心看到她，脸转过去。

刘妈觉察到，笑着走过去，“小美。”叫得甜甜的。

美心装作看不见听不见。生闷气。

“老板，来二两八宝菜。”刘妈换一种说法。

“不卖。”美心冰冷，直面。

刘妈也着急，绕过车子，缠住美心：“哎呀，我真不是故意瞒你。”美心在气头上，胳膊一甩：“你这叫朋友？连朱德启老婆都知道了，我还蒙在鼓里，算什么？”刘妈柔声劝：“我这不是跟你不是朋友嘛。”美心脸色忽变。刘妈又解释：“我跟你是亲戚，你女儿跟我女儿是妯娌，你我就是妯娌的娘，你说，那么大的事，老五自己没跟你说，我说出去了，合适不?”美心问：“秋芳知道? 怎么一个屁都不放，这事就想这么盖过去?老五吃多大亏。”

刘妈忙道：“我跟你说我真是公心，这事儿，秋芳两口子还不知道呢，我也没说。”

“真的?”美心问。

“千真万确。”刘妈说，“最好是，大事化小小事化了，复婚。”

“那估计不可能。”

“这么严重?”

“证都领了。”

“什么证。”

“离婚证!”美心说，“你又不是没离过婚。”

刘妈被噎住。美心也觉得话有点重，立刻找补：“菜还买不买?”刘妈道：“买啊，来二两。”

美心恨：“振民这小子，就是个王八蛋!”

146

晚间，老太太、美心和家丽再次聚到一起谈老五的事。

“房子肯定是要一间。”美心说，“总得有个窝。”

家丽问：“孩子呢? 洋洋。”

“老五什么意见?”美心说，“妈都离不开孩子，何况是儿子。”

“老五想要。”

“汤家就这一个孙子。”美心叹气。

家丽说："老五这个样子，不得不为以后想，这么年轻，肯定要再婚，带着孩子，难度就大了。不管孩子跟谁，妈还是妈，这一点不会变。"美心道："道理是这么个道理，可这话我们不能说，劝一个母亲不要孩子，这不是作孽嘛。"

老太太这才插话："老五那样，能带孩子吗？自己都管不好自己。"一语中的。老太太太了解老五。不靠谱，不着调，从参加工作到结婚，每走一步，她都不按常理出牌。家丽和美心都为老五想了。可老太太的话提醒她们，也得为洋洋想想。洋洋是美心的外孙，家丽的外甥，虽然有汤家一半的骨血，但也是何家人。在谁带孩子的问题上，必须客观。这关系到孩子的未来。

约谈的电话是家丽打的，给秋芳打。两家约定周一的晚上谈判。接到电话，秋芳也很惊诧。不过她早有预感，振民这一阵老回家。秋芳跟为民商量，为民的意思是，委托秋芳去谈。这种事，女人家出面还好一点，再加上过去的恩恩怨怨，他不好出现在何家。

幼民得知振民离婚，说风凉话，他对自己找了乡下老婆丽侠，一直有点生闷气，现在振民离婚，他反倒有了点优越感。"城市老婆，就是没有乡下老婆牢靠，你看丽侠，又能干又听话。"

丽侠自嘲："就是不能生。"她其实很想要孩子。

幼民道："怪我，行了吧。"医学证明，确实是幼民的问题。丽侠洗脱冤情。

"没说怪你。"丽侠很平静。

幼民讽刺："刚出去挣了两个钱就踟起来了，要不是我的面子，大哥大嫂能愿意给你升职管店，当那个什么二店的店长？"

丽侠轻声反驳："那是因为我做得好，负责任，肯吃苦。"她逐渐认识到自己的价值。

"哎丁丽侠你还来劲了是吧，你厉害，你能，粘了毛你都能大闹天宫，行不行？"幼民不屑，"再过过，是不是都该学何家老五，跟我提离婚了。"

“我可没说。”丽侠端着水出去了，晾着他。

“唉！这娘儿们！”幼民憋着气。

军分区，家丽家。一直到快谈判，家丽才得空把老五的事跟建国仔仔细细交代一遍。

建国是军人，这些婆婆妈妈，他不擅长：“唉，这怎么办，这方面我没经验。”

家丽打趣：“干吗，想来点经验，离一个试试。”

建国立刻憨憨笑：“不是那个意思。”

家丽道：“你倒想，可惜没有哪个红粉知己跟你演这出戏。”

建国立刻：“那是那是。”

“真是知人知面不知心，我就说跳舞这事容易出毛病，男的女的天天搂在一块儿，皮贴皮肉贴肉的，再有定力的人，也免不了有些杂念。”家丽翻了个身，“幸亏当时没去汤家的面包店工作，要不然现在怎么弄，跟老板家的弟弟闹离婚，我腰杆子怎么挺起来。”

建国诧异，问：“什么面包店，谁让你去工作？”

家丽这才发觉自己说漏嘴了，为民和秋芳请她去帮忙那事，她没跟建国提过，怕伤他自尊。现在突然露馅，她只能继续圆谎：“不是面包店，说错了，是菜摊子，当时是说有人投资开一个蔬菜店，我说不用不用，我就摆个摊子就行，小本生意……”家丽喋喋不休，撒谎，真累。建国心里明白，但见家丽这么用力圆，也便不点破。两人关灯睡觉，不提。

半夜，地段医院，家文躺在卫国旁边。一张行军床，凑合睡，今晚该她陪床。三点多，卫国疼得受不了，微微呻吟。家文睡得浅，醒了，问要不要叫医生。

卫国摸止疼药。

家文不想让他吃，他吃得太多了。可不吃，疼在爱人身上，家文只能含泪帮他倒水。吃了药，卫国坐起来，靠在床上。一会儿，又想要去厕所。家文扶着他去，一到便池，卫国就大吐起来。他的肝硬化没有好转。吐完，出洗手间，家文扶着他，卫国连连说没事。可哪里像没事的样子。

卫国清楚，家文清楚，但都不说。

接近黎明，夫妻俩坐在黑暗里。一时不知说什么好。

家文问：“早晨想吃什么。”

“小文。”卫国忽然叫她名字。

家文偏过头注视着爱人，抓住他的手，仿佛这样就能给他力量。

“以前有个算命的说，我们两个，一个属羊，一个属老鼠，羊鼠不到头。”卫国苦苦地。命，不认不行。

家文轻声：“都是胡说，好好治病。”

卫国又说：“就是苦了孩子了。”

家文流泪。

生平第一次，家文感到全身的力气仿佛都被抽光了。也只有面对病魔，她才发现，人，是那么脆弱。你不是无所不能，从来不是。面对命运，除了接受，似乎没有别的办法。然而家文不甘心，在没有穷尽全部办法之前，她不会放弃。在内心深处，她坚信卫国会好转，会痊愈，会再次站起来。他不能倒下也不应该倒下，他是那么聪明强壮，那么善良……

中午放学，同学列队，准备排队回家。光明不用排，他去孃孃春荣家吃饭。进家门，放下书包，饭还没做好，大姑父鲍先生在院子里摆弄他的盆景。光明叫人，穿过院子，在厨房站一会儿。厨房旁边有个小屋，鲍智子正在埋头苦读。她在机床厂做铣工，现在厂子走下坡，她拿到大专文凭之后，想要再上一层楼，在积极复习，打算参加市里的公务员招考。“三姐。”光明喊了一声。智子不太顾得上跟他说话。光明又回另一个屋，惠子躺在床上，看言情小说。“二姐，给我看看。”光明说。

“小孩子不懂。”惠子说着，合上那本书，塞到枕头底下。是琼瑶的《失火的天堂》。

“光明！”大姑父在院子里喊。光明连忙跑出去。阳光下，大姑父拿着一个喷花叶子的喷雾壶，对着光明，“站好。”鲍先生说。

光明站得笔直。

鲍先生按动扳手。光明瞬间被笼罩在水雾中。

“转圈，慢慢转。”鲍先生下令。

光明只好三百六十度转圈。一股浓重的刺鼻的消毒水味道袭来，是84。光明闻过这个味道，消毒用的，他家也用过，但只是拖地和擦东西用，从未喷在身上过。

大姑春荣闻味而来，向丈夫鲍先生抗议：“喷这个干吗！他也没去医院……神神道道的……”

“没去医院还没回家吗？消消毒有什么不好。”鲍先生理直气壮。光明脑子轰的一下，太阳也照不亮他内心的忧伤。他瞬间明白了其中的逻辑：爸爸生病，他是儿子，所以也要消毒，用最厉害的84消毒。可恶！他恨鲍先生。但人在屋檐下，他似乎只能接受。吃饭了。一桌子菜，就一个荤的。鲍家向来节省，做菜也就一点点。刚上桌，鲍先生又开始标榜他的“豆腐是肉”论。

一块豆腐夹到光明碗里。越看越生气。

光明故意手一抖，碗摔在地上，当啷一声。鲍先生又嚷开了，嬢嬢春荣连忙拿簸箕笤帚过来收拾。耳边轰隆隆，光明在心里却笑了。对，就是这样，不能大反抗，就这样一点一点蚕食，像打游击战。饭吃完了，春荣安排光明午休，睡觉。

“我去教室玩会儿。”光明说。

春荣没坚持。光明背着书包上了教学楼，教室里没一个人。他回到自己的座位，书包垫在桌面上，歪着头，趴好，一会儿，他便睡着了。

二汽大院，闫宏宇陪着家欢从办公室走出来。

家欢客气：“宏宇，谢谢你。”

宏宇笑说：“四姐的事就是我的事。”

“我过一阵去看你们。”

“家喜也说想你呢。”宏宇客套。

“这个老六，结了婚就忘了娘家人了。”

宏宇解释：“孩子小，再一个，五一商场也开始裁人了。”

“不会吧，我看人轰轰叫的，生意挺好。”

“自负盈亏，人员上想精简，活干得越多越好，人越少越好。”宏宇笑。两个人又寒暄几句。有师傅喊他们，家欢连忙跟宏宇去提车。

她不会开车。宏宇又开着出租车，把家欢送到她家楼底下，这才告辞。家欢上楼，方涛正在做饭。

“你停一下，”家欢用命令口气，她现在好歹是个官，“跟我下楼。”方涛不为所动：“一会儿，炒着菜呢。”

家欢等了一会儿，不耐烦：“快点，在下面等着呢，不缺你这盘菜，出去吃。”

“什么等着呢？”方涛问。

“煤气罐，你下不下去搬？”家欢撒了个谎。

方涛只好戴着围裙，跟家欢下楼。

“哪儿呢？”方涛问。楼下并没有煤气罐的踪影。

“找找。”家欢得意。

“没有，找不到。”方涛实在。一转头，车钥匙正套在家欢食指上转圈。家欢轻轻一甩手，车钥匙直朝方涛飞过来。

连忙接住，方涛有点反应不过来。

家欢下巴努努，不远处趴着辆出租车，红色夏利。

147

方涛会意，大喘一口气。在开出租这个问题上，家欢获胜。

“试试。”家欢提议。

打开车门，方涛坐进驾驶舱。家欢上车，在副驾驶。

“走两圈。”

“做着饭呢。”

“说了出去吃，成成又不在家。”家欢翻他白眼，“一个大老爷儿们，饭还没做够？走两圈。”成成在幼儿园用餐。

拗不过，方涛只好发动机器，车子缓缓前行，方涛一个倒车，立刻上路，又快又稳。家欢夸赞：“行啊，老司机，不过话先说好，我不给车费。”方涛抿嘴，不说话，他有时接不住家欢的俏皮。

“不过中午饭，我请。”家欢补充。

中午吃大餐，家欢请客。方涛一贯节省，对着金满楼的菜色，笑说：“还没挣钱呢，就开始花钱了。”

家欢反驳：“你没挣，不代表我没挣。”随后弹了个响指，“我涨工资了。”风卷残云。两口子吃得饱饱的。上了车，家欢又让方涛溜一圈。“回去吧。”方涛说。

“拣日不如撞日。今儿个就开工！”家欢意气风发。

方涛不好扫她的兴，立起空车电子牌，开始接生意。在国庆路绕了两圈，没什么人，家欢让他往胜发大厦那边开。几十年变迁，淮南的商业中心，已经逐渐从老北头的“街里”，也就是淮滨那一片，开始朝南延伸，如今龙湖路的胜发大厦和华联商厦，是淮南新崛起的商业中心。到胜发了，还是没人招手。

家欢着急，出主意：“往火车站开。”

方涛一踩油门，直直朝南，开到淮南火车站。刚好一群人出站，大包小包，看样子是刚下火车的。

“有生意。”家欢有点兴奋。

很快，一位戴着宽边礼帽、拉着行李箱的男士朝他们走来。方涛下车帮忙把行李箱放到后备箱。拉开车门，客人进入后座。第一单生意有了。家欢转头，带着笑脸：“先生，去哪儿？”

“龙湖菜市。”

一个熟悉的声音。那旅客抬起头，跟家欢来了个四目相对。两个人怔住了。几乎异口同声："是你。"

张秋林回来了。

方涛上车，车子即将启动。方涛问："哥儿们，去哪儿?"

"龙湖公园。"

家欢忙说："停一下停一下!"方涛不理解："你干吗，客人要走。"家欢编出个理由，小声对方涛："我尿急，你先送，别管我。"车停了，何家欢拉开车门下了车。

方涛回头，抱歉地："对不起啊，特殊情况，我爱人她身体有点不舒服。"

秋林愣了一下，又换上笑容："刚才那位，是你爱人?"

"正是。"方涛不隐瞒。

"那么你就是她的丈夫?"秋林换了一种方式问。

"对。"方涛神色有点诧异。

车走上龙湖路，到龙湖菜市也就几公里的距离。

"你们结婚多久了?"

"孩子上幼儿园。"方涛答。

"你爱她吗?"秋林问得直接，美国思维。

"这个问题有点……"方涛一个大男人，反倒被问得有点害羞。

"没关系，可以直接回答。"

"挺好的。"方涛婉转些，"你呢？已经结婚了吗?"他回敬他。

"结婚了。"

"有孩子没有?"方涛放开了问，虽然有些不礼貌。

"还没有。"秋林说。

"你肯定很爱你太太。"方涛越来越放松。

"曾经是。"秋林说。

"曾经？老兄有故事。"

"我离婚了。"秋林并不介意谈论自己的过去。有过幸福，也遭遇过痛苦。

到龙湖菜市西头，里头进不去了，车停下，秋林付了款，礼貌地说再见。火车站广场，人来人往，何家欢一个人坐在站前的水泥台子边上，发呆。爱情，不过是在对的时间对的地点，遇到对的人。秋林的突然出现，让她情感世界的疑问一下又跳出来好多，还有记忆，闸门拉开，洪水汹涌。他回来做什么？待多久？估计是探亲。他会不会找她见面？孟丽莎呢？怎么没见一起回来？她已经太久没有秋林的消息了。想了好一阵，家欢才开始反刍似的，回想刚才所见的秋林的样貌。变了，变得更成熟，更是绅士。浑身上下都带着一股洋味。相比之下，她土多了。方涛更土。

她觉得自己有点可笑。跑什么，就这么不能见人？

或许还没准备好。一切太过突然。

宏宇到家，家喜就拽他进卧室。

“怎么了，你四姐夫的事情办好了，刚才我陪四姐去提的车。”宏宇汇报。

“不是这事。”家喜说。

“还有什么事？”

“五一商场改革了。”

“不叫了好久了嘛。”

“副食品营业组，只留一个人。”

“肯定是你。”宏宇鼓励。

“现在的情况是，我和你妈，哦不，”家喜改口，“我和咱妈，只能留一个人。”

宏宇脱口而出：“那肯定留你啊，反正妈马上也退了。”

家喜愤愤然：“那是你说的。”

“怎么的？”

“领导分别找谈话了，领导跟我说，妈不愿意下。”

宏宇迟疑，想了想：“不对啊，会不会领导挑拨离间？”

“扯你的屁！”家喜说，“闫宏宇，这事你找你妈搞定，这不开玩笑嘛，哦，老的不让，非霸着，让我们年轻的下来。这算什么？我当初没工作，我妈提前退休给我顶替，那是什么精神。”说完这句家喜自己觉得好笑，问题的关键是，刘美心是她亲妈，王怀敏不是。“做老的，不能这么自私。”家喜教育宏宇。

闫宏宇只好找他妈问情况。

王怀敏却说：“做小的，不能这么自私，我多少工龄，就这么买断？下来？我不工作，谁养活我？指望你们几个能喝上粥还是吃上面？你爸身体也不好，我不能没工作。我还有几天干头，你那个老婆怎么就不能让一让。”

宏宇劝道：“妈，这不是想恳求您，伟大地、高风亮节地做出一点点牺牲嘛。”

王怀敏纠正儿子：“这可不是一点点牺牲，这是非常巨大的牺牲，小宇，你可不能胳膊肘往外拐。”

“妈，我知道你对家喜有意见，可生男生女，谁也不能控制。”

“胡说!”王怀敏站起来，“我可疼小曼了！顺嘴扯!”

闫宏宇没完成任务，回自己屋，只能跟家喜说他妈要再想想。

家喜不满意，但一时也想不出好办法。

谈判的日子，地点在何家，为民没出现，张秋芳一个人带着振民前往。何家，家丽、家艺并老太太和美心坐镇，当然，也少不了当事人刘小玲。

茶已经泡好了。来了都客客气气，虽然今天是来谈条件的，但礼数还要有，毕竟这么多年的关系。屁股还没落座。刘妈来了。张秋芳有些惊诧，问她怎么来了。刘妈说：“来看看你美心阿姨。”

找借口，美心不介意。

“都说说。”家丽对振民和小玲。

没人说话。

秋芳笑着问：“谁先说?”

先发制人。还是很重要。

小玲站出来：“我先说吧。”众人把目光转向她。“事情说复杂也复杂，说简单也简单，简单说就是汤振民出轨了，被我发现了，他恼羞成怒打了我。我跟这个人过不下去，所以离婚了。”

“不是这样的。”反方振民着急。

小玲要跟他吵。家丽拉住她，指了指振民，说：“你说。”

振民说：“我没出轨，也没打她。”

“捉奸在床都不算出轨什么是出轨！”

“那就是个朋友。”

“朋友在床上做什么？笑话。”小玲唇枪舌剑。

“只是进屋看看窗帘，她说我们家窗帘挺好看的。”

美心以长辈口气：“振民，这就是你的不对了，什么朋友，要背着小玲带回家，还是个女的。”

“是她自己上门找我的。”

“那你也应该拒绝。”小玲说，“何况你还打人。”

振民忽然撩起上衣、撸起袖子，前胸、脖子还有胳膊上有不少瘀青、抓痕。何家人不出声。秋芳这才说：“小玲，这是不是你造成的？”

小玲道：“我是正当防卫，抵抗暴力。”

秋芳笑说：“你打我一下，我挠你一下，都是正常的，夫妻生活哪有不磕磕碰碰的，上嘴唇偶尔还能干扰到下嘴唇，上下牙齿还打架呢。不至于就离婚那么草率，跟孩子过家家似的。要我看，没有大的矛盾，复婚。就算你们不为自己想，也得为洋洋想想，离婚，对孩子影响多大。”

看来秋芳的意见以撮合为主。家丽也动了几分心思，宁拆十座庙，不毁一桩婚。能凑合，就先凑合吧。

老太太悠悠地：“回去吧回去吧，都反省反省，没什么过不去的。”小玲执拗：“奶，妈，大姐，今天不是来谈复婚的，离都离了，就算想清楚了，冰冻三尺非一日之寒，我和汤振民的矛盾，不是一般的表面的矛盾，是深层次的矛盾。”

美心深觉五女儿不着调，但也只能问：“什么矛盾？你说说。”

小玲说：“性格不合，志向不同，生活习惯不能搭配，说到底，我们有着不同的灵魂。”

说得高深，上升到灵魂。

148

家丽觉得好笑：“你什么灵魂？”

小玲说：“我的灵魂他不懂，他的灵魂我不想懂。”

振民抢白：“她就是懒，不想洗衣服做饭，到现在也不会烧饭。”

小玲谴责：“听到了没有，这完全是对现代女性的剥削。我接受不了。”

三姐家艺听到这儿，忽然插话：“不想做请个保姆嘛。”

何不食肉糜？家丽瞪了家艺一眼。

老五哪有钱请保姆。

家丽劝：“老五，振民，当初你们要结婚，两家人都不同意，你们拼死拼活还是结了。现在你们要离婚，两家还是不同意，你们又要拼死拼活离？把婚姻当什么了？把家里长辈当什么了？”

小玲着急：“姐，你怎么就不明白，不是我想离，是实在过不下去！”振民听了，脸红一阵白一阵。

家丽走到振民跟前，问：“振民，你说实话，有没有做对不起老五的事情？”

振民支吾不言。秋芳说：“老三，说实话。”

振民道：“有一点。”招了。

小玲哼了一声：“听到了吧！听到了吧！有一点，一点，真新鲜，什么叫一点。”

美心喝道：“老五！不许得寸进尺！”

小玲缩着脖子，像鹌鹑。

老太太慢慢起身，让美心扶着进屋。她不想听了。刘妈连忙也跟上，一直没说话的她这时候才叨咕着：“老太太，千万别生气，不值当。真的，不值当的……”

客厅留给更年轻的人。红尘俗世，属于他们。到了这个年纪，看人生，总是显得滑稽。后院，美心问刘妈秋林这次回来待几天。

刘妈喜不自禁：“说可能这就算回国了，不走了，人才引进。”

待老太太和美心、刘妈离开。家艺才对秋芳说：“秋芳姐，你看，小两口的确有问题，不愿意在一块儿过，而且现在离婚证都扯了，法律上，已经不是夫妻，再硬捏巴，也是两张皮，要不我看，还是尊重当事人的意思。”

振民斜着眼看家艺，不吭声。小玲不着调，笑呵呵地：“对对对，谁离了谁不能活？”

家丽看不惯她这二百五样子，拍了她一下：“老五，别说了！”

小玲赶紧闭嘴。

家丽对秋芳，好声好气：“秋芳，你看怎么办？咱们这两家真是，一辈子的朋友，半辈子的亲家，什么都好说。”

还未待秋芳说话，小玲就跳出来说：“我什么都不要！都给你们！我就带洋洋走。”

“不行！”关键问题上，振民也拿出男子汉气概，“洋洋姓汤！跟你一个姓刘的走什么？”

小玲抢白：“我是不是他妈？都什么年代了，还姓这个姓那个，女人不是人？女人不顶半边天？我去国务院告你！”

家艺听了发笑，提醒：“老五，国务院不管这些事。”

“哪儿管我去哪儿告！”小玲发狠。

秋芳拦在头里，对小玲：“老五，这带孩子可是一辈子的责任，你带走，你就要负全责，振民只能负责生活费。老实说，我没想到你这么坚决，离婚女人迟早还要再婚的，带着孩子，难度很大。男人就不一样了。就算振民不养，我们汤家也会养。”

家丽暗暗感叹，秋芳跟她想到一块儿去了。离婚女人想要再婚，带孩子是一大弊病。可在这个节骨眼上，小玲迷到哪儿是哪儿，话都说出来了，估计怎么也不肯放弃孩子。家丽听秋芳说话觉得有一点疙疙瘩瘩。张秋芳张口闭口我们汤家，我们汤家。也只有到这一刻，何家丽才意识到她和秋芳的不同。秋芳已经彻彻底底融入汤家，生是汤家人，死是汤家鬼。没跑儿。而她，无论什么时候，也不会在别人面前说，我们张家。张建国光杆司令，就那么一个独人，所以家丽觉得自己永远属于何家。

想到这儿，家丽提醒小玲：“老五，你真想好了？”

小玲不假思索：“想好了，我净身出户，只要孩子。”

家艺替她着急：“哎，老五，你又不是过错方，凭什么你净身出户，谁犯错谁净身出户，不行不行，这个不能犯糊涂。”

秋芳大声，一锤定音：“好！就按照老五的提议来，男方负责每个月给生活费，孩子归女方，但男方有权利每个星期去看孩子至少一次，最多不超过三次。女方愿意放弃婚姻期间两人的共同财产，所谓净身出户。男女双方各自的存款，依旧归各自所有。没意见吧？”

小玲立即：“我同意。”

振民愤然：“刘小玲，你就这么迫不及待？你是不是有下家了？我不同意，我不同意我的儿子叫别人爸！”

秋芳道：“老三，可以提你的意见。”

振民道：“跟我离婚，三年内刘小玲不许跟别人结婚。”

家艺抢白：“汤老三，你这就是不讲理了。”

振民不理她，继续：“我儿子不许叫别人爸爸。”

小玲道：“同意，没了吧？就这样。”快刀斩乱麻。

振民有些傻眼。可话已经说出来，只能硬着头皮办。

谈完，各回各家。振民一回家就把自己关在屋子里。为民在家等着，见秋芳和振民回来，忙问情况。秋芳原原本本说了。

为民比她着急:“怎么让你去谈个判，一眨眼就把孩子谈丢了呢，爸妈就这一个孙子，家里就这一个后。”

幼民从屋里走出来，轻轻抱怨:“大哥，都什么年代什么时候了，还前前后后的，爸妈就一个孙子，爸妈在哪儿呢?都去见马克思了。还什么儿子孙子的，他们不让振民管孩子，正好，轻装上阵。”又忽然小声，“振民也不是能管孩子的人。”

为民一转头，洋洋站在小书房门口，扶着门框，看着一屋子大人，不说话。为民心疼他，喊他过来。洋洋也便乖乖跑过去，偎在为民怀里。为民问:“想去妈妈那儿吗?”

洋洋摇头。

幼民插话:“那是你妈，你那不着调的妈。”

为民大惊，喝:“老二!”

幼民闭嘴，转身回屋了。

老五将将离婚，家丽不放心，建议她搬回来住，相互有个照应。再一个，家丽还考虑到，虽然两方口头答应，洋洋归小玲管，但猛一下从汤家带这块心头肉走，她怕为民难受。小玲回来住，汤家就在何家隔壁，洋洋等于可以两边跑，那种确定归一方的感觉会减小很多。洋洋常常是在汤家玩够了，晚上再回何家，跟妈妈小玲睡一张床。再一个，离近点，两家都能照看点孩子，免得小玲太辛苦。可刘小玲领会不到大姐的苦心，偶尔还会发火，多半呵斥孩子:“以后不许你到处乱钻!”洋洋听归听，做是做。年龄不大，他已经会哄妈妈，说一些赞美的话。诸如，妈，你今天真漂亮。妈，你好美。妈，你真年轻。小玲一向自负貌美，因此屡屡受用。

小年当兵一年，在马鞍山做消防兵，进了部队，又被首长选中做了通信员。所以没吃太多苦。但部队到底给了他一些教育，身子直挺了，整个人的气质也不像从前那般吊儿郎当，而是有些英气。在部队里，都已经有些社会上的姑娘主动追求小年。可小年都不大瞧得上。他一直惦记着汤小芳。

探亲归来。小年站在客厅。老太太和美心围着他，一身军装的第四代，越看越喜欢。家丽看着儿子出落成这样，也十分欣慰。

“给老太敬个军礼。”家丽说。

小年立刻啪站直，面朝老太，飒爽地敬了个军礼。

老太太高兴得合不拢嘴，叫小年过来，上下掐两把，仿佛要确定是真人，偶尔叹一口气：“不错，长大了，出来了。”

美心道：“都不长大，我们怎么老的？”

说罢两人哈哈大笑。

晚间，家丽回军分区，小冬和哥哥小年在姥姥家住，睡一张床。小冬问小年：“部队什么样？”

“带劲。”

“累不累？”

“刚开始挺累的，但有战友，玩得挺好。”

“你一直待在部队？”

“说不好，明年转业。”

“你参不参军？”小年问。

“我都读高中了，读高中就奔着考大学。”小冬说，“参军的都是成绩不好的。”

“大学怎么了，英雄不问出处，我宁愿打仗，上战场。”

小冬又问：“哥，你不是喜欢汤小芳。”

“没有的事，听谁乱说的。”

小冬说：“你脖子上戴的玉观音不是她的？都戴了一年了。”

秋林回家，秋芳和为民帮他摆了一桌，恰逢振民离婚，在酒桌上，这一反一正的例子，成为家长们对比的对象。

为民喝了点小酒，醉醺醺的，揶揄弟弟振民：“老三，看到了吧，什么叫成功人士，就是什么他都能摆得平，中国，美国，是吧，家里，家外，没有玩不转的，处处得意处处幸福，哼哼，什么叫失败者？”他伸出食指点点振民：“就是你这样的，自己老婆都搞不定，玩不转。”秋芳维护振民面子，斥责丈夫：“为民，少说两句，别一喝酒满嘴喷。”为民嘀咕："秋芳，这不叫喷，这叫经验交流，老三，你哥我他妈丢了一只脚，也不像你这么怂！"

振民只顾吃。刘妈打圆场："振民舞跳得不错的。"

秋林鼓励振民："没什么，过不到一块儿，离婚对彼此都是解脱。跟蛇蜕皮一样，不蜕一层皮，怎么长大呢。"

振民感谢他，敬了秋林一杯酒。

幼民也端起酒杯，向秋林，从前平起平坐，幼民没把秋林当盘菜，但现在人家是大专家，从美国归来，幼民不自觉地敬他几分："秋林兄，这么说，你是赞同离婚的。"

秋林说："我不是赞同，要看实际情况。"

幼民口无遮拦："那假如小孟跟你离婚，你怎么办？"

丽侠见丈夫不着调，拽他胳膊："幼民！我看你也喝多了！"

"是说假如。"

秋林并不为难，一笑："如果她不爱我了，或者我不爱她了，又或者其他什么原因，只要她提出分手，我会放她走。"

口吻深情。一桌皆静默。陷在他这话里。汤小芳更是佩服小舅秋林的潇洒。

"小舅，我敬你一杯。"小芳举杯，以茶代酒。

149

酒席散了，到家。刘妈喝的是米酒，但也有点劲头。借着酒劲，她想跟儿子说一点平常不会说，或者说不出口的话。

母子俩一时都还不想睡觉。

“秋林，知道你工作忙，可你看看……你们现在年纪也不小了，你和丽莎，是不是该要个孩子？”

“妈——”秋林欲言又止。

“明天去给丽莎打个电话，越洋电话贵，妈出钱。”

“妈——”秋林决定直面真相，他们搞科研的，更加要求诚实，“我和丽莎，分手了。”

刘妈神色慌张：“分手了？什么意思？”

“就是离婚了。”秋林说得清楚明白。

刘妈头一晕，跌坐在沙发上。

家欢家，成成的作业一定是妈妈辅导，家欢每天还要给成成念故事。孩子安睡，她才爬上床。方涛在翻着一本菜谱。

“今天怎么样？”家欢问。

“没怎么样，不就拉客。”

“你也稍微跟乘客多聊聊，自己闷着，没必要，的哥有几个不健谈的？”

“没那习惯。”方涛一向话少，“乘客对我来说，一个样。”

家欢说：“男的女的老的少的，怎么能一样，你就抬杠。”

方涛忽然想起来：“还记得那天拉的乘客吧，在火车站。”

“不记得。”

“第一个，你也在，第一个乘客，有点特殊。”

家欢无从闪避：“好像有点印象，怎么了？”

“那人在龙湖菜市下的车。”

“那又如何。”家欢不想继续这个话题。难道方涛知道了什么，他在试探她？家欢不免多想，但又必须不动声色。

方涛放下书：“很直接的一个人。”

“乘客而已，有什么直接不直接的。”

“上来就问，我跟你感情怎么样？”

“他怎么会知道你我的关系？”

“你下车后他问的，我就说你是我太太。”

“你怎么回答?”

“我当然说感情不错，”方涛说，“我又反问他，他说他离婚了。”

家欢头皮一阵过电。张秋林离婚了？这个消息对她来说，比美国总统换届还重大。可在方涛面前，她又不能表现得太震动。只好用呵欠掩饰。不行，她得铺点路子，万一将来方涛知道她和秋林从前的关系，就显得有点尴尬。再想想也不对，那些内心的故事，方涛怎么知道。算了，点到为止，家欢躺下，侧着身子，随口道：“那人看着有点眼熟，具体样子记不清了，主要那天尿急。”

方涛也没再说什么，各自睡下，不提。

卫国病情有所好转，腹泻呕吐都止住了，似乎度过了最艰难的时期，医院建议回家疗养。家文并春荣、春华都很高兴。卫国被接回家，暂时不上班，日日休养，很快也胖了些。

卫国病休在家，对光明来说似乎却是个好事。

他跟爸爸相处的时间变多了，两个人经常玩棋。跳棋、围棋、象棋、军棋、飞行棋，所有的种类都玩了个遍。围棋，卫国教光明，光明似懂非懂，也就糊里糊涂下。

春华来看卫国，出院之后，春华出现的次数少了点，但因为机床厂和饲料公司离得近，在兄弟姊妹中，还是来得多的。这回拎了几个现做的糖包子，芝麻红糖馅，拎过来还是热的。

光明最喜欢吃孃孃的糖包子，洗了手，迫不及待拿一个。

春华叮嘱：“小心烫嘴!”

拿给卫国一个。卫国尝了尝，说香。阳台上，春华和卫国并排坐着，前面是巨大的泡桐树，开着紫色的花。春华有一搭没一搭说着家里的事，无非老大家怎么样，春荣家怎么样，又或者大康的儿子不争气，小健的儿子学习成绩差。卫国问小忆学习成绩怎么样，他最看好这个外甥女。春华说，刻苦是刻苦，在班里也算拔尖，前五名，但放到全年级不好说，在全区、全市，更排不上了。“考大学不成问题。”卫国鼓劲。

春华又说起惠子的婚事。在春荣家三个女儿中，惠子的位置始终尴尬，老二，没有老大的“美貌”和运气，也没有老三的务实和刻苦，脑子聪明，却一根筋，认死理。样子中下。婚恋一度是个难题。索性现在好了，找了个普通老打老实（方言：老实）的，马上准备办事。卫国听说办事，又要给钱。春华说你哪有钱。

卫国坚持：“大事还是要给。”

春华问：“听说家文的四妹离婚了？”

“是老五。”卫国纠正。

春华笑：“真是一笔糊涂账。”

除了上班，为了让自己和洋洋过上更好的生活，小玲还弄了两个兼职。一个是倒卖羊皮。让三姐夫欧阳宝联系渠道，出手。做了有一阵了。另一个是去淮南刚兴起的夜场唱歌。

歌舞不分家。小玲有舞蹈基础，歌唱得也不错。只不过，她喜欢唱一些豪迈的歌，但到了歌舞厅，老板却让她表演杨钰莹的歌曲。小玲很痛苦，但有舞台就得上啊，没办法，她必须“玉女”起来。唱了一阵，刘小玲意识到必须从家里搬出来，每天忙到半夜，家丽问了多次，甚至还干涉她，太没自由了。

索性自己租了间房子，单过。洋洋她自己带着，去唱歌，就让小孩也跟着去，在台下看着。洋洋不怕生，去就去，在场子里玩得不亦乐乎。

该小玲上场了。主持人报幕：“下面有请，田家庵第一玉女，凯丽，表演《我不想说》。”小玲穿着有巨大垫肩的粉色演出服，伴随着音乐，款款步入舞台。台下几个哥儿们瞧着她，愤愤然：“瞧见了吗，就是甩马达的那女的。”

“这骚娘儿们。”另一个说，“还她第一玉女，就是破鞋。”

“马达瞎了眼了，看上这女的。”

“弄她！”

哥几个话赶话，真要找小玲麻烦，一阵起哄，又要上台拉她下来。“别装纯！一个破鞋，还当玉女，就这么欺负观众，绝不答应！”小玲被拉得一个踉跄。掉了一只高跟鞋。

洋洋见妈妈被欺负，冲上去，逮住一个闹事者的胳膊就咬。

一声惨叫。“小兔崽子!”痞子被激怒了。

洋洋连忙躲小玲身后。

保安来了，开始维护秩序，闹事者被赶了出去。

“等着!”他们对小玲放话。

刘小玲站在台上，一只脚高，一只脚低，话筒还拿在手里，她有点回不过神，音乐响起，她仍旧开口唱：“我不想说，我很亲切，我不想说，我很纯洁，可是我不能拒绝心中的感觉……一样的天，一样的脸，一样的我，就在你的面前，一样的路，一样的鞋，我不能没有你的世界。”

洋洋站在台下，仰着脸，看着妈妈。

五一商场，员工聚集在二楼会议室，总经理一拍手：“散会!”

家喜怅然若失往外走。

一个小姐妹凑上来问她：“你真下了?”

“别烦我。”家喜脾气不好。

“你婆婆真拿得下来。”小姐妹煽风点火。

家喜更来气。王怀敏摆老资历，不肯下来。家喜光荣下岗，一个月拿低保二百八十三元。哪有这样的!

家喜不说话。家丑不可外扬，越描越黑。她反倒要给自己撑点场子，挤出笑容：“我让给她的，这么大岁数，让她去哪儿再干，我下来，再找一份工不难。”

“你真大方。”同事咋舌，“也好，吃不上，让她出钱养活你。”

家喜呵呵：“不指望。”

宏宇也下来了，开始开出租，比坐办公室挣得多点。中午回家吃饭，急匆匆地。家喜还是有气，把汤勺子一摔，溅起点水花来。

宏宇一下明白了，好生劝慰：“别跟老人家一般见识。”

“什么老人家，顶多算中年。”家喜气不打一处来，“三街六院，有几个像你妈这样的，论资排辈把儿媳妇工作挤了，带孩子又不论资排辈了。”

宏宇劝："我们自己的孩子，我们自己带。"

"是我带！不是我们！你一天跑得没影。"

宏宇讨好地："这不是想多赚两个嘛。"

家喜愤怒不减："自打生了小曼，你妈给过我们好脸子吗？以前说好的房子，也没影了。存的那钱，我看估计是要给你家老四了。她也就在家里憋着没说，在外头早放话了，谁生了孙子，就给谁买房子。那房子不是给儿子的，是给孙子的。"

宏宇简短地："都是谣言。"

外头下雪了，宏宇原打算就此收工，可待在家里，又怕家喜唠叨，一咬牙，抓起车钥匙，再出车。

路上雪积得厚了。宏宇开得慢慢的。龙湖路和国庆路交叉口，四海大厦旁，有人招手。宏宇开过去，那人说去财政局。他说普通话。宏宇问："老兄是外地人吧？"

那人又改回淮南方言："土生土长，在外头久了，舌头有点不利索。"宏宇也不多问，沿着龙湖路往南开，一会儿，到了财政局门口。乘客付了钱，下车，财政局门口有人撑着一把红伞，等他。宏宇眼神好，一眼就瞧见，那是四姐家欢。

他把车子靠边，在辅路边上趴了一会儿，直到两个人进财政局才离开。宏宇一时对不上号，四姐怎么会认识一个漂泊已久的人。

再上路，在田家庵转了两圈，开到胜发门口，趴在那儿抽根烟。方涛也在。

撂来一根烟，宏宇问方涛生意怎么样。

"就拉了两个近的。"

"估计没人了，也走不动了。"

天还在飘雪。不算大，但没完，絮絮叨叨的样子。宏宇对方涛："收吧，去喝两杯。"方涛笑着说："我还得去接家欢呢。"

宏宇打趣："惯着。"

方涛说："你学着点。老婆是用来疼的。"他跟哥儿们说话比较放得开。宏宇忽然想起刚才在财政局门前的场景，随口说：“刚我拉了个男的去财政局，好像是找四姐的。”

“这么巧。”方涛不得不多想，“长什么样？”

宏宇大概描述了一下。方涛立刻回车上，车子慢慢启动了。待方涛的出租远去，宏宇又有些为刚才的话后悔。别人两口子的事，他多什么嘴。闫宏宇不放心，连忙也回车里，跟了过去。

150

财政局门口，家欢和秋林面对面站着。

“下雪了。”家欢脸上挂笑。

秋林说：“所里的那笔款子到底怎么打理，大专家，我等你的方案。”

家欢说：“放心吧，我们是最保险的。”

秋林是来找她咨询业务的。不过，当他问来问去就那几个老问题，家欢感觉到，张秋林是“没事找事”而来，或许是专门来见她的。他回国有几天了。家欢不往深了想。何苦，何必，都是结了婚的人。这故事早已经结尾，不可能有续篇。

但对秋林，家欢还有些好奇。

她装作毫不知情：“怎么样？发达国家都待过了，回到我们这小城市，不适应了吧。”

秋林不失风趣：“哎，怎么是小城市，1984 年国务院就批准淮南十三个较大的市了。”

家欢话锋一转，猝不及防地：“丽莎呢，什么时候回来？”

秋林正面迎接：“我跟她已经离婚了。”

原本，家欢只是打算敲敲边鼓，看看他的反应，探探他的底，无论是真是假，她以为秋林总要遮盖一些。谁知秋林不见外，一下就掏了实底，光天化日，赤诚相见，家欢反倒被这个真相打得不知所措。不晓得怎么接话。虚与委蛇惯了，偏偏怕这种掏实锤的（方言：实打实，不说假话的）。

“这个……”有些结巴。

“都过去了。”秋林故作洒脱。

“不知根知底还是靠不住。”家欢没头没脑冒一句。

一阵风吹来，门口白玉兰树上的雪纷纷落下，扑在两个人头上，家欢秋林都惊得连忙打扫。家欢穿得少，脖子上光溜溜的，雪顽皮地滑进去，冰凉。家欢一边笑一边叫。

秋林连忙把围巾取下来，加拿大货，驼色羊毛质地，绕在家欢脖子上。家欢连忙说不用不用。秋林坚持。

“你冷，你需要。”他说。

家欢只好戴着。一瞬间，心底热流涌过，这场雪似乎也不剩什么了。路边，方涛的车停着。不早不晚，他将将好目睹秋林给他亲爱的老婆戴围巾那一幕，瞬间气撞脑门，拉开车门就要冲上去。“四哥！”宏宇也赶来了。在他背后喊。

方涛站住脚。宏宇追上来：“四哥，怎么开这么快。”他手里拿着对讲机，一脸急切。“什么事？”他问宏宇。

宏宇说：“龙王沟路突发车祸，刚接到通知，让我们去帮着营救一下。”事发突然，又是营救，方涛无法拒绝。两个人连忙上了车，往龙王沟路去。再看财政局门口，人，杳无踪影，只剩一株巨大的白玉兰树，顶风傲雪。

雪地里，光明在前头跑着。原饲料公司改名为白蓝集团，但厂房没变，场地没变，下了雪，白茫茫一片。光明央求爸爸卫国一起来玩雪。脚上穿着三姨家艺新送的深蓝色雪地鞋，光明跑得飞快。这鞋正派上用场。

顾得茂的女儿也在玩雪，光明叫她一起。树丛间，一只野兔探头探脑。两个孩子发现了，悄悄靠近。“爸!”光明轻声，跟卫国打手势。卫国在后头，他走得比较慢。虽然胖了些，但身体还是没恢复。小兔子出树从了。白色大地上，一个灰色的小点。光明不犹豫，一个前扑，捉住了小兔子的后腿。兔子乱扑腾企图逃跑，顾得茂女儿连忙上前帮忙。两个孩子四只手，兔子只好就范了。“爸!”光明兴奋地回头找卫国。却不见他的身影。

“爸!”光明拎着兔子耳朵，往后走了几步，小兔子还在闹腾。

雪地里，陈卫国正面朝下，倒在地上，一动不动。

“爸!”光明惊慌地，一撒手，兔子迅速跳开，跑了。“爸!”光明吓得没了神儿，“爸——我是光明，爸！爸!”顾得茂女儿连忙朝办公楼跑。她要去叫人。

人送到医院，家文也赶来了。诊断结果，病情又有所发展，更严重了，肝硬化转为肝腹水。经过细胞活检，一周后，医生明确告诉家文，她的爱人现在已经是肝癌晚期。当场，家文失控，大声叫着：“不是说只是肝炎，肝硬化！你们这是误诊！误诊！属于医疗事故!”医生平静地离开。空留家文一个人面对残酷结果。

家文靠在医院走廊上，泪流不止。

不，她不能倒下。还是要治，并且不能让卫国知道。当务之急，是要再借点钱。家文最怕借钱。她首先想到回自己家借，但不行。这是卫国的事，她必须跟陈家几位说清楚，现在要救的，不光是她的丈夫，还是他们的弟弟。家文骑着自行车，直奔党校。是个大礼拜，克思去学院教课，周末也有学员来上课，属于函授班。混个文凭的。陶先生在家，光彩坐在窗前写作业，院子里，一枝寒梅盛放，红得血淋淋的。家文说明来意。陶先生皱眉：“会不会是误诊?”家文含泪：“查清楚了，但还能治，至少可以减轻一点痛苦。”陶先生狠下心肠，到屋里转了一圈，又出来：“现在也实在困难，这点你先拿着用，回头让你哥再给送过去，得去银行解除定期。”家文接过来，低头一看，四百块钱。她瞬间明白，他们觉得卫国是个无底洞，不想投资了。党校她不会再来第二次。再去四小。她不想让鲍先生看到，便偷偷让邻居把春荣叫了出来，两个人到办公室谈话。春荣心疼弟弟，给了一千救急。去找春华，春华也给了一千。家文拿了钱，又去娘家借。妈和老太太是没钱，大姐两个儿子，自己又卖菜，没什么积蓄，要借只有老三老四。老五离婚带孩子，老六刚结婚，也是穷得叮当响。想来想去，还是找老二。

家文站在家艺家门口。细雪在天上飘，今年雪下得勤，路上都堵了。廖姐来开院子门。家艺抱着个大手炉。工艺厂不景气，全厂员工工资仅靠当门子一溜门面房出租发。家艺索性当起家庭主妇，日日在家安守。

“二姐，这展子怎么来了？”家艺估摸着有大事。

家文来不及细说，直接讲重点，声音有点小：“我想借点钱。”不得不张口，为了卫国。

“怎么搞的？”

“你姐夫的病……”家文不忍细说。

“要多少？”家艺爽快。危难时刻，她不含糊。

“三千。”家文报了个折中数字。

家艺转身回屋里，再出来，信封里装着五千块，递给二姐家文：“这些你先用，不够回头我再给你送点过去。”

家文看了看，只多不少，到底是亲妹妹，眼眶不禁湿润：“老三……”

“别说了，救人要紧。”家艺握住家文的手。

“要不要打个借条？”家文懂做生意人的规矩。

“你还能跑了？”家艺笑，“快去吧。”

到底是亲姊妹。家文望着妹妹，眼神里满是复杂情绪，说不清是感慨，是悲伤，是感动，还是喟叹，一时间，说感谢似乎太轻了，她只是笑笑，眼眶湿湿的。

家文出门正迎着欧阳进门。欧阳跟她打了个招呼，叫二姐。两个人心里都有事，没顾上说话，一个出，一个进。

欧阳前脚刚进门，小枫也回来了，他刚才在隔壁邻居家玩。

“爸，我想要个变形金刚。”小枫提要求。

“做作业去!”欧阳宝心情不好，没空应付。

“就要一个擎天柱。”小枫坚持，拉住欧阳的胳膊。欧阳突然瞪大眼睛，凶得好似天神下凡，吓得小枫连忙撒手，跑了。

家艺和廖姐正在看电视。家艺还抱着暖手炉。欧阳进来，她瞧见了，说：“这干吗呢一头汗。”

“你来一下。”欧阳严肃地。家艺感觉有事，连忙起身，跟欧阳到卧室。欧阳着急地：“家里还有多少钱，都拿给我。”

家艺笑：“怎么今天都是来要钱的。”

“快点拿给我!”欧阳猛然咆哮。家艺惊得全身过电，发觉事态严重，连忙把家里的现金都拿出来给欧阳。

“就这么点?”欧阳问。

“可不就这么多，”家艺说，“所有的钱，不都放在毛子上了，不让你吃进，你还不愿意……”

欧阳失态：“我他妈快完蛋了!”

家艺脸绿：“怎么了这是，一惊一乍的。”

欧阳说：“该！都他妈怪这雪，路全封了，毛子运不出去，又说今年是什么经济危机，根本没人收毛子。这些货，全砸手里了！等到明年成老货，就他妈全部作废!”欧阳急得带脏字。

“不行明年再来，东山再起。”家艺不太懂生意，只好鼓励。

“本金都没了来个屁。”

“亏多少。”

欧阳深吸一口气：“差不多……全部……一百万。”

家艺只觉得脑门一嗡，瞬间什么都听不见了。一百万，全部的身家，一辈子的依靠，就这么在冬天的大雪里化为泡影？不行，不能这样。必须扭转局面，挽救，救一点是一点。

“自己找车呢?”家艺问。

“公家车队不可能接这个活，私人车队，这么大雪，路都封了，要走除非走小路。小路又危险，没人肯开。而且就算运出去，也未必能出货，没人接手。”欧阳懊恼地。

家艺恢复理智：“运出去，还有点希望，不运就一点希望没有。”

欧阳不说话，颤抖着摸出一支烟。

“你等着，我去找车。”家艺放下暖手炉，迅速换衣服。有人敲院子门，廖姐跑出去开。来者是欧阳的六弟，老六一直在家，陪着老欧阳过。

进客厅，上气不接下气。欧阳不耐烦，对弟弟：“喘好了说话！”

六弟哈哧哈哧地，有点口吃：“哥，嫂子，爸……爸他……爸他摔了！”

家艺立刻分配：“欧阳，你去看爸，我去找车，廖姐，把小枫看好，晚上不要让他多吃。”

一年静好，到冬，雪一来，事情全来了。

151

外贸仓库，小玲从里头出来，挎着一只布袋子。后头有人追喊：“刘小玲！站住！”

小玲回头瞄一眼，连忙小跑。

“站住！听到没有！现在就给我站住！”后面的男子声音更大。

小玲还是跑，但步子却没有男子大，很快，那人追了上来。一把扯住小玲肩上的包，拉开了，羊皮掉在地上。

“你不是第一次了！这是窃取国家资产知不知道?”

小玲这一向跟仓库的临时管理员——朱德启老婆合作，弄点废料羊皮卖给裁缝店做衣服。两个人对半开。

“这是废品!”

保安队长喝道：“它就是个渣，就是坨屎，也是国家的渣国家的屎，明白了吗?”朱德启老婆在仓库门口见状，连忙从后门溜了。队长反抓她胳膊，小玲挣扎：“松开！我不跑，又不是不认识，抓这么牢干吗?”

松开了。保安队长和另一个保安队同事说记录好，是人赃俱获。小玲问：“什么人赃俱获，拿废羊皮的就我一个？还有拿牛皮的兔皮的呢!”

保安队长怪笑笑：“抓到的，就你一个。”

抓到的，就小玲一个。小玲就是那个“鸡”，杀了她，才能儆“猴”。她一不小心就要成为坏典型。

“能走了吧?”小玲说。

“跟我们去保卫科一趟。”

“我得去接孩子。”小玲强调。

从接何家欢下班那一刻起，方涛就没跟她说一句话。一路沉闷，到家沉闷，也不做饭，就在那坐着看古书。成成吵着说饿。

家欢这才不得不去问方涛：“不吃啦?”

方涛嗯了一声，继续看自己的书。

怎么着，要给下马威。家欢还不吃这套，你不做，我做！撸起袖子，家欢摇身一变，上得厅堂下得厨房。

刚上刀，切到手指，家欢轻声叫。方涛担忧，连忙去看看，批评：“你会做什么?”夺过刀，他来做。

不是不关心她。创可贴贴好了，家欢站在旁边，无声无息，面带微笑看方涛做菜。这是种享受。一个活计干得行云流水，便有了艺术性。

门铃响，成成去开门，是他的三姨家艺。

一进门，家艺就嚷嚷着：“老方，老方在不在?”

方涛哎了一声。家欢嫌恶她打断浪漫的二人时光：“就是活土匪。”夫妻俩都迎了出来。来不及坐下，喝茶，吃饭，何家艺把欧阳生意目前的状况说了一遍，并希望方涛能够开车走一趟。

“没有货车。”方涛说。

“车子找好了，在国庆路停着呢，”家艺说，“只要毛子出去了，就还有希望。”

家欢担忧：“这么大的雪，怎么开，太危险了。”她不太愿意让方涛去冒险。快到年了，一切以稳妥为主。

“我去吧。”方涛爽快，家欢意外。她哪里知道，方涛接这个活儿，是在跟她置气。

“那走，事不宜迟。”家艺说。

方涛果真换了衣服，跟着三姐出门，家欢叮嘱：“开慢点！”方涛也不应声，走到门口，他才突然说脖子有点冷，对家欢，你那围巾借我戴戴。家欢一愣：“什么围巾？”

“就今天你戴的那条。”

是秋林围在她脖子上的围巾。家欢不动，脸上难解尴尬。

家艺却看到沙发扶手上的围巾，径直去拿了，递给方涛，急吼吼说走。方涛胡乱围了围巾，头也不回地走了。

老欧阳摔在冰面上，脑溢血，被送往医院，一直昏迷。欧阳家儿子多，欧阳宝到医院交了钱，家艺打他电话，说车找到了，方涛开。欧阳交代了几句，连忙跟方涛一起，把毛子拉了，押车往外送。欧阳坐在副驾驶位子上，探着头。家艺给他鼓劲：“没问题，一定凯旋，爸那儿你放心，我看着，放心。”

方涛说：“开了。”

欧阳和家艺挥手告别，两个男人沿着雪路，缓慢前行。

在家的时候不觉得，欧阳这么一走，何家艺忽然觉得空落落的。前途未卜。局面大乱。这个冬天注定难熬。但她告诉自己，必须挺住。

车站村，宏宇家。闫宏宇刚进门，脚下便碎了一只花瓶。是家喜丢过来的。宏宇包不住火：“又怎么了？不就一个工作嘛，你不工作，我养着你，一点问题没有！”

“你妈要分灶！分家！我们吃我们的，她吃她的，厨房都隔开了，这好，倒是说一声，直接上马，怎么着，我就想吃她那一口面条子？下岗女工活该被瞧不起?”家喜愤慨地。

宏宇只好灭火:“这事太突然，估计不是妈的意思，是大哥或者四弟的意思，肯定有情况，你别着急，哎呀有什么难的，单吃还好呢，那种老人口味早都吃够了，我给做，我给你买。”宏宇亮出手里的猪耳朵，“瞧瞧，我这开一天车，不还惦记着你嘛，骨里香的，你最喜欢的。”宏宇觍着脸上前，家喜再有气，也不好大发作。换一副口气:“说真的，咱们搬出去吧。”

“搬哪儿?”

“哪儿都好，都比在这里看你妈脸色强。”

宏宇着急:“误会!全都是误会!我妈就那种脸形，她就那样，她不管家里外头，顾客领导，她就那样，老了脸总会往下耷拉。”

家喜被逗乐，但还得拿住了，讥讽道:“什么脸形?猪腰子脸，鞋拔子脸?我跟你说就你这种人，我跟你妈同时掉进水里你肯定先救你妈。”

宏宇道:“怎么可能，我想都不用想就先救你。”

“小曼用你妈做的那个尿布，屁股上都是痱子，冬天，冬天都起痱子。”

“估计不是痱子，是湿疹。”

“反正你妈那尿布不行。”

“那买尿不湿。”宏宇温柔地。

很快，家喜把尿布处理了。第二天，王怀敏在晾衣绳前，问:“家喜，尿布呢，洗衣机开了，一起洗洗。”

家喜说:“妈，那是尿布，布上都是尿，怎么能跟衣服在一起洗?穿到身上都是尿味。”王怀敏哼了一下，“哎哟，哪儿这么多讲究，那小孩的尿，过去老话讲还是一味药呢，能治病。”

“再能治病那也是尿。”家喜死咬住不放。

王怀敏让步:“行行，单洗，尿布呢，拿来。”

“丢了。”

“丢了?”王怀敏大惊小怪。

“妈，你没发现小曼用个尿布，腿呀屁股呀都是红疹子，小曼对那个尿布过敏。”

“传了几辈子的尿布，谁用都没事，怎么到小曼就过敏，怎么，小曼不是我们闫家人？是就不可能过敏。”

家喜引导地：“妈，你来看看，你来看看你孙女这身上。”小曼身上的疹子被展示出来，王怀敏不得不面对现实。

“行，小曼不用。不用用什么？”

“尿不湿。”

“真有钱。”

家喜反驳：“有钱也不是花在我身上，是花在你孙女身上。”

“尿布给我。”王怀敏死抓住尿布的事不放。

家喜正色：“妈，尿布不能用了，烂的都是洞洞，丢了，不能要了。”王怀敏大声：“还准备留着给我孙子用呢！”

又提孙子的事，摆明了讽刺她没生儿子。

床角还搭着一块尿布，是漏网之鱼，家喜连忙扯过来，往王怀敏怀里塞：“给你给你，慢慢用，留着给孙子。”推得急了，王怀敏朝后打了个趔趄。

“干吗？想打人！”王怀敏不依不饶。

“妈！你能不能别这么不讲理。”家喜是求饶口气。

王怀敏突然大哭起来，公公闻声而来，大姑子也赶来了，问怎么回事。王怀敏哭得伤心。面对他们怀疑的目光，家喜委屈地：“我什么也没干。妈就哭了。”

大姑子护妈，先叫：“何家喜！你——你岂有此理！”

解释了一通，没结果。惹不起，躲得起，家喜只好抬腿先回娘家，避避风头再说。在这个家，她实在住够了。小曼哭着喊妈。家喜也只能暂时硬起心肠，小曼是闫家的孙女。他们不会不管，只有她是多余的。

骑着自行车，家喜一路往龙湖菜市来。到菜市西口，家丽的菜摊还没收。家喜下车，叫了声大姐。家丽问：“这展子怎么来了？”

家喜不说窝心事，强行带笑：“回来看看，妈呢？”

家丽指了指东头，美心的八宝菜摊子已经出来了。家喜推着车，打菜场穿过，到东头，刘姐八宝菜前有人排队。美心忙完一阵，才看到小女儿来。“怎么跑这儿来了？”美心一边问，一边让小板凳给她坐下。家喜见到妈妈，一天的坚强伪装瞬间瓦解，眼泪控制不住，噼里啪啦往下掉。也只有在妈面前，她可以这样肆无忌惮地软弱。

“怎么搞的？谁欺负你啦？”美心关切地。

“王怀敏就不是人！”家喜呜咽着。

又有人来买酱菜。美心听了一耳朵，顾不上细说，便让家喜先回家，晚上再慢慢聊。

宏宇到家，家喜公婆和他二姐都说家喜的不是。

“妈都被她打哭了。”他二姐善于夸张。

“她不会的。”宏宇说，“她人呢？”

他二姐道：“八成回娘家去了。”

宏宇立刻要去找人，王怀敏再度哭出声来。宏宇二姐训弟弟：“闫宏宇！你要是个男人，就别去找她，把妈都打哭了，让她反省反省也是应该的。”

宏宇犹豫。

王怀敏道：“男人要顶起门头，该晾着的时候，就要晾着，绝不能上赶着。”

宏宇叹了口气，重重坐在沙发上。

152

小路上，何家喜推着车慢慢走着。她的确在反思，反思自己为什么一步一步走到今天。宏宇是不是好男人？绝对是。可他就是太听他妈的话，容易无原则，无主见，无立场。他总是想要两边讨好，最终结果是，两边都得罪尽。

到这个时候，家喜才想起当初大姐的忠告，多少有些后悔了。照目前来看，她根本不是王怀敏的对手。王怀敏就是坐山雕，盘踞那个山头太久。就算她何家喜是杨子荣，也经不起他们的围攻。最令她心痛的是，她唯一的内线闫宏宇，冷不防就会倒戈。算算时间，她出走有几个小时了，按平时，宏宇已经到家。正确的做法是，立刻冲出来，找她，求她回家，她或许可以摆摆姿态，考虑考虑。可现在连人影都没有。

家喜失落极了。

三岔路口，家喜的车轮撞到另一个车轮，她刚打算理论，一抬头，是小玲。

“刚下班?”家喜问。小玲一脸倦色，嗯了一声。

两个人并排，推着车走。

家喜又说：“真羡慕你，还有班上。能顶替就是好。”

小玲提醒她：“你不也是顶替的，我顶替爸，你顶替妈。”

家喜无奈地，苦笑：“你还不知道？我下来了，我们小组必须下一个人，我婆婆不愿意下，论资排辈，我被劝下来了。”

“你婆婆真行。”

家喜道：“看到了吧，这就是区别，妈为了我，主动退休。婆婆呢，跟我抢一个名额，磕巴都不带打一下的。还是你好，离婚了，没有婆婆。”

小玲说：“老六，你糊涂啦？我婆婆，哦不，我前婆婆，人都不在了，离婚不离婚，都没她什么事。”

家喜说：“外贸，铁饭碗。”

小玲不耐烦：“能不能不提这个。”

“又怎么了？”家喜问。

小玲不想再瞒着：“我被单位开除了。”

“怎么回事？”这个消息太重大。家喜惊得暂时忘了自己的烦恼。

小玲说：“他们说我偷羊皮。”

“真偷了?”

“那不叫偷，那是不要的废品，朱德启老婆看仓库，经常拿，她出不了货，所以跟我合作，之前是三姐夫出货的，后来给裁缝店。”

家喜着急：“朱德启老婆都多大了，她好像是临时工，你是正式工，怎么能跟她学?”

小玲一拧脖子：“老六，你到底跟谁一头的，怎么还帮别人说话？开了就开了，反正也没什么意思。外贸现在也不行了，死不死活不活。你看三姐夫出来了，干得不也挺好。”

家喜说：“你能有三姐夫那两下？外头风大雨大，我这被迫出来才几天，已经一头紫疙瘩。”

小玲提议：“要不咱俩合伙干点生意。”

家喜知道老五不靠谱，先应付道：“宏宇还说给我介绍工作呢。”

小玲又说：“这事不能让妈和奶奶知道。”

家喜说：“这事太大，迟早得露馅，工作是顶替爸的，总得让大姐知道。”

小玲说：“缓两天，等赚了钱，我给奶奶、妈还有大姐都买个礼物，再好好赔不是，到时候都没脾气。”

家喜说：“那得快，朱德启老婆那张嘴靠不住。”

小玲说：“她还欠我两笔款子呢。”说话间，姊妹俩已经来到家门口，小玲朝家喜打了个手势，在嘴唇上拉了一下，意思是，守口如瓶。各怀心事，两个人进了小院子。

送走欧阳和方涛，家艺心里头总觉得不踏实。她往家里打了个电话，廖姐已经安排小枫吃饭了，并且强调，吃得不多。她又给欧阳家的大哥二哥打电话，老欧阳还在医院，尚未完全脱离危险，家艺说要去，大哥二哥不让，说忙了一天，休息休息，这边有人。

家艺不想回自己家，一回到家，她的心就在欧阳身上，她突然觉得人生似乎走到了一个关节点。存款全没了，前半生的财富积累，一夕之间，似乎就要成为泡影。她这时候才想起当初在金满楼的酒桌上，大姐夫建国向欧阳提的建议，想想后路，劝他买淮师附小旁边的门面房。欧阳当然没听，那个时候的欧阳，对自己的生意有绝对的自信，根本想不到也不相信会有今天。

事实证明，大姐夫有先见之明。

悔不当初。

过了龙园宾馆，就是回娘家的小路，家艺踏着雪，不自觉地朝那个方向走。一辆自行车驶过，是个熟悉的身影，是家文。家艺喊她，家文从车上下来。家艺问："二姐，你怎么今儿个回来了？"

家文说："有点事。"她问家艺怎么朝这里来，家艺也说回家看看。家文问："家里出什么事了吗？"

"没什么。单纯想回来看看。"

家文推着车："我带你？"

家艺笑笑："这么大的雪，别两个人都摔了。"

还是走路。

到家门口的巷子，天还没黑透。远远地，她们看到家门口对面的楼道口站着两个人。走近了才发现是家欢和秋林。二楼有人做饭，油炸的声音，刺啦一下，跟着飘出炒毛刀鱼的腥咸味。

家文和家艺跟秋林打招呼。家艺赞道："秋林，越来越洋气了。"秋林嘴甜："三姐还是那么漂亮。"又补充，"二姐也是。"

家艺问家欢："老四，今儿个怎么回来了？就为了见秋林？"

家欢脸上有些燥热，幸亏有暮色打掩护。"是送成成上学习班，顺带过来看看。"家欢解释。

秋林又邀请何家姊妹到他家吃饭，说他妈卤了香肠，还炒了毛刀鱼，他买了酱牛肉和烧鸡，两个人都吃不掉。

家艺笑说："让老四去吧。"可这么一说，家欢反倒更不能去。三姊妹跟秋林道别，转脸进了自家门。家丽和小冬在，家喜和小玲也在。家文、家艺、家欢一进门。美心感叹："怎么，都商量好了？知道我今天卤牛肉，都赶回来吃。"

这一段兵荒马乱，六姊妹有日子没聚齐。拣日不如撞日，偏赶在今天。老太太看看日历，笑着说：“没错，今儿个真是黄道吉日，宜大吃，大喝。”众人皆笑。

难得的暴风雨中的短暂平静。

菜也不多，卤牛肉是主菜，配菜是美心的八宝酱菜，然后就是一锅粥，红枣小米粥。一人盛一碗，围着桌子坐着。小冬在里屋吃，边吃边翻漫画。

一瞬间，仿佛回到了从前，只是少了常胜。再一抬头，老太太和美心两鬓多了白发。

“舒服!”家欢是美食家，“妈做的红枣小米稀饭，达到了金满楼的水平。”老太太夸美心：“何止金满楼，你妈烧稀饭的水平，全田家庵也没几个比得上的。”

继续吃，无声地。从前吃晚饭也欢欢闹闹，可如今，每个人都有一段心事，藏着，掖着，不得消化。

老太太看得真，只道：“这一辈子，其实没什么难的，你们只要记住，有难处的时候，就回来这个家，好歹上头还有老的，虽然不中用，好歹还能出点主意。再就是姊妹妹总比外人强。回来，心就踏实了。”

说得入理。

从前不懂的，或者不相信的，如今有了切身体会。好像眼前的卤牛肉，十八味香料熏染浸润，终于有了生活的况味。

家丽夹了一片卤牛肉到老太太碗里。

老太太摆手说不吃。美心说：“你奶现在咬不动。”

家艺要帮奶奶配个假牙。

老太太说不用，喝稀的就好，这个年纪，也不适合吃荤吃油，免得犯胆结石。美心让六个女儿吃牛肉，笑说：“以前都跟狼似的，怎么现在都成猫了，都吃净了，不留。”大家赶忙分了分。

吃到一半，老太太觉得有义务关心关心孙女们，便挨个问情况。先问家丽：“老大，菜卖得怎么样？打算干到什么时候？”

家丽说："起码得小年参加工作，小冬上大学。"

老太太想了想，说："也快了，年把二年的事。"

又问家文："卫国怎么样最近？"

家文不愿意说实情，只好忍痛道："还算稳定。"

老太太说："卫国真是个好人，好孩子，现在这样的人，这样的男人，少有。"美心跟着说："对对，以前我脚崴着了，还是卫国拿酒火帮我搓的，搓搓就好了，现在哪个女婿能做到这样。"

谈及往事，家文心酸，眼眶发红，但在姊妹们面前，必须忍住。老太太又问家艺："不上班了？"

"暂时不上。"家艺说。

老太太劝："还是找个事做，年纪轻轻，别荒着。靠谁都靠不住，还是靠自己，你看你妈，几十岁了，还卖酱菜呢。"

家艺说："不能跟妈比，妈有退休工资，卖酱菜，纯属卖一个回忆，一种念想。"

老太太道："人就是要有点念想。"

再问家欢："方涛哪儿去了，没见过来。"

家欢看了家艺一眼，两个人打了眼色，才说："最近出差。"

"不是开出租吗？"

"也拉货。"家欢忙说。

"这大雪天。"老太太说，"也别逼他逼得太紧。"

"阿奶——"家欢拖着调子。

"男人，要个脸面。"老太太笑着。

轮到老五了。小玲怕老太太问工作的事，先发制人，说："阿奶，我最近都挺好的，一个人自由自在，洋洋也听话。"

老太太指出："老五，长点脑子。"

"我有脑子——"

"要知道哪头轻哪头重。"

"知道。"老五低头喝稀饭。避过去了。

老太太又对老六家喜："你有一阵没见，今儿个怎么，太阳从西边出来了。"家喜说："想奶奶，想妈了。"

"跟你婆婆搞不到一块儿吧。"老太太一语中的。

153

家喜被打中心事，十足震动，只好说："谁都跟她搞不到一块儿。"

老太太说："这婆媳关系，跟两国外交一样，有时候战，有时候和，你不能光战，也不能光和，你现在跟她发生冲突了，等于战了一场，接下来，只要还想把日子过下去，中间还夹着你男人，你就得硬着头皮再和。人就是这样，你姿态高一点，她自己就不好意思了。"

家喜不信："奶奶和妈就没战过。"

老太太和美心同时笑了。美心道："我跟你奶战的时候，还没你的影子呢。"

老太太说："你以为你妈是好缠的？但好歹我们都是为了这个家，就没什么好吵的了。这些年，你爸走了，你们也走了，好歹你妈陪着我，我好过点。"说得有点动情。老太太泪眼婆娑。美心连忙打安慰："妈，你就知足吧，你还有我陪，我就不知道谁陪了。"

越说越低沉。

六姊妹喝碗里的稀饭底子。

正准备收碗，朱德启家的进来了，探头探脑，关切地问："小玲，你没事吧。"老五一见她来，有些着急，怕她说出什么来。

"没事，你回去吧，没事。"

美心道："老五！不许对长辈这么说话。"

朱德启家的自责："都怪我，贪那几张残次品，废羊皮。"

"怎么回事？"家丽对小玲。

"大姐！没事！"小玲百口莫辩，"朱嫂子，你先回去，回头我找你。"家喜知道真相，也替小玲打掩护："朱嫂，今儿个我们家聚会，你来说这个不合适。"

美心偏刨根问底："怎么回事？老五，说！"

小玲低头不说话。美心又对朱德启家的："她不说，你说。"

朱德启家的深知犯错太大，半低着头："我不敢说。"

老太太对她："说吧，天塌不下来。"

小玲急得直挤眼。可没用。朱德启家的向来二百五。

"我被外贸开除了。"她说。

美心道："就因为几张羊皮？"

家丽劝慰："开除就开除吧，临时的工作，无所谓，味精厂给你发退休工资不就行了。"

美心忍不住教育她："你啊！老朱这么能，怎么不多教教你。"

正说着，朱燕子进门找她妈。见一屋子人围着她妈，以为事情严重了，所以她一踏进门就道歉："对不起对不起，都是我妈，是我们不好，连累小玲丢了工作。"

突然没声了。所有人的目光投向小玲。

小玲尴尬地："没事儿。"

"还没事！"家丽必须诈出她来，"说实话！"

朱燕子被家丽的突然爆发吓了一跳，连忙挽住她妈，缩在一边。强压之下，小玲只好招了："我的工作丢了。"

缩头是一刀，伸头也是一刀。

家喜扶着小玲。

"什么叫工作丢了？好好的工作怎么丢了？"美心着急，老六下来的时候，她急得一夜没睡着。现在老五也下来了，情节更为严重。

"被开除了。"

“就因为羊皮?”家丽问。

“怪我怪我。”朱德启家的倒不躲避。

老太太道:“老大，赶明找人去问问，好好的工作，铁饭碗，怎么能说开除就开除。”家丽应着。

又一会儿，朱燕子扶着她妈告辞。何家六姊妹，连带两个老的，静悄悄坐着。因为老五这事，欢乐的氛围消失殆尽。

幸福总是短暂。

小玲见再坐下去不是办法，便起身要先走。

没人拦着。

家丽提醒家喜:“你也该回去了吧。闹也闹了。”

家喜执拗:“今儿个我就住家里。”

美心道:“在家住一天也好，摆摆姿态。”

家文有事，一直没张口，她抬头看看墙壁上的钟，时间不早了，不得不说，她上前一步，对美心:“妈，有个事。”

“你说。”

“就是想借你那支千年人参，给卫国治病。”

老三老四从未听过这事，好奇。家艺道:“我怎么不知道，妈还有一支千年人参。”

家丽笑着，朝她妈:“好像是有这事，不过是不是千年，可不知道。”老太太接话。“哪来的千年，她要真有一支千年人参，酱菜都不用卖了，能吃到下辈子。”

说救卫国，美心没二话，起身到里屋，一阵翻箱倒柜，果真手里捧着块红绒布出来，小心打开，对着灯，果然是一棵人参样子。美心道:“这棵人参，还是我妈传下来的，再上头，又不知传了几辈子，好像是我妈的妈的妈那辈子得的，当时我们家还在北方，没南迁呢。说当初有两棵，一个公的，一个母的，有一年闹饥荒，实在没吃的了，家里人只好把公的吃了，留了这棵母的。我妈说，这人参能救命，不到万不得已，别吃。”

家欢赞叹:“妈，你还有多少传家宝藏着，我们都不知道。”

家艺伸手要拿人参。美心顿时喝，“别动！不能沾了俗气。要给卫国治病的。”老太太毕竟经得见得多，祖上有人还开过中药铺子：“拿来我看看。”

美心连忙擎到她眼跟前，远远比着。老太太老花眼。家喜连忙递上老花镜。

家文担心这人参的成色，问：“阿奶，怎么样？是不是千年？”

老太太仔仔细细瞧了，摘掉眼镜，铁口直断：“假的。”

美心急于辩解：“就算没有千年，几百年，总有吧。”

老太太摇头。

美心更着急：“一百年总有吧。”

还是摇头。

“不对啊，几十年总有吧。我妈的妈那会儿就有的东西，到现在，总有几十年上百年了吧。”

老太太揭示谜底：“你这不是人参，是土人参。”

跌破眼镜。加了个土字。身价跌了不知道多少。

“妈，这怎么就成土人参了。”

“土人参长得快，植株大，是民间的草药，不是大补的中药。老二，这个不能给卫国吃，还是要听医生的。”

家文失落，美心多少也感到落寞。珍藏多年的宝贝，突然被告知不值钱，不是宝贝。这么多年都白费了。

老太太道：“这东西也补，也不是完全没用，回头咱们吃了，也当一回活神仙。”纯属安慰美心了。家文寻宝不成，便不再逗留，告辞去地段医院拐一头，再回家。

外头又开始下雪。老三老四担心各自的丈夫，走到院子里，看看天，家艺双手合十，求菩萨保佑。保佑欧阳能够平安渡过此劫。院子里进来个人，是宏宇。进门就问：“家喜呢？”

家艺和家欢指指里头。宏宇连忙进屋。

家喜和家丽、美心、老太太正在看电视。

“家喜！”宏宇叫，“我来接你回家。”

终于等来了。家喜心里高兴，脸上却阴云密布：“回哪个家？这就是我家，没第二个家。”宏宇礼貌地打招呼。

家丽站出来：“闫宏宇，你是男人，就应该做男人的事情。”

“是。”宏宇有点怕大姐。

“别一天到晚早不早的老婆就跑回娘家了，这是你的失职。”

“是是，失职了，我都不知道。”宏宇承认错误。

美心道：“宏宇，你也知道，当初你要跟家喜谈，我们是反对的，为什么？不是说反对你这个人，你，很好，好人，就是担心你协调不好家庭关系。单门独户过日子了，是要自己当家自己做主的，不要老让别人当了你的家。”

宏宇唯唯称是。

老太太困了，连打了几个呵欠。

美心对宏宇：“你先回去，家喜今儿个要跟她奶奶说说话，回头你再来接。”话说到这个份儿上，宏宇不好坚持，只好出门独自回家。

“三姐、四姐。”宏宇的出租车停在门口，“送你们一段。”

老三不客气，上了车。老四一抬头，见二楼窗口，秋林站在那儿，看着她。一瞬间，她改了主意：“你们先走，我跟妈再说几句话。”老三说了声毛病，刚才不说现在说。乘宏宇的车走了。

到龙园宾馆门口，家艺跟宏宇道别，深一脚浅一脚朝家走。刚进院子，廖姐就嚷嚷着，太太太太，你可回来了！

家艺心里本来就烦，更见不得廖姐这个急样子：“怎么啦！吃撑着了还是谁家死人了？”廖姐道：“刚才你公公家来电话了！说……说……说你公公……没了！”

一语成谶。

家艺衣服都没换：“看好枫枫。”她交代廖姐。这件大事，她必须帮欧阳处理好。

何家门口，家欢二次出门的时候，秋林已经等着她了。

天空飘着点细雪，路灯打在雪上，亮黄。两个人沿着小路往前走。本来是有万语千言，可张秋林一时又不知如何开口。

走到大路，还是家欢先说话：“我们都老了。”

“怎么会，你不老，我也不老，我觉得人生刚刚开始。”秋林的口吻有点男孩子气，“只要你的心不老，你就没老。”

家欢道：“那是你们在外头的人的拼搏精神。”

“你也很有拼搏精神。”秋林踢了一脚雪。

“为什么离婚?”靠着夜色掩护，家欢才敢问出这句。

“她背叛了我。”秋林并不遮掩。

154

“她怎么这样?”家欢为秋林抱不平，在她眼里，他是那么优秀完美。该死的孟丽莎，居然不知道珍惜!

活脱的暴殄天物!

秋林说：“她可能有她的原因，我们在不同的实验室，长期分居，又做一个领域。”说到这儿他苦笑，“本来我们说好要做第二对居里夫妇的，没想到是这个结果。”

“应该要个孩子的。”家欢说。

“出去就是努力奋斗，没想那么多。”秋林解释，很诚实，“我也是出去之后才知道你对我的感情。”

“不是……”被人戳破旧情，家欢有些狼狈。可历史就是历史。

“我知道，时过境迁，现在就是错的时间遇到对的人。”

这算表白吗？家欢隐隐感觉不妙。她从未想过改变，她和秋林见面，只是追念过去，追念自己的青春。

“不要说了。”她打断他，“没有意义。”

走到街心天桥上，两个人凭栏站着，雪天，夜，路上没人，车都很少。家欢的手冻得冰凉，秋林冷不防捉住她的手，呵气取暖。还不行，他又把她的手硬拽着放进大衣里，伸到羊毛衣中，暖和。家欢挣扎逃脱：“不要这样，不可以的。”

“你爱他吗？”秋林换个角度问，大杀器。

家欢一颗心要跳出来。

“爱不是你想的那么简单。”

秋林一字一顿：“你爱他吗？爱不爱？”逼得人无路可走。秋林有他的执着。

家欢不说话，回避。

秋林好像抓住了满意的答案：“就知道你根本不爱他。你是高才生，信托公司的中层，将来会是金融界举足轻重的人物，跟一个出租车司机，老实说，你们不相配。”

家欢被击中了，她必须反击：“不许你这么说他！相不相配你说了不算！我爱他，他救了我的命，就凭这个，我就可以爱他一辈子！”

“你撒谎！那不是爱也不叫爱，那是报恩！”秋林也大声，转而用恳求的口气，“家欢，你给人一条生路好不好，报恩也报够了，你应该给我一条生路，给他一条生路，给你自己一条生路，这样大家都能幸福，好不好，家欢。我不知道我不知道我真的不知道，我后来才发现，原来你对我那么重要，原来我一直都爱着你，我不能没有你，家欢，你救救我，好不好！”他去捉何家欢的手，却被大力甩开。

“你混蛋！”家欢泪崩，“我已经结婚了！你要清楚自己的位置。”

“没有爱情的婚姻是不道德的！”

“你当初怎么不说？”家欢咆哮。

“是你没有告诉我！我虽然搞半导体，可在这方面很迟钝，我不知道！”这是秋林的解释。

“太迟了。”

“我们可以重新开始。”

“我爱上别人了。”

“就是那个司机?”

“我不许你这么称呼他。他有名字，他叫方涛。”

“好，我可以等。”

“还做朋友吧。”家欢恢复冷静，幸亏这寒冷的冬夜，“我们都必须接受命运。”顿一下，她又说：“其实不懂爱的，是你。”

朔风凛凛，白雪霏霏，暗夜中，街边的楼宇像一个一个巨人，无声地凝望着这痛苦的世界。

地段医院，住院部走廊，何家文快速走。尽头，病房门口一阵嘈杂。家文赶过去，孙小健正带医生过来，见家文来，他说：“小舅疼得不行了，叫医生来一支杜冷丁。”如果在过去，家文一定阻止，杜冷丁用多了会上瘾，可现在，病情已经到了这个阶段，她宁愿让卫国舒服点。“能打吗?打吧。”家文说。

一针下去。很快，卫国又能安睡了。家文让小健回去，今晚她来看。病魔缠绕，卫国瘦得不成人形。家文心急，但一点办法也没有，吃进去也吸收不了。这个病，就是一点点把人耗尽。隔壁床的老大爷跟卫国一个病，上个礼拜已经走了。那种痛苦，家文亲眼目睹，觉得简直疼在自己身上，可卫国呢，他得经历这一切。一想到这些，家文又要流泪。

可即使流泪，也不能当着卫国流，她怕他难过。

钱东借西借，欠了不少外债。可家文不在乎，哪怕让他少受点罪也好。卫国好几次说：“回家吧，回家休息。”

家文不同意：“还是住院，安心住着。”

厂里开始调整岗位，她被调整到环卫部，负责整理花草园艺。很明显是有人欺负她。但现在她管不了这么多，只要工作没丢，那就继续干。一切都是熬，都是耗。

她相信总能耗出一条生路。

迷迷糊糊眯瞪着，天慢慢亮了，第二天是个晴天。

雪开始化。老欧阳已经过了头七。欧阳宝和方涛回来了。毛子拉出去，但没人收。还白费了租车钱和油钱。可欧阳宝暂时顾不上这些，老欧阳已经火化，欧阳宝等于没见到父亲最后一面。

一进老家门，他就哭倒在地。不为别的，他真心觉得，他爹这一辈子太苦了。老婆中年去世，他一个人拉扯十个儿子，工作是最底层的。现在儿子们个个长大成人，实非易事。

还没享几天福，怎么就走了呢。老天太无眼！

家艺扶着欧阳，也落泪。马上到年，欧阳家却来了个家破人亡。家艺必须看清楚局面。老欧阳一走，十个弟兄必然鸟兽散，拢都拢不到一块儿。大家庭解体，现在是小家庭的时代。可问题是，他们的小家庭经过一场大雪，也遭遇了自她和欧阳结婚以来最大的危机。

他们没钱了。

祭祀、入土、守孝，从外头回来的欧阳仿佛变了一个人，突如其来的双重打击，一下把他的魂给抽了。日日，他除了坐在无花果树下抽烟，就是躲在屋里读《地藏菩萨本愿经》。他责怪自己没有见到他爹最后一面。他希望通过读经，能让他爹在天国过得愉快。枫枫还想要变形金刚，走到他爸身旁："爸，我想要个变形金刚。"欧阳看看儿子，用胳膊一扒拉，理都不理。

现在没心情。

二汽大院，家艺和宏宇走在练车场。

宏宇问："三姐，真要卖啊，现在二手桑塔纳卖不上价，那摩托估计能卖点钱。"

"卖了，少也卖。"除了毛子砸在手里，欧阳还欠了一点外债。家艺帮他了尾。到了这个地步，除了她，谁还帮他。连那几个过去他提拔照顾的亲弟兄，都开始躲着他们。

"行，我问好价格通知你们。"宏宇说。

"家喜回去了吧。"

“回来了。”

“处得怎么样?”家艺问。

“现在走两个楼梯上，各过各的。”

“这样好。”家艺放心多了，“家喜是老小，有时候脾气大，你让着她点。”

宏宇苦笑：“我不让着她的话，估计我俩早散了。”

家艺连忙：“夫妻本是同林鸟，大难临头万万不能各自飞。”

宏宇打趣：“三姐，像你这么踏实能干的老婆，全田家庵也找不到几个。”

从二汽出来，家艺又去了趟银行，把她的那点定期私房钱解了封。回到家，廖姐正在小厨房做饭。家艺进去，关上小门，递过去一只信封。廖姐一见就明白了几分，不说话。

家艺还是笑脸：“这是这个月的工资，然后又多给你一个月。”

“太太，不用不用……”

家艺摆摆手：“拿着。”

廖姐难过地：“太太，是不是我做得不好……”

家艺叹了一口气：“廖姐，你在我们家做了这么多年了。我也舍不得你。可现在家里的情况，你比谁都清楚。我们请不起人了。”

“太太，我可以降工资，我愿意做。”

家艺摆摆手：“不是你的问题，是我们的问题，多给你一个月工资，就当是我们这么些年的情分。至于你是回老家，还是继续在城里做，你想想可以告诉我。如果还想继续做，我可以介绍别的家庭，看看有没有合适的。”

“我要继续做。”廖姐不假思索。又说，“太太，你真伟大。”

家艺苦笑：“不要叫我太太了，就叫家艺，伟大什么，天崩地裂，总不能都倒下，男人容易脆弱，我们女人不行。女人是水，得包容万物。”

待廖姐做完饭，家艺又收拾了不少衣服、杂物，还有一些枫枫不要的玩具，都给她。廖姐道谢不迭。主仆一场，处出感情来了。第三天，廖姐回了趟大河北，再回到田家庵，家艺介绍她去朱燕子和武继宁家当保姆。这两口子现在富了，请得起。

廖姐一走，家艺重新学做饭。枫枫对妈妈的厨艺并不满意。

对着一盘盘失败的菜色，小枫意兴阑珊：“妈，你做的菜，没有廖姐做的好吃。”多半也是因为吃得素了。

“廖姐走了。”

“什么时候回来?”小枫期盼着。廖姐做的油炸大虾他最喜欢。

“不回来了。”

小枫放下勺子，摆出一副少爷架势。

“你干什么?”

“我不吃了。”

“随便你。”家艺下定决心扭转儿子的坏毛病。他们是一家人，可以同富贵，也必须共贫贱。何况只是吃饭而已，饿不死吧。

“妈，我都饿瘦了。”

“那不正好。”家艺揶揄地。枫枫气得乱踢凳子，操作不当，疼的反倒是自己的脚。儿子是不能多吃了。

丈夫是必须吃了。欧阳宝已经在床上躺了四天四夜，除了上厕所和喝水，就没见他动过。何家艺端着一盘蔬菜，敲敲门，欧阳看了她一眼，翻身，说自己不饿。

“你是人，是人就要吃饭。”

“说了不饿。”欧阳态度消极。

家艺把蔬菜放到床头柜上，再给一个馒头：“现在咱们就这个水平，吃吧，得活，活着才有希望。”

欧阳苦笑：“我也有穷的一天?”

家艺给他鼓劲：“三穷三富过到老，正常的，爸那会儿，不也都是穷过来的。”

“别提爸!”欧阳捂住耳朵，痛苦不堪地。

家艺无奈，只好关上门。

155

自从拉货回来，方涛一直跟家欢冷战。家欢知道，在拉货之前，方涛就开始不自在，但他一直没点明。拉货回来，别扭继续。方涛还是不做饭，买着吃，吃完就看书，也不看电视，避免和家欢说话。上床就睡觉，他们也有阵子没过夫妻生活。

他不提，家欢不好主动说，只能这么耗着。

有次吃饭，家欢无意中提到《渴望》应该拍续集。

方涛说话了："你是巴不得有续集。"带着情绪。

没头没脑一句。

可何家欢却能听出其中滋味，她扒拉两口饭，放下碗。脑袋里想着怎么反击他这句。

方涛又来一句："不过一般续集，都没有正集好看，大部分是狗尾续貂。"家欢只好回一句："对，演完了就完了，续集是不好。"

算小范围让步。

这一向，方涛接送家欢倒很勤。时间点卡得刚好，出门上班，送过去，下班，也是早十分钟就等在财政局门口。弄得同事们都知道了方涛的那辆出租，私下打趣家欢，把老公吃得死死的。

这日上车，家欢忍不住说："老方，下班我自己回去就行，就几步路。"

方涛开车，空车牌打着。他装作看路，不说话。

拐过弯，他故意往电子八所方向去："怎么，嫌我多余了？"

家欢听得出他话里有话，说："不是多余不多余，资源要合理分配。"

“我接我自己老婆，还不合理了?”

“你到底懂不懂统计学?”

“是，我不懂，我是大老粗，没文化，跟不上你们知识分子。”方涛憋了好久的气，终于小规模喷发。

家欢也有些气闷，不理他。

“嫌我了？嫌我老，还是嫌我无能?”

“姓方的！别无理取闹!”

方涛朝公安局路开，电子八所门口，有人招手，他靠过去。过去一周，他一直在八所门口转悠，摸清了路子，对好了点。

“去前锋。”乘客说。

家欢从后视镜看，上来的这位，却是张秋林。

身上跟过电一样。

车已经开了。方涛回头，笑着对秋林说：“老兄，又见面了。”

秋林抬头看，见家欢和方涛坐在前头，也有些意外。但他强作镇定，笑说：“这么巧。”

方涛嘿嘿两下，说：“这就叫冤家路窄。”

家欢喝：“方涛!”

刹那间，车子提速。家欢朝后看，担忧地：“系好安全带!”方涛见老婆关心秋林，更加愤怒，油门踩到底，车子飞了出去。

“你疯了?”家欢企图阻止方涛，拉他的方向盘。

方涛却牢牢掌控着，这是他的车，他是司机。在这个窄小的空间内，他是王，他说了算。

过了市区，车子上了206国道，一路往东，风驰电掣。不知道开到哪个地界去了。

小年退伍了，在家等分配结果。建国在为大儿子奔忙，希望能安排在好一点的单位。跟美心和老太太都聚了，小年也给大人们买了礼物，都是马鞍山的土产：含眉绿茶、含山大米。老人都说地道。小年想去见汤小芳。她高中还没毕业。可去见她之前，他觉得自己有必要弄得时髦点。起码买条牛仔裤。

这日，小年叫上小冬，弟兄俩在淮南老商业区街里晃荡，进东城市场，南门有不少卖牛仔裤的摊位。

一抬眼，小年、小冬看到五姨刘小玲。她现在也开始干生意了，跟几个哥儿们姐儿们合伙。

“怎么到这儿来了?”

小年叫了声五姨。小冬说来看看牛仔裤。

“退伍了?”小玲问小年。

“回来有几天了。”

“怎么没见你妈吱声，”小玲活泛，“不把五姨当个人了?”

小年活道（方言：机灵，灵活）些，说：“就说去看五姨呢。不知道你家在哪儿。”

老五拿着长长的衣服撑子，在半面牛仔裤墙上撩了一圈：“看看，喜欢哪条，五姨送你。”

小年也利索，遥遥一指，选中了那条艳蓝色的。小玲立刻取下来，笑道：“最新款，有眼光。”

叠好装好。又给小冬选了一条。弟兄俩高高兴兴地走了。

到家，小年、小冬把五姨送牛仔裤的事跟大人们说了。家丽问：“给钱没有?”

小年说：“我们要给，五姨不要。”

家丽责备：“一天不知道能赚几个钱，送你们两条，几天都白干了。”美心问生意怎么样。小年说人没断过。

老太太感叹：“说不定老五出来干还真歪打正着了，她那个自由散漫的性子，也不适合正儿八经上班。”

美心说：“她适合干吗?我看她什么都不适合，心浮气躁，脑子不好还偏偏喜欢走捷径。这六个女儿里头，就数她最不让人放心。离婚了，还带着个孩子，唉，以后真不敢想。”

家丽叹息：“车到山前必有路。只能这么说。”

美心道："老大，你帮她留意留意，看看有没有合适的。"

家丽当着小年小冬不想谈这些婚姻恋爱的事。等到他们进屋，家丽才说："现在不比以前。以前我上班，接触的人多一些，现在在菜市卖菜，三教九流捂屁拉稀，什么人都有，还真不敢给老五介绍，不知根知底。"

美心不以为意："有什么不敢的，小玲是省油的？你不记得了？当初她要嫁到老汤家，我们跟她说两家有仇，她说那正好，去祸祸人家。现在看看，可可的（方言：偏偏如此），就是祸祸。"

家丽揉揉太阳穴："主要带着个男孩，难找。"

美心说："听刘妈说，振民又开始找了，秋芳给介绍的。"

老太太听了讶异："够快的。"

家丽说："这亏得洋洋跟了老五，不然马上就要面对后妈。"

美心分析："也不怪，他那个家，秋芳也难当，那么大一个小叔子天天在家里晃荡，谁不烦，赶紧把他处理出去也是应当的。"

小年站在前院，月季花丛前。黑暗中，他看到隔壁院子里出来个人。灯光从屋里照出来，剪出人影，是汤小芳。

小年何向东猛地咳嗽两声。

汤小芳注意到他。

又咳嗽两声。

小芳先说话："是你吗？"

小年猝不及防，捯了口气，这下是真咳嗽，止不住，好不尴尬。

"出来说话。"小芳大大方方地。

龙园宾馆露天卡拉 OK，小年一展歌喉。先唱了一首《潇洒走一回》，又唱《水手》，最后唱《小芳》："村里有个姑娘叫小芳，长得好看又善良，一双美丽的大眼睛，辫子粗又长……"

唱完了，小年跳到小芳身旁："怎么样？唱给你的。"

"少来。"小芳有些不好意思，"跟我没关系。"

"你没听歌词啊，村里有个姑娘叫小芳，第一句就说了。"

"我不是村里的，我是城里的。"

小年幽默地：“歌词我改了，唱的就是城里有个姑娘叫小芳。”退伍有些钱拿，小年跟小芳比，算宽裕的。他结了账，两个人沿着龙湖路走，到公园门口，右拐，向保健院方向逛。

“回来就不走了？”小芳问。

“不走了，参加工作。”

“定了吗？”

“还没完全确定，快了。”

“我要走了。”小芳有些难过。

“去哪儿？”小年一惊。

“你忘了，我要考大学。”

“那你就考淮南师范学院。”

“不，我得考个有出息的学校，将来跟小舅一样，去美国留学。”

“留了学不还是回来。”小年不屑。

“那不一样。”小芳纠正他，“算了，跟你说不清。”

“有什么说不清的，今天咱俩就是要说清楚。”

“说什么？”

小年直接：“说清楚咱俩的事。”

“什么事？”小芳明显不适应他的作风。

军人作风，痛快，洒脱。

小年站住脚：“汤小芳，我就跟你明说了吧，我喜欢你。你给我的玉观音，这二年我戴着，我想你应该也喜欢我，如果你同意，我可以等你到大学毕业，然后我们就正式谈恋爱，然后结婚。我的态度是这样，我得知道你的态度。”

小芳是看言情小说领会爱情的少女，哪能禁得住小年的暴雨狂风。“我不知道。”小芳有些彷徨，几年之前，她对小年是矢志不渝的，但这几年，小舅秋林对她影响特别大，汤小芳向往外面的世界。她不想待在小城市，不想待在田家庵，不想像父辈那样，在这里生，在这里长，在这里工作，在这里结婚，又在这里老去，一辈子都逃不出这方圆几公里。

“不知道？就是不喜欢，是不是？”小年问。

小芳说：“现在我不能回答你。”

“那就是喜欢。”小年说，“那咱们说好。一言为定。”

小芳又说：“何向东，怎么跟你就说不清楚呢，事情都是在变化的，人也会变，就算我现在答应你，未来变了怎么办。”

“我就不会变。”

“那是你。”

“行，明白了。你走你的，我走我的。”

小芳不忍心，上前拉住他：“怎么非要弄个你死我活呢。”

“这不是你死我活，这是谈判，战争还是和平的分别。”小年嘴上都是军事术语。停了一下，淡淡说，“今天我生日。”

小芳呆了一下，连忙：“生日快乐。”

“就没了。”

“你还要怎么样？”

小年指指脸颊：“起码得有一个吧。”指一个吻。

“不行。”小芳坚壁清野。

“小气。”

小芳又心软了：“这儿人太多。”

小年转头寻觅，两座楼之间有个墙缝，又窄又小，刚好容得下两个人。他牵着小芳进去。

“行了吧。”他站定了，和她面对面，贴得很紧。

“你闭上眼。”她说。

他果真闭了眼睛。

她迅速在他脸颊上啄一下，逃了出去。

小年跟着跑出来。

“小芳。”黑暗中，有个声音传过来。两个人转头，才发现小芳的父亲汤为民站在他们面前。小芳连忙撒手。

为民以为有人欺负她女儿，大喝：“谁？干什么的？”

“叔，是我。”小年说。

汤为民这才看清他的面目，警戒解除：“在这儿干吗？”

小芳编瞎话：“刚才路上遇到的。”

“回家。”为民下指令。小芳只好低头跟他走。

小年无奈地，在他们身后唱：“他说风雨中这点痛算什么，擦干泪，不要问，为什么……”

156

出租车一阵颠簸，猛刹车，停在淮南农场的茫茫田野中。

家欢脾气暴：“方涛！你想干什么！”

方涛对家欢：“说吧，你跟他是什么关系？”

家欢一愣，瞬间气极，给了方涛一耳光。

方涛笑笑：“行，这一巴掌是替谁打的？”

家欢强压怒气：“是要打醒你！你昏了头中了魔！”

秋林也有些震动，但还是稳住阵脚：“司机师傅，其实……”

“我叫方涛！”

秋林只好改口：“方涛，我可以告诉你，我和家欢的关系是邻居，青梅竹马，小学中学的同学，多年的笔友，知心的好朋友。”

家欢觉得跌面子，对方涛咆哮：“满意了？回去！”

方涛无奈苦笑：“我知道你们的故事，特别可歌可泣。”

“你够了没有？”家欢不接他这话茬。

方涛不理她，指着秋林：“有种咱俩下来单练。”说着，开了车门，秋林没有在怕，脱了大衣，一身羊毛衫，轻装上阵。

“疯了吧！”家欢想要阻止。可旷野的雪地上，两个男人已经打开了，都当作是决斗。秋林虽然是知识分子，但在美国为了忽悠外国人，也学了几招武术。只是这种武术多半是花架子，在实战中并不能全然发挥，尤其是跟方涛的本地土拳比，少了几分凌厉。三拳两脚，秋林被撂下，四仰八叉倒在地上，方涛连手带脚一齐上，死死压住他。家欢要来帮忙，扳开方涛的手。秋林却说：“何家欢！你别过来，这是男人之间的事情。”

方涛也喊：“老婆！等我一会儿！打这个孬包要不了三个回合！”

好久没看过人打架，何家欢只好站在一旁，手足无措。这两个男人是为她打架，在淮南农场的茫茫野地里。月光照在雪地上，白亮白亮。此时此刻，在两个男人的映衬下，家欢更加确认，自己是个女人，有魅力的女人。

“还敢不敢靠近我老婆？”方涛杀红了眼，扼住敌手的咽喉。

秋林轻蔑地笑：“你应该反思，你老婆为什么要跟别人交往。”

“你他妈，去！”又是一记重拳。

秋林嘴角出血了。

“你跟家欢怎么了？说！”方涛狮吼。家欢看不下去：“方涛，闹够了没有？”

秋林却说：“你这是在侮辱家欢，更是侮辱你自己。我和家欢，比梁山伯祝英台还纯洁。是的，我爱她，我到了美国之后才发现自己不能没有她。这一点不会改变。如果你肯放手，我愿意让她成为我的妻子，你不能给她的，我全都能给她。”

巨大刺激。方涛红着眼，手下一用力，掐住秋林的脖子。他只能听到几个关键字，什么侮辱，什么妻子，什么不能给……每个字眼都重创着他脆弱的神经。方涛的自卑无限放大，终于成为一股蛮力，如龙卷风，摧枯拉朽。

秋林快不能呼吸了。

家欢不愿再作壁上观。

她上前拉方涛：“你放手！会死人的！”

方涛却臂如铁打，手似钢钳，根本拽不动。

眼看就要出人命。家欢慌乱得四周看，她需要一个武器，她必须阻止悲剧发生！

一块石头，家欢抓稳了，按照电影里那样，朝方涛肩颈部猛击一下。大力士方涛昏了过去。

天地茫茫。只听得到秋林喘着粗气，慢慢爬起来。

他要上前搂家欢，却遭迎面一击，正中额角。

他也倒下了。

家欢看着雪地里的两个男人，恼得突然一声嘶叫，惊天动地。

农场宿舍，两个员工正在灯下吃面条。其中一个说："听，什么声音？"另一个侧侧耳朵，仔细聆听，说："狼叫。"

"哟，咱们这儿还有狼啊？"

"怎么没有，以前还有老虎呢。"

卫国病情急转直下，地段医院表示没有办法继续治疗，无奈之下，家文联系了秋芳，重新住回第一人民医院，找最好的大夫看。大夫的意思是，为今之计，只能说是多活一天是一天。

恐怕熬不过年。

家文呆呆地站在医院走廊，周围闹哄哄的，她全听不见，大脑短暂空白。她比卫国小五岁。她过去怎么也想不到，竟然会是她送他先走。死在夫前一枝花，可如果是夫君死在前头呢，未来的路怎么办？家文真不敢想。现在也不是想的时候，她必须打起精神，把这最后一段路走好。哭，尽管哭，眼泪是止不住的，但她不能失去理智。她的两条原则是，治疗方案，以少受罪为主。最后一段时间，她争取陪在他身旁。有陈老太太那次经验，家文多少心里有点底。

夜半，卫国醒来，见家文还在，问："我一个人没事，小健呢？你该回去休息休息。"

家文挣扎起身："在这儿一样。"

"还有多久？"

“什么?”

“我还有多久。”

“别胡思乱想。”

“我就是不甘心。”卫国动情。出师未捷身先死，长使英雄泪满襟。

“会好的。”缥缈的希望，家文自己都不信。

“就是担心你，还有光明。”卫国神志清醒。

“没事的，我又不是孩子。”

“小文，我走了以后，你再找一个好人。”

“别说了!”家文终于失控，泪如泉涌。又一边拭泪一边说，“非要把人弄哭。”卫国苦笑笑。侧过身子，正躺着肝区疼得实在厉害。卫国说：“还记得娘临走前送我们的字吗?”

当然记得。“送你一个防，送我一个担。”家文调整情绪。

“娘上辈子肯定是个巫婆，或者起码是个算命的，防，原来是让我防止生病。”

后半句没说，家文也明白，担，只能是说承担家庭的重任。

年前，来看卫国的人特别多。几乎所有亲戚都来个遍，但为了不太打扰卫国，很多都是坐坐就走。大兰子也来了。她从小跟卫国玩得不错，现在结婚了，搬出北头，住橡胶二厂。问了问，落泪又收泪，大兰子站在外头和家文说话。

一时无言，说什么都悲伤。大兰子只好和她说些老北头的事。

家文问：“你娘还在呢。”

她娘身体好着呢，还能跟人吵架，但大兰子怕照实说有点伤家文的心，毕竟年轻的卫国病着，她老年的从旧社会过来的娘却活蹦乱跳，她只好说：“身体也不好。”

“生的儿子女儿？生孩子也没叫我们，离得那么近。”

“是个丫头。”大兰子说，“没你命好，一下就来个小子。”

“小子操心更多，丫头省心了。”

两个人说着，病房门口来了个人。是鲍敏子，她难得来看老舅一次。

刚到门口，就咋咋呼呼：“我老舅呢！我老舅呢！”

发现目标，又目中无人地跑过去，手里拎着营养品，还有水果。

家文见了，也不好说什么，到底是片孝心。可都这时候了，卫国还能吃吗？纯属没脑子。她也不靠近，兀自送大兰子出医院门，留空间给敏子。

“老舅我给你剥个橘子。”敏子一盆火炭似的。

卫国说不吃，又让她自己吃。敏子果真剥了吃。

“最近工作忙吗？你爸身体怎么样？”

鲍先生从二十多岁起就嚷嚷说自己身体不好。因此格外注意保养。

“他还那样。我工作不忙，赚钱不少。老舅，幸亏当时你让我报考了电厂。”

“你命好。”

“别人也都这么说，找了个老公都听我的，生了个儿子聪明伶俐，工作也好，长得又漂亮，老舅，怎么我的命就这么好。”

在一个生命垂危的人面前自夸，多少有些残酷。

春华来了，站在旁边听了几句，实在看不过，打发敏子道：“你老舅累了，你先回去吧。”敏子听了，也不深留，抬脚走了。毕竟年轻，还没领会生命的真相，她没负担。

春华坐在弟弟病床前，她毕竟见得多些，也知道卫国时间不多。家里兄弟姐妹们，数他们关系最好，小时候一起捡煤砟子，她还救过卫国一命，实在是生死之交。

卫国拉住春华的手，落泪。在亲姐姐面前，他可以肆无忌惮流泪。春华只好紧握他的手，瘦得不像样子，竹棍似的。面前的弟弟，脸颊深陷，两只眼睛显得更大，生命的活力，正随着时间，一点一点，无情地从这个曾经最强壮的人身上流逝。

春华喃喃：“你放心……你放心……”

放心什么？无外乎他身后的家，家文，还有他的宝贝儿子光明。“我们会照顾……我们会照顾……”

事已至此，姐弟俩一时无话可说，只好静静坐着，彼此陪伴。生命最残酷的真相，迈着脚步，鬼魅般走来。作为凡人，唯有接受。

跟着春荣来，她嘴拙一些，更是无话。

卫国给她留的话，是希望她能多照看点光明，毕竟在一个学校，将来升学，希望二姐能帮忙，他想让光明读重点中学。

“放心吧。”春荣答应。她向来说到做到。

次日，大康小健来的时候，医院已经下了病危通知单。小健难受，小舅卫国只比他大一岁，跟兄弟一样。过去，卫国对他多有照顾，他跟卫国的关系，比跟大康还近。大康刚从美国回来，他在平圩电厂，年轻有为。小健觉得大康有点看不起他，卫国从不这样。卫国有民主精神，一视同仁。

大康还说着从美国带药的话。

卫国只谢谢他，他自己的情况他自己最清楚。癌细胞已经扩散，太上老君的仙丹都没用。聊了一会儿，大康要去上班。小健坐在床头小凳子上，他也哭了。

卫国反过头说他：“瞧你这点出息。”

孙小健沮丧地：“怎么混成这样了……”

“二十年后又一条好汉。”卫国还是那个坚强的小舅。

157

克思进门就一阵干号，光打雷不下雨。

隔壁病房的病友听着都觉瘆得慌。

人还没走呢，干吗这样。号完，他又跟卫国讲了许多大道理。卫国气息较头一天更微弱："大哥……光明……你……多照顾点……"

克思嘴上说得好听："那肯定的，你放心，我大侄子怎么可能不照顾，我们陈家，也就剩这点骨血了，卫国你别想这么多，好好养病。"

有他这句话，卫国觉得面没白见。但他知道，在大哥家里，大嫂说了算。少不得又跟大嫂说说，算是"托孤"。克思去外头买烟。陶先生一个人在病房看着卫国。

实话说，卫国和陶先生关系还算不错，他一向十分尊敬大嫂，加之都是寿县人，还有一层乡情，情感上更近一些。只是后来卫国娶了家文，家文生了光明。家里的风头光景，一下被家文抢了个遍。陶先生打心眼里恨家文，她不怪卫国，只怪家文克夫。

"嫂子——"卫国欲语泪先流。

"好好养病。"陶先生在戏里。

"以后……光明他……"

"你放一千个一万个心，我陶某人对天发誓，会顾光明一辈子，有我一口饭吃，就有他们娘儿俩一口饭吃。"

卫国挣扎着起来，要道谢。

陶先生连忙："睡好睡好，别动。"

卫国只好躺好。

陶先生又坐了一会儿，待克思回来，两口子一起坐公交车回家。车厢最后头，两个人并排坐着，无话。突然，陶先生冒了一句："我跟你说找好看的老婆真的要慎重，克得厉害，成反比，都可能克死人！"

"封建迷信。"克思是唯物主义者。

"什么迷信，眼面前摆着呢，不由得不信。"陶先生白了丈夫一眼。

克思岔开话题："光彩这次考试考多少分？"

"语文 90，数学 80。"陶先生直言不讳。

克思不说话。一年级的时候还可以，二年级再往上，光彩的成绩直线下跌。没人敢说什么。

只有小健老婆小云私下说："随她亲爹，亲爹是傻子，生出来的孩子能有多聪明?”

小健呵斥:“你懂什么!”

小云好笑:“我有什么不懂的，老祖宗有话，龙生龙凤生凤，老鼠生儿会打洞，看光彩那愣样，根子就不正。”

“你闭嘴!”小健对小云喝。

该见的都见了，卫国还想见见光明，有日子没见儿子了。可又担心把光明找过来，一不小心传染上病怎么办。这是医院，病菌最集中的地方。最后一家人商量决定，让光明来，但不让他进病房，只是站在门口，给卫国看看。

这日，下午放学，小健去接光明。年轻女老师不放，问:“你是他什么人?”

“他哥。”

女老师不相信:“他多大，你多大?”

小健解释:“他爸是我小舅，辈分差得大。”有个年长的老师路过，说也有这种情况。又问光明，他到底是不是你哥。

“是我哥，我小哥。”

女老师惊诧:“哎哟，还小哥，那还有大哥了。”

人接到，小健骑自行车一路带光明到医院。走廊长长的，小健在前头走，光明在后头跟着。“快点。”小健催促。光明跌跌撞撞加快脚步。到病房前，表姐小忆拦住光明。向内望，一屋子人，男女老少。闪出一条缝，给病床上的卫国让出视线。

光明看到爸爸了。

卫国凝望着他，伸出一只手。

光明就这么静静站着，他还不能完全理解死亡。他要往里走，小忆连忙拉着他。她是大人指定的守卫。

“再看一会儿……再看一会儿……”里头有人说话。

光明只好背着书包，在门口静静站着。小健出来说:“看看你爸爸，多看看。”光明不作声，就是看。

屋里头，家文、春华、春荣、敏子、惠子、智子都掉眼泪。

看了快二十分钟，光明脚站累了，小健才把他带走。家丽赶来，接过光明："晚上到龙湖吧，你们先忙。"

医生说卫国可能撑不到天亮。

何家门口，秋林下班经过，包着头，像个木乃伊。刘妈在二楼看着，还是来气。她大概知道那是何家老四何家欢的"杰作"。待儿子上楼。美心刚巧推着小车回来，刘妈噔噔噔下了楼。

"刘美心！"刘妈是真生气。

美心把小推车推进院子："干吗叫我大名？"她多少年都没叫过她大名了，都叫小美，现在叫大名，肯定有事。

"你们老四也太不像话了。"

"她又怎么了？"

"把秋林头打破了，比碗口还大。"刘妈夸张。

"那么大，人还能活吗？"

"你不关心是为了什么？"

"老四从小就是混世魔王，都别惹她。"

"反正这事你要不管，咱们朋友也别做了。"

美心手一摊："你让我怎么管？他们都多大了，成家立业，有头有脸，你当他们是小孩？"

刘妈急得直跺脚："你们家老四勾引秋林！"

脏水都是别人的。

"别胡扯！"美心不高兴了。但心还是一沉。还嫌不够乱。

"秋林跟我说了，非家欢不娶。"刘妈诈美心一下。

美心只好用缓兵之计："老妹，你是不是头昏了，何家欢有老公有孩子，重婚罪是要犯法的，行了，这事回头我问问，多半是谣言。倒是你儿子，你好好管管，一个单身汉，天天这么晃荡，迟早出问题。"

刘妈着急："哎，你这什么态度。"

家丽带着光明进院子，叫了声妈，又叫刘妈。让光明叫人。

光明分别叫：姥姥，刘姥姥。

家丽忍不住笑。待刘妈走远，她才说：“叫刘姥姥听着怎么这么怪。”美心道：“有什么怪的，刘姥姥进大观园，看什么都稀奇，你知道她说什么，说老四勾引秋林。”

家丽知道从前的故事，头皮发麻，就怕旧情复燃，但嘴上还是说：“不会吧。”

“谁知道。”美心说，“真是管不了，一脑门的事，刚才老三去菜市，我问她，欧阳怎么样，她说欧阳还一蹶不振呢，天天在床上躺着，胖了二十斤。我说你吃的什么能胖二十斤，估计精神一懈怠，喝凉水都长肉。还有老六，说是跟她婆婆都不一个楼梯上楼了。”老太太出来，喊吃饭，烧了芋头稀饭。

洗手，拿碗，盛了稀饭，干的是花卷。老太太、美心、家丽三个大人围大桌。小冬和光明在里屋小桌吃。

老太太问：“老二那边怎么样?”

家丽说：“也就天把两天的事。”

美心叹息：“这怎么弄，老二命苦，也苦了孩子。”

老太太也叹气：“人各有命，老二前半辈子，太顺了，老天爷也看不过眼。”

美心说：“跟老五还不一样，老五是离婚，好歹爸还在，还有汤家可以靠靠。老二这，是人没了，又不一样。”

老太太老于世故，当然知道人走茶凉，只好说：“到时候你们都帮着点，如果人真走了，他们家那边，基本就不会走动了。”

家丽听着瘆得慌，不信：“不会吧，孩子还在，好歹姓陈，是他们家的独根独苗。”老太太不说话，喝自己的稀饭。世风在变，她心里有数，对于陈家克思等几个大的，她也看得透透的。

美心又问家丽，小年的工作跑得怎么样。

家丽说：“建国在跑，难死了，一个武装部就两个名额，一个被区长儿子拿去，还有一个，几家在争，建国天天到武装部部长门口站着，磨，靠他那张老脸。”

老太太笑道：“老子对儿子，没有假的，儿子对老子，就未必了。”家丽说：“都安排个工作，成家立业，我们也问心无愧。”

美心提到老五。

家丽说不是在东城市场卖牛仔裤嘛。

美心说：“我听菜场有人讲，生意是不错，不过好像合伙的是几个痞老幺（方言：痞子）。”

家丽笑说：“现在干生意的，不就是以前那些投机倒把没正式工作的，改革开放之后，他们胆子大，反倒发财了，痞就痞吧。不出趟子（方言：能走场面，能混世）的人，也干不了生意。”

“就怕他们欺负小玲。”

老太太插话：“老五是省油的灯？专门祸祸人。”

三个人同时笑。

东城市场，牛仔裤摊位，刘小玲把幕帘落下，一天的生意结束。在这一片，他们摊位的生意最好。小玲作为进货员和售货员，功不可没。摊位后面的小平房是租的临时仓库。

会计在算钱。衣服堆里坐着三个人：小玲、钟毛子及他女友米露。钱算出来了。这个月已经回本。小玲说：“分吧。”

钟毛子点头：“分。”

分出来，小玲到手只有一成。

“钱不对。”小玲提出疑问，“说好了三对三的，我这点，不到两成。”

钟毛子笑笑：“刘小玲，知足，啊，这摊位谁拿下来的，这个地段，这个位置，没有我老爹罩着，你就是花十万八万也拿不下来。”小玲据理力争：“衣服是我去进的，然后又是我卖的，只给我两成，不合适。”

米露笑道：“小玲，怎么成你进的了，说话要凭良心，关键款，还不都是我选的，一周我也站三天台，你要不愿意，咱们轮着来。毛子是公心，我也就占两成，毛子占两成，剩下四成，两成给毛子他爹，另外两成要拿去打点工商公安，你才出来几天，哪知道这里头水有多深，做生意，黑白两道都得压得住，你以为天天站在那儿就能挣钱。太幼稚。”

小玲被说得哑口无言。水太深，她着了道儿，眼下只能认栽。以后留心罢了。

光明晚上跟老太太一起睡。

钻进帐子，光明靠边躺。即便是冬天，老太太也用帐子。睡到半夜，老太太醒了。她喊美心。美心睡得浅，从另一屋披衣服起来，问怎么了。家丽也醒了，趿拉着鞋。

“右眼皮老跳，”老太太侧着身子，“撕块纸来压压。”

还是老办法。美心拉开抽屉，随便从本子上撕了一片纸。老太太蘸唾沫，粘上。身边的光明突然手舞足蹈，吱哇乱叫。

家丽摁住他：“怎么了这是。”

老太太说：“可能是撒呓挣。”

美心连忙用手掌顺他心口，念念有词，似是咒语。一会儿，光明安生了，继续睡眠。

老太太看看天光，悠悠地：“别是卫国有什么事。”

美心和家丽都不说话。

158

卫国在年前去世。一大家子哀恸万分，几乎所有人都得到过他的好，卫国的去世，对所有人来说都是重大损失。

陈家没了主心骨，家文的小家庭少了顶梁柱。三街四邻少了好邻居、好同事。社会上的那些人少了个好朋友。卫国的葬礼，陈家、何家、单位同事、新老邻居、知青朋友、社会上的朋友、工作上的伙伴，来的车把整个家属区都给占了。人们惊讶地发现，卫国居然有这么大的号召力。作为卫国唯一的儿子，继承人，光明在大人的安排下，摔盆，扶灵，送葬，眼见着他爸的骨灰入葬。对待死亡，光明并没有清晰认识。周围的人哭得昏天暗地，只有他，一双眼睛，清澈无物。抬头看，是爸爸遗像，他的容貌就此定格，永远停留在三十九岁。他姥姥美心又唱起老家的哀歌，是叙事型的。光明听着，大致明白那意思，是说狠心的卫国，自己逍遥，留下年幼的儿子，虚弱的妻子，日子苦。遗体告别的时候，人们围成圈，走动，瞻仰遗体，光明站着，没掉泪。小健问他："这小子，怎么不哭？"光明看看他，还是不哭。小健狠狠在光明屁股上掐了一下，这下好，疼哭了。葬礼的份子钱，是春华的丈夫鲁先生管。收好，点清，交给家文。卫国去得早，看病又花了不少钱。借家艺的，家文留出来，很快还她了。其余的，再加上存款，统共不到一万块。还有就是留了套房子。存款家文得留着，以后给光明上学用。平时吃用，还是靠上班挣工资。

出了年，大康小健的爸孙黎明也走了。心脏病突发。睡一夜睡过去了。陈家一家人又是一番忙碌。整个家庭氛围阴云密布，都提不起精神。只有陶先生，还沉浸在年的喜悦里，并没见太大悲伤。

卫国一走，家里房子空荡荡的。光明年纪小，不觉得有什么，但家文有些受不了，晚上，一个人，一张床，一间房，实在难挨。于是，光明和家文睡一间屋，陪着妈妈。家丽来看家文，在屋里走了走："你这屋子，阴气重。"

家文警觉："你感觉出来了？"

家丽说："猛一进来反正感觉有点不对。"

宁可信其有。想想也是，陈家的败运，似乎正是从搬家开始。没几日，家丽陪家文到公园路，沿街，有个瞎子摆摊算命，满头白发。家丽混迹菜市，对三教九流摸得清。这瞎子算命灵也是熟人推荐给她的。

"老人家。"家丽打了个招呼。

瞎子偏偏头，微笑，让来客坐小板凳上。

"谁算？"他问。

家文应了一声。他又问生辰八字。家文报了。

瞎子铁口直断："你是原配夫妻不到头，半路夫妻成正果。"

家丽、家文顿时大惊。忙问了许多。瞎子一一作答，过去发生的许多事情，包括哪年有灾，哪年遇难，都很准确。姊妹俩不得不信。瞎子又说："你儿子将来有出息，能上大学。"

家文欣慰。家丽问："怎么破解？"

瞎子掐指一算，说："你现在住的房子不好。"跟家丽的猜测不谋而合。家文忙问破解之法。瞎子说："墙角撒上朱砂，放上桃树枝子，用白纸封上墙角，便可化解。"

家文连忙记下。瞎子又说："你那屋子阴气重，可以考虑养只狗。"算完过了半个月，家文果然从农村抱来一只小黄狗，取名吉利。光明开心异常，有小狗做伴，家里热闹许多。

家文要上班，最近药厂紧，缺勤很可能会被下岗，她不敢怠慢。可这样一来，光明就少人照顾，吃饭不按时，瘦了不少。家文又回家跟老太太、美心和家丽商量，想让美心到她家住一阵子，带带光明，好歹把孩子弄大一点，日子也好过。

美心不大想去，她还有八宝酱菜的摊子要顾。一点小钱，挣了不觉得怎么样，突然不挣，又舍不得。

老太太劝美心："能伸把手还是伸把手。"

老太太都发话了，美心不好再拒绝，毕竟是自己女儿，她不是不关心。美心说："去没问题，可这刘姐八宝菜。"

老太太出主意："让老大顾着，上午卖蔬菜，挨晚子（方言：傍晚）卖八宝菜。家丽做家丽卖，但配方是你的，钱对半分。"

美心道："妈，我这配方，谁都没传呢。"

老太太说："八宝菜，主要是配料，你先配好半个月的，放在那儿，家丽做粗工，这样你不就保密了。哎呀，都多大了，一个配方还这么谨慎。"

家丽笑吟吟地："阿奶，这你就不懂了，做餐饮做酿造的，配料是核心，你没听外国那些什么可乐，那配方，都得锁在保险柜里，只有董事长知道。”

既然商定。家文表态：“谢谢妈，过来帮忙也不能白帮，一个月一百五十块补贴，吃住我包，算麻烦妈了。”

一提钱，美心不好意思。但老太太和家丽都说让她接受，美心便也勉为其难接受了。

自从方涛和秋林打了那一架，方涛和家欢一直嘎悠着（方言：较劲），分锅分灶，各吃各的。方涛气就气在，家欢竟然帮那个男人。哦不，是初恋。他们的故事他听家欢说过。他有点嫉妒。

家欢则气在，方涛这么个大老爷儿们怎么会如此不明事理！

她和秋林有过去。哦不，连过去都没有实质性问题。现在更是白茫茫一片，纯洁得跟豆腐似的。他怎么可以这么怀疑她，不信任她。她现在是他的合法妻子，是他儿子的母亲，他拥有她现在的全部生活、生命，这还不够？他为什么就不能大度点，一笑了之。伤好后，方涛又开工了。日日开着出租，在城里晃悠。他不再去接家欢下班，但每到下班的点，他的车还会趴在财政局门口，监视。他绝不允许那个男人再出现，他也要考验何家欢。

家欢发现了他的车，但装作看不见。

这日中午，胜发门口。宏宇和方涛撞见了，宏宇丢来一根烟，两人站在车屁股后头抽着。

“去吃点。”宏宇邀请。

“不饿。”

“怎么着，还憋着呢，小心憋出内伤。”

方涛一丢烟头：“没事。”但看着不像没事的样子。

“那男的，真他妈孙子。”

“别跟我提他。”

“四哥，不过我说句老实话，”宏宇诚恳地，“可能真是你误会了。”闫宏宇多少为当天他乱说话后悔。“就算他有那意思，四姐不可能。”方涛不说话，又来一根烟，闷抽。

“四姐这个人受过高等教育，还是有底线的，何况还有个成成呢。”

方涛哼了一声：“那人还留学美国呢，道德品质和学历无关，有的人，你看着他人模狗样的。实际，就是个乌龟王八蛋。”

宏宇说：“那怎么办，就这么耗着。四姐的脾气你还不知道，你这么耗下去，她一个不乐意，说，得，离吧，你受得了吗?”

方涛明显受不了。他爱家欢。正因为爱，有了嫉妒，才有了后来的故事。

“那怎么办?”方涛让宏宇出主意。

闫宏宇脑子快：“我觉得，这个事情，关键在四姐。目前四姐还愿意跟他做朋友，那只要咱们增加一个条件，让四姐不能继续跟他做朋友，不就得了。”

方涛问：“什么条件?”

宏宇刚要说。BP 机响了。他连忙开车走：“四哥，回头说，回头安排，我们家老四的老婆要生了，急用车。”

保健院，王怀敏带领着一家人，焦急地等待。家喜也在。弟媳妇生孩子这种大事，她还是得出现。她搂着小曼，坐在长椅子上。王怀敏不停地看手表。护士出来了：“周小弟，是个小弟。”

用词不当，语句有病，但王怀敏却一下跳了起来。

终于有孙子了。一众人都上前说恭喜。家喜站着不动。宏宇推了一下。家喜怒目：“干吗?”宏宇努努嘴，意思是做做样子。

家喜只好上前：“妈，恭喜。”口气平淡。

王怀敏眼里根本看不上她，四处握手，喋喋不休：“争气，真争气。不是没有争气的。”家喜火大，什么意思，周妯娌争气，生儿子，她不争气，生女儿。这根老刺又被拨弄了一下。家喜心痛。

小曼也跟着说恭喜。王怀敏忽然板着脸：“小曼，以后多带带弟弟。”家喜更愤怒。什么意思？不是一个妈不是一个爸，不过是个堂弟，凭什么让小曼多带。小曼才多大，她懂什么。

王怀敏又对小曼说："曼曼，你有功劳。"

家喜诧异，问小曼："你有什么功劳?"

小曼这才说："奶奶给我改了一个小名，也算艺名，叫招弟!"

家喜脑袋轰的一下，再也控制不住情绪，拉起小曼，匆匆离开医院，脸上都是泪。宏宇追出去，开车。

家喜在人行道上快速走。宏宇摁下车窗："上车吧，别气了。"小曼走累了，要上车，家喜只好跟着上了宏宇的夏利。

沉闷，宏宇打开收音机。

"关掉。"家喜命令。

只好关闭。

"妈难得高兴。"宏宇憋不住，"你就让她痛快一回怎么了，这辈子也就这一回。"

"她高兴她的，别拽上我女儿。"

"唉，家喜，你能不能别不讲道理。"

"停车!"家喜愤怒。这一回，宏宇真把车停了。家喜当即拉车门。小曼要跟着妈妈，宏宇大声地："闫小曼，你不许下!"

家喜抱着小曼走。

宏宇开车跟上，他又服软了，对家喜："我错了还不行吗?我认错。大错特错。"

家喜道："闫宏宇，你要还想跟我过就去弄套独立住房!你那个家，我不想待!"

前方是小路，家喜放下小曼，拉着她走。道小，宏宇的车开不进去，有人招手，生意来了。他只能望着母女俩的背影远去。

159

欧阳日日在家躺着。家艺有点着急。生意垮台，前半生的努力付诸东流，老爹去世，欧阳家的精神支柱崩塌，原本跟着欧阳干的几个弟弟为了谋生，外出打工了。大哥二哥在厂子里做着工，只够糊口。家艺能理解欧阳消极甚至绝望的心情。

但她不能理解的是，一时消沉，没问题，她陪他，但这么长长久久地消沉下去，这个家就完了。工艺厂正式通知员工下岗。不，也不是下岗，厂子垮了，大家都没饭吃，一个月四百多补贴。一日三餐都紧巴巴的。家文还了钱，家艺手里头满打满算，存款不到一万。她不敢乱花，这是救命钱。这一阵，枫枫瘦了，纯属饿的。欧阳宝却胖了，纯属懒的。

一身的横肉，脸鼓囊着。样子都蠢笨了许多。

这日，街口小卖部的胖婶来家里，列出一张单子，摆在家艺面前。家艺仔细看了，从上到下，密密麻麻，都是她的宝贝儿子欧阳枫赊的账：豆腐干、鸡仔饼、跳跳糖、酸梅粉……

换着花样吃。

“一共二十块五毛。”胖婶觍着脸。要钱难，态度必须良好。小枫是消费大户，以后还指望做他的生意。

家艺没说二话，取了钱，给了。

小枫缩着脖子，自知有点不对。

家艺教育儿子：“不是不许你买，但记住，从现在开始，不要赊账。”

枫枫小声：“以前都可以赊账。”

家艺坐下来，视线跟枫枫齐平：“儿子，你自己领会不了，所以妈妈要跟你说清楚。”

枫枫眨巴着眼，不知道发生了什么大事。或许是怪兽攻击地球了，需要奥特曼拯救。

“我们家没钱了。”家艺真把他当成个大人，其实不过是小学生。枫枫不说话，不知道是明白，还是不明白。

“我们家现在没有钱了。”家艺又说一遍。

枫枫点点头。

“所以，你，我，还有爸爸，都必须省着过，渡过难关。”

“我一定少吃半碗饭，生日蛋糕也不买了，少吃零食，周末我就跟人一起去捡废铁，那个能卖钱，我的画片也能卖了，恐龙特级克塞号的，有人买。过年我也不要新衣服了，一周只吃一次肉……”听着儿子颠三倒四地说着，都是他的开源节流小办法，这孩子，天生是做生意的料，懂得计算利弊得失，一瞬间，何家艺又是欣慰，又是难过。再苦不能苦孩子，她责备自己，这是在干什么？小枫上前抱住家艺，问：“妈，我瘦了是不是好看点？同学都这么说。”

家艺破涕：“是。”

“那我得瘦。”小枫真真假假地，“跟光明一样瘦。”

孩子都振作了。欧阳这个当爸的有什么理由不振作？家艺推开门，欧阳还躺在床上，背朝外，面朝墙壁，侧着身子，捧着一本书，金庸的《神雕侠侣》，从租书店借的。

他现在沉迷在武侠的世界中，做梦都在说降龙十八掌。

家艺拿着一面镜子进门：“欧阳!”

欧阳动了一下，没有实质变化，只是换了个姿态，继续看。书中，杨过正和姑姑生离死别。

家艺伸手，越过欧阳的身子，把镜子比到他脸面前。欧阳吓了一跳，连忙用手打开。镜子中有怪物。

家艺不屑地：“怎么，自己把自己吓到了?”

欧阳不作声，也不转身。

“欧阳宝，就这么被生活打倒了？被命运打倒了？被他妈的几百斤毛子打倒了？你照照镜子，看看你自己现在什么样。还认识你自己不？你现在演孙悟空不用化妆，哦不，体形只能演猪八戒。”

欧阳慢慢转过身，面无表情，眼神呆滞，“小艺，让我自生自灭行吗?”家艺愣了一下，把镜子摔在床上：“欧阳宝，你要是个男人，你就起来。”

欧阳慢慢起身，盘腿坐在床上：“小艺，我们完了，你还不清楚吗?现在毛子生意不像以前了，集团化收购，我们这些个体，一点出路都没有，一旦市面不好，或者遭遇极端天气，就会全盘覆灭，我翻不了身，这辈子就这样了。”

家艺不得不刺激刺激他：“你就这样了，可你儿子，你老婆呢，你死去的爸呢，你们整个家呢！你就能眼睁睁看着这些人都跟你沉下去？欧阳，我们还年轻，还有机会，无非就是白手起家，没什么，只要你起来，像个人，像个男人，我陪你!”

家艺说得豪情万丈。

欧阳却似乎并没有被鼓舞，“这个行业完蛋了，其他我不懂。”

“不懂不能学吗？没什么难的。你看汤为民，脚坏掉一只，现在开了两家店，事在人为。”

“你陪我?”欧阳眼神闪烁，似乎燃起一点希望。

“我陪你到底。”家艺说。男人是脆弱的，女人却在男人最脆弱的时候，鼓励他再次强大。

“你先下床。”家艺指挥丈夫。

欧阳赤着脚下地。

“精神面貌要先起来。”家艺拍拍他挺起的肚子，“像个人样，才能活得像个人。”欧阳肚子往回一缩，听太太的准没错。

从这天起，何家艺开始对欧阳宝进行重新打造。去公园跑步，饮食调理，下午去街上看市面，找机会，她有信心。因为她和欧阳，是从低谷起来的，如今虽然重新跌入低谷，但她相信，一定能触底反弹。只要眼光准确，下手迅捷，找准机会，就能翻盘。

东城市场，家艺和欧阳边走边看，寻找生意的可能性。到南门，牛仔裤专区，家艺一抬头，望见老五小玲站在那儿。小玲也看到姐姐姐夫，打了个招呼。

欧阳比先前乐观多了，会开玩笑："刘老板，恭喜发财。"

小玲嗤了一声："发什么财，吃饭都不够。"

家艺从头到脚打量小玲，头发随意扎得高高的，阔腿牛仔裤，白色衬衫掖进去，显得腰身细细的。"还别说，小玲这身，怎么看都时髦些。"家艺赞。

小玲得意："跟老师教学生似的，自己有一盆水，才能给学生一杯水。"她拎拎自己的裤脚，又摸摸裤腰，"魔鬼在细节中，高细腰，大裤腿，就是今年的时髦，姐，你的踩脚裤，该换换了。"

家艺被说得差点产生自我怀疑，她可曾经是全田家庵最时髦的人之一，她转向欧阳，半自嘲地："看到了吧，这就叫人穷志短，人一没了钱，连潮流都跟不上。"

欧阳气弱："永远跟潮流，哪还有个头，你看我这一身，穿了七八年都不过时。"小玲对姐夫："男人跟女人不一样，男人要恒定，女人要常变常新。"又对家艺，"姐，今儿个我给搭一套。"

家艺连忙说不用。小玲坚持。家艺只好按照小玲的挑选试了几套，结果套套精神、漂亮。小玲又从优中选精，给三姐定了一套。欧阳要给钱。小玲不要。家艺坚持让她收着："老五，收好，小本生意，也不是你一个人干，你现在带着洋洋，不容易，拿着！"

小玲拗不过，只好收了钱。老三两口子拎着新装继续转悠。一会儿，天落雨。幸亏东城市场有明瓦棚顶，水进不来。但顾客明显少了。小玲坐在摊子后头点钱。分成两份，装好。

月底，又到了清账的时候，还在小出租屋。一屋子都是牛仔衣裤。会计快速算账，一会儿，算出来了。钟毛子看了看报表，皱眉："这个月卖的比上月少那么多。"米露不相信，拿过来看看，果然少了不少，问小玲。

小玲面不改色："天热，淡季。"钟毛子和米露不懂账，分了工资，作罢，不提。

待小玲出门。米露才对钟毛子嘀咕，"会不会刘小玲做了手脚？"钟毛子道："不会吧，你不是天天也在吗？"米露尴尬。钟毛子发现了，问："你他妈不会偷懒没去吧？"

米露连忙："我去了……就是没那么勤……"

钟毛子狠狠道："你他妈上点心，盯着点，以前嚷嚷着要干服装，老子真给你开了，你他妈又出溜了。别他妈烂泥扶不上墙，让刘小玲那娘儿们抢了茅坑了。咱们才是老板，她就是个打工的。"

米露唯唯，说自己注意点。

卫国走了之后，光明的午饭还是暂时在春荣家解决。学校离家太远，美心不会骑车，一天四趟接送实在吃不消。这日，上午最后一节课下课铃响。敏子和春荣已经在教室门口等光明了。光明见人来，很亲热，上前叫了孃孃和大姐。

谁料两个人却把光明带到校园中间的大松树旁。敏子认真脸，循循善诱的口气，搂着光明："明明，不是大姐不让你在这儿吃饭，你现在中午得回家。"

光明一听，哦，回家？那就回家吧。他本来就不想在春荣家凑合，吃什么没有骨头的肉——豆腐。

春荣站在一旁闷不作声，脸色却沉沉的。要不是敏子特地来提醒，她恐怕还想不了这么深远。离婚和丧偶的妇女，经常有抛弃孩子再走一家的。一旦光明被家文抛弃，他们会很被动。谁养这个孩子？还这么小。

敏子又怜惜地对光明："你不回去，你妈妈可能就不要你了。"

光明忽然意识到问题的严重性。

那不行，必须回家。没人送他，只能自己走。这是他第一次中午放学独自步行回家。

160

放学分东西两队，光明应该跟着东队走。当他走出校门，队伍已经不见踪影。日正当午，光明撒开步子，几乎是小跑着，沿着电厂路向西，到三岔路口，再沿着水厂路向南。人行道旁的梧桐树替他遮阴。可进家门的时候，光明已然一头汗。

美心诧异：“这展子怎么回来了？”

“妈！”光明下意识叫。

家文正趴在缝纫机上抄厂里的报表。她站起来，疑惑地：“怎么回来的？”

“走回来的。”

“谁让你回来的？”

“大嬢和大姐。”光明答。

家文看看美心，还是疑惑：“怎么搞的？”

美心嘀咕：“是不是有什么事？”

光明童言无忌：“她们说，妈可能会不要我，所以得回来。”

说者无心，听者却仿佛遭了个炸雷，从头顶一直打到脚底板。家文搂住光明，靠着门板，放声大哭。她知道人走茶凉，可她怎么也料不到，这杯茶会凉得那么快！那么彻底！

龌龊！猥琐！歹毒！不可思议！这种话怎么能对孩子说！怎么能？

她们错看她何家文了！她就是要饭！也绝不会抛弃这个儿子！这可是她的精神支柱！卫国留给她的宝贝！她一生的指望！

美心在旁边听着，同样悲愤，落泪不止。

光明抬起头，妈妈仍在大放悲声，惨烈异常，眼泪噼里啪啦落下，如抛沙般，打在他脸上，又滚到手臂，终于粉身碎骨。

即便爸爸去世的时候，光明也未见妈妈哭得如此伤心。

“我去问问她们!”家文愤起。

美心拦住她：“问有什么用！人在屋檐下，不得不低头!”美心搂住女儿。

两个女人哭成一团。

电话铃响了，家欢接起来，礼貌地说你好。

“你是何家欢吧?”不礼貌的声音。

“哪位?”工作中的家欢，语气很职业化。

“我是张秋林的未婚妻，很快我们就要结婚了，我希望你不要跟我先生走得太近。”

“未婚妻?”家欢反问，“怎么称呼?”她并没有乱了阵脚。

“咪咪。”那人胡乱答。

家欢说：“你好咪咪，希望你不要误会，我和张秋林只是朋友，多年未见，自从他回国之后，我们统共见了也没有几次，未来见面的机会，我想会更少。不过我想提醒你，既然你是秋林的未婚妻，就应该管理你的未婚夫，不要让他来打扰我的生活。我可以肯定地告诉你，是他主动来找我的，而不是我找他。希望你好自为之。”

电话扑地挂了。家欢放下听筒，有人走进来，递上文件：“何主任，这个需要您签个字。”家欢优雅地接过文件。

电话那头，所谓的咪咪仍旧慌乱，她跟身旁的小姐妹说：“这女的不一般，几句话说得，我倒抓瞎。”

她小姐妹说：“行了，反正完成任务就行。”又补充说，“你这也太能扯，什么咪咪。一听就不像正经人。”

假咪咪道：“我这不是急中生智嘛。”

小姐妹笑：“你这是急中失智。”

小年的工作落实下来，在区武装部，进入征兵小组。建国使了大力。一家人皆满意。老太太问家丽："小年以后就是吃皇粮的人了？跟建国一样。"

家丽回答："是，奶奶，吃皇粮，旱涝保收，不会下岗，比我强。"老太太喃喃说："一代更比一代强。"

两个人正说着话，小年和小冬进门，叫了妈和太奶奶。家丽问他们去哪儿了。小冬说："哥请我吃肉串。"

家丽微嗔："看看现在的孩子，还没赚钱呢，就先学会花钱了。"小年解释："用的是我的退伍费。"家丽说："参加工作了，先请你弟弟吃肉串，怎么没说请你太奶奶吃。"老太太笑说："我能吃什么，一口牙都没了。"小年上前，蹲到老太太跟前："我帮太奶奶揉揉腿。"家丽说："参加工作，就是大人了，得做大人的事说大人的话。"

小年说："妈，我本来就是大人。"

家丽说："我说你就听着，别我说一句你回一句。"

小年不说话，看小冬。小冬吐吐舌头。家丽又问："你爸呢？"小年说他们单位有个同事入党，爸去政审，下长丰县了。

老太太想起美心，问家丽："也不知道你妈在老二家怎么样？"

家丽说："应该没什么道道，光明那孩子好带。"

正说着话，有人跑进院子，慌慌张张地，小冬站起来看，是五姨小玲。小玲反身插上前院的门，蹿进屋。

一头汗，小玲喘大气。

家丽看不惯她这蝎蝎螫螫的样子："怎么了这是，屁股着火了，还是被人追杀了？"

"被人追杀了。"小玲神色慌张。

话音刚落，前门就一阵轰响，有人捶门。小玲更慌张。

家丽喝道："刘小玲，怎么回事？"

小玲简短说："他们说我拿了他们的钱，但那只是我该挣的！"家丽问："谁说，你到底拿没拿？"

“钟毛子，米露，拿了，但那是我应该得的。”

隔着墙头，钟毛子的声音传进来：“刘小玲！你今天不把钱吐出来，就留下一只胳膊！刘小玲，我知道你在里头，跑得了和尚跑不了庙！刘小玲你给我滚出来！”

铁门像要被砸烂。

小玲吓哭了。因为分配不公，小玲便想了个法子——把一部分营业额直接收入自己口袋，结果被米露派来的探子发现，东窗事发。

叫嚷声继续：“刘小玲！要么吐钱！要么留一只胳膊！你跑不了！投降吧！你他妈不想混了就直说！”

小年道：“妈，钟毛子我知道，是田家庵混世的里头的扛把子。”老太太痛心疾首：“老五，你怎么惹上他了！”

小玲东看西看，想要躲起来。家丽说：“你现在躲有什么用？”

老太太对家丽：“老大，救救老五。”

家丽叹息：“看样子，淮南她暂时是不能待了。”

小玲连忙说：“对，我出去，我得出去，到外地去。”

“你倒想出去，现在问题是连家门都出不去！”家丽急得眼都红了。敲门声继续，像打雷。看来今天这个钟毛子也决心下死手。

“冲吧！”小玲挺起胸膛，大义凛然，准备突围。

小年跟着五姨，他喜欢战斗。

家丽说：“干什么干什么？要打仗？打上甘岭战役？阵地战你能拼得过别人？七嘴八舌的，外头起码四五个人，还都是男的。”

小年逞英雄：“妈，我一个顶俩。”

家丽安排：“小年，去院子里把自行车推进来。”小年领命。小冬不敢动，他胆子小。家丽快速进屋，从床铺底下翻出一些钱来。半个月的工资。到客厅。老太太见家丽神色紧张，担忧地：“老大，不能硬拼。”

家丽说了句放心，继续排兵布阵：“小年小冬，你们从后面走，出了门就赶紧跑，听到没有？”

小年问：“跑到哪儿？”

“跑得远远的，越远越好。别让他们追上你们，听到没有？”

“好咧！”小年爽快答应。他刚退伍回来，在部队经常“拉练”，最不怕跑。

“刘小玲，准备跟我走。”家丽临危不乱，“阿奶，你在家别动，你一个老太太他们不敢把你怎么样。”

各就各位。

“准备！”家丽拉开后门，小年小冬蹿出去，撒腿就跑。家丽用力把门一撞，哐当一声巨响。

前院门口的钟毛子听到声音，惊叫：“糟糕，刘小玲从后门跑了！去后门！”一行人绕了个大圈去后门堵人。家丽锁好后门，对老太太：“阿奶，小心点。”又对小玲，“走！”

说着，家丽快速推着自行车从前院出，滑了两步，上车，小玲也跟着跳上车后座。自行车从龙湖菜市旁边的小路穿过，直朝龙园宾馆老三家艺家方向去。

小玲在后座，搂住大姐的腰，赞叹：“姐，你这是调虎离山啊！”家丽不回应，脚下蹬得飞快。一会儿，到家艺家。欧阳和家艺都在，家丽简单说了几句，便说：“欧阳，你带小玲走。”

欧阳有些害怕：“我这么一个壮汉，他们逮到我还不猛打。大姐，这么跑不是办法！”

家艺觉得很没面子，呵斥：“你让开，你不带我带！”关键时刻，还是姐妹管用。十万火急，不是计较的时候，家丽对家艺说：“老三，他们不认识你，现在去通知振民，孩子今天在他那儿我早晨还看到了，让他立刻带孩子来国庆路长途汽车站，快！”

家艺接令，给欧阳一个白眼，立即出门。

家丽再上自行车，带着小玲从龙湖路走，到四海大厦左拐，沿着国庆中路向东，直奔长途汽车站。

到车站，家丽和小玲立刻买票，有什么买什么。看来看去，当天只有去厦门的长途车还有空座，还没发车。买吧。去厦门也得买。两个人买了票，站在候车大厅。家丽把钱包好，塞到小玲裤腰里："就这么多钱了，你装好，到外头，只能靠你自己。"

直到这个时候，小玲才真切地意识到，她必须得走了，去厦门，一个天高海远的地方。她听说有些人会去那里"下海"。

也好。闯吧！

只是离别在眼前，小玲也忍不住有些伤感。

"姐，我真走了。"小玲搂住大姐家丽，眼眶红了。

"走吧走吧，保护好自己。"家丽叮嘱。

"洋洋会来吗？"小玲不敢确信。

家丽抬头看候车大厅的挂钟，发车时间快到了。"会来的，老三去叫了，马上来。"她只能这么安慰她。

分分秒秒，时间跑得飞快。

工作人员喊检票，刘小玲朝外头望着，一点一点朝检票口挪。终于，检票进站。小玲泪崩，家丽也哭。

老五得罪的不是一般人。在淮南这个地头上，她很难混了。好在树挪死，人挪活。家丽想，躲过这一阵，小玲还可以回来。实在不行，就让建国去潘集或者八公山帮她找一份工，去西部发展。老五还不肯走，伸着脖子，等待着儿子洋洋的到来。

工作人员又催促了一下，车快发了，她必须上车。

刘小玲恋恋不舍上了车，坐在车窗边，向家丽挥手。家丽朝她摆摆手，泪中带笑，目送车子离开。

家丽慢慢转身，朝外走。

振民、家艺带着洋洋气喘吁吁跑进候车大厅。

"人呢？"振民激动。

家丽抬头看他："走了。"

洋洋顿时大哭："妈妈妈妈我要妈妈……"

汤振民失魂落魄站在原地："我去找她，她坐的什么车？"

"别添乱了行不行？"家丽大声。

振民不吱声，家艺安慰他。

家丽说："你现在最重要的就是把孩子带好，其他的你帮不上忙。"说的也是事实。这一刻，汤振民有点后悔离婚，但一切已经来不及。

161

小年和小冬一直跑，跑过火车站，跑到体育场。草坪上，两个人弯腰喘大气。"行了吧？"小冬说。小年朝身后看看，没人："这帮渣子！"

小冬说："哥，给我买瓶汽水。"

小年表示没问题，只是体育场附近没有小卖部，两个人朝一中走。学校里有。

"到一中了？"小年忽然问。

小冬说是。小年打了个手势："走，进去看看。"

小卖部，小年买了不少零食，用个袋子拎着。小冬跟在后头。下课了，教学楼闹哄哄的。刚月考完，楼梯口放着名次牌子。汤小芳赫然在列，第一名。小年指着那牌子，问一个路过的同学："汤小芳在哪个班？"

"二班。"

小年带着小冬朝走廊东头走，二班在最里面。教室窗户口，小年打量着。教室内，小芳一抬头，看到了他，连忙出来。

"你怎么来了？"她神色有些慌张。

"路过，给你送点吃的。"说着送上零食。

小芳接了。坐在最后一排的几个男同学起哄："汤小芳，你对象？"小芳回头瞪他们一眼："闭嘴！"

男同学继续说："哪个学校的？"

小年站上前去:“老子工作了,怎么的?”

“那就是社会油子呗!”

“老子是军人!”

男同学是学校霸王,在学校从未有敌手,一见小年这态度,讪笑道:“骗他妈屁,你是军人?你是军人我就是将军。”

话音未落,小年一个箭步冲到教室后门,拳头跟着上去。三拳两脚就把学校霸王打倒在地。

汤小芳嘶喊:“别打了!”

送走小玲,家艺回家,进门,欧阳迎上来。家艺没给他好脸。她对他不满意,关键时刻,他犹豫了,退缩了,这比一蹶不振还糟糕。家艺觉得这样做,很不男人。

欧阳给她倒水。

家艺一口闷了,气鼓鼓地。

“别生气啦。”欧阳求饶。

“行了你。”家艺说,“以前你不这样,现在婆婆妈妈的。”

欧阳道:“我错了,一时糊涂。”

家艺恨道:“你知道你这是什么行为吗?这要是在战场,你就是叛徒!是逃兵!要军法处置!”

欧阳问:“老五人呢,我去安排。”

家艺问:“还安排什么,走了。”

“去哪儿了?”

“厦门?广州?或者不知道哪个地方,下海了。”家艺说,“老五都比你有闯劲,你生意失败了,就知道往床上一躺,当猪,人家老五呢,下海,继续干,你行吗?”

欧阳打起精神,说大话:“我明天就去深圳,那边有几个朋友,我就不信闯不出一片天来。”

家艺不耐烦:“行了!说你胖你就喘,去深圳,家不要了?老婆不要了?孩子不管了?能在家门口干好就不错。”

欧阳觍着脸："听老婆的。"

"说了多少遍，男人得有个男人样子！"家艺强调。

欧阳有些无奈。家艺理想中的爱人，应当是个大英雄，但他却时常软弱。

晚间，何家。建国来了，详细问家丽老五的情况。

"下海了。"家丽说。

"过一阵得回来。"建国强调。

老太太心宽："看她自己的命吧。"

建国给老太太夹了一块鸡肝："奶奶尝尝这个，软，容易嚼。"

家丽批评："阿奶最近胆囊疼，吃这个，找病呢。"

老太太怕驳了建国面子，笑说："一点点也不妨事，还是建国有心，知道我喜欢这个。人活年龄大了真没意思，吃不能吃，喝不能喝，走不能走。"说着，咬了一点，尝尝，说味道不错。

小冬闯进门，神色慌张："爸，妈！哥被抓了。"

家丽神色大变："被谁抓了，哪儿呢？"

洞山派出所，小年和"受害者"坐在板凳上。家丽和建国进门。家丽冲上去搂头给小年一巴掌："你干什么呢？又打架？你多大了?!"

小年捂着头，委屈："妈，你怎么不问青红皂白。"

汤小芳从外面走进来。身后跟着秋芳和为民。

家丽一愣："你们怎么来了?"

派出所所长建国认识，两个人打招呼，建国又问情况。

问清楚了，属于聚众闹事。但因为发生在学校，性质严重一点，有可能影响到"受害者"和汤小芳。毕竟他们还在那儿上学。受伤的孩子鼻青脸肿，需要治疗。他妈妈不依不饶，家丽和建国态度良好，认真道歉并且提出补偿方案。对方家长才作罢。

小年不干："爸妈，凭什么我们赔，他侮辱人应该向我们道歉。"

家丽大声："你打人就是不对！"

秋芳有些不高兴。因为小年，汤小芳一晚上没机会看书，高考临近，每一分每一秒都特别宝贵。

处理完毕，两家六口人朝外走，都要回龙湖菜市。建国找单位要了车，面包车，坐得下。六个人张罗一起回。

上车了，坐成两排。

秋芳随口问："小年这就算参加工作了吧？"

"在区武装部。"家丽答。

为民也说这工作不错。

建国说："就那都没长大，还打架闹事，像什么样子。"

秋芳问："今儿个到底怎么回事？前前后后我都没明白。"

小年说："我去找小芳，那人侮辱我，三句不合，就动手了。他是校园一霸，我这是为民除害。"

建国一声喝："谁让你除害？谁给你权利除害？"

秋芳却只听到前面半句，她轻声问："小年，你去找小芳干什么？"小年转头，一时语塞，解释不清。迎面一道车灯打过来，照到小年身上，一亮。小年脖子上那块玉观音露在外面，跟着一闪。秋芳忍不住问："小年，你戴的什么？"

小年连忙把玉观音往衣服里藏："没什么，辟邪的。"

家丽圆场："刚才在派出所不是说了嘛，路过，去看看。"

秋芳深吸一口气。

晚上睡觉前，秋芳坐在镜子前梳头发。为民已经上床了，放好他那只瘸脚。"你没发现什么？"秋芳问。

"睡吧，太累了今天。"

秋芳转过头，郑重地："你还无动于衷？"

"事情不是解决了吗？"为民不懂秋芳的神经质。

秋芳拉开被子，上床："明面上的事情解决了，但还有潜流和漩涡。"

"搞不懂你们知识分子。"

"你这么个恋爱专家还看不出来？你女儿早恋了！"秋芳激动。"小点声。"为民安抚她。

秋芳忧心地："小芳那块玉观音，正戴在小年脖子上呢！今天又去学校看她。"

"别那么封建，当初你我在一起，不也是冲破重重阻碍。"

"少扯我。"秋芳说，"阻碍什么了？我找你，你还不愿意呢。"

"我现在不是愿意了嘛。"

"你愿意了！那也是我精诚所至金石为开。我怎么当初非迷上你了。从头看到脚，现在我是看不出什么优点。"

"卤水点豆腐，一物降一物，孩子们事，让他们自己处理。"

"你什么意思？你还想跟何家做亲家，老三那事你还没闹腾够？你看振民回来有没有一点精神。洋洋又带来了，估计他妈又要搞演出。"秋芳还不知道小玲已经下海。

"明天说行不行？"为民太累。

"你女儿今年高三，马上要考大学！这是一辈子的大事！怎么能分心？"

为民笑道："人各有命，当初你完成这大事，不也挺轻松嘛，小芳肯定随你。"

秋芳关灯，躺下。她发现跟为民越来越谈不到一块儿。次日是周末。早起，按理，洋洋该送回老五那儿。吃完早饭，秋芳见小玲还不来接，便问振民："老三，洋洋妈今儿个不过来啊？"

振民见瞒不住，这才把小玲下海的事说了。秋芳吓一跳，这么大的事，就发生在昨天，家丽两口子也是，憋着不说。

"下了就不回来了？"幼民在旁边，问。

"说不好。"

幼民冷笑："我看不是有人追杀讨债，根本就是演戏，故意的。"

丽侠用胳膊肘捣了丈夫幼民一下，意思让他说话别这么难听。幼民刹不住口闸，继续说："当初还非要孩子，不想养就直说呀，我们汤家不是养不起。"

秋芳听不下去，打断幼民："老二，你跟丽侠去看看二店，那边正在装修，你去掌掌眼。”幼民只好跟丽侠出门。

为民从前院走进来，叹口气：“老三，你也别发愁，洋洋还是跟我们。”振民说：“我倒不是愁孩子。”

为民说：“那你愁什么？还想着何家老五？人家都走了，过去了，你现在只能往前看。等孩子大一点，再找一个，好好过日子。”为民一直为弟弟担忧。振民没有生活能力。现在还能在老宅凑合着，但不能这么凑合一辈子。霹雳舞不流行了，振民的青春魅力也逐渐褪尽，毫无防备地，汤振民成了中年人。混混沌沌，负重前行。然而刘小玲似乎还在青春期。这一夜，汤振民想了很多，他甚至想，如果他跟小玲一起走会怎样。就好像那回一起去广州参加比赛，那些风采飞扬的日子……他甚至有些羡慕小玲，还有这么一个从头开始的机会。虽然一切都是未知。

为民对振民：“去，帮你嫂子把液化气换一罐。”这些重活，为民干着不方便。振民得令，闷头去做。

刚拎着空罐子走了没两步，眼前一黑，他倒在地上。

秋芳先发现的：“老三！怎么回事?!”为民也连忙过去一探究竟。叫了救护车，送到医院，确诊，老三也得了严重的糖尿病。头天晚上丽侠带回来的即将过期的牛角面包，振民没少吃。病房门口，秋芳和主治医师交流完毕，深呼吸。为民来问情况，秋芳说：“你们姓汤的，简直中了魔咒了，难道无一幸免?”

为民也有些紧张。很快，秋芳安排体检，为民、幼民、小芳和洋洋都做了检查。孩子没事。为民有点轻微征兆。幼民完全健康。秋芳说，振民恐怕得一辈子吃药打针了。

162

每个月，美心都要回家一次。一般选在开工资那天，去酿造厂开了工资，然后回家打一头，住一夜。问问情况，也看看老太太。只是这次回来，家里气氛不太好。老太太一个人坐在后院，无精打采，对着盛放的月季花。美心从后面走上前，问：“妈，你不舒服?”老太太转头看她，眼神浑浊：“回来啦，没事。”

“老大呢?”

“出去卖酱菜了。”

“最近生意怎么样?”

“还不错。”

美心还不知道老五的事，她在老二家，消息闭塞。家丽本打算等到八月十五聚会时再说，免得她太受刺激。

“老五走了。”老太太没打算藏话。

“什么意思?”美心问。

“离开淮南了。”

“什么?”

“下海。”

“哪个海，什么海?”

“南方，厦门。”老太太还有点失落。六个孙女，从未有人走那么远。美心着急：“妈，你说清楚！到底怎么回事!”

胜发大厦门口，宏宇和方涛站在车外抽烟。

宏宇得意地：“怎么样，消停多了吧。”

方涛笑呵呵地："有你的，的确风平浪静了。"

"四哥，我跟你说这是小意思，就那么点事，男人在家，就要称王称霸。"

方涛揶揄："你做得了家喜的主？"

"怎么做不了，我让她在家待着，她不就在家待着。"

"她跟你妈休战了。"

"各过各的。"

"你现在是哪一头的？"

宏宇连忙："当然跟家喜一头的。"

车站村，宏宇家，家喜已经有日子没见婆婆了。即使偶尔晾衣服，在阳台上远远瞧见了，她也装看不见。她现在愈发觉得，婆婆王怀敏过去根本不是什么艰苦朴素，她就是双重标准。过去非要给小曼用尿布，说是祖传下来的，能一直用，可现在呢，弟媳妇一说尿布不好，她立刻换了尿不湿，还自己掏钱买。

快了，家喜怀揣希望。马上，香港一回归，她婆婆王怀敏也该退休了。到时候，她很可能继续回五一商场上班。有工作就好多了，能挣钱，白天还能打发时间，接触社会，不用跟公婆同一屋檐下，好歹算个解脱。她想买房，搬出去。宏宇不是不努力，但暂时还看不到巨大效果，只能忍。

"家喜。"王怀敏敲门。

家喜老不情愿开了门。

王怀敏带着笑脸："家喜，有个事跟你商量。"

无事不登三宝殿。

家喜不说话，等着她说下文。

王怀敏道："你弟妹的妈要来淮南看病，能不能借你们房间后头的小屋住住？就几天，凑合凑合。我们那边实在住不下。"

家喜顿时火冒三丈，但又不得不压住，笑说："妈，要住，我没意见，但我得提醒一句，那屋子可是冬冷夏热，别病没看好，又住出新毛病来了，最好是住宾馆，反正也没几天。”

王怀敏被噎住，只说，到时候看。

家喜气得晚饭没吃。待宏宇回来，她把火一股脑撒出去。宏宇挨着打受着骂，还是不理解家喜的过分自尊。

“亲戚不就是这样，你帮我我帮你。换位思考，如果是你妈病了，需要一间房暂住，我大哥他们肯定也愿意让出来。”

“没那天!”家喜开始收拾东西。回家！她要回家住。这次回娘家，她是铁了心，如果没有一个明确的说法，她绝不再回婆家！

电视里在重播香港回归文艺晚会。过去有阵了，但热潮还在。

老太太、美心、家丽三个女人坐在电视机前，开始都不说话。终于，美心率先打破沉默。

“家丽，老五的事你打算瞒我到什么时候?”

家丽解释地：“妈，那时候你不在家，这不没来得及跟你说嘛，事发突然，那天来了那多人，老五不得不走……”

美心不高兴：“那也应该第二天告诉我，哦，我的女儿，突然走了，失踪了，去什么厦门，我隔了这么多天才知道。”

“妈——”

美心继续抱怨：“当初我就不想去老二那儿，你们非让我去，现在好了。”

“根本两码事情。”

“老二那小子也不听话，放学回来，我让他吃饭，他非要做完作业才吃，饭都凉了，还要热！反反复复。”

老太太劝：“愿意做作业是好事。”

“还有酱菜摊子，生意掉那么多。”这才是美心的重点。

“都是按照你的方子做的。”

“这事不提了。”美心老大不高兴，“香港都回归了，我们家却有人跑了。”

有人进门，是老六家喜，带着泪。

美心心疼："怎么了这是?"

老太太也问情况。家喜见到亲人，放声大哭。家丽心里本来就毛，家喜一哭，她更着急："老六，有事说事，哭什么！多大的人了，有什么不能解决的。"

家喜哭嚷着："王怀敏……王怀敏欺负人……"

后院，小年靠墙站着，朝汤家后院方向看。汤小芳出来了。小年吹了声口哨。小芳说："你别惹事了。"

"你给我个准信。"

"不行。"

"我上班了，有工资，要不我支持你吧。"

"支持我什么?"

"支持你读大学啊。"

"用不着，我又不是穷困儿童。"

秋芳从里屋出来，看到小芳和小年说话，先轻喝，让小芳进屋。又严肃地对小年："何向东，"她叫他大名，"能不能跟我们家小芳暂时保持距离？她马上要考大学，不能分心。"

"我知道。"小年不怕生。

"谢谢理解。"秋芳很有礼貌。

"芳姨，"小年说，"我和小芳有在一起的打算。"

秋芳惊得差点没站稳，她怎么也想不到小年能说这样的话。稳住，必须稳住。如果在平时，秋芳可能还会礼貌地周旋一番，可对小年这样的孩子，她必须直接。

"你们不合适。"秋芳给出明确答案。

"为什么?"小年刨根问底。

秋芳不知道怎么答。

"就因为我妈曾经和小芳爸谈过？所以两家就有仇了?"小年知道很多，"一辈是一辈。"

秋芳被气得浑身发抖，这事都过去多少年了。不行，今天不能被一个黄毛小子击倒。

秋芳定住心神："我问你，小芳是不是要考大学？"

"是。"

"她考了大学是不是要去外地？"

"我可以等。"

"别傻了。"秋芳笑笑，"小芳将来要像她舅舅一样，去外国留学，回不回来都不一定。你一直等吗？向东，你们不可能的。你们都还很年轻，很多东西都没定下来，变数很多。没有什么天长地久的。说了，只不过是自己感动自己。路，没有好坏，都是人走的，只是你们根本不是一条道上的人。"

这下把小年说住了。

小芳从纱门里探出个头："妈，走不走？"她们要去外婆家。秋芳不再恋战，转身回屋。

小年一个人留在院子里，若有所思。

一盏月亮高悬，皎洁皎洁的，就差那么一角，尚未圆满。

刘妈家，一桌子菜，中间是秋林最喜爱吃的老鸭烧豆。正经中秋汤家要聚，所以刘妈提前做出一桌，和儿子、女儿、女婿过节。

刘妈搲了一勺黄豆到秋林碗里。

为民和秋芳对看一眼。

刘妈又连忙给他们布菜。一碗水端平，不偏不倚。

秋芳笑说："行了妈，给你儿子吃就行了，我们吃不多。"

为民有糖尿病，老鸭烧豆里必放冰糖，所以为民不能多吃。秋芳是医生，食盐摄入量一向控制严格。老鸭是咸鸭。她也不愿多吃。秋林也不客气，吃完碗里，又搲了两勺豆子。刘妈见火候差不多，便朝秋芳使了个眼色。秋芳不抬头，正常吃饭，装作不经意，说："小林，我们医院那个小护士怎么样？"

"哪个小护士？"秋林抬头，一脸茫然。

"就我给你介绍的那个，圆脸的，漂漂亮亮的。"

秋林继续茫然，还是回忆不起来。

弄得秋芳节奏被打乱，只好解释："照片给你看过了，还给了你电话号码。"

秋林嘴里还有饭，停了半秒，恍然大悟："哦，那个，还没见呢。"秋芳装作不高兴："你也上点心！总不能让人家小姑娘约你！"刘妈也跟着道："对对，小林，不是妈说，你也该有个人照顾。"

秋林嘟囔："不是有妈呢嘛。"

"妈能照顾你一辈子？"刘妈着急。

"那有什么不能的。"

"妈多大你多大？黄土都埋到妈脖颈了，你人生才刚开始。"

为民和秋芳都连忙："妈——"老年人怕死，怕提死，刘妈一向回避。但为了儿子，刘妈直面。

秋林放下筷子，上课般："根据科学研究，人的寿命，是随机的，不是说老年先死，年轻人后死，都不好说。"

呸呸呸！刘妈先吐三声："这孩子！"

秋芳看不惯，对弟弟说："小林，注意点，端正态度，把妈气出个好歹，你负责？我们这都跟你说正事呢。"

秋林道："姐，我态度很端正呀，所以我当初就不太愿意回小城市来，小城市的人际生态十分畸形，他们不放过任何一个未婚者，哪怕是像我这样离过婚的，也必须早点再婚，所有人才能安心。"

为民问："小林，你不打算要孩子了？"

秋林不说话。这是他的心病。对于婚姻，他犹豫不决，但他始终想要个孩子。

秋芳见弟弟动摇，趁热打铁："不能等了，抓紧，你再能，总不能自己生吧。"

秋林闷头继续吃饭。

秋芳又说："小护士是不是不喜欢？"

秋林憨憨一笑。

“不喜欢就说不喜欢，”秋芳飒爽，“不用拖，还可以再介绍别的。”

秋林说：“缓两年。”

刘妈道：“需要有过程，不用缓，就算现在见，种下种子，到开花结果，怎么也需要两年了。”

为民朝秋林使眼色，让他知难而退，先应承下来。

秋林只好说：“先见着。”

没几日，秋芳果然安排了一场见面，在华联商厦旁边的咖啡简餐店红茶坊。淮南最时髦的约会场所。年轻人都喜欢来赶个时髦。周末，下午两点，刘妈帮秋林好好打扮一番。秋林不耐烦：“妈，这么郑重，还西装，别人还以为我对她有意思。”

刘妈道：“有意思怎么啦，就算没意思，穿得周正点，也是尊重。”秋林只好就范。叫了车去红茶坊，一进门，服务生领他到靠窗的位置。秋林坐下，一抬头，却看见家欢和家喜姊妹俩坐在对面桌。四目相对，家欢也看到了他。

秋林浑身一紧。

163

家喜提示：“姐，秋林哥。”

家欢半低下头：“装没看见。”

家喜心情不佳，家欢陪她逛街解闷，累了，进红茶坊喝喝咖啡。正说着，门口进来个女子，迎面走来。秋林看着似乎就是跟他相亲的那个，跟照片上有点像，准备起身打招呼。

那女子却径直走向家欢那桌：“何副主任，这么巧。”她笑着对家欢。

是财政局的卢翠芬，跟家欢一个办公楼。

家欢寒暄两句，问她怎么来了。女子小声："相亲，男方好像还没到。"又自嘲，"真有些不好意思。"

家喜鼓励："正常，什么年代了。自由恋爱不靠谱。"是场面话，也有自身体会，她就是自由恋爱，恋成现在这样。

家欢问："男方是不是来了？叫什么？"

"张秋林。"卢翠芬一贯豪爽，"电子八所的副研究员。"

家喜抿嘴笑。家欢指了指秋林的方向："是不是那边那个？"

卢翠芬这才恍然，去相认，果然是。两个人坐下来好好谈，家欢却坐不住，拉着家喜悄悄出门。秋林余光所及，想去追，可整个人被卢翠芬的话罩住，不得脱身，只能作罢。

胜发大厦，家欢和家喜在看衣服。家喜没头没脑来一句："姐，我怎么有一个感觉。"家欢没在意。家喜促狭地，"我感觉秋林哥心思在你身上。"

手里的衣服差点掉地上，怒目而视，家欢喝："别胡说！"

没想到姐姐反应那么强烈，家喜连忙："我就是那么一种感觉。"

家欢严肃地："我什么身份，他什么身份，能瞎感觉吗？"

家喜解释："姐，我说的是单方面的，你看他刚才过来跟我们打招呼，紧张。"

"那是他相亲紧张。"

"不对。"家喜反驳，"我们离开的时候，他眼神也跟着走。"

"行了！"

"不说不说。"家喜换话题，"姐，你说我这怎么弄啊？"

"什么怎么弄？"

"班没了，总得干点事。"

家欢说："我不是跟你说了吗，把妈那个酱菜摊子继承下来。"

家喜无奈地："我当初就是不想做酱菜酱油，才没去酱园厂，现在又绕回来了？不干。"

“那你想干吗?”家欢觉得妹妹有点不踏实。

“开服装店。”

“老五做服装，结果你看到了。”

“她那是跟人合伙，遇人不淑，她自己手脚也不干净。我是单干，自己做老板娘。”

“本儿呢?”

家喜摇家欢的胳膊：“我这不是找四姐想办法呢吗，哎，你们那儿能不能给我贷点，算扶持个体。”

“我们只对公。”

“对私就不行?”

“不行。”家欢在公事上不含糊，“就不能去你婆婆那儿想点办法?”

“不想靠她，靠不上!”一提到王怀敏，家喜就来气。

家欢虽人在信托公司工作，但钱不是她的。要借钱，对公是不能借，她私人，实在没有。日常开销不小，她存不下来钱。但既然老六开口，她还是答应拿出一点来作为支持。

晚间，老六回龙湖菜场的家，宏宇找过来，带着小曼，臊眉耷眼的。老太太、美心和家丽在，围着宏宇。家喜态度坚决，不回婆家。老太太唱红脸，对家喜：“老六，该回去了，宏宇都来了。”美心唱白脸：“那不行，起码得有点表示。”

宏宇问什么表示。

美心为女儿着想：“老六总不能老这么闲着，得有事情做。”

宏宇道：“带小曼都带不过来了。”

美心不乐意：“宏宇，你这种思想特别落后，我当初生了那么多孩子，也照样工作，几乎是一天不落，还得了三八红旗手。”

家喜有人撑腰：“你是多大的富豪？老婆都不用工作了。”

宏宇分辩：“那时候不是有老奶奶帮妈照顾孩子嘛。”

见进了圈套，家丽这才说：“奶奶能帮妈照顾孩子，你妈就不帮你照顾照顾孩子。”宏宇说不出口，他的亲妈王怀敏还要照顾孙子。家丽点破：

“都是闫家的后代，这么做，也太明显。”

宏宇低头。

家丽继续说：“宏宇，这个都是老三篇，就不提了。马上小曼也可以上幼儿园，能放手了。不过家喜的工作，你得找找路子。”

宏宇为难：“大姐，我自己老婆我还能不上心嘛，现在厂子都不行，路子也难找。”

家喜立即：“我单干！开店，路子现成的，就开服装店。”

这话家喜跟他提过，他不太赞成。闫家人老几辈都是上班的人，没做过生意。

家丽道：“没有人场，帮个钱场也行。”

话终于点明。宏宇也是聪明人，不再多说。讨论的结果是，闫宏宇带着小曼先回去，资金上想想办法。家喜暂时住在娘家。

谁料宏宇回去跟他老娘王怀敏一提。他老娘立即横眉竖眼：“要钱没有！要命一条！”又数落儿子，“你是一家之主，你就治不住她？这日子怎么过？”宏宇好生为难，只好另想办法。

何家，老太太睡觉轻，一个人睡一屋，家丽带着小冬睡一个屋，上下铺。家喜来了，跟美心挤一张床。光明升初中，考了个全校第六，正好田家庵第四小学有十个升二中的名额，光明位列其中。美心在老二家的生活告一段落。

躺床上，美心手里拿着个扇子，帮家喜扇风，娘儿俩小声说话。

家喜犯难。美心道：“放心，谁不帮你，妈都会帮你。”

家喜不好意思地：“妈，怎么能要你的钱，都是一分一分累出来的。”

“什么你的我的，分得清吗，你们都是我生下来的，那你们都是我的，能这么说吗？再说，我挣的，最后还不都是你们的。”

家喜说：“那不一样，姊妹六个呢，给谁不给谁，这是大问题，最好一碗水端平。”

美心向来偏老小一些，原因简单，只有家喜是她亲自带的。她亲切，觉得跟自已近。“我说端平就端平，我说给谁就给谁，再说，我这是偷偷给，谁知道，你自己也不会傻到到处去说吧。”

家喜一把搂住妈妈，亲一口：“谢谢妈!”

美心细细分析：“你大姐，我们帮得够多了。老二，我也是刚从她那儿回来，好歹孩子拉扯大了。老三，富过，现在穷了，但也不需要我们帮衬，他们两口子有办法，也好强。老四工作最好。老五在外头，眼不见心不烦。只有你，当初你大姐劝你别跟宏宇，你不听，现在尝到苦头了吧。”

家喜背朝她：“妈，现在说这个还有什么意思，都有小曼了，总不能跟老五学，离婚。”

“那不行!”美心连忙。

家喜道：“大姐有时候控制欲也太强，跟谁结婚，参加什么工作，大事小情都要管。但实际情况她也未必了解。”

美心劝：“你大姐也是为这个家。”

家喜哼哼一笑：“她就一点私心没有?”

美心没接话，扇子不动了。

洗手间，欧阳坐在木头方凳上，面朝镜子。家艺站在他背后，手握个推子。碎头发不断从欧阳头上掉下来。现在爷儿俩的头发，都归家艺剪，省钱。

“不用那么正式吧?”

家艺不满他的不严谨：“形象也很关键，这次这个机会多难得，原本是国营澡堂子，现在愿意对外承包，不少人抢，都在暗暗使劲，这托了多少人，才能跟这个冰棒厂老厂长的夫人吃个饭。你还不重视?”

“真要干澡堂?”欧阳没什么信心。

“不是考察了一圈，你能干什么?”家艺问。

“就干这个。”

“你还不情愿?”家艺放下推子，“那不干了。”

“别啊，我干我干。”欧阳嬉皮笑脸。

“怎么感觉都像在为我忙似的，欧阳宝我告诉你，哪怕你有一丁点勉强，咱们都不要做，都停止。”

“哎呀夫人，我没这个意思，完全是误会。”

“为了你这东山再起，我操多少心。”

“我知道我知道。”欧阳连声说，“这不是怕你累嘛。”

“我是怕累的人吗?”

“不好说。”欧阳嬉皮笑脸。

家艺手一抖，剃掉一个角。欧阳捂着头。家艺强词夺理：“就这样很好，时髦。”

金满楼，何家艺领着欧阳进包间。跟冰棒厂老厂长夫人这条路子，是家艺麻将外交的结果。夫人五六十岁，但保养得不错。老厂长以前做冰棒厂，退下来之后，大儿子继任，小儿子承包了面条厂，女儿承包杂品厂，一家子都做食品行业。这个老澡堂，占一个位置好，但他们都嫌累，不愿经营。家艺敏锐地捕捉到，此处有“金矿”。在家里她跟欧阳分析：“是人就得洗澡吧，马上天冷了，更是得去澡堂洗，那一片，就那一个澡堂。要是办得好，咱们龙湖这一片的人都能吸过去。”

厂长夫人见人来了，打招呼。她旁边坐着个中老年妇女，竟是廖姐，怀里抱着个孩子。她不是在前锋做?怎么跑到老厂长夫人旁边了。家艺容不得多想，连忙迎上去。

厂长夫人笑道：“我孙子，老脱不开手，这是廖姐，我们家的保姆。”家艺不好细说，装作第一次认识，伸出手：“廖姐。”

廖姐连忙点头问好。

一顿饭，家艺和欧阳使出浑身解数，把厂长夫人招待得万分周到，好话说尽，捧得高高的。末了，夫人笑吟吟地：“这事我说了不算，老朱说了也不算，回去得问问我儿子，要是能行，我让廖姐给你送钥匙去，你们把承包费用准备好。”

有这话，算成了七八分了。

回到家，欧阳反倒有些感叹：“你看看，人有什么意思，一个保姆，现在好像反倒翻到我们上头去了。”

家艺保持理性：“正常，十年河东十年河西，起起落落无非这样，我看廖姐还是向着我们的，对我们有利。”

欧阳双手圈住家艺：“我老婆是女诸葛。”

家里座机响，欧阳去接，跟着就叫家艺过去。

“老五!”欧阳捂住听筒，小声，眉目间都是紧张。

164

家艺迟疑一下，对欧阳：“你说。”

欧阳又松开听筒，跟老五对话。

电话那头，老五声音略微有些颤抖：“姐夫，姐呢?”

“哦，你姐……出去了。”欧阳说，“你在哪儿呢?”

“广州。”

“没去厦门?”

“换地方了。”

“在广州干什么呢?”

“在广州火车站。”老五没细说。

“什么时候回来?”欧阳问。

老五没接话。不混出点模样来，怎么有脸回来。

“姐夫……那个……能不能给我打点……钱。”

欧阳对家艺使眼色，说老五想要钱。家艺一把接过听筒：“喂，老五吗?”

小玲连忙说是。

“你要多少?”

“两百。”

“卡号给我。”家艺出奇的爽快。

小玲感激涕零：“谢谢姐。”声音哽咽。

家艺道：“别谢了，我是你姐，不过小玲，你姐夫生意砸了，我们也困难，只能救急不能救穷，你在外头多保重。”

“知道知道。”小玲连声说。

挂了电话，家艺叹息，她感叹老五命运的乖张，多半因为自己作。“姊妹几个，她的工作最好，顶替爸的位子，本来给老四的，后来还是给她。就是考虑到她傻，结果呢，一路傻到底。”

“也许傻人有傻福。”

“真有福就不会来这个电话。”

“那你还给。”

家艺怒目：“你废话，要是你妹打电话来问你要钱，你能一个子儿不给？何况老五现在这个情况。”

欧阳嘀咕：“我不是没妹嘛。”

“我就是打个比方！”家艺忽然觉得欧阳孺子不可教。这脑子，也不知以前怎么发财的。时来天地皆同力，运去英雄不自由。家艺甚至感觉，自己要是个男人，比欧阳强。

欧阳分析：“估计老五遇到困难了。”

家艺太了解妹妹，一针见血，忧心忡忡：“何止困难，估计断顿（方言：吃不上饭）了。”

家艺考虑再三，还是决定把老五的情况跟大姐说说。钱，两百不多，她虽然穷，但给也就给了。只不过家艺不愿意把好事做在暗处。

小年正式上班后，家丽不再卖菜。小冬上高中，关键时期，她看着他，希望能提高点学习成绩。小冬上三中，在街里，离龙湖近，因此家丽还是带着他住娘家。小年和建国住在军分区。区里马上分房，在新龙湖小区，建国和家丽商量了一下，决定如果有机会，还是应该往市里搬搬，在洞山住着，实在不便。

这日，美心去卖酱菜，老太太坐在床上打盹，上九十了，精神头一年不如一年。家丽看着绿豆稀饭，怕潽了。家艺进门，叫了声大姐。家丽打招呼。

家艺直接说："老五来电话了。"

家丽两眉一蹙："她怎么样？"

"来借钱。"

"不能乱借。"

"就借两百，估计断顿了。"

家丽叹了口气："出去了，咱们就管不着了，只要不违法乱纪，哪怕少点吃少点穿，都没什么。老五也该吃吃苦。"又说，"钱我补给你。"

家艺道："干吗呀大姐，我又不是来要钱的。"

"你现在也难，我知道。"

家艺说："姐，我跟欧阳可能要开个澡堂。"

"哟，新鲜事物，现在都叫桑拿房了吧。"

家艺靠得更近："就是老冰棒厂的澡堂，我们干。"

"好事。"

"就是营业执照说不太好办。"

家丽说："行了，我帮你问问你姐夫，先说好，不打包票。"

"谢谢大姐！这个家你说说，没有大姐，还怎么运转。"家艺给大姐灌迷魂汤。

这一年赶着好几个大考试。光明小学升初中。隔壁汤家的汤小芳考大学。暑假，小冬回军分区住，小年也在。光明确定了上二中后，家文就把他送到洞山大姨家，让两个大的带带他。家艺也把枫枫送过去。家欢看老二老三都送，便把成成也送去。家丽为一碗水端平，本想把洋洋也接过去，老五不在，她这个做大姨的，总得关照关照。可振民不同意，说洋洋要补习。

家丽不强求，话说到为止。

家喜果真在淮师附小门口盘了个店，做服装生意，专卖时尚女装，去常熟进货，打门牌，跑执照，都是她操持，宏宇打打下手。很快，斯芙莱女装店开门营业。美心带头送了个花篮。姊妹们也各有各的礼物送去，算贺礼。美心喜欢，见人就宣传，说去斯芙莱呀，女装。可惜她的圈子多半是些中老年妇女，斯芙莱没有一件适合她们的衣裳。但美心强调，家喜会做生意，随她。

美心还搀着老太太去店里看了一趟。

现在老太太基本不出屋，偶尔在后院晒太阳，年纪太大，动步就累。去趟店里，跟长征似的。到了地方，东看看西看看，她问："老六，你这儿怎么全是黑衣服。"

"时髦女人都是穿黑，现在你到纽约、巴黎的街头去看看，那儿女人都是一身黑的。"

老太太笑道："还纽约、巴黎，我最远就去上海，上了年纪，田家庵都没出过几次。"又抬眼瞧，"我就看着跟丧服似的。"

美心帮女儿解释："年轻人的世界，咱们不懂。"又对家喜，"老六，看有没有你奶能穿的，弄一件。"

老太太连忙："不要不要，没有我能穿的，哎呀这些个裁缝做的，说实话跟我年轻时候的手艺比，差远了，常胜裁的皮毛坎肩也比这强。"

家喜不放弃，到后面小仓库一番扒拉，到底找出来两件。一件是立体剪裁加肥加大的棉衬衣，黑色印着暗花，仔细看，是梅花图案，给老太太的。一件是黑色针织衫，薄款，只是两臂是蕾丝镂空的。给美心。老太太担忧："哎哟，这个颜色。"

家喜忙说："显瘦！"

老太太笑道："我这个年纪，还什么胖瘦的。"

美心担心蕾丝穿不出去，"这胳膊漏风。"

家喜苦口婆心地："我的亲妈，我还能害您吗？这是最时髦的款式，年轻人能穿，中年妇女也能穿。"

"我可是老年妇女了。"美心还有点自知之明。都抱了那么多外孙，可不到老年了。

家喜小嘴甜："妈，你这充其量是中年，一不留神还算中青年，穿这个没问题，我跟你说妈，我都听说，还有不少男士仰慕你呢。”

“胡咧八扯！”美心轻轻打家喜一下。当着婆婆的面，她一向注意。没影的事乱说，也成有影了。

老太太看衣服，装没听见。

到家，家丽在厨房忙活，又是绿豆稀饭。她现在是娘家的厨师，负责伙食。美心嘀咕：“老大，能不能换换吃，这绿豆吃得脸都绿了。”

“夏天吃绿豆解毒。”家丽笑着坚持。

美心朝老太太嘀咕：“真是吃不到一个锅里。”

老太太没说话，装作又没听见。一辈子，在吃这个问题上，婆媳俩没少摩擦。美心喜欢吃肉。老太太年轻时候还凑合，但上了年纪，牙口也不好，基本吃素，还得软烂的。美心嘴上不说，但心里是有意见的。

就三个女人吃饭。吃好了，美心去换新衣服。老太太对家丽：“我那件给你。”家丽提起来看看，笑道：“阿奶，我哪能穿这个，太大了。”老太太说：“回头找菜市的王裁缝改小一点，款式还凑合，就是颜色我不喜欢。”老太太讨厌黑。在她看来不吉利。

美心穿出来了，打了个转。家丽第一眼看过去，说不错，再细看，发现了袖子上的蕾丝，立刻提出意见，指着：“这有点，太浮夸了吧……”

美心很懂地：“时髦都这样，你没觉得一穿上就显年轻？”

家丽为难地：“是有点，但是……”老太太伸手拉了她一下，家丽没继续往下说。次日，去龙湖菜市摆摊，美心便穿上了新“战服”。整个人似乎都精神了很多。自我感觉良好，那就是良好。

站在摊位前，神气活现。

刘妈打摊头经过，发现异常，美心这一身行头，真具有攻击力。她再看看自己，老太太的豆沙色衫子，衬得老了几十岁。刘妈有点不好意思上前。美心眼尖，主动招呼：“她刘妈！买菜啊！”

刘妈讪讪地过去，招呼了一下。

“要不要来一件？”美心主动帮女儿招揽生意。

刘妈自我怀疑：“我能穿这个……”

“心态要年轻，你等我一会儿。”美心又忙了一小会儿，收摊，立即带刘妈去斯芙莱弄了一件来。刘妈年轻时也爱美，只不过生活坎坷忙碌，磨平了那颗心，如今这股欲望忽然被唤醒。她美得很认真。

秋林进门就发现妈妈的不一样。

“漂亮了。”他不吝赞美。

“真的?”刘妈在备饭，干的事情和这服装似乎格格不入。但她乐意穿，美在日常。

“我妈永远最美。”

“套话，不实在。具体哪里好?”刘妈非要一问究竟。

秋林摸摸下巴，细究：“是不是头发不一样？做头了?”

还科学家，这发现能力。

“再看看。”

秋林继续看：“哦，衣服是新的。”

这下对了。

“看到这个没有?”刘妈弹弹蕾丝。

“公主袖。”秋林笑着说。秋芳带小芳进门。约好了，来娘家吃饭。刘妈问为民呢。秋芳说他还在店里忙，不等他。

这顿饭是为庆祝小芳考上大学，上海的财经大学。秋林早就准备好了红包。刘妈也有一份。

165

厨房，秋芳帮刘妈拾掇碗筷。刘妈问：“他们家老二那边怎么样?”秋芳说：“单位也不行，等于是下来了，跟丽侠管着那个店呢。”刘妈又问："他俩从合肥回来了吗？"秋芳说还得几天。幼民和丽侠去合肥看不孕不育专科。

"也该有个孩子。"刘妈替人忧心，"不然以后指望什么。"

秋芳说："现在也有不要孩子的。"

"能要还是要。"刘妈话锋一转，"你弟这，也是难。上次见的怎么样？"

秋芳小声："小林不愿意。"

刘妈着急："他到底愿意谁呀？！"

秋芳劝："别急，这是二婚，哪能随便，错了难不成还走回头路？只许成功不许失败。"

刘妈眼底浮过怅惘，轻轻叹："他和丽莎，就是没要孩子闹的。你说你在美国生孩子，有什么不好，还能弄一美国户口。"

秋芳规劝："妈，你需要转移注意力，我看你这身衣服不错嘛。"

刘妈笑："显年轻吧。"

秋芳又猛夸了一番，刘妈满足。

上桌吃饭，秋林当即掏出红包，厚厚一个，递给小芳。小芳不收。秋林打趣："干吗，怕以后还不了？"刘妈说："你舅给你就收着。"小芳看看妈妈秋芳，秋芳轻点头。小芳这才收下。

"争气，真争气。"秋林夸外甥女，"青出于蓝胜于蓝，现在经济专业吃香，我看小芳以后比我强。"

秋芳问："小林，上次那位见了怎么样？"

"不行。"秋林言简意赅。

刘妈耐不住："怎么又不行？"

"不喜欢。"

刘妈道："你这二进宫，不能光凭喜欢。"

秋芳朝她妈摆摆手："小林，不着急，慢慢来。"

秋林闷头吃饭。吃完饭，碗一推，进屋忙自己的去了。刘妈吃饭吃得慢，三个女人对坐着。刘妈教育外孙女："芳芳，看到你舅舅了吧。"小芳说："我舅挺好的。"

刘妈继续："挺好，光杆司令，一人吃饱全家不饿，是挺好的。"

秋芳怕小芳跟小年再纠缠不清，借机教育女儿："小芳，你知道小舅为什么离婚?"

小芳摇头。

"关键原因，门不当户不对。"

刘妈维护儿子："也不能这么说，咱们祖上也是地主，富人，只是被打倒了。"秋芳不理她妈，继续对女儿，"你马上就上大学了。是大人了。好多事情原本不能跟你讲，现在都可以说，相信你也能懂。我们家，和你之前的舅妈家相差太远。他们是高级知识分子，清高，没吃过苦，不知道心疼人。和你小舅刚开始有感情，但相处久了，搞不到一块儿，分了。你看看你小舅现在多被动。所以你一定要吸取这个教训，我们家从来不巴高望上，就找差不多的，你是大学生，你就也找个大学生，我们普通家庭，就也找个普通家庭。这样保险。别回头你是大学生，你找个中学生，或者你是普通家庭，你找个多高多高的家庭，这样不平衡，不能长久。明白了吗?"

刘妈总结："小芳，你妈说得有理!"

小芳轻声说明白了。她当然很明白，她妈这话里夹着的，是对她和小年的反对。其实不用她反对，汤小芳心里也有数。她喜不喜欢他，有点喜欢，但还不能算爱。爱是愿意去牺牲的，可是她不愿意因为小年牺牲掉自己的前程。所以彼此放手，是最好的选择。

她打算找小年说清楚。

区政府对面是四海大厦。田家庵区著名商业区，何向东所在的区武装部也在这座办公大楼里。下午五点，何向东一身正装走出，皮鞋，西裤，深蓝色短袖衬衫。上班没多久，他就已经像个大人了。小冬、光明、枫枫、大成、洋洋等着他。

小年是孩子王。

浩浩荡荡去吃炸肉串。

“每人五块钱的!”小年朝老板。肉串车老板喜滋滋地，立刻算肉串，又说多送你们几串，数好了，准备下锅。

细竹签穿着，上面的肉细条条的，分量很少，因此价格便宜，一毛钱一串。每人五块钱的，能吃五十来串。下锅炸，很快就捞上来，再刷或咸或辣或甜的酱，美味可口。

弟兄们拿着肉串，在路边吃得有滋有味。这是大哥给的福利。又来人了，这摊子生意不错。老板问：“要多少?”那人不说话。小年掉转视线，却见汤小芳站在他面前。

“老板，再来五块钱的!”小年立即。

“我不吃。”小芳说。

“姐。”洋洋喊，他们堂姐弟。小芳跟他打了个招呼，又说注意卫生。枫枫劝小芳：“小芳姐，好吃。”

小芳笑笑，她跟小年轻声打了个招呼。小年便撇下弟弟们。

四海大厦顶层电器部，小芳和小年站在两台洗衣机之间。服务员过来了，问：“来一台？这小天鹅的，质量特别好。”

小年说：“我们自己看看。”

小芳婉转了一会儿，说：“我考上大学了。”

“我知道。”小年还不知道暴雨即将来袭。

“在上海。”

“不远。”小年笑嘻嘻的，他对自己有信心，“反正就四年。”

小芳苦笑：“你怎么这么幼稚。”

“幼稚？怎么了?”小年不懂她的想法。

“这是二十多岁的四年。”

“那又怎么样?”

“很多都会变。”

“我不会变。”

“我会!”小芳激动。小年愣住了：“你的意思是……”

小芳果断地：“关于你以前提出的问题，我现在可以给你答复。”

小年等着。

“你不用等我，我也不等你。”

“没了?”小年心痛，但必须故作坚强。他以为她是他牢不可破的盟友，孰料一夕之间成了逃兵。

“没了。”

“你怎么说怎么是。”小年口气轻松地。

“你恨我吧。”

“说完了吧?”

“我们不可能。”小芳正面陈述。

“是你不想才说不可能!”

“不是这样，是我的未来太不确定，我对自己没有信心，现在说清楚，你就不会受到伤害。”小芳解释。

“我已经受到严重伤害!”小年咆哮，踩着重重的步子走了。

小芳吐一口气。不管怎么样，结束了。他们注定拥有不同的明天。

几轮劝退之后，家文还没下来，但也十分危险。她现在在保洁组，负责打扫厂区卫生，包括花园、厂区生产区。她明白，厂里这么做，就是想把她逼走。可她必须坚持，无论怎么辛苦，也要咬牙坚持下来。不光为她自己，还为孩子。不过这几天，保洁组听说也要去人。家文打算上门拜访，找组长好好谈谈。

组长是个中年男人，叫老朱，结婚了，有个儿子，老婆在橡胶二厂，也下岗了。他儿子比光明小一两岁。家文打算带光明一起去，孩子能玩到一块儿，也是拉近关系的好办法。

楼下小卖部，家文和光明站在门口，挑鸡蛋。饲料公司有个鸡场，养品种鸡，也产蛋。小区的人都在这儿买。家文问老板：“破的还有吗?”老板是个中年女人：“这个就是最新鲜的。”

破了壳、外在受损的鸡蛋，比完好无缺的便宜至少一半。为省钱，家文和光明总挑“坏蛋”买。

“妈，这个可以吧。”光明发现。家文瞅了瞅，可以，放在蛋托里。

“挑点好的，双黄的。”家文说。好的送人。

光明拿起鸡蛋，对着光看，辨识双黄。

买完到家，吃午饭了。吃面，家文下了个荷包蛋，用的“坏蛋”。只下一个，给光明。

光明问：“妈，你怎么不吃？”

家文笑笑：“味道腥，我不喜欢。”

光明用筷子夹开，拨给家文一半。他当然了解妈妈的心思。光明懂事早，马上是初中生了。

傍晚到朱家做客，拎着一盒鸡蛋。朱老大夫妇留家文母子喝稀饭，他儿子朱功勋跟光明一会儿就玩熟了。光明还辅导他数学题。

吃完饭，大人们在客厅说话。两个孩子进卧室玩。

家文正式向朱老大提了要求，她希望不要让她下岗。

“你看这，一下去，我好说，孩子怎么办？”家文说着说着落下泪来。她本来不想落泪。但一进入情境，自己也免不了受感染，哭变得很自然，而且现在眼泪也是武器。她必须博得朱老大的同情。朱嫂子心软，拉住家文的手：“放心吧，让谁下也不会让你下。”又对她丈夫：“老朱，这事你得管。”

老朱当场打了包票。都是善良的人。

一天的征战结束，光明睡了。家文一个人站在阳台上，窗台上的夜来香开了。香味浓郁。不远处就是厂子，辅料车间还在干活，有灯光。她的公关很成功。她也想过，她不下，别人就要下，另一个家庭就要遭殃。

只是事到如今她管不了那么多，再困难能比她还困难吗？即便是，她也不能让出这个位子，千言万语一句话，为了光明。她必须抚养他长大，送他读书，完成卫国的嘱托。

卫国去世后，饲料公司，克思和陶先生是一次也没来过。卫国的嘱托，他两口子早都抛到九霄云外去了，只顾自己。家文就卫国刚去世那年春节带着光明去过党校一趟，陶先生又炫耀自己的皮衣，心情大好。家文捕捉到一点异样，再不去了。没工夫用自己的悲惨衬托她的得意，她太明白陶先生的得意了。因为不生孩子，婆婆对她苛责颇多，陶先生一直有股无名火。现在婆婆去世了，卫国也走了，她对家文，过去恨，现在更有理由压一头。陶先生也在外面放话，说什么十年河东转河西，那意思是该轮到她走运。家文只能先避开。的确，从前她是集万千宠爱于一身。如今，考验她的日子到了。她必须提着气，咬紧牙关。

春荣来得少。她偶尔带着光明去春华那儿坐坐，春华还顾着点大面场。只是有一回，她从春华的一个老门邻口中得知，春华曾在外人面前感叹，说光明以后会不会不跟他们来往了。家文觉得奇怪，好好的，为什么不来往。

田四小正式公布录取名单，光明位列前十，正式考入淮南二中。家文来开家长会，确认志向书，开完之后，她带着光明到春荣家歇歇脚。小学几年，春荣帮了不少忙，家文由衷感谢大姐。还是上班时间，鲍先生不在，说话也方便。

聊了一会儿，春荣建议给大哥克思打个电话，告知一下，以示尊重。家文同意，又问：“光彩上哪里?”

春荣说：“一中。”

她在家门口的市直机关上的小学，直升一中初中部。一中是市重点，在全市算好学校，但跟二中比，差了点意思。

166

电话通了，是克思接的。

春荣拿着听筒，家文站在旁边，隐约能听到电话那头说什么。

春荣压低声音：“那个……光明，上二中。”是报喜，但也报得比较低调。家文早都发现，他们陈家人说话总是讳莫如深。春荣是为了不刺激老大，毕竟光彩上一中。克思和陶先生那么好强。

“好事好事。”克思应付着。

陶先生又接过电话，春荣和她聊了几句，又问了问光彩的情况。陶先生忍不住把光彩吹了一通，怎么怎么成绩优秀，还没进一中老师就开始喜欢她。春荣只好听着。家文不耐烦，站在一旁，不想听。

聊到光明的事，陶先生说：“荣子，你知道的，我们家平时没人，房子虽然大，但也不太好住。”

春荣讪讪地应付。家文却醍醐灌顶，明白了。党校离二中近，陶先生一定以为，春荣打这个电话，是想要跟她商量让光明住她家，所以她才来个提前推辞。什么亲侄子，党校两口子早都把光明当成个累赘、包袱！恨不得当个皮球一脚踢开！

挂了电话，春荣不说话，脸上有些挂不住。她姓陈，克思也姓陈，他们毕竟是一家子。她当然觉得老大两口子这么做事不对。可话都说出来，当着家文的面，她也难堪。

“可笑！我根本没打算让光明住他们那儿，想都没想过！”家文火冒三丈，“哼哼，我还怕他们虐待孩子！”

春荣连忙劝，说别生气别生气。

“住校，光明就住校！”

春荣担忧：“这么小……”

“别人能住，我们就能住！”不蒸馒头蒸（争）口气。

光明被叫过来。他在小屋听到了一切。

“上二中，要住校，你愿意吗？”春荣孃孃问。

“我要住校。”光明脱口而出。虽然他并不清楚住校意味着什么，字面理解，住在学校里。但既然住校是对妈妈的一种支持。那他便不能犹豫，住校。

“那就住校吧。”春荣叹一口气，对家文。

家欢下去办事，到电子八所，遇到秋林。

她大大方方地，他反倒有些尴尬。因为上次相亲的事被她和家喜看到。

“没有的事。”他莫名其妙解释一句。

“说什么呢？”

“那天那个，都是我妈和我姐逼的，做做样子。”

“你跟我解释做什么？”

“我怕你误会。”

家欢一笑，觉得他这话说得有点无稽：“误不误会有什么关系，不过看在是老朋友的分上，劝你一句，不要三天打鱼，两天晒网，那人不错。”说罢，转身朝外走。

秋林跟着，忙不迭地：“真的是误会，误会，我对她一点兴趣都没有。”

家欢突然停住脚步，胳膊伸出来，比画距离：“站远点。”

秋林朝后站了站。

家欢说：“你是单身男人，我是良家妇女，我们必须保持距离。”

秋林无奈：“清清白白的，保持什么距离。”

家欢不愿意站在八所里头说话，被人看到不好，便速战速决：“你不是有未婚妻了？”

“我怎么不知道？”

“叫咪咪。”

“一听这名字我就不喜欢，俗气。”秋林说，“是谣言。”

家欢觉得奇怪，秋林矢口否认咪咪的存在。那天那个威胁电话是谁打的？那个咪咪，为什么要打这个电话？家欢一时捋不出头绪。“什么谣言，你结你的婚。”家欢说。

“何家欢！”秋林耐不住性子，“你怎么就不明白呢。”

家欢头皮发麻。不可能，如今的她和秋林绝无可能。倒退十年，或许是一段佳话，但放到现在，则是丑闻。

她自认是个有底线的人。

家欢头也不回往前走。

秋林还跟。

家欢猛回头："站住，不许动，不许跟着。"

秋林只好不动。

都不是小孩子，成人世界，得有界限。

上班时间，小秘书进来给家欢送文件。家欢叫住她："小王，你去一下电信局，把我办公室电话这几个月的通话记录打一份出来。"秘书办事顺利，还没下班，通话记录就递到家欢桌子上。努力回想，好像是那天。那天她心情不好，来了例假。何家欢趴在桌子上仔细查找，日子找准了。那天来了二十几个电话。她不得不一个一个试。有的是熟人，打过去，一下就听出来了。别人问她什么事，家欢只好说打错了打错了。有人连忙追着："何主任，贷款一定要批啊。"家欢连忙闪躲，推过去了。打来打去，还剩一个号码。拨过去，通了。"喂，"是个女孩的声音。

"请问你们这是？"

"哥弟女装。"对方说。

"哦，请问最新的款式到没到？"家欢斗争经验丰富。

"秋款已经到了。"

"我让咪咪给我留了一件，留了吗？"

"咪咪？"对方说，"我们这儿没有咪咪。"

"对不起那打错了。"

女孩挂了电话，回头对正在上衣服的女子说："找咪咪的，说咪咪给她留了件衣服，我跟她说没有咪咪。"

女子着急："我不就是咪咪吗？我的艺名！哎呀你到底会不会做生意，别说咪咪，就是露露娜娜珍珍，你管叫什么呢，只要买衣服不就行了。"

何家欢一个人坐在办公室。

号码没错，咪咪显然是化名。很有可能是别人找来的托儿。目的很明显：让她不要接近秋林。多此一举。她能坐到这个位置，就不是不明事理没有分寸的人。

谁最不想让她跟秋林接触。

毫无疑问，是方涛。可她又觉得方涛不像是会做这种事情的人。回家试探试探。

晚饭特别丰盛。方涛下午没出车，专门买菜做饭，有虾，有鸭，都是家欢爱吃的。这么多年，何家欢在吃这件事上执着不改。难得的是，她总吃不胖，体质得天独厚，支撑她将美食进行到底。当主任后，吃喝不少，但家欢始终守住一点，不喝酒。这一点管住了，就不会乱批贷款。

桌子上摆着两只酒杯，淮南寿州窑的，里面是一汪黄酒。

进门，家欢一愣。她想不起来今儿个是什么日子。成成考试成绩一塌糊涂，她正着急。厨房里飘出歌声，方涛在哼《相约一九九八》。他心情好的时候不自觉会唱小曲。

“干吗？鸿门宴？”家欢伸头朝厨房。

方涛端菜出来，笑眯眯地：“惊喜。”成成从屋里跑出来，嚷嚷着好久没吃大餐了。家欢说：“惊喜？别是惊吓就行了。”

方涛探头到家欢耳边：“今天什么日子你忘了？”

“什么日子？黄世仁返乡的日子？”

“你这人怎么一点不懂浪漫。”方涛少见的油嘴滑舌，“算账算得，眼里只有钱了。”

家欢觉得他今天有意思：“什么叫我不懂浪漫，得有个理由，我才能浪漫。”

“结婚纪念日算不算？”

家欢恍然，心里一暖，觉得自己对方涛会不会太严苛。本来想问咪咪的事，见此情景，她临时决定不说。多一事不如少一事。

“敬你一杯。”方涛举起酒杯。

家欢笑着举杯迎接。成成喝雪碧，把罐子举了起来。

家欢问：“没有祝福语？”

方涛说：“祝这辈子好好的，下辈子还在一起。”

家欢敲他一下："想得美，这辈子还没考查合格呢。"成成笑，一家人其乐融融。吃完饭，家欢为表现，主动要求洗碗。方涛帮忙，两个人一起刷。站在水池边，方涛这才说："其实有点事想跟你说。"家欢心里咯噔一下，就知道有事，不然家宴不会这么盛大。关掉水龙头，放下洗碗布，何家欢一副领导听报告的架势。

"说吧。"

"你别这个姿态，怪吓人的。"方涛往后退了一步。

"心里没鬼，有什么吓人不吓人。"

方涛准备好了，张嘴："其实事情也不大，也是你力所能及的。"

家欢什么场面没见过，夫妻俩，更用不着拐弯抹角："说重点。"

方涛反被逼得没了退路，只好硬着头皮："现在公司抽成越来越多，干出租，真赚不了几个钱，那点利润，还不够油钱呢。"

"又不想干了？方涛，这才干多久，能不能有点耐性？"

"不是没耐性，也不是不干。"

"那是什么？"家欢抱起双臂，一副防御姿态。

"老哥儿几个打算单干。"

"粮食局车队那几个？"

"对，老战友，老哥儿们。"

"别找我批贷款。"

"家欢，我还没说呢。"

"一撅屁股就知道你拉什么屎。"

"我们真的是下定决心要做。"

"做什么？"

"做一个车队，跑运输。"

"拉倒吧。"

"平日里可以跑市内，拉货，也可以跑长途，我们打算注册一个公司，就叫兄弟运输。"

"现在跑出租不就是运输，多此一举。"

“我们要干点大的。”

“小的都干不好还大的呢。”

“是贷款，不是不还。”

“你们这种情况不符合贷款条件。”

“这不是有你嘛。”方涛讨好地。他已经跟弟兄们打了包票。

“方涛，我跟你说咱们私是私公是公，别掺和到一起，我不能因为私人关系破坏了公家的规矩。”

方涛着急：“不是，家欢，豆腐文化节还有绿十字你们不都放了吗。”

“能一样吗？”家欢咄咄逼人，“那一个是政府项目，一个是外商投资，你们这个能比吗？你们这就是一个草台班子。”

“我们不是草台班子！”方涛突然爆发，抹布摔在洗碗池里，浑身乱抖，“我们是光荣的粮食局车队！曾经多次抢险救灾，立下汗马功劳！不是什么草台班子！”

家欢莫名其妙：“你冲我发什么火！”

方涛扭头，摔门而去。

家欢气不打一处来，对成成：“不是，你爸这哪根筋不对了？本事不大，脾气不小！”成成只顾吃自己的。他和爸爸一样，尽量少惹妈妈生气。

167

欧阳和家艺站在冰棒厂洗澡堂门口，欧阳神色有些焦灼。

“还来不来啊？都等半小时了。”

“再等会儿，”家艺劝他，“说了来肯定来。”

“一个保姆踟个屁。”

“等会儿廖姐来了你可别这么说，可能真有事，在家带孩子哪有个准。老厂长夫人说她会来。那就肯定会来，”家艺继续教育欧阳，“你就是做人还没做明白，我也是从小到大吃了不知道多少苦才醒悟了。”

“醒悟什么?”

家艺点了他一下脑门：“做人，要能屈能伸，风光的时候，横着走，落魄的时候，就要夹起尾巴。你别认为廖姐过去不如你，现在就也不如你了。人家现在搞不好是关键人物，端正态度。”

欧阳哦了一声，他知道，听太太的没错。

没多会儿，远远地来了个人。近了一看，确实是廖姐。

从裤腰里掏出钥匙，递给家艺，廖姐抱歉地：“太太，不好意思，家里有点事耽误了几分钟。”欧阳小声嘀咕：“哪是几分钟，都快一个小时了。”家艺胳膊肘拐了欧阳一下，示意他闭嘴。

拿钥匙开门，澡堂年久失修，也没人打扫，里面有蜘蛛网，地面上狼藉不堪。廖姐好心：“太太，我帮你打扫吧。”

家艺连忙：“不用不用，我们能行，年轻力壮的，你回去跟夫人说，钥匙拿到了，替我谢谢她。”廖姐忙说是。家艺又说：“还有，以后别叫我太太，我也不是太太了，出来社会，大家都平起平坐，都是劳动人民，你就叫我小何。”

廖姐慌乱，叫了太太有日子，现在突然改口叫小何，不太习惯。“还是叫太太吧。”廖姐讪讪地。

“就叫小何!”家艺坚持。

廖姐垂着双手。

“叫叫试试。”

廖姐怯怯地：“小何。”

“这就对了。”家艺说，“我们是平等的，所有的人都是平等的，富人没什么了不起，我们还可以变富。”

欧阳跟着喊口号：“对，我老婆说得对，可以变富!”

廖姐走了，偌大的澡堂只有欧阳和家艺两个人。

“干活！”家艺像打了鸡血。

“什么活？”

“打扫啊！”何家艺低得下来。

“你别干了，这不是女人干的活。”

“少废话。”家艺铁了心干出一番事业来，“我冲地，你把墙壁还有浴池都刷一刷。”

“遵命！”欧阳从未见过如此临危不乱的老婆。实在惊喜。“真干洗浴了？”欧阳问家艺。老实说，他还有点犹豫。太辛苦，还不知能不能赚钱。“少废话了行不行，干活吧！”家艺一往无前。

握着皮管子，打开水龙头，水喷薄而出。家艺一时没把准方向，水柱朝欧阳射过去。凉水激得他欢跳起来。

家艺灿烂地笑了。

上学前，光明在大姨家再过两天。

洞山军分区，家丽交代小冬和光明：“小冬，你陪着你弟过去，看他大伯怎么说，要留你们吃饭，就吃饭，不留，给了钱就走。”

小冬点头答应。光明马上上初中，又考的重点中学，照例，开学前，该去大伯克思家要钱。两个孃孃都给了，大伯大妈一直憋着。

交代好了，家丽去买菜。

洞山军分区和党校距离不远，弟兄俩走路过去，路过矿务局大院，两个人玩了一会儿，约莫十点四十到党校大院。周末，克思一家三口都在家。光彩见堂弟来，出屋打了个招呼，又进去了。

陶先生水都没倒一杯，和克思坐在沙发上，跟两个孩子闲聊。无非问一问小冬，家里的情况，学习的情况。态度不冷不热。聊了一会儿，陶先生见差不多了，光明来，他们也心知肚明。陶先生不打算留饭，清锅冷灶，厨房不点烟火。

她转进屋，抠抠摸摸了一会儿，面无表情走出来，递给光明一百块钱，不住地说拿着拿着。光明带着任务来的，既然给了，他客气了一下，收着。又跟表哥对了个眼色，便起身告别。

两个孩子摸回家，何家丽正在做饭，建国在研究世界地图。

家丽抬头看看钟，问：“怎么这展子就回来了，光明大伯没留你们吃饭。”

“他家不烧锅。”小冬说。

家丽觉得好笑：“不烧锅喝西北风？”又对建国，“看看，这什么人，小孩十不充一（方言：偶尔）去了，连个饭都不给吃。”

建国感叹：“人走茶凉。”

家丽脾气上来：“凉也不至于凉成这样，他姓不姓陈？”又转脸问小冬、光明，“给钱了吗？”

光明说给了，小冬补充：“一百。”

家丽气得脖子上青筋直蹦：“打发要饭的！一年也出不了几个钱，姓陈的他管不管，考上重点中学，才给一百？放什么闷屁！”

建国劝她算了。家丽忍不下这口气，路见不平，她必要拔刀相助：“这两口子到底什么变的，陈卫国临死前，还最信任他哥哥嫂子，两口子也青天白日红口白牙地答应，说要照顾家文照顾光明，现在好，这么大的事，给一百，家文是假的，光明该姓陈，该是真的吧，我怎么就看不惯这德行！”说着，家丽放下锅铲，对建国，“你炒，我去去就回。”拉上光明，家丽直奔党校克思家，她今天必要讨个说法。

见门就敲，咣咣地。

光彩从屋里跑出来，打开门洞，朝外瞧。家丽一张严肃的脸。光彩不太认识，这是家丽第一次上门。光明在家丽身后，挡住了。

“找谁？哪位？”光彩问。

“找陈克思。”家丽说。

“稍等。”光彩盖上铁门洞上的挡板，跑回屋找她爸妈。陶先生出来了，她以为又是来走后门的学生，一边走一边说：“哪位啊，教授不在家。”

打开门洞，却见家丽一张愤怒的脸。陶先生吓得往后退了半步。连忙打开门。光明也水落石出。陶先生故作惊喜：“光明大姨，这展子怎么来了，稀客稀客。”陈克思也从屋里出来，见家丽，也是一个劲儿说哪股风把光明大姨吹来了。又是去烧水，又是去泡茶，两口子手忙脚乱。厨房，克思小声埋怨陶先生："让你多给点，不听。"陶先生道："谁知道她会来。"克思提醒道："她可是卖菜的，什么事做不出来。"陶先生摆手说别讲了，见机行事。

茶和笑容一起端出来。

家丽叉开两腿，摆足架势，坐在沙发上。光彩又躲进屋。光明坐在他大姨身旁。

家丽气沉丹田："怎么搞的，小孩考上重点学校，好不容易来一趟，怎么回家是哭着回去了?"做好铺垫。

"误会误会。"克思极力灭火。陶先生在旁边傻眼。秀才遇上兵，有理说不清。何况没理。

家丽不管，她想说的话，必须说出来，拉了拉光明，对克思："你是不是他大伯?"

克思连声说是。

"他姓不姓陈?"

陶先生也说是。

"你们姓陈的还有几个人?"

克思说没几个人。

"那怎么搞的?拉一把拽一把都不愿意?"家丽渐渐逼近主题。

陶先生端着瓜子小糖："光明大姨，你听我讲，刚才我就和光明大伯在这儿后悔呢，进屋拿钱，眼花拿错了，我还说光彩你跑快点，去把你弟追回来。光彩赶紧跑出去，人已经不见了。"

家丽揶揄："你是会计，这点也能算错?"

"老了老了。"陶先生自嘲。

家丽忽然正色，严厉地："头上三尺有神明，若要人不知除非己莫为!自己说过的话，自己要记得。卫国死的时候这一个个都怎么说的，忘了?老天爷看着呢!不怕报应!"一拍大腿，家丽站起来，撸袖子，克思两口子吓得连忙后退，光明大姨可是龙湖菜市的，三教九流什么没见过，文的武的样样来得。陶先生连忙回卧室，从大衣柜里摸出几张票子，笑嘻嘻簇到家丽跟前：“收着收着，误会误会，”又对光明，“劝劝你大姨，钱不多，交点学费，买点文具，不够回头再来。”光明冷冷看着眼前这个女人，他知道，自己再也不会来。拿了钱，家丽起身要走。克思和陶先生虚客套：“他大姨，不要忙着走，吃个晚饭吃个晚饭。”又喊光彩去买白切鸡。家丽果断地：“不必了！家里还有事，光明，走。”

一抬屁股，两个人走了。

人情冷暖，倏忽之间。来这一趟，何家丽也满是感慨。只是，她觉得自己有必要为小光明出头。党校靠山，出了校门口，家丽和光明为抒胸中闷气，就势爬山。舜耕山，海拔不过两三百米，但胜在绵长，相传舜帝在此耕作过，乃人间福地。不到二十分钟，两个人便登至山顶凉亭，山的南面，是大片丘陵和农田。

家丽喊了一声，音回声荡。

光明也跟着喊了一声，像要把胸中闷气悉数吐尽。

“以后就靠自己了。”家丽对光明说。

光明不能全然理解，但依旧点点头。

太阳偏西了，沿淮大地被染得金黄，天光沉淀，万物准备迎接漫漫长夜。

一到家，小年就请示他爸。

“爸，我到法定结婚年龄了吧？”

168

没头没脑一句，建国正在研究地球仪，没抬头，嗯了一声。

“那我可以结婚了？”小年说。

“跟谁结婚?”建国不淡定了。

“还不知道。”

“问这个干什么?”

小年玩世不恭地：“你是这个家的司令，我充其量只是一个小兵，不得请示你嘛。”

“你想干什么?”建国真是司令的口吻。

“你同意我结婚，我就开始谈恋爱处对象。我处对象的目的就是结婚。”小年翻过来倒过去说。

“你小子道道还不少。”建国说，“有目标了?”

“没有。”

“打算找什么样的?”

“不知道，跟着感觉走。”小年说。

小冬从屋里出来，插嘴：“他喜欢赵薇那样的。”

建国问：“小燕子？太闹了吧，而且没什么文化。”

小冬随口唱：“有一个姑娘，她有一点任性，她还有一点嚣张!”小年不满弟弟打趣，反攻道：“看你的书吧！考不上大学也送你去当兵!”小冬最怕当兵。可成绩一直上不来。

何家晚饭时间，家文来了。美心盛了稀饭，给老太太端过来。光明在家丽旁边坐着。老太太感叹：“活了这么多年，我真是没看过几个像他家这样的。”家丽补刀：“你都不知道那两口子，一点人味都没有。”家文恳切地：“多谢大姐。”

家丽笑道：“这不是应该的嘛。”

光明冷不防地：“他们怕大姨。”

美心打趣：“谁不怕，你大姨从小就是个土匪头子。”

家丽说：“妈，我是土匪头子，你不成了土匪奶奶了。”又说：“哼，这世道就这样，软的怕硬的，硬的怕横的，横的怕不要命的。反正我一个下岗工人，他们是大教授，好不好，我一闹，他们顾着脸面，自然乖乖该干吗干吗。”

老太太劝："一次行了，也别老闹，留点余地好见面。"

家文恨道："还见什么面！一面我都不想见。"

美心说："到底是一个门里的，打断骨头连着筋，不信他们一点都不顾。"家丽说："妈你怎么还没觉悟呢，我都说了这家人不一样，尤其那个老大，哪有一点老大的样子。"

"老婆没找好。"家文说。

家丽补充："不生孩子的女人，毒，不细子就细死。"

老太太打住："留点口德，吃饭。"

吃完晚饭，家文叫家丽到后院，两个人站在月季花丛边说话。家文的意思是，她也想搞点副业。光靠单位死工资，撑不住。孩子一天天大了，花销也大。而且马上光明住校，她能空出点时间。家丽想了想："你这班还得上，要搞只能早晨或者晚上。"

家文表示赞同。

"我帮你想想。"家丽说。家文再三感谢。家丽忽然又说："这人走了也有日子了，就没再考虑过?"

"现在不想这个。"家文一口否决。

"干什么都是假的，找个人才是真的。"

"先不说这个。"家文说。既然老二抵触，家丽只好闭嘴，在她看来，爱人去世，再找一个，正常不过，毕竟还这么年轻，总不能下半辈子就这么一个人打发了。但她也知道老二对卫国感情深。家文骑自行车带光明回饲料公司。家丽才跟老太太提了提让老二找人的事，感叹道："所以说有时候就是这样，感情太好了，什么都太好了，也不行，难说，物极必反，盛极而衰，反倒是那生活中烦恼多的，感情一般的，打打吵吵的，可能就到头了。"

老太太劝："你先别刺激她，这种事情，只有她自己想，才能行动，你先帮忙留意着。不过老二带着个孩子，也难找。又是男孩。最理想是也找个丧偶的。没有那么多啰唆事。"

家丽点头称是，不提。

次日回军分区，建国把大儿子小年提结婚的事跟她说了。家丽喜不自禁:“有这个打算好啊，早结早好!”

“就怕现在还没定性。”

“军也参了，工作也定了，谈个两年结婚正好。”家丽充满期待。又问:“他有目标了?”

建国说:“还没有。说是喜欢小燕子那样的。”

“小燕子?”家丽皱皱眉头，“电视剧里那个?”

建国补充:“就是小冬床头贴着的那个。”是说还珠格格海报。

家丽厌烦地:“肿鼻子囊眼的有什么好，我看紫薇还好点，文文静静的。”

“管不了。”

家丽好笑地:“这么大事你不管谁管，我得先码拾（方言:留意）着。”

金九银十，人们都忙起来了，入冬之前，大家都想做出一点成绩来。

秋芳两口子送小芳去上海读书，顺带在周边旅行了一下。秋芳作为科里的专家，培训和讲座时去过不少地方，但跟为民一起，还是第一次。为民说:“以后老了搬到上海来住。”秋芳说:“那可得多挣钱了。”为民笑着说差不多。两口子还在上海考察了房子，近来，有不少上海知青回沪买房。政策是买了房就允许落户。为民和秋芳也商量着打算供一套，不为自己，为小芳。三岁看老，他们估摸着，小芳这孩子将来未必会回淮南。他们也不愿意让她回来。时代在变，淮南的厂子倒了这么多，城市的差距逐渐拉开，淮南再不是当年国务院批准的十三个“较大城市”。用秋芳的话说，早买早好。虽然贵，咬咬牙，弄一套也就弄一套了。

家文送光明去二中，住宿，一年六百，住新楼。四人一间，光明想住上铺，刚好同宿舍两个大胖子想住下铺，一协调，各就各位。学校里食堂是刚成立的，在篮球场里，澡堂没有，孩子们就在卫生间凑合冲冲或擦擦，好在天渐渐凉了，周末回家洗。“行吗?”家文问光明。小学毕业就开始独立生活，太早，太小。但光明却并不感到为难，对他来说，住校是一种新奇的新生活。脱离了家庭，走到自由天地，晚上上自习，跟同学们聊天到半夜，都足够有趣。

腾出手，家文也正式开始做副业——一个早餐摊。

早晨，她五点钟起床，把头一天蒸好的糯米饭、广式香肠加热。苇子桶里垫上棉被，小木桶包在棉被里，糯米饭放在木桶里。旁边的餐盒里码好香肠，玻璃小瓶里放细砂糖和干桂花。准备好，六点出门。骑自行车，苇子桶放在后座上，一路向西，到国庆路五小门口卖糯米饭团。家文主打两个产品：香肠糯米饭团和糖桂花糯米饭团。开学后没几日，家文的生意口口相传，不到七点半，基本饭团就能卖光。她再骑自行车到厂里上班。

这日，家文刚把车子支起来，家欢送成成来上学，大成刚上一年级。见二姐在门口，家欢有些意外。

“姐，你怎么在这儿?”家欢问。

“卖点东西。”家文有些不好意思。开早餐摊的事，她只跟大姐提过。老三老四老六都不知道。

有人来光顾。家文麻利地打开筐盖子，用木勺把糯米放进一块蒸笼纱布里，摊匀，再放一根香肠。然后纱布包着，卷成长条形饭团。家欢和成成在旁边看着。

成成嘴馋，又不好意思说，不停地舔嘴唇。

家文忙笑着说：“成成，我给你做一个。”

家欢连忙说不要，家文已经在做了。做好，递给大成。家欢非要给钱。家文道：“太见外了，一个饭团值什么，我是不是他二姨?”家欢这才作罢。家文赶着要上班，没空跟她闲聊，骑车走了。

送完成成，何家欢没着急去单位，先在淮滨路邮政储蓄，把一个到期的定期存款取了。再转到老六那儿坐一会儿。

上午十点，老六才开门，到十一点，有两个人进来看看，但转一圈就走了，都没买。

家欢问：“生意一直这样?”

家喜说：“都不识货。”

家欢东看看，西看看，道：“是不是你这个风格，走在太前面了？我看隔壁卖中年妇女服装的，嗖嗖进人。”

家喜轻微反驳：“定位不一样。”

“你这店名也太洋气了，斯芙莱，英文翻译名，太不接地气。隔壁的，胖妹，和人民群众打成一片。”

家喜道：“四姐，你来就是指导这个的？”

家欢讪讪地，改口：“我就是顺道来看看。”

家喜问：“你跟姐夫还闹吗？”

家欢诧异：“闹什么？你知道什么？”

家喜不屑地：“行啦姐，别瞒了，你跟姐夫那点事，司机圈谁不知道。”

“什么事？我怎么不知道。”

“姐夫想单干，你不让。”

“什么叫我不让，他有能力自己使去啊！”

家喜安慰：“我觉得那事也不靠谱，货多还是人多？满大街都是人，能有几个货？”

家欢吐苦水：“你不知道，他是要找我贷款，走关系，这违法乱纪的事我能干吗？”

家喜哦了一声：“这倒是没听说，不过宏宇都单干，他家里出钱，给买了辆后斗车。”

“真有钱。”

“没几个钱。”家喜说，“平时拉拉货，挣多少吃多少。”

“怎么找活儿？”

“国庆路十字路口趴活儿啊，都这么干。”家喜一边说，一边上衣服，“有活儿了，出去拉几天，我也眼不见为净，省心。”家欢又问家喜最近跟婆婆怎么样。家喜说老样子，过一天是一天，王怀敏整个都扑在孙子身上，没空管他们。

家欢又提到老三。家喜说：“听到大姐说，两口子开了个澡堂子。”

宝艺洗浴中心，家艺坐在收银处，欧阳宝把着门框站着。生意目前的状况是门可罗雀。家艺分析原因，认为是天不够冷的缘故。一个老头从后门探出个头，问：“热池子还烧不烧?”

“先不烧。”家艺说。才几个毛人，热池子烧热了，亏不少炭钱。话音刚落，男澡堂就传来中老年男性的叫喊：“池子热点儿！老板，池子烧热点!”顾客要求，烧锅炉的老头左右为难，当然最终还是听老板的。家艺皱眉，开业不久，口碑很重要，痛下决心，烧。每天上午十点开门，开到晚上十点，家艺和欧阳算账，每天都赔钱。请工人，房租，最主要的是水钱和炭钱，不得了。

“不行，必须马上盈利，得扭转。”

欧阳问：“是不是因为没有搓背的?”

“搓背?”

“街里的澡堂都有搓背的。”

“谁搓?”

“搓澡工啊，分成的，有搓背，推油，推盐，推奶。”

“你哪儿学的?”

欧阳笑呵呵地：“你老公多少见过一点世面。”

“什么世面，不过是一些香风毒雾。”

欧阳严肃地：“还是要多宣传，回头我印几张传单，让我们家几个小屁孩去发一发。”家艺赞同。

169

外商打算来市里投资，考察经济开发区，市里让各部门出人，财政局管这一块，除了公务员，银行也抽调人陪，何家欢因业务能力突出，待人接物大方，且懂一点英语，被借调过去一个月，动步陪着。几天下来，外商很满意。这日，考察完毕，台湾商人林先生想去市里随便转转，尤其想看看老城区、老街，他说他爸爸当年曾经在田家庵北头生活过。家欢是在北头长大的，这个向导，她义不容辞。市里派车，一路开到田家庵码头，林先生和何家欢站在码头，眺望淮河远去。

林先生感叹："水没有那么清了，家父说，他走的时候，水还是很清的，虽然经常发大水。"的确，这些年，淮河上游建工厂太多，排污严重，淮河水浑浊不堪。家欢说她小时候，淮河水是可以直接喝的，附近居民都到这里洗衣服。

"经济的发展，以环境污染为代价，不值得。"林先生扶了扶眼镜。两个人在淮河大坝上信步走，往姚家湾方向去。林先生指了指，说这一片倒可以发展。家欢说，我小时候经常在这里玩。林先生叹息："我在眷村长大，南腔北调，连家乡话都不会说了。"

家欢笑："我可以教你。"

林先生作揖："求之不得。"

"你想学什么?"家欢捋了捋头发。林先生说越本土越好。

真要教，家欢却有些不好意思，淮南本地方言，有些话偏粗蛮。"太不礼貌了。"家欢却步。

"没关系，我都能接受，小时候听父辈也说过不少，比如嘛灿好。"林先生撇着音调。

抛砖引玉，家欢放开了。"嘛灿，是非常的意思，嘛灿好，就是非常好。"跟着家欢又列举了许多，诸如，"掖熊"是不行的意思，"可照"是问你行不行，"可是的该?"是问你是不是，"呲花"意思是失误、完蛋，"过劲"是指厉害，"细比扣"是讽刺吝啬，"逞脸"是指不知好歹，等等。林先生大开眼界，学得不亦乐乎。

迎面走来个人，是大兰子。陈老太太的干女儿，陈家老宅的邻居，她见过家欢，知道她是家文的妹妹。家欢没认出她，大兰子主动打招呼："家文四妹!"十足热情。

家欢还是认不出，大兰子自我介绍，条条缕缕都顺清楚，家欢明白了。“这位是?”大兰子总是充满好奇。家欢道:“市里的重要客人,台湾来的。”大兰子连忙握手,来了一句洋的:“归来吧,浪迹天涯的游子。”林先生一愣,又笑说是是。

“留个联系方式,”大兰子说,“我妈生前说过,她有个相好的在台湾,说有机会,让我找找。”

家欢不耐烦,她这陪客呢,大兰子来胡闹。可当着林先生的面,又不好发作,只好让她如愿。大兰子知道家欢不高兴,但依旧我行我素,不露出来。末了,笑着道别,跟着便去六里站走亲戚。六里站三友理发店,谈起坝子上这段奇遇,大兰子浑身都是劲,完全不顾头上都是五颜六色的塑料卷。

说了半天,理发店老板娘对不上号,问:“你说的到底是谁?”大兰子吸一口气:“哎哟,这个关系,说出来绕死人,是我干娘的小儿子的老婆的四妹妹。”理发店老板道:“哎哟,这七八茬子事。”

大兰子点明:“卫国知道吧?”

卫国太有名。“知道知道。”理发店的人说,“饲料公司的,大好人,走了。”

大兰子说:“我干娘就是卫国的妈,我遇到这人,就是卫国老婆的四妹妹。”理发店一角,一个中年男子在理平头。听到这话,腾地站起,掸掸身上的毛茬子,走了。

老板娘伸着脖子问伙计:“钱给了吗?”

伙计傻眼:“没给。”

“没给还不去追!”老板娘着急。

伙计拔腿就追。

老板娘忙大兰子的头,问:“卫国老婆没再走一家?”

“说还没有。”大兰子叹息,“恩爱夫妻不到头,这世上的事情,难说。”

老板娘自己也是丧偶,但没孩子,至今没找到。“再找也难,这女人呀,一嫁是宝,二嫁是草,三嫁那真是连豆腐渣子都不如。”

“家文还算漂亮。”

“她带着个孩子不是？还是个男孩，谁敢找？”老板娘深具经验。大兰子接不上话，不耐烦：“卷别那么大，我头大。”

老板娘连忙：“就是小卷。”

淮河大坝上，一辆出租驶过，风驰电掣，到姚家湾的湾子里头停了下来。司机下车，寻寻觅觅，没找到人，上车又走。方涛心里有数，玩够了，该去吃了。他估摸着应该去吃牛肉汤。北头国营的回民饭店已经没了，取而代之的，是私营的牛肉汤铺子，以北菜市老马家牛肉汤味最正宗。方涛开车过去，北菜市那条路人多，车开不进去，他便将车停在路口，走着去。路旁的梧桐树一个人都抱不过来，这条路有年头了。马路牙子边堆了不少梧桐的毛球球，前几天刚下过雨，路上的泥还没干透。老马家牛肉汤在菜市里头，靠近了，方涛没直接过去，而是在对面站着看。

家欢和那个男人果然坐在棚子里喝汤。有说有笑。方涛气得牙根痒痒。他的自卑转变为自负，又带着不自信，他必须守卫自己的一亩三分地。

理智又告诉他，必须忍耐。他有一颗卑微的心。

他想不明白家欢为什么要这样对他，开始是那个张秋林，现在又是个台湾富商。哦，明白了，家欢就喜欢这种洋气的，最好有海外背景，有钱有势，或者最起码是高端人才，他呢，土包子，没出息的司机！永远上不了台面，配不上她！家欢和同事、同学聚餐，从来没带上过他！是，他见不得人，是下三烂！方涛在心里把自己贬损了一番，激起老大愤怒。

看着家欢和那个男人有说有笑。他的火气更是冲到顶点。

她还给他夹豆饼！那大驴熊！

方涛终于耐不住，冲上前去，一掌打翻林先生面前的牛肉汤。汤碗跌在地上，汤水四溅，粉丝、千张皮、豆饼滚了一地。

林先生的衬衫上仿若开了杂酱铺子。牛油染上去，橙红一片。

家欢瞪着方涛，又是诧异，又是愤怒，她觉得此人越来越无法理喻，

“你想干吗?”她狮吼。

林先生没失儒雅，礼貌地:“这位是?”

未待方涛回答，家欢便吼道:“土匪!恶霸!地头蛇!标准的本地特色!”林先生也有些愕然。

家欢拽住林先生胳膊:“我们走!”

留方涛一人在原地。牛肉汤店老板娘上前:“碗烂了，谁赔?”

矿务局宾馆，林先生下榻处，房间内，林先生和家欢对坐。他好生劝慰:“这么说，你跟你先生之间出现了一些问题。”

“见笑了。”家欢必须挽回，投资是大事，不能因小失大，所以她跟林先生原原本本解释了一番，“请多多原谅。”

“小事情小事情，”林先生笑着摆摆手，“不过，你们这样下去可不行啊，不平等，也不公平，你没必要受这种委屈。”

“你的意思是?”

“如果他动了手，你就应该考虑放自己自由。”

“他没有动手。”家欢连忙解释。

“今天看起来很勇猛。”林先生话里有话。

“不过匹夫之勇。”何家欢思索着。一夜，家欢没回家。在宾馆开了个单间。跟林先生当然是井水河水，两不相犯。但她就是要做给方涛看，以证明，她是自由的，有权利工作、社交，有自己的朋友。身正不怕影子斜，他没有资格如此鲁莽!干涉她到这种地步!如果林先生因此打了退堂鼓，那更是全市的损失!他就是那么不识大体!

方涛站在阳台上，抽烟。大成走到他身后:“爸，妈呢?妈什么时候回来?”方涛转头:“睡你的。”大成说:“我这道数学题不会，得问妈。”方涛说:“以后自己学。”

第二天家欢照常上班，晚上又在矿务局宾馆住了一晚上。方涛没找过来。其实家欢心里的预设是，如果方涛再找来，她就跟他回家。她也不想闹这么僵。两个夜晚，已经足够彼此反省。

家欢把这个归结为大男子主义，再加上她不给他们老弟兄几个组车队贷款，所以方涛有些激动。其实私房钱已经取出来，她打算赞助，以私人名义，只是还没来得及说。

周末之前，林先生返程，家欢和领导、同事们一起欢送，又耽误两天。晚上喝完酒，家欢不想回家，她怕醉醺醺的，方涛只会误会加深。住宾馆也不合适，领导都在，她冷不丁开一间房，说不清。因此酒局散了，她打了辆车，回龙湖娘家住。

美心开门，闻到酒味："这干什么呢?"

"没事，烧点热水。"家欢说。

美心道："动静小点儿，你奶胆结石犯了，好几夜没睡好，今儿个算刚眯上。"

家欢关切地："怎么不去医院看看?"

美心开水龙头："去了，也找秋芳来看，没什么大病，单纯胆结石，你奶这个年纪了，也不适合动手术。"又问，"你去哪儿喝的？怎么不回家?"

170

问到点子上了。

"就在菜市旁边，工作应酬，天也晚了，就近就回来了。"家欢编故事，"这不回来也看看您老人家嘛。"

"由着嘴扯。"美心过去谈不上多喜欢家欢。但如今，几个女儿里头，在事业上，还就家欢一枝独秀。社会地位提高，家庭地位自然也提高了。院子里虫子多，一只小飞虫扑到家欢那只坏眼里。难受，用手抹，反倒变本加厉。

“妈，你帮我看看，这眼睛。”家欢求助。

“别动。”美心坐好水，连忙去屋里头拿手电筒，照着，把飞虫捉出来，“拿自来水冲冲。”和女儿这只坏眼直面，美心有些心疼，但更觉万事没有完美。上天给你一样，必然要收走另一样。老二不就是例子嘛。

家欢洗了澡，上床跟美心躺一块儿。一时都睡不着。

美心问：“你二姐那儿这一阵你去了没有？”

“在五小门口遇到过一次。”

“五小？”

“她做早点。”

“工作不干了？”

“副业。”

“太辛苦。”美心心里不是滋味，“你认识的人多，也帮着码拾码拾。”家欢不假思索：“二姐不愿意。”

美心说：“这种事，哪有嘴上明说的。”

家欢想起往事：“你以前不就明说不愿意。”

“跟我有什么关系？”

“刘妈那时候要帮你介绍对象，你忘了？”

美心震动，那时候家欢还小，怎么知道这么多：“胡扯！”

“贵人多忘事。”家欢笑嘻嘻地。在妈面前，她多大都没正经。

停一会儿，美心幽幽地：“我跟老二怎么能一样，我这多大一家子，还有你奶，我怎么走？”

家欢奉承：“知道你为何家立下了汗马功劳。”

次日，家欢回家，家艺上门。拿来一叠宣传单。进门就嚷：“妈，要支持啊！”

美心听得没头没脑，不懂支持什么。

“澡堂子，”家艺解释，“我跟欧阳开的澡堂子没人。”

美心诧异：“那怎么办？我去拉人？去澡堂子？怪了点吧。”

家艺把传单递到美心手里：“妈，挨家挨户发一张，下个礼拜开始，周一女客免费洗。”美心拿着传单比远了瞅瞅，“帮你宣传宣传，免费，好说，正好你奶想去大池子洗澡。”

家艺道：“哎哟，那得小心，这岁数。”

美心说：“你奶的脾气你还不知道？劝有用吗？嫌家里洗撒不开膀子，不痛快。”

家艺自夸：“我那儿，保准你们痛快，礼拜一过来。”

美心笑呵呵答应。里屋，老太太叫家艺。家艺摇摇摆摆过去应付两声。老太太随口问问最近情况怎么样，欧阳情绪调整好没有，挣到钱没有。家艺好大喜功，一律往好了说。等人走了，老太太问美心：“老三又发财了？”

美心戳穿：“发屁财，开个澡堂子都没人，叫我们过去呢。”

“去！支持。”老太太喜欢洗澡。

家欢到家，放下皮包，屋子里静悄悄地。“大成！”家欢喊了一声，才想起来儿子周末要去学书法，这时间想必已经在书法课堂。家欢松懈下来，脱外套，丢在沙发上，打开电视机，淮南台在放《将爱情进行到底》。单位小姑娘们爱看。都迷那个杨峥，家欢看着一般。时代在变，审美也在变。看了几分钟，家欢觉得乏，趿拉着拖鞋进卧室。一低头，哗，何家欢差点没摔一跤。

方涛坐在床边，捧着一本书，无声无息。

家欢抚胸口，责怪地：“你有病啊，不出声！”

方涛还是不说话，不抬头，继续看书。

家欢抽了他的书，是那本《学习的革命》。让家欢深恶痛绝的一本书，她觉得里头说的都是屁话。

家欢爬上床，拉上被子，背对着方涛。

方涛依旧那么坐着，静得可怕。

“你干吗？”终于，家欢先耐不住，问。

先开口已经输了。可婚姻，哪有绝对输赢。

方涛叹一口气，轻声：“要不我们分开吧。”

“什么?”

“你和我，我们，离婚吧。”方涛正式提出来。

“离就离!”家欢反倒失控。

其实一直到去民政局办手续，何家欢都是不太愿意离婚的，可自尊又不允许她再低头。有种，你方涛有种，家欢想。你他妈敢提离，老娘立马就离，不含糊。即便是离婚，她也要占据上风。

方涛同样有些后悔。提离婚，是在气头上，也是为了打压家欢的气焰，他原本以为家欢会服软，谁知她一口答应，火冒三丈，还要求速战速决。硬着头皮，只能去把手续办了。

这婚离得糊里糊涂。什么财产分配，孩子的抚养权，沥沥拉拉细细碎碎的事情他们都没谈。大成不知道，更没旁人知道。他们也不打算告诉其他人，但大的方向已经定了，他们已经是前夫和前妻的关系。只不过，还住在一套房子里。家欢住卧室，方涛住书房。

虽然离婚，家欢也做到仁至义尽。从银行取的那定期，还给方涛。他不要。家欢撂狠话：“别客气，最后一次，算你的青春损失费。”她成爷儿们了。方涛正需要钱，收了，跟几个哥儿们逗吧逗吧，真弄了两辆货车，开了个运输公司。他下定决心混出点人样来给前妻看看。大成发现不对，问家欢：“妈，爸怎么老睡书房?”

家欢趁机：“你爸要学习啊，活到老学到老，你爸看书呢，你要跟你爸学，成绩再上不去，小心你的皮!”大成吓得不敢再问，免得引火烧身。

换季变天，老太太忽然感冒一场，去家艺浴池捧场的事，只能延后。平日，美心只能帮她擦擦。老太太现在是夜里睡得少，白日里倒有半天在充盹。天快冷，美心在帮小曼钩个线衣假领子。刘妈坐旁边。家丽进来，刘妈招呼了要走，家丽留她再坐一会儿。她对刘妈：“真是轮到自己才知道，刘妈有多了不起。”

刘妈诧异：“怎么说到我身上?”

美心也问：“老大，说话别颠三倒四的。”

家丽道：“刘妈培养了两个大学生，轻轻松松的，我这儿呢，下功夫想培养一个，吭吭哧哧，那个费劲。”

美心不妄自菲薄：“老天爷给的不一样，物尽其用，人尽其才。”

家丽道：“话虽这么说，但现在不是学历社会吗？上了大学就分配工作，你看老二当初没上大学，现在走多少弯路。老四上了，现在什么样？”刘妈劝道：“家丽，你是明白人，不应该这样看问题，每个人的选择都是在当时的环境中做出的选择，常言道谁也不长前后眼，都是碰，碰来碰去，就成了命了。”

家丽叹息：“我看我们家老二，也没有上大学的命。”

美心问又怎么了。

家丽当着刘妈的面嫌面子过不去，只说刚开家长会回来，模考成绩不容乐观。等刘妈走了，她才跟美心说实话，还是小声：“倒数。”美心为难地：“这孩子到底随谁呀？你跟建国，脑子都算快的。”家丽说：“其他方面快，一到学习就不行。”

美心说：“那跟老三家的一样。”枫枫成绩也一塌糊涂。

家丽道：“这几个孩子里头，现在看，估计只有老二家的能端学习这碗饭。”

美心安慰：“你不错了，小年不是出来了嘛，吃皇粮，位置也不错，给你省多少事。你现在菜也不用卖了。”

家丽跟她妈抱怨：“做父母的操心孩子，没有头。”

美心脖子一伸，笑说：“你才知道？当初我为你们姊妹六个操了多少心。”家丽反驳：“不都阿奶在带嘛，就老六是你自己带的。”

美心不干了：“是不是我生的？一个一个的，你不知道多累！”

家丽口气软了：“是是，劳苦功高。”

两个人又说起小年的婚事。家丽说：“他自己想谈了。”停了一会儿，又说，“老四给他介绍了一个地税局的，处着呢。”

“地税局不错，稳定。”

“比他还大一点。”

“小年那性子，就得有人管他。”

“长得有点老相，也没什么学历，顶替她爸的工作。”

“主要孩子喜欢就行。”

家丽不满：“妈，我处对象结婚那会儿，你跟爸可没那么开明。”

美心说：“那是什么时候，现在是什么时候？能一样吗？”当然，美心留了半句话没说，谁的孩子谁操心，这都隔了一辈，她更没有发言权。与其说不好，招人讨厌，不如都说好。

淮师附小快放学，服装店门口簇满了学生家长，是卖货的好时机。隔壁的女装店，人满为患。家喜的斯芙莱，却没几个人光顾。不得已，家喜还是甩货，贴出打折的标志。可来的人还是有限。有个姐儿们来店里坐，家喜犯难：“你说这人们到底要不要追求时尚品位。是我出问题了，还是淮南的女人出问题了？”

姐儿们抽烟，弹烟灰到可乐罐子里：“都没问题。”

“那卖不动。”

“不在一条线上。”

“什么意思？”

“看你这人怪聪明，怎么就不明白呢。”姐儿们随手拎拎衣服，“就你这衣服，这长的穿了能唱戏，短的穿上立马能摸鱼，露的恨不得都是洞，这裹着的恨不得成肉粽。”

“这就是潮流就是艺术呀！”家喜申辩。

“是！”姐儿们斩钉截铁，“但这些来接孩子放学的女人不需要，这些女人都是什么人，人到中年，上着班，烧着锅，带着孩子，省着钱，她们能买你这衣服？鬼了！她就是买了，穿回家她们的老公也会说老婆得了神经病。”

正说着，进来个人。家喜忙站起来招呼。是个年轻女孩，风格极其强烈。一眼望过去，两点红，血红。嘴唇血红，长指甲血红。她在店里看了看，问家喜：“能试吗？”

家喜连忙说可以可以。

女孩挑了个露肩洋装，黑皮子的短裙，进更衣室。

171

区政府离淮师附小不远。四海大厦门口的摊子被清退，下了班，小年到龙湖菜市门口吃炸肉串。这天，他多炸了几串，拎着进斯芙莱的门。他来看看六姨。他和家喜谈得来，她只比他大五岁，几乎算同龄。小年递上肉串。家喜姐儿们问："这哪个？"

"我外甥。"家喜介绍。

"这么大了，长得挺帅。"姐儿们夸了两句，走了。

更衣室有人喊："老板，裙子大了，有小一号的没？"

家喜连忙给找小一号的，递进去。

小年笑说："生意不错。"

家喜小声："今天第二个生意。"咋舌。

女顾客试衣服出来，小年正吃着肉串，一抬头，只觉眼前一亮，面熟。再细看，光彩照人，最关键是，她身上有种和小城女孩不同的先锋气质。红嘴唇，红指甲，都是宣言。

"李雯？"小年试探地。

女顾客从镜子里看到小年，转过身："何向东？"

他们曾经是初中同学，一别数年，想不到在这地方遇见。小城本来就小。"这是你开的店？"

"我六姨。"

家喜忙笑着说："你们认识？今天得免费了。"女顾客连忙说不行。小年手足失措，放下肉串。因为肉串，这重逢似乎狼狈了点。李雯倒不拘小节，随手拿起一串，一口白牙，撸下来。"哪儿炸的，不错。"她夸赞道。

何家客厅，家喜跟美心、老太太和大姐家丽描述着这场奇遇：“我一看就知道有戏。”

家丽不信：“这才一面，哪来的戏。”

家喜说明：“这叫有感情基础，而且彼此的那个眼神，怎么说，来电了。”美心和老太太呵呵笑。上了年纪，愈发喜欢听年轻人的爱情故事。美心问：“那姑娘做什么的？”

“说是个小学音乐老师。”家喜说，“爸是公安局的，妈妈淮师院老师。有个哥，也在公安局，防暴大队的。”

美心看了看老太太：“听上去还行。”

家丽着急问：“小年后来有没有跟你说什么？”

“还用说，”家喜分析，“实话不会放在嘴上，得看脸上，大姐，你就等着吧。”

家丽耐了几日，小年一切如常，并没有提及相遇。这日，家丽故意踅摸到小年和小冬那屋。小冬马上高考，晚上要去学校自习，住在姥姥家。所以小年一个人在屋里。家丽进屋，小年的汉显 BP 机响。家丽打趣：“哟，业务挺忙。”

小年见妈来，一把收了。

家丽引蛇出洞，指东打西：“你四姨介绍的那个税务局的，不处了？”小年头也不抬：“不联系了。”

“没毛病啊那姑娘。”家丽说，“长得不丑，家里不错，性格也好。”

“我不搞你们这些政治婚姻。”小年一口否决。

家丽不乐意：“顺嘴扯，门当户对是为你好。”

“俗气。”

“你说一个不俗气的。”

“没有。”

“李雯呢？”

小年猛抬头：“六姨告诉你的吧？”

家丽眼光无限柔和："喜欢就带回来，吃顿饭，确定关系就处处。"小年说："妈，能不能别这么俗气？"

尽管小年嘴上最讨厌的就是俗气。但既然妈妈，还有他那铁腕的爸下令，他也免不了俗气一把。李雯本身也是个天不怕地不怕的，让吃饭，那就吃。依旧红嘴唇、红指甲，毫不掩饰。来了该说什么说什么，该做什么做什么，倒也懂礼貌，吃完饭也抢着刷碗，可家丽一看她那一双手，是个血红的指甲，算了，怕是洗也洗不干净。不让做就不做，建国跟她随意聊天，她是小学音乐老师，会弹钢琴。建国就跟她聊聊钢琴曲子。理查德·克莱德曼在中国正流行。建国说那个法国的理查德好像不错。李雯不客气："一般，有点太煽情了。"嚯，一句话，弄得建国也不好再往下说。

吃完午饭，坐了一会儿。李雯说下午还有事，小年送她走。

洗好弄好，家丽坐回沙发，舒了口气，问建国："怎么样？"

建国不评价，伸了伸手指头，家丽和他同时笑了。

家丽担忧地："找这样的，小年能享福？"

"受罪也是他自己乐意，心满意足地受罪。"

"我看着就不舒服。"

"又不是你跟她过。"建国说，"咱们不干涉，说不定三天新鲜劲过了，不了了之。"家丽道："我可没说让它黄。"

"就打个比方。"

"人倒是挺爽快，有点像我。"

一晃一年过去，小冬高考。考下来，大专都扒不上。家丽犯难。跟老太太和美心商量。两个老人都问："建国什么意思？"

"他就那老一套。"

美心说："当兵也不错，你看小年当兵，回来不也安排了，现在又管着征兵，些来小去也有点油水。"家丽道："指望老二能上大学呢，这样跟他哥插花着来，建国副县级到顶了，等他参军回来，估计就该退居二线，能不能使上劲，两说。"

美心说："或者跟别人似的，复读一年。"

老太太不赞成，劳神费力，她太了解小冬。读书读不进去。家丽没辙：“参就参吧，现在部队也在改革，建国以前的老领导几乎都退了，小冬当兵，恐怕就没有小年那么舒服了。”

老太太一挥手：“男孩子，历练历练也好。”

暑假，小冬在家歇着，光明和枫枫都到军分区玩。洋洋被他爸管得严，而且小玲一走，家丽不好多叫他。

大成补习，家欢看得紧，也没叫。小曼还小，在她奶奶家待着，当堂弟的小保姆。

这日，家丽到家，宣布了让小冬去当兵的决定。小冬的脸立刻拉下来：“妈，能不能不去？”他胖乎乎的，好吃，听小年描述过，他愈发惧怕三个月新兵连的操练。

“那你复读。”家丽讲理，“明年再考。”

小冬不假思索：“还是当兵吧。”

家丽轻斥：“你想当人家还未必要，你跟我一样，有点平足。”

小冬不服：“哪里平足？”来回走，又跳，“没有，完全没有。”跳猛了，一下崴到脚，哎哟一声。家丽皱眉，做饭去了。

小冬拿起房间墙壁上挂着的健力器，拉了两下。

枫枫问：“冬哥，你以后想做什么？”

“不知道。”小冬对未来没想法。眼下要去当兵，比较头疼。

枫枫又问：“明哥，你呢，以后想做什么？”

“做医生。”光明说。因为父亲生病去世，光明立下了做医生的愿景。考上海医科大学。“你呢？”光明问。

枫枫诡秘一笑：“当明星，或者歌手。”枫枫崇拜四大天王里的郭富城，不过最近迷张信哲，在练《过火》《宽容》。“来一段。”小冬撺掇。枫枫真唱：“怎么忍心让你受折磨，是我给你自由过了火，让你更寂寞，才会陷入感情旋涡……”“你的宽容，还有我温柔的包容，没有泪的夜晚，是天堂……”最后一个音没上去，下来大喘气。小冬泼冷水，咱们这一大家子，就没有搞文艺的。

光明听他们说。

枫枫反驳："怎么没有，五姨夫和五姨都跳舞，也是文艺。"

小冬不屑："跳成什么样了？成功了？五姨流落蛮夷之地，五姨夫吃饭都成问题。"

枫枫说："那是发达地区，改革开放的前沿，怎么成蛮夷之地了，五姨现在好着呢，说将来回来，还要送自动铅笔盒给我。"

"五姨跟你联系了？"小冬问。

"打电话到我们家，我也跟她说了几句。"

"五姨现在干吗呢？"光明也好奇。

"在福建呢，具体干吗不知道，反正过得不错，有钱了。"小枫说，又问，"哥，你家有没有摩丝？"

"有，何向东的。"小冬叫小年大名，"干吗？"

小枫说："在家我妈不让用，我试试郭富城发型。"

小冬拉开抽屉，里头是小年的洗护用品。"别用太多。"他把摩丝拿了出来。对着镜子，挤出一大坨摩丝，枫枫第一次用，只知道往头上抹，在究竟是往左边梳好还是右边梳好的问题上，他十分犹豫，百般折腾，最后摩丝起效果，干在那儿。枫枫的头发一九分，煞是奇怪。家丽推门喊吃饭。看到外甥的头，问："干吗？要当汉奸。"枫枫着急："大姨——"

暑假对光明来说喜忧参半。喜的是可以有个漫长的休息时间，凉席铺在地上，人睡在电风扇底下，一扇扇一夜。语文老师布置了暑假特别作业，看《红楼梦》。买书，家文从不含糊。去四海大厦对面的特色书店，买了一套插图本红楼梦。光明趴在竹凉席上读了一个夏天。懵懵懂懂，遥远又斑斓的世界。

当然也有忧心的事。家里的黄狗欢欢被送走了，送到马路对面长青社养老院，说给人看楼护院去了。家文说，欢欢在乡下比在楼上住着开心，广阔天地，能跑能跳。话虽如此，光明也知道仅是安慰，乡下条件怎么能跟家里比，估计饭都不能按顿。搞不好过年还被杀了做狗肉锅。因为可以预见的残酷，自欢欢送走那天，光明就没再问过它的情况，也不去看。从此天涯两飘零。

这日，家里来了个叔叔，人还算和善，一来就陪光明打牌。光明竟连输了十几局。

172 //

刘妈为儿子的婚事着急："秋林，你跟妈说，你到底喜欢什么样的？我跟你说你只要说出个大概来，妈肯定能给你找到，要什么样的都有，田家庵本来就人杰地灵。"

秋林为难："妈，您没事也搞点个人爱好，别把心思老放我身上。"

"不放你身上我放哪儿？"

"结婚这事，真不像你们想的那么简单。"

"有什么不简单的，你喜欢我，我喜欢你，愿意共同生活，不就结婚了吗？"

"关键我是二婚。"

"二婚的现在也多，你这样的二婚，这条件，找黄花闺女都不成问题。"

"妈，我有喜欢的人了。"秋林没守住。说完就后悔。

刘妈立即："小林，丽莎是好，可跟你不合适，忘了她吧。"

秋林将错就错："需要时间。"

"慢慢来。"刘妈心疼儿子。

何家欢好一阵没跟秋林碰面，跟方涛离婚后，她特别小心，跟秋林碰面，等于火上浇油，可能连复婚的机会都会失去。

方涛开始跑短途运输。好兄弟运输公司到底搭起来了，平日里，他跟几个哥儿们就在国庆路十字路口趴活儿。宏宇的车也在那儿趴着。最近长途的活儿难拉，宏宇也开始做短线。

他撂给方涛一支烟，过来聊天："跟四姐最近怎么样？"

宏宇自认功臣。方涛不想聊这话题："就那样。"

"你可得加油。"宏宇说，"听说四姐又升了，标标准准的领导。"

方涛揶揄："是，我给领导丢人了。"

宏宇拍拍胸脯："咱不长别人志气灭自己威风，这些老娘儿们在外头再凶，回来也得是咱老婆，也得洗衣服做饭带孩子。"

方涛质问他："家喜听你的吗？"

宏宇立即："听啊，敢不听。"

"就听你吹。"方涛说。

有人来问活儿。宏宇连忙回自己车上，那人问了一会儿价格，方涛有心把活儿让给宏宇——他一个星期没开张了，便故意报了个高价。宏宇给了低价，去光彩大市场拉建筑材料，去蚌埠，第二天早上就要，要走夜路。"行不行？"方涛私下问宏宇。

"没问题，咱们老司机。"

谁料到光彩市场，客户的货多，一辆车不够，方涛加入，两家一起做。晚饭在外头吃，长途汽车站门口喝完牛肉汤。宏宇往家里打个电话，跟家喜打招呼。他问方涛要不要打。

方涛说："不用，说过了。"

宏宇狐疑，才发生的事，什么时候说的，估摸着两口子闹矛盾，他不再细问。晚上八点去装货，等了一个多小时，又要装，十点多才把货上好。两辆车出淮滨路，拐入国庆路206国道，一路往东去。到六里站十字路口，火车挡道，夜里车少，刚好两个人的货车挡在路西头。是拉煤的车穿城而过。淮南有三个火电厂，这车煤估计是从矿区直接拉到田家庵电厂做燃料的。车开得慢，车厢有几百节，火车道口的警示声当啷当啷响，急人。

方涛和宏宇嫌驾驶室闷，下车站在路边抽烟。几个老乡推着架子车，估计是长青社卖菜的。方涛觉得奇怪："怎么这个点了才收摊。"宏宇说："也可能是供应国庆路那一片的小饭店的。"

等了四十分钟，火车走完，起栏，两人发动车子，又往前开。六里站这一片在田家庵算个死角，到晚上，黑灯瞎火。路南的橡胶二厂，白兰集团下了班，空荡荡的。路北是长青社，是菜地，更没人。宏宇的车开了没几百米，只听到砰的一声，胎爆了。四个轮子作废一只，出师不利。闫宏宇猛踩刹车。车停住了，货物也没损害。"我×他妈！"宏宇下车，蹲下来看，发现地面净是玻璃碴子。不用说，是有人预谋的，多半是附近农民，或者是修车店。换吧，幸亏车屁股后头有备用的。只是黑灯瞎火，换轮胎有难度。宏宇站起来，一转头，一柄刀架在脖子上："不要动。"

是个男人，听声音中年，戴着头套。

"别出声！"宏宇举起手，不敢动。

"搜。"劫匪对同伴说。另一个人上，迅速把宏宇身上搜了一遍。另一名同伙上车翻检。

"宏宇——怎么样？"方涛靠近，晃晃悠悠。

劫匪被声音吸引，分了神。宏宇一低身子，猫腰蹿了出去。劫匪却飞身一扑，抓住宏宇的腿。宏宇反抗，丢了一只鞋，还是逃脱了。两方对峙。闫宏宇藏在方涛身后。他虽人高马大，但这种场面没经历过几次，经验不足，胆识也不足，方涛却是跑运输多年的老司机，经得多，危急情况没少应付，加之身手不错，所以自然"艺高人胆大"。

方涛赤手空拳："单挑还是一起上？"

三个劫匪对看一眼，没人出声。其中大个子的站出来，要单挑。那人上前，挥了一拳。方涛轻松一闪，对手扑了个空。再回一脚，正中心口，大个子被踢出老远。

方涛胜利地笑："怎么着，哥几个，一起上还是继续单挑？"

三个劫匪一起扑上来，都拿着刀。宏宇吓得后躲。方涛一脚一个，将三人踢翻在地，抹一下嘴角："宏宇，报警！"

闫宏宇哎了一声，连忙回车上找电话。

转头间，他看见黑暗中又跳出一个人，举着刀，直朝方涛身上刺来！“姐夫！”宏宇大喊，但已然来不及了。

刀正中胸口，方涛应声倒地。

劫匪见出了事，慌忙四散。宏宇扑过来抱住方涛的头，嘶喊：“姐夫你没事吧，姐夫，姐夫！你醒醒，姐夫……”

医院急救室门口。闫宏宇耷拉着头，泪眼婆娑。家喜和家欢同时到。“怎么回事？”家喜问丈夫。

宏宇哽咽：“姐夫是见义勇为……”

家欢急得嗓子哑了：“你姐夫人呢？”

人还在抢救。医生出来问谁是病人家属。家欢连忙说我是我是，我是他爱人。医生说病人肺部存在严重损伤，需要马上动手术。家欢立刻去签字。家喜对宏宇：“哭什么？到底怎么回事？”宏宇努力控制住自己：“拉了一个活儿，在六里站遇到劫匪了。”

家欢痛心疾首：“我早都不让他搞什么运输，干出租哪有这么多事！”家喜劝：“姐，这些先别埋怨了，救人要紧。”

家欢忽然失控：“伤的不是你家的！”

气头上，家喜不好跟姐姐争辩，只好坐下，静静等待。

抢救了一夜。人是救过来了，但医生说，可能会有后遗症。

光明最讨厌的日子是星期三。

星期三是家长送饭日。

光明端着饭缸子，搪瓷的、上面有牡丹花图案的饭缸子，里面放着光明刚从食堂打回来的饭和菜，星期三，光明总是给自己加餐。光明颇为豪壮地打了一块炸得软软的扁平大排，还有西红柿炒蛋，它们染红了躺在更下层的米饭的身躯，还有豆芽呢，豆芽炒肉——光明早就下定决心，礼拜三必须打三个菜，不能显得寒碜。可是，就当光明推开寝室门的一刹那，下铺大胖子孙治妈妈的欢声笑语和她带来的白烧鸡腿的香味，还是轰地一下，就把光明所有的自尊击败。

“回来啦!”孙治妈妈微笑着跟光明打招呼。

光明住孙治上铺，这个大胖子有个笑面虎的妈，每个礼拜三，这个皮笑肉不笑的女人都会给她儿子送饭。光明寝室本来没有家长送饭，都怪孙治妈，是她带起了这个风潮。看，现在，礼拜三成送饭日了，孙治妈、李曹妈、年睿妈都来，各自带着几个菜，喂给她们的儿子。

孙治妈最可恶，她永远要送白烧的大鸡腿，真不知道哪只鸡有那么大的腿，或者说，一只鸡长那么大的腿，多不容易，谁杀了它，吃了它，根本就是犯罪!

“阿姨，来啦。”保持微笑，光明必须做一个懂礼貌的好孩子。

孙治低着头，呼哧呼哧吃着，简直像一头猪。

光明放下饭盒，打开，光明的大排在孙治的鸡腿面前，好像忽然缩小了好几倍，不及放在食堂橱窗里诱人了。不由得，光明有些气弱，无法像预想那样狼吞虎咽地吃，而变成了小口小口。

“你妈又没来?”好，很好，这个阴险的女人很准确地伤到了光明的心。

“她上班，我不让她来的，都是初中生了，没必要家长整天围着转。”在内心，光明为自己的伶牙俐齿鼓掌。

“你妈还在制药厂?”孙治妈问。

“嗯。”光明不想搭理她。

“可真辛苦呢，一个人拉扯孩子。”孙治妈的笑容无比可耻，但是她成功了，李曹妈和年睿妈都被她唤醒了，她们追着问，一个人拉扯孩子啊，哔哔哔哔，光明耳朵里一阵轰鸣，听不清，嘴巴里的饭菜也没有味道，光明像一只受伤的豹子，咬着那块大排，一下，一下。

“孙治，把鸡腿分出一块来。”孙治妈发号施令了。孙治无动于衷，他好吃，三个鸡腿根本吃不够。“分出一块。”孙治妈说得很严重似的，孙治这才慢吞吞地，用筷子头夹住鸡的小腿长条骨，那鸡腿摇摇晃晃的，好像个小棒槌，在空中移动一小段路程，要坠入光明的饭缸子中。光明像触电般，立刻端起饭缸躲避，光明嚷嚷着:“不要不要，我不喜欢吃鸡腿，你自己吃你自己吃……”孙治这个王八蛋好像故意给光明难堪似的，死活非要把那个该死的鸡腿让给光明，光明只能动真格的：“你自己吃，我真不喜欢吃这种白鸡腿，真不吃……”光明一用力，那只鸡腿啪落在地上，滚了一圈，全部沾上了灰。

光明干笑笑：“说了我不吃。”

孙治妈对孙治嚷：“他说不吃就别给他吃，你这孩子怎么这么死性，没见过这样的孩子，不知好歹。”指桑骂槐。

孙治晃着他那大胖脑袋：“是你让我给他的呀。”

光明端着饭缸子出去。

光明恨死孙治的鸡腿。

173

晚自习，光明抱着书本，坐到孙治旁边。初二，已经上完了初三的课，现在是复习阶段，准备中考。不到九点，孙治就趴在桌子上睡着了，光明用胳膊肘拐了他一下，这家伙醒了，嘴边还流着哈喇子，两眼茫然无光。

“你这么睡可不行。”光明说，“中考成问题，肯定考不上重点。”

孙治嗫嚅：“老困。”

光明摇着头，像老夫子：“研究表明，轻度饥饿有助于大脑运作，你就是吃多了。”

“吃多了？”孙治一脸的不可置信，可能在他自己看来，他还没吃饱呢。

“对啊，你看看你，三顿饭都吃那么多，看看肚子，看看胳膊、腿，这都需要大脑控制，大脑哪能操控那么多的肉呢。”

“那怎么办？”孙治似乎相信了。

“少吃，减肥。”光明口气确凿。

“不想跑步。”

“没人让你跑步。”光明说，“你妈给你少送几顿饭就行了，尤其那个鸡腿，不能再吃了，太长肉。”

孙治点点头。

第二个礼拜，孙治妈没来，据说是孙治不让她来，说自己不能光吃不长脑子，为了孩子的健康和学习成绩，孙治妈同意了。

“鸡腿对智力的发育不好。”寝室卧谈，这是光明永远的观点。

“是不好，光明不吃鸡腿之后，这次月考上升了三十名呢。”孙治现身说法，支持光明的论点。

“那意思是，我们这里的鸡，吃了笨笨丸？”李曹发挥想象。

“笨笨丸是什么东西？”年睿问。

光明一听他扯远了，便说：“没有什么笨笨丸，过去的鸡也是聪明的，因为它们每天会出去走，看世界。这种鸡一般长得比较小，因为出去走就当作锻炼了，它们的腿也瘦小些，这样的鸡有聪明的鸡腿，人吃了是好的，但像孙治妈带来的那种鸡腿，又白又大，一看就是人工饲养的，这种鸡被关在笼子里时间长了，脑子呆滞，吃它的肉，也就会变得呆滞。”

“原来如此。”孙治蹬了一下床，恍然大悟。

“不过太胖的人，无论是笨鸡腿还是聪明的鸡腿，都不能吃。”

“坚决不吃，为了中考。”孙治宣誓。

有一天，光明和孙治在食堂窗口排队打饭。

李曹跑过来，急匆匆地，找到光明：“你妈来了。”

光明脑子一白，立刻端着缸子朝寝室跑。

上楼梯，两个两个上，光明撞门进去，光明妈站在屋内，一身水红色衣服，比孙治他妈漂亮多了。

光明放下缸子，空空如也。

“忘了打电话了，今天刚好没班。”老妈说。

孙治、李曹、年睿他们也回来了，端着刚从食堂打回来的饭。

老妈从包里拿出两个一次性饭盒，解开塑料袋，打开，摆在光明面前，一盒里是饭和木须肉，一盒里躺着两只红烧鸡腿，黄褐色，并排放。

“老念叨，幸亏学校附近饭店也烧。”

三个同学盯着光明看，也看鸡腿。

光明眼眶发热，多么好的妈妈啊，可光明终究没忘记自己当初对鸡腿的定义。光明指着盒子中的两只鸡腿，看了他们三个一眼，说：“嗯，这是聪明的鸡腿，是聪明的鸡腿。”

老妈不解：“什么?”

“没什么，没什么……”光明低头，喃喃道。光明哭了，眼泪滴在了鸡腿上。

这样的事情还有很多。从小到大，在学校，光明都避免特殊，只是小学的鸡蛋糕、初中的鸡腿，都让他有种莫名的小小难堪。当然，这种不适，他从未跟阿妈家文正面提过。上了初中，走过初一的适应期，到了初二，光明的成绩名列前茅。班主任认为这样发展下去，重点高中不成问题。

不过光明也遭遇了一些可见的小烦恼。

比如脸上的青春痘，猝不及防地突袭了他。

这一点，家文倒发现得比较及时。干了一阵早餐摊子，厂里工作回到正轨，厂子被买断，工人们推举了新厂长。需要能人管理车间，家文被提了上去，做工段长。她平均半个月去二中看一次儿子。当发现光明额头的痘痘后，这一回，她带来了时下流行的产品——姗拉娜痘胶膏。

“试试，”家文递给光明，“一次用一点，抹在痘痘上就行。”

这管痘胶膏成了光明的炫耀单品。他喜欢当着同学的面，对着镜子点一点。

“光明，什么玩意儿?”

“姗拉娜痘胶膏。”光明光荣地，“我妈给我买的。”

“有用吗?”

“一点就消。”光明有他的虚荣。

这些小小虚荣，如同夏天的风，是明亮又欢快的。

家欢拎着保温桶进人民医院，秋芳迎面走来，跟她打了个招呼。“有人来看方涛。”秋芳不经意地。家欢没当回事，出了这么大事，有人来看也正常。婆家叔伯兄弟还有沥沥拉拉的七大姑八大姨，在肥西、长丰、怀远、凤台的，听说了，也少不了来走一趟。进病房，一个女人坐在方涛跟前，长头发，穿着大垫肩上衣。

“你好。”家欢没见过这人，礼貌地。

方涛伤到肺，躺在床上不能说话，气不足。

那女人转过身，站起来，不笑，看上去比她年纪要大，看衣着，不像本地人，倒像从南面来的。

“你好。”女人伸出手来握，“我是丁倩。”

这名字听着耳熟。但家欢一时又对不上号。

丁倩见何家欢疑惑脸，解释道:“我是方涛的前妻，不过我听说，你们也离婚了，我们的身份位置一样。”

何家欢脑袋轰地一下，他前妻回来了，还在这个当口儿，并且，她还知道他们已经离婚。谁告诉她的?方涛?他什么意思?看丁倩那副骄傲样子，整个一个黄世仁回巢。怎么，她打算跟方涛复婚?家欢一时分辨不清局势。

她说:“是不是有什么误会?我和方涛还是合法夫妻。”

丁倩不示弱:“行了，妹妹，没有可靠消息我也不会乱说，你是国家干部，我尊重你，不管你和方涛因为什么离婚，事实就是，你们离婚了。过去，我欠他的，我希望有机会弥补。就这么简单。”

就这么简单。说得简单。可家欢看来，情势无比复杂，她没想到，自己任性的作意离婚，却迎来了如此局面。她是随时准备复婚的。“你让开。”家欢本性好斗。

丁倩却纹丝不动。这是个经历过人间风浪的女人。在南边挣了钱，回老家花，看来看去，还是原配好。可对家欢来说，方涛也是她的原配丈夫！这场战斗，她不能输，她也不会输。她还有儿子，有这么多年的感情。

令家欢想不到的是，她和方涛已经办理离婚的消息，很快传得满城风雨。显然是丁倩放出去的。家欢一番反侦察，才得知丁倩的大姐在民政系统有关系，难怪摸得一清二楚。

传到家丽耳朵里，她不得不去问问家欢。凑着去银行办事，家丽找到老四。两个人站在华联十字路口街心花园说话。阴天，气氛沉沉的。老四现在职位越升越高，家丽跟她说话注意得很。她做什么家丽不管，但作为老大，何家丽必须考虑这个家的面子，以及老母亲和老奶奶的感受。

“你跟老五学什么?”家丽说。老五离婚了。

“完全是意外。”

“离婚是闹着玩的？还有这种意外?”

家欢双手叉腰：“大姐，具体细节我也说不清，反正都是小事，点点滴滴积累，最后一时冲动。”

“赶紧复婚。”

“人现在不还躺在医院，总得等好了。”

“他前妻现在要跟他复婚你知不知道?”

家欢恨：“这女的真是够了，当初要离婚是她，现在要复婚的也是她，还弄得众人皆知。她就是想制造舆论，光脚的不怕穿鞋的。”

“还不是你自己玩火，给人钻了空子。”

“妈和奶奶知不知道?”

“现在还不知道。”家丽生闷气，“但也瞒不了多久，你尽快处理。”家欢现在首先需要弄明白的，是方涛的态度。

从方涛住院开始，闫宏宇几乎每天都去。因为这场劫难，他们成生死之交。就连家喜店清仓大甩卖，宏宇也帮不上忙。家喜只能叫小年和李雯来搭把手。

店门大开，李雯和家喜感叹，上一次来，店还在，这次来，店就要关门。李雯说："老姨，你这店可惜了。"

这话打到家喜心尖上，她一向认为自己有艺术品位。

"要是开在胜发华联那一块，或者在华联里头弄个地方，保证卖得好。"李雯鼓励。"算了，一年房租不少，挣不了几个钱。"家喜干服装干够了。李雯说："头几年，东城市场干服装的挣到钱了，有个叫钟毛子的就挣了不少。"

家喜当然知道钟毛子。跟小玲闹过，直接造成刘小玲下海。

"不过现在也不行了。"李雯分析，"那个钟毛子也被抓了。"

"被抓？消息确实？"这算是个新闻。

"确实。"李雯说，"我哥他们扫黄打非，钟毛子涉毒，进去了，估计得判，年头不会少。"

家喜的第一反应，小玲可以回来了。她问什么时候的事。李雯想了想，说是半年前。

小年拎了点吃的回来，又是去龙湖菜市门口炸的臭豆腐、土豆片、肉串，还用塑料袋拎了三碗馄饨。

边吃边聊。家喜问："什么时候办事？"

174

小年和李雯对看一眼。李雯笑说："房子还没弄到呢。"

家喜不好多说。实际上，她有点后悔问这事。房子是大事，家丽和建国两口子肯定在考虑。她曾经想，大姐两口子很可能想要娘家那套房。毕竟小年姓何，当初这么弄，就算是何家的孙子，又是头一个。可论理，那房子六个人都有份，不该给小年。现在谁不困难，二姐一个人带孩子，老三两口子那个样子，老五在外头，就老四好点。也是拿死工资的。再过二年，小曼要上小学，她打算安排她上淮师附小，比五小好。姊妹里头，就她生了女孩，更要培养好，免得让人笑话。

想到这儿，家喜引导话题："你们要结婚，可得重重谢我。"

小年不解。李雯反应快："当然，六姨这间斯芙莱，是我们的红娘。"

家喜感叹："可惜以后没有了。"

三个人你一言我一语开玩笑，当门口凑过来个人。是个身形玲珑的女子，低着头，翻检衣服。家喜大声："便宜了，最后三天，亏本甩卖。"不经意间，那女人一抬头，却是明眸善睐。

家喜惊呼："老五!"

小玲笑眯眯地："怎么这么巧。"

"你搞什么?"家喜上前摇小玲的肩，"回来也不说一声。"

"刚到。"

"没回家？你搞么（方言：做什么）呢?"家喜激动得翻来覆去就这句话。

小年和李雯上前。小年叫了声五姨。李雯才知道这便是何家"大名鼎鼎"的老五刘小玲。李雯本身是搞艺术的，多年前就听说有个跳霹雳舞的凯丽，再加上下海的传奇经历，是他们这些屈居小城沉浸在生活中的青年想都不敢想的。李雯觉得小玲很浪漫，有激情。"你就是五姨!"李雯激动，一把抓住小玲的手。

弄得小玲反倒一脸迷惑，不知哪里蹦出这么个人。血盆大口，指甲像黑山老妖。

"小年未婚妻，你外甥媳妇。"家喜介绍。

小玲随即从裤兜里掏出个红包。都是有备而来。"乖乖的。"小玲拍李雯的手背，学广东那边人说话。

李雯受宠若惊，直到离开后，还在跟小年叨咕："五姨好，五姨厉害。"小年不得不泼点冷水："是不得已才出去的。"

“别管怎么出去的，反正人家敢出去，敢打，敢拼，现在不也过得挺好。”

小玲在家喜这儿淘了几件衣服，现场换了，一身黑。小玲笑说：“借你的光，我这也算衣锦还乡了。”

两个人约定一会儿家里见。小玲说要回趟宾馆。家喜觉得奇怪，但没深问。她匆忙关了店铺往家里赶。

家丽在家烧红枣稀饭，小冬去参军，小年准备结婚，她更没事，回家的次数多。

家喜进门，对家丽：“大姐!”

家丽放下锅盖：“干吗，一惊一乍的。”

“妈呢?”

“菜市呢，还没收摊。”

“小玲回来了。”家喜说。

家丽锅盖差点没拿稳。

匆忙打电话，给老二、老三、老四，让她们马上回家。口气急切，一听就有急事，家文、家艺、家欢在电话里没深问，火速往家赶。“什么事?”家欢问。

家丽说：“老五回来了。”

“哪儿呢?”家艺耐不住。

家文道：“回来就不走了吧?”

都不知道。老太太醒了，也坐不住，家喜扶着她站在前院门口，她一直担心小玲，可出去这么久，小玲没给美心和她打过一个电话。还没人来，老太太问家喜：“你不会看错人了吧?”

家喜说：“千真万确，错不了，她还买我几件衣服呢。”

暮色苍茫，巷道口远远走来个人。老太太逆光看，只是个剪影。走近了，才见是美心推着刘姐八宝菜的小车子。见一群人杵在门口，美心奇怪：“妈，这干吗呢？迎财神还是接王母娘娘?”

老太太喟叹：“老五！老五要回来了!”

美心浑身一抖，又惊又喜，说不出话，终于还是问："真的?"

家喜道："妈，千真万确。"

家丽从后面走上来："阿奶，去屋里等吧，外头风大。"老太太也站累了，众人扶着回屋，在藤椅上坐下。过了九十，太师椅都坐不住，只有藤椅能兜住她整个身子。

"泡点茶。"老太太指点。家文说："阿奶，看你高兴糊涂了，这个点还喝茶，晚上睡不睡了？现成的枣子稀饭。"

老太太笑说是。

家艺撇撇嘴，也是笑，对家欢："看到了吧，这就叫远香近臭，老四，以后我们也去南方失踪个几年，回来也是香饽饽。"

家欢心里放着方涛，没空开玩笑，只说："香饽饽臭饽饽，回来就好。"家艺讨了没趣，又转脸问家文："二姐，上次见那人怎么样?"家文是见了几个人，有家欢介绍的，也有家丽牵线的。但这个场合，她不想提。家文岔开话题，看看表："这个老五，还是这么磨蹭。"家艺道："急什么，反正光明住校，几点回去都行。"

老太太抓着美心的手，人老了，更怕生离死别，因此对重逢看得重："你让人去看看，怎么回事，别又出纰漏。"

美心连忙让家喜出去看。家喜领命，还没出院门，小玲进来了，直直进屋。

一时间全场无声，都看着小玲。

美心先哭了。老太太满面柔和，无限慈祥。小玲鼻酸，但还是笑："妈，这不回来了嘛，好么好生的，怎么又哭了。"

美心鼻涕冒泡，埋怨："电话也不打一个！在外头是死是活都不知道!"小玲忙说："打了呀，给三姐打了几个。"

家艺不背这个锅，忙解释："是打了，都是借钱，不好跟妈说。"

美心对小玲："在外头苦着了?"

小玲说："三姐，回来十倍还你。谁没点奋斗历程。"

家丽对老四："去，把钢精锅端来。"又对大伙儿，"都别站着了，吃饭吧。”小玲摩拳擦掌：“小枣稀饭。”

老太太道：“不愧是这个家出去的。”

小玲嘿然：“闻出来的。香。”

美心道：“你知道你奶念叨你多少次！”小玲上前抱住老太太。人回来了，老太太心放到肚子里，突然想起什么，又问：“那个仇家，不会又来找吧？”

家喜插话：“那人贩毒，已经被抓，要判刑，时间还不短，老五很安全。”其实小玲就是得到消息才回来的。

老太太叹：“善恶终有报，时候总会到。”

家欢去厨房端稀饭，一抬头见院子里站着个人，唬了一跳，大喊：“哪个！黑灯瞎火装什么鬼！”那人嘿嘿一笑，小玲听到外面响动，连忙出来，上前拉住那人，道：“这是我四姐。”又对家欢，“这是小黄。”家欢哦了一声。一屋子人透过窗户听得真，却不知这小黄是何方神圣。待领进屋，才见小黄是高个子，瘦长脸，留着分头，黄黑皮肤，脸上有些痘坑，眉骨高高的，眼睛不小，鼻孔同样大，身形也瘦，年纪不好说，估摸着应该有四十。

家丽猜出七八分，朗声对小玲：“老五，领回来了，还不介绍一下。”那男子讪讪地，赔着似有似无的笑。

小玲倒大方：“阿奶，阿妈，这是我男朋友，小黄。”

小黄连忙点头哈腰，叫阿姨，又叫奶奶。小玲从大姐到六妹依次介绍过去，小黄挨个招呼，又从口袋里摸出一叠红包。分发下去。家丽喝止：“这是干什么？”

小玲说：“让他发，他们那儿的规矩。”

众人只好拿了。家丽招呼吃饭，各人就座，晚上这顿不摆大圆桌，三三两两散着，端着碗吃。美心盛了点八宝菜出来，小碟子装着，让小黄吃。

老太太问：“小黄啊，今年贵庚？”

小黄口音很重：“刚刚好三十九岁。”

美心问："哪里人啊？"

小黄笑着："祖籍福建龙岩，老家还有房子，现在深圳居住啦。"

家丽伸手，筷子头点了点："和小玲怎么认识的？"

小黄说："在夜总……"小玲白了他一眼，拦阻，"工作场合认识的。"又不耐烦，"这刚回来，屁股还没坐热呢，问得人一头汗。"美心连忙笑说不问不问，吃饭吃饭。

一顿饭吃得尴尴尬尬，老五归来的喜悦，被"不速之客"的到来打扰。家丽也想过，既然出去了，又是独身女人，小玲免不了要找人。可她没想到这么快。这冷不丁从外头带回来一个人，不知根不知底，除了表面的那些东西，问不出个什么来。完全凭运气。家丽忧心。吃完晚饭，小玲和小黄回宾馆。

家文、家艺各回各家，家欢还要去医院一趟。三姊妹在院门口道别。家欢的电动车在院子里充电，手脚慢一些。车推到巷道口，迎面撞见张秋林。家欢低头想躲过去，秋林却眼尖。

"家欢！"他叫她。她只好站住脚步。

"你还好吧？"秋林问。他是科学工作者，业务上精细，某些方面却十足笨拙。四个字问得家欢火冒三丈。他知道了，听到了风言风语。可他凭什么问这四个字？她好不好跟他有什么关系？轮不到他笑话！同情！

"你让开。"家欢压住火，她还有事，当街，她也不愿情绪失控。秋林偏拦着。

"轧过去了。"家欢威胁。

秋林纹丝不动。家欢真轧，车推过去，撞在秋林腿上。他不怕疼，机会难得，他要说清楚。

"你现在是自由的，我也是。"秋林点破了。

"你不懂。"家欢车头一偏，择路而逃。

"为什么不能真实地面对自己！"秋林在他身后喊，"你离婚了，我也离婚了，请允许我追求你，过去错过了太多，因为我不知道，我不清楚自己的内心，现在清楚了，明白了，机会来了，为什么不能成全彼此。家欢，对我公平一点，对自己公平一点，好不好？你值得拥有幸福。”

何家欢无从辩驳，事实情况是，她已经与方涛办理了离婚，正因为有这个可笑的儿戏，丁倩和张秋林才有机可乘见缝插针。但她自己知道，事情不是这样，她和方涛还没完，她不能与秋林重拾旧梦。哦不，他们过去什么都没发生。如果有，也只是她的独角戏罢了。

虽然无论在谁看来，张秋林都是一名钻石王老五，极佳的结婚对象。但从头到尾从始至终她就没朝那方面想过，过去的就让它过去，曲终人散，没必要再回那个舞台。她现在有家庭，有孩子，是，她和方涛有问题，但既然选择了，这个问题就得他们俩独自解决，而不是逃避到另一个围城里。想到这儿，何家欢才意识到自己冲动离婚蠢透了，那无异于让原本复杂的局面更加复杂，将自己推到悬崖边上。

“家欢——”秋林哀求。

何家欢往前推了两步，扭动电源，小车开走了。

张秋林在巷子口站了一会儿，才恋恋不舍地转身，冷不防，吓了一跳，一个人影陷在黑暗里。

“妈！”秋林叫。

175

刘妈一直在旁边看着。看这出类似罗密欧与朱丽叶的表白。

“妈——”秋林又唤一声。

刘妈一边哭，一边朝家的方向走。秋林只好追上去安慰。刘妈迅速上楼，家门口，老猫赫兹等着她。她厌烦地踢了一脚，赫兹躲开了，蹿回自己的老窝。

“妈，不是你想的那样。”秋林放完火，又来救火。

刘妈抹掉泪，又坚强起来，斩钉截铁地：“不可能。”

“妈你不知道情况。”秋林企图解释。

刘妈快速地：“知道情况，都听清楚了，你单身，她离婚，你们想捏巴到一块儿，不可能，也不能这么做！以前当你们小孩子玩闹算了，玩真的？你疯了！”

“妈，不是捏巴，是我喜欢家欢。”

“你疯了！她家老四是好惹的！你找哪个不好你找她！是脾气好，会持家，还是模样一流，待人和善？从小就野，长大更甚，现在离婚了更糟糕，她那个丈夫虽然比她差一点，混得不如她，但也不能就这么甩了！”

“她爱人我打过交道，心态确实有问题。”

“不行！”刘妈更强硬，“秋林我告诉你，从小到大，样样事事我都依着你们，但这事不行。”

“妈你都不了解，乱下定论。”

刘妈撕一张卫生纸，擤鼻涕，说：“她离婚，再跟你结婚，这算什么？人家就会觉得你是她的下家，你们是早有预谋串通好的，人家会把你们当奸夫淫妇！”刘妈这辈子最恨奸夫淫妇。“你还要不要在这地界活，你们不要脸，两家大人还要混呢！”

“妈，误解！完全是误解！”

“而且她还有孩子，还是个儿子，你想过没有，将来关系怎么处理？不是丧偶，是离婚！她那个前夫永远摆在那儿，你掺和进去，你就不想想自己位置多尴尬。秋林，听妈一句劝，天涯何处无芳草，何必做那睁眼瞎。”

张秋林不说话，他是海外留学回来的，对于离婚，他没有歧视，至于孩子、前夫，他更不觉得是个问题。谁都有过去，他也有。这些都不重要。重要的是活在当下，真实面对自己的感受，面向未来。可所有的这一切，他无法给妈妈说。她理解不了，也不想尝试去理解。

到医院，进病房，何家欢发现丁倩还在。小床支好了，她似乎想要在医院凑合一夜，陪床。而且方涛似乎并没有拒绝。他静静躺着，两眼无光，不说话。家欢不得不捍卫自己的领土。

她走过去，对丁倩："请你离开。"

丁倩不予理会，忙着铺被褥，一丝不苟。

"我说话你听到没有？"家欢强势。

丁倩根本不吃这套，忙自己的，当她空气。

"让开。"家欢往前一步。丁倩故意卡住位置，给了她一个不屑的眼神。"方涛，你让她走！"家欢对方涛。

方涛闭上眼睛，一动不动。似乎对这场"战争"作壁上观。

"这是病房，不是你家卧室，不要大呼小叫的，什么素质！护士！护士！"丁倩叫道。

护士进来了。丁倩指着家欢说："护士，这人大声喧哗，扰乱病人休息。"丁倩先入为主。护士请家欢出去。

家欢义正词严："我才是病人家属！"

护士说："是谁都不能大声喧哗。只能有一个陪床。"

丁倩得意："想伺候人，早干吗去了？"

护士请家欢出去。家欢还嚷嚷着，说："我认识你们张秋芳主任，我认识张秋芳。"护士长进门："谁在大声喧哗！"声势夺人。她自己都吵到病人。方涛不说话，家欢就没有合法资格，只好退避三舍。

到家，成成在做作业。他问爸爸什么时候回来，家欢只好说，病好了就接回来。

这一晚，何家丽没回军分区，跟老太太挤一张床。快睡觉，美心过来道晚安。家丽忧心地："你说老五找的这个人，能行吗？"

美心道："人还算礼貌。"

家丽说："看着年纪不对，三十九？我看有四十多了。"

"总不能查身份证。"

老太太叹了口气，说："自己作的，自己要担着，老五在外头，应该也尝到好歹了。这个小黄，别的不说，只要肯踏踏实实过日子，就算老五这辈子有个归宿。”

家丽还是担忧：“主要家庭情况什么的都不太了解，就怕老五吃亏。”美心忽然忧愁：“能怎么办？让她回来？能听吗？”

老太太和家丽对看一眼，她们都知道不能。老五轴，不撞南墙不回头。美心又说：“不过现在还只是男朋友，大局没定。”

家丽没多说，其实老五进门她就发现，她肚子微隆。怕是跟老三一样，先上车，后补票。只是这个时候不比八十年代，风气开放多了。也不能算大事。老五不点破，她也不好先说。

“明天看吧。”美心说，“愿意在龙园宾馆摆一桌，进门就给红包，说明不算小气。”

次日，小玲和小黄在龙园宾馆开席，五姊妹悉数到场。家丽、建国去接美心和老太太。家艺和欧阳先到。

欧阳听说小黄也做生意，两个人天南海北侃。小黄问：“姐夫是做什么生意的？”欧阳为保面子，笑道：“之前做羽绒，现在做娱乐休闲。”小黄忙说是好生意，聊着聊着，又说要联手。

家艺听不下去，问：“小黄，到我们内地来投资投资嘛。”

小黄怪笑：“正在考虑正在考虑。”家艺瞪了欧阳一眼，欧阳连忙不说话了。宏宇和家喜带着小曼来了。孩子进门，小黄连忙掏红包递过去。小曼不收，小玲上前：“收着！”

家喜对小曼：“叫五姨。”小曼果真叫了一声五姨。

枫枫从外头跑进来，直接跑到小玲身边，先叫了一声，又问：“五姨，我的自动铅笔盒呢？”小玲这才想起当初的允诺：“买了买了，就是忘了带了，要不这样，给你个红包，你自己去买。”

枫枫伸出手：“红包也行。”小黄连忙给了。家艺批评儿子：“不许要！”枫枫笑嘻嘻地：“妈，这是五姨五姨夫给的，不归你管。”正说着，家文来了。光明在学校住校，就没带来。

小玲得知感叹：“遗憾，最想见光明，好孩子，有前途。”

小黄得知又是个外甥，小声问：“前头几个姐姐，生的都是男孩哦？”

家艺听到了，说："都是男孩，"忽然也小声，"就老六是女孩，老五也生的男孩。"指的是洋洋。

小玲忽然尴尬，不解释也不是，解释更不是。她也有点想洋洋了。可小黄在，总不能把他也叫来。而且直觉告诉她，振民不会那么轻易让洋洋来。家欢到了，老五去迎接，尴尬被丢在身后。大成上学，家欢让他中午在学校附近小饭馆吃，方涛还在医院，她没心情带孩子来。她来，都已经是很给老五面子了。

小玲问："姐夫呢？"

家欢答："有点事。"小玲没多问，门口又是喧闹，老太太和美心到了。宏宇担心方涛，问家欢："四姐，姐夫什么时候出院？我去接。"家欢没好气："出不出得来还不知道呢！"

宏宇大惊："怎么了？"

"丁倩在那儿。"

"还在那儿呢！"

"她还想跟你姐夫复婚。"

"疯了吧，姐夫准不能答应。"

"谁知道呢？人心都在变。我看老方也心灰意懒，搞不好真就范了。"

"你放心，保证成不了。"

"你有法子。"

"我会想法子。"宏宇打包票。

家丽和建国把老太太扶上座位。

小年和李雯也来了。李雯崇拜小玲，一直找小玲说话，又问去南方闯荡的情况。小玲打了个哈哈，没细说，又让小黄给红包，李雯也不客气，拿了就说谢谢。

诸位都入座。小玲让服务员上菜。一会儿，菜上了些，小黄让给男宾满上酒。宏宇说开车不喝。建国和欧阳满上小杯。小黄到底是在生意场上混的人，见时机已到，便站起来，用他那不太标准的普通话说："今天特别高兴，见到亲人了，以前小玲说，她家有六个姊妹，我说不信，今天来了真见到了各位，真是个个有风采，一门女将。老太太就是佘太君。”一席话，逗得满桌大笑。气氛立即轻松许多。老太太以茶代酒，举杯：“欢迎小黄!”众人都举杯同庆。

美心说：“哎呀，以前老五下海，我还担心，一个女孩子，孤孤单单跑到南方去，怎么活，怎么过？会不会有危险？一想到这个我夜里就睡不着觉。后来刘妈劝我，说谁知道危机是不是转机呢？就跟一头母猪撞出了围栏，冲下了山，没准过一阵子，它还能带一群小猪回来了。”

小玲嗔：“妈，没这么比喻的，我成那什么了。”

美心撑不住笑，说吃菜吃菜。

吃完饭，小黄又要请喝茶，家欢没时间，先走了。家艺和欧阳也得回去照看澡堂，只跟美心交代，早点带奶奶来洗澡。说洗不洗都拖了有日子了。家艺藏着半句话没说——再不洗，可能澡堂都要关门了。宝艺洗浴对面开了个月亮湾洗浴中心，更大，据说里面还有歌舞表演，价格跟宝艺持平。家艺和欧阳有点顶不住。开张这么久，也就刚开始挣了点，如今愈发走低，满打满算，还亏了本。亏本的买卖不能做。

建国去上班。小玲跟家喜去斯芙莱店里收拾尾货。家丽、美心和老太太三个人和小黄喝茶。意思很明显。女儿算送出去了，但作为家长，怎么也得再了解了解，谈谈条件。想了一晚上，家丽心里有数。

龙园宾馆茶座。家丽说让小黄尝尝安徽茶，所以没要铁观音，改喝太平猴魁。老太太笑眯眯，不说话。美心开口：“小黄，这次你跟小玲回来，算什么意思?”

176 //

小黄忽然从座位上出溜下去："奶奶、母亲大人在上，我和小玲这次回来，就是打算把事办了。"

家丽说："小黄，有些话不要怪我们说得明，本来按照我们这里的规矩，结婚，是要有彩礼的。"

小黄连忙说："应该的。"

美心和老太太岿然不动。

家丽继续说："不过既然你们都已经是二婚，今天这顿酒，就算在老家办了事了，不讲究排场，图个实惠。"

小黄又说是。

家丽问："结了婚，住在哪儿?"

"深圳龙岗，我有房子。"

家丽不得不为妹妹打算："一个人住，还是爸妈也在。"

"一大家子。"

"那就是了。"

小黄不懂家丽的意思，问："大姐有什么要求，尽管提。"

家丽笑说："不是我有要求，既然老五愿意嫁给你，你就是她一生的依靠，不过作为男方，你们那边总应该表示一点诚意。"

"一定一定。"

家丽见时候差不多，和美心对看一眼。美心说："老五在老家没有窝，你们回来，次次住宾馆也不方便，你们要结婚，怎么她也得有个窝，才能办回门。"

小黄连忙说："就回娘家嘛，我看家里有不少房间。"

老太太这才说话："嫁出去的女儿泼出去的水，娘家的房子不能给你们住，而且将来这房子是要给大孙子的，传男不传女。"

老太太的话让小黄陷入沉思。美心和家丽也暗自心惊，关于老家房子的归属，老太太从未提过，现在她说给大孙子，按理来说，是要给小年的。美心听了老不自在。这房子，归属权应该是她，丈夫去世了，她应该住到老死，然后，她想给谁给谁。怎么能说是给大孙子呢。家丽则是惊讶中带着欣慰。小年自小就姓何，等于何家子孙，现在到了适婚年龄，正需要房子结婚，如果老太太肯给，自然是大好事。只是房子让出来，老人住哪儿，是个问题。还有就是其他姊妹几个能否愿意，也是个问题。只是有老太太压阵，一言九鼎，想必能够促成。

且不多问，三个人都把目光调向小黄。小黄端起茶杯喝了一口，僵持。

等了一会儿，家丽才说："不着急，你再想想。"

小黄想了一夜，第二天，答应在市区帮小玲买一套二手房。小玲特地不要龙湖小区。免得跟她和振民结婚的房子太近，心里别扭。最后选在龙湖对面的前锋一村，是淮南这几年最时兴的地段。家丽陪着去看房，小黄付定金，并约定一回广东就把尾款打来。事情进行得爽利，美心也感到喜出望外。她问家丽："你怎么算到他会答应？"家丽不好说小玲怀孕的猜测，只说，估计还是有钱，这点小毛毛，不算什么。

李雯得知小黄一出手就弄了一套房，更加佩服小玲。两个人在前锋小吃街吃烤串，李雯说："看，五姨的房子就在那边。"遥遥一指，小年没接茬。

李雯问："区里不分房？"

区里房改，且小年工作年头太短，分也轮不到他。

李雯说："反正不管，结婚，必须有房，而且得是在前锋或者龙湖小区的。"

小年说："知道。"

李雯说："怎么，五姨二婚都有，我头婚都不能有？不死不活你什么态度。"

"知道了。"小年有点不耐烦。

"这事你得跟你爸妈提。"李雯叮嘱。

"知道了！"小年声音更大。

事情料理好，老五该回去了。她也不想在淮南就显出肚子。临行前几天，老五跟小黄说想在家住住，娘几个说说话。让他一个人先住宾馆。小黄表示赞同。当晚，小玲便还住她原来的房间。墙壁上的招贴画已经换了，美女图换成了乱马，毛宁换成了圣斗士星矢，小冬住过，屋子装饰改头换面，但那种气息还在。

小玲坐在床边上，老太太拄着拐棍，慢悠悠走到门框边："真要走啦？"小玲起身拥抱老太太："阿奶——"

这个年纪，见一面少一面。

"你过寿我回来。"她说。

"还过什么寿，糊里糊涂过吧。"

美心推着小车回来。小玲扯着嗓子喊："妈！给我做一个鸡蛋面，鸡蛋要溏心的。"是女儿式的撒娇。

美心答应着，由着她。今天她最大。

家丽最后回来，小玲特地打电话让大姐回来一起住。家丽拎着卤菜，一家四个女人吃得热热闹闹。吃完饭，老太太坐在藤椅上看电视。美心去忙家务。小玲拉家丽进屋，姊妹俩说体己话。

小玲说："大姐，谢谢你。"诚心实意地。

"谢什么？"

"房子。"

"你就是没脑子。"

"结婚就结婚嘛，没想到那么多。"

"趁现在，你说话还有用。"

"什么意思？"小玲不懂。

家丽指了指她的肚子。小玲这才认识到藏不住："大姐——"家丽说："现在不提什么时候提？已经是先上车后补票了，票价还不索性补得贵一点。"说着，又叹口气，"老五，记住，在外头混不下去就回来，现在好，算有你一个窝。"

"会越来越好的。"小玲保持乐观。

两个人又聊了会儿家里的事，各个姐妹的近况，沧海桑田，不过出去几年，一切似乎都变了。唯一不变的，只有这个家安定的氛围，给人一种安全感。

冷不丁地，小玲说："姐，我想见见洋洋。"她头胎生的大儿子，现在也不小了。那年她逃出去，洋洋就归振民管。她生了，却没养几天。在外头也想孩子。

家丽踌躇。她非常理解老五的心情。马上要走了，想见孩子一面，合情合理。可毕竟掰了这么多年，而且现在她又带个男人回来，这些日子何家轰轰烈烈热热闹闹，街坊四邻也都知道情况，汤振民定然有所耳闻。现在找他去接孩子过来，振民想必不会答应。

"姐——"小玲拉住家丽的手，恳求地。

可怜的母亲。行吧，硬着头皮走一遭。

"你等着。"家丽起身整理了衣服，朝院子外走。老太太迷迷糊糊地："老大，怎么了，走路带这么大风。"

汤家小院，为民在院子里抽烟。院门没关，家丽进院，为民有点意外，连忙丢了烟头，问她怎么来了。

"振民和洋洋都在吗？"

为民连忙说："在，都在屋里。"

家丽款款朝客厅走。振民、幼民、丽侠在看电视。洋洋可能在里屋做作业。家丽问："秋芳呢？"为民跟进来，说她医院事情多，还没回来。幼民不客气地："就说有什么事吧，绕什么弯子。"他老婆丽侠拐了他一下。家丽带着笑："振民，借一步说话。"

振民愣了一下，没打磕巴，站起来，跟家丽走到院子里。站定了，面对面，家丽才平静地：“老五回来了。”

振民没出声，半晌，才说：“跟我没关系。”

家丽说：“一日夫妻百日恩，都过去了，还是朋友。”

“大姐，你来就要说这个。”

家丽只好说重点：“她想见见洋洋。”

“不行。”振民回答得爽快。

家丽苦口婆心：“振民，不管怎么说，老五还是孩子的妈，当年她离开，也是迫不得已，并不是不管孩子。”

振民据理力争：“但事实情况就是这些年她没问过孩子的事。”

家丽继续劝：“凡事都应该换位思考，这些年，你一个人带孩子不容易，老五不是不想带，你们分开的时候，她什么都不要，就要抚养孩子，只是这些年她一个人在外头，风风雨雨的，好多艰难你我都可想而知，但隔得远，谁也帮不上顾不上，只能靠她自己。她真有吃不上饭的时候，打电话问老三借的钱，真的，太难了。现在稍微好过点，她想见见孩子，将来肯定也会补偿孩子，老五心软，这个我知道。振民，你就当是做善事，哪个女人不疼自己的孩子。老五也是没办法。”

振民颤抖着，从裤子口袋里摸出一包烟，又擦火柴，擦了好几次都没点着。家丽接过来，点着了，火光照亮他脸部轮廓，眉头锁着。振民也瘦多了。印象里，家丽总记得他胖乎乎的。听说也有糖尿病，家传的。

振民抽了几口烟。

“怎么样?”家丽趁机再问。

“听大姐的。”振民痛下决断。

事不宜迟，家丽连忙进屋，振民跟上，去里屋叫洋洋出来。洋洋个头高多了。秋芳进门，见家丽在，打了个招呼。为民不说话。秋芳见振民扶着洋洋，大概明白了几分，刘小玲回来有日子了，她早就估摸着老五回来想要见洋洋。

家丽招呼：“洋洋，走，跟大姨回家。”

洋洋不动。

家丽给振民眼色。振民只好配合："洋洋，跟大姨去吧，看看你妈。"洋洋依旧岿然不动。幼民和丽侠两口子偏着身子，看洋洋。丽侠帮忙，伸手轻轻拉了一下洋洋："听大姨的话，去吧，看看你妈。"

洋洋突然发作，嗓音尖厉："我不去！我没有妈！"

177

众人皆惊。为民差点没站稳，幼民和丽侠屁股挪了挪，振民脸耷拉着，家丽皱起眉头。谁也想不到，离别多年，洋洋会恨小玲。为什么不呢，跟妈妈在一起的日子，在洋洋心中，是他童年生活最快乐的时光，可小玲突然离开，留他在汤家。他觉得自己被抛弃了。

"她是你妈！"振民不得不拿出父亲的威严，伸手拽住洋洋的衣领。洋洋站不稳，随着振民的手臂东倒西歪。"你去不去？"振民发火。

为民喝止："老三，他还是个孩子！"

洋洋干脆下蹲，稳住。

家丽摆手，示意停止。孩子不愿意，不能勉强。她叹了口气，挤出点笑容："行啦，那就这样，没事都休息吧。"何家丽失落地往门外走，秋芳送她。

到院门口，秋芳说："实在对不住。"

家丽苦笑："走得急，离开得久，都生分了，可以理解。"

秋芳道："这孩子也倔。"

"回吧，你累一天。"家丽拍拍秋芳的肩。

秋芳上前一步，说："要不这样，我一会儿让洋洋在院子里帮忙抖被单，你叫小玲在外头看看，不过别出声。"

“真的?”家丽惊喜，是个好法子。两个人当即约定好时间。家丽又回去做小玲的工作。

“只能看看?”小玲得知不能见面聊天有些失落，但为今之计，能看看也不错。家丽提醒她：“别出声，穿深颜色衣服。”小玲依法，换了衣服，到时间，家丽领着她出门。刘妈在二楼俯视，不经意看到人影晃动，对秋林嘀咕：“这楼下两个人干吗呢？是不是小偷?”

秋林道：“哪来的小偷，小偷能被你看见?”

刘妈道：“你看那偷偷摸摸的样儿，一身黑，你看看。”秋林不耐烦，起身到窗边瞅瞅，家丽和小玲已经别进正对着汤家院子的楼道。“没有，妈，你眼花了吧。”秋林说。

刘妈说不可能，秋林又去看图纸了。

“就站这儿吧。”家丽拉着小玲。

汤家院子里，屋檐下一盏灯，亮了。秋芳果然拎着条床单出来，她喊洋洋帮忙，说是抖灰。洋洋从里屋出来，跟大伯母各扯住一头，抖床单。

家丽悄悄指了指，小声对小玲：“看到没有?”

小玲眼神不错，但毕竟是夜里，也只能看个大概。“高多了。”小玲声音里满是欣喜。“学习成绩怎么样？听话吧?”小玲略微有些激动。动静大了，踢到楼栋里的铁桶。

夜静，洋洋耳朵尖，问秋芳：“大妈（方言：大伯母），什么声音?”秋芳连忙：“可能是野猫。”搪塞过去。

床单抖得差不多，对折。秋芳为了拖延时间，对洋洋：“你等会儿，还有一床。”说罢进屋找床单来。

对面楼道口，刘妈蹑手蹑脚从二楼下来，见墙脚猫着两个黑影，大喝：“谁在那儿?”刘妈是治安联防队员。

家丽和小玲唬了一跳，脚下不稳，就势跌在地上。楼道里的感应灯亮了。家丽和小玲显影。

刘妈看真了，诧异，抱歉地：“这片儿老丢自行车，我以为是偷自行车的……”家丽忙说没事没事，小玲也跟着打哈哈。

秋林下来了，埋怨地：“妈，您跟着添什么乱。”

刘妈继续解释：“我以为是……”

“行了妈，上楼吧。”秋林要去扶家丽和小玲，两个人已经站起。

一转身，却见洋洋站在她们面前。

秋芳从屋里出来，发现不见了洋洋，也追出来。

几个大人，一个孩子。孩子目光灼灼，盯着刘小玲。小玲仿佛理亏，被这目光刺得缩手缩脚。

家丽和秋芳望着这对母子，无限惨伤。

秋芳道：“洋洋，这是你妈妈。”字字落到实处。都这个时候了，不能虚。该是什么就是什么。

洋洋气顶着，浑身绷紧。

小玲怯怯上前，她欠他的：“儿子……”洋洋突然推了小玲一把，家丽连忙去扶小玲，她肚子里还有孩子。小玲被扶稳了，洋洋转身跑回院子。刘妈在旁边目睹一切，泪眼婆娑。

秋芳和家丽一起安慰小玲。

秋芳说：“孩子小，不懂事。”

家丽道：“再过二年，就知道好歹了，妈再不好，也是妈。”

理是这么个理。小玲的心却像被千百根针扎了一样。她原本以为自己什么都不在乎，人生如海，她是浮萍，漂到哪儿是哪儿。谁料，一不小心也生了根。

母子连心。

她忘了谁也忘不了十月怀胎生下来的骨肉。

小玲还在哭。家丽扶着她回家：“别哭了，妈和奶奶看到，又担心。”刘小玲只好控制住自己，到家里，已经调整得差不多。姊妹俩躺在床上聊到凌晨三点，刘小玲从包里摸出一张银行卡：“姐，你帮我给孩子，你来安排，钱都花在洋洋身上。”

如此重担，家丽有些犹豫。姊妹妹间，钱的事也应该注意。

小玲见家丽犹豫：“大姐，你办事我放心，还有，小黄给我买的房子租出去，房租算洋洋的抚养费，你帮我拿着。”

家丽只好勉为其难答应。

小玲感叹：“姐，你还记不记得那年，你用调虎离山计骗了钟毛子，骑自行车带我去长途汽车站。”

家丽无限温柔：“怎么会不记得，找欧阳帮忙，他还不敢。”两个人嘲笑了一番。小玲问：“你猜我那时候想的是什么？”

家丽说不知道。

小玲说：“我在想，我就这么离开家了？真好。”

家丽苦笑笑。

“只有离开了，才真正知道家的温暖。”

天色暗沉，外头有鸡叫，锐利地，破出明天。

小玲翻个身，抱住大姐，肩膀一起一伏，抽泣。

家丽安慰她：“别哭了，还有孩子。”

小玲破涕：“都怪当初不听你的。”家丽笑说：“现在知道了？”次日一早，宏宇开车送小玲和小黄去火车站。两个人就此南下，不提。

方涛的情况好转很多，能说话了，医生同意他出院。家欢打算跟他好好谈谈。到医院，床铺空空如也，家欢急问护士。护士说出院了。“谁接他出院的？”家欢更关心这个。护士表示不太清楚。家欢又跟合肥的大伯哥联系，大伯哥的意思，让她回车站村老屋看看。“老屋不是租给别人了吗？”家欢问。

“你去看看。”大伯哥不点破。

何家欢只好忍住气，骑车去粮食局三仓库旁的车站村。进巷道往前五十米就是方涛家的老宅，二层楼上晾衣竿伸出来，上面搭着衣服，租户应该还在。家欢走过去问情况，租户说方涛没回来住，又指了指路边的一间小房。

是个租书铺子。方涛没结婚前，方涛看着，方涛结婚后，弟弟看着。弟弟去外地后，小摊子就关门了。家欢朝铺子看，木板卸下来几块，又营业了。刚才路过，没注意。家欢快速走到窗口前，朝里看，果然斜躺着个人，是方涛。家欢敲敲窗边靠着的木板："租书。"

方涛随口问："租什么？"

家欢扫一眼书架，说："《情深深雨蒙蒙》《神雕侠侣》。"

"《情深深雨蒙蒙》没有。"方涛说，这才发现不对，一抬头，见家欢站在窗口，又不说话了。

"气生够了没有？"家欢好言。

"这事你管不着。"

"婚是你提出离的。"

"你不也同意了？"

"你心眼能不能大一点。"

"心眼再大，也容不下你和另一个人在里头折腾。"

"你跟丁倩就没折腾了？"家欢说，"方涛，我告诉你，见好就收，别把我惹毛了，丁倩给你陪床什么意思？整天伺候着又是什么意思？别跟我说你不同意她就非要上赶着！"

方涛愤然反驳："只许州官放火，不许百姓点灯！你就能有男性朋友，我就不能有女性朋友？我知道，何家欢你看不起我，你们都是大学生，有文化有地位，我就是个开车的，你在家永远对我和孩子颐指气使，处处压我们一头。好，我可以不在乎，就当疼老婆，可我绝对不能忍受自己老婆给我一顶绿帽子戴！"

家欢气得跳起来，伸手从窗户抓他："方涛，你混蛋！"

不谈了。推车，走人！

春华的女儿小忆大专毕业，亲戚们轮番道贺，只是工作暂时还没落定，春华有些发愁。学的是师范，省内普通学校，高不成，低不就，去当老师没问题，但想在市内找到一家好学校，有难度。春华跟党校克思两口子一向保持来往，原本以为他们能伸把手，可事到临头，克思和陶先生委婉推托，春华明白指望不上，也就不提。反倒把鲁先生气得不轻。二姐春荣一直在小学系统，对中学不太了解，再者已经是退休返聘的人，当然也帮不上忙。只有敏子大包大揽，说认识这个，认识那个，但忙活了一阵，到底无果。

敏子牛吹大了，不好收场，只好暂时消失。直到鲁先生托他家那边的关系帮小忆落实了一家郊区中学。敏子才拎了点东西，带着吉吉上门道贺。

吉吉上小学了，在敏子的溺爱下，竟是条活龙。春华虚虚问一句："吉吉现在也忙吧?"

敏子连忙说："比大人都忙，又要学英语，又要学画画，还要练乒乓球、武术，看看这个，"敏子从包里拿出一只崭新的乒乓球拍，笑不嗤嗤地，"小姨，你猜猜这个多少钱?"

"三十?"春华试探性地。

敏子嘿了一下："三十？一个把儿都买不到。"吉吉在旁边兴奋地："五百！瑞典的!"小忆看不惯他娘儿俩这显摆样子，在一旁笑，露出四环素牙："刚开始学，倒不在东西便宜贵，还是要刻苦。"

敏子立刻说："技术，技术太重要了。"

正说着，有人敲门。小忆连忙去开，克思、陶先生、光彩三口子来了。工作的事没帮忙，克思也觉得有点气弱，因此特地上门，缓和关系。春华招呼大哥。进门，才发现光彩怀里抱着狮子狗。鲁先生爱干净，讨厌宠物，避到厨房去了。春华问："什么时候养的?"

"就才养。"光彩说。光彩胖了，发育快，因此比同龄人都高，样子也不如小时候可爱，眼神痴痴地，可能脑子的发育有些跟不上身体发育。

又有人敲门。敏子离得近，随手开门。

家文带着光明站在门口。他们也来向小忆道喜。

178

气氛尴尬。

自从光明上了初中，党校，家文是再没去过。跟克思和陶先生，也全无来往。这日撞在一块儿，又得吃个午饭，真是一场煎熬。

克思叫过光明，闲聊天，大面场上还没撕破脸，所有人都客客气气。只有家文凛然，并不打算给任何人好脸。

吃饭了，大桌不够坐。小忆、光明和吉吉坐小桌。

大人孩子都不说话，一顿饭吃得无声无息。没了卫国，家文和这些人坐到一起的理由，只有光明。饭后，克思拿出二十块钱，往光明怀里塞。光明死活不要。陶先生笑着对家文："你看，这出来也没带钱。"

家文面沉如水。坚决不能要，给二十，算什么？打发要饭的？光彩怀里的小狗跳下来，要吃桌子上剩下的骨头。鲁先生连忙收拾。光彩去追小狗，小狗顽皮地乱跑，窜到小忆闺房，拉了一泡屎。小忆恶心得大叫。

克思和陶先生正好抓住时机："赶紧走，这狗不听话，华子、小鲁、家文、敏子，我们先走，上街逛逛。"三口子留下一泡狗屎遁逃。

二十块钱放在小桌子上，一张旧票子，皱巴巴的，怎么看怎么恶心，和狗屎很配。

"打发要饭的！"家文终于喊出来。

鲁先生跑到阳台上远眺。陈家的事，他不想卷入，到底是外人。小忆和吉吉躲在屋里玩拼图。

春华安慰，说可能真没带钱。

家文恨道："谁也没要这两个臭钱！没他，我孩子照样养大！"敏子到底低一辈，家文进陈家门的时候，她还只是个小女孩，加上家文漂亮，她一贯仰视。且她深知家文的脾气，说一不二。所以虽然现在富了，她敢在春华等人面前显摆，却独独不敢在家文面前造次。敏子不作声。

春华进屋，摸了一百块钱出来，硬塞给家文。

家文不要。但今天事情出在她家，春华坚持要出点血。家文拿了钱，没坐几分钟，便带光明离开。

人刚走，敏子就撇撇嘴，跟春华窃窃私语："这大舅也是，还说去逛街，三口子出来就带二十块钱，逛什么街。"

克思两口子什么人她当然比敏子更明白，可那毕竟是她哥，说他不好，也会伤了自己的面子。春华只好说："平时也带，可能这次真巧了，也不知道你文姨要来。"

敏子怪笑道："文姨现在也硬气。"

春华不懂她什么意思，等下文。

敏子说："谈了一个，我们厂的，年纪可比老舅还大。也是丧偶。麻将打得好，号称麻将皇帝。"春华之前隐约听到一点，但不确定。只是这种事，家文不说，她也不好问。而且既然卫国已经去世，这也好几年了，她完全有权利再走一家，毕竟还年轻。但不可否认，她心里不舒服。敏子揶揄道："跟老舅没法比，一个天一个地。"

春华不作声。

敏子啧啧道："人哪，没意思，老舅以前对她多好，有什么用？"

春华叹息："你老舅再好，人没了。人，就是再有本事，没个好身体，一切等于零。"

敏子接话道："她也不照样嫌贫爱富，找我们厂的。"

春华反问："谁不是趋利避害，谁会上赶着那穷的找。"她不想再说这个话题，就问敏子，"你跟你婆婆怎么样了？"

敏子道："有这婆家跟没有一样，孩子我自己带，一年到头，钱也不见一个。"春华笑说："那还不是你自己选的。"两个人又聊了一会儿家里的事，无非敏子嘲笑一下老二惠子，数落一下老三智子。老二下岗，丈夫不太能挣，孩子顽皮，样样比不过她鲍敏子。老三虽然考到法院去，工作体面，但丈夫从木材公司下岗，到外地打工谋生，也不如她生活和美事事顺心。这种状态，充分满足了敏子的虚荣心——处处占上风，她是老大。

何家客厅，李雯拿着一只诺基亚手机，在给老太太和美心演示："跟以前的大哥大一样，就是小些，更方便，奶奶，你用你用。"

美心笑道："你们自己用吧，家里这个固定电话，一天都响不了几次，这个年纪了，没人找我们。"老太太也说自己怕听电话，吵脑子。李雯只好作罢，她原本想用这个诺基亚新款手机做引子，打算做美心和老太太的工作，至少让他们赞助一套新房。可人实在不收，计划只好搁置。出了家门李雯就没好脸："何向东，你是不是不想跟我结婚？"

"怎么可能。"小年意识到必须哄她。

"房子的事到现在没落实，要不这样，你倒插门，房子我们家解决。"李雯家有点财力，但很精明，会算计，尤其她妈。

"说什么呢。这不马上解决了嘛。"小年也头疼。

"在哪儿呢？"李雯问，"何向东，你好歹是长子长孙，又跟何家姓，你结婚，家里出一套房子，这不天经地义的嘛，怎么就这么难。"

小年道："要不，就借五姨的房子结婚。"

"借？"李雯口气质疑，"连个自己的窝都没有？"

小年不吭声。他也觉得有些为难。这事，他跟爸妈提了，老两口在想办法。只是，一直没想出来。

不行，还得谈。

李雯道："你就不想想，你为别人考虑，别人为你考虑吗，一辈子就这一件大事，都办不明白，哦，租房，可以。但户口怎么落，以后孩子上学怎么算，何向东，我可不打算结几次婚，就这一次，跟你过到底了，有个安安稳稳踏踏实实的家，怎么了？"

面对李雯的要求，小年哑口无言。她的要求是对的，也不算过分，但眼下，他们家，就是没有房子给他结婚。

"不是没有，是不想给，跟那芝麻一样，你不去榨，自动就出油了？"

李雯随手指着路边的小磨香油店对小年说。

小年到家，建国在。坐在沙发上翻世界地图册。小年脱了鞋，招呼了一下。建国问："一整天，又跑哪儿去了？"

"跟李雯去奶奶家。"

建国有点意外，知道主动去看老人了："你奶怎么样，老太太怎么样？"小年说："老太还是胆结石，时好时坏，阿奶挺好的。"

建国没再问，仔细看地图。

"爸。"小年率先发问。

建国抬起头。

"我这婚，到底还结不结？"

"这是什么话。"建国两手支在腿上，很有军人的气派，"你结婚不结婚，应该问你自己。"

他没理解儿子的意思。

"我在哪儿结婚？"小年更进一步。

"当然是淮南。"

"是说什么地方？"

"就在田家庵，你们想在洞山？"

"不是，是说具体什么地方？"

"军分区。"

小年着急："爸，我是说，结婚，我们住哪儿？住家里？李雯愿意，我都不愿意。"终于点明了。

"你妈不是说了吗，先结婚，慢慢想办法，我跟你妈结婚那会儿，刚开始也是没房子，后来情况就好转多了。都有个过程……"

小年不得不打断他："爸——你们那什么年代，现在什么年代，老拿过去的皇历对着现在的日子，能行吗。"

建国有些为难。区里的房子刚盖好，他可以在龙湖小区分一套，但如果他要房，军分区的房子必然要还回去。他和家丽没地方住。而且他目前的前途尚不明朗，是升，还是退居二线，正在徘徊当中，他想留在军分区跑跑关系。当然，直接买商品房，他也不是没考虑过，可他和家丽商量之后，觉得不能孤注一掷，毕竟儿子不止一个，将来他们还要养老。最好的办法就是等，如果他能再升半格，到正县级，住房条件也会相应改善。到时候，一大家子住在一起，几世同堂，满足建国对于家庭的美好畅想。建国一直以去世的老丈人常胜为榜样，弄一大家子，热热闹闹，秩序井然。

家丽进门，一头汗，慌慌张张的。小年见他妈回来，问："妈，你说我这房子怎么办?"家丽顾不上跟他说话，对建国："你没接到电话?"

"什么电话?"

家丽跑到座机旁，才发现电话没挂好，着急，"你在家搞什么名堂，电话都挂不好!"建国诧异："你吃枪药了?"

家丽着急："小冬来电话，打到她三姨那儿去了！你快给小冬部队那边回一个。"

建国不解："现在打过去干吗，搞不好在训练。"

家丽不耐烦："让你打你就打！老二在武汉被人欺负了!"几经几转，小冬在武汉当兵。建国连忙拿起电话，打过去，连里没人接，是操练时间。等等，再打。这下有人接了，让稍等，建国、家丽和小年在电话旁，气氛略显凝重。不久，小冬的声音传过来，刚开口说第一句话就哭了："爸——"

家丽的心揪起来。

细雨蒙蒙。淮南长途汽车站，开往武汉的长途车检票，家丽两口子，一前一后进站，登上长途汽车。小冬下新兵连被老兵欺负，挨打，受罚，他又不敢声张，只好找爸妈哭诉。

179

放好行李，坐稳，车开动了。家丽小声埋怨她旁边的建国："老二根本就不适合当兵。"建国一时无话，他知道，反驳，只会吵起来，对事情并没有帮助。而且家丽现在说的也是气话，再不适合，也已经当了，只能硬着头皮上，总不能做逃兵。

"跟老连长请示了？"家丽问。

"打了招呼，我们可以去探望。到了看情况再定。"建国说。建国的老连长在大区做副司令，在武汉那边也有几个朋友，本来小冬去当兵，已经打了招呼，但上头照顾，架不住下头有人欺负。正所谓阎王好见，小鬼难缠。

路程还很远。到中午，两个人饿了，家丽拿出带着的火腿肠，撕开，掐了一半给建国。塑料袋子里还有家文拿来的大救驾。家文有再婚的考虑，找家丽商量。

家丽也愁。小冬在武汉，看来继续待下去不现实，这次她和建国过去，就是想商量商量，看能否挪个地方，等新兵训练结束，想调往长沙。长沙比武汉离家更远。只是为今之计，也只能如此。还有小年的婚房，也是个问题。

建国一边吃大救驾，一边说："小年又提房子的事了，估计是李雯家那边催着。"家丽说："这也是个事，让我跟妈和奶奶开口，要老家的那房子，真有点张不开嘴，阿奶都多大了？让她搬，现实吗？而且就算有地方搬，让她搬到老五那儿，房租我们先垫着给老五，一旦老太太有个三长两短，谁也担不起。"

建国不说话。

家丽继续说："住老五的房子也不现实，李雯家估计不愿意。"

东西吃完了，建国把塑料袋握成个小团，丢进垃圾桶。

"要么还是要区里的房子，龙湖小区。"是个重大决定，建国却说得云淡风轻。家丽态度一变，关切地："不想县级了？"

建国道："到副县级差不多了，主要年纪大，也到杠杠了。退居二线管老干部也不错，一样是为党和人民服务。"

建国态度平和，家丽听着却愈发难受。建国奋斗一辈子，县级指日可待，为了套房子就放弃？而且上了县级，住房肯定要调整，就不能再等等？

"我去跟李雯他们家说说。"家丽说，"要不就再缓缓，先订婚，等二年再结。"建国下定决心："算了，就这么办吧，人家姑娘也不容易，大好时光，凭什么等咱们家，而且小年难得遇到个自己喜欢的，别等了，从武汉回来，就办这个事。"

家丽有些感动，又有些心酸。一位父亲的承担，孩子未必知道，就算知道，也未必能领会那么深。可她懂，她全然明白作为父亲的建国的付出。隐忍、坚定、牺牲，自从建国到何家来，几十年如一日，送常胜走，帮妹妹们的工作、出嫁，跑这跑那，无论跌入多深的低谷，他从未抱怨过。这就是力量。男人的力量。

家丽把头轻轻靠在建国肩膀上，车厢微微晃动，一震一震。家丽叹了口气说："要新房，军分区的肯定收，我们就暂时住在家里，妈和老太太应该不会不同意，好几间屋子空着。"

建国说："等再过二年，小冬退伍工作，等他也办事，我们就解放了，到时候看有没有小房子弄一套，一居室就行，够我们住了。"很显然，建国已经在考虑老年生活。

谈到这儿，家丽忽然才觉得自己也老了，可不是，再过几年，她就要去办理退休。一辈子过了半截，年轻的时候想着轰轰烈烈，幻想过无数次成为"红色娘子军"的一员，打恶霸，保边疆，为国家，但后来发现，维护好这个小家庭，都已经几乎耗尽她全部心力。但她又觉得自己多少已经对得起父亲常胜，何家经风历雨，但好歹妹妹们都长大了，成家立业，也都为人母。她的任务也完成了。只是近些年，连家丽都觉得力不从心，时代变了。常胜一走，家庭的向心力越来越缺失。也好，大家庭解体，各人管好各人的一摊子就好。

何家院子门口，刘妈一手扶着老太太，一手拎着塑料小篮子，里头放着洗发水、毛巾、香皂等洗漱用品。美心单手锁门，另一只手拎着换洗衣服。汤家的二儿媳妇丽侠打门口经过，问："他刘妈，美姨，这是去哪儿呢？"美心道："快到年了，去洗洗澡。"

刘妈道："自家的洗澡堂子，想怎么洗就怎么洗，生意好着呢。"是夸家艺的，可惜有点夸大其词。家艺的澡堂预计年后关门。丽侠没说什么，电动车发动，去店里帮忙去了。她和幼民现在管着一个店。为民管着总店。这一阵，他去日本学习烘焙技术，说是过年都回不来。秋芳和为民在上海买了房子，这次为民不在家，她打算带小芳在上海过年。也带振民过去，他身体不好，糖尿病比为民严重。秋芳打算带他去上海大医院瞧瞧，她在那边有同学，能找到专家。自然洋洋也带过去。

刘妈对女儿不关心，她现在心都在秋林身上。但自从她知道秋林的心在家欢身上，刘妈一直觉得心神不宁。这回她陪老太太和美心去洗澡，就打算趁个空儿，跟美心说说，露个底。

宝艺洗浴中心门口。见三个老人来，家艺迎上去。刘妈奉承："老三，看你这生意不错嘛，怎么说要关门。"家艺道："都是外表热闹，太费钱，水钱电钱煤钱人工钱都在涨。"又对美心和老太太："阿奶，妈，我领你们去 VIP 房间。"洗浴中心有三个 VIP 房间。欧阳从男宾室出来，也招呼，嘻嘻哈哈说："我就不陪您进去了。"家艺瞪他一眼，说话还是这么不上道。

何家艺把三个人送进去，VIP 房间小些，有个四方小浴池，水清清亮亮，格外干净。外头还有两个淋浴头，一张按摩床。

都安顿好，家艺退了出来，房间里有响铃，她让美心和刘妈有事随时叫她。前台小房间，欧阳戴了个假发套，粘了胡子。

家艺犹豫：“你现在真要过去？”

“不都定好了嘛。”

“估摸着，一般都在晚上。”

欧阳肯定地：“我跟你说月亮湾的那些破事，都在白天。”

“你真叫？”家艺担忧地。

“怎么可能，叫来我就放了，或者就聊聊天，了解了解内幕，录好录像我就出来。”

家艺还是犹豫：“我怎么就觉得这么不安全呢，这一片，谁不认识你。”

“我这不化装了嘛。”

“你化成灰我都认识。”

“那是你。”欧阳嬉皮笑脸地。

“要不让你弟弟去，以前没少捞你好处，现在也该出点力。”家欢说。

“算了，他们能干好吗，我是杨子荣，他们是什么？狗屁虫。这事也只有杨子荣能办。”

“手机带着，有事打电话。”家艺叮嘱。

欧阳说你放心。又说：“月亮湾倒，咱们就倒不了，商场如战场，你不懂。”家艺说：“行，你懂，留点神。”说着，欧阳出门了，绕着街区晃了一圈，才走到月亮湾门口。摆出老板派头，大摇大摆进去了。家艺远远看着，吐一口气。

VIP 洗浴间，美心和刘妈先把老太太伺候好，泡汤，搓灰，打肥皂，上沐浴乳，洗好弄好，老太太也累了，在按摩床上半躺着，喝家艺准备好的果汁。美心和刘妈这才腾出手来好好洗。刘妈帮美心搓背，感慨：“这雾气腾腾的，一恍惚，我怎么感觉跟刚来淮南那会儿似的。”美心问：“你刚来还是我刚来？”

“你刚来，”刘妈说，“你忘啦，你刚来没地方洗澡，是我带你去被套厂后面的小澡堂洗的。”往日时光回魂似的找回来，美心当然记得，她更怀念当初的日子。好歹年轻，什么都不怕，拎着包袱，跟着常胜就从江都来淮南，完完全全地拓荒，天宽地阔的气象。现在呢，她觉得日子越过越局促，好在还能推着小车去卖卖菜，不然真憋死了。她妈还是有先见之明，传给她一张八宝酱菜的秘方。刘妈又感慨："这一眨眼，一辈子都过得差不多了。"

美心道："你这一辈子值，培养了两个大学生。"

刘妈说："孩子是孩子，我是我，我也这几年才想清楚，孩子，甭管多大本事都靠不住。你还是你自己，自己要安排好自己。"

美心笑说："所以说，我们家老太太是有福的，瞧瞧，孩子靠不住，媳妇倒能靠一辈子。"刘妈也被逗乐："你们这样，真难得。"又问，"不过你想过后路没有。"不往深说，但美心也懂。可她不愿意去多想，只说走一步看一步。搓好了，美心冲冲水。换她给刘妈搓。脸不对脸，刘妈想了半天还是决定提醒美心一下，她先说自己家情况："小美，有个情况你知道吧？"

"唔？"美心手上动作不停。

"我们家秋林是离了婚回来的。"

"听说了。"

刘妈顿了一下："你们老四也离婚了。"

美心手停，脑子却快速运转："你听谁说的？"

180

欧阳宝进了月亮湾洗浴桑拿中心，进包房，脱下外套躺下，藏好小摄影机，头上那顶假发歪在一边，有点滑稽。有服务员过来，问他想要什么档次的洗浴。

“最高档的。”欧阳气魄很大。

“我们最高档的是588的芬兰桑拿套餐。”

“包括什么?”

服务员认真介绍了一番。欧阳又问:“特殊点的有没有?”服务员心领神会，一会儿，拿来一张水牌，上面都是女子的照片，欧阳点了一个，问价格。服务员说这是头牌，不出台的688。欧阳说就要这个。“先付钱。”服务员说。欧阳只好先付了钱。未几，头牌果然来了，头牌叫咪咪，说是个西部人，长得却溜光水滑。

“转，转。”欧阳让咪咪背过身。他准备好摄像机。咪咪没见过这样的客人，偷偷回头看，却看见摄像头对着自己。

“你干吗?”咪咪大叫。这哪成，她是坐台，不是上舞台。保安立刻冲进来，问怎么回事，欧阳匆忙穿衣服要往外走，却被拦住。“你干什么?”保安满脸横肉，手臂上都是刺青花纹，“干什么?你这种我见得多了！想踩我们!你妈×做梦！东西拿过来！拿过来!”

这是证据，欧阳不给。保安一把扯住欧阳的头发，一用力，后坐力太大，他摔了个踉跄，欧阳的假发也飞了。慌乱中，欧阳伸手到裤子口袋长按1，拨通家艺电话。

VIP洗浴间，刘妈略微有些激动:“小美，要是搁在多少年前，老四和小林走到一块，你没意见，我更没意见，但是现在真愁死人，说句不好听的，现在他们俩都算有头有脸，都离婚了，又弄到一起，就算不是因为彼此离的婚，可外头的人怎么想?怎么说?这不成那什么了!”刘妈想说奸夫淫妇四个字，但终于没说出口。

但美心却能领会。她还是竭力稳定住情绪:“不会的，老四不会的。”说着说着，头一热，眼一晕，身子一软，无所依傍，重重摔在地上。老太太也醒了，惊问:“怎么了这是!”就要下床营救。刘妈连忙:“老奶奶，你别动，我来我来。”老太太按应急铃，家艺不在前台，刘妈一个人搞不动美心，慌忙穿了衣服出去叫人。好歹叫来女澡堂两个搓澡女工。把美心抬了出去。

警察赶到月亮湾的时候，欧阳已经被暴打，面目全非。到警局录口供。确认月亮湾有涉黄。但月亮湾的人也一口咬定欧阳宝是嫖客，直到欧阳拿出摄像机，调出录像带，警局才确认欧阳是个“深入虎穴”的人。欧阳恢复气魄：“老哥，我跟你说我就是杨子荣，做卧底打坐山雕的。”家艺忙完这头，接到老四的电话，开头一句：“妈怎么摔了！”家艺惊得连忙回宝艺。

美心已经被拉去医院了。

胯骨骨折，需要立即手术。

家欢抱着双臂，数落家艺：“开个澡堂子，不知道怎么好了，让妈去洗，你倒是跟着呀！心眼子比铁棍都粗！”老太太被送回家了。刘妈跟着，她知道内情，劝家欢：“老四，情况复杂，不过跟家艺没关系，是你妈可能热着了，不小心……”

“怎么会不小心，她旁边没人？这些人都干什么吃的！”家欢发火。她现在是领导，有领导的脾气。

家文赶过来了。家丽刚下了长途车，也赶过来。

“我这才走几天！怎么就不能留点心。”家丽因为小冬的事，心情不佳。家艺委屈：“大姐，妈这也突然。”

刘妈打圆场：“家丽，当时我在你妈旁边，谁都不怨，就是个意外。”刘妈也是为自己开脱。如果她不说秋林和家欢的事，或许这一幕就不会发生。可惜人生没有如果。

家喜来得最晚，她在家刚跟王怀敏吵一架，情绪也有些低落，站在一边，不多说不多问。姊妹几个又合计一番。

家丽不耐烦：“都别在这儿站着了，该上班上班。”家文和家欢要上班。家艺和家喜不用。家丽看老六没精神，说：“老六，你也回去吧。”又对家艺，“老三，你不是还要处理欧阳的事情。”家艺说没什么事。“回去吧，没事惹这么多事，总得有人擦屁股。”只有刘妈不肯走，和家丽等着美心出来。

家丽知道定有隐情，问刘妈："好好的怎么就摔了？"

刘妈道："我也不知道，可能澡堂子里太热……"真实情况，她不好意思说。

美心的手术还算成功。但手术好做，恢复就难了。伤筋动骨一百天，何况是中老年，何况摔的是胯骨。

家里弄了个侧歪床，美心左侧胯骨受伤，只能靠右边斜躺着。家丽和建国从武汉回来，建国便正式向单位申请房子，并请求退居二线。准备把新房给小年结婚用。正好，两个人暂时住在娘家，照顾美心和老太太。

因为是在宝艺洗浴摔的，家艺过意不去，总觉得妈妈和姐妹们会怪罪于她。但没想到美心对她却没什么脾气，还问欧阳的情况。家艺说："他没事，区里还给了他一个嘉奖，说是扫黄打非有功，现在整个区桑拿浴都不能开了。"

家丽问："宝艺呢？"

家艺答："也关了。"

"你们吃什么？"

"再做别的。"

家丽喟叹："欧阳也是，闲着没事抻这个头干吗，断人财路等于杀人父母。你们澡堂子关了，你管别人开不开。"

家艺维护欧阳："这是消除不正当竞争，而且月亮湾确实有问题。"正说着，闫宏宇拎着几个中药包进来。

美心哀哀地叫了声宏宇。

宏宇连忙："妈你别动，这是八公山弄来的干蝎子还有续骨草，都是煮水洗。"美心感动："就你还费着心。"

宏宇嘴甜："妈，这不是应该的嘛。"

家艺质疑："蝎子？续骨草？能用吗？怎么玄玄乎乎的，还黑玉断续膏呢。"

"偏方。"宏宇说。

"偏方治大病。"美心站在宏宇一边。

闫宏宇又说："老太呢，给她买了绿豆糕。"

家丽指了一下里屋。宏宇拎着小袋子进去了。两个人待到半下午才走。挨晚子（方言：傍晚），家欢拎着点水果来了。美心面朝里，屁股对着她。老太太看不过："美心，老四来了。"

美心不动，装睡。

家丽奇怪，老四进门前她还在说话。

家欢轻拍美心一下："妈，给你带了香蕉，含钾，对骨骼好。"

美心火一下上来："含什么我也不吃！"

老太太诧异。家欢脸被冲得红红的。家丽纳罕，但细想想，她觉得可能是老四离婚的事曝光了。

为了不刺激病人。家丽把家欢叫至前院，站在月季花丛旁，小声问："你那事跟妈说了？"

"什么事？"

"离婚。"

"没说。"

"那不对，妈肯定知道了。"家丽说。

"谁说的？"家欢不高兴。

家丽道："你这事闹得满城风雨，妈知道也是迟早的事，你就想怎么办。"

"方涛搬出去了。"

"谁照顾？"

"他自己照顾自己，在车站村的租书铺子里。"

"你们多大了？"

家欢拖着调子："姐，我知道。现在问题不在我，是方涛不愿意跟我沟通。"

"他为什么不愿意沟通，真不打算跟你过了，孩子都有了，他打算找谁。"

家欢说："问题特别复杂。"

家丽不知其中弯弯绕，说："有什么复杂的，不就吵个架，气性都大，一不小心把婚离了，现在你们都下不来台，行，改天我去找方涛，坐下来谈谈，有什么大不了的，谈开了不就好了。"

家欢说："大姐，天底下的人都像你这么讲道理，法院都能关门了。"她叹一口气，继续说："方涛前妻回来了，张罗着跟他复婚。"家丽诧异："这是哪一出？这女的也有意思，当初是她把方涛甩了，现在又要吃回头草？方涛也给她吃？"

"方涛就是态度不明，丁倩还去陪床。"

家欢没急家丽急了："老四，你心也太大了，我看你跟方涛的问题，就是你对方涛关心不够。"

家欢不同意："还不关心？家里家外，大情小事，什么不是我操着心，要没我，这个家早都一塌糊涂了。"

家丽指出："你看，你这说话的口气就不对，男人，是要面子的，你不能什么都要压他一头，在家里你作威作福，在外头，你得把他捧得高高的。"

"我捧他？还不知道谁捧我呢！"一言不合，家欢扭头就走。家丽不追，过了一会儿，她才进屋。美心已经偏过头，见家丽进屋，她喟叹道："我生了六个女儿，怎么就没一个省心的，老五离婚，现在搞得离家这么远，老四现在又离婚，还跟刘妈的儿子搅和在一起，这算什么事。"

家丽劝道："妈，老四这事跟老五不一样，都在气头上，马上可能就复婚。"

"真的？"美心激动地抬起点身子，触碰到痛点，哎哟一声。

车站村租书铺子内，闫宏宇举着酒杯，跟方涛碰了一下："难兄难弟，干。"

一饮而尽。

宏宇问方涛："四哥，你真跟四姐这么杠上了？"

方涛不说话，自斟自酌。

宏宇着急："四哥，你这么杠下去，这老婆可真就飞了！"

方涛嗷一声：“大丈夫何患无妻！”

宏宇好言：“话是这么说，可四姐除了强势点没毛病。”

“她跟张秋林是怎么回事？”

“都是误会。”

“误会？苍蝇不叮无缝的蛋，她不给那小子可乘之机，那小子能顺着杆子爬？”

宏宇嘀咕：“我怎么就看不出来四姐有这么大吸引力。”

方涛醉醺醺地：“你懂个屁！家欢非常优秀！”说着，醉倒在床台上。

宏宇找不明白了，一会儿骂，一会儿又夸。

窗板被敲响，清脆的女人声：“租书。”

宏宇代答：“什么书？”

“《上错花轿嫁对郎》。”

宏宇在书架上找，那女人却绕了一圈，进到室内，架起方涛扶着走。宏宇找到书，一转身，方涛不见了。追出去，却见那女人扶着方涛上了一辆车。闫宏宇顾不上酒后禁止驾驶，跟着车追了过去。

181

家欢办公室，秘书送进来三支玫瑰花，鲜红鲜红，说是花店的人送来的，说是有人送来的礼物。

“找错人了，退回去。”家欢说。她离婚的事情传开，已经对她的事业产生影响，现在张秋林又送花来，无异于火上浇油。她不懂他什么脑子。而且她已经说清楚了，不可能，没有可能性。

手机响了。是闫宏宇打来的，口气很急，大致意思是姐夫被丁倩掳走了。“掳走?”家欢听着这词新鲜。方涛是什么人才，也值得掳走。她临危不乱，说:“你跟好，到地方告诉我。”说着，家欢已经开始收拾东西。她准备再跟丁倩交一次锋，把事情弄清楚，最好也让方涛表个态。

前锋垃圾站，丁倩的车往里拐，宏宇把车停在路边，又给家欢打电话，口气急促:“四姐，情况危急。”

“天塌下来了？稳一点，没什么大不了的。”家欢保持沉着，“你先跟过去，摸清地形。”宏宇领命，跟着丁倩。

前方，丁倩架着方涛慢慢走。宏宇跟着。丁倩和方涛进了一单元，一层。宏宇举着电话:“锁定目标。”

“等着。”家欢在电话里说。

铁道拦路，家欢等不及，下了车，从地下通道走。过了通道，再打车，往前锋垃圾站赶。

到地方，闫宏宇等着她。“人呢?”家欢问。宏宇指了指前面的院子。家欢单枪匹马过去，院子门没锁，她推开，宏宇跟着她。房间门朝里开着，外头有一层纱门。从外头看，屋里黑洞洞的。

宏宇不想进去，说在外头等。

家欢放轻脚步，拉开纱门，侧身而入。是个三室一厅的房子。屋里静悄悄的，只有一只落地钟摇摆发声。

“谁啊?”是丁倩的声音。从里屋传来。

“你把人弄哪儿去了?”家欢质问。

“你就这么喜欢私闯民宅?”丁倩笑着说。

家欢拐进屋，却看见丁倩和方涛光着身子坐在被窝里。家欢不禁一声大叫，退了出去。她快速走到院子里，宏宇看她脸色不对，问:“四姐，出什么事了?”

“我们走!”家欢吞不下这口气，但眼前的一幕太过刺激。她虽然生活中工作中向来张牙舞爪，但在男女之事上，则十分矜持含蓄。冲过垃圾站，宏宇连忙按电子锁，车门解锁，家欢率先上车，闫宏宇跟上。“走!”家欢下令。

“回家!”

“回哪个家?”

“我家!我自己家!”家欢火在头顶。她得回去照顾成成。

打火，踩油门，宏宇是个好司机。可车刚开过一个红绿灯。交警把他的车拦住了。“驾照。”交警秉公执法。

酒精测试仪伸过来，“哈气。”交警说。

宏宇有些为难，刚喝过酒。但不得不执行。一测，严重超标。

“你涉嫌酒驾。”交警说。

家欢把门一摔，瞪了宏宇一眼。男人他妈没一个正常的。沿着国庆中路，何家欢一路往东走，不打车了，就走。一边走一边流泪。她想不明白，在她和丁倩之间，方涛怎么会选择丁倩。是她当初抛弃他的!难道是旧情难忘?丁倩也说过，当初她是为了挣钱去南方，现在钱挣到了，她要回来补偿方涛。就是这么补偿的?补偿到床上去了?何家欢实在有些难以接受。她毕竟是受过高等教育的。怎么就看不惯这些妖风邪气!好吧!既然如此，那就让事实彻底成为事实。也正是到这一刻，何家欢才向自己确定：我真的离婚了。

长途车站新车站村二楼，家喜出来晾衣服，远远看见四姐经过。她喊了一声，没反应。拿出手机打她电话，还没反应。家喜在家待业蹲得急，她还是想找老四帮帮忙。她人面广，法子比大姐还多。王怀敏隔着墙头喊：“家喜啊，卫生棉借我一个。”

家喜厌恶，这个月，婆婆都问她借第三次了。可这种小东西，她也不能太计较。何家喜从床头柜里扒出一条来，不解气，在自己脚丫子里划拉两下，才走出阳台，递给婆婆。

“这么磨蹭。”王怀敏还不满意。

“最后一条了。”家喜强调。

王怀敏当然知道家喜的心思：“回头买三包送你!”

家喜背过身，撇撇嘴，偷偷笑了。晚上宏宇到家，垂头丧气。家喜说：“你是出去干活还是出去找晦气。”

宏宇不愿细说，从头说，讲去找方涛的事，麻烦，从屁股说，讲被查酒驾，家喜估计要找他麻烦。

家喜躺在床上，抠着脚丫子，她还在得意促狭婆婆的事：“宏宇，有个事情跟你汇报，你女儿，开始学古筝了。”

宏宇没上心：“够高雅的。”

“你女儿非要吵吵着学，老师也说她有天赋。”

“那就学吧。”

“得要个琴，才能练。”

“学学再看，也许就三天新鲜劲。”

“已经买了。”

“买了就买了吧。”宏宇实在没精神。

家喜盘腿坐好：“宏宇，你妈真厉害。”

“又怎么了。”

“她都多大年纪了，还有呢。”

“有什么？”

“一个月一次那个。”家喜不明说。

“乱讲。”

“她找我借卫生棉呢。”

“估计帮弟媳妇借的。”

“弟媳妇回娘家了。”

“那就是帮嫂子。”

“嫂子出差。”

“那就是帮二姐。”

“二姐又不住家里。”

宏宇终于不耐烦：“你说你没事研究这个干吗？她有就有没有就没有，也没什么大不了的。”

家喜本来当个趣事说说，没想到宏宇这么大反应，她反倒来气：“我知道，我在家，你嫌烦了，不过也烦不了你几天，开发区那边建了不少厂子，我回头找四姐，看看她有没有路子，去给我安排安排。”

“别找四姐！”宏宇条件反射。

“为什么？”家喜不解。

“她心情不好。”

“是吗？下午我还看到她。”

“过两天。”宏宇建议。

家喜道：“四姐跟四姐夫，也不知道闹到什么时候。”

宏宇道：“一笔糊涂账。”

淮南二中，下课铃响，敏子拎着包上楼，拉住一个小同学问，知不知道陈光明在哪个班。小同学说知道，考第一个那个，三班的。敏子朝三班走，果然在教室里找到光明。

敏子站在门口，朝光明招招手。

“大姐。”光明对她的到来感到意外。

学生宿舍，光明坐在桌子边吃饭，敏子从学校附近小饭店炒的，来给光明加加餐。她还带了酸奶，塑杯装，厂子里发的，离过期时间很近。“学习累，要注意补充营养。”敏子说。光明点头，继续吃饭。敏子抒情：“光明，现在我总觉得看到你，就跟看到小舅一样。”怀旧也是一种戏，敏子沉醉在戏里，自己把自己感动了。光明礼貌地问大哥胡莱怎么样，又问吉吉怎么样。敏子喟叹：“你这个姐夫，当初都不想找他，硬追。你大姐那时候漂亮，都说我像陈晓旭。”敏子顾影自怜，但在孩子面前说这些多多少少显得可笑。饭吃完了，餐盒丢进垃圾桶。光明带敏子去学校操场走走，二中的操场还是炉渣灰铺的，刚下过雨，跑道上不起尘。

两个人站在看台旁的铁栏杆边。栏杆上的绿漆掉了，斑斑驳驳，都是岁月。敏子蓦地：“你有没有见过一个叔叔？”

“什么叔叔？”光明没反应过来。

“如果有一个新爸爸，你接受吗？”敏子换一种方式问。

“不接受，我只有一个爸爸，已经去世了。”光明很肯定地。

“如果你妈妈再婚呢？”这是敏子过来的主要任务。

“那是她的事情，我不反对。”光明很冷静。他其实很抵触，但从来不说。在敏子面前更不能说。他和妈妈家文，必须同一阵线。敏子没再多问，两个人在操场溜达了一圈，各忙各的去。敏子回去便把从光明这儿打听的消息跟妈妈春荣、小姨春华说了。周末，又带着吉吉，把消息传到克思那儿。陶先生阴阳怪气：“我们是那种封建的人吗？寡妇再嫁也没必要藏着掖着。”她还恨家文。

敏子道：“找了个我们厂的。”两重意思：他们厂是好单位，骄傲；家文无非图人家钱。陶先生领会到第二层意思，哼了一下：“现实，现在人都现实，你看看，你小舅一走，你小舅母还上我们这个门吗？连带也不让光明来。他大伯就是想孩子，也是光有鼓槌子——打不响，现在小孩不得了，眼里哪还有我们这些老的，上了高中也不过来，二中多近。”光彩从里屋出来，抱着狗，她初中在一中读，省重点，高中就混到三中去了，市重点。脑子跟不上，随她亲爹。这些年风言风语，她多少也听到一些自己身世的传言，她爸跟她没有血缘关系，她妈是她姑姑，她亲生父母在合肥郊区，生活得不很如意。但这一层关系，陶先生和克思没点破，光彩也不问。她还是他们的宝贝女儿。但总觉得疼孩子疼得有点异样，尤其这些年，别的不说，在学习上，有光明在前面挂着，比着，光彩永远赶不上，克思和陶先生也有些灰心。唯一增长的，是她一身肉。白白胖胖，一根大辫子。敏子来了，光彩就出来招呼一下，叫大姐。并不多言。她甚至有些讨厌敏子，觉得这是个老婆三道的多事之人。

中午吃饭，克思和陶先生又把家里亲戚的情况挨个问一遍。大多数都知道克思两口子为人，能不走动就不走动。敏子等于他们的一个小消息口。他们问，她也就如实交代。陶先生问惠子的情况，敏子便说惠子也从岗位上下来了，现在厂办幼儿园当老师。又问智子，敏子说智子在法院，不过丈夫在上海，两地分居。陶先生又问大康小健的近况。敏子说：“大哥在平圩电厂，还是个小头，生活是不错，就是他那个儿子，随她妈小君。”陶先生说：“那不太能（方言：聪明）。”敏子道：“长得倒算周正。”再问小健，敏子说还在私人机械厂干，生个儿子也皮得很。

陶先生下结论："那随他妈，他妈不就是搬运公司出身嘛，混码头的。"说到小健，谈起北头，陶先生想起来，问："那北头的房子，还一直被小健占着呢，那是我婆婆和他爸一起出钱盖的，按说有我们家一份。"

克思斥道："少找麻烦了，要了你住？你能去住一天？北头现在就是贫民窟。"

陶先生抬杠："再贫民窟，再巴掌点地儿，该是谁的就是谁的。"

克思来火："我不去要，丢不起那个人。"

陶先生笑不嗤嗤对敏子，自我解嘲："你看看你大舅，就这个脾气，就那么一提，他恨不得把房顶都掀起来，也就我，换了二旁人，谁能跟他过到一块儿。"

敏子不忘奉承："大知识分子，都这样。"

182

八十八米寿错过了，九十九白寿还有几年，今儿个跨世纪，到两千年，一家老小给老太太过个虚岁的珍寿，九十五岁。

家艺家近，第一个到。枫枫来了大惊小怪，掐着手指算："那老太现在九十五岁，两千减九十五，那老太出生的时候，大清朝还没亡哪！"说着又缠着老太问那时候男人是不是都有辫子。老太太笑呵呵的，由着曾孙子们缠闹，她如同一尊弥勒佛，盘坐在床上。家艺喝枫枫："消停点！老太哪有精神跟你废话！"

小冬过年也能回家探亲，他在部队能吃，一顿少说四个馒头，这次返乡，身体壮实了不少。光明个子高了些，文理分科，他选了文科，第一次月考就拿了文科班第一，一直持续到期末。成成无论上多少辅导班，成绩还是上不去。老五不在，洋洋就在汤家过年，振民不大痛快，家丽也就不去接。

年头赶了好多事，小年和李雯的房子到位了。过了年，建国就正式退居二线，去老干部局负责老干部的工作，听老干部发发牢骚，定期带他们出去旅旅游。李雯的意思是，越快结婚越好。肚子里有了，等不住。家丽只好忙不迭去提亲，房子虽然是简装修的，还不够，要再精致一点。李雯家陪嫁家用电器和家具，很快就摆满一屋子。大儿子的人生大事，家丽和建国还要去选饭店，订桌，写请柬，但她倒乐此不疲，实在是多年的耕耘，有了收获，马上又要见一代人。何家丽满心欢喜，这是喜忙。

老二家文那儿也有事。处了一个人，老范，电厂的，比她大十岁，丧偶，有儿有女，除了爱打麻将，没什么缺点，人也还算老实。家文也不年轻了，但长得算漂亮。因此即便她带个儿子，老范也接受。现在的问题是，需要知道光明的态度。家文自己不好说，还是想让大姐家丽帮忙探探底，毕竟光明处于青春叛逆期。

再就是美心。还躺在床上，虽然好多了，但站还是站不住。她最担心自己的酱菜摊子，用她的话说：“多少年的老品牌，不能倒。”她想让家喜帮看着，反正家喜没事做，闲着也是闲着。可家喜却不大愿意接手这祖传的手艺，嫌不够现代，不够时尚。“我当初就硬要从酱园厂出来，现在等于又干回去，我不干。”美心考虑来考虑去，只好让家丽先管着，也是年后的事。

家文带着光明到了，给老太太带了寿桃馒头。进门，家文先让光明给老太太磕个头。光明拿着蒲团，跪下就磕。老太太喜得合不拢嘴，掏出个红包。光明不要，老太太强调：“拿着。”家文点头，光明才收了。枫枫见状，连忙也跪下磕头，连磕三个，每个都落到实处，咚咚咚。老太太笑呵呵地又掏出一个红包，递给枫枫。枫枫不干：“老太，我磕了三个。”家艺在旁边听了，连忙阻止：“别逞脸!”枫枫撇撇嘴，站起来，到一边玩去了。

厨房，家文在帮家丽操持。美心不能动，这个年基本全靠家丽。家丽见家文来，给了她一把豆角让择。又问：“怎么样了？”

家文说：“以后在他那儿住，在厂区里面。”

“多大的房子？”

“三室一厅，一楼。”

家丽转身拿香料，往老母鸡汤里加，“那不小，他那个儿子出去没有？”家文说：“还没结婚呢，在家。”

“女儿出嫁了吧？”

“马上生孩子了。”

家丽提醒：“这些关系，你可得小心处理。”家文说了句知道。家丽说：“现在不得空，等一时我做做光明的工作。”家文没接话。家丽问：“如果他有情绪呢？”

“那就再缓缓。”

“怎么缓？再等两年？你都多大了？”家丽笑说，“放心吧，我的话，光明还听。”家丽和光明是有战斗友谊的。

家喜进门，头探到厨房，问家欢来没来。

“还没到呢。”家丽说，又问，“工作落实得怎么样？”

家喜说：“老四说帮我问问开发区的绿十字。”

“做什么的？”

“生物制品。”

家丽笑笑：“听上去挺高级。”

家文说：“在我们单位旁边，算高科技企业，韩国投资的。”

“玩洋的了。”家丽说，难怪老六不愿意卖酱菜，“你去了做什么？”

“检验。”家喜说。她眼睛好，看显微镜能看细致。

家丽说：“这老四也有日子没冒头了。”

“心情不好。”家喜说。

“你听谁说的。”

“宏宇略知一二。”

“她跟方涛，到底算怎么回事？”

家文摇摇头，表示不知情。家丽又对家喜："跟你婆婆不闹了吧？"家喜还没说话，先笑出声来。

"怎么了这是？"家丽不解。

"她没工夫跟我吵。"

"带孩子呢。"家文揣测。

"说对一半。"家喜还是控制不住笑。

"你那个婆婆，现在也算如愿了，想孙子想疯了，好歹有一个，带吧。"

"不是孙子。"家喜笑出声来。

家丽和家文同时停下手中的活儿。家喜靠近了，小声地："是儿子。"两位姐姐大惊，表示不可置信。家喜道："可能老天爷看她太想要孙子，赏了一个孙子之后，又赏一个儿子。"

"不可能吧。"家文还是质疑，"你婆婆都多大了。"

家喜说："她对自己可好了，牛奶，益益的不喝，要喝上海的，平时鸡鱼肉蛋没少过。"压得更小声，"月经还没停呢。"

家丽道："这个王怀敏，真行。"

家文关切地："那她还要？"

"保胎呢，"家喜说，"看那样子，是打算要，不过宏宇来都别提啊，不是什么光彩的事，老母鸡还下蛋，下了谁养哪，自己都摇摇晃晃的，留这么个小萝卜头，苦的还是孩子。"

"国家不是计划生育嘛。"家丽讲理。

家喜道："计生办的敢缠她？而且这老太太要生孩子，谁敢不让她生，打了，大人孩子都保不住谁负责，顶多罚点钱。"

家丽问："小曼呢？"

"她爸带着练古筝呢，一会儿过来。"说罢家喜进屋，腻在美心旁边。美心问她工作的事，她如实答了。美心说："给你摊子你不管，去上班，还受人家管，哪来快活。"家喜说："五险一金总能交交。"家艺凑近了，也问家喜的情况。她们俩都是从生意场上败下阵来的。家喜说："生意不能干，没那脑子，还是上班安泰。”她问家艺。家艺说：“这班是上够了，工艺厂半死不活，月月能开点生活费就老天保佑了。除了描盒子，我也不会其他的。你姐夫本来也是做生意起来的。我们只能再看看项目。”

家喜劝：“姐，有好项目人早盯着了，还能等我们。”

家艺试探性地：“老六，你婆家那楼下几间房，都空着还是做旅馆了？”家喜说：“做过一期旅馆，又不做了，说是不够淘神的，又要操持又要洗，统共也没几个人来住。现在弟媳妇娘家人常来，成他们的办事处了。”

李雯搀着小年的胳膊进门，已经很有一对小夫妻的样子。小年主管征兵，巴结他的人很多，工作忙，应酬多，他黑瘦了不少。上身是短款黑色皮夹克，里头一件高领绿色打底羊绒衫，下身是西裤，休闲皮鞋，胳肢窝夹着个手包。很有成功人士的派头。李雯尽管有孕在身，但两点红永远不变。红唇、红指甲把她和小城普通女孩区别开来。家喜打趣：“听说，也是先上车后补票。”

李雯纠正：“车上了，票也打了，只是还没正式办事，具体日子，得老太太给咱们定。”老太太马上要见五代人，心里喜欢，道：“赶年下不知来不来得及。”小年说：“老太！就是年下！”老太太说：“那好，热闹，就是你奶动不了。”美心在里屋床上躺着，耳朵却灵，听到便说：“小年结婚，抬也给我抬过去。”

众人皆笑。老太太问：“老四呢？”家艺说：“她家远，应该一会儿就到。”老太太说：“去给老四打个电话。”家艺刚准备打电话。成成来了。家喜问：“你妈呢？”成成说：“去新星面包房了。”

家艺说估计去订蛋糕。

几个孩子进屋玩，关上门打扑克，玩赌老K。

枫枫问小冬：“哥，你什么时候当完兵。”

“还有一年。”

“当完兵做什么？”

“不确定。”小冬对未来充满忧思。

“你以后干什么？”小冬问枫枫，“还当歌星？”

“我觉得我能当歌手，或者演员。”枫枫很自信。

光明说：“歌手恐怕不行。”

“为什么？”枫枫不服地。

“有的调子你唱不上去。”

枫枫说：“这你就不懂了，歌手不是只靠高音，而是一个整体包装。我妈说了，怀我的时候她就听邓丽君，等于说从胎教就开始打基础了，我肯定能走出一条路。”

小冬问成成：“你呢，以后做什么？”

成成呆呆地：“听我妈的。”

枫枫问成成：“四姨和四姨夫到底离婚没有？”

成成有些尴尬。小冬喝止：“枫枫！别乱问。”枫枫说：“自家兄弟，还藏着掖着。”转头又问光明，“二姨是要再婚吗？”光明一愣。小冬忍不住打了枫枫一下：“不说话没人当你是哑巴。”

厨房，家丽掌着勺子，正在试喝鸡汤。

家欢拎着个大蛋糕盒进门，雄赳赳气昂昂。

183

三层大寿桃蛋糕摆在桌子上。老太太连声说太浪费了。家欢说：“我让幼民做大一点的。他不会，说最大就这么大了，我说那多加几个寿桃。”老太太问：“哦，去的为民店里，今年秋芳他们好像在上海过年。”家艺说：“买了上海的房子，成上海人了。”

小年在旁边听着脸有点僵，汤小芳果然步步高升，现在成上海人了。

好在李雯不知道他这一段。家欢说："听说秋芳女儿找了个外国男朋友。"

家喜一惊一乍："哟，玩洋的了。"

家欢说："我就没觉得外国人哪里好，毛毛渣渣的。"几个又说几句。老太太看出小年不自在，便岔开话题，问家欢和方涛的情况。家欢的脸沉下来："阿奶，能不能别问这个，都是过去式了。"家艺问："这个方涛，就是能同吃苦不能同享福，以前老四难的时候，他能扛，现在老四有头有脸了，他倒不行了。"

家欢不耐烦："三姐！能不能不提这个？"

见老四真翻脸，家艺和家喜连忙闭嘴。家文端菜进来，准备吃饭，建国也从外头回来，春节前他已经进入角色，带人挨家挨户去看老干部。宏宇和小曼最后到。

布桌子，吃饭，还是大圆桌，只是菜色不如美心掌勺时鼎沸，小孩一桌，大人一桌。大人这桌少了小玲、振民、方涛、卫国……莫名冷清。老母鸡汤端上来，先给美心尝。勺子掠一点，品品，美心说："味道不对，端下去。"家丽围裙还没解下来，站在一边，有些尴尬。家文为大姐解围："妈，我看这味道也差不多，有鹌鹑蛋，有银耳，有乌白菜。"

美心执拗："不对，过年一定要喝肥西老母鸡汤，这做得不对，端下去。"又说一遍。没办法。家艺只好示意欧阳把汤端下桌。美心不能坐，就半躺在桌子边。老太太劝她："大过年的，别较真。"

美心立即："我还能活几天？一个鸡汤我都不能较真，我还活个什么劲。"连老太太她都敢顶。女儿女婿们更是不愿忤逆。她是病人，说什么是什么。气氛差多了。家艺不得不搅和，说："来，喝点酒，玩杠子杠子鸡。"枫枫喜欢玩这个，连忙从小桌跑到大桌边，说妈我玩我玩。家艺不耐烦："小孩一边去！"

欧阳得给老婆面子，说要跟宏宇玩。

两个人噼里啪啦玩起来。四样东西，相生相克，杠子打老虎，老虎吃鸡，鸡吃虫子，虫钻杠子。玩了好几局，都是欧阳输，连着喝，脸一会儿就红了。枫枫实在看不惯爸爸"受欺负"，还是上桌："爸，我来帮你！"

真叫上阵父子兵。谁料刚敲了一局，枫枫情绪高涨，“杠子杠子老虎!”筷子敲在桌边上，一个反弹，枫枫没抓稳，筷子脱手，在半空划过，迅速下降，直插到桌对过老太太的饭里。一根筷子竖得直直的。筷子插饭，向来被看作不吉。家文连忙伸手拔了。家艺气得拎枫枫耳朵：“你就逞脸!”枫枫疼得大叫。家丽说：“李雯，给老太太重盛一碗。”老太太说不用。但李雯还是下桌重新盛了来。这才开始好好吃饭。

老太太看了看美心，对李雯：“雯雯，你是咱们家第一个重孙媳妇，老太也没什么好给你的，就这么一个还算有点年份，留着给你的孩子。”说着，老太太从怀里掏出一只金锁，递给李雯。

来者不拒，李雯收了，说声谢谢老太。

外头一阵吵嚷。美心坐起来看，是刘妈来了。老太太问怎么回事。家丽、家文连忙出去。秋林跟在刘妈后头，一个劲儿叫她：“妈，咱回去说行不行。”可刘妈不听。家艺、家喜也出来看怎么回事。小年、李雯还有几个孩子簇在后头。

只有家欢坐着不动，背对窗户，该吃吃该喝喝。

老太太问家欢：“怎么回事外头?”

刘妈很少发火，但这次却是例外：“刘美心！你出来!”

美心诧异：带着火找我干吗。老太太对躺着的美心：“找你的。”“妈!”秋林也急了，“反正你闹不闹这事就这样了，板上钉钉。”

家丽笑着说：“刘妈，大过年的，什么事值得这么发火?”

刘妈道：“你们家老四呢?”

老太太听到，对老四：“说你呢。”

家欢装听不见，继续吃自己的。

秋林面子挂不住，小声：“妈，你再这样我把你扛回去了。”

刘妈道：“真看不出来，你们家老四是这样的人。”

家丽还是带着笑，多少年的邻居，长辈，不至于真吵起来：“刘妈，您说得清楚点，老四到底哪里做得不对，您说，我批评她。”

家欢把筷子往桌子上一拍，对小冬：“你把几个小孩带出去玩去，别在这儿听。”她怕话不好听，被儿子成成听到，受刺激。小冬领命，带着光明、枫枫、成成、小曼从后面出，到外头玩去了。而后，何家欢才走到院子里，直面刘妈。

家丽着急，问她：“到底什么事？说呀！”

家欢凛然，提着一口气：“我和秋林打算结婚。”全场皆愣，秋林第一个反应过来，坚决站在家欢一边。看了看家丽，又对他妈说：“妈，反正这事已经决定了，成也成，不成也成。”刘妈一阵发晕，家丽连忙扶住她，呵斥秋林：“别把你妈气出好歹！”再对家欢，“你们这搞什么名堂，小孩过家家？今天你明天他，结婚不是儿戏！父母不同意，你们就是结了婚，也不会幸福！”何家欢不说话，舌头顶着后槽牙。几个人匆忙把刘妈扶进屋。坐下，又端来点温水，拿速效救心丸送下去。家丽对秋林：“你姐不在家，你一个人也得先把你妈伺候好了，孝顺就不说了，别再气出个好歹。”美心不明就里，问怎么回事！老太太也说：“天大的事，谈开了就好，哪至于这样。”刘妈缓过神来，才得号啕，对美心：“小美，我跟你说那事就是让你阻拦，怎么你反倒促成了。”

美心委屈：“我促成什么了？刘姐，别误会。”

家丽、家文都帮腔：“刘妈，到底怎么回事我们还没明白呢。”

刘妈恨道：“秋林离婚，现在家欢也离婚，两个人又要瞎凑合。”

秋林不同意：“妈，我们是青梅竹马真心相爱，过去阴差阳错走散了，现在恢复自由重新在一起找到幸福，有什么不对。”

刘妈对家欢：“老四，你摸摸心口子说话，你到底对小林子是不是有真感情，你对天发誓。”

看着刘妈颇用劲儿的脸，家欢又犹豫了。自从她决心和方涛断了，才接受了秋林的追求。到年，秋林求婚，她没反对。可如今毕竟和当年少女时不同，她对张秋林，早已经没有悸动的感觉。只是暂时的空窗，需要一个人填补。

美心敦促：“老四，你给句实话。”

家欢还是说不出口。

秋林更着急：“你说啊——”

家丽解围：“秋林，你为什么和前妻分手？”

秋林说：“学术理想不同，我想回国，她希望留在美国。”

家欢问：“不是因为她的背叛？”

秋林道：“也有这个成分。”

刘妈道：“别打岔，老四，你给句准话。”家欢还是说不出口。有人跑进院子。家喜出去看，是方涛。宏宇着急：“四哥，你可来了！”欧阳小声对家艺：“这闹得……”家艺抖了一下他胳膊，让他别说话。方涛小跑着进来，一把拉住家欢。何家欢有些不好意思，甩开，故意怒目：“你来干什么？这里不欢迎你。”

“那天完全是误会。”

“什么误会？铁证如山！”

“是我跟宏宇喝酒，丁倩来带我走的，迷迷糊糊，你也知道我一喝酒就神志不清楚。”

秋林挡在他们中间：“行了，什么真的假的，离婚该是真的吧？”

“我就是来找我老婆复婚的。”

家欢心中一喜，但面上还不能露出来。

老太太见火候差不多，说：“老四，表个态，跟谁不跟谁，今天都说清楚了。”何家欢面露难色，当着这么多人的面，她又这么大年纪。家丽鼓励：“老四，没什么不好意思的，什么话摆在台面上说，无论怎么决定，大家以后还是朋友。”

小冬带孩子们回来，成成见他爸来，十足兴奋。方涛连忙拉住成成的手，孩子也是他争取婚姻的砝码。这些日子，他想清楚了，难的时候，他和家欢都过来了，现在日子好过了，家欢发展越来越好，他没必要心里不平衡。有多大能耐出多大力，只要她是他老婆就行。成成哀求：“妈，跟爸回家吧。”

秋林不放弃最后努力：“家欢，好马不吃回头草！”

成成一头撞向秋林：“你走开！”

家欢叹一口气，站起来，对刘妈鞠了个躬。再转向秋林："过去的，就让它过去吧，你会找到新的幸福。"

刘妈一拍大腿，对儿子："行了，结束了，走吧。"

一群人都拥上去安慰秋林，建国拍拍秋林的肩，欧阳搂着秋林称兄道弟，好像法官刚宣布了判决结果，他败诉。

出了院门，刘妈道："行了，别送了，都回吧。"天寒地冻，人一出来说话都呵白气。秋林失魂落魄。刘妈敲打儿子："非要头撞到南墙上才知道疼，人家的家务事，你就不应该掺和进去。"

秋林不服："老方明明跟他前妻复合了。"

"是复合了。"刘妈以为是指家欢。

秋林纠正："不，是他另一个前妻。"

刘妈着急："你怎么还痰迷呢。那个前妻是甩他的，而且两个人没有孩子，能跟老四比嘛，我跟你说有孩子没孩子大不一样……"刘妈喋喋不休着。秋林呆呆地，看着路口发怔。

孟丽莎拖着行李箱，站在路口。

刘妈顺着儿子的视线望过去，瞬间不知所措起来："你说这今天到底刮的什么风……"

184

家丽让光明跟她去矿务局大院折蜡梅，光明当然陪同。老太太喜欢蜡梅香。拎着个塑料袋，两个人站在蜡梅树下，家丽看中半中间一枝，光明自告奋勇去折。折好是半下午，腹中饥饿，姨甥俩就在舜耕山下找了个店喝羊汤。

吃着吃着，家丽冷不丁地："你爸走了几年了？"

光明报了个时间，算算，有好几年。

"你现在高中，将来上大学，估计也得考出去。"家丽一步一步地。光明不说话，羊汤乳白，热气蒸腾。油酥烧饼来了，光明把烧饼篮子往大姨那边推了推，家丽让他趁热吃。

"你走了，你妈怎么办？"家丽逐渐朝重点靠近。

光明说："我妈是不是打算再婚？"

一句话反问得家丽倒有些措手不及。聪明孩子，一点就透。

"你什么意见？"

"就是那个发电厂的？"

"你觉得怎么样？"

"我没意见。"光明平静地。家丽以为他在置气，毕竟还是孩子，妈妈再婚，他不可能一点情绪没有。

"有什么想法，别人不能说，跟大姨还不能说吗？"

"没有什么想法。"光明依旧平静。

他愈是这样，家丽愈感心疼。她悠悠地说："再过二年，你也大了，上了大学就好多了，等走上工作岗位，自己有自己的生活。你妈再走这一步，也是没办法，总不能一个人就这样过到老死了。"

光明拦住她的话："大姨，我真的没意见，我妈想怎么样我都支持，这么多年她不容易。主要我在后面拖着，不然她日子好过点。"光明分析得透彻，家丽震惊。可这毕竟只是一个方面，她得全方面说透了："光明，在乎来在乎去，你妈最在乎的不还是你嘛，拖累两个字，千万不能让你妈听到，她该伤心了。这些年她辛苦忙碌，也不只为了她自己。光明，就算你妈再走一家，你和她到什么时候都是最真真的一家人，进退都要一致。今天听到你这么说，大姨也就放心了。唉，你妈这半辈子苦吃得不少，好在老天爷的眼没瞎透，派给她你这么一个儿子。"

家丽说得动情。光明蓦地："我有一个意见。"

家丽怔了一下："你说。"

“他们不能再生孩子。”光明说。

家丽当然知道家文不会再生，虽然现在还能生。两边都有孩子，再生，纯粹给自己找麻烦。可光明这么单独提出来，她还是为孩子心疼。再懂事，也不可能毫不在意。原有的生活被打破，介入到一个新的家庭中去，许多关系要处理，这无论对家文还是光明都是全新考验。但家丽理解家文，一来还年轻，二来找个人，经济上也能缓解缓解。婚姻到这个阶段，反倒露出了本来面目：各取所需。

制药厂门口，家文戴着白色工作帽走出来。家丽在等她。

“怎么样?”家文问。

“没问题了。”家丽说。

家文松一口气。如果光明不同意，她绝对不会再婚。

“不过他有一个要求。”家丽不得不把话挑明，带到。

“什么要求?”

“他要求你和老范……”家丽也觉得有点难以启齿，“不能再要孩子。”家文喃喃：“当然不会当然不会……”眼泪就已经下来了。她能理解儿子的心。他当然怕妈妈的爱被人夺走。她又怎么可能再生育。家丽安慰：“行了，接下来就把事办了，生活安排安排，好日子会有的。”家文点头。很快，她和老范摆了一桌饭，就在饲料公司，把几个姊妹妹都请来，就算结婚了。老范父母双亡，有个妹妹，当初他妈离家再嫁的时候带走了，因此也不亲，住大通九龙岗，多年不走动。家文跟老范结婚，等于上头没有婆婆，人物关系相对简单。正式结婚之后，凑着光明放假的空儿，家文带着孩子去春荣、春华那儿各走了一趟，算告知此事。跟党校的克思、陶先生已经不走了，因为孩子，跟春荣、春华还略有点走动。春荣、春华没说什么。无非各过各的日子。不过私下里，光明倒是感觉出姑姑们的不满，是从表姐小忆嘴里听出来的。这日，光明在春华家吃饭，小忆在用洗面奶洗脸，她现在是中学老师，又待嫁，还没交男朋友，容貌上要格外仔细。光明对着镜子：“我这脸上痘也不少。”小忆从脸盆里抬起脸：“用洗面奶啊。”

“没用过，太贵了。”光明随口说。

“让你妈买！”小忆忽然厉色。

光明也吓了一跳。一点小事，何至于此。事后想想才明白表姐小忆发怒的缘由：在她眼里，她小舅母家文是改嫁了个有钱人。可恶！可恨！花点钱也应该。光明参透了这心理，只好一笑了之，淡然以对。家文和老范结婚后，两边跑，多半住在老范在电厂厂区的房子里，偶尔也回饲料公司住。老范有个儿子小范，二十好几，个子不高，一直没找对象，天天家里住着，老范心里烦，着急，小范时不时也找找家文的麻烦。家文心里苦恼，嘴上不能说，只有回娘家的时候，找家丽排解排解。

“光明还好吧？”家丽问。

“住校，学业也紧，一个礼拜回来一次。”

“少见面还是好的。”

“就他这个儿子整天闹腾。”

家丽放下手中毛线，李雯肚子越来越大，她给未来孙子辈打的，道：“闹腾还不简单，让他成家立业，找一房媳妇，出去闹腾去。”家文小声：“就是难。”老太太从睡梦中醒来：“降低标准，缺啥补啥。”家丽点了点头：“对，阿奶说的对，缺啥补啥，他喜欢什么样的？”家文说：“漂亮的。”家丽道：“那就找漂亮的。”

美心的摔伤好多了，夹着单拐，能稍微走几步。家丽和老太太不让她走，她不答应，说不走会便秘。家丽要跟着，美心说忙你的吧。美心的刘姐八宝菜，还要家丽顾着。老实说，顾得不错。只是美心依旧不满意，家丽做的菜，她总觉得火候不到。自从小年结婚，家丽和建国就住回娘家。马上小冬退伍，估计也住在这儿，主要他们也没房子。既然一处住着，伙食肯定在一块儿。美心对家丽操持的伙食意见很大。比如，她认为家丽老不做肉菜，净是些稀饭馒头辣菜，或者就是就点自家产的八宝菜。家丽的解释是：年龄大了，哪能吃荤吃那么猛，老太太没牙，也吃不了。美心气憋在肚子里——老太太没牙，她有牙呀！总不能顾这个，就不顾那个！美心看透了，还是家丽两口子抠，主要负担重，还有个小冬坠着。跟他们过不到一块儿。自从摔了之后，刘美心的危机感更强，别说家里，就是跟老邻居，她也乐于传达一种“末世情绪”：“都什么岁数了？黄土都埋到脖子了，能吃还不多吃点？人老了图什么？不就图个嘴上痛快心里舒服？”美心拄着拐棍在大老吴的小卖部旁，要了个面糖。刘妈打旁边经过，扶住美心。

“不要你扶。”美心还在为那天刘妈大闹何家小院的事生气。刘妈自己倒不生气了。丽莎和秋林和好，两个人去合肥看她父母，丽莎已经做出妥协，回国工作，在秋林面前也低了头。刘妈气又顺了，对美心也和眉善目：“真一辈子不说话了？”美心对刘妈：“你把我害成什么样！”刘妈说：“我赔不是还不行？走，去我家，我买了卤牛肉。”美心执拗。刘妈放下身段：“来吧来吧。”

“我怎么上楼？”美心的腿是个问题。

“我背你。”刘妈充分放低姿态。美心这才解气，跟刘妈走，当然没背，扶上二楼。进门，刘妈扶着美心到沙发上坐好，又泡茶。美心道：“不用跟我虚客套了，泡茶，不怕我晚上睡不着？”刘妈说：“我这泡的是大麦茶，祛湿的。”晾凉，美心呷了一口，说不错。她环顾，又问：“你家那猫呢？”刘妈端着茶杯，坐好：“老死了。”美心还是感叹：“养猫养狗就是这点不好，在的时候都好，一走了，心里又难受。”刘妈叹了口气：“所以不打算再养了，到我们这个年纪，什么都得减。不能再牵着绊着，让自己不舒服。”

美心不想谈这些伤心事，问：“秋林跟他老婆又好了吧？”

刘妈一扫悲伤情绪：“好了，去合肥看他丈母娘去了。”

美心道：“这下好了，各得其所，各回各家各找各妈，所以我说你们家小林子，根本不是喜欢家欢。”

刘妈反驳：“你们老四也不是真喜欢我们小林。”

两个人对看一眼，尽在不言中，都笑了。“不过小林和丽莎，说要去上海。”刘妈转而伤感。美心问什么时候的事。

“就马上，那边有个研究所要引进人。”

“好事。”

“有一利就有一弊。”刘妈说。

美心重复：“有一利就有一弊。”停一下，又说，“你还是舍不得离开儿子。”刘妈眼眶红了。她正是为秋林的离开伤感，所以才想着叫美心来“抱团取暖”。刘妈嗔：“反正你女儿多。”

美心道：“多有什么用，有几个管经（方言：管用）的，天天在家吃馍馍稀饭面条子，我跟你说老人跟孩子真过不到一块儿。”

刘妈懂她意思，家丽买菜她遇到过，过分仔细，但她还是劝：“你们家老大两口子手是紧了点，不过也情有可原，大儿子刚结婚花了不少，小儿子还没着落，将来工作结婚买房处处要钱，他们自己也得有个窝，省，也是应该的。”

话说到心坎上，美心忍不住抱怨：“省省窟窿等！再省也不应该省我的，我月月工资还交钱呢。要不是要带老太太，我真不能这么过。”刘妈道：“老太太九十好几了吧？”

“虚岁九十六。”

刘妈感叹：“我要能活到这岁数，还能像她这样明白就好了。”

美心道：“没问题，你那脑子，有哪个人能转得过你？”

两个人正说着，何家小院的门一阵敲响。刘妈伸头看，是朱德启老婆。“你找谁？”刘妈喊了一嗓子。朱德启老婆匆忙爬上楼，吱哇乱叫：“刘姐，你还不知道？你亲家出事了！”美心本能觉得不妙。多少年了，但凡朱德启老婆这样出现，通常会出问题。

“好好说，什么亲家，哪个亲家，亲家的谁？”刘妈也紧张得有些语无伦次。朱德启老婆说：“是汤家……”她胖，气接不上。

“汤家怎么了？”

“汤家老三汤振民……打麻将……死在麻将桌上了！”

美心和刘妈惊得说不出话来。

185

振民死于心脏病。糖尿病与他休战，心脏病却突然袭击。完完全全的意外。

外头的人都说，汤振民是因为受了小玲再婚的刺激，放浪形骸，才寄情于麻将，伤心过度心脏病发去世的。但麻将桌上的人却知道真相，汤振民死于一次杠后翻花，太激动惹的祸。事来了，必须要处理。为民心痛，本身身体也不好，只能秋芳站出来维持大局。整个丧事，她一力维持，务必简朴、体面，该走的流程一个不能错过。

葬礼当天，孝子汤洋洋披麻戴孝，迎来送往，人人看这个孩子都觉得可怜。妈远走，爸去世，爷爷奶奶都不在，他成了孤儿。何家也派人去，家丽、家文、家艺、家欢都到场。家喜婆婆生产，她不得不在旁边伺候，来不了。家艺打趣："老六真有本事，人家都是婆婆伺候媳妇生孩子，她好，倒转乾坤，媳妇伺候婆婆生孩子。"家欢道："注意控制表情，这是葬礼。"

家文是经历过生死的人，这种场合格外触心，见家艺嘻嘻哈哈，便瞪了她一眼。家艺连忙收敛。

葬礼结束，老太太问家丽情况。家丽担心老太太年纪大，忌讳这些事，简单说了说。老太太追问："洋洋呢？"

家丽说："孩子是懂事孩子。"

"汤家怎么说？"

"说什么？"家丽没有老太太想得深。

"洋洋以后怎么办。"

“还没提这茬。”

“我老了，管不了了，你们能费心多费费心。”老太太声调悠悠，又说，“这事得让小玲知道。”家丽说找时间给老五打个电话。

为避免让老太太和美心听到愁心。晚间，何家丽在路边找了公用电话亭打磁卡电话。通了，但接电话的人不会说普通话，听上去像闽南语。家丽反复大声地：“麻烦找一下刘小玲！麻烦找一下刘小玲！”好一会儿，电话里终于传来小玲的声音。

家丽不打算绕弯子，直说：“老五，有个事。”

电话那头传来孩子哭声，嘹亮的。

家丽问：“生了？”

小玲说：“女儿。”

“也不说一声。”

“大姐刚才你说什么事？”

明明准备好的，到嘴跟前，突然又觉得说出熟人的死讯那么难。家丽吸一口气，声音不大：“就是汤振民他……”

路边拖拉机驶过，突突巨响。

小玲听不清，连着问：“姐，你再说一遍，刚没听清。”

家丽快速地：“汤振民心脏病突然不在了！”

电话那头安静了几秒，才说：“姐，你帮我垫点钱，从那房子的租金里扣，我现在回不去。”

“没问题。”家丽爽快。

小玲又说：“洋洋我现在也顾不上，他的生活费还是从租金里给，有机会我再回去。”

“好。”家丽挂了电话，怅然若失。她不禁为洋洋的未来担忧。卫国去世，光明还有家文护着。振民走了，小玲却不在身边。不过她相信同为大伯，为民和克思是两种人。

夜色如水。路边不少大排档，老板亲自炒菜，掂锅，上方火苗蹿得老高。路边下水道口都是泔水痕迹，乌突突的，比夜还黑。家丽拣着路跳过去。信步往前，竟走到新星面包房门口。为民正跟员工交代事情，店子快打烊了。一抬头，四目相对。为民主动走下台阶，走向家丽。他的腿虽然装了假肢，但还是不舒服，走路一点一点地。走近了，面对面站着，两个人一时都不知说什么好。半辈子过来了。本来无交集，因为振民的事，又搅和到一起。

为民以为家丽是来找他谈洋洋的事。于是赶忙表态："你放心，只要洋洋姓汤，我就管到十八岁。"

家丽本不是来谈此事的。他这么说，更加验证了她此前的猜想。为民是个好大伯。家丽觉得有必要解释："你误会了，我只是路过，洋洋的事，该怎么就怎么，但尽量让孩子少受伤害。"

为民又要给家丽拿面包，家丽婉拒："我还有点事，你先忙。"家丽不打算跟他同路回家。

晚上躺在床上，为民跟秋芳商量洋洋的事。

秋芳尊重丈夫，问他怎么打算。

为民道："老二两口子没孩子，还不如让洋洋跟他们过，就当过继。钱上面，咱们多补贴点。"

秋芳说："钱倒好说，你觉得老二两口子能愿意吗？孩子这么大了，过继也难培养感情，而且这些年洋洋跟他二伯二妈也不算亲。最主要小玲还在，虽然在外头，但到底也是个妈。这个血缘关系到什么时候也变不了的。老二那么小气的人，他会觉得是帮别人养了儿子。"

为民叹了口气："那就咱们养着，反正小芳也出去了，无非多一双筷子。"秋芳道："我没意见，不过孩子不是你一家的孩子，回头跟家丽他们那边商量了再说。"

过了"五七"，秋芳打电话找家丽，让她有时间过来谈谈。家丽大概知道，是谈洋洋的问题。吃完晚饭，秋芳让丽侠带洋洋到店里转转，人支开了，家丽才从何家到汤家。为避免尴尬，为民也在店里忙，秋芳代表他。因此这场会谈等于是秋芳、幼民和家丽三个人谈。家丽来了，打了个招呼，秋芳已经泡好陈皮茶，消食。家丽神色严肃，坐下。秋芳主持，说："都说说吧。"

幼民先说话："嫂子，丽姐，关于洋洋的事情，我看好办。"家丽和秋芳都点一下头。幼民继续说："无非是，谁的孩子谁负责，这种情况家文姐也遇到过，家文姐不也没放弃儿子嘛，父亲去世，母亲在，那从法律上说，那就应该母亲带。"

幼民的话让秋芳感到既意外，又在情理中。意外是因为，为民此前已经跟幼民谈过。幼民的意思是，他不管，没什么意见。可等到正式商讨，他又突然有意见。说情理中，是因为秋芳大概预料到幼民会说些牢骚怪话，主要缘由估计离不开一个钱字。如果汤家继续抚养洋洋，他作为二伯，怎么好意思不出钱。

秋芳态度平缓，对幼民："老二，说完了?"幼民表示说完了。秋芳对家丽，"阿丽，你说说。"

家丽有备而来，随即道："这个孩子姓汤，但也有我们何家一半的血。现在振民突然走了，谁也料不到，于情于理，老五都应该把这个孩子抚养起来。但现在老五在福建，不怕你们笑话，她又嫁人了，刚生了一个女儿，一时半会儿让她回来也不现实。要是把洋洋送过去呢，一个是上学生活孩子会不适应，再一个，究竟是到了人家的屋檐下，孩子也受委屈。所以我跟老五商量了一下，如果你们愿意带孩子，老五愿意出抚养费，每个月该多少是多少。如果你们实在不方便，不愿意带，那就我们何家带，抚养费，你们这边多少出一点，毕竟洋洋还姓汤。说句不该说的，汤家，也就这一个独苗苗。"

幼民听到独苗苗的话，有些不自在，乜斜眼，讽刺地："能生就得能养。"

"老二!"秋芳轻喝，又转而对家丽微笑，"阿丽，你说得对，这孩子，还是老汤家的苗苗，我说这话也代表为民，孩子我们养到十八岁没问题，就按第二种办法办，老五每个月给抚养费，我们来带。小芳现在在上海，就当再养个儿子。洋洋这孩子，成绩谈不上多好，但听话。"

幼民道："他听话?我看跟他老子娘一样，闷坏，我前几天突然发现裤子口袋里少了五十块……”

秋芳看不惯他这小气样子：“老二，一码归一码，你钱丢了，回头再找，现在是开家庭会议，别扯一起。”秋芳当家多年，很有威信。幼民见好就收，反正不要他出钱就成。

事情谈好，家丽不好立刻就走，坐着喝喝茶，聊聊天做缓冲，也显得彼此有情谊。幼民进屋，留空间给大嫂和家丽。

多少年了，何汤两家不愿意结亲，视若仇敌，但磕磕碰碰，还是搅和到一起。只是汤家人丁逐渐稀少令人感叹。秋芳问了问小年的情况，又说不好意思：“小年结婚的时候实在院里有几个手术，错不开身。”因为小芳，秋芳对小年颇为忌惮。他牛脾气上来，谁的面子都不给。

家丽笑说：“人不到礼到不就行了，还省了我的。”两个人都哈哈笑。家丽又问：“小芳在上海怎么样？也快毕业了吧？”

“就是快。”秋芳说，“我现在都不敢想，一闭眼，一天过去了。你看我这两边白头发。”伸手扒拉扒拉双鬓，果然藏了不少银丝。家丽说：“你长两边，我的都在后头，以前还让建国给我拔拔，后来多了，也懒得拔了。”

秋芳说：“孩子们都这么大了，能不老嘛。”

家丽似笑非笑：“听说小芳找了个洋货？”

不用问，又是刘妈多嘴。秋芳说：“打都打不散。一个英国人。”其实她亦首肯，期盼着跟伦敦人做亲家。

家丽直性子：“要我说，哪有这本地本土的知根知底。”

秋芳故意叹：“缘分来了，挡也挡不住。”又掉转话题，说家欢和秋林过去的闹剧。家丽说：“两个脑子都不清楚。”

推门进来个人，是丽侠，气喘吁吁，神色慌张。秋芳问店关了，这展子（方言：这时候）怎么回来了。”

丽侠道：“洋洋……洋洋他……跑了……”

186

家丽激动："跑哪儿去了？"

"我就在那儿算账，一抬头没人了。"丽侠委屈。幼民从里屋出来，家丽和秋芳已经披上衣服走出院子。幼民批评他老婆："你说你能干什么事，大活人都看不住。"丽侠道："腿又不长在我身上，谁知道他会跑。"幼民换个角度思考："跑了也好，最好跑他妈那儿去，省得以后跟我们争。"

丽侠不解，问："跟你能争什么？"

幼民道："所以就说你大河北来的脑子不够用，洋洋是长子长孙，又无依无靠，大哥将来肯定得把这老房子给他。"

"给他就给他，我们又不是没房子住。"

幼民伸手点了一下丽侠脑袋："你说得轻松！这可是我们家祖传的房子。"

丽侠道："这破房，也不值几个钱。"

幼民抱怨地："你到底懂不懂房地产，这房子不值钱，这地势值大钱！将来保不齐房子拆迁，那可是一大笔。"

丽侠看不惯丈夫的细比抠（方言：小气）样子："要这么多钱留给谁？"

幼民被触动了，当即大发雷霆："怪谁？怪谁？还不是你这个母鸡不下蛋！"丽侠不干了，不孕的原因早都水落石出，责任在男方，她不背这个锅："汤幼民！你要不讲理，咱们就不过！"

"不过就不过！"幼民也在气头上，摔碎一只茶杯。

一夜没消停，家丽让小年带人，兵分几路，全田家庵地寻找汤洋洋。秋芳担心："要不报警吧?"家丽说还没到报失踪的时候。"是不是你们说什么被洋洋听到了?"家丽问。

秋芳仔细回想："我们前几天讨论这事的时候，洋洋已经睡了，门也带上，说话声音也小。"听这话，家丽心里有数，汤洋洋睡觉轻，八成听见什么，心里受不住，才离家出走。

洋洋自小敏感。

淮河边、商场、老五最初住的老宅、学校、东城市场、亨得利钟表眼镜商店，到处都找遍了，都没有洋洋的踪影。

小年对家丽说："妈，报警吧。"

家丽给建国打电话，让他再想想办法，只是建国现在已经退居二线，人是调不动了，只能精神鼓励加亲自去找。家丽对小年说："这事不能让你奶和老太太知道。"小年让她放心。

凌晨四点，几个人只能暂时各回各家。为民对秋芳说："洋洋要是有个三长两短，爸妈都能从坟里跳出来。"秋芳也急，但又只能劝，"这孩子有分寸，应该不会出事，等一等，明天再找不到，就报警。"

二中，学生宿舍。上铺，两个孩子侧身躺着，左边是光明，右边是洋洋。洋洋小声："哥，你别给他们打电话，我就在你这儿过一晚。"

"不打。"光明保证，又问，"你就这么着了?"

"不知道。"

"书也不读了?"光明说，"还是去找你妈?"

"不去。"洋洋答得铿锵。

"再怎么也得把书再读几年，就算不考大学，去打工，也得到年纪。"

洋洋一下哭了。他觉得这世上，自己孤零零一个人。

光明说："你有什么想不开的就找我说。怎么也得把这几年弄过去。"洋洋不说话，黑暗中，只能听到呼吸声。下床的胖子打呼，光明拿脚后跟磕了一下床板。

呼噜声停止。

光明又说："我们这种情况，是一点错路不能走。走错一步，万劫不复，永远没有出头之日。"

洋洋道："你还有二姨。"

光明劝："有什么用，只能说有口饭吃，大事情，还得自己替自己做主，家里就这么大能耐，不是不使，是根本就使不出来。要求太多，也只是为难父母亲人。所以，尽可能只靠自己。像我，假如不考重点中学，初中毕业随便考个技校出到社会上，能怎么办？可能最好就是去工厂里做做工，一辈子就这样了。你想过吗？你这辈子打算怎么过？"

光明的话把洋洋问住了，他毕竟小几岁，考虑问题浅，一辈子的事，他没想过，眼下只是走一步看一步。跟着感觉走。

光明又说："你打算在这地方待一辈子？"

洋洋摇头。

"那就是了。"光明分析，"家里没人没背景，你不靠读书出去还能靠什么？学历当然也不是什么了不起的东西，正所谓英雄不问出处。但这个社会就是这样，人都是狗眼，你有个学历，按照这个规则玩，好歹能先冲出去。"

洋洋听住了，二表哥总是比他有想法。

"冲出去再说。"光明说，"你听我的，明天就回去。你说我有个妈比你强，其实五姨也不是不顾你，有一套房子在龙湖小区，大姨帮你租出去，月月有钱拿，再一个，你大伯大妈人不错，这一点就比我强，我那个大伯大妈，我死都不会去看他们。你先去把高中上完，上得好，考大学。考不上再说，到时候也成年了，你想怎么还不都由着你。"

洋洋被说服了。

对着外面的月亮，光明叹了口气："除了忍耐，我们没别的法子。"

翌日，汤洋洋果然听光明的话回家。举家老小并没有批评的话，只说以后到哪儿要和大伯大妈打招呼。洋洋应了，正常上学。秋芳对为民："我怎么看这孩子有点不正常。"

为民说："这不挺好吗？"

“太冷静了。”

为民道：“别瞎想，我们对他不错，估计也想明白了，唉，往前看吧。”

足月，李雯生了个女儿。建国和家丽喜得孙女。

建国想要孙子，他是战争迷，男儿才能打仗。但家丽劝他：“这就不错了。”小冬正式退伍，也住在老宅子里，工作暂时没着落。建国退居二线，能量大不如前，小冬的工作，只能靠他一张老脸硬去找人，软磨硬泡。

美心和老太太也高兴。只是隔了好几辈人，高兴也只是照例的高兴。孩子满月，家丽在老宅摆了酒，把姐妹们都请来热闹热闹。不过这热闹也不似往日喧哗，因为入了夏，老太太身体就不大舒服，吃饭也少，胆结石的老病似犯非犯。家丽要带她去医院，老太太却坚决反对：“我不去，我没事。”家丽只好依从。

是日，家文先到，她一个人来。光明学业紧，不占用他时间。老范做了半辈子工人，虽现在已是工会主席，但始终不擅长社交。加之年岁也大些，不大愿意走场子。家文也就不让他来，免得破坏兴致。

小年和李雯还没到。家丽和家文站在厨房说话。

“怎么样最近，还闹吗？”家丽指老范的儿子。家文苦笑：“还没弄出去。”

“他那老大呢？”家丽指老范的大女儿，“结婚了没有？”

家文提醒她：“刚生了儿子。”家丽感叹：“唉，你这才多大，都做姥姥了。”当然是句打趣话。此姥姥非彼姥姥。家丽又说：“反正月月给生活费就行。”家文说那倒是给的。

家丽说：“半路夫妻就这样，你也有个心理准备，跟原配的，还是有些差别，不过话说回来，只要老范对你不错，其他的也不用计较了。”这话家丽不说，家文也明白，但家丽说了，家文更觉得暖心。大姐还是为她着想。

家丽问：“房子分了没有？”家文说一间，也是在前锋，就快分了。

家丽说要一间，好歹有个窝。家文藏着半句话没说，即便分了房，老范肯定先尽着他儿子。不过目前小范没有对象，走一步看一步。

家艺和欧阳来了，带着枫枫。家文先进屋，留空间给家艺两口子跟大姐说话。

家丽问："怎么样？接下来打算做什么？"自从宝艺关门之后，家艺和欧阳两口子一直没出手。一家三口暂时靠一点老本和家艺的少许下岗工资过活。

"还没看好，熬吧。"家艺说。

欧阳要撑面子，接话："实在不行就下海，我看小玲到南方，也混得风生水起。"

家艺反驳道："老五到南方是嫁人的。你去干吗？你去你去，找个富婆倚一倚靠一靠，我们也跟着沾光。"

欧阳讪讪地，对家丽："大姐，你看看，小艺现在就会拿我当出气筒。"

家丽说："老三，凡事你也别太独断，我看欧阳好歹是做过生意的，经验比你丰富。"有大姐支持，欧阳得了意，对家艺："小艺，我的话不听，大姐的话你总听。"

枫枫插话："爸，妈，以后我当明星，你们不愁没钱花。"

小冬来喊枫枫。欧阳去洗手间。等人都走了，家丽问家艺："枫枫还想着当明星呢？"

"谁劝都不听，痰迷。"家艺也很懊恼，嫌她儿子不切实际。

"倒是应该先减减肥。"家丽说。

家艺刚端菜进屋。家欢两口子带着成成来了。成成叫了声大姨，跟表哥们玩去了。家丽打趣方涛："最近心情好了吧？"方涛连忙说还行。家丽道："男人，心胸宽一点。"方涛连忙说是。待方涛进屋喝茶。家丽少不了叮嘱老四几句："这婚也离了也复了，该折腾够了，张秋林跟他老婆去上海，你们的青春梦也该结束了。"家欢意欲反驳。家丽一扬勺子："行啦，有好日子就好好过，别作，给男人一点面子你日子也好过点。但凡你不满意的时候，就想想当初落难的时候，谁给你送饭做饭的。”

话说到这份儿上，家欢也不好再说什么，一猫身子，进屋。

187

家喜和宏宇带着小曼到了。家丽忙着炒菜，顾不上说话。家文过来帮忙。家喜三口进屋。刚坐下，家艺就拉家喜进里屋说话。美心胯骨还没好透，趴在床上。家艺也不避讳妈，问家喜：“你婆婆怎么样了？”

家喜疑惑地：“带孩子呢，你问这干吗？”

家艺说：“有空我去看看她。”

家喜更不解：“三姐，你发烧啦？你去看她干吗？”

美心插话：“老六，王怀敏真生下来了？”

家喜说：“那可不真生。又从头开始了。”

家艺拉家喜到后院月季花丛旁：“老六，你婆婆家那一楼的房子，卖不卖？”家喜头一缩：“那破房，怎么，你感兴趣？”

家艺道：“不是，我跟你姐夫现在不都闲着呢嘛，我就说看看那边要有房子卖，买一个，凑合做个早点铺子。”

家喜没深想，只说帮着问问。家艺说让她问问哪天合适，她过去看看。“你真要去？”家喜不可置信地。

“去。”家艺笑着说。

客厅里，几个男人在聊天。欧阳和建国聊军事，算投其所好。小冬在旁边坐着听，时不时插句话。宏宇和方涛猛抽烟，司机，离不了烟。方涛还跟几个哥儿们在国庆路趴活儿。宏宇已经不干了，小卡车卖了，买了个大吊车，往外租。宏宇对方涛竖大拇指：“四哥，真爷儿们，硬是把美国华侨给干走了。”方涛不说话，但很享受奉承。过了一会儿，才说：“我能受你四姐的气，旁人的气，我一点受不了。”宏宇又问：“最近活儿多不多？”方涛说：“倒有不少，都是老客户介绍的。还有上次‘见义勇为’过后，有人点名要找我们车队。”宏宇听了喜欢：“那真因祸得福了。”

家丽和家文端菜进屋。家艺喊：“小孩都去端菜！”小冬、枫枫、成成、小曼都连忙去端。美心坐特殊椅子：要软垫子。家欢去把老太太扶下床。今年老太太更是懒得动。建国问家丽：“长辈都到了，那两口子呢？”家丽才想起来主角小年、李雯还有刚出世的千金还没到。家喜给李雯打电话，开免提。通了之后，却听李雯说：“六姨，跟妈说一下，我们一会儿过去，小孩有点发烧，在保健院呢。”家丽一听慌了神，解下围裙，对众人说你们先吃我去看看，家文不放心，也要跟着。家艺、家欢、家喜也要去，被家丽拦着：“你们在家，没多大事，吃你们的，我和老二去就行。”

到保健院，小年和李雯两口子围着孩子。

用了针，孩子已经睡了。家丽问怎么回事，小年和李雯都说不知道。家丽说：“行了，好了之后就带孩子回去吧。”

李雯不好意思地：“妈，家里不还有客人呢嘛。”

“再有客人，孩子生病了，也没办法耍。”

家文也劝：“小年，李雯，回去吧，别让孩子受凉。”

家丽沉着脸，不大高兴。李雯的月子是李雯妈去伺候的，她听小年说了，没出月子，李雯就要洗澡。这对她自己不好，家丽就不说了。关键她还没奶水。家文问小年：“孩子叫什么？”

家丽抢着答：“就说今天让他爷取呢，姓张还是姓何，也是个问题。”小年大名何向东，当初是跟了老何家姓，没跟他爸姓张。这又隔了一辈，家丽在想要不要改回来。

小年道：“妈，还姓何吧，不然一家三个姓，外人要觉得奇怪了。”家丽说：“那就姓何。”李雯说：“妈，名字也取好了。”

都取好了？擅作主张。

“叫个什么？”家丽虎着脸。

李雯柔声："何雯依依。"

"四个字？"

"对。有点艺术感。"李雯很得意。这名字她想出来的。寓意：何向东和李雯，情深依依，永不分离。

"何雯依依……"家丽念叨，往心里走，怎么读怎么觉得别扭。回去告诉建国。建国更是气得拍床，他平生最恨日本法西斯，自己孙女，怎么能像日本人一样，用四个字的名字。家丽提醒他："动作小点，妈跟奶奶都在旁边呢。"建国道："反正不能四个字。"家丽说："你跟你儿子媳妇说去！名字就是个符号，也不值当什么，小冬有个同学不也四个字嘛，记得不，以前我们去开家长会，班里有个王旭龙奇。"建国吹胡子瞪眼："妖魔鬼怪。"

说归说，过了一阵，名字还真就这么定下来了。相比于孙女的名字，建国更操心小冬的工作。退伍有几个月了，工作没落实，小冬只能天天在家待着。他性格沉闷，不蹿，没多少朋友，只有几个同病相怜的战友，退伍回来，都趴着呢。世面不好，淮南企业好的就那几个，事业单位僧多粥少，想进的人挤破头。建国正想尽一切办法找路子。等的时间愈长，小冬愈是愁苦，又不能跟爸妈说，只好跟奶奶（姥姥）美心抱怨。美心的伤好多了，每天已经能去酱菜摊子看看，但就是不能久站，所以多半还是家丽看着。小冬往稀饭里放碱粉，美心提醒他看着点盖子，别漕了。小冬拿着钢精锅盖子，无限惆怅："我就只能干这个，刷锅洗碗做饭。"

美心道："反正等着也是等着，要不你去南方看看。"言下之意，找找你五姨。小冬泄气地："此一时彼一时，现在哪是五姨那个年代了，南方也不是遍地黄金了。我去，只能抓瞎。"

美心道："要不这样，你帮我卖酱菜，给你提成。"

小冬眼高手低："阿奶！我哪是卖酱菜的人！"

美心诧异："那你是什么人？"

小冬嘟囔着："我不知道我是什么人，但是知道我不是什么人。"他还一生襟抱未曾开，有补天才，可惜屈居田家庵。

枫枫也是如此。左求右告，终于，欧阳家几个弟兄逗（方言：拼凑）了点钱，真给他报了个声乐班。欧阳的意思，该培养还是培养。虽不用她掏钱，家艺还是不得不泼点冷水：“正在变声期，学什么声乐，你家有几个有艺术细胞的?”欧阳讪讪地：“试试，不后悔，咱不亏欠孩子，再说我没有，你不是有吗，你是在淮滨大戏院生的。”提起淮滨大戏院，又是家艺的伤心事，北头衰落，街里凋敝，连东城市场都不行了，北头的几个剧场，红风剧院、淮滨大戏院迅速衰落。红风剧院干脆关门，淮滨大戏院还强撑着，只是每个月也放不了几场电影，唱戏的就更少。家艺忽然怀旧，对欧阳说：“看看戏去。”

欧阳反应不过来：“什么戏?”

“去淮滨看看，有什么看什么。”家艺铁了心。

欧阳宝只好陪同。吃了饭，两个人溜达过去。初秋，淮滨路马路牙子边堆了不少梧桐树叶，几十年下来，路旁的梧桐树老粗，树冠遮天蔽日，使得老城区更显阴沉寂寥。淮滨大戏院在放《一声叹息》，欧阳嫌名字不吉利，但家艺执意要看，那就看。买了票，欧阳又去买爆米花，难得怀旧，跟年轻时候一样。进场，来看的没多少人，也不用严格按座位，两个人找了后排人少的地方。一边抓爆米花一边看大银幕。这戏大概说了个婚姻危机的故事，何家艺看着看着，精神头顶不上，便靠在欧阳肩膀头子上睡着了。欧阳不动，给她靠。电影结束，家艺才醒。欧阳半边肩膀已经酸了。“去哪儿?”欧阳问。家艺说：“往国庆路那边走走。”

“绕一个大圈?”欧阳不懂家艺设计的路线图。

“正好去看看老六的婆婆。”家艺都想好了。

制药车间办公室，耳边声音隆隆。家文所在的第五制药厂改成佳盟药业，好歹活了下来。家文摘掉白色工帽，身后跟着个戴白帽子的小姑娘。她也摘掉帽子，短头发，圆脸，看上去二十出头。车间作业声太吵，说话都得大声。家文喊：“米娟！你坐会儿！我出去打点水！”米娟坐下。家文果然端着杯子出去打了两杯水进来，她一杯，米娟一杯。家文又从办公桌抽屉里摸出一张彩色照片，是小范去爬黄山时照的，相片一角还标着：

一九九六年八月八日安徽黄山天都峰留念。家文介绍情况，周围噪声大，所以基本靠吼：“周岁二十六！没谈过！就在电厂工作！”米娟接过照片，低头看了看。

晚上老范问家文情况。家文说：“找个时间见面。”

老范紧张：“对方同意了？”

家文知道他着急，儿子这么大了，不娶一房媳妇，整天在家缠他。小范又不属于懂事的类型。家文道：“没说同意，总得先见见真人吧，相亲不就这样。”

“情况都跟她说了？”老范细问，“有照片没有？”

家文起身拿照片过来。老范比着看了看：“不错，长相端正。”家文道：“光看长相，配范录是够了，就看人家怎么想。米娟追的人不少，说有个造纸厂的，还有个橡胶二厂的，都想跟她处呢。”

老范说：“造纸厂橡胶二厂不都快倒闭了吗。哪能跟范录比。”范录在电厂，工作拿得出手。家文不好抵老范股子。工作好，但个子矮，米娟未必看得上。晚间，范录打老虎机回来。老范把米娟照片给小范看。小范一见倾心，说米娟长得像香港明星，嚷嚷着要尽快见面。老范说：“你自己也收拾收拾，别邋邋遢遢的，我让你何阿姨尽快安排。”

188

光明周末来家。刚好遇到小范和米娟见面。他跟妈妈家文打了个招呼，便要去饲料公司老房子住。那是他的一个避风港。家文知道光明不想在老范家待，也就顺势同意，给了他点钱，吃饭就在楼下小饭店解决。

光明的理由很正大光明：找个安静地方好好学习。这并不是搪塞，光明就是这么想的。文理分科之后，他读文科，考了不知道多少个第一。他奔着一个光明的前途，他不得不为自己考虑。洋洋来了，因为同病相怜，表兄弟俩关系不错。中午，就去楼下牛肉汤铺子吃。黑黑的一口大锅旁，两个人面对面坐着。洋洋说："哥，你这算离家出走啊。"

光明纠正："离家出走是不让家里人知道，这算什么离家出走，顶多是个狡兔三窟。"吃两口粉丝，光明又说："你想走你也可以走啊，五姨不是给你留了套房吗？"

洋洋道："那房得对外出租，每个月有点租子，够我生活，我可不想老用我大伯大妈的钱。"

"你恨你妈吗？"光明说得坦诚。

"不知道。"洋洋说，"我都快忘了她长什么样了。"

光明能理解洋洋的痛："再过几年，独立了就好了。"

洋洋突然问："你叫那人爸吗？"指老范。

光明据实回答："不叫。"

"那叫什么？"

"叔。"

"你恨他吗？"

"谈不上恨，也谈不上喜欢。他只是一个既成事实。"话说得文绉绉的。

"哥，如果有一天，咱俩都能离开家就好了。"

光明一笑："别急，很快，很快就到那一天。"

洋洋又问："哥，你觉得我叛逆吗？"

"叛逆。"

"你叛逆吗？"

"叛逆。"

"没觉得。"洋洋吸溜粉丝，却被牛油和辣椒辣到嗓子。光明递油酥烧饼给他。光明笑着说："明天月考，我不去。"

"不去……什么意思？"洋洋还呛着，轻咳。

“反正每次都考第一。”光明永远坐第一考场第一位。

“罢考?”

“不行?”光明笑笑。

“那咱们出去玩!”

“去哪儿?”

“去茅仙洞。”洋洋说。

“行，那就去茅仙洞。”光明嬉笑着。罢考，小小的越界，青春期的小叛逆。光明需要这样的举措，来平衡人生。过往的他，太过循规蹈矩。他不满意那样的自己。

电厂家属区，范家。老范和家文出去买菜，避一避，留空间给小范和米娟。老范还是担忧，怕米娟看不上他儿子。家文看不惯老范抠抠搜搜的样子，说:“行就处，不行再找，女人多呢。”她下定决心做这一门善事。为老范，也为自己。菜市场，有人跟老范打招呼，是老门邻，现在买了房搬到街里住了。偶尔回来看看，主要是来厂里领劳保产品。隔老远就打招呼。

老范挥手。家文跟着。老门邻是个中老年妇女，却见家文，一时无言，故意迟疑地问:“这是……”老范笑说:“我爱人。”老门邻立即:“新夫人真漂亮!漂亮!”老范的艳福，厂里流传已久。

家文做面子，笑说:“有空儿来家里玩。”没再多说，各自买各自的菜。买完回家，出人意料地，小范和米娟竟谈得出奇的好。“爸，何姨，我们出去走走。”小范精神抖擞。等人出门。老范兴奋，对家文说:“我看有戏。”家文说:“缘分到了。我回头问问。”

果真，两个人出门玩得愉快。回来吃个中饭，小范再送米娟走。的确，家文给他们搭配得正好。小范矮，个人条件中下，但工作稳定，电厂的待遇在淮南数一数二。米娟长得不错，算漂亮，但工作一般，家庭更一般。城乡接合部出来的，家里沥沥拉拉好几个孩子，又有男孩，她作为女儿自然不太受重视。婚姻，是她上升的重要砝码。有机会，自然要抓住。不过见面过后，米娟还有些犹豫。老范和小范都有些着急。老范还想让家文帮忙使把力。家文嘴上说:“该说的都说了，秃子头上的虱子，什么都是明摆着，她自己会掂量。”但还是免不了操操心。

快下班，家文在厂门口遇到米娟，叫住她。

“怎么样?”家文推着自行车。

米娟不好意思：“还得问问爸妈。”

家文落落大方地：“谨慎点是应该的。不过有些情况我得跟你说清楚，毕竟是我介绍的。”米娟站住脚，两个人找路边一处房檐下说话。家文道：“他工作情况、本人的情况，你都知道了，再一个，他家关系简单，他妈去世有年头，我进这个家不久，也只能说是管着，你如果进门，我做你老婆婆，不用担心，进门你就当家，那个小家的事你说了算。不怕告诉你，我当初也是觉得这家人人品不错，家庭负担轻。所以才给你介绍，乱七八糟的我不会介绍。”

米娟口笨舌拙不太会说，只是说谢谢。

晚间到家，老范问怎么样。家文说：“七八成吧，等着。”老范感谢家文，自从她来，这个家也有些家的样子。家文问：“小琥怎么样?”范小琥是老范大女儿。老范多少有些重男轻女，女儿出嫁后，他不怎么问。老范说：“带孩子呢，她婆家管着，没事不会来找我。”老范这么说，家文就不多问。毕竟是隔了一层，亲爹都不问，她这个后妈，更要睁一只眼闭一只眼。

手机响，家文去接电话，是学校老师打来的。

学校教导处，班主任是中年男子，头发花白。家文赔着笑脸，自光明读书以来，她这是第一次被老师叫到学校谈话。

“陈光明月考缺席，”班主任说，“是不是家里有什么事情，也没请假。光明妈妈，这个年纪的孩子，心理变化特别大，你要注意观察。”家文笑着说：“真对不起老师，是我做得不到，那天光明突然发烧，可能是受凉了，我带他去医院，忘了请假。”

一句话搪塞过去，老师不好再说什么。

光明在教室里做题。家文跟老师谈完后叫他，光明送妈妈出学校。家文是坐公交车来的，24 路。光明送她到车站站牌下，车还没来，能多说几句话。

“一次够了吧。”家文口气平缓。

光明愣了一下，他已经做好准备，接受批评，谁料家文却和风细雨。“够了。”一次就好。

“你为自己学，”家文说，“别玩过火。”

光明点点头。他心里当然有数。不过他也感到妈妈的厉害，他的心思，不用说，妈也知道。知子莫若母。

“周末我不回去。”

“去哪儿？”

“饲料公司。”

家文想了想，说：“去可以，总得回来见我一面，礼拜五晚上睡一夜，礼拜六过去。”既然成了两口子，家文就不得不考虑老范的感受。儿子整天不冒头，老范心再大，也会觉得别扭。睡一夜就好些，能缓和关系。光明退一步，表示同意。

那日去淮滨大戏院看电影，家艺本想去看看老六家喜的婆婆王怀敏。但走到跟前，又觉得带着欧阳不好说话。因此当天坐车回家。选了周末，借着去看家喜，给小曼送古筝琴谱的机会上门。

家艺把琴谱递给家喜：“仔细点，这可是老琴谱，你三哥找了市文工团的人才找到。”家喜拿了，说放心，小曼做事仔细，知道心疼东西。宏宇又开始干出租，不过是自己的车，不跟着二汽干。月月收入还算凑合。家喜给家艺提建议，“要不你让姐夫也开车算了，多少能挣一点。”

家艺道：“他？老眉咔嚓眼的，还开车，车开他差不多。”

“正是干事的年龄，总在家待着也不是事。”家喜下过岗，在家待过，的确难受。

家艺问：“你婆婆怎么样了？”

家喜撇撇嘴：“带孩子呢，孙子不顾了，主要顾儿子。”说着她发笑。

“我去看看她。”家艺说着，随手拎起放在脚下的奶粉。家喜慌忙道：“哎，三姐！你这奶粉不是给我的？”家艺说：“你一桶你婆婆一桶，她正需要奶粉，我们雪中送炭。”

家喜没辙，只好陪着老三下楼，绕一个圈，又上她婆婆那边，从一楼进屋，再上二楼。单过之后，家喜家和婆婆家之间砌了面墙，各过各的，去王怀敏那儿，总是跋山涉水的。家喜懒得过去。这回三姐中了魔，她不得不跟着走一遭。

小卧室，王怀敏抱着孩子，是她最小的儿子，比孙子年龄还小。家艺进去，叫了一声亲家母。王怀敏一抬头，光线暗，看不真，她以为是美心来了，或者是家丽，待人走近，才发现是家喜三姐。王怀敏是营业员出身，应付场面一流：“她三姐！这展子怎么来了？”家艺自自然然地：“路过，进来看看阿姨。”随即送上铁罐奶粉。

王怀敏喜出望外，但还客气着：“哎呀，怎么还破费。”

家喜在一旁听着难受。家艺见她帮不上忙，就支她下去，让她去药房帮着买点仁丹。家喜本就不想在婆婆屋里待，忙不迭下楼。小房间里只剩家艺和王怀敏两个人。

家艺道：“我看看孩子。”王怀敏让开了点，家艺凑到跟前瞧瞧，用食指触触孩子的小脸。家艺夸：“长得真漂亮，随阿姨。”

王怀敏听着舒坦，但也知道是客套话：“漂亮什么，我都成什么样了，老天偏塞给我这么一个，可好歹是条命呀，不生就是杀生。生了，这七嘴八舌的，真是……”

189

家艺立刻站她一边：“大惊小怪，过去孙子比儿子大的多了去，我二姐的前婆婆，就是卫国。”王怀敏连忙说知道卫国。家艺继续，“卫国的外甥就比他大，等于说是女儿生了大儿子，妈妈的小儿子还没出生呢。”王怀敏笑道：“哎哟，这女儿妈妈儿子的，我头都晕。”家艺笑说：“阿姨，反正你就当耳旁风。”

王怀敏连声说是是。

家艺又说：“阿姨，不过话说回来，生是生了，你真打算在车站村养这孩子？”

“不在这儿能去哪儿？”

“买个楼房呀！”家艺说，“现在住宅也更新换代了，你在这儿养，老年生活都不得安生。”

王怀敏动了心思，说的确。

家艺乘胜追击：“阿姨，其实你这几间房，还不如转给别人算了。”

“谁要？”

“我那不争气的男人，家里沥沥拉拉不少混头小子，倒想弄间房，做做早点生意，小本买卖，糊口饭吃。”说着，家艺竟垂下泪来，“我跟家喜不一样，有男人靠着，我那男人还有男人的家里人都得靠我，我就那点下岗工资，够什么的？我就想着，好歹几个猴崽子能找个事情，扒上饭碗子，我也能喘口气，阿姨，你说我这……”家艺哭得更厉害，看上去像真难受。

王怀敏刚被奉承得舒服，如今动了恻隐之心，便安慰家艺道：“别难过，这事我也不能做主，回头跟我们家老头商量商量，只是价格上……”

动恻隐之心也不改精明。

“价格好说，阿姨，你就报价，我去家里头商量，再不济，弟兄十个，众人拾柴逗一点，怎么也给足了，让阿姨好歹能出去再买一套，安度晚年，顺带把老幺弄大，不然总是个心事。”

谈完正事，家艺又跟王怀敏说了一车好话。

家喜来送人丹，家艺又说：“这展子头又不疼，给亲家母吧。”家喜百般不情愿，不知三姐卖的什么药。

家艺到家，喝口水。欧阳问她出去干吗的，满头大汗。

家艺掷地有声："欧阳，跟你商量个事。"

欧阳凑过来。家艺两手抓住他两手。欧阳发蒙。

"想不想东山再起？"家艺眼眸中有光。

"怎么说这个。"欧阳木然。他衰落太久。

"你就说想不想。"家艺振奋地。

"想。"

"好，"何家艺说，"我们必须放手一搏。"

"你说，怎么弄。"欧阳有点被点燃。

"得把房子卖了。"家艺保持冷静。

"房、房……房子？"欧阳结巴。

"对，房子，就我们家，现在这个房子。"

欧阳激动："卖了干吗？卖了住哪儿？这房子要再卖了，咱们就一无所有，就得流落街头！小艺，你是不是被传销的洗脑了。"

家艺还是紧握他的手，激动地："你听我说你听我说你听我说你听我说！"连说四遍。欧阳强迫自己冷静下来，不说话，听她说。

家艺意气风发地："现在淮南的旅馆住宿还没发展起来，你记得过去我们去上海住的那个家庭小旅馆吧，私人旅馆还是可以开，只是淮南跟上海比，那差了十几年。现在正是时候。开旅馆最重要的是位置，像我们这种深巷子里，开了也没人来。我考察了一下，家喜婆婆家的位置最好，挨着长途汽车站，我今天就是去做她婆婆的工作，让她把房子卖给我们。"

"就那几间破房子？比我们家新淮村的还不如。"

"地段，最重要的是地段。"

"她能愿意卖给你？王怀敏是什么人？粘上毛比猴都精，小旅馆她自己都开过，哦，她自己不干，让给你干？"

家艺说："她干，干得比较初级，没有服务，没有装修，没有概念，黑咕隆咚一间房，谁住？她干也干失败了。而且我没告诉她要干旅馆，我告诉她是你兄弟们要做早点生意。这样她不会多想。等房子到手，想干什么，还不是我们说了算？"

一席话，有理有据，欧阳的心思活泛了几分。只是现在的家，这个房子，有前院后院，三室一厅，是他温暖的避风港。如果这里卖了，去买车站村的几间破房，万一生意失败，他真就输得内裤都不剩了。欧阳迟疑地，“要不，找人借点呢？”

家艺说：“我都想过了，你那些弟兄，有能指靠的吗？不是在外头，就是混得比我们还差，出力行，出钱没门。我们家这边，大姐还有个小二子工作没落实也没办事，二姐不用说了，没钱，老四有点存款，但也有限，除非她贪污。她要真贪污，也不敢随便把钱拿出来暴露自己。老六也是个穷人。”

欧阳问：“老五呢？”

家艺恨道：“你真能想！老五一个人在外头，苦瓠子一个，你还问她张嘴要钱！”欧阳憋气，只说再考虑考虑。家艺说：“你快点想，行不行就这一锤子，咱俩下半辈子，就靠这一锤子了。”

欧阳嘀咕：“枫枫不是说成名后养活我们嘛……”

家艺当即：“你真活倒过来了，自己儿子什么样自己不知道，还唱歌，声音都变成什么样了，老公鸭嗓子，能唱出来吗？我也就是心疼咱儿子，不挡着他。让他去试，我跟你说过不了几天，他自己就知难而退了。”

小音乐教室，欧阳枫站着，老师弹琴。

“提气。”老师作指导。

枫枫又唱：“Near far，Wherever you are，I believe，That the heart does go on……”是《泰坦尼克号》主题曲。

钢琴声停，老师挥舞着双手：“气提起来，气沉丹田，提起来，调子要上去！”

枫枫再唱，引吭高歌，生顶。很可惜，又破音了。

老师为难地：“小枫，你这个变声变得，怎么整个又往下一个八度。”枫枫急得要哭：“老师我能唱好，我多练习，我能唱好……”

老师叹息：“枫枫，唱流行歌曲，还是要老天爷给点本钱的……”四海大厦旁，小天鹅音乐培训中心，欧阳枫站在九层走廊上，眺望远方，看着看着，突然泪流不止。他的歌星梦，好像天边流云，风一来，就被击散了。

预备铃响，光明背着书包走进教室。教室内乱哄哄的，同学们有的在背书，有的在聊天。又是月考，因为上次光明缺考，没有成绩，所以这次考试，他自动排在最后一个考场最后一位。光明一进来，同学们愣了一下。光明朝教室最后一排最靠右的一个角落走去。

角落里堆满破扫帚，这个角落，没有人坐，光明用复习资料拍了拍桌面，打掉灰尘，拽过来一只凳子，就坐在扫帚堆里。第一排，一个剃着男孩头的女孩下座位，快速朝光明走过去。

腿朝凳子上一踩，女孩架势雄伟："光明，好不容易来了，给我抄抄。"

光明诧异："我坐最后一排，你坐第一排，怎么抄？"

"写完你传过来就行。"女孩说得轻松。

"违反考场纪律的事我不做。"光明有原则。

女孩威胁："帮帮哥儿们！哥儿们大恩不言谢！"女孩是混世的，诨名血蝙蝠。光明说："这样吧，我提前交卷，你能抄就抄。"最后一个考场，连监考老师都睁一只眼闭一只眼，都是差生，给他们作弊，也做不出来。

果然，光明很快就做完了。交卷，老师收卷子。走到门口，光明突然说肚子疼。老师没办法，只好陪光明去医务室。血蝙蝠他们顺利得手。

一周后，卷子改出来。班主任拿着排名表走上讲台。

用他沙哑的嗓音："第一名，陈光明。"坐了个过山车，光明归位，从最后一名重回第一。又坐在第一考场第一的位置。他喜欢这种感觉，有起有落，起起落落。这才叫传奇。

老师继续念。同学们各就各位，有惊喜，有失落。

"第二十三名，游雅竹。"就是血蝙蝠。光明回头，游雅竹看了他一眼，是感谢。班主任当然知道怎么回事，但看破不点破，就是善良，"我们游雅竹像坐了火箭一样，进步了二十个名次，希望能保持！"

当然保持不了。不过，过一下瘾，够了。

光明不讨厌这些差生。从来不。学校的阶层，和家庭的阶层，社会的阶层，何其相似。他是从底层爬上来的人，因此尤其对身处“底层”的差生有同理心。都是人，为什么不能平等以待？光明这样想。

月考完重排座位，放学，老师把名字写在黑板上。两个两个一位，都分好，一目了然。班主任刚写完，一个高个子男生走了上去，小声：“老师，光明和这人关系不好。”

“哪个人？”老师问。

高个子男生指了指黑板：“他同座位。”

“那光明跟谁关系好？”

“我。”高个子男生毛遂自荐。

翌日上课，高个子男生坐在光明旁边。光明来了有些意外：“高远，你坐这儿？”高远说：“老师调整了。”

无所谓，跟谁坐一起，对他来说没区别。

放学，光明独来独往，高二，家文帮他在校外租了房子。这天下雨，光明没带伞。“一起走。”高远说。刚好顺路。高远是要求进步的，主动向光明靠近。光明接纳所有朋友。

“你看书看到几点？”

“什么看到几点？”光明问。

“晚上。”

“一点。”光明随口说。

高远震动，他十一点就睡觉的。好生和差生的区别，多半在努力程度。光明早就下定决心从读书上找一条出路。

190

何家小院，厨房里，家丽一边给稀饭加碱粉一边对建国说：“找人，该送的还是要送，你一个子儿不出，空口说白话，谁认真给你办事。”建国有些气馁，他退居二线，好多老同事下来的下来，换岗位的换岗位，小冬工作的事，他感到心有余而力不足，想像当年安排小年那样，把小冬安排进区武装部这种单位，几乎是不可能了。公务员也都开始公开招考。

“再看看。”建国说。

家丽为儿子着急：“别看了，这退伍带弄不弄都二年了。天天在家，孩子烦，你也烦。再去找找老吴，还有老张、老田，他们跟区长关系都不错，你要磨不开脸，我去。哪怕花点钱，咱们把事办了也行，真是孩子一辈子的饭碗。”建国比家丽还急，但他说不出，只好猛抽烟。

“你拿个主意。”家丽说。

送礼的事，建国真没做过，一辈子简简单单清清白白。“送……送礼……”

家丽道：“懂得什么叫先下手为强后下手遭殃吗？土地局的坑，这次咱们怎么着也要占着。这不马上八月十五了嘛。弄点月饼，拎着过去，去老周家坐坐。”建国脸上还是下不来，直接跟老周叫板，他可以，去送礼，难。

家丽见建国不动弹不回应，发火：“说话！”

“我毕竟还在岗位上，你这算行贿……”

“送盒月饼就行贿了？朋友还不能走动了？毛主席时代也没这样过。你去买，我送过去。”家丽下定决心。为儿子，龙潭虎穴她也闯。果真，建国去上海集萃超市买了月饼，选好了日子，家丽拎着月饼、鸭蛋，还有老妈美心做的刘妈八宝菜，登门拜访老周。不过她多了个心眼子，在月饼盒里塞了个红包，没让建国知道。送礼送礼，当然是送到实处。谁家也不缺你这点小东西。

敲门，老周老婆开的，她退休前在市图书馆工作，姓邹。家丽如一盆火炭："邹老师在家啊！"谁知平翘舌音有点不分。邹说成周。邹老师笑说："老周不在，加班。"家丽连忙说："不不，就找你老姐姐，你看我这，激动得舌头都打卷了。"邹老师只能让她进门。家丽拎着东西进来。邹老师说："下次来别带东西了，聊聊天可以，带东西，就让人觉得压力大，反倒不敢请你来了。"家丽笑说："逢年过节看看朋友，有什么压力。老周最近好吧？"

邹老师毕竟是老江湖，并不藏着掖着，跟家丽喝了点茶，便说："是为你老儿子的事来的吧？"家丽惊讶，她还没好意思提，邹老师倒先提了，明白人。

立刻屁股挪了挪，脸对着她，邹老师现在说的每一句话都是圣旨，得听仔细。邹老师说："你不来，老周也会考虑贵公子，退伍下来的，老张又是老同志，如果有机会，一定优先考虑，照顾，安排，不过现在你也知道，僧多粥少，狼多肉少，头几年地里的还在那儿排着呢，只能说尽力考虑，努力安排，现在老周也难，如果有什么不到的，还请多多理解包涵。"

一席话，滴水不漏，人情给了，道理说了。言下之意，你别来催了。家丽有些无措，只好说当然包涵当然包涵。邹老师见话说得差不多，便起身送客，连带那盒月饼，也一并退回："这个酱菜，留下，月饼和鸭蛋，你拿回去吃，我们家老周胆固醇高，不能吃蛋，月饼又太多，留着也是浪费。国家现在还是提倡艰苦朴素嘛。"

推得家丽没办法，只好拎着月饼鸭蛋打道回府。

到家，美心问："这不还没到八月节吗，这么快就买月饼？"

家丽顺着说："早吃早团圆。"

美心又发现鸭蛋："哟，这还专门的高邮双黄蛋，存心让我和你奶怀旧。”高邮离江都不远，高邮鸭蛋容易勾起她们的思乡之情。

老太太在里屋床上坐着，听闻美心说高邮，慢悠悠说：“什么时候能让小妹过来玩玩就好了。”小妹是她女儿，常胜的妹妹，出嫁之后，多少年不走往，老太太到淮南，她就来过一次，如今都上了年纪，更疏于走动。

厨房，美心切鸭蛋。家丽跟着问小妹是谁。

美心不屑道：“就你那个姑，也是不着伍（方言：不靠谱），就这一个老娘，一点都不问，全甩给你爸，你爸没了，就成我的事。我跟你说真的，整个田家庵，也找不到几个像我这么孝顺的儿媳妇，哼，说出去，你姑他们还有理，人家在农村啊，自己都得靠儿女养，哪还有能力顾着老娘，我们不一样呀，有退休工资。不推给你推给谁。”家丽有些接不上话，端着鸭蛋进去给老太太品尝。美心问家丽：“晚上吃什么？”

“绿豆稀饭。”

美心老大不高兴，嫌素。

家丽补充：“正好就鸭蛋。”算荤的了。

美心又去摸月饼，手一伸，摸出个信封。对着光看，里头一叠钱，都是百元票子。美心左看看右看看，见四下无人，便朝裤腰里一掖。对家丽喊了声：“阿丽！晚上我不在家吃，刘妈找我！”家丽正伺候老太太，应了一声，不提。

“去哪儿？”刘妈搀着美心，穿过巷子。

“鸡丝面，我请客。”美心难得大方。

“有好事？”刘妈眉毛上提，笑着。

“什么好事，到我们这个年纪，千言万语一句话，别亏待自己。能吃几天？能喝几天？”

刘妈笑，不作声。到小吃摊前，小袁鸡丝面，做了多少年生意。美心说：“两碗。”小袁老婆提醒：“五块一碗。”

美心诧异：“不是四块吗？”

“面粉煤气都在涨价。”小袁老婆好声好气。

美心不接受：“那不吃了，坐地起价还行？去吃馄饨。”刘妈不想再走，忙说：“我请，吃吧。”

收拾完碗筷，家丽才想起来月饼盒子里的钱，去摸，不见了。家丽着急。建国问怎么回事。“钱不见了。”家丽说。

“什么钱？”

“本来要送老周的，他老婆老邹不肯收，就靠边放在月饼盒子里的。”家丽还抱着盒子翻找。提到送钱，建国已经有些不高兴，幸亏没送成，送成了等于行贿。

“以后别干这没屁眼的事。”建国嘟囔。家丽火一下上来：“话这么难听的？我为谁忙的？你别搞错了，是为你儿子忙。”

建国不想恋战，调整焦点：“那钱呢？”

“就是不知道！”家丽嗓子都尖了。

“月饼开封了，谁吃过？”

“妈。”家丽脱口而出。

“小冬也吃了一个。”建国补充。

家丽起身到小冬那屋：“何学平！”她叫他大名，意思是把他当大人了。小冬在玩手机游戏，贪吃蛇，他的手机是嫂子李雯淘汰下来的。家丽一把把手机夺过来。建国探头看看，把门关好，别吵到老太太休息。

“你吃月饼了？”

小冬眨巴两眼：“吃了两个。”

“然后呢？”家丽引蛇出洞。

“然后？什么意思，然后现在肚子里，消化着。”

“没拿其他东西？”

“妈，你到底在说什么？”

“月饼盒子里有个信封，你看到没有？”

“没见着。”

“真的？”家丽不全信。

小冬站起来，两手支起，转个圈：“你搜你搜。”

家丽真上前搜了一番。小冬嘀咕："跟对阶级敌人似的，我不就没工作吗？也不至于去偷拿什么信封！你以为我不想工作，跟我一起退伍的那个潘丽娜，都开始去人事局上班了……"小冬喋喋不休着。不说还不来气，钱，就是因为为他跑工作才丢的，家丽压不住火："有本事你自己去找找试试。"

"找什么？"

"端盘子送水，实在不行扫大街！"

"妈，我倒想扫大街，"小冬又扯大道理，"爸都说了，扫大街，那是环卫处环卫工人的特权，你不在编还不准你扫呢！"

家丽气鼓鼓回到自己屋，坐在床边生闷气。建国安慰："没有就没有了。"

"几个月工资。"家丽心疼。

"钱这个东西，不就是来来去去的嘛。"

"肯定是妈拿了，回来之前，这月饼盒子就没离我的手，不可能丢。"

"拿了就拿了，肥水不流外人田。"

"妈真是越老越糊涂了，顺手牵羊的事也干。"

"再糊涂她也是妈，就当孝敬老人。"

"眼皮子就这么浅！"她愤然。

老太太在里屋轻声叫唤。家丽忙去探看："阿奶，哪儿不舒服？"老太太摸了摸胆囊区。"要不去医院看看，我打电话给宏宇，让他开车来。"老太太说不用。家丽只好帮她挪了挪体位。美心到家之前，老太太已经睡着了。

吃了面，美心又跟刘妈在外头逛了一圈，无非谈谈各家孩子，美心得知，丽莎已经怀了孩子，跟秋林在上海过得不错。

又谈到小芳，刘妈说她有打算跟英国人结婚。美心感叹："真行，养了个女儿，送给英国佬了。"

谈到养老。刘妈感叹："谁都靠不住，还是靠我自己。秋林说，让我跟他去上海。你说我去那儿干吗，老了，不就图个清静，还去找那刺激。"

美心说跟秋芳也一样。刘妈道："秋芳和为民在上海买了房子，以后小芳如果不在国内，他们八成也往大城市跑。"刘妈的养老喟叹不由得引发美心思考：她以后跟谁养老。老太太身体一天不如一天。在，就婆媳俩将就着，不在，就剩她一个人。美心讨厌孤独。再婚不可能，只能跟孩子们过。眼下，家丽三口盘踞在家里，老实说她不舒服。首先吃上面就过不到一块儿。刘妈奉承道："还是你好，女儿多，怎么也能往前弄。"美心笑笑，不予置评。到家，黑灯瞎火，可能都睡了。美心去摸客厅灯绳，拉亮了，家丽石像一样坐在沙发上。

"吓我一跳！"美心斥。

家丽瞪了她一眼，也不多说，回屋休息。

191

米娟愿意跟小范结婚，但有个条件，必须在市区有一套属于自己的独立住房。老范为了让儿子早点成家立业，只好把现有的房子退了，换了一套市区住房，给小范和米娟做婚房用。这样一来，老范和家文没了房子，暂时只能在家文饲料公司的房子里凑合凑合。

老范觉得对不住家文："你看，怎么办呢，农村人把房子看得重。"米娟是家文带进这个家的，为了全局，她也只能顾大场面，先把房子给他们。将来等小范有资格分房，她和老范再住小范的房，只不过以小范的资历，想分到市区几乎不可能，估计也只能在厂区住住。

只是，老范和家文搬到饲料公司来，光明的避风港一下多了两个人，加之老范喜欢打麻将，一到周末，少不了呼朋引伴，找几个人来搓两局，且一打就是一夜。光明周末回家，觉得麻将声很烦，影响学习。家文在两边协调，也有些难做。

这日，光明终于发火："妈，再这样我以后不回来了。"

"马上就结束了。"

"马上马上，周周都这样，我还有多久就高考了。"光明据理力争。相处得越深，越久，光明就越发感觉老范和亲爸卫国的差距不是一点两点。但又有什么用，好人都死光了。光明对这个世界很绝望。

家文嗫嚅："当时还不是为了你……"

光明耐不住，他最怕也最恨听到这句："别总说为了我！我可以不读书！我可以出去打工的！别总说为了我！你是为了你自己！"光明哭着跑出去。

是夜晚。光明一个人跑到大马路上，路面被路灯照得很白，没一个人。已经过午夜。家文没追上来。她知道光明的脾气，劝也没用，只能自己慢慢消化。

还好，抓着钱出来的。打车，回学校吧，光明想。算了，学校路途太远，浪费钱。去找洋洋？不切实际。去外婆家？大姨肯定第一时间报告给他妈。不行。去同学家住也不切实际。先打个电话给高远。他最好的朋友。谁知高远立刻就赶来，够哥儿们。

夜里两点，两个人在马路上漫无目的地走。

"去哪儿?"高远问。

"不知道。"

"你想去哪儿都行，我陪你。"高远乐观。光明正需要这样的友谊。光明缩缩背："先找个室内吧。"他笑笑，太冷。

"去网吧。"高远指了一条生路，刷夜。很奇怪，光明并不觉得这次离家出走多么难过，相反，动荡的青春里，有朋友陪伴，多少弥补了家庭温暖的缺失。高远说："高考以后，咱们再来玩。"

"到时候多叫几个人。"光明说。

终究还是要回家的，光明知道分寸。不过，他已经能看到未来的曙光，高考过后，他就要远走高飞。

欧阳家，家艺把杂物往大纸箱子里放。欧阳叉着腰，环顾四周，叹了一口气："真走了？"

家艺洒脱："房子都卖了，不走干什么。"

"真有点舍不得。"欧阳优柔。这是他的发迹屋，也是他的没落屋，有太多的回忆。

"舍不得也得舍得，老天爷就是这样，你不舍，它就不让你得。"家艺给他上课，"我说欧阳宝，你能不能大气点，不就一栋房子嘛，有什么大不了的，还真能少你住的？"

欧阳说："真搬去车站村？住老六楼下？"

"搬去那儿干吗？"

"不是买了那房子吗？"

"那房子是做旅馆用的，又不是让你住。"

"那我住哪儿？"欧阳搞不懂。枫枫从屋里出来，问家艺："妈，新房是不是特漂亮，我的房间能不能贴墙纸？"枫枫刚放弃当歌手当明星的梦，准备好好学习，考大学。

"没有。"家艺冷面冷心。这个关键时刻，她必须顶住。她不打算跟他们爷儿俩嘻嘻哈哈。"我们是去住牛棚。"

"妈你别开玩笑。"枫枫说。

家艺突然变脸色："能享福就要能吃苦！吃不了苦你就享不了福！你如果连这点苦都吃不了，就不是我何家艺的儿子！"枫枫吓得不敢说话，钻回屋了。

王怀敏一楼的几间房，算作门面，家艺咬牙拿下来，但要做旅馆，跟着要装修，她暂时不打算住进去。至于搬家，她想到老五有个空房可以住，她多少给点房租意思意思。小玲应该会救这个急。毕竟是亲姊妹，而且当年小玲在外头断顿，是她伸的手。打电话过去，小玲果然同意，并让她找大姐家丽拿钥匙。这日，家艺回家找家丽。家丽接到小玲电话打招呼，也没多问，便把钥匙给了家艺。不过她提醒老三，每个月基本生活费还是要给洋洋。家艺表示没问题。

“阿奶呢?”家艺没见到老太太，问。

“在里屋床上躺着呢。”家丽说，“两天不吃了。”

“要不要去医院看看?”

“说了，她不愿意。”

“妈呢?”

“卖酱菜去了。”

“又能动了。”

家丽因为美心偷钱的事赌气:“她那个宝贝酱菜，我是不帮她招呼了，能干一天就是一天。”两个人信马由缰说话，谈到朱德启。家丽说老朱差点死过去，幸亏他老婆打电话叫救护车及时，现在心脏都搭三个桥了。家艺感叹:“现在老人身边没个人，真不行。”

拿了钥匙，家艺就去老五那儿收拾收拾。上一家租客刚搬走，屋里一股味道。家艺买了空气清新剂喷一喷，又买了盆花，略作点缀。她自认是个有情调的人。

方涛不干出租后，就没什么机会去接家欢下班。复婚过后，两个人感情较之前更好。只要不提张秋林，一切没事。方涛也犯不着踩这个红线。成成上初中，成绩一如既往不好。辅导班照上，语数外物理化学都补习。接送都是方涛的事。家欢现在是代理副行长了，每天除了开会还是开会，忙得昏天黑地。方涛倒也心甘情愿做好后勤工作。不过这日，方涛饭做得格外用心，烧大虾，烧鸡，烧鱼，一顿饭做得像过年。成成接回来，就等家欢到家。就在今日，家欢正式升副行长。他要好好帮老婆庆祝庆祝。

过去，他多少有点吃味，老婆进步那么快，他却是落后分子。但复婚过后，家欢又一波激流勇进，差距大了，方涛的吃味转变为仰慕，反倒琴瑟和鸣。

方涛系着围裙，从厨房伸头看客厅的挂钟，掐着时间，准备炒菜。“大成！把碗筷摆摆，米饭打出来!”方涛指挥成成。

家欢还有五分钟到家。最后一道熘肝尖下锅，人一到，立马吃热菜。

父子俩对坐桌旁，成成拿起筷子，看看爸爸，又放下。

方涛抬头看看挂钟，又拿起电话，拨过去，传来声音却是“您所拨打的电话已关机”。方涛对儿子：“你先吃，不要乱跑，门关好。”他拽起外套，出门。就开小货车去。到银行门口，铁门已经拉下来。他停好车，想要过去问问情况。可问谁呢，不是以前在财政局办公了，家欢现在管商业银行，已经独立出来，信托公司也不存在了，并入银行。银行不像财政局，是没有传达室的。再拨家欢电话，还是关机。方涛感觉不妙，如果有事，或者有应酬，家欢一定会打个电话回来，而且今天这种大日子，她也知道他正在家烧锅做饭。不应该。方涛只能打她同事电话，对，好在手机上有几个同事的通话记录，以前家欢用他的手机打过。

方涛急得一头汗。努力翻找。找到了，她老下属，秘书小仇。对，给小仇打电话。通了，小仇喂了一声，方涛表明身份，问情况。小仇在电话里不敢说。方涛问她家在哪儿，他立刻过去。

柏园小区，方涛把车停在马路边，小跑着向里。楼下，小仇已经等着了。方涛气喘吁吁地：“何家欢怎么了，现在能说了吧，她去哪儿了？”小仇吐一口气：“何总下午被检察院带走了，跟行长一起被带走的。”方涛头一嗡，脑海里一片空白，过了几秒钟，才能认真分析小仇的话。检察院，行长，带走……排列组合起来很不妙。方涛着急：“怎么能乱抓人呢！家欢怎么啦！什么罪！”可任何叫喊都是徒劳。

何家客厅。家丽把门带好，不能吵着老太太。建国和方涛站在后院说话。美心一听方涛来说家欢被抓，慌了神。她一辈子遵纪守法，最怕这种事。到底是良民，胆子小。美心一个劲说怎么办怎么办。

家丽发毛：“妈，您能不能消停点，事情还没弄清楚，瞎吵吵有什么用。你坐下，喝点茶，压压惊。”美心只好坐下。建国和方涛还在前院抽烟，一根接一根。

建国四处打电话，退居二线后，他的话没有过去的作用，而且公检法系统他也不熟悉。打了几个，对方都说帮忙问问，但似乎都不太能使得上劲。方涛急得恨不得直接开车到检察院去。建国拦着他，道：“光说是检察院，到底是哪个区的检察院？还是市检察院？没摸清之前不宜乱动。”

家丽安顿好美心，走到前院，问建国情况。建国说再等等。方涛一头汗："家欢平时特别仔细，她能有什么问题？难不成关一夜？"

建国说如果真有问题，就不是一夜的事。

家丽突然想起来："卫国以前有个外甥女，就是卫国小姐姐家的老三好像在检察院，还是法院？"方涛连忙催促问。家丽又说："不过现在老二再婚，还能找别人张嘴吗？"方涛不放弃，只要有路，他都愿意走："我给二姐打电话。"为今之计，只能死马当作活马医。

电话通了，老二家文接的，知道情况，她同意去联系春荣的三女儿智子。她现在法院工作，可能会有检察院的朋友。当即打电话，智子还算不错，答应帮忙打听打听，家文又说着急。智子便立即打探，很快，得到消息，何家欢正在田家庵区检察院接受调查。区里主要查银行行长的问题，何家欢需要举证，暂不排除同样有职务犯罪行为。

192

区检察院门口，方涛的车停得远远地，他左胳膊架在窗口，右手捏着烟头。宏宇坐在副驾驶，劝："四哥，已经一天一夜了，你真在检察院门口过日子了？"

"你先回去。"方涛不看宏宇。

宏宇道："四哥，我的命是你救的，你不走，我也不走，你就是在检察院门口扎个帐篷，我都愿意跟你躺在里头。"方涛丢掉烟头，又点一支烟。宏宇继续说："不过四哥，按照政府的规矩，咱们现在见不了四姐，只能是律师去见，朱律师会帮我们把四姐照顾好的，现在就是摸摸情况。他们行长在里头，四姐在里头，还有他们行里的中层基本都在里头。到底怎么回事，存不存在职务犯罪，都得等等再说。四哥，朱律师在咱们市里头，那是这个。”宏宇竖大拇指。

“你四姐不是那样的人!”

“我知道我知道。”宏宇道，“四姐我们都太了解了，她那么刚，就算行长犯错误，她也不可能跟他同流合污。”

方涛叹一口气。

宏宇见他心思有点动摇：“四哥，咱们回去休息休息，成成家喜带着呢，她接她送，你就放心，我给你送回去，你好好睡一觉，我跟你说这个时候特别考验咱们老爷儿们，不能倒下，真的四哥……”方涛动摇了。他太累了。家欢出事后，他就没合过眼。宏宇说的不是没道理。最好的律师，宏宇已经帮忙找到了，现在他能做的，只有等待。

换个位置，宏宇开车。方涛坐在副驾驶上不知不觉睡着了。他给家喜挂了个电话，问成成接到没有，家喜说跟小曼一起练古筝呢。

老三家艺得知老四被抓也急，但她帮不上忙。她这儿还有一大摊子。搬进小玲的房子，她就开始忙旅馆的事，办执照，要托人，四处跑，这还好说，家喜婆婆王怀敏那房子要改造，也是个大工程。首先要设计。图纸都是家艺自己出，她从前画火烙画，多少有点美术底子，她要做的旅馆，不是一般的家庭旅馆，而是要做有艺术感有格调的旅馆。

做服务业，必须有概念，有想法。欧阳带着家里几个弟兄，前前后后忙着。家喜也奇怪，下楼问她：“三姐，你这忙什么呢，不是开早餐店吗，在这儿大拆大建做什么?”

家艺把责任推到欧阳身上：“你姐夫家不让，算来算去说不挣钱，还是做点别的。”家喜不好多问，可王怀敏回来拿老物件见家艺大兴土木，诧异，不禁上前问：“她三姐，这是干吗呢?”

家艺道：“房子旧了，装修装修。”

“不是做早点摊子吗？也值得这样。”

家艺笑说：“做什么还不知道呢，先装修着。”

王怀敏冷冷道：“别是做小旅馆吧。”

被问到关键点，家艺不得不反击，理直气壮地："亲家母，房子是我的了，我想怎么弄怎么弄，想做什么就做什么，不犯法吧。"

撕破脸，王怀敏索性道："何家艺！你要是做早餐店，可以，但如果要做旅馆，这房子我不卖了。"

家艺鼻孔里哼了一下："好笑的，泼出去的水好收回来的？白纸黑字房产证都办好了。说不卖没用，这里不是菜市场，而且什么叫旅馆就不行早餐摊子就行。"王怀敏的小叔子在长途车站东头租了二层楼房做旅馆，生意还不错，家艺在西头再做旅馆，等于跟王怀敏小叔子打擂台，属于"窝里斗"。王怀敏自然不愿意家艺开旅店。

"什么人都！买的时候说做早餐！现在又做旅馆！"王怀敏老江湖，走了一辈子夜路，从未吃过亏，没想到今儿个被鬼吓到了。家喜下楼看情况。听了一会儿，她觉得三姐的确有不对的地方。但即便如此，也是她婆婆王怀敏自己贪心，卖了房子。

王怀敏指着家喜一起骂："你们姊妹妹，就没一个好东西！坑蒙拐骗什么不干！爹不养妈不教，流窜到社会上就是祸害！"

家喜一贯被婆婆压制，可家艺不管那么多，伸手一招呼："弟弟们，傻站着干吗呢，还不送客！我的家还轮不到母老虎来撒野！"男孩子们立即启动，七手八脚，把王怀敏搀出。

家艺对家喜，抱歉地："怎么办？"

"没事。"家喜还是站在姐姐一边。

"又给你和宏宇增添家庭矛盾了。"

"能有什么矛盾，他妈自己愿意的。"

"王怀敏能不跟宏宇告状？"家艺担忧地。

"现在都是各过各的，闫家算分家了，她要愿意跟宏宇闹，正好，我正愁没理由不走往呢，"家喜笑笑，"我还能熬不过她？她一天天老，还有个孩子拖着，用我们的日子在后头，她也就跟我吵吵，对她儿子，不敢也不会怎么样。"家艺赞叹家喜看得透彻。

何家厨房，美心探头，家丽在里头照看炉子。

“又是稀饭?”美心口气中透着不满。

“奶只能吃这个。”家丽说。又补充,“就那都说吃不下。”

美心道:“你奶吃不下去你妈吃得下。”

家丽知道她的意思:“平时吃素,周末有荤,荤素搭配,健康人生。”美心撇一下嘴,不忿地。什么周末有荤!哪个周末家里不来人?不是成成就是枫枫,都是能吃的,就算他们不来,还有小年和李雯带着小丫头何雯依依。小丫头吃不了多少,可小年和李雯嘴壮。家丽直朝儿子媳妇碗里夹荤的,哪还能顾得上她这个妈。

她也想过分开吃。可一分开,她单独做一份,太不像话。不给小冬吃还是不给建国吃?都说不过去。只能先弄着,等等再说。

家丽端芋头稀饭进屋。建国刚到家。小冬猫在屋里不出来,他的工作还没落实,情绪持续低落。

家丽把锅放在防烫竹锅垫上,看建国,嘴朝里屋努了努,伸出四根手指。老太太四天没吃了。“这样下去不行。”建国压低嗓音,“还是去医院吧。”家丽光动嘴不出声:“她就是不愿意。”

朝里屋看,老太太歪在床上,半闭着眼。

家丽盛了一碗芋头稀饭,晾在桌上,打算等会儿无论如何要给老太太喂点。

建国问:“妈呢?”

家丽四望,遍寻不见:“刚才还在呢。”

馄饨摊子,美心叉着脚,悠悠闲闲吃着鸡汤馄饨。旁边炸土豆片、臭干子的喊:“阿姨,你的臭干子、土豆片好了。”美心起身去拿,料拌好,塑料袋兜着,用竹签子扎着吃。

远远地,朱德启老婆领着个人来,是个中年男人,穿西装,梳油头,很绅士的样子。朱德启老婆喊:“美心,有人找你。”

美心抬眼看,左看右看想不起来是谁。

那人伸出手要握:“您是刘美心女士吗?”

“我是。”美心脸上都是问号。

“刘姐八宝菜是您做的吗?”

“是。”

“太好了。”那人情绪激动。美心却不知道发生了什么。

老太太连续四天没吃饭，只喝一点水。家丽急得换了八样粥品，端到老太太床前，老太太都摆手，说不饿。家丽迫切地：“阿奶，哪里不舒服你说，我们去医院，不怕麻烦，只要能把病治好。”老太太笑笑，说：“我没什么病。”

“胆结石也得治。”

“我自己知道。”

这句话饱含深意，知道什么，家丽理解不透，建国的解析是，老太太知道自己的身体情况。家丽还猜到一层意思，但她不敢说。老太太九十有六了，在三街四邻，也都算高寿。无病无灾。也全拜她一生行善，才福德绵长。美心回来，家丽跟她说老太太又没吃。

美心道：“老年人吃得本来就少，你在水里和点葡萄糖，一样。”她似乎并不担忧，而且有些意气风发。

家丽问：“妈，遇什么好事了？这么高兴。”

美心连忙收敛情绪：“没事没事，我这胯骨好了，心里舒坦。”

晚上睡觉，家丽不敢离老太太半步，就睡老太太床帮子。她想着但凡有个风吹草动，她能及时发现，及时应对，不至于太被动。结果一夜安静，老太太睡得像个婴儿。家丽反倒发了汗，做了梦。梦到那年老太太带她来淮南，什么都吃不上，两个人去姚家湾挖野菜，斜刺里却蹿出一只老虎，家丽吓醒了。老太太抓着她的手。

“阿奶……”家丽轻声唤。

老太太偏偏头，似乎没有什么力气。

家丽下床端水，好歹给老太太喂一点，润润唇齿喉咙。又和了点葡萄糖。但老太太却不肯喝。

“家丽……”老太太躺在黎明前的暗影里，侧着脸跟家丽说话，“以后，自己照顾自己。”老太太说。

“会的会的。”家丽的心被填满了。

“不要指望小孩子。”是说她的两个儿子，“儿子也靠不住。”

家丽帮老太太掖了掖被子：“知道。”她不信。小年发展得正好，算是她和建国将来的依靠。

“要小心你妈。”老太太突然这么说。

家丽笑了。仍旧说知道。

193

到第五天，老太太干脆连水都只喝一点。就坐在床上，无声无息，半闭着眼，睡着了一般。家文来家里，见奶奶这样，对家丽说：“不去医院吗？”

“不愿意去。”

“几天了？”

“今儿个第五天。”

家文想了想，小声说：“姐，得备着了。”家文多次经历生死，这方面比家丽更老到。家丽心一惊，她不是没想过，只是真顶到时候，还是有些接受不了。“再等等吧，说不定就扛过去了。”家丽朝好的方面想。当晚，家文也没回去，陪着家丽一起守在老太太床边。美心怕这阴沉沉的气息，躲在自己房里。一夜，老太太依旧无声息，酣睡如婴孩。

翌日一早，家丽又拿葡萄糖来，家文轻摇老太太胳膊，叫奶奶，老太太却不应答。

家文着急，又喊了一声。老太太这才慢慢睁开眼，无力地。眼皮似有千斤重。家丽伸手摸老太太身上，凉凉的，没热乎气。家丽和家文两姊妹对看一眼，心里都有数，快到时候了。当天，家丽让建国去备寿衣，但暂时不要拿来家里，放在店里，如果用，就取。家文打电话给老三家艺、老六家喜，让她们立即回家。家丽给小年打电话，让他也来。他是老太太带大的，又是长孙，这个时候必须来。至于光明、枫枫、成成、洋洋、小曼等几个小的，都在上学，年纪也太小，一律没叫。方涛忙家欢的事，四处跑，就没叫他。宏宇和欧阳都到了，在小院里候着，随时待命。

第六日，老太太精神反倒出奇的好。

家文晓得大概是回光返照。

果然，当天下午，老太太就又没精神了。

美心清退孩子们，一个人留在老太太屋里。做了一辈子婆媳，她们始终斗而不破。美心想到未来只能自己一个人面对，不禁潸然泪下，问："老奶奶，有什么话要对我讲的吗？"老太太面容舒展，微笑，脸上的皱纹似乎都被撑开了，然而许久，她并没有开口。

美心哭得更厉害。

家丽进来把她搀走。她讨厌美心这样，人还在，号什么丧，实在晦气。

小年进去，坐在老太太旁边，抓着她的手，好像小时候那样。"老太。"他叫了一声，"你还说带我回江都呢。"

老太太面无表情，沉默如谜。

跟着家文、家艺、家喜轮流进去，老太太都闭着眼，并没有多余的话想说。累了一辈子，操心了一辈子，她更懂得万事顺其自然。建国回来了，家丽问他有没有打点好。

建国说："都准备好了。"

"随时能送来？"

"不远，随时，我去取也行。"

晚间喝稀饭，还是芋头稀饭。家艺和家喜打发欧阳、宏宇回家，她们留在娘家住。家文已经在这儿住好几天了。六姊妹少了家欢和小玲，似乎也冷清许多。家艺问家丽："老四什么时候出来，到底什么事？"家丽说：

“方涛在跑，你二姐那边有个外甥女也在帮忙问情况，检察院在审，是他们行长贪腐的案子，老四被牵连，具体有罪没罪，谁也不知道。”三姊妹都不说话，登高跌重，今日之果，必有前日之因，这种事，谁也帮不上忙。

前院，美心叫家喜，说帮她看看月季花。

家喜推门出去，美心拉住她，小声说：“以后，酱菜传给你。”

家喜不耐烦地：“妈，我不要，给大姐吧。”

美心摇她胳膊：“你傻!”说着，小声凑到老女儿耳朵边，轻轻说了几句。家喜大惊：“真的?”

“千真万确。”美心得意。

“那我还上什么班呀!”家喜高兴得恨不得跳起来。

“别声张，稳住。”美心说。

家喜连忙沉稳地，念念有词：“对对，啥事没有，稳住，稳住了，啥事没有。”

过十二点，已经是第七天。客厅里，家丽还在那儿坐着，小年坐在她旁边，靠在沙发上睡着了。家艺、家喜还是被打发回家，娘家人多，也闹腾。家文时不时起身看看老太太。建国在里屋床上躺着，没脱衣服。只有美心，照排实理（方言：按部就班、有模有样）地脱了衣服，上床睡觉。

夜里两点，家文试老太太鼻息。微微弱弱，只吊着一口气。家丽叫醒建国，让他去把备好的寿衣拿来，大限恐只在旦夕。

家丽蹲在老太太床头，握住她的手：“阿奶，还有什么要对我说的。”老太太已经说不出话。

家丽、家文在床头守着。

建国、小年在外头，寿衣准备好了。

凌晨四点十八分，何文氏仙逝。

无病无灾，寿终正寝。

是老死的。这个年纪走，算喜丧。

家丽放声大哭，家文抽泣。建国取来衣服，姊妹俩连忙帮奶奶换了衣服。美心被哭声吵醒，起来，见老太太去世，也跟着放声大哭起来。家丽回头瞪她一眼，美心哭声停止。

“还不给她们打电话！”家丽喝。

姊妹几个连同美心商量老太太的丧事。美心的意思是，从简。说老太太生前说过，不要大操大办。姊妹们都表示赞同，唯独家丽不同意，她坚持要给老太太办一个盛大的葬礼。众人无法，只好逗钱，不足的，家丽自己掏钱补足。和尚道士都请了，光超度念经就念了三天。引得美心不满，小声跟家喜嘀咕：“本来就是喜丧，何至于这么小题大做。”

家丽哭了七天，每天晚上都做梦，一会儿梦到小时候和老太太在江都小河边捉鱼，一会儿又梦到两个人坐船来淮南。家丽许久提不起神。如果说常胜去世，家丽不得不在物质层面担起家庭的重任，那么老太太去世，则让这个家的精神世界坍塌了重要一角。家丽自觉没有补天之才，力挽狂澜。

安葬地交给几个女婿去跑，照例，得安葬在舜耕山，在常胜旁边起个坟。可老太太老家的女儿、家丽的姑姑得知消息，死活不同意，她自己病重来不了，定要派儿子把老太太的骨灰带回江都。

家丽不解，跟美心抱怨：“生前不问，死了来抢人！”

美心却说：“她是女儿，你是孙女，女儿嘴大，你说不过她。”

家丽气得要哭，她和老太太感情深，舍不得她走。家文劝姐姐：“落叶归根，既然姑姑有这份孝心，成全她算了，老人回乡，将来我们也有个由头回江都看看。”家丽恨道：“这个姑你们不知道，我是一清二楚，算到骨头里，她是怕老人一走，我们找她要房子，阿奶跟我来淮南的时候，家里的地和房子，都是她照看，这么多年没理会，都成她儿孙的产业，她心虚着呢！”

家文劝：“不都这样，卫国他妈去世，卫国去世，北头的老房子不也都被他外甥占着，这么多年，你不问，他也就不说。等于给他了。不过可能实在有困难。亲戚之间，算太清楚也不切实际，再一个，就算那两间房给咱们，咱们也没人去住，卖又卖不了几个钱，算了，得饶人处且饶人。

他们愿意麻烦，就让他们弄吧。”

句句在理。家丽思来想去，只能如此。没出五七，江都的姑姑果然派了大儿子开车来，把老太太的骨灰带走了。家丽少不了一大哭。美心看不惯这样子，私下跟刘妈说：“这老大，还没完了，以后我死了，估计她都不会那么伤心。”

刘妈听着扎心，只能劝和：“从小是老太太带大的，感情深。”

美心冷笑：“这话你说对了，谁带的跟谁亲，一点没错，这六个丫头里，也就老六是我带的，跟我贴心点。”

刘妈说：“也不能这么说。老大这么多年照顾家，也算尽心，老二、老三、老四、老五，我看逢年过节也都给钱，孩子能做到这样，就不错了。”

美心掰开来说：“钱是一方面，人是一方面，人不对劲，给钱也不舒服。”两个人正说着话，路口来了三个人，一抬头，是秋林和丽莎，带着他们的女儿回乡。刘妈喜出望外：“怎么这展子回来了，也不说一声。”秋林道：“有个会在合肥，顺道回来看看。”又让女儿梦梦喊人。梦梦叫了声奶奶好。刘妈教她：“叫美心奶奶。”梦梦话还没学利索，还是叫奶奶。看到秋林，美心想起家欢的遭遇，忍不住说：“多好，看看你多好，家欢就……”

欲言又止。

秋林有所觉察，可当着丽莎的面，又不好多问家欢的事。等到了家，趁着丽莎给梦梦洗澡。秋林才拉着刘妈到里屋问：“刚才她说家欢怎么了？”

“谁说？没怎么。”刘妈不想秋林再惹事。过去那一出，完全是闹剧。

“美心姨说的，家欢最近怎么了？”秋林追问到底。

刘妈来火：“她是她你是你，你就回来几天，别狗拿耗子多管闲事，安生点，都是有家庭有孩子的人。”

秋林说：“妈，你想哪儿去了，我和家欢根本就没开始，而且已经结束了，我完全是出于朋友的关心。”

“你行了！”刘妈跺脚。

丽莎走过来：“妈，怎么了这是，生这么大气。”又对秋林，“你顺着点妈不行吗？都多大了，一点都不成熟。”

刘妈怕秋林再说出什么来，糊弄道：“早点休息，刚你姐来电话了，明天给你们接风。”

194

小范分了房子。老范和家文搬回电厂家属区住，光明跟着走，也有自己一间屋子。雪白的墙，厚厚的窗帘，有写字桌、衣柜、一张单人床，被子还是原来的被子，可光明觉得不舒服。

这个家不是他做主的。

小地方就能显出来。比如，他要在墙上贴凯特·温斯莱特和莱昂纳多的剧照。家文劝解：“白墙，一贴就一个印子。”

他要挂飞镖盘。家文又说：“墙上都是钉子，难看。”

这是个新家，不容他随便造次，肆意涂抹。

家文也做了让步。她和光明一起，去东城市场的油画店选油画。看来看去，光明选中一张孩童坐在小河边树下钓鱼的，母子俩裱了框。整幅画更典雅华贵，至少能挂一万年的样子。小心翼翼拿回家，钉在床的上方。

莫名地，光明更觉憋闷。

寒假到，洋洋来找光明玩，有表弟在，光明更有借口回饲料公司住，逃离电厂的家。还有几个月就要高考，光明说自己需要安静复习。

站在阳台上，塑料绳一头绑着木棍，拼命甩出去，砸到不远处的泡桐树上，再猛然回拉，偶尔能拽回一些泡桐果。家文所在的制药厂就在东侧，车间发出轰隆声，在生活区听得到。

“你信不信命?”光明问洋洋。

“不信。”洋洋说，“你信?”

“多少信一点。”光明说。

“我什么命?”洋洋笑着问。他上高一了，差高中的差生，看不到未来那种。秋芳和为民打算高中毕业送他去当兵。

“你是当兵的命。”光明早都听到消息。大人们常谈此事。洋洋得走小冬和小年的老路。最稳妥的路。

“我不当兵。”

“那你干吗?”光明问，“考大学?”

“考不上。”

“大专？高职?”

“不想了，没戏，”洋洋说，“高中毕业我就出去。”

“去哪儿?”

“不知道，买张车票，去哪儿都行，反正不要在这儿。”

“去混世?”光明不禁笑。

“对，”洋洋说，“你这话说得对，就是混世，我妈不是也……”刚说出口，又猛然刹闸。洋洋又不想提他妈。光明的五姨，刘小玲，混世成功的代表。

光明深吸一口气，再次把木棒甩了出去，正打在树杈上，挂住了。“不是以前了，十年前你说混世可以，现在当古惑仔？小心被弄进去。打打杀杀的没市场。”光明看得透。

“那怎么办?”洋洋也忧愁起来。

“你这种情况，还是学门技术。”

“什么技术?”洋洋没想法。

“开车?”光明随口说，他也给不出好法子，“四姨夫六姨夫不都干这个。”洋洋说：“学开车也行，不过我想去上海。”

光明说：“我也想去上海。”

“我堂姐就在上海。”

“去了也能帮帮你。”

“那不用，我靠自己。”洋洋很坚定地。

光明自言自语：“不过你好歹在淮南还有一套房子。”

“那套不是我的，在刘小玲名下，”洋洋纠正，“你不也有一套。”

“这个？”光明指指地下，“说要拆。”

在刘妈的严格监督下，张秋林没机会过问家欢的事，不过他还是偷偷跟同学打了电话，招呼了一下，他有个铁哥儿们，在检察系统。等回合肥，绕了一圈，秋林又偷偷回了趟淮南。这次他没住在家里，而是在长途车站附近找了间旅馆，宝艺旅馆。正是家艺和欧阳开的那家。看来看去，这家最有艺术感，无论是装修，还是摆设、灯光，都更有情调。宝艺刚开门营业，生意不算多，日常家艺会去打一头，多半是欧阳在看着。

家艺随手翻登记簿，问欧阳：“就这几个人？”

欧阳讪讪地：“我去发发传单。”

家艺道：“行啦，传单发了一拨了。老发也没意思，我们要做好打持久战的准备，起码有半年是亏的。”又翻翻，“张秋林？”

欧阳也来看。家艺又看身份证号，是本人没错。

“刘妈家那个张秋林？”家艺感到奇怪。

国庆路十字路口，路南，靠东，几辆小卡车停在那儿，秋林挨个看，到中间那辆停住脚步。敲敲车窗，司机偏头，却是方涛。

秋林拉开车门上去。方涛怕伙计们看到，连忙启动车子，一路朝东开。

“你就不怕我再给你几拳？”方涛说。

“此一时彼一时。”秋林并不慌张，“就算过去有什么，都过去了，现在是救人要紧。”

紧急刹车，停在六里站十字路口东侧。曾经，方涛在这里勇斗歹徒。“你有办法？”方涛着急地。

“首先，我得向你道歉，为我之前的鲁莽。”秋林绅士地。

“快说什么办法?”

“我有同学在检察系统，正托他了解这件事。”秋林掏出一支烟，方涛拿打火机帮他点了，秋林回到国内才学会抽烟，“目前的情况是，他们行长十之八九是有问题的，几个副手，包括家欢，可能有胁从犯罪的嫌疑。”

“什么时候能出来?什么时候家属能去探视?”

秋林说:“这个还说不清，不过现在家欢的律师能力有限，我想从合肥重新请一位，这个人一直打这方面的官司，而且在系统里也有些路子。”

方涛不假思索:“请，费用我出，你报给我就行。”

秋林嘿嘿一笑:“老哥，别提钱行不行。此前对你们的生活造成困扰，我也想找个机会补偿。”

方涛示威性地:“你小子别想歪点子。”

秋林笑笑:“如果是那样，我干吗来找你?”

方涛说:“都简单点。”

“简单点，”秋林苦笑，“都这个年纪了，再复杂，真累死了。”

方涛叼一根烟在嘴上。

秋林继续说:“其实过去我对家欢是真的。”

“你!”方涛又把烟拿下来。拳头握起。

“后来我发现，你已经先入为主，而且在家欢的心上刻了那么深的印记，我没有机会，只能退出，去抓住属于自己的幸福。”秋林感慨。

“你这么说对你复婚的太太不公平。”

秋林笑笑:“有什么不公平，她绕了一圈，我也绕了一圈，后来发现还是原配最舒服、最自在。我们这个年纪，少折腾。”说到这儿，秋林唉了一声，“跟你说这些干吗!往回开。”

“在淮南待几天?”

“明天回合肥，然后回上海。”

“晚上一起喝一杯。”方涛邀请。

“没问题。”秋林爽快地。

老太太去世，年似乎也没了年味。家丽两口子本来就省，为小冬，为将来。这一年更是一切从简，没了精神头，连咸肉、香肠都没做。美心做酱菜已经耗尽精神，没体力再腌荤菜，她也不想花这个钱。但家丽不做，她就有些不满。

家喜来，美心偷偷跟她嘀咕：“老的一走，我就不是人了？”她想让老六搬过来，但又不能明说，这种事，得老六自己提。家喜也上道，笑呵呵地：“妈，小曼马上要上小学，家门口就一个五小，我看，还不如找找人，把户口迁到家里来，这样能上淮师附小。淮师附小教学质量好些。”

美心乜斜着眼：“你大姐能愿意？”

家喜道：“有什么不愿意的，皇帝还轮流做呢，小冬读书的时候，她一大家子来家里住，谁也没说什么，现在小冬马上都参加工作了，还霸着？他读书要用房，小曼读书也要用房，怎么不能让一让？难道这房子谁规定只许外孙用，不许外孙女用？”家喜对男孩女孩的平等问题，尤其敏感。“妈，我们住进来，你没意见吧？”家喜最后问。

美心故作洒脱：“都一样，都是女儿，对我来说都一样。”

家喜道：“那不行，妈，跟我，你得交实底。”

美心拉着悠长的口气：“哎呀，要说这几个女儿，只有你是我亲手带大的，感觉还是不一样。”

家喜扑上去环抱住美心的脖子，亲一口：“妈!”

小冬退伍两年了，一直没得到妥善安排，年前，蔬菜公司指派家丽收电费，一个月给几百块补贴。家丽为家欢的事奔忙，顾不过来，就让小冬挨家挨户去收。小冬手一摆：“我不干!”

“怎么的?”家丽不解。

“我成收电费的了。”小冬拉不下这面子。收电费见的都是熟人。家丽道：“收电费怎么了，自食其力自力更生，你妈我还摆过地摊卖过菜呢。大丈夫，能屈能伸。”

小冬心里一直有气，亲兄弟，小年回来就安排在武装部，他呢，至今没着落，他还高中生呢，比小年学历高，有文化，怎么就这么时运不济!

还是父母不肯使力？似乎也不是，主要他老爸退居二线，讲话大不如前，而且时局也在变化。一年一年不同。理都懂，但心里这口气就憋着。

小冬对家丽："谁能跟您比，您是菜市场混出来的，三教九流，谁来跟谁来，顺地崴。"

"你去不去？"家丽有点来火。

美心劝："行啦！孩子不愿意去就不去，收个电费，你顺带收着就行了，也不是什么急事。"又顺带说，"过年姊妹几个不叫过来？"家丽道："叫了，都是一脑子事，老二那边，她现在是个妈，过年得操得燎，老三一大家子还顾着旅馆，老五在外头，估计也就老六过来。现在也不像过去了，什么没吃过，非得赶在过年，平时一样吃，到时候买点卤菜回来，一样。"

"卤菜不能放。"美心强调。

"那就再买新的。"

待家丽出门，美心望着她的背影嘀咕："平时也没吃到什么……"又对小冬，"你妈现在怎么这么省，跟谁学的？"

小冬道："省钱买房子。"

"买什么房子？"

"给我的房子，"小冬没长心眼，"说是结婚用的。"

美心打趣："你这对象还没有呢。"

"先备着。"

"以后你爸妈跟谁？"美心问。

小冬说："谁也不跟，自己住。"

"住哪儿？"

"住这儿呀！"小冬不假思索。

195

逢年，家文忙碌起来。再婚后，她的角色转变了，她是三个孩子的妈，一个亲生的，两个后继的。平时来往少，但到了年节，还是要把面子撑起来。什么家务都做，现实让她变得更加识时务，卫国去世，家文已经不再是那个天之骄女，任性的妇人。她漂亮，但她无法像街上的女人那样，用着最后的美貌达成宏大的目的。归根到底，她还是个过日子的人。老实说，老范对她很不错。当然这种不错，是关起门来的，只有她知道。对外，她必须把面子都做到。包括这顿年夜饭。

菜是几个月前就开始准备。腌的腊的，有咸鱼、咸鸡、咸鸭、咸肉，都是自己做，腌渍在最大号的红色橡胶盆，香肠是去水厂路找人灌。腌好了挂在阳台的钢精衣服架子上，一排，晾着，煞是壮观。光明却觉得家文和老范有些多此一举。

他不理解老范和家文的仪式感。

越是重组家庭，越需要这样的日子凝聚人心。

他更担心饲料公司的房子，说要拆已经有日子，看来是真的。

家文在厨房忙活，光明走过去，叫了声妈。家文顾不上："没你什么事，看书去吧。"

"妈——"光明把厨房门合上。

家文这才察觉儿子有事。她把手在围裙上揩了揩，等他下文。

"饲料公司的房子要拆。"光明直说。

家文已经拿到意向书。拆迁户可以适当照顾，福利买房。"有这事。"家文说话向来掷地有声。

光明不说话，他犹豫。

家文先说：“你怎么想?”

“听说拆了还要盖。”

“说你的想法。”

“还是应该要一套。”

家文愣了一下。她不太想要，一个出于实际情况，卫国去世，家里还背了债，马上光明要上大学，也要用钱。再一个出于情感上，卫国自从搬进那个房子就生了病，她不喜欢那个地方，想忘记它。拆了更好。但她不能直接跟光明这么说。

只好委婉地：“我也想要，有套房子当然好。”家文定调子，话锋一转，问，“你以后打算在淮南吗?”

光明摇头，但他希望保留，保留住父亲的记忆。

家文照实说：“现在家里没什么存款，再买，也很吃力，除非借钱，你马上要上大学，起码几年的学费得想办法留出来，这次拆迁，不要房子的，一家给八千，不多，但好歹能挨过这几年。”她把光明当大人，卫国去世，她和光明攻守同盟，光明必须长大。

光明呆立，一会儿，才说：“那不要吧，要那八千。”

无声地，光明出了厨房。家文让他把门带上，说油烟大，门刚合上。家文眼泪就下来了，连忙抹掉。老范进门，问排骨烧得怎么样。家文自顾自解释：“呛人。”她怕他看出她落泪。

老范说：“换气扇怎么不开呢。”又走过去，把换气扇打开，烟气呜呜往外走。

淮河大坝一路向东延伸，荒烟蔓草中站着个人。光明对着河水，突然猛哭一阵。哭好了，再漫无目的朝西走。只能哭给河水听。除了他，或许没有人在意那个家将被拆迁。物质层面的毁灭。从此之后，那个曾经温馨的小家庭便没了“遗址”，只能悄无声息存在于光明的回忆里。沧海桑田，不过一夕之间。

不出半个月，饲料公司老楼的人几乎搬干了。家文也匆忙找人，老家具该处理的处理，让闫宏宇来帮忙拉走。家艺却宝贝得跟什么似的，说这种老家具款式难得，除了菜橱子，她都包圆。五斗柜、大衣柜、半截柜、床头柜，都运到她的旅店里。她的宝艺旅馆追求个性化，务必像“家”。

光明得知这些东西被搬走，难过了好一阵，摸底考试名次下降，头一回跌出前十名。他只能尽己所能保留点遗物。爸爸的照片、书，都留了下来。衣服都被送给农村人。他抢救了一块卫国戴过的手表，表带掉了，只有个表盘，他留着，考试用它掐时间。

这日，家丽收电费路过车站村，顺道去家艺的旅店看看。

家艺给大姐倒茶，两个人坐在前台沙发上聊天。家丽问王怀敏后来有没有来找事。

“来什么来，合法地产，都是我的，来十次打回去十次。”家艺的旅馆开始赚钱了。钱壮人胆。

家艺又领家丽到几间屋子看看。家丽说：“一层利用起来了，不错，如果二层也能用上，两层打通，将来还能盖个三层，就真快做起来了。”家艺笑道：“慢慢来吧。”这事她认为不宜过急，王怀敏的房子刚到手，再瞄准宏宇和家喜的，她估计王怀敏也会作梗。

家丽说：“年下回去。”

家艺道：“不一定，看看初二吧。不能保证啊，电话联系。”家丽又谈到老四，愁心地，“这关到什么时候？人都要关傻了。”

家艺说：“宏宇在找人，”又突然好事地，“对了，张秋林也在找人，那天他还来我旅馆住过一天。”家丽警觉：“他不会又……”欲言又止。

“不至于，”家艺说，“纯朋友帮忙。”

生意来了。家丽没再多问。朝东去，就到国庆路十字路口，方涛的车趴在那儿。家丽到跟前，方涛从车里下来，两个人站在路边大宾馆门口说话。

“有消息吗？”家丽问。

方涛摇头。

“一家子都使不上劲。”

方涛感激地："大姐已经够费心了，不过宏宇他们托人打听了，家欢在里头没事，估计年后，就能出来。"

家丽说："就是辛苦你了，又要带孩子，又要赚钱。"

方涛说这不应该的嘛。

"谢谢你。"家丽说，"关键时刻顶住了，没离开老四。"

"说什么呢，这辈子我也不会离开她。"

"如果她判刑了呢？"家丽问。

"我等她，我带孩子。"方涛难得深情。

"听说他们行长在里头跳楼死了。"家丽带来个消息，"检察院都有人受处罚，属于重大失职。"

"死了？"方涛发愣，回不过神。

家丽说："审着审着，一不留神，他直接冲出去，从二楼跳的，直接倒栽葱，撞死了。"听着像恐怖故事。

"畏罪自杀？"方涛第一感觉如此。

"不好说。"家丽说，"或许牵扯人太多，死了也好。家欢他们有个盼头。"

方涛正色："大姐，你这是什么意思，你认为家欢有罪？"

"不是这个意思，"家丽见他有些着急，解释，"关键能出来不就行嘛。"

方涛石头混子（方言：死心眼）："家欢没罪，她不能犯罪，她有操守有底线！"

"我知道我知道，"家丽连声，"能出来就行。"

方涛坚持："不光是出来，是无罪释放。"

跟他说不通。家丽把话咽了下去，老四不在，过年来不来随他，家丽简单招呼了一下，便又去收电费。

年二十九，宏宇从外头要账回来——租老吊车的，一直拖着钱——上门要，人家早跑出去躲年关。宏宇铩羽。进门，小曼在弹古筝。音不成音调不成调，都是愣音。

宏宇听着心烦："都二十一世纪了，能不能弄点现代音乐。"

小曼白了一眼爸爸，继续弹。

家喜敷着面膜从卫生间出来："二十一世纪怎么了，还是老古董值钱。"又问，"要回来了吗？"

"没有。"宏宇丧气地，"跑了。"

家喜道："我们这私营企业，年终奖一分没有，这个年真不知道怎么过了。"

宏宇不搭话。家喜让小曼别弹了，进屋玩，留她和宏宇在卧室。家喜故意问："怎么办？"

"什么怎么办？"宏宇不懂她意思。

"年怎么过？"

"就这么过呗。"

"不去你妈那儿？"家喜揶揄地。

宏宇说："她现在有儿子有孙子，不缺我这一个。你看，电话都没一个。"

家喜道："要不接她来？"

宏宇连忙："你别找事，你姐的店在下头，她不气得上医院都怪，年都别过了。"

家喜说："现在过年越来越没意思，哪像小时候，有滋有味的。"

宏宇身心都累，瘫在床上。

家喜凑过去，半抱着他，笑嘻嘻地："三姐找我谈了。"

"谈什么？"

"买我们这房子。"

"别闹。"宏宇推开家喜。

"什么叫别闹，说认真的。"家喜严肃脸。

宏宇道："我妈的房子才卖给三姐，我们又卖，你想把妈气死。"

家喜提着气，两手叉腰："闫宏宇你这话说的，房子是我们的，上面一层，我们也正儿八经办了房产证，我们处置自己的房子，你妈有什么好气的。要气也该我生气，这么多年，先是孙子后是儿子，他们顾过小曼没有。你爸就是个活菩萨，有人上贡，他老人家什么也听不见，你妈是铁扇公主，一扇子把人扇出十万八千里，她来个眼不见为净。电话有吗？人来吗？哼哼，人家不顾，我们做父母的不能不想，说白了，谁的孩子谁操心。这马上小曼就要上学，去哪儿上，想好了没有？”

宏宇想了想：“划片是五小。”

家喜伸着脖子，教训人的口气：“上五小就是一个毁！”

宏宇问怎么办。家喜说：“家门口现成的淮师附小。”

“我们不在那个片区。”

“妈不在吗？大不了我们一家三口都把户口迁过去。或者你不迁，我跟小曼迁。”

“能行吗？”宏宇表示质疑。

家喜道：“有什么不行的，我告诉你，我已经找淮河路街道的人弄这个事情，你考虑好，别到时候打坝子。”宏宇连忙说不会。

“下楼去吧。”

“去干吗？”

“买点卤菜。”家喜说，“年不过啦？年二十九也是年。”

宏宇犯难：“哎哟，今天卖卤菜的可能都不出摊。”

196

楼下，家艺和欧阳在盘点这一年的收入，从投入到见效益，大约莫也用了一年。家艺包好红包，一个个发下去，欧阳的几个弟弟都拿到手，满嘴地叫嫂子好。家艺朗声说：“都辛苦了，勤勤恳恳一年，我做嫂子的，也是做老板娘的，该你们的一分钱不会少，不过明年会更艰苦，因为可能会面临扩大，还想跟着哥哥嫂子干的，那就继续干，不想干的，提出来，嫂子我绝不深留。路怎么选，看你自己。”欧阳坐着不说话。弟弟们都不作声，显然都想跟着做。家艺一拍巴掌，说散会。弟弟们这才“下班”，回家过年。欧阳奉承家艺：“真有派儿!”

家艺说：“不是有派儿，这是丑话说在前头，你们家的情况有多复杂你又不是不知道，自己弟兄，想跟着干的，拉一把，不想干的，咱们不勉强，光是看店上夜班就够累的，到年了，都有选择权。”欧阳道：“老婆大人说的都对。”

枫枫进门：“妈，我想去合肥听张信哲的演唱会。”

欧阳代家艺回答：“不许去，高中生了。”

“妈!”枫枫大声疾呼。他已经放弃歌唱梦想，开始努力学习，怎奈成绩一直无法提高。

“考试倒数，指望什么去听。”欧阳继续教训儿子。

“去。”家艺突然说。

枫枫眼睛放光：“真的?”

“妈也去。”

欧阳诧异地：“小艺!”

家艺笑笑，对枫枫：“妈以前也想着搞艺术，只是没搞成。”

枫枫连忙：“我知道，妈最喜欢邓丽君。”

家艺纠正：“后来改了，喜欢苏芮。”枫枫鼓掌叫好。欧阳不理解家艺，说不让孩子学艺术的是她，带孩子出去疯的也是她。家艺问枫枫：“想不想吃烧烤?”枫枫尖叫说想。

家艺对欧阳：“你，出去买啤酒。”她从冰箱里拿出五花肉和牛肉，都是切好片的，再把厨房里剩的一点木炭弄在搪瓷脸盆里，上面罩着个铁架子，肉就放在架子上烤。枫枫把蘑菇也放上去。一会儿，欧阳果真买了啤酒回来，一家人不亦乐乎，烤得热闹。

肉香飘到楼上，家喜问宏宇：“什么味道?”

宏宇有点感冒，鼻子实：“没味道啊。”他在剥变蛋（方言：松花蛋），卤菜没出摊，家喜让他切一盘变蛋吃。

“什么鼻子！肉味!”

“你出现幻觉了。”宏宇说。

“真是幻觉?”家喜也开始自我怀疑。

楼下，枫枫把精肉都吃光，出去放花炮去了。欧阳和家艺对着炭盆，用筷子夹着几块肥肉，仔仔细细烤着。肉发出滋滋声响，还有点烧焦的香味。欧阳宝说：“谢谢你，小艺。”

家艺故作不懂：“谢我什么。胡话。”

欧阳道：“没你我早完了，这个家也早完了。”

家艺纠正：“才多大，说什么完不完。”

“你是我的恩人。”

“行啦!”上了年纪，家艺反倒听不惯这种话，她更实际。“少气我点，比什么都强。”欧阳隔着炭盆抓家艺的手：“想要什么礼物?”家艺不懂：“礼物?”

“你生日。”欧阳提醒。

家艺才想起来自己生日快到了，二月底的，过了年才是。

家艺借此机会说正事：“我跟老六谈过了。”

“谈什么?”

“买她楼上的房子。”

“哦?”欧阳有些意外，“那她住哪儿?”

“这你就不用管了，老六有她的打算，照我看，她想住回娘家也说不定。小曼马上要上学，回龙湖方便。”

“老六告诉你的?”

“她没说。”

“你怎么知道?”

“你用脚指头想也想出来了。”家艺拿火钳子敲一下炭盆，“阿奶走了，妈一个人在家，虽然大姐现在住着，我看住不长。”

从年二十九晚上，家文和老范就开始忙菜，几个硬菜要事先烧好，这样年三十中午那顿，才能来得及。家文没进门之前，老范孤掌难鸣，独力难撑，多少年没正儿八经做过年饭，家文来了，两个人都有浓重的家庭情结，一拍即合，大操大办。与其说这顿饭是做给孩子们的，不如说是做给自己，是对自己一年生活的总结，期待来年。烧排骨、红烧鸡、烧鸭子、卤牛肉、煮香肠，这些菜一烧烧到晚上十一二点，老范和家文在厨房里仔细研究，相互配合，有时候因为要不要在老鸭黄豆里放冰糖，两个人也会争执起来，仿佛是一个严肃的学术议题。

光明在旁边听着，觉得自己完全置身事外，像另一个维度的人。他讨厌这种感觉。仿佛此时此刻，他和家文的统一战线分裂了，老范则和家文成了战友。也只有在这时候，他才深刻地认识到妈妈再婚对自己的影响。才赫然发现，真切体会，原来何家文不再仅仅是他一个人的母亲，她还必须是别人的阿姨，是老范的妻子。光明觉得孤单极了，只能睡觉，昏天黑地才不会多想。

“端菜！”次日中午，家文一个人在厨房忙活着。老范和他儿子媳妇女儿女婿在客厅坐着。光明去端菜，油烟布满小空间，换气扇根本工作不过来。“妈！”光明被辣椒呛得咳嗽，“我来帮你。”

他心疼妈妈。

“不用！你去吃！还有两个菜！再做个汤！你去吃！”家文坚守在工作岗位上。她是这个家的主妇，年里的饭，必须承担。光明端着炒腰花，眼眶发热，分不清是呛着还是心酸，进客厅，放在桌上。老范和他儿子正在喝酒，老范过节喜欢喝一点，他儿子则是嗜酒。一天不喝都不痛快。饭桌上，他们多半谈着厂里工作上的事，光明插不上话。“文姨！够了，来吧。”嫂子米娟嘴上招呼，屁股不动。她怀孕了，挺着大肚子。老范期盼抱个孙子。

“马上，还有两个菜！”家文端进来一个炒毛豆。饭桌上，菜色狼藉，吃得差不多了。一桌人都说行了。家文坚持要打个甜汤。一年就这一回，她给足老范面子。光明坐在那儿，却感觉莫名屈辱，都坐着吃，为什么他妈妈一个人忙。这不公平！他和家文并不应该低人一等！光明愤慨。饭一吃完，碗一推，还不等家文上桌，他便独自下楼。年，把所有人都收进家门，生活区没有人，再往外走，厂门口只有卖水果的还在坚持出摊。光明漫无目的地走，到公交站台，摸摸口袋里还有零钱，等公交车来，他便上去，到机床厂站下车。似乎也只有小姑家可以去。饲料公司房子没了，他失去了最后的避风港。找洋洋？他过年好像跟大伯大妈去上海。

“这展子怎么来了？”小姑春华开门。她和卫国感情最深，对光明向来另眼看待。光明跟大伯不走了，跟小姑还是走动，他当她亲人。光明笑笑：“转转。”

“可吃来？”春华问。

“吃过了。”

表姐小忆在里屋看电视，穿得棉墩墩，戴着眼镜，前额头发用个卡子别着，样子有些滑稽。她的“个人问题”目前是个问题。见了不少，都不满意。鲁先生问光明：“准备考哪里的学校？”

光明说上海。

鲁先生道：“北京的好，南京的也不错，浙大也好。”春华听不惯，打断他：“都好，要有本事考才行。”鲁先生自己是落榜的秀才，高不成低不就，却一辈子崇拜知识。厂子不行后，他一直在家待着，吃二百八十块钱低保。春华刚开始气硬，说穷就穷过，富就富过，但久而久之，还是被现实击败，嫌鲁先生不能出去干活。别家的男人都出去累，偏鲁先生磨不开面子。后来亲戚帮找了个看大门的活儿。鲁先生顿时大怒，嗷一嗓子：“我是看大门的人吗！”坚决不去。自那后再没人给他介绍。家里蹲着吧。

春华和鲁先生对家文那一大家子感兴趣，光明来，两口子少不得打探一番。听到家丽的近况，春华感叹：“他大姨泼辣，以前卖菜的。”鲁先生补充：“三教九流，相当于女流氓。”春华打丈夫一下，让他别胡说。

又问三姨。光明简单说了说，大致意思是在干旅馆。春华又大惊小怪：“他三姨会干生意？”看看丈夫，鲁先生不说话。

再问四姨。在检察院关着呢。鲁先生又感叹："要那么多钱干吗？平平淡淡才是真。"春华知道他是为自己不出去打工找理由。

又说老五，依旧感叹。刘小玲在他们眼里，更不是一般人。一个女人敢下海，十足的离经叛道。

最后问老六。春华和鲁先生都有点想不起来。最后说："老六好像老实些。"鲁先生道："就是智子帮替考的那个吧。"春华才想起来，说是有那么回事。

问完了，光明也觉得无聊，便站在表姐小忆的书柜前翻书。小忆中文系毕业，颇看了一些小说，她最喜欢简·奥斯汀的《傲慢与偏见》里的伊丽莎白，期盼着也能遇到个达西。却不料现实残酷，只能等。

有人上门，光明侧头看，是大姑春荣的二女儿惠子。

197

惠子过去在机床厂上班，家就住在春华楼下，到年了，拎了一箱牛奶来看看小姨。光明上前打招呼，叫二姐。惠子招呼了一下。跟着进门，坐在沙发上就跟春华抱怨，大致意思是，她妈春荣和她爸鲍先生偏心，以前是顾老大敏子，现在顾老三智子。她夹在中间，孩子没人带，工作没安排，找对象靠自己，现在下岗了，除了自己去外头累一点，爸妈完全不帮忙。说着说着，惠子也垂泪。

春华当然也知道，儿女多了，父母免不了偏心，但她不能拆姐姐春荣的台，只好劝惠子："你爸你妈都多大了，身体也不好，照我看，他们最看重你。"

惠子似信非信，泪眼婆娑："看重我什么。"春华顺嘴扯："看重你聪明，学习能力强，知道你能处理好自己的生活。敏子的头脑，你也知道，考了三次都没考上，智子脑袋瓜子也一般。你们三个，我看就你脑子好。”这话触到了惠子的敏感点：“我就是参加工作太早！我要是参加高考！那肯定……”惠子喋喋不休着，光明在旁边看着，忽然觉得人生的悲哀，委屈了半辈子，终于找到一个出口出清胸中郁闷，他理解二姐。更察觉到人生，走错一步都将万劫不复。

他盯着惠子看，冷不防，惠子对他说：“明孩，对，你爸，就是我老舅以前都跟我妈说，这三个丫头，就老二聪明……”把卫国都搬出来，光明只好应和着。

聪明有什么用，人生有时候更重要的是选择。

座机响，小忆去接电话，转头，捂着听筒，对光明：“你妈。”

光明意识到自己该回去了。

卤菜铺子年二十八收摊。家丽的年菜计划被打乱，只好临时抓瞎，到龙湖菜市买了点高价肉，抓一只鸡，顶过年三十再说。这年美心尤其寂寞。刘妈跟为民、秋芳去上海过，洋洋也带过去。加之秋林和丽莎两口子也在上海。他们一大家子，等于在上海团圆。

美心想找个人发牢骚都找不着，总不能找朱德启老婆，徒然被人笑了去。只能打电话给家喜，还不愿意在家打，怕建国他们听到，找了个街边的磁卡电话，插卡进去，畅所欲言。

“你都不知道你大姐现在多懒多抠，年都不过了。”美心埋怨地。

家喜道：“妈，要不你来我这儿过，大姐，过完年我找她，总不能老这么住着。”

“你在哪儿过？不在你婆婆家？”

“顾着她小儿子呢，我跟宏宇自己过。”家喜着急，“妈你在哪儿？我现在去接你。”

“不用不用。”美心又觉得暂时不用小题大做。到底跟谁过，她也在观望。小冬到家，家丽在和面，她打算提前把饺子包出来，等小年和李雯来，直接带回去点，初一一早能吃到嘴。

小冬说："刚在路边看到阿奶了。"

"胡说，你奶在家。"建国说。

家丽喊了两声妈，没人答应。她以为美心在前院收拾月季。

小冬强调："就是阿奶，没看错。"

美心到家。见家丽在包饺子，也洗了手过来帮忙。

"妈，你给谁打电话去？"家丽问，"家里不是有电话吗，还跑到外头打。"

美心虽然不算"做贼"，但也有些心虚，慌不择言，道："没给谁打。"说完，又要上厕所。家丽对建国小声地："妈怎么搞的？"

"应该没什么事。"

家丽揣测："会不会处对象了？现在老年人再婚的也多。阿奶一走，没人约束，妈也人心思动。"

建国意外："这一点我倒没想到。"

家丽不满地："净操心世界大事！可惜没个国家给你管，只能管管老帮菜。"

饺子不让男人上手，建国走开，到前院抽烟。小冬百无聊赖，在屋里看漫画书。从初中就开始看，早翻烂了，但依旧是个逃避世事的好去处。

美心归位，重新包起饺子。家丽试探性地："妈，最近是不是有什么想法？"

美心不懂她意思，嘟囔："想法？没想法。"

家丽手上忙碌，捏饺子边上的褶皱："先说好，我是完全赞同，妈你不用有负担。"

"说什么。"美心不解，瞪着两眼。

"我们是完全赞同老年人再婚。"

刘美心脑子里嗡地一下，瞬间泪崩，把饺子皮往桌上一摔："再什么婚！我就知道，这么多年你一直想把我打发出去好霸占这个房子！我告诉你，没门！"说罢，朝里屋一钻，重重摔响门。弄得家丽甚是惶惑，此前也听朱德启家的说过，美心在公园跟一个老头走得近。在家丽看来，如果感觉不错，未尝不可以走到一块儿。现在老奶奶已经去世，妈妈美心彻底解放，守寡守了半辈子，也该找个人疼。

建国从前院赶过来，问怎么回事。

家丽道："我就开个玩笑，说我不反对老年人再婚，妈就上纲上线。"建国批评她："你说这干吗，敏感问题。"

"她说我想霸占房子。"

建国持公心："房子妈妈有一半，其余六姊妹，每人都有一份，不存在谁霸占谁不霸占。"家丽道："你这说的是法律上的，我们住着，也是暂时的，我是没想霸占，但谁也不能赶我走，话说回来，当初爸和阿奶都说这房子给小年。小年结婚，没人提这事，将来小冬结婚，看看怎么办。这么多年，你，我，为这个家付出多少，没有功劳也有苦劳，谁提过？谁记得？老太太两眼一闭走了，妈现在是死不认账。"家丽说着说着就激动。

建国还能保持理智："过去的都不提了，那不是看在爸的分上，再一个都是一个娘胎里出来的，能帮忙肯定帮忙，别想着回报。"

家丽不高兴："你这话说的，我要什么回报了？老三的工作，老四读书，老五老六的工作，哪个不是我出力我奔忙，我得到什么了？事实都不能说不能提？我辛辛苦苦为这个家为了什么？现在好，宇宙爆炸了，太阳不需要了，连妈都说我霸占。"

建国压低声音："你在我面前提可以，在妈和妹妹们面前可别提。"家丽发恨："为什么不能提，事实就是事实。谁也不能改变历史。"建国道："帮了人，你自己不能提，得人家提，你提在嘴上，人家不舒服不说，搞不好还能成仇。你就当做善事。不修今生修来世吧。"

家丽扑哧笑出声："你倒看得开，来世都顾上了。"

建国难得俏皮地："来世我可不找你。"

"我怎么啦？"家丽说，"配你还不绰绰有余。"

建国道："你是没问题，但你这一大家子。有几个人承受得起。要早知道爸走那么早，我都望而却步。"

一句话，说得家丽心软软的，脾气消解。一想到建国这么多年无怨无悔地付出，她觉得自己是幸运的。更进一步，她认为妈妈美心怎么说她都可以，但如果连建国也针对，连带进去，真叫没有良心。建国见家丽发怔，道："去跟妈说两句软话。明天三十，做点好吃的，小年他们来热闹一下，什么就都过去了。"

家丽无奈，只好起身去里屋，推门，门锁上了，轻轻敲："妈，明天给你做肥西老母鸡汤啊，买的是正宗肥西鸡。"

美心躺在里头，听到外头动静。有台阶下得下了，她嗯了一声。次日，家丽一早就起来忙。美心故意晚起，待小年和李雯都到了，才懒洋洋起来梳头。李雯开始分发礼物："爸，这是给您的。"是两条香烟，阿诗玛。建国接了，乐呵呵的。他平时舍不得抽贵烟，多半是红皖凑合抽。"妈，这是给您的。"一套化妆品，全面护肤美妆的。虽然算不上可心，但孩子送的，家丽都喜欢，随即笑纳。"奶奶，这是给您的。"李雯笑着。美心接过来，一只长条小盒子，打开看，是条桃红色围巾。

当即就有些不高兴，一看就不是特地买的。谁会给老年人买这个颜色？还桃红，正红美心现在都有些穿不出去。八成是别人给李雯的，她不喜欢，再转送。美心自觉自己还长了一辈，却遭如此对待，十分不忿。也罢，女儿都不管用，何况外孙媳妇！

何雯依依已经会喊太姥姥，美心只好给压岁钱。

"小冬，你的。"李雯展示最大件礼物。是件滑雪衫式的羽绒服，红白相间，煞是抢眼。小冬一见欣喜万分，他现在待业在家，手里没钱，过年没买新衣服。拖着京剧腔，小冬道："谢——嫂嫂！"李雯道："过年了，再节省，穿上面也得出两个，出来进去，样道道的，人家也高看你一眼。"李雯非常注意形象，当了妈，红嘴唇和红指甲依旧没有改变。

家丽去厨房做菜。李雯要帮忙，家丽嫌她弄不好，便说："去休息吧，陪奶奶说说话。"

肥西老母鸡汤得煲得仔细。家丽知道，一到过年，老妈最在乎的就是这道菜。说也奇怪，她这个在合肥郊区插过队的人从来没有迷恋这口，美心这个从江都来的女人却对老母鸡汤痰迷。每一道工序都必须仔细，葱姜蒜放齐，火候调好。这道汤能过关，估计还能过个好年。弄了三个小时，汤好了。尝味道，无限接近。中午这桌没有卤菜，也没有复杂的菜色，几个小炒，坐镇的就是这道汤。端上来，还摆在大桌子上，只是人少，不用把桌角支起变圆桌。就用方桌吃饭。菜少桌面大，显得零零落落。

美心提不起神来。她越来越不喜欢老大一家。

198

“妈，你尝尝这个汤，绝对跟你做的一样。”家丽自夸，调动气氛。美心胯骨受伤后，很少下厨。酱菜产量也下降。

美心尝了一口。家丽探着脖子，等她作评。美心轻描淡写一句：“差不多。”又怅惘地，“不是从前了，你爸一走，老太太又走，一天云彩都散了。”家丽道：“跟她们几个都说了，老三年初二可能过来，老二不一定。”

美心道：“一个都不用来，谁都别来看我最好！”她装作对所有女儿发火。李雯撒娇地：“奶奶，我这不是来了吗?”小年见她说话不像，用筷子头敲她：“吃你的饭。”

美心扒拉了几口，不吃了，又钻到屋里。

李雯问：“奶奶到底怎么了?”

家丽绷着脸：“别管她，就是浑身难受。”

一会儿，美心穿好衣服出来，像要出门。

家丽问：“去哪儿?”

“头闷，公园走走。”美心保持平静。

建国道：“小雯，你陪着奶奶。”

美心连忙："不用不用，约了刘妈。吃多了，晃晃。"李雯把那条桃红围巾拉出来，圈到美心脖子上，"外头冷，奶奶得包好。"美心当面不好拒绝，便戴着围巾出门了。穿过龙湖菜市，向北就是龙湖公园，走两步，刘美心才感觉腹中饥饿，刚在家没吃几口。她实在看不上家丽置办的年饭，稀稀拉拉几个菜，困难年代都比这热闹些。还让她嫁人！能说出这种话的人，谁敢说她没有狼子野心？路边的店铺大门紧闭，想吃煎包子、煎饺，没有，想吃碗撒汤，没有，想吃鸡汤馄饨，也没有。只有三岔路口拐弯头一家牛肉汤铺子还在营业，冷风送香味，倒还诱人。

"烫一碗。"美心在破旧的红色大棚下坐定，有风，棚一角的红帆布被吹得哗啦哗啦。

"放什么？"老板娘问。

"三掺。"美心答。意思是豆饼、千张、粉丝都要。

很快，烫了一碗来。刚吃了两口，美心就往外吐辣椒籽和香料渣子："老板！你这什么东西里头？"老板娘连忙来看，解释："到年了，只剩点汤底子，渣渣难免，老人家，实在不好意思，这碗不要钱了。"

美心来火，倒霉倒年里头，碗一推："我还没那么老！"

午饭后，小年、李雯带依依出去玩，小冬也跟着。家里只剩家丽和建国。家丽冷不防道："撒谎都不会撒！还约了刘妈，刘妈在上海，怎么约？"建国劝："行啦，明知道是借口，何必戳破。"

"我这不是跟你说嘛。"家丽道，"反常，太反常。"

建国说："也可以理解，奶奶刚走，妈觉得孤单，情绪上转变不过来，再过过可能好些。"

家丽说："亏你研究了一辈子军事、战略，她这不是转变不过来，是转变得太快。"

"什么意思？"建国转不过这家长里短的弯。

"真死性！"家丽略发毛，"你还看不出来，妈这是想赶我们走！"建国沉吟不语。

小年抱着依依，李雯和小冬跟着，在四海大厦里转悠。小冬的新衣服已经穿上，及膝，走起路来很拉风。

李雯问小冬："工作怎么样了？"

这是小冬最大的心事。"爸还在跑。"

"自己也找找。"李雯说。小冬听了不大高兴，小年是爸给安排的，怎么到他这儿，一切都打了折扣。但嫂子刚送了衣服，他总得留点面子，"慢慢来吧。"出了四海，几个人朝华联走，李雯不逛华联，嫌它是中老年商场，于是又向西，往公安局方向去。

走到淮南师院附近。依依吵着要回姥姥家。李雯让小年先带她回去。李雯娘家就在师院里头。"我带你去看个地方。"李雯对小冬说。两个人拐过师院，到公安局路，路边，一家店里头黑着。小冬抬头看店牌，叫维纳斯。嚯，洋气。落地窗里头放着各种酒瓶子，应该是个酒吧。李雯掏钥匙开门。小冬吃惊，他没想到嫂子这么大能量，她开的。

打开灯，还有音响，音乐淡淡的，似流水。"怎么样？"李雯问，"我跟你哥开的。"

小冬震撼着。真有本事，开酒吧，在淮南这种地方，活脱脱的时尚先锋。也是，李雯的亲哥是防暴大队的，能罩着。开酒吧的人，黑道白道都得混得熟。小冬从前觉得嫂子不是一般的音乐老师，但没想到不一般到这种程度。

"想不想来干？"李雯问。

"我……我恐怕不行。"

"给你开工资。"

"爸妈不会同意吧。"小冬有传统的一面，胆子也小。李雯笑呵呵地："先别跟爸妈说，就是个副业。"小冬在场子里转了一圈，装修得不错，一角，竟然还有老虎机。他没多问。李雯把电视打开，自言自语："世界杯看球赛也不错，要不要喝点？"

小冬连忙说不用。

这个年，方涛过得特别寥落。大哥知道他的心事，邀他和成成去合肥过，方涛拒绝。秋林请的律师很尽心，但他也只是带回消息说家欢暂时无虞，至于什么时候能放出来，说不清。可能明天，也可能未来的某个时候。家欢他们行长自杀后，方涛觉得局面更复杂，但也不是没希望。一了百了，主犯畏罪自杀，他周围的这些人没有必要还关着不放，交代清楚，有罪的服罪，无罪的释放。方涛走访了家欢不少同事，他们都说，何副行长为人正派，业务过硬，但这些都不能证明家欢无罪。

一切都只是想象。

方涛能做的，只有等，很熬人。

周围亲朋们刚开始是安慰，但随着时间流逝，方涛觉得还在坚持的，似乎只有自己。方涛会做菜爱做菜，但这个年下，他也没了精神。

孩子还是要照顾。他问成成："想吃什么?"

成成说："虾吧。"又补充，"活的，大虾，我妈最爱吃。"

方涛的心刺痛一下。

"妈在里头也不知道能吃个什么?"成成说得轻松。

方涛忍不住多想，在里头，能吃什么？平时听闻，顶多吃馒头稀饭就咸菜。年三十，方涛真给成成做了虾，也简单，就白灼一下，蘸醋吃。

"爸，你这虾做得不如从前。"成成味觉灵敏。

方涛哪有心思："凑合吃吧。"

"腥味重。"成成补充。

方涛才想起来没放姜片。他捏住虾尾，尝一个，是有点腥味。

"再煮煮。"准备回炉。成成连忙阻止："别，再煮就老了，凑合吃吧。"吃了两个，又说，"爸，反正我算看明白了，妈不在，我们家一切都跟以前不一样。说实在的，如果妈现在就能回来，我宁愿她骂我学习不好骂到高三。"

很大的让步，成成最怕家欢提学习问题。

"我也愿意，"方涛怅惘地，"你妈现在要能回来，我宁愿她骂我一辈子。"

"真的?"成成觉得他爸的话水分大。

"你爹我什么时候说过假话。"

成成放胆问："那你还和那个丁不清不楚?"

"都是误会!"方涛激动地，转而又认识到自己父亲身份，立即端出尊严，"小小年纪！听谁说的!"

成成并不害怕。这个家，只有家欢能治住他俩，现在山中无老虎，猴子都是霸王。成成笑嘻嘻地："爸，说真的，你当初为什么要跟那个姓丁的在一起?"

方涛怒："你这小子!"伸手要拧儿子耳朵。

成成蓦地站起："妈，你回来啦!"方涛的心骤跳，猛回头："家欢!"屋内空空荡荡。成成促狭，不失时机撒了个谎。

"你小子!"方涛愠怒，给了儿子一掌。

成成手里的虾掉在地上。

敲门声起，父子俩愣了一下，都被定住了一般。停了一下，又敲。"谁啊?"成成应声。没人回答，继续敲。方涛去开门，却见宏宇站在门口，手里拎着个塑料袋。

"四哥!"宏宇仰着笑脸，"从我妈那儿回来路过，给你送几个猪蹄子、几条香肠。"方涛连忙让进门，又问家喜和小曼呢。"她们都在家呢。"宏宇没细说，他一个人去他妈王怀敏那儿打一头，现在回车站村自己家。宏宇不愿换鞋进屋，赶着走，方涛也不深留。关上门，成成抱着猪蹄就啃。妈不在家，吃方面，他跟着受了不少罪。方涛教育儿子："别光吃，脑子也得长，学习得上去。"

成成不服："行啦爸，要说学习，只有我妈有发言权，我妈是大学生，你是高中生。"

方涛必须树立威信："高中生怎么了，高中生你妈这个大学生不照样嫁，你以后要能像你爸这样找个大学生，就算你能。"

成成带笑半讽刺地："我才不受那罪，如果我是大学生，我得找个大专生；如果我是高中生，那我充其量只能找职高生，反正我不能找个比我高的，太累。"

一下点中方涛和家欢婚姻的症结，突然间，方涛竟无言以对。成成见爸爸失落。又找补两句：“爸，你就放心吧，妈肯定能回来，不会像孙悟空那样。”

“跟孙悟空有什么关系？”

成成说：“孙悟空大闹天宫，被压在五行山下五百年，妈不会。”

方涛气：“废话，五百年，都哪辈子了。”

两个人你一言我一语说着，敲门声又起。

方涛和成成对看，不知来者何人。

199

成成抢先去开门，留了个心，看看猫眼。感应灯没亮，外面黑乎乎的。“哪位？”成成问。“我。”是女人声音。

成成一激动：“妈？”门拉开。

“阿弥陀佛！”来者念了声佛，半鞠躬，手掌竖着，虎口擎着串佛珠。细看，是个尼姑，一身灰蓝大袍。成成没反应过来，方涛上前。“贫尼有礼了。”尼姑说。方涛第一次遇到这种情况，直接赶出去太唐突，大过年的，看那尼姑三四十岁，慈眉善目，便请进来站在玄关处说话：“请问有什么事情吗？”

尼姑道：“我本在天柱山修行，因寺庙需要修缮，故在省内云游，找有缘人化缘。”方涛明白了个大概，对成成说了声把钱包拿来，成成果真到卧室拿了钱包。方涛抽了张五十的，也没多问，递给尼姑，便要送客。尼姑道：“施主乐善好施，必有好报。”

方涛突然想起来，多问一句：“师太可会推算？”

“算什么？”

“算事情。”

“略懂一二。”

方涛喜出望外，问：“请问能不能算出，我家妻子何时归来?”

尼姑掐指，嘴里念念有词，随即道：“贵爱妻遭遇无妄之灾，不过好在命里有吉星高照，若是有缘，归期可期。”方涛大喜，又给了五十，尼姑方才告辞。成成道：“爸，你说话怎么像《西游记》里的人。”

“有吗?”

“特有文化。”成成夸赞。

“她说你妈快回来了。”

“爸，搞不好你被骗了。”成成说，“新闻上播过，有假尼姑来化缘，其实就是骗钱。”

“你刚才怎么不提醒我。”

成成嘟囔着：“我看你思念我妈心切，就宁可信其有，不可信其无了。”方涛叹一口气，“还想吃什么，年还得过。”

手机响，方涛去接，是律师打来的。接着接着，方涛情绪逐渐激动，最后跳起来，挂掉电话，直接把成成抱了起来，猛转圈。成成嗷嗷叫，说爸你冷静点冷静点！方涛欣喜若狂地：“律师说了，可靠消息，你妈年后能出来!”

成成惊跳：“神了！刚才那尼姑不会是观音菩萨下凡吧!”

爷儿俩忙跑到窗台边看，楼下并无一人。尼姑不见踪影。下大雪了，鹅毛式。方涛兴奋难掩，浑身是劲，问成成：“你不是一直想打雪仗?”成成说：“不看春节晚会了?”

“老一套，”方涛说，“走不走?”

老夫聊发少年狂。

“行，陪我老爸干一仗。”成成打了个饱嗝。

雪越落越密，地上堆白了。宝艺旅馆门口，欧阳和枫枫堆了个雪人，枫枫用胡萝卜头给雪人安了鼻子，煤球做眼睛。枫枫朝旅馆里喊：“妈！围巾借用用。”家艺笑笑，随即取下脖颈上的红围巾，递给枫枫。欧阳批评儿子："糟蹋你妈的东西。"

枫枫说："妈愿意的。"说着，给雪人围上，很像样子。

欧阳累了，进门喝茶，前台电视里，春节晚会开始。欧阳对家艺："就你惯着他。"家艺气场柔和，小有所成后，她已经不似过去般容易激动，容易不平，"还能惯几年？有些事情你不会理解。"

欧阳充满柔情地："谁说的，小艺的事情，我都理解，必须理解。"家艺笑笑："谢谢。"

欧阳说："你真要陪儿子去合肥？初二不回你家了？"

"为什么不去？"家艺诧异地，"娘家什么时候回不行？不过说实话，阿奶一走，我有时候都想不起来回去。"

"现在小孩就喜欢乱花钱，什么演唱会。"

"你懂什么。"家艺给予欧阳冷静的批评。欧阳缩回去，脸对着电视。家艺继续说："你明白梦想破灭的痛苦吗？"

欧阳转过头，他忽然有点接收不到家艺的频道。但对欧阳宝来说，这也正是何家艺充满魅力的地方。

"就像我，我从小就向往艺术，唱戏唱歌演戏画画，哪样都行，我都喜欢，但就是没有机会，那种痛苦你懂不懂？"家艺伸手，欧阳递给她一支烟。开旅馆后，家艺开始抽烟，算新手，多半因为夜太长。

"明白，完全明白。"欧阳附和着。

"明白什么？"

"就像我的毛子生意砸了一样。"欧阳突然说。

食指和中指夹着烟，家艺看着欧阳，停一会儿，才说："对了，就是那种感觉，天崩地裂了，世界完蛋了，就是那种感觉。"说着，家艺把嘴凑到烟屁股后头抽。欧阳看在眼里，偷笑。

家艺继续说："所以儿子想唱歌又唱不了，那种感觉跟我当年一样，非常痛苦，可以说痛不欲生。"又抽一口，"那么，我陪他去看一场张信哲演唱会怎么了。"

"没问题。"欧阳举双手赞成。家艺丢掉烟："跟你说个事。"欧阳聆听。“老六打算把房子卖给我。”

“真的?”欧阳有点激动。

“我们肯定能做成车站附近最大、最有竞争力的酒店。”

“不叫旅馆了?”

“以后都叫酒店。”家艺强调。

“小艺，纠正你一点。”欧阳突然说，“一个艺术层面的问题。”

“呵呵，你还懂艺术，”家艺来精神了，“说。”

欧阳点了一支烟，拿在手里，在家艺面前比画：“看到没有，抽烟。”家艺说，怎么了，我会。欧阳把烟递给她，家艺夹在手指间，欧阳宝像个老师：“抽烟，是要用手，把烟送到嘴上，不是用嘴，去够烟，明白了吧。”

家艺被戳破小瑕疵，轻轻打了欧阳一下，自己被自己逗乐了：“讨厌!知道!”

楼上，小曼在弹古筝。还是不成调子。宏宇刚从他妈那儿回来没多大会儿。家喜盘腿坐在床上看春节晚会：“曼，歇会儿。”小曼跑过来，跟妈妈坐在一起，家喜帮她梳头发。

宏宇说：“刚才去四哥那打一头，送了几个酱猪蹄子，四姐不在家，他爷儿俩也寒蛋（方言：可怜）。”

家喜不接他话，只问：“猪蹄子呢?”

宏宇把塑料袋拎过来，憋住笑，故作诧异：“你不是不吃我妈做的东西吗?”家喜不予回答，把猪蹄拽过来。小曼代她妈答：“爸，妈是对奶奶这个人有意见，对奶奶的猪蹄子没意见，猪是一样的猪，都是可以吃的。”

家喜叫好：“听听，闫宏宇，你女儿比你明事理多了!”

宏宇捏捏小曼的脸，又是疼又是叹：“跟你妈一样不讲理。”

家喜道：“都是被你妈逼的。”

“别说脏话!”宏宇不失幽默，下三流的笑话。

家喜说：“孩子在呢你乱说什么！一脑门子歪歪屎。”

猪蹄子吃好，宏宇帮着收拾，小曼躺在床上，一会儿就睡着了。宏宇把她抱到自己的房间，才上床进被窝。家喜说："我跟老三说好了。"宏宇深感意外："那么快，价格呢。"

"从优。"

"我们住哪儿？"

"说了搬到我妈那儿去。"家喜说。

"大姐呢？"

家喜啧了一声："这些你都不用管，搬过去之后，你就是我妈的整个儿子，是上门女婿，你得跟我一起照顾我妈，给她养老送终。"宏宇摸摸家喜的头："干吗那么凶，就是不搬过去，不也照样孝敬妈。"家喜说："那不一样。"

晚饭后，老范、家文和光明坐在电视机旁。家文和老范坐靠南墙的沙发。光明坐在北面沙发上。茶几上摆着水果、小糖和干果。他们现在是一家人，在过一个标准的年。春节晚会乏善可陈。想到高考，光明索性进屋看书。一会儿，妈妈家文喊："光明，小品来了！"光明不好驳妈面子，只好又出来，看小品，却笑不出声。在这个家他始终觉得拘束。说不出的拘束。

看到十点多，老范有些冲盹儿。家文让他上床睡，客厅里只剩母子俩。家文一时也不知跟光明说些什么。这孩子什么都明白，心思太重。她也知道，光明多少有些瞧不上老范。工人阶级，半个粗人，但家文当初选择他，也多半因为他的朴实。为人简单，她能掌控。再一次走进婚姻，无非找个伴，她不希望太复杂。但这些话，她不可能跟光明说。一切心照不宣。但她还是怕光明理解不了这么深。老范进屋睡着，光明似乎轻松些，随意吃着葡萄干。家文装作不经意地："以后你就从外地回来过年了。"

光明自嘲："也许是本地，安徽理工大学。"他巴不得去外地。离开家，寻找自由的天空。"估计不会吧。"家文说。

"以前是一个礼拜回来一次，以后就是一年回来两三次。"家文算次数给光明听。光明当然明白妈妈的意思。他不可能陪她，他有自己的人生，从这个意义上说，老范的存在很有必要。用家文的话说就是“屋子里有个喘气的”，人都怕寂寞。

光明忽然有些理解妈妈。这个家还应该维持下去。成长就是不断前进，又不断妥协。光明必须接受，父亲卫国已经是历史上的人物。他现在的家，就是这里，一个重新组合的家庭。

电视里唱《难忘今宵》，外头开始放炮，周围是乡村，炮仗声炸得此起彼伏。有人放烟花，清冷的夜幕爆发出红的绿的黄的光束。光明和家文站在阳台上看，恍惚间，依稀多年前光景，在北头，在饲料公司。光明和家文是彼此的见证人，见证过去的好光景。

老范被炮仗声吵醒，穿着拖鞋从屋里头走来。“看什么呢？”他问。家文说放炮的。

“下点面条子？饿了。”老范说。又问光明吃不吃。

“加个荷包蛋，溏心的。”光明对妈妈说。

家文笑呵呵应着。一会儿工夫，端出三碗面来，上面卧着鸡蛋，果真溏心。“吃吧。”老范说。因为这碗面，光明突然感到些温暖。他觉得自己应该把老范当成个朋友。

200

窗外，半空中烟花炸开。光束骤亮，射到屋内。

小冬和他三个战友坐在地上，对着电视机目不转睛。外头有人敲门，是战友的妈妈。“要不要下点面条子？”小冬战友说：“不用妈，看春节晚会呢。”DVD 里播放着日本情色动作片，小冬和战友们垂涎三尺。

一个战友问小冬：“冬子，做没做过？说实话。”

小冬尴尬，但得硬撑："当然。"是谎话，又问，"你呢？"

战友自豪地："女朋友换了三个，你说呢。"

战友们轰然一笑，起哄。

另一个战友说："冬子，你不是没谈过吗？"

小冬说："谈过，分了。工作没落实，谁跟你谈。"

现实问题。战友里，只有顺子安排了，在环卫处扫大街，也算铁饭碗。"一年一个样，你看冬子他哥，多拉风，主要现在家里老头子都退了，硬插也插不进去。"

小冬举起啤酒瓶，对吹。愤懑的年夜。

小年家里，客厅里都是烟雾。依依在姥姥家过，李雯和小年约了几个朋友在家打麻将。看样子，得打一夜。李雯站在小年后头，红指甲依旧，夹着女士细身烟，很有点老大背后女人的样子。

小年放了个铳，对过专和他，独独吊七条。牌一推，盘盘现结。小年掏现金，都是百元票。小年上家是个中年汉子，肥头大耳，人称飞哥。是田家庵老混世的。他问小年，上次介绍征兵的那个办得怎么样了。

"不达标。"小年说，"那孩子有点平足，视力也差点意思。"

"帮帮忙。"飞哥放下身段，恳求地。

"再看。"小年打牌。

飞哥又说："弟妹的酒吧生意不错呀。"是对李雯说的。李雯笑眯眯地，说就那样，无非做点事情。

烟气太大，李雯去开窗，赌客们又嫌冷，只好关上。外头都是雪，地上白晃晃的。李雯把烟头抛到雪地上。

近午夜，何家，家丽推了推身边的建国，问煤气关了没有。建国忙披了衣服去厨房看。回来说："幸亏你提醒，不然出大事。"家丽说："还有小阀门，双保险。不过我这脑子真不行了，洗过碗就说要关，一转脸忘了。"

建国安慰她："正常，都是当奶奶的人了。"

"小冬回来没有？"家丽又问。

“在战友那儿。”建国说，“憋了那么久，让他散散心。”

家丽愁心：“过了年，怎么也得安排，天天在家蹲，人都蹲臭掉了。”建国说尽量。家丽翻个身：“妈回来了吧。”

“睡了已经。”

“今年是我想得不周到。”家丽反省，“阿奶刚走，妈心态上转变不过来，年过得更应该样道道的。”顿一下，又说，“主要她们几个都有事……”建国劝：“别想了。母女俩有什么仇。妈现在一个人年纪又大了，上头没人了，同龄的放眼望望，也就刘妈、朱德启家的，她为自己考虑多一点，也应该，人老了，多少会自私点。”

家丽笑说：“说得好像你经历过似的。”

“我是还没到，但我管着那些区里头的老干部，那比妈难缠的大有人在。”

家丽问：“人老了应该更豁达，五十知天命，往后还有什么看不开的。”建国说：“那是活明白的，还有的人是想，反正日子不多了，那还不都往自己怀里搂。”

家丽感叹：“我老了不知是不是那样。”

建国说：“放心吧，你要那样，我提醒你点。”

里屋，美心翻身起来，坐着思忖了会儿，扭开台灯，下床，从床底下拉出个木头柜子，翻开。最底下有个塑料皮子里头套着那张祖传的酱菜方子。还在，还在。美心换了个地方放，这才放心。隔壁朱德启家突然放炮，一阵炸响，美心没防备，吓得哎呀叫出声来。家丽忙起床，推门进屋：“妈！没事吧。”

打开灯，大箱子敞开，美心赤脚站在地上。

母女如此相对，颇有些尴尬。美心必须为自己的行为做出解释。

“妈，你干吗呢？”

美心急中生智：“老鼠，屋里有老鼠。”

“这个天，哪来的老鼠。”

美心装作委屈：“我老听到有声音。”

“幻听。”

“都怪朱德启家，这个点还放炮。”美心埋怨地，“心脏都搭桥了，这样下去还得搭。”

家丽没往下说。帮忙把箱子往里推，整理好了，才说睡吧。“明早吃饺子，你喜欢的芹菜馅。”家丽说。

美心连声说好，爬上床。家丽要关灯。美心又说等等，让家丽帮她撕个小纸头。她说右眼跳，要用白纸压一压，叫“白跳”。

“你奶就传了这点手艺给我。”美心说。

过十二点，已经是新年。一只猫从雪地里跳上窗台，它不肯睡，趴在那儿，两只眼睛放出黄光。美心不敢看，闭上眼，用睡眠迎接新年。

年初一一早，小冬回来了。家丽起来煮饺子，美心还在睡。家丽对小冬：“你把那门对子贴一下。”小冬迷迷糊糊拿了春联，却看上书：善门福厚，吉地春多。端端正正贴好了，小冬问：“妈，横批呢？”家丽才想起来忘了拿横批。

“你那屋不是有红纸吗，你写一个，就四个字。”

小冬只好回屋。红纸有年头了。墨汁也多少年的，打开，凑合能用，就是毛笔头子是硬的，毛摒在一起。小冬拿热水烫了烫，想了想，写四个字：难得糊涂。贴到门头上。家丽系着围裙出来看，歪歪头：“正不正？斜掉了吧？”她对小冬说。小冬只好搬了凳子，踩上去，仔仔细细揭开，重新粘。糨糊快干了，小冬说这是最后一次。

一阵轮子滚地的声音。家丽感觉背后风起。再回头，刘小玲站在门口。面无表情，穿得单薄，拖着个黄色行李箱。家丽没反应过来，小冬却叫了声五姨。

“这展子怎么回来了？”何家丽脑子迅速转。

小玲嗯了一声。

“穿这么少。”家丽担忧，“小冬，去给五姨拿件衣服。”小冬连忙朝屋里跑。

小玲兴致不高，往屋里走。

“妈呢？”她问。

“还没起呢。”家丽说着，又去顾厨房的饺子。小玲进客厅，推开门，小冬在自己屋里翻衣服。她退出来。再推另一间，姐夫建国在里头躺着。小玲缩回来。去中间那屋，她妈美心躺在帐子里，小玲把行李靠墙边放。转回客厅坐着。

家丽端了饺子过来，是汤饺。小玲没说话，拿勺子尝了一个，皱皱眉，看家丽：“没熟。”

“是吗？”家丽说，“再煮煮。”美心包的皮厚，饺子边很难熟。家丽喊小冬顾着锅。小冬匆忙跑出来，递给他五姨一件老式棉袄。小玲也不讲究，披着。

“小孩呢？”家丽这才开始问关键问题。

“家呢。”小玲说。

“这么小也能离开妈呢。”家丽笑笑。

“离不开也得离。”

家丽听着话不对，问：“小黄呢？”一点一点试探。

小玲倒不藏着掖着，直说：“我离婚了，孩子归他。”平平淡淡的口气，好像说着一件稀松平常的事情。

家丽心里有预感，但还是被吓了一跳。她算是“良家妇女”，一辈子只结一次婚，跟一个人。小玲这已经是第二次离婚。跟闹着玩似的。家丽原本以为，充其量不过是吵吵架，闹闹脾气，回回娘家。谁知道小玲次次都来真的。

一时间，家丽甚至不知道怎么跟小玲说话，是批评，还是安慰？似乎都不太妥当，她只好面向未来：“以后打算怎么办？”

小玲苦笑：“这不是回来了吗？”

看来打算常住淮南。年纪不小了，折腾够了，回来了。

美心披着衣服起来，棉袄棉裤还没整理好，到客厅见小玲回来，也跟见鬼了似的吓一跳：“什么时候回来的？”

家丽帮小玲答：“就刚刚。”又说，“洗脸吃饭，饺子好了。”建国也从屋里出来，见到小玲，倒很平静，只叫了声老五。

年初一过得异常沉闷，尽管小玲积极活跃气氛，一会儿说要做个拿手菜，一会儿又谈自己在南方的经历，可一家人似乎都吃不下去，听不下去。美心也知道老五离婚了，除了叹息，还是叹息。毕竟是自己女儿，她为她愁，愁以后怎么办。

下午吃完饭，家丽带小玲去她的房子。小黄留给她的，也算是她离婚的家产。家丽暗自庆幸，幸亏当初提了条件，否则小玲以后更难。房客刚搬出去。打开房门，里面一片狼藉。

“这地势还可以。”家丽说，“以后你住在这儿，样道道的（方言：很不错）。”

小玲说：“我不住，还是租。”

家丽脑子一下没转过弯。还是租，那她住哪儿？也想住家里？那怎么行。家丽问：“你不带洋洋过？”

提到洋洋，小玲有些怅惘，她没想那么深。“他愿意吗？”小玲苦笑，“见一面都难，还在一起过？”

“小孩子长大了，总会懂事些。”

“真的？”小玲心中的希望之火被点燃。

“今年过年跟着他大伯大伯母去上海了，说是她堂姐订婚，等年后回来，约着见见，再怎么着，毕竟亲母子，不一样。”家丽劝说。有这话，小玲心里暖暖的，但她依旧不能自己住这个房。房租是她收入的重要一部分。跟小黄离婚，什么都没分到。婆家想要男孩，让她再生，她实在不愿意，只能离婚。前脚离婚小黄立马找了个新的，贵州人。有钱还怕生不了孩子？只是她不想再要孩子。那个丫头……她只能狠心离开，事实上，就算她赖着不走，婆家也会想办法赶她走。延续香火对他们来说，比刘小玲这个人重要得多。火车上哭了一路，到淮南不哭了，小玲必须为自己打算打算。

201

“年初二我把她们都叫回来。”家丽说。

“别。”小玲连忙劝阻。她自己也觉得羞愧。

晚上小玲跟美心睡一张床。美心气还没消。她认为小玲做事情太欠考虑，说走就走，说回来就回来。两个人并排躺着，美心骂道：“跟摺蛋鸡样，东一个西一个，孩子都不要了？再生？你多大了？”小玲解释：“妈，不是我不要，是人家不给！我有什么办法，而且我现在这个样子，怎么养孩子。”

美心翻身对她：“你不是怎么养孩子，是怎么养你自己！”

小玲说：“反正我现在就这样，先住家里，以后慢慢再说。”

“不行！”美心下意识地。又连忙控制情绪，“你自己有房子，住家里干吗？你大姐一家在，你挤着也不方便。”

“我就睡这儿，有张床就行。”

“那也不行，你多大了，要什么赖皮。”

“交房租总行了吧。”

“不是房租的问题。”美心不能说真相。她已经答应让老六来住。

“那是什么问题？”老五要无赖，“都是女儿，大姐能住，我为什么就不能住？”

“反正你自己安排好。”美心侧过身子，装睡。

小玲追着说：“妈你放心，我不会吃你的。”

家丽忙完家务才上床。建国帮她掀开被窝。台灯开着，家丽钻进去，夫妻俩对看一眼。家丽苦笑：“我早就料到有这天。人家找她，就是为生儿子。”建国往好处想：“回来也好，还算年轻，再码拾码拾（方言：留意留意）。”

家丽说：“码拾什么？再找？放眼田家庵有几个这样的，结两次离两次，还有两个孩子，没有正经工作，谁敢找？我看汤振民要是活着估计还能念点旧情，可惜人死了。老五再找，几乎没可能性。”

建国说：“看来我们得早点搬。”

“搬？”家丽说，“搬去哪儿？你意思是房子让给老五？”

“那么多人住在一起也不方便，回头人家要说我们鸠占鹊巢。”

家丽激动，猛地坐起来：“老五跟你提了？什么意思？你不会用成语别乱用，谁是鸠谁是鹊，排队也还没排到她，以前爸留的有话，这房子是给小年的。要不怎么让他姓何？只不过老太太在，不方便为难，当然李雯他们家也难缠，所以你宁愿退居二线也把房子落实了。现在好，老五回来，就成老五的了？不搬，照住。”

“你看你看，脾气又来，”建国扶着家丽躺下，“好好休息，没什么大不了，明天一睁眼，又是新的一天。”

小房间内烟雾缭绕，小年和李雯一人坐一张麻将桌上。牌打得啪啪响。飞哥对李雯：“李老师什么时候把小姑娘带来玩玩。”

李雯笑说：“她姥姥带着呢，孩子小，来这儿干吗？”

飞哥打趣：“打麻将要从娃娃抓起，你们两口子这么厉害，还不得有传承人。”众人听了哈哈大笑。

次日，年初二。按理来说该女儿回娘家。家丽给家文打电话，家文说老范儿媳妇不舒服，有流产征兆，她作为婆婆，得去看看，来不来两说。老三是铁定不来，带枫枫去合肥。老四还在检察院。老六倒说要来。家丽没跟她说老五回来，反正一到家就都知道了。美心倒有点紧张，坐在电话边问这个来不来，那个来不来。家丽以为美心又盼大团圆，劝：“有人陪不就行啦！六个来了三个，够够的。”上午十点，家喜空手来了。

美心站在门口，见家喜来，神色有些慌张。家喜拉拉美心的手，小声说没事。小玲坐在客厅。

“老五，你怎么回来了?”家喜深感意外。

小玲以为家喜欢迎她，故意拖着腔调：“怎么，你能回来，我就不能回来?”家喜冷冷地：“那是你的事，你回来可以，别给大家找麻烦。”来者不善。小玲能感觉到敌意，但她现在身处弱势，硬吵对她没好处，只好说：“我懒得跟你说。”

建国怕在家尴尬，一早就去公园锻炼。小冬也去外面找战友玩。家丽系着围裙进客厅，手里握着锅铲：“行，今天我们三个陪妈过。”家喜故意说：“大姐，今儿个什么菜？别太省啊。”

家丽说：“鸡鱼肉蛋都有，跟过去一样。”

美心拉拉家喜。她怕有冲突。

快到十一点，建国回来，跟家喜打了个招呼，又简单问问她的工作情况，无非在绿十字干得怎么样，家里怎么样。小玲对工作感兴趣，问：“绿十字是什么公司?”家喜不耐烦地解释了一番。小玲又问她工作岗位。家喜答了。小玲说：“我眼睛也不错，介绍我进去。”家喜带气：“你说话比放屁还轻松。”

中午吃饭，五个人围着方桌。菜比三十、初一都好，卤菜摊子出来，家丽又去切了两个猪耳朵，四条猪尾巴，一个口条。都是老五老六爱吃的。又去骨里香给美心买了半只香酥鸡。摆一桌子，有点过年的样。坐定，小玲问：“大姐，有酒吗?”她倒洒脱。家丽说啤酒没有，得现买。

“别啤酒了，”小玲豪爽，“就来白的。”

“你还来劲了。”家丽诧异。

美心支持小玲：“来就来，老大，去床底下把那瓶虎骨酒拿出来。”酒壮人胆。

都满上。家喜敬大姐一杯。美心看着三个女儿，不出声。

家喜见时候差不多，便道：“大姐，大姐夫，阿奶去世也有日子了，妈一个人住，一直你们带着，我替妈表示感谢。”又喝一杯。

小玲掺和进来：“都是自家姐妹，不用谢。”

家喜瞪她一眼，自己给自己斟酒。

家丽感觉不妙，但还是说："都是应该的，我们也都为人父母，你怎么做也是给孩子一个表率。"

家喜问："小冬工作找得怎么样?"

建国看看家丽，答："年后落实。"

家喜说："大姐搬来家里住几年了?"

"哦哟，有年头了。得有好几年。"

家喜层层深入："当初搬进来是为照顾妈，还有就是小冬读书方便。"说到这儿，家丽大概明白家喜的来意，她是来要房子的。

果不其然，家喜紧跟着就说："大姐大姐夫，小曼马上要上小学，我想来想去，还是想让她上淮师附小，老在国庆路那边住着，远，我上班，顾不上，宏宇弄个老吊车，也是忙得跟头流星（方言：跌跌撞撞）。我在想，索性今年搬回来家住，哦，我跟妈也说了，妈说同意。"说罢家喜目光掉向美心。

美心慌张，磕磕巴巴说："孩子上学重要。"

家丽盯着美心看了两秒。心中似沸。说让，不甘心。家喜是老小，回来过个年，明目张胆要房子，又当着老五的面，太不给她面子。这事她妈肯定事先知道，两个人串通好的。照这意思，是美心摆明想赶他们一家三口走，处心积虑不是一天两天。哦，不说她何家丽从前为家里作了多少贡献，现在她刚把老奶奶养老送终，就想赶她走?这尊庙就这么容不下她这尊佛?没那么容易。说不让，似乎也没有充足理由。小冬上学在这儿住，那小曼上学也能住。老六说的话不是不在理。但她就是讨厌老六这股蛮横劲！还有就是美心的毫无公心！一样是女儿，干吗偏倚！

家丽一时无话。

建国挡在前头，说："老六，这事还有日子，不宜操之过急，就算我们找房子，也得找一阵。"算退了一步。

家喜笑呵呵地，又敬酒："那是，大姐夫，感谢理解。"

老五在旁边听得一愣一愣。杀伐决断，她跟老六比差远了，不然也不会这么轻松被福建家庭扫地出门。

吃完饭，老六也不深坐，没喝茶就说宏宇和小曼在家等她，还要去大伯哥那儿打一头，抬腿走了。东窗事发。美心不好意思待在家，也借口出门散步，在外头晃晃。小玲送家喜到门口，还在说工作的事。

家喜站定了，质问："你回来干吗？"

"大姐不是说了吗。"饭桌上已经提到小玲离婚。

家喜斥责："有什么本事！在外头就是鳖！就知道在家里祸祸！"

小玲也生气，端出姐姐的架子："老六，怎么跟姐说话呢。"

"我没你这个姐！"家喜从小就不怕老五，"成事不足败事有余，我跟你说你趁早搬走，妈不想跟你住。"

"也不是你一个人的妈。"

"现在就是！"家喜气势十足。

小玲吵不过老六，站着发怔。家喜扬长而去。

何家客厅，三人沙发上，家丽和建国各坐一边，静默无声。搬，他们早有预感，但老六这么一闹，建国和家丽心里很不舒服。虽然建国反复说，为家里作贡献，不要想着自己的功劳，但付出这么多年，任谁说一点回报不想，也不切实际。而且常胜生前的确留过话，这房子是给小年的。只是年深日久，又没有白纸黑字的遗嘱，小字辈们早都忘干净。家丽原本以为，妹妹们礼貌谦让，这房子给小冬结婚用。将来她和建国买个小套，安度晚年。

如今看来没这回事。利益摆在面前，谁不眼红。

不存在谦让。

家喜到家，把包一放，宏宇忙问怎么样。

家喜道："老五回来了，还离婚了！傻子就是傻子。"

宏宇啧啧："又离啦，搞么呢！"又问，"跟大姐大姐夫说了吗？"

"说了，说得清清楚楚，反正，先礼后兵。"

"会不会太急了。"

"有什么急的，"家喜两眼一翻，"不是没给他们机会，这么多年她带妈带成这样，是妈不愿意跟她过，我是临危受命去孝顺妈。我本来就是老小，从小到大，吃的喝的用的穿的，什么不是淘汰到最后才能轮到我，我吃亏吃了几十年了，还是妈心疼我，将来这房子传给我，不过这倒是其次，还有那酱菜方子。”

“什么酱菜方子?”宏宇问。

家喜趴到宏宇耳朵边小声叽咕了几句。

宏宇瞪大眼：“真的假的?”

“妈告诉我的。”家喜喜滋滋地，“就告诉我一个人，你可保守秘密。”

“绝对保密!”宏宇单手立誓。

“姊妹妹里头，妈亲自带大的，就我一个，那感情真的不一样。”家喜得意。

从龙湖菜市西口出，美心打算去喝碗撒汤。迎面却见刘妈领着洋洋朝菜市走。美心率先打招呼：“新年好!”

待走近了，只见刘妈两个眼泡子肿得跟金鱼似的。

洋洋也神色落寞，他叫了声姥姥。

刘妈一见美心就哭了。

美心也乱了方寸：“不是在上海好好的，怎么了这是?”

202

汤为民死于糖尿病并发症。老三死在麻将桌上后，秋芳更加注意，时刻提醒为民吃药。顿顿不落。这次去上海，也是百般小心。为民在和平饭店跟英国准女婿多喝了几杯，喝完沿淮海东路去外滩看夜景。刚到外滩就倒下，几分钟后，没了呼吸。

血栓脱落，堵住肺血管。

“叫肺栓塞。”刘妈说得断断续续，她周围的美心、家丽和建国听得心如刀绞。家丽第一次听说肺栓塞这个名词，没想到就发生在为民身上。

美心抱着刘妈哭。建国一脸严肃。家丽只感觉大脑一片空白。她从来没想过，世界上如果没有为民这个人会怎样。他见证了她的青春，那些激情燃烧、对生活无所畏惧的日子。为民这一辈子过得太苦，为家庭，为感情，为孩子，为生活。他又好强。只是在家丽看来，这样一个吃过苦受过罪，终于迎来人生春天的好人，不应该有个这样残酷的结局。

又跟谁讲理去，这就是人生。

小院外，汤洋洋躲在外头抽烟。上高中，他学会了这种化解忧愁的方式。小玲受不了那悲伤的气氛，从屋里走出来，一抬头，刚好看见洋洋。她许久没见面的大儿子。她几乎认不出来他。初三暑假猛一蹿，洋洋高了不少，又瘦，脸也长开了，有大人样子，就是颧骨高高，双颊凹陷。营养似乎跟不上。小玲心底一阵暖流。

他抽烟的姿势都像她。站姿类似稍息，不是食指和中指夹着烟，而是用大拇指和食指捏着，贪婪的样子。

小玲一笑，到底是她生的。

悄无声息，小玲走了过去，洋洋没发现。

她伸手夺他的烟。

冷不防，烟脱手了。小玲抽了一口，又递给他。她在儿子面前必须洒脱，装也得装出来。洋洋盯着她，一脸惊愕。小玲面部抽搐一下，勉强算是笑：“干吗，不认识我了？我是你妈。”

洋洋把烟头朝地上狠狠砸，转身就走。

小玲连忙拽住他胳膊。

洋洋怒吼：“撒手!”

小玲只好放开。“这次我不走了！就在淮南……还像以前一样，你记得吗……就是那个小屋……妈妈带你一起生活……就在姚家湾前头那个小屋……你想要什么妈妈会买给你。”话说得断断续续。

洋洋往前跑了几步。

小玲追。

洋洋突然站定，转过头，咆哮："是你害了奶奶！是你害了爸！是你害了我们家！是你害了我！都是你！"涕泪横流。

"妈妈的错……妈妈的错……"小玲拍自己心口，"都是妈妈的错……妈妈可以弥补……可以的……来得及！能补……"

洋洋几近失控："我不许你说你是我妈！"

这拗口的句子。像一记怪拳，砸在刘小玲心口，她几乎站不稳，伸手扶住路边的墙。面对儿子，她卸下所有伪装，唯有哀求，"不要离开妈妈……妈妈只有你了呀……儿子……我的儿子……"

"永远不想见到你！"这是汤洋洋对小玲说的最后一句话。快速跑开，像一只羚羊躲避豹子的追击一样，在那个墙角，一转，消失不见。刘小玲瘫在墙边，脸上的泪乱七八糟，直到这一刻，她才打心底里承认，自己的前半生，彻底宣告失败。

离了两次婚，小女儿在第二任丈夫那儿，再会无期，第一任丈夫已经去世，大儿子却不肯认她。想到如今孤单的处境，小玲再度失声痛哭。

黑铁门外头，方涛的车停得远远的。成成拿着望远镜，时不时朝铁门口望一望。"爸，怎么还没出来？会不会那个尼姑大师预测的不准。"

方涛道："这不是预测，这是你六姨夫的可靠消息，你妈就是无罪释放。"

方涛看看时间，还没动静，额头沁出汗来。

又等了半小时，铁门开了一条缝。方涛连忙下车，成成跟着他。果真出来三个人。两男一女。"家欢！"方涛挥手。

何家欢也看到了他。方涛跑过去，苍天保佑，终于等到这一刻。"家欢！"他又喊。她站着不动。他扑上去抱住她，喃喃："出来了出来了，结束了回家了……"何家欢却神情呆滞。

成成叫了一句妈，拉住家欢的手。

何家欢看看丈夫，又看看儿子，这才哭出声来。

饭桌旁，家欢静静坐着。厨房里一阵炒菜的声音。成成趴在桌子上，看着妈。“妈，你不在家的时候，我趁机努力学习，打算给你一个惊喜的。”成成手舞足蹈，“我进步了，以前是倒数第三，现在，是倒数第十三，不，应该说是正数三十七名。”

家欢依旧神情呆滞，心事重重。

成成继续说：“妈，爸等着做这顿饭，可是等了好久了，保证全部都是你爱吃的，你不在家，我就没吃过几顿爸做的好饭。”

家欢苦笑笑。

方涛端菜出来。是鸡孤拐，家欢和方涛的定情菜。还有红烧排骨、土豆牛肉、老鸭烧豆、酸辣汤，都是家欢平日里爱吃的，一次奉上。方涛解下围裙，坐到桌子边。成成提醒他：“爸，酒。”方涛才想起来，还有红葡萄酒。是家欢最喜欢的牌子，高脚杯也是新买的。要弄就弄全套。

酒杯举起来了，浅浅的一汪红。

“成成，让我们祝妈妈回家愉快！”祝福的话也说得笨笨拙拙的。家欢却似乎提不起劲。方涛和成成举着杯子轻轻碰家欢手里的杯壁，撞出清脆的声响。何家欢一仰脖子，把酒倒进喉咙里。

一顿饭，家欢吃得不香。她似乎失去了食欲。吃完饭，她洗了个澡，早早就上床休息。期待已久的回家并没有想象中兴奋、热烈。方涛脱了衣服，睡在家欢旁边，他在想怎么给她安慰。用嘴巴寻觅到她脖子根下，家欢也坦然接受。很久没有夫妻生活，这一晚，方涛表现得特别勇猛。家欢只是简单应对着，似乎并没有多大兴致。方涛有些着急：“阿欢，不是都出来了嘛，别想那么多。”他抱着她。“行长死了。”家欢两眼空洞。“一了百了，不去想他。”方涛劝说。“但我没有罪。”家欢略微激动，强调。

“是，当然，你无罪。”

“不是因为他自杀我才没罪，他做的那些事我真的不知道，我是无辜的，我真的不知道……”何家欢喋喋不休着。一进一出，她受了刺激，她怎么也想不到，自己追随的行长，平日里端正、严格、自律的行长，竟然会犯如此严重的错误！是组织里的蛀虫！

“我知道，我知道，我都知道……”方涛知道，别人不知道，别人也不会信。整个系统里，现在流传着区行长自杀的“传说”。当然是畏罪自杀。但也是为了自保。死了他一个，他上面的人安全了，下面的人保住了，据说他老婆孩子上头的也会帮他安排好。等于死了他一个，保全所有人。死得其所。更有流言，说何家欢是行长的情妇。还出现了一套“爱情故事”。方涛当然也听到一二，但他不信。他选择相信家欢。

“你现在离开我还来得及。”家欢丧气地。

“说什么呢!”方涛激动。

“我什么都没有了，也什么都不是了。”家欢说。

“我不在乎。”

“工作也会丢，我不可能再继续在系统里做下去，我什么都不是，以前的努力全部白费，什么都没有，没有!”家欢失控。

方涛抱住她：“说了我不在乎！我也下过岗，三姐和三姐夫不也从头再来嘛，只要还有一口气，都可以再来的，没关系，只要我们一家人在一起，什么都不是问题……”

奋斗半生，一无所有，造化弄人。

只有到这个时候，何家欢才能真正体会到当初方涛下岗时的痛苦。从前的骄傲，被命运的巨掌击得粉碎。她当然可以继续在行里工作，但流言谁解释得清？她又如何能背着命运的十字架踽踽独行？何家欢一直自命不凡，大学毕业，业务过硬，年纪轻轻便走上领导岗位……可她现在觉得，自己甚至连一个村妇都不如。村妇起码健康健全，她却是个轻度残疾的中年妇女。

好在有方涛。

是他再一次搭救了她。心灵上，情感上，这个小家就像是她的挪亚方舟，让她在滔天巨浪中活了下来。

“你为什么不离开我?”黑暗中，家欢呢喃。

方涛不言声，过了一会儿，才道：“离开你，我也活不下去。”

海誓山盟不过如是。

体育场外，夜色浓重，灯光闪烁。散场了，还有人挥舞着荧光棒。枫枫蹦蹦跳跳，嘴里还在哼唱着张信哲的《多想》。家艺走在他旁边，神色疲惫。她是来帮儿子实现梦想的。

“可以了。”家艺说。枫枫回头，唔了一声。

“演唱会也看了。”家艺又说。

“谢谢妈！”枫枫讨好地。

家艺摆弄着荧光棒，问：“知道你妈以前最大的梦想是什么吗？”

枫枫说：“知道，当艺人。”

家艺怅惘地：“当然后来没有做成。”

枫枫又说：“知道，妈那时候没有条件。”

“不是没有条件，”家艺很认真地，“其实过了好久好久，你妈我才真的发现，其实是我自己没有做艺人的天分，也下不了那个苦功。就那么简单。”

夜风吹起枫枫的头发。他为妈妈遗憾。

家艺继续说：“儿子，面对现实吧，你不适合唱歌。”

这话让枫枫震惊。每当高音上不去、低音下不来的时候，他也会对自己产生怀疑。但那种怀疑是模糊的、游移的、不确定的。

家艺的话却让他醍醐灌顶。

“梦想这个东西，其实有时候不一定要去实现，想一想也挺好，当成一个爱好，你还有你的路要走。”家艺柔声说。

203

初六上课，初五下午光明回饲料厂，他在学校附近租了房子。刚进屋，却见钢丝床上坐着个人，脚边放着个行李箱，是洋洋。

“要去哪儿?”光明心里有数，但还是感到意外。

“去上海。”洋洋说，“没什么事，我就是来跟你道个别。”

这一天终于还是来了。

“学不上了?”

“没什么意思，反正读不进去。”洋洋很肯定地。

“因为你妈?”光明听说五姨回来了。

“跟她没关系。”

“为什么这个时候走。”

“总要走的。”

“去上海做什么?”

“找工作，”洋洋挤了挤肱二头肌，“只要肯出力气，总有事做。”

光明还不知道洋洋大伯已经去世。

“要不等出了十五再走。”光明想让他缓一缓。

“不等了，票买好了，晚上的车。”

“我送你。”

“不用不用。”洋洋连忙。他惧怕离别。“有封信，你帮我转给大妈。”说着，果真掏出一封信来，没粘口。

“我能看?”光明笑着问。

洋洋说：“现在不行，等我出了这个门，随便你看。”两个人又坐了一会儿，光明询问他一些具体事宜。比如钱带没带够，身份证要装好，又把房东电话抄给他，说有事就打这个电话。光明考虑到汤小芳也在上海，叮嘱洋洋，撑不下去一定要学会求助，别硬扛。聊起具体事情，离别的情绪好像冲淡了一些。

“行，”洋洋终于站起来，“那我走了。”

终有这一刻。

“真走了?”光明有些不敢相信。

“那可不真走。”洋洋带点幽默感。一点也不好笑。反倒更透着悲伤。光明张开怀抱，两个人狠狠抱了一下。像成年人那样相互拍背，是叮嘱保重的意思。

“来电话!”光明挥手道别，眼眶却红了。只是，每个人都必须勇敢地走自己的路。

回到屋内，光明打开信，不长，纸上是洋洋凌乱的字：

大妈：

很抱歉在这个时候离开家。但我的确考虑了很久，还有几个月，我就十八岁了，可以为自己的行为负责。我决定到上海闯一闯。钱我带了。有困难我会和小芳姐联系。很遗憾没有机会报答大伯的养育之恩，希望未来有机会能报答您。

汤洋洋

很简单的一段话，光明却看得泪眼婆娑。

房东在外面喊：“光明回来啦!”

光明连忙收了信，应了一声。

洋洋走的第二天，秋芳、小芳还有小芳未婚夫带着为民的骨灰回到淮南。头七要在家里做。秋芳哭得几近虚脱。事情都是小芳和她的英国未婚夫威廉在忙。洋洋的信通过刘妈送到秋芳手上。刘妈委屈：“何家老二的儿子递来的，我都不知道，人就跑了。”刘妈怕女儿责怪她看管不力。可秋芳现在连跟她生气的力气都没有。走就走了，既然留了信，短期内不会出问题。洋洋又说会跟小芳联络。秋芳叮嘱小芳，只要一有联系，就立刻把他叫到家里。小芳领命，不提。家文到家跟家丽说洋洋的事，未承想老五也在。家丽叹：“这孩子脾气就是倔。”

小玲却站起来嚷嚷，说要告汤家，夺回监护权。

家丽斥道：“老五！坐下!”

小玲一屁股坐下：“好好的儿子，被他们带得先是不认妈，现在好，人都跑了。为什么不能告!”

美心在旁边敲边鼓：“告也就告了，儿子要回来，好歹有人给你养老送终。”

家文看美心，皱眉头。

家丽喝："妈！你能不能别在这儿拱火添乱，告，拿什么告，孩子是人家养的，老五除了月月给两个钱，没尽到一点做妈的义务。现在是孩子自己要走，而且说得明明白白，马上十八，要过自己的日子，你告什么？而且现在为民刚闭眼，哪头轻哪头重你不知道？这个洋洋也是，好端端的，怎么说走就走了，起码给他大伯戴戴孝。"

小玲约莫可能是自己的原因，但不能说，只好道："还是他大伯对他不好，不然怎么会这样。"家文深有感触："为民秋芳做到这样，真不错了，哪像光明他大伯，比比看。"

灵棚搭起来。街坊四邻都来吊唁。家丽、家文、家艺都到场，默哀。家欢、小玲、家喜缺席。孝女汤小芳跪在地上，迎来送往。她的英国未婚夫帮着打理。朱德启家的领着一帮子妇女来假意奔丧，实际来围观洋女婿。一进院门，眼珠子就盯着威廉拔不下来，跟在动物园看动物似的。

刘妈递给她一支黄菊。朱德启家的恍恍惚惚，竟然献到威廉手里。闹得哄堂大笑。秋芳气急，对刘妈："妈，把她们带出去！"这是对她亡夫的不尊重。又对小芳，"把威廉也带进去！"

灵棚稍微肃穆了些。何家丽静静站立，对着为民的遗像。家文和家艺陪在她两旁。秋芳早已哭得没了眼泪，只剩悲伤。家丽好想痛哭一场，只是，当着秋芳的面，她还是应当控制情绪。那毕竟是别人的丈夫，为民只是她的一个朋友，是她过去岁月的见证者和知情人。家丽走到秋芳面前，轻声说了句节哀。秋芳眼泪再度喷涌。小年进院，他来找她妈，却见灵棚口跪着汤小芳。

小年愣了一下。小芳抬头，也看到了他。

相对无言。说什么呢。如此悲伤的情境里。何况大家都为生活做出了不同选择。威廉从屋内走出，递了一块毛巾给小芳擦脸。小年看着威廉。像看外星人。

幼民坐在当门口收礼钱，他拍了一下小年的肩膀："礼钱给了吗？"小年说我找人。丽侠啐了她丈夫一口，压低声音："你脑子坏掉啦！他是家丽姐的儿子。"幼民哼唧："管他是谁，来的人只分给钱的和不给钱的，也就这一回了。”丽侠骂：“你真是属癞癞猴的！”

择吉日，汤为民被葬在舜耕山上。躺在他的父母和弟弟身边。汤家两个叔叔，二老汤三老汤先前都已经去世。为民一死，汤家的后人，数来数去也就只剩汤幼民和汤洋洋叔侄俩。洋洋去了上海，老家只有幼民镇守，他自然成了大王。

秋芳一夜之间仿佛老了十岁，还有几个月，她就可以办退休。因为她是优秀人才，且有职称，按照规定，她可以再推迟五年，只是这么大一个打击袭来，张秋芳也无心再拿手术刀。就此告别职业生涯。不到五七，小芳便和威廉回上海。刘妈怕秋芳睹物思人，让她搬到二楼娘家住。汤家大宅，只剩幼民两口子。

没了为民，新星面包房的生意突然没了领路人。本来两家店，二店的生意从去年开始一直在降，刨去房租，算下来竟有些亏损。为民本打算从上海回来之后收掉二店，用心经营本部，他从日本带回来的技术，也有待传授。如今他突然撒手人寰，店子一时去向不明。幼民觉得是个好机会，一门心思要当老大，为民刚走，他便对店员颐指气使。谁料店员不服，一周之内走三个。一店只剩两个伙计。二店干脆只有丽侠一个人撑着。秋芳得知，又不得不出来协调、安排。她找幼民谈，大致意思是，二店关掉，主营本部，他和丽侠做本部的店长和副店长，但店铺的所有权，归她张秋芳和汤小芳。幼民不想关二店。秋芳的态度很明确：“老二，如果你付得起房租、能让整个店运转起来，我可以免费授权你开店，还用新星的牌子，算直营店。”一听说要自掏腰包，幼民又没那个自信。晚间收了店，幼民还在跟丽侠抱怨：“想不到大嫂是这种人。”

丽侠听了一晚上，早对丈夫那点唠叨厌烦：“行啦，自己没本事就别抱怨这抱怨那。”

幼民激动：“大哥刚走！大嫂就给我来个釜底抽薪！这合适吗？这店成她的了，她是老板，我们都是打工的，我跟大哥出来打江山的时候，她还在医院挖死人肉呢！”

丽侠也有些沮丧，这一点上，她站在丈夫一边。秋芳起码应该给他们夫妻分点股份。“谁让她是大哥的合法继承人呢，没辙。”丽侠叹气。

幼民嚷嚷：“东方不亮西方亮！这边不给那边就得补偿！”

丽侠打断他：“你是死了个哥，为民不是你爸！嫂子也没有义务对你负责。”

幼民恨道：“瞧着吧。”没几日，幼民又找秋芳谈房子的问题。

秋芳的意思依旧明确，汤家老宅这套房子，从法理上说，应该归老二继承，这没问题。但从情理说，老三振民的儿子洋洋现在在外头打工，无依无靠，他也算汤家子孙，将来如果混得不好，保不齐也得回淮南。幼民占了房子，多少给侄子洋洋一点补偿。这事就算罢了。幼民当即跳起来骂：“大嫂！做人不能不讲良心，房子该是谁的就是谁的！我凭什么补偿！”

秋芳道：“这房子爸妈生前都反复表示过，将来给孙子。这话你也明白听说过，如今你要房，可以，多少给洋洋一点，一来不算忤逆了爸妈的意思，二来也算你做叔叔的一点情分。”

幼民胳膊一挥：“我没听爸妈说过！从小到大都没听过！”

秋芳见幼民如此蛮横，也耐不住气，故意刺激他说：“要不你这样，你立个遗嘱，生前你尽可以住这房子，死后还是给洋洋继承。”幼民当即暴跳：“张秋芳！你什么意思！欺负我汤幼民无后？你要这么干，我跟你势不两立！”

204

秋芳凛然，并不激动。刘妈上前：“老二，你先回去吧。”这算撕破脸了。不过秋芳手里仍旧有一张牌。如果不是为了保留丈夫为民半生的心血，她现在完全可以把新星面包房收了，或者高价转让给别人。她自己没有制作和管理的能力，年纪渐长，她也没有这个精力。她在上海有套房，小芳结婚又不用那套房子，她完全可以带刘妈远走上海养老，何必再顾淮南的产业。都是因为为民，因为家里的这点情分。

秋芳按兵不动。家丽和小玲却气得跳脚。

“法律上，洋洋也是有权拿一份的!”小玲像个辩手，“也就是洋洋爸死得早，不能要这个房子，可爸死了儿子活着呢呀，老话讲父债子偿，父房子就不能继承？汤老二根本就不懂法!”

家丽叹息：“他是讲法的人吗？就是告到法院去，判了，他都未必肯执行，也太狠了点，所以说没有孩子的人毒，你看老二那个大伯哥和大嫂，也是这德行。”美心在一边插话：“丽侠人倒不错，上次我在菜市遇到，还非给我两个咸鸭蛋。”

家丽说：“丽侠不错丽侠能做得了她男人的主吗？大河北过来的，受了多少年气。”

汤家小院，幼民坐在藤椅里抽烟，丽侠端来一杯水，递给他：“你这么干，等于断自己后路，老天爷是长眼的!”

幼民道：“长什么眼？长眼给振民那个短命鬼一个儿子，我却什么都没有，没有儿子有房子，总得有一样。”

丽侠硬着脖子：“你这么做不行，我不同意。”

幼民翻着白眼：“你不同意？你算哪根葱？你不同意你回大河北去，泥腿子，你还来劲了!”

“行，”丽侠不拖泥带水，“我们离婚，各走各的，跟你过够了!”摔了手中的抹布，丽侠出院子。找到秋芳又是一场哭。秋芳考虑再三，本打算收了面包房，可丽侠这么一哭，前前后后的理这么一说，秋芳又心疼丽侠。她抓着丽侠的手：“一店你管，你就是店长，幼民如果干，他就是你的下属。如果不听话，就不让他干。至于离婚，我不给你任何建议，但一定要慎重考虑考虑，不要那么着急作决定。”丽侠含泪点头。

没几日，丽侠果然走马上任，她往日做事厚道，有德有才，能服众。

幼民下了台，他骂骂咧咧出店，白帽子一摔："排挤我！等着！"

一路带着气，风风火火，到小巷口。汤幼民迎面撞见刘小玲。两个人都有气，狭路相逢，小玲故意挡路，她要为儿子出出气。

"让开！"幼民火大，"好狗不挡道！"

小玲在外头混了那么久，胡搅蛮缠有一套，不惧他这些："干吗？赶着投胎？"

幼民一下被激怒了："看你熊样，懒得理你！"

小玲撸起袖子，说时迟那时快，直直朝幼民眼窝打一拳："让你知道什么叫熊样！"幼民倒在地上，吱哇乱叫。

小玲拍拍手，笑呵呵走了。

何家小院，家文站着跟家丽说话。她刚从保健院出来，陪米娟和孩子做检查。家丽一边摆弄建国的盆景一边道："生女孩好，简单。"米娟生的是女孩。家文抿着嘴，没说话。家丽帮她分析："亏得是女孩，要是男孩以后你麻烦，所以说天意有时候说不清，老范肯定想要男孩，传宗接代。"

家文跟着说："他是想男孩。"

家丽道："万事都要制衡，要是生男孩，米娟两口子尾巴不翘上天，以后有个什么大情小事，一推，找你爷爷去，一句话完了，老范能不管？自家后代。那你的麻烦事就多了。"家文没再往下深说，她问小冬的工作怎么样了。"环卫处，扫大街，八成就这了。"家丽并不满意。

"算是事业单位。"家文安慰。

"今非昔比，只能退而求其次。就这还是你大姐夫求爷爷告奶奶，拼着这张老脸求来的。"家丽说。家文当然明白时代季候，现在都是自主择业双向选择，不是过去都靠爹妈安排的年头了。只是小冬当兵回来，一无技能二无学历，能弄个工作，扒上铁饭碗，大姐一辈子的心才能放下。

家文笑道："你算完成任务，见到曙光了。"

家丽自嘲："当时不知怎么想的，要两个。"

家文说："我倒觉得两个比一个好，有个说话做伴的。"姊妹俩正说着，小冬进门，嗓门大：“妈!”见家文在，又叫二姨。家丽说：“什么事这么慌慌张张的。”“我被录取了。”小冬藏不住兴奋。

“录取什么了?”家丽看了一眼家文，又对儿子。

“我正式上班了，有工作了。”小冬说。

家丽敲警钟：“以后扫大街，不能睡懒觉了。”

“妈!”小冬微嗔，“换了，不是环卫处，是卫生监督所，专管餐饮卫生。”

家丽意外：“换了? 你爸弄的? 怎么也不说。”

小冬笑说：“爸的风格你还不知道，不到最后成功那一刻，绝对保密。”军人作风。

家文连忙道喜，又要掏钱。家丽阻止：“老二，不用，光明马上要上大学还得花钱。”家文说就是个意思，硬要给。小冬收了。家丽叮嘱小冬，“上班第一个月工资，长辈们该孝敬的都孝敬孝敬。”家文问：“妈呢? 怎么一直没见。”

家丽道：“一大早就出去了。”

家文又问小玲。家丽说也出去了，两个一对神游。说着，家丽要去买菜，中午庆贺庆贺。家文说还有事，家丽便不深留。

“你爸中午回不回来?”家丽问小冬。

“说是回来。”小冬说。

“我去买点猪耳朵，”家丽跟小冬交代，“你把米饭做上。”她指了指厨房里的电饭锅。阴沉了好一阵，难得高兴日子。家丽下“狠”手，多买几个菜。爷儿俩喜欢吃的，都备上。猪耳朵、口条、鸡肝、酱牛肉。还有美心和小玲爱吃的，鸡胗、鸭舌头、鸭头。花了不少钱。到家再炒两个热菜，很像样子。

中午，建国到家，菜摆上了，小玲和美心还没回来。家丽对小冬，“给你五姨打个电话。”小冬去打，铃声在卧室里响了。家丽说：“先吃吧。都凉了。”

建国问：“不等妈了?”

“可能又跟刘妈出去了。”

小冬说：“今儿个真是过年了，吃鸭头要配酒。”说着，从里屋摸出一瓶红酒。李雯拿来的。酒吧里卖不出去的存货。酒吧开了半年，已经关了。李雯的意思是，来钱慢，太耗精力。

没有高脚杯，就用喝茶的杯子。一家三口一人一只。

“谢谢爸！”小冬嘴甜。

建国欣慰，奋斗大半辈子，自己混了个副县级，两个孩子工作安排了，家丽退休，他们该安享晚年了。

“进了工作单位，就靠你自己混了。”建国语重心长。他退居二线，做什么都更谨慎。家丽也说：“争争气，你爸为了你，看看这二年头发白了多少。”

小冬嘟囔：“年纪到了嘛。”抓着鸭头啃。

家丽举杯，对建国，郑重其事地：“建国，为了这个大家，为了我们的小家，这么多年你太辛苦了，我敬你。”

爱妻突然这样，建国也有些不好意思，摆摆手，连声说不提了不提了。好汉不提当年勇。

小冬蓦地：“阿奶也没个痛快话。”

家丽不解地：“跟你奶有什么关系。”

小冬说：“妈，我又不傻，你们前个在厨房商量买房子的事我都听到了，无论从情从理，这套爷爷留下的房子，都应该给你和爸住。带老太这么多年，养老送终，现在又带阿奶。谁的功劳能比你们高。论功行赏也该是咱们的。”

建国轻喝：“小冬！别乱说！”

“不是乱说！”小冬据理力争。

其实何家丽何尝没有这样想过，都是人，都有私心。只是这话不能从她嘴里说出来。有功，不能自己说，得别人说。但如果别人翻脸不认，家丽也没有办法。

建国教育儿子：“别帮了别人一点，就记在心里，老想让人报答，这样会很痛苦。”小冬抱不平地：“爸，您告诉我，那该怎么想，一阵风吹散了，一场大水冲跑了？历史都被抹平了忽略不计了？”家丽用筷子头敲儿子：“少说两句。”

小冬压不住，继续不平则鸣：“小年结婚的时候，爸退居二线才有了房子，那以后我呢，可没有三线四线可以退。”

家丽斥道：“这不是你考虑的问题，好好上你的班！”

小冬说：“六姨都打电话来三次了，要住进来。”

家丽说：“她说她的，我们住我们的，你小孩不用管大人的事。”

院门闪进四五个人。家丽问了一声是谁，没人作答。建国和家丽连忙放下筷子，去看个究竟。只见后院里来了五个壮汉，家喜站在后头。

“老六！”家丽惊愕，“你带这些人来干吗？”

家喜装成没事人，极度平静，像说一件不相干的事：“哦，大姐，妈要改造厨房，让我带几个人来弄一下。”

“改造厨房？我怎么不知道？”家丽有些无法接受。

家喜道：“早都让你们搬了，说了几次不听，妈要单过，厨房要拆，不能永远老破小，该改朝换代了。”

建国脸色铁青，岿然不动。

小冬冲上去：“何家喜！你这是强盗！流氓！”

一个壮汉伸手一推，小冬朝后打了个踉跄。

家喜振臂一呼：“收拾收拾，砸吧。”

民工们去厨房迅速收拾。见厨台上留了点猪耳朵，抓起就吃。一会儿，有人挥锤，咚咚几声闷响，墙头塌了一角。

“何家喜！”家丽控制不住自己。建国一把拉住她。

美心进院门。

家丽冲向她：“妈！是你让砸的？”美心慌张：“我不知道，我不知道呀！”家喜上前，把美心拉过来，藏在身后，横眉对家丽：“大姐，差不多行了，你有什么不能接受的，妈的房子，妈想怎么弄怎么弄，这么多年，你挟天子以令诸侯，妈吃又吃不好穿又穿不好，也该到头了。”

家丽气得浑身乱颤，右手被建国拉着，她就扬左手，要打家喜。却被家喜一把抓住手腕。家喜义正词严地：“大姐！这个家是要讲民主的，不是哪一个人说了算，老人想跟谁过跟谁过，不带强迫的。”

建国脸色已经发白。小冬搀着妈妈。

美心躲在家喜身后，猫着眼看。民工还在砸墙，厨房裸露出来。光天化日。建国拽着家丽进屋，小冬跟着，三口人迅速收拾东西，一人拎着个包，从后门出去。

小玲进院门，不知发生了什么：“怎么搞的？又地震啦？老六，干吗呢？”家喜不耐烦：“一边去。”

二楼，刘妈趴在窗口看，忧心忡忡地，叹气。

秋芳道：“妈，怎么又叹气？”

刘妈道：“楼下出事了！”

“出了什么事？”秋芳也到窗户口，却见何家小院尘土飞扬。“不过了？”秋芳深感意外。

205

建国、家丽、小冬一家三口拎着包站在马路上。

一瞬间无所适从。

家丽问建国：“干吗走？该走的不应该是我们！”

建国说：“老六敢带人来，肯定是妈的意思，我们再不走，太难看，也让邻居看笑话。”

家丽气得要哭，她怎么也想不到，有朝一日自己流离失所，全拜亲妈和亲妹妹所赐。

小冬说："找我哥去！"区政府离得不远。

建国说："不能去，别惹事。"

家丽喟叹："就去小年家吧，总得有个地方落脚。"

建国却说："要去也不能现在去，我们三个这样，跟跑反似的，小年自然心疼咱们，可李雯怎么想?"家丽一想也是，这样过去，势必被儿媳妇看不起。也会给孙女何雯依依留下不好的印象。

"先去旅馆凑合凑合，"建国说，"过了今天再说。"

小冬说："三姨那儿有旅馆。"

"去那儿等于羊入虎口，"家丽分析，"老三跟老六过去是上下楼，还是找别的吧。"

天空有点下雾毛雨，三口人沿着公园路往北走，路过三中，经过人民医院，在靠近东城市场的地方找到一家私人旅馆。先凑合着住下。家丽打电话给小年，小年立刻过来。

见到儿子，家丽吓一跳，问："这一期不见怎么瘦成这样，工作太忙还是怎么的。"小年说工作太忙。家丽没多问，眼下的事还愁心呢。小冬拱火："哥，六姨带人去砸墙，咱们也得带几个人过去。"建国喝："老二！别在这瞎祸祸！"

小冬缩着脖子不作声。

小年说："爸，妈，现在还是先找个地方住，我想办法，等我电话。"说完就匆匆走了。一下雨，天黑得就快。晚饭，家丽从外头拎了三碗馄饨回来，三口子凑在一起吃。小冬叹息："好好的一顿大餐，口条还没吃几口。"家丽和建国都不说话。小旅馆空间狭小，隐隐透着股霉味。电视开着，也破，上面有雪花点。

饭后，建国在旅馆门口抽烟。老城区，路旁的梧桐树一人都怀抱不过来，树冠遮天，笼罩得小城更阴沉。家丽从旅馆出来，站在建国身后，微微咳嗽。建国丢掉烟头，转身，叮嘱家丽多穿点。

"这口气下不去。"家丽说。的确，老六如此做法，等于狠狠践踏了家丽一辈子的奋斗。长幼失序，伦常倒错。最关键是，老母亲美心竟如此糊涂。难道就因为家喜是她带大的？又或者是因为美心实在吃不惯？说不清……家丽越想越糊涂，她千思万想，也料不到美心和家喜会有这么激烈的行动。

建国深沉地：“指望别人是不行的。”

一提这家丽就激动：“那不是别人，那是我家！是爸留下来的祖产，不是某个人的私人财产！”

建国柔和地望着家丽：“我们靠自己。”

“靠自己？”家丽失神，喃喃，“亲情都不算了？只能靠自己？早二三十年她们怎么不说靠自己？用人朝前不用人朝后？建国，是不是因为我们老了，用不上我们了……”家丽不禁陷入悲观。

建国安慰：“退一万步，你还有这个小家，咱们不争。”

次日，小年就帮着找到住处，在区十五小旁边，淮滨商场对过，一个朋友的房子，他老母亲一个住在里头。有两间空房，可以暂居。家丽一家三口搬进去。自然要跟老奶奶叙家常。老奶奶姓蒯，世居北头，这二年才往南搬了搬，住二儿子的房子。二儿子搬到前锋住。这些年，田家庵的中心缓慢南移，北头这一片已经是落后区域。真叙起来，蒯奶奶分析：“问题还出在你妈身上，做老的不能端正持平，底下小的才敢闹成这样。”又说，“这老六也太不像话，她就不想想，没有大姐，能有她今天吗？”

家丽听了，又是一番叹息。建国倒没陷入太深，安顿好，小冬上班，家丽做饭，他便一个人在中介的陪同下去看房子，想要尽快找到一处满意的安身之所。

老大三口搬走的第二天，家喜就带着宏宇、小曼搬了进来。宏宇担忧：“会不会做得太过分？”家喜理直气壮：“过分什么，妈让搬的，妈想跟谁过跟谁过，风水轮流转，今年到我家，大姐能住，我就能住。”

宏宇还要问。家喜不耐烦：“你到底跟谁一头的，前前后后不早都跟你说清楚了吗，还在这儿抠抠摸摸的，算什么男人。”宏宇只好闭嘴。

小曼抱着古筝，眨巴着眼，一言不发。

宏宇又说：“四姐出来了，回头聚一聚。”家喜道：“打了电话了，心里有数。”

进驻何家老宅，何家喜闹得轰轰烈烈，刘妈看着，啧啧叹道：“小美脑子出问题了，哪有把老大赶出去、老小请进来的道理。”

秋芳道：“跟我们家不一样？老二占着房子不走，只不过我懒得跟他争罢了。妈，等小芳结了婚，都落定了，我们就去上海。”

刘妈道：“去那儿干吗，什么都贵，也过不惯，哪有家里方便。”

秋芳说：“慢慢就习惯了。大城市有大城市的好。”

刘妈执拗：“过不惯。”

秋芳说：“你儿子可也在那儿呢。”

刘妈说：“他那个家我更不想去，虽然丽莎跟他复婚了，但我们跟丽莎，是两种人，秋林要受罪，让他偷偷受，我受不了那个罪，也不想看我儿子受罪。眼不见为净。”

“真不去？”

“你去你的，不用管我。”

“你这样我哪能走得开。”

“你有大事业要发展，我一个老太婆，在家就好。”

秋芳苦笑：“什么大事业，上海那边是有医院要找我，但我去上海，多半也是因为淮南这个地方太令人伤心，有时候一闭眼，就想起为民……”

听秋芳这么说，刘妈也有点心疼女儿：“你去吧，我没事。”

秋芳说：“看情况，如果我去，就让丽侠搬上来跟你住。大不了出点钱，比雇保姆强。”

刘妈问：“丽侠跟老二不闹了吧？”

秋芳说：“不闹了，已经离婚了。”

刘妈诧异得面部表情有点失控：“真离了？”

秋芳洒脱：“过不下去不离干吗，又没孩子。新星本部交给丽侠打理，让人放心。”

“那汤幼民干吗？”刘妈问。

“谁知道，自生自灭。”为民不在了，秋芳也不想再忍这个二弟。

汤幼民一个人坐在前院台阶上，抬头望天，手里抓着个酒瓶，哭嚷着：“爸！妈！我们家老祖辈到底做了什么孽！这辈子要受这个苦……”

旁边院子，宏宇问家喜：“旁边那家什么时候住个傻子？”

家喜不屑一顾：“别人家的事少管，有时间，想想怎么把自己家的傻子弄出去，还有，晚上去买点卤菜，妈可得伺候好了。”

“什么自己家的傻子。”

“傻老五！”家喜说，“你要跟她住一辈子？”

“她不肯走，能有什么办法。”

“软的不行来硬的，硬的不行来软的，总有能用的办法。”家喜忙着收拾老五的东西。

傍晚，老五小玲从外头回来。刚进院子，就见墙根下放着个行李箱，还有其他衣服、杂物，都是她的东西。家喜还在往外搬。小玲急了：“老六！你干吗？不许赶尽杀绝啊！”又伸头朝屋里，“妈！妈！”没人答应。

家喜拍拍手上的灰，不耐烦地：“行啦，别扯着嗓子喊了，妈不在。”小玲耍横：“何家喜！你能住我就能住！你敢动我的东西试试。”家喜冷笑道：“刘小玲，我敬你是姐姐才好声好气跟你说话，你搬出去，我们还是姐妹，你不搬，别怪我不认你这个姐姐！”

小玲张牙舞爪：“我要告你！”

家喜逼近了：“告我什么？你能告我什么？我还要告你私闯民宅呢！你还不知道吧，你的名字都不在家里的户口本上了，你现在跟家艺的公公那一家人在一个户口本上，你去住那儿。”

小玲感到一阵头晕目眩。

她不在淮南的时候，家喜找街道办事处的熟人，把小玲的名字挪了户。就防着她回来要房。

家喜继续：“你自己有一套房，还要来家里抢，你说出大天来也没用，拎着行李走吧，你去找三姐，她会给你安排。”

“你狠！”小玲见斗不过，只好败走。衣服也不拿，检查了关键物品，拖着箱子走。美心进院子。小玲见她，更恨："妈！你这么偏老六！以后我也不来看你！"

家喜上前，挽住老妈美心，冲小玲说："你不来最好！除了惹事你成过一件事吗？克死老公逼走孩子，一屁十八谎不是摸狗就偷鸡，别来给妈找麻烦，驴熊样！"小玲被骂得节节败退，落荒而逃。美心见老六说话太难听，也劝，算啦！

家喜换上笑脸，对美心："妈，宏宇准备半天了，都是你爱吃的。"美心笑呵呵朝屋里走，感叹："真是，这才觉得像自己家。"

家喜道："就是！谁的地盘谁做主！"

206

宝艺酒店，前台。方涛站着，家艺和家欢坐在沙发上。家艺和方涛抽着烟。家欢对方涛："你去忙你的。"方涛他们车队近来生意不错，添了一辆车，司机也加了几个。接洛河经济开发区那些厂子运输的活儿。

方涛笑对家艺："三姐，那就交给你了。"方涛怕家欢情绪不稳定。这次来找三姐，讨论帮家欢找活儿干的事。

家艺摆摆手打发他："行啦，大活人两个，又都是中年妇女，能怎么着，去吧。"方涛转身离开。

家艺把烟头摁在烟灰缸里，吐尽最后一口烟气："怎么样？真打算出来干了？"家欢道："不出来又怎么办，唾沫星子都能把人淹死。"

家艺说："行得端坐得正，怕什么唾沫星子，谁人背后不说人，谁人背后不被人说，你是干过领导的，这点心理承受能力都没有？"

家欢神色为难："也干够了，出来透透气。"

家艺帮着分析："像你这一直在体制里待着的，真要想好才迈这一步。别看外面广阔天地，自由自在，不是一般人能担得起的。对有的人来说，自由是礼物，对另外一些人，自由是灾难。就看你有没有本事。"

家欢提起精神："行啦，少跟我摆谱，知道，你现在很成功。"这说话的态度，又像以前的老四了。

家艺笑道："我们店的账，你做，回头这一溜其他店子，我去帮你推荐。"

家欢的看家本领是做账。家欢拍拍家艺："少不了你的好处。"

家艺说笑："那我有动力了。"而后，何家艺又问了问家欢从里头出来前后的情况，两个人都感叹宏宇帮了不少忙。家艺又说："老六楼上的房子，卖我了。"家欢说房子倒是一般房子，主要地皮值钱。家艺说你不愧是银行出身。

一个人冲进来，两姊妹吓一跳，定睛一看，却是小玲。家欢才知道小玲回来。家艺问："你不在家待着到我这儿干吗？我这儿没有工作给你干。"家艺早都怕小玲贴上来。

小玲声泪俱下："你们还不知道，老六把老家房子给占了，先赶走大姐，现在赶我，我实在没地方去！老六让我找三姐……"

家艺和家欢都皱眉。家喜做得太绝，再怎么，也不能把大姐赶出去。可两家到底都刚受了家喜的好处，不好太说她坏处。家欢见情势太乱，问了问情况，告辞。

家艺对小玲说："你先住我这儿，回来就该找个工作，你不是有房吗，怎么搞得还跟落汤鸡似的。"小玲嗫嚅着解释，说房子租出去好歹能赚个饭钱。家艺问："你那房位置不错，租出去一个月能有几个钱？"小玲说租给做生意的，也就五六百。

家艺忽然转身："我不收你贵，一个月两百房钱，要住你就住。"

小玲哑然，三姐真是生意人。当初三姐搬家，老五还借过房子给她住。这一转眼就不认人了？小玲道："上次你借住我的房子，是不是也得交房钱？"问得家艺一愣一愣，这才想起老五对她的好，但转而恼羞成怒！

“你那才几天！好了好了算给你，便宜你五十块，一个月一百五吧。”小玲只好认栽。她知道，在钱的问题上，三姐和三姐夫向来认真。

家艺还嫌说得不过瘾，跟着道：“刘小玲，跟我提那些事，啧啧，你过去断顿，谁打钱给你的？做人不能忘了本。”

小玲不想扯下去，求饶地：“行啦三姐，我按月交。”家艺这才作罢。

何家的“家变”无疑是龙湖菜市这一片开年以来最大的新闻。对于老大被赶，老六“回宫”，并且砸了厨房，不同人会给出不同的解释。只不过，自从老大被“请”走，老大、老二没再上过门。老三、老四偶尔出现一次。老五来了，又被赶走。这里成了老六何家喜的家。美心还在卖酱菜，但来买的人少了。那个来问她酱菜方子情况的中年绅士，迟迟没再出现。美心有些着急，但也急在心里，连家喜问，她都说快了，就快了。对外人，美心自然会说家丽不好，两口子抠门，过不到一块儿，对人苛刻。她还说家丽老想给她找对象，把她赶出去，好霸占房子。说的次数多了，美心自己都有点觉得找对象的事是真的了。不过更多人则认为美心这么做是糊涂，是标准的“倒行逆施”，毕竟家丽两口子这些年为家庭作的贡献，三街四邻都有目共睹。

没到夏天，朱德启终于还是犯心脏病死了。留朱德启老婆一个人，她反复强调，房子一碗水端平，不能学刘美心，把家捣散了。还有持中间态度的，以刘妈为代表。她内心深处并不赞同美心的所作所为，但这么多年的交情，加之毕竟是别人家的私事，她不好说太多。她能做的，只能是减少跟美心的接触。何家小院内，少了她的身影。

夏天，光明参加高考，考得还不错，但志愿没太报好，几撞几不撞，落到第三志愿，被江苏一所新合并的一本高校录取。光明自然不满意。但家里的情况他知道，复读不切实际。一来他不想给妈妈添麻烦，二来他也想早点离开家。城市小点就小点，学校差点就差点。

好歹能远走高飞。

考上大学是喜事。老范也高兴。虽然光明是继子，老范厂子里的工会还是摆了一桌——工会主席是老范曾经的徒弟。老范尽做继父的责任，也享这份荣光。家里好歹有人考上大学。家文也忙前忙后，为儿子高兴。少不了在家摆一桌。自从“家变”过后，家文坚决站在大姐一边。跟三四五六都鲜少来往，光明的庆功宴，也只请了家丽一家来。

小年忙，说逢着征兵，没到场。建国、家丽和小冬拎着两箱牛奶上门。酒桌上，建国多敬了老范几杯，他们年纪相仿，比较能谈得来。但老范向来爱面子，喜欢跟建国较劲，建国退下来是副县级，他顶多是副科级，但现在老儿子考上大学，也算扳回一城。满桌哈哈大笑。

当着老范的面，家文和家丽都没提老六占房子的事。毕竟是家丑。待吃完饭，光明和小冬去楼下玩。建国和老范坐着喝茶，家文和家丽才进屋说话。

家文先开口：“老六还占着？”

“随她去，那房子能值几个钱。”家丽忽然有大气魄。

“不走就不走。”家文说，“我也不去了，做事，太差劲。”家文只五月端午送了点钱给老娘。但在家丽面前，她只说没去，以示立场，表明支持大姐。

“人家都笑，”家丽说，“刘妈都不跟她走了。”指美心。

“这件事妈要负很大责任。”

“马上八月十五了。一点动静没有。”家丽道，“她们压根儿就没认为自己有错。”

“老三她们怎么说？”家文说，“这一期我也没跟她们联系。”

“都装闷鳖！”家丽气得哼哼，“除了老五，都跟老六穿一条裤子的，老三刚买了老六的房子，老四估计也跟她达成共识了。老五，就不用说了，混得连个窝都没有，天天靠吃租子，当初要不是我和阿奶多留点心，她租子都吃不上。”

家文问：“老五那儿子呢，真不认老五了？”

家丽叹息：“认不认在哪儿来？人都跑到上海去了，白生。”

家文劝：“大姐，你也别气，这事不能这么算了，哪天我找她们，姊妹几个开个会，总得有个说法。”

家丽道："别，你说开会，她们认为你我要抢房子，实际可真是那样呢？我何家丽混到没有房子住？你大姐夫刚下了定，下个礼拜就搬家，香港街三室两厅，带院子。"

家文惊："那得多少钱？"

家丽道："十五万。"

不小的数目。家文暗自思忖，这些年，大姐两口子左省右省，真是余下不少钱。

底子还是厚，深藏不露。

过了一周，家丽果然搬家，从淮滨路借住处直接入住香港街，也是一楼，三室两厅带院子，基本装修都有，建国找了人，还算稍微便宜点，不过十五万一把交。

家丽那口气出来："我缺房吗？"她人生第一回住得那么宽敞。

小冬打趣："妈，您当然不缺，老六几年道行，您几年道行，能比吗？"

建国道："搬进来，就好好住吧。"

建国也动了气，所以才下定决心，买个大套。一半是自己住，一半也是住给别人看。

这日，家丽去龙湖菜市买菜，远远地，看到美心在低头买黄心乌白菜。美心一抬头，瞧见家丽，立即避着走。家丽觉得好笑，依旧走直线，偏和朱德启家的遇上了，站着问："阿丽，真跟你妈杠上啦？"

家丽明白说："不是杠，是赶我走的。"

朱德启家的挑事："老六哪能跟你比！"朱德启去世不久，她并不沉浸于悲伤。

家丽一笑："妈觉得好就是好吧，只有老六是女儿，我们都是外头捡的。"

朱德启家的也笑：又问："现在住哪儿？"

"香港街。"家丽答得铿锵。

"新买的？"朱德启家的表情是不可置信。

“去看看？也不远。”家丽主动邀约。朱德启家的本就好事，当然乐得上门。到家，家丽仔仔细细介绍了一番。灯当然是全打开的。富丽堂皇。还有儿子送的空调，二儿子给煤气灶，儿媳妇送的挂画，还有前院里刚种下的葡萄藤、腊梅花。朱德启家的啧啧称叹好生羡慕。一回去，就传开了。

少不了传到家喜耳朵里。家喜对宏宇：“看到了吧，大姐买房了，还买那么大，还是有钱，就那当初还非要占这房子，多贪！”

宏宇只能劝：“她多大你多大，差十八岁呢，等你到她那岁数，你也能买大房子。”这日，家喜和美心站在新厨房里说话。美心依旧在做酱菜。家喜问：“妈，您那酱菜方子注册了没有？”

“就是你姥姥传的，注册什么。”

“你说的那个人，真要买你这方子？”

“那可不。”

“真值上百万？”

“值。”

“妈，”家喜凑到跟前，“那方子给我看看。”

“那不行。”美心不得不留一手。

“妈，大姐又买房子了，三室两厅。”家喜说，“她不是没钱，就是不舍得在您身上花钱，哪像我，好吃好喝好伺候。”

美心道：“知道你孝顺。”

“今时不同往日，小曼的补习费，月月的开销，我和宏宇的工资根本不够用。”家喜抱怨。美心拖着老腔：“知道，明白，我好歹有点退休工资，补贴你们一点。”家喜如愿，笑眯眯地，上前抱住妈。

207

光明要上大学，家文打算给儿子配一部手机。淮滨路电信局，手机柜台前，光明和家文围着看。家文自己用的是波导。此前广告做得很大，但不到一年就已经落伍，卖不上价钱。

看来看去，光明无法作决定。便宜的，瞧不上，贵的，又觉得对不住妈妈，太花钱。家文指了一下柜台里那只诺基亚最新款的灰蓝色手机，对营业员："就拿这个。"要一千五百块。

"太贵了吧。"光明讪讪地。

"喜欢就买。"家文说。

的确。别的款型，看一眼就过，唯独这款，光明看了好几次。知子莫若母。付款，到手了。家文暂时拿回家，不在淮南办号，打算去江苏读大学之后，再配当地的卡。

买完手机，家文回去上班，光明往田东走，敏子打电话找他。家文叮嘱："留点心，别乱说话。"光明说知道，他已经是大孩子。到钟郢子，火车挡道，光明走地下通道，正巧遇到大姐夫胡莱推着小摩托，带儿子胡吉吉经过。光明问了声大姐夫好，又问去哪儿。胡莱依旧夹带老家口音："去学武术。"从乒乓球、绘画、音乐、武术，胡吉吉竟是个全才。见光明上二中，敏子也一定要让吉吉上二中。如今已经是初中生。再看吉吉通身的气派，名牌衣服，竟像个富贵人家的公子。

胡莱对光明道："快去吧，他们等着你呢。"

他们？光明本能地觉得不妙。

吉吉道："小舅到我家看《哈利·波特》。"光明笑着答了一声。吉吉是哈利·波特迷，喜不喜欢另说，但时髦一定要赶。光明一点都不喜欢哈利·波特。一个外国小孩，跟他有什么关系！他早已失去了童年。

再往前走一百米，就是田家庵电厂。敏子住在家属区。他来住过几次，都是敏子盛情邀请。他当然知道敏子的用意。他成绩好，她希望给他儿子做做榜样。每次，光明都努力配合。

敲门，开门的是小健哥。“来了来了！”小健嗓门粗，叫嚷着。光明被拥进门。只见客厅里坐着各门各户的代表。大姑、二姑、大姑家的表姐敏子、惠子、智子，二姑的女儿小忆，去世的最大的姑姑的二儿子小健，大儿子大康远在平圩，工作忙，没出现，由小健代表。小健的老婆小云倒从厨房钻出来，每次重大活动都少不了她。大康的老婆小君没出现。光明都知道，那个小君姐，脑子不灵光，这帮子人根本不会把她放在眼里。

光明到。敏子上前，搂着光明：“你先到屋里歇会儿。”

光明被安排进吉吉的卧房，敏子递给他一本《哈利·波特》。光明一个字都不想看，但为打发时间，不得不翻翻。

门带上了，外头闹哄哄的，他爸家这些人似乎在激烈讨论。光明猜测，应该是给钱的事。考上大学是大事，总不能一分钱不给。实际上，光明并不想要他们的钱。只是，完全不给，道义上说不过去，他们也怕被外人指指点点，卫国就剩这么一个孩子，陈家只有那么一个独苗，还无人照管，任其漂流。但给多了，他们也心疼。毕竟不是自己孩子，将来也未必指望得上，卫国去了，人走茶凉，现在给钱，基本等于打水漂，在他们看来根本就是肉包子打狗，有去无回。因此，数额格外需要深思熟虑。

门缝里透风进来，丝丝的，光明感到人生的苍凉。为难又尴尬的时刻，他讨厌被人施舍，何况施舍得那么为难、不堪！

好一会儿，敏子推门进来，手里捧着一小撮钞票，有新有旧，有零有整，郑重其事走到光明面前，又郑重地说：“拿着！装好。不要丢了。一定装好！”

光明讪讪地收了钱。往裤子口袋里装，掉出来一张十块的。敏子立刻说：“你看，小心点。”光明连忙捡起来，装好。

不多说，敏子送光明下楼，掐着点，坐厂车回家。

六七家子凑起来，给了六百，脏脏的票子。真叫众人拾柴火焰高。光明感到说不出的别扭。到家，把钱给家文。家文跟钱没仇，收了钱，不予置评。又添了四百，对光明说："拿着吧，你不是要去南边打一个月工吗，正好用上。"光明点头。家文笑着说："就这么大气魄，指望他们，早饿死了。"没几日，光明果然南下勤工俭学。家丽邀家文去香港街看房子，两姊妹谈起这事。

家丽啐道："真照（方言：真行）！"

家文看得开，当个笑话说："也没人要，他们非要给，给又给成这样，一把皱票子，也不嫌难看。"

家丽道："都这样，你看老六，现在就是个钱，认钱不认人。他们能给一点，已经算顾大面场了。"家文道："人不在了，什么都不一样了。"家丽说："党校要不要再让光明去一趟。"

家文连忙："算了，别让孩子去受那精神虐待。他那儿，他死了我们都不再去。"家丽又问："他那个抱养的丫头，今年也考大学了吧？"家文说没听到消息。家丽说："我倒听军分区老门邻说，考了一个高职，还是歪牌子大专？弄不清。"

家文揣着手，不语，看着大姐。家丽也看着妹妹，两人眼神交流，都笑。一切尽在不言中。

又到征兵季。宏宇妈有个娘家亲戚的儿子想当兵，王怀敏左思右想，想到家喜的外甥小年在区武装部管这事。县官不如现管。一定要家喜张嘴帮忙。

家喜为难，批评宏宇："你妈闲着没事找什么事！有这么大能耐吗，整天这揽那揽！眼大肚皮小，癞蛤蟆还想吃天鹅。"宏宇只好哀求："阿喜，妈难得开一次口，你看看这……"

小曼也在旁边说："奶奶办不了的，妈能办，妈牛。"

家喜本不想帮，而且跟大姐闹翻过后，又去找大姐的儿子办事，这不自找没趣嘛。但王怀敏既然这么低三下四求她，家喜又觉得自己的面子不能掉地上。大姐是大姐，大外甥是大外甥。上辈人的仇怎么能牵扯到下辈人呢。而且去找小年办事，肯定要花钱，这钱王怀敏亲戚出，也不用她掏。何况小年办事拿钱，不无小补，也是个好事情。谁跟钱也没仇。想法定了。家喜先给李雯打电话。

李雯接了，还是客客气气的。

家喜约吃饭。李雯捂住听筒，转头问小年。小年在招呼客人。李雯问，他说吃就吃吧，你去。飞哥问小年："可以啊，何老板，这个月赚不少。"小年笑呵呵地："得亏飞哥借钱周转。"

飞哥露出一口坏牙："都是哥儿们！好说！"

约的次日见面。李雯在洞三小教音乐，上完课，家喜找她一起去"花の友"剪头发。李雯基本不动，修修刘海。家喜则剪剪发梢开叉。家喜觍着脸："家里的事，你也听说了。"

李雯在家早跟小年商量好了对策。她又是个开过酒吧走惯了场子的，这话还拾得起来，笑着说："老辈的事，我们不问，也管不了，一辈不管一辈，老姨不用介意。"

家喜在剪头发不能动，便从镜子里看着李雯说："你这孩子我打从第一眼见，就喜欢，就跟淮南本土的那些捂屁拉稀的庸脂俗粉不一样，明事理，顾大局。"

李雯一笑，并不接话。路铺好了，她等家喜开道。

剪好头发，两个人就在公安局美食街吃东西，这一片，李雯还比家喜熟悉点。到姊妹龙虾要了一斤虾，又烤了三十个肉串，再进饭店现炒两个菜。李雯非抢着付钱，家喜拗不过，只好从了。

两个人面对面吃着，也没话讲，只好谈谈各自女儿。吃得差不多，家喜见不说不行了，便笑着说："其实今天来，有个事情想说说。"

李雯早有准备，一伸手，做了个请的姿势："老姨，不是外人，只管说（方言：随便说）。"

家喜就坡下驴，连忙把婆婆家亲戚的情况、愿望、难处，仔仔细细描述了一番，并问能否帮忙。

"三万。"李雯不假思索。价格是她在家就跟小年对好了的。

家喜被说得一愣，反倒有些慌乱。她原本以为走走后门，却不想小年两口子给她来个明码实价。

李雯见家喜神色似乎有些无法接受，便细说道：“他那种情况，按说都不能走的，如果寻常人，五万八万都是有，主要是老姨的面子，三万争取拿下。这钱也不是小年要，我们一分钱不会拿，各个关节都要打点，这年头，你去打点，总不能空口说白话。该花的还是要花。不过老姨，既然是给婆家办事，千万别让他们为难，该花多少都告诉他们。愿意，咱就帮；不愿意，不强求。是不是?”

一席话说得家喜哑口无言。末了，家喜叮嘱：“这事别让你婆婆知道。”李雯笑说：“老姨——这点眼力见儿我还有，小年也不是多事的，放心吧。”

家喜当然知道小年和李雯会存心揩点油水，但没想到狮子大张口要那么多。只是事已至此，再往后退，不切实际。只能硬着头皮上，把钱数朝王怀敏那边报了。还得说小年好，省钱，帮忙。因为小年怎么说也是她娘家人，小年没脸，就是她没脸。

王怀敏一听数字，老大不高兴，大呼小年心黑，十分肉痛。可孩子要寻个前途，这钱又不能不花，勒紧裤腰带也得送去打点。

受人之托，忠人之事，没多久，小年就把事情办妥。家喜好歹在婆家挽回点面子。

208

经五姨介绍，光明在广东找了一份短期工作，无非是在厂子里操作操作电脑，入入单子，工钱没多少，但好歹一夏天长了点见识，更加知晓人世艰辛。为出入方便，光明没在厂子里的宿舍住，而是在民宅里租了一间房，又在楼下二手电器行买了台二手电视机，二手的沙发，勉强称其为个临时的“家”。平日里做工，周末，光明就跟几个工友外出玩耍。时间倏忽而过，倒也自在潇洒，只是刨去回乡路费，手中的钱也所剩无几。

跟家人也无须客套。光明并没有多余的钱给家文买礼物，只随手带了几只佛手，分给妈妈一个，嫂子米娟一个。临上学前到机床厂二孃春华家辞别，给表姐小忆带了一只。

这日一进门，光明就觉得孃孃春华兴致不高。姑父鲁先生简单招呼了一下，就去侍弄花草。鲁先生前一阵跟光明提过个要求——他想去光明同学爸爸任职的图书馆做图书管理员。只是光明跟那同学不过泛泛之交，平白安插一个工作，恐怕有难度。何况大学的图书馆，向来是教授夫人们的必争之地，他一个下岗工人，一无学历，二无经验，三无背景，想进去实是万难。

光明说明难度，鲁先生当时就有些不高兴。春华当即批评鲁先生：“别整天瞎想！”这次再来，鲁先生脸色不好，光明觉得可以理解。

沙发上坐着，春华问了问光明在南方打工的情况。

光明如此这般细细描述一番。

表姐小忆啧啧道：“真是八〇后，就那么短时间，还特地买台电视机，对自己真舍得。”

光明强调：“是二手。”

小忆对她妈：“跟我们这代人真是不同了哦。”

光明又把佛手拿过来给小忆玩。小忆看了看，往冰箱上头一摆，并不当回事。春华没再多说，去厨房做饭，光明站在后头看。这天中午做红烧鸡。春华的看家菜。光明吃的鸡里头，数春华做得最好。春华不经意问：“去南方赚了多少？”

光明报了个数字。

春华淡淡地：“不少。”

一会儿，吃中饭了。春华家规矩本来就多，鲁先生虽然是下岗工人，但依旧许多规矩道理。吆喝光明："洗手，多洗几遍！"

光明谨遵，洗好手，坐到小桌子旁。

中饭主打菜是鸡，旁边围着一道青菜，几个小菜。四个人一人一角把着。鲁先生对光明："你孃特地去水厂路菜市买的。"

光明举着筷子，对孃孃笑。

春华并没有笑容。

刚吃了几口，光明一块鸡肉尚未下肚，鲁先生便神色严肃，向坐在对过的光明说："你知不知道，现在大家都说你自私！"很认真的口气。

光明脑袋中轰地一下。自私？怎么没头没尾这么一句。还都？还大家！大家是谁？他们一伙？自私什么了？什么方面自私？不过自挣自吃在南方混了个把月。怪没带礼物？赚钱了也不肯跟他们分享？可笑，他自己不过还是个学生，去南方，是体验生活，勤工俭学，谁正儿八经挣钱了？就该孝敬他们？狐狸尾巴终于露出来了，敷衍了这么多年，现在觉得回报不够，牢骚怪话出来。

光明愣在那儿。

春华静默无声。

姑父敢说这话，也是二孃撑腰，两个人对好点的。

光明的心沉了又沉。即便是父亲去世，他一直把二孃当成最亲近的人，知无不言言无不尽，可人家呢，还是把你当成个累赘，或者当成一只股票，一笔投资，是要回报的。现在还没瓜熟蒂落，多少人就等摘瓜卖钱，怎能不令人齿冷心寒！

光明把碗一推，筷子一放，眼泪下来，人往外走。

春华这才意识到事态严重，本来不过打算演个双簧。怎料侄子不打算陪她把戏唱下去。春华只好演到底，作意要打鲁先生，叫骂着："我让你胡说！整天就会胡说！要死的东西……"

本心已经暴露，藏也藏不住。

光明冲出门去，噔噔噔下楼，春华和小忆追着，百般劝阻，然而已是徒劳。

光明叫了出租，上了车，一路往家里去。车后座，他泪如雨下。也只有到了这个时候，他才真正下定决心，和父亲这边的关系一刀两断。

曾经的家，终至覆灭。

下了车，光明没有立刻回家。怕家文看到泪痕，便一个人在厂区大院转了转，直到情绪平稳，又去职工宿舍那儿用水龙头冲了冲脸，才若无其事地回家。一进门，家文就看出光明眼泡有点肿，但也没多问。直到晚间吃完饭后，才不经意问道："今天在二孃那儿怎么样。"

光明很简短地："没什么。"

越是不说，越是有事。家文心里有数，缄默不言。

房管局，家喜和美心出大门。家喜挽着美心："妈，就您一个人对我好，这世界上，我眼里也只有妈一个，妈您放心，以后我保证给您养老送……"最后一个终字正准备说出口，又吞下去。

美心道："谁带大的谁亲，不过都说久病床前无孝子，将来真躺在床上不能动，能指望谁？"

家喜大包大揽："指望我呀妈！我年轻，怎么也比大姐强，不指望我您还能指望她？多少年了，无论大情小事，在咱们这个家，她都是霸权主义，也该咱们翻身农奴把歌唱了，而且大姐自己身体都不好，哪还能照顾您。"

美心哼了一声："我看她身体好着呢，天天吃素，保养。"

家喜道："好什么呀，都开始吃苁蓉益智胶囊了。"

"什么叫苁蓉益智胶囊？"

"就是治老年痴呆的。"

"你大姐得老年痴呆了？"

"保不齐，差不离，十之八九。"

"你怎么知道她吃？"

"家里桌子上看到的，空药壳子。"

美心长吁，担心自己："阿喜，你看妈不痴呆吧？"

"说什么呢，一点没有。"家喜快速地，"干吗，那药是您的？"

“不是。”

“那还能是谁的?”

“管它是谁的,”美心说,“跟咱们没关系。不过家喜,真等到你妈我躺在床上不能动那天,你能给我端屎倒尿?”

家喜无奈地:“妈,您这也太不相信人了,房子都转给我了,我还能不懂那意思,妥妥地端屎倒尿,我对天发誓将来给妈端屎倒尿。”说到这儿,家喜又说,“妈咱们能想点好的不,最好像阿奶那样,干吗非要端屎倒尿那么惨。”

美心道:“对对,寿终正寝,无疾而终。”越说越瘆得慌。美心换话题,“老五现在怎么样?”

家喜说:“在老三那儿住着呢。”

“工作呢?”

“在老三那儿打工吧。”

美心说:“老三这一阵也不见来。”

家喜哼了一声:“她哪有时间,忙着挣钱呢。”

“老四呢?”

“她?”家喜说,“更焦头烂额,也忙挣钱。”

美心嘀咕:“怎么都忙着挣钱。”

家喜缩头缩脑地:“谁不知道钱好,妈:您那个酱菜方子,到底什么时候出手,别太计较,钱这个东西,落袋为安。”

宝艺酒店。家欢和家艺面对面,家艺抽烟。家欢情绪有些激动地:“你这个账我不能做。”家艺说:“老四,你不要那么古板,也没必要一朝被蛇咬十年怕井绳,我们这小账,跟你以前在银行那些个事,完全是两码事情。”

“一码事!都是违反国家规定。”

家艺苦口婆心地:“老四,现在哪有不做假账的,你沿着国庆路一家一家地摸摸底,都是小本生意,一年也赚不了几个钱,都按实打实交,国税地税这个那个,还吃不吃饭了?账面上不动动,要会计干吗?要我说,你们这行，还得感谢做假账，不然连存在的必要都没有。”

家欢坚决地：“做不了，你另请高明。”

家艺道：“何家欢！以前你还挺识时务的！现在怎么成这样了。”

家欢反道：“老三，我劝你别玩火，该多少是多少，不然上头查下来，你店都得关门。”

“查下来就是你告的！”

家欢走出去。

家艺叫：“老四！”却叫不住。何家欢走远了。

欧阳从里屋走出来，问：“怎么回事，大呼小叫的。”

家艺没好气：“睡你的！”

家欢家，方涛走长途不在家。成成在做作业，做到困难处，喊家欢，让她帮忙看看，是数学题。何家欢上前，三下五除二解决。“会了吗?”家欢问。成成点头。他不敢说不会。

家欢给方涛打电话。没人接。一会儿，方涛回过来。

“还有钱吗家里?”

方涛说有一点，不多，又问她要干吗。

家欢说：“我想炒股试试。”

方涛立刻表示不同意。一辈子勤勤恳恳工作，方涛不相信炒股这种事。认为是投机行为。“风险与机会并存。”家欢说，“我现在只能走这条路，这条路合法。”

“你保证能赢?”

“不能。”家欢说，“但有机会，赚了本金，我们可以再做点其他生意。”

方涛劝：“找个班上吧，去企业里做会计，或者去哪里上个班都行，你需要安稳一点。”何家欢挂了电话，跟方涛说不通。为了“营救”她出来，家里的钱快花光了。方涛现在如牛似马地累，也仅仅能够维持这个家的运转。花钱的地方在后头。

炒股，家欢有信心。毕竟从业多年，不能大胜，好歹也能小胜。想来想去，家欢打算回家一趟。

209

家喜不在家。美心一个人坐在沙发上看电视。

家欢叫了声妈。美心抬脸看看女儿，没说话，也倒茶。

家欢不容应酬，直说："妈，有钱吗，借我点。"

"没有!"美心像被蛇咬了一样。

家欢道："不要多，一万就行。"

"是你大姐派你来的吧?"美心沉着脸。

"跟大姐有什么关系?"家欢说，"妈，我现在是真困难。"

家喜从外头进来，放下包："老四，现在谁不困难? 别总想从妈这儿刮一点蹭一点，妈一个月才多少工资，还不够自己吃的呢，她还等着姊妹们送养老费来呢，你进去那么长时间，你们家方涛可是一个子也没送来。妈都没说什么，知道你们困难，现在好，上门要钱来了!"

家欢也是暴脾气："老六! 我跟妈说话，轮不到你插嘴!"

美心道："好了好了! 老四，你先回去。"

家欢朝外走，家喜跟着送，到院门口。家欢又软下来："老六，你帮姐一把。姐以后也帮你，你不想想，你姐夫以前怎么对你们的，宏宇的命都是方涛救的。"

家喜柔和了些："方涛是方涛，你是你，那你也不能来找妈要钱。"家欢道："不是要，是借。"

"借了干吗?"

"做点小买卖。"家欢撒谎。

“你干银行这么多年，应该也存了不少，钱呢？”

“都送得差不多了。”家欢好言，又说，“再怎么说，咱们还是姊妹，你跟大姐的矛盾，我和老三，不都一直站在你这边，家里你住着，我也没二话，你帮我一把，将来我们还站在你这边。”

家喜一听，动了心。在和大姐的拉锯战中，她的确需要姊妹的支持。照目前看，老二家文是站在大姐那边的。老三跟她一头，老四如果再跟她同心同德，那就是三比二。至于老五，她有信心拉拢过来。万一将来姊妹开会，自己也有点胜算。家喜问：“你怎么不找老三？”家欢道：“老三哪有钱，都投到生意里去了，她那个账我看过，没有余钱。”

家喜撇撇嘴问：“要多少？”

“一万。”

“八千，”家喜道，“写个借条。”

家欢写了。第二日，家喜果然把钱借给家欢。家欢去证券公司开了户，用家里那台淘汰的破电脑，开始上网炒股。有时她也会去证券大厅看看。不是家家有电脑，银河证券大厅，还像个菜市场。家欢刚开始还拿个小本子。抱着学习的态度。玩了一阵之后，小本子不带了，徒手去。她的八千元本金翻到三万。在证券大厅，已经有人会来征求她的意见。

毫无疑问，何家欢在股市里找回了点自信。她天生是爱赌的，而且从体制内这样跌撞出来，她不打算再回去，也不想要在某个企业、机构里论资排辈，她需要弯道超车。吵吵嚷嚷中，有个老头凑过来问家欢买了什么股。“000938，清华紫光。”家欢说。老头立刻记在小本子上，他也有小本子。又围上来几个人。都是来取经的。家欢倒也“不吝赐教”。一会儿说，咱们这批股民，赶上了好的国家发展形势；一会儿说，咱们普通老百姓做股票，没有关系背景，没有消息来源，买进、卖出不可能那么准确，只能估计一个区域，在安全区域可以买进，也许买进来还会跌一些，在风险区域就要卖出，也许卖出之后还能涨很多，想要精准买卖是不现实的；一会儿又说，牛市当中做短线，尽量选择强势股来做，也就是均线系统向上发散呈现多头排列的股票去做，熊市做短线操作上正好相反……

一晃到夏天。暑假，光明没打算回淮南，在学校勤工俭学，也多看看书，他已经有了考研究生的打算。接到儿子的电话，家文有些失落。光明不想回这个家，谁都能看出来。家文也没办法，孩子大了，主意大。她的底线，是维护好基本的母子关系，大面上过得去。她相信时间的力量，再过二年，光明对于生活会有更深的理解。厂里改制，工人可以买断工龄回家，不愿意买断工龄，继续上班的，还要向厂里集资一部分。等于倒交钱。年轻的工人很多都自愿买断工龄回家，米娟是其中之一。她下了岗，回家带孩子，靠小范养活。老范也建议家文回来算了，儿子也上大学了，还累什么，况且还要倒交钱。家文不同意。有个工作，好歹有个基本保障，有安全感。她用自己的钱集了资，继续上班。

枫枫上高中。这个暑假，除了补习，他爸妈还安排他去表哥光明的学校转一趟。美其名曰：看看大学什么样子。老六和老大虽然闹僵，其他几个也站了队，但不至于完全不来往。面是轻易不见，电话还是可以通的。家艺提议，家文听着没什么，自然表示同意。可枫枫一个人去，家艺和欧阳又不放心，想来想去，最后决定让老五小玲跟着去。小玲一听，十分乐意，三姐出钱，她出去玩一趟，何乐而不为。照顾枫枫也不是什么难事。

欧阳对家艺的安排不满："还去什么大学，咱儿子能考上吗，你这不是刺激他吗？照我看，高中毕业后，他也就在我们店里做做。"家艺拍了欧阳一下，说："你还没看透，富贵不过如浮云，一家三口都押在酒店，万一酒店不行了呢，以后谁养活我们？就算儿子成绩再不行，那上大专、高职，总行了吧。将来怎么也安排个工作，吃吃皇粮。有个保障。"

欧阳不得不服："还是夫人有远见。"

准备好了。枫枫和小玲坐火车往东走，进了江苏地界，等于回老家了。光明在无锡读书，从淮南到无锡，得八个多小时车程。小玲健谈，跟枫枫从广东说到江苏，都是自己辉煌的历史，还有去香港表演的经历。枫枫没怎么出过远门，小玲稍加点染，他就如痴如醉，对五姨刘小玲佩服得五体投地。"五姨，我觉得你是咱们家最有本事的人。"枫枫夸赞。小玲如沐春风，她等这话等了不晓得多少年，想不到外甥欧阳枫是真正识货的。

“我也想往外走。”枫枫说。

小玲连忙：“你别，外面的世界很无奈的。”

“那也比在家死气沉沉要强。”枫枫还是崇拜的眼光，“五姨，你还会跳霹雳舞吗?”

“当然，我是凯丽。”

枫枫怂恿：“凯丽，来一段。”

火车车厢，小玲还真来了一段，还是老步子，还是老感觉，但隔着时光看，竟然有点新鲜感。车厢的人都看她。刘小玲旁若无人，一个太空步，刚好踢到一个人的腿，差点绊倒。那人一伸手，小玲被扶住。转头，却见一个方脸男人，面目严肃。

“对不起。”男人说。

小玲连忙说没关系。

到无锡已经是晚上八点。小玲给光明打电话，光明说刚好班车停了，在梅园过不来，他正在想办法。刘小玲带着枫枫到站台看车牌。方脸男人也往那儿走。

“你们去哪儿?”方脸男人问。

枫枫站在小玲前头。他要保护五姨，他比五姨高大，但还是个孩子脸。“你们是不是去梅园?”男人又问。

“对!”小玲无戒备。

“我可以带你们一段。”男人说。

“你?带我们?”刘小玲有点诧异。男人领着小玲和枫枫往站前广场去，到旁边，才发现男人的车是个不大的摩托。

枫枫有些为难，他人高马大，摩托太小。

小玲又给光明打了个电话，却发现手机没电了。她借了男人电话，打给光明。她报了男人的车牌号，咿咿呀呀说半天，大致意思是，现在坐了一辆黑车，让光明记住车牌，如果有问题，就报警。光明听着心惊，但一时也没别的办法，只好提醒五姨万事小心。“走吧。”小玲把电话递回给那男人。

“怎么坐？”枫枫问。

小玲看了看座位，说：“我先上，你坐我后头。”枫枫表示同意。于是，男人先上车，小玲坐到后座上。“上吧。”她转头对枫枫说。枫枫上车，往前一挤，小玲夹在男人和枫枫之间，立刻成肉饼。小玲痛苦地叫出声来。

男人下指示：“戴好头盔。”只有两个头盔，他自己戴一个，另一个给枫枫戴。“扶好。”男人又说。小玲扶着车两边的杠子，枫枫扶着小玲。车一开动，小玲怕扶不稳，只好抓男人两边腰。

开了四十分钟到梅园。光明在学校门口等，见车来，连忙跑上前，要给司机钱。男人忙说不用，就住附近，真的不用。

小玲挥手跟司机告别。

“没事吧。”光明问小玲和枫枫。

“没事，能有什么事。”小玲洒脱。走南闯北惯了，她仰仗陌生人的善意。

枫枫埋怨：“哥，你怎么混到这鸟不拉屎的地方来。”

光明来的第一天第一眼就感觉上当。大学扩招，办学条件、办学水平良莠不齐。他只能一笑：“锻炼锻炼。”

210

三个人朝校园里走。小玲问住哪儿，光明说订了招待所。枫枫走在前头。小玲才看到他头上还戴着摩托车头盔。天色暗，刚刚没注意，该还给司机。

小玲三两步赶上去，敲敲枫枫头上的盔："还戴着呢，当外星人接收天线?"枫枫这才意识到。小玲说给我吧，说罢自己抱着。到招待所，小玲为省钱，只让光明开一个房间。

枫枫不满地："五姨，这也太省了，咱们两人住一间?"

小玲嬉笑："不啊，一人一间，我单住这间，你跟你哥回宿舍住。"枫枫嚷嚷着："我得跟我妈说你虐待我!"

小玲促狭地，威胁："你敢说我就把你丢山上。"

枫枫吓得不敢多说。光明领着他回去，说体验体验大学生活也好。枫枫说："床不好我睡不着，哥，你又不是不知道，我们家开旅馆的。"光明道："睡不好再说。"

到宿舍，光明的床在上铺，枫枫好奇，爬上去躺着："哥，大学生活什么样?"

"没什么意思。"光明去打水，让枫枫先擦擦。一抬头，那小子已经睡着了。次日，逢周末，光明安排去鼋头渚玩，小玲说累，不去了，让两个孩子去玩。光明应允。临走，小玲说："昨天那电话号码报给我。"光明问什么号码。

"手机给我。"小玲说。光明上交。小玲果然抄了个电话，就是那摩托车司机的。"去吧，玩得愉快!"

鼋头渚是太湖边的风景区，刚去，枫枫觉得新鲜，但走了没两步，他就说累。一身肉，不肯动弹。枫枫对风景不感兴趣。

"哥，这儿有动漫城吗?"

"有一个。"

"明天去动漫城。"

玩一天回学校。小玲也休息好了。光明带他们俩去食堂吃饭。枫枫要了四个肉面筋。小玲忍不住提醒："少吃点，一夏天跑的，还不够你长肉的。"枫枫讨饶："在家不能吃，我妈不让，出来还不能吃，我活着什么劲。"

在鼋头渚，光明才反应过来要电话是为头盔。现在，他才问小玲："头盔还了？"小玲没防备，脱口而出："还了。"说完又觉得不好意思。解释，"拿了人家的，总不好不还。"

光明微笑："应该的。"无限深意。

小玲话多："那人居然也是江都的，在无锡做事，比我大两岁，就住在你们学校边上那村里。是干建材的。"

光明忍不住笑出声："问那么清楚。"

小玲赧颜。枫枫问："还什么？谁是江都的？什么建材？比谁大两岁。"

完全状况外。光明岔开他的话："要不要再加一个？"是指肉面筋。枫枫连忙："面筋来两个，酱排骨来一份。"

"好嘞，管饱。"光明扬着声调。

小玲啧啧："肉大王！"

发工资，老范照例分一部分家用给家文。数额，结婚之前就已商量好。当然，随物价上涨，给的钱也相应上涨。小城涨幅有限。家文拿这一部分钱做两个人的吃喝用度，她自己的工资省出来，供光明吃用。光明上大学的学费，老范掏，这他没二话。半路的夫妻，能做到这样，家文不要求更多。这日，钱刚清点了。老范面露难色，似乎有话要说。

家文把钱收好，才出来说："什么事，说吧。别弄得跟便秘似的。"年纪渐长，生活逼着她泼辣点。

"就是妮妮……"妮妮是他孙女。叫范妮妮。

"妮妮怎么了？"

"妮妮要上学。"老范憋出这一句，"她妈忙。"

家文明白了，小范两口子想把妮妮送到这里带，他们解放。忙，估计也是借口。

"米娟要上班了？"

"正找着呢。"老范说。停一下，又说："我也嫌烦，我也不想带。可怎么办呢。一个家只有一个人挣钱，太难。"

家文敏感："米娟什么样，结婚前也没人藏着掖着。"

老范忙说："不是那意思，就是想把日子往前弄弄。"

老实说，家文有些为难。人家"真奶奶"是抢着带孩子，她是"后奶奶"，自然不能比。不是自己皮里出的，硬说一样，不切实际。可既成了一家人，大面上，总得比真的一家人做得还要真，才能让人不起芥蒂。一会儿工夫，家文已经来来回回思虑了几圈，轻声说重话："送来带，我没意见，不过有三点：第一，你我都还工作，只能说早晚带，早晨送去晚上接回来；第二，我们管孩子，他们别心疼，也都是为孩子好；第三，平时放在这儿，礼拜六礼拜天接回去。"其实还有第四条，带孩子的费用，你出。家文没说，因为在她看来第四条是不成文的规矩，不用点明。说得太白反倒没意思。她找他，一图他老实，二是有个伴，三也是让他"扶扶贫"，大家心照不宣。再一个，小范和米娟的心思她也明白。孩子送来，一则自己轻省，图懒省事，二则因为生的是女孩，更要在他老子面前提溜着，免得老范把他们这一家子忘了。老范手里应该有几个钱。

没几日，妮妮果然被送到老范和家文这儿。

也奇，妮妮就听"奶奶"家文的话。别人说什么她都能胡搅蛮缠，但家文一说什么，她立刻当圣旨。弄得米娟有时被妮妮"麻丝缠"得没办法，只好说，你再这样我找你奶来。妮妮保管循规蹈矩。

七月半，家家烧纸。吃了饭，老范下去看麻将。多少年了，七月半他没有给发妻烧纸的习惯。要弄，也是一对儿女去弄。但家文忘不了卫国。她稍微收拾收拾，便要下楼。妮妮非要跟着。

"你在家看电视。"家文吩咐。

妮妮说害怕，怕黑。

家文没办法，只好带着小不点，到楼下，过马路，又往东走，在小卖部买了点草纸、金元宝、大面额票子，见有个三岔路口，蹲下来，找个石头子画圈。点火烧纸。嘴里叨咕着，让卫国来收钱，保佑他们母子。妮妮站在旁边，火光映红面庞，她还不懂这个世界的伤感别离。

天擦黑，美心对家喜说：“去烧点纸。”

“烧纸？”家喜没反应过来。

“今儿个七月半。”美心淡淡地，“你爸，你奶，你爷，都叨咕叨咕。”美心腿脚不算好，她也不想亲自去烧。小曼一听烧纸，撇下古筝，要跟着去玩。“外头都是鬼。”家喜吓她。

“胡说，外面亮堂着呢。”小曼据理力争。

家喜道：“那是给鬼烧纸，今天是鬼节，完全都是鬼，你去吗？”

小曼被唬得朝后退。宏宇道：“别吓着孩子！”

何家喜披了衣服出门。大老吴小卖部卖草纸，家喜故意不做他生意。自从她搬回家，大老吴没少说她风凉话。绕到新星大酒店旁边，家喜在拐弯头一家小店买了几刀草纸。店主说：“金元宝，大面额票子，都不错的。”家喜拿起大面额票子瞅瞅，讥讽道：“死人能知道这些，还一亿，这是给死人看的还是给活人看的，这不搞笑吗？”店主是个信佛的，连忙念了声佛号：“这位女士，别造口业，头上三尺有神明，人在做，天在看……”家喜听着不耐烦，说好了好了，给钱，出店门，不废话。

路口，秋芳和刘妈也在烧纸，几大摊子，开坛作法的样子。汤家去的人多，秋芳泪眼婆娑。刘妈也抽泣。见家喜来，秋芳和刘妈让了让路，家喜走到一处空地，放下草纸，点着火。秋芳和刘妈烧得差不多，看火灭了，起身离开。家喜点着草纸，念念有词：“爸，你有空也管管我们这个家，没人照顾妈，都推给我。她们对妈都不好，不好好给妈做饭，我只好来带妈。今天给你送钱，你去缠缠她们。”挪位置，又对着另一堆：“阿奶，都是你，走之前也不安排好，弄得现在这个样子，我还有事，不跟你多说了，你在下面吃好喝好，来拿钱吧。”再一堆，是老太爷的。家喜没见过他，随便说两句拿钱了事。刚准备走，眼前一个人影晃动。家喜吓了一跳，背光，看不清脸，那人侧了侧身子，家喜才看清是小年。气得猛拍他肩膀一下：“你干吗，吓死人，装神弄鬼。”小年笑着道：“正准备找你呢。”

“找我干吗？”家喜诧异。无事不登三宝殿。

“这个月手头紧，借我点，下个月头就还。”

借钱？小年张嘴，家喜深感意外。他还缺钱？负责征兵捞了不少，老婆还在外头挣着外快。酒吧虽然关了，听说两口子又开了麻将馆。但他现在身居要职，保不齐以后还要求到人家。小曼这学习水平，以后也有可能要走当兵这条路。一口拒绝，不太好。家喜问：“有这么急吗？这展子来。”小年诚恳地：“不急也不会这展子来了。”

“要多少？”家喜问。

“三万。”小年不客气。

“借多久？”

“下月头就还。”小年说。

211

算算，还有十几天，借吧。家喜一咬牙，反正他有正式单位，老子娘也都在淮南。他若敢不还，去区里闹一通，也就还了。“明天去我厂里拿。”家喜指绿十字。当晚，何家喜没把这事跟宏宇说。这些年，家里有点存款，都在家喜手里控着，宏宇也不管。次日，小年果然带车去拿了钱，写了借条，不提。

这日晚上吃过饭，家丽头有点晕，便进屋斜躺着。小冬在自己屋看二月河的历史小说，是盗版书，厚厚一本，他要啃下来。他刚读完曾国藩智慧全集，希望对工作有所帮助。建国在客厅看新闻联播。这是他的保留节目，每天不落，看得有滋有味。家丽叫建国。建国应了一声。到国外新闻了，他恋恋不舍地离开，进屋，问家丽是不是要水。家丽说：“给我点皱纹纸。”他们还习惯把卫生纸叫作皱纹纸。何家丽到现在还喜欢用龙湖菜市批发的皱纹纸上厕所。说比超市里买的卫生纸好用。建国没二话，拿了来。

家丽擤鼻涕，又说头疼，让建国把老二给的头疼粉拿一包来。

建国拿来给她吃了。“感冒了。”建国下定论。

“也不像感冒。”家丽说，“嗓子不难受。”

“感冒有多种症状。”

“昨儿个我梦到爸。”家丽忽然说，“是不是因为没烧纸？”

建国是唯物主义，不信这些，劝：“你是感冒了！吃点药，躺到明天早晨保管好。”家丽不管，喊小冬。小冬不情愿，但还是过来。

“你去，到街头间给你姥爷烧点纸，还有老太太。”

“妈！鬼节都过去了！”小冬抗辩。

“去！”家丽一言九鼎。小冬没办法，抓了点零票子出去。

建国要开灯，家丽不让，说刺眼。两个人一个躺在床上，一个坐在床边。家丽说：“估计爸要怪我了。”

“怪你什么？”

“家散了。”

“也不都是你的责任。”建国叹口气，“这么多年，咱们够用劲了。”家丽说：“怎么摊到这么个妈，这么几个妹！”

党校克思家，陶先生和克思头疼了一天，头疼粉吃了三包，刚吃下去好些，一会儿又不行了。去小诊所看了看。医生说不像感冒，让回家休息。光彩忙得一会儿用热水敷，一会儿用冰袋镇都没用。克思和陶先生并排躺在床上挺尸。陶先生忽然道：“昨儿个鬼节。”克思是教马列主义的，不能信这些。但陶先生一提，也触动他心事。昨夜他发了梦，梦到卫国和他娘举着刀要杀他，克思不出声。

陶先生试探性地：“昨儿个是不是应该烧烧？”

“烧什么？”克思有点不高兴。

“你说烧什么？”陶先生嫌克思装，没好气地，“昨儿个我梦到卫国了。”克思大惊：“我也梦到了！”话说出口，两个人对望一眼，无限深意。纸还是要烧。但得选个单位的人看不到的地方。克思两口子让光彩看家。他们从党校出发，一直走过矿务局，才在街边小店买了两刀草纸，躲在一个小路口烧。

火点着了，照例得说些什么。但克思和陶先生都不愿开口，只好那么闷烧。晚间有风，把那烧尽的纸灰卷得老高，真像有鬼魂来拿钱。纸灰中还夹着一点红星子，是没烧尽的火，到空中，也就散灭。克思一点一点地放，陶先生不耐烦：“都放进去。”她找根枯树杈挑着。火烧得旺旺的。又一阵风来，几张纸被卷起，火星子也跟着到半空中，恰巧落在陶先生烫蓬松的头发上，瞬间蔓延。陶先生吓得吱哇乱叫。克思连忙脱了外套去捂。手忙脚乱，好歹救下来，但头发却燎尽了半边，阴阴阳阳的。

陶先生直颤，喃喃道：“见鬼了见鬼了……”

铁门响，有人进院子。家丽以为是小冬，对建国说：“这么快？这才几分钟？”进来，才见是小年。建国诧异，问这展子怎么来了。小年问：“妈呢？”

家丽听见儿子问妈，出了一声，有气无力地。

小年走进卧室，灯没开，借着外头一点光，勉强能看见彼此。

家丽也问：“怎么这展子跑来？”

“没事。”小年尽力保持平静。

家丽感觉到他有事。“有什么就说。”

小年想要开口，又停住了。建国进屋，给小年拿了个凳子。小年不肯坐，就站着。“跟李雯吵架了？”家丽猜。

“没有——”小年答得利索。

“李雯呢？”建国问。

“在家带依依呢。”小年说。

家丽用教育人的口吻：“夫妻俩过日子，就要你让着我点我让着你点，何况你是男的，又是国家干部，李雯有时候是任性，不过但凡你退一步，她也就不好意思了……”喋喋不休。

“妈——”小年忍不住打断她，“我跟李雯没吵架。”

“没吵架？”家丽骤停，“那什么事？工作不顺心？在区里跟人闹别扭了？”

“不是。”小年又否认。

家丽急得坐起来：“那是什么你说呀！”她感觉肯定有事。

建国听不下去，出去抽烟。到院子里，窗台下。窗户开着，他能听到家丽和小年说话。

“妈……”小年声音很小。

家丽沉默，等他下文。

“借我点钱。”终于说出来。

家丽脑袋一阵疼痛。借钱？儿子找她借钱？借什么钱？她一时理不清头绪。

“借钱干吗？”家丽强忍着剧痛问。

“你别管了。”小年说，“急用，下个月就还你。”

“借多少？”家丽深入地。

“四十万。”小年陷在黑暗里。

家丽一阵眩晕，身体朝后倒，但仍强撑着：“你要这些钱干吗？”

“你别管了，急用。”

“你被人抢了？”家丽伸手打了一下儿子。再抬头，建国站在他们面前。“你要这些钱干吗？”建国压住愤怒。

“欠人家的。”小年硬着脖子，“我就是一时不走运。”

“你赌？”家丽质问。

“妈，你就别问了，如果不还钱人家就要到我单位去闹！而且利滚利到下个月就会翻一倍！”小年一口气说。疤瘌大了不疼。破罐子破摔。家丽欠起身子抓住儿子：“你借什么？你到底借的什么？”

“借了高利贷……”小年说。

建国气得浑身乱颤，一巴掌挥出去，打在脸上，小年跌出去半米，“你混蛋！”家丽连忙下床护住儿子，又去搀建国。小冬进院子，跑进门，刚进屋看不清，他打开灯。只见哥哥坐在地上，父亲和母亲满面愁容。

小年是欠的高利贷，赌球输的。刚开始输，他不服，老想翻本。飞哥乐得提供资金，结果又输，越滚越大。李雯也好赌。两口子合起来欠了六十万。掏干家底，还了二十万，现如今还剩四十万的洞没填上。能借的都借了。实在没办法，只好出最后一招：向父母求助。深夜，小年跪在搓板上。都这个年纪，成家立业，生了孩子，还跪搓板，多少有些可笑。但在父母面前，他永远是儿子。小年没哭，家丽倒哭了。想到这巨额债务，她愁。她也恨自己教子无方，怎么就走到这一步。可不帮也不行。自己儿子，你能看他完蛋吗？钱不还，高利贷能放过你？工作也会丢。丢了铁饭碗，小年能去干吗？不敢想。小冬坐在小年身后的凳子上，看爸爸建国脸色铁青。建国让小年一五一十原原本本把事情说清楚。清楚了，才能想对策。小年仔细说了。事情倒很明白，就是赌博，欠债，还钱。天经地义，这一刀躲不过。

当晚，建国和家丽就决定，天一亮分头行动，一个去取钱，一个去借钱：小冬陪建国去银行，家丽去找人借钱。怎么着也把事情先平下去再说。次日一早，小冬便随建国去银行门口等着。临走前，家丽叮嘱二儿子，有什么情况，随时给我打电话。八点半，银行开门。建国第一个走进去，他让小冬在座椅上等着，他拿着个大布包去柜台。再一张一张拿出存折、卡、存单……手微微颤抖，这是他辛辛苦苦工作、省吃俭用换来的一生积蓄！“老大爷，您现在取，利息会损失不少。”柜台小姐说。

老大爷？建国忽然意识到自己竟然这么老了。“取吧。”他说。

没有退路。高利贷方要求现金支付。

一会儿工夫，办理好了。建国挎着包起身，小冬连忙过来，和爸爸一起靠紧了，护着钱。到银行门口，建国抬头看东面刚升起的太阳，金光四射，头一晕，倒在地上。“爸！爸……”小冬乱了手脚。

为省钱，家丽骑自行车挨个找。老六不必去找，先找老三，去宝艺酒店。家艺刚起来。家丽简单说了困难，家艺愿意借三万，但要求写借条。家丽知道她的一贯作风，写了个借条。再去找老四，老四同意借两万。最后找老二家文。家文实在同情，她跟大姐关系最好，但也只能拿出一万来。有一万是一万。

家欢家，家丽刚走，方涛问家欢：“你哪来的钱给大姐？起码也跟我商量商量。”家欢道：“我自己的钱，跟你商量什么？”

方涛放下抹布：“你自己的钱？”

家欢说：“怎么的？挣的。”

“哪儿挣的？”

家欢小声：“弄了点股票。”

方涛诧异，炒股，感觉距离他很远。“那是玩火！”他提醒家欢。家欢性子柔下来：“赚个本金，有钱了我也去做生意。”

“小心你本金都赔，跟小年似的。”

“他是非法赌博，我是合法炒股，怎么能一样。”

“本质上，都一样。”方涛臭硬。

家欢道：“你忙你的，我忙我的，你还两岸猿声啼不住呢，我早轻舟已过万重山。”

212

小诊所，家丽赶来。小冬陪着建国坐在白色长椅上，建国怀里抱着钱袋子。诊所小姑娘说：“就是有点低血糖，问题不大。”家丽对小冬：“你快去上班。”家里得有人挣钱。家丽关切地蹲下来，抓住建国的手。她当然能够理解建国的绝望，一夜回到解放前。“回家，咱们回家。”家丽鼻酸。到家后，何家丽扶建国在沙发上坐着，又去泡了红糖水。建国只喝了两口，就又呆坐。家丽只好陪着他。说什么呢？事已至此，说什么都没用。是自己从小没教育好孩子吗？他们一直严格，还送去部队管教。是孩子自己的问题吗？显然是，但作为父母，他们不愿意把责任都推到自己孩子身上。如果说有结论，那也顶多是，小年没有自制力。但诱惑他去赌博，或者说管不住他赌博，家丽认为是李雯的问题。

一个女人管不住自己丈夫，那是最大失职。

钱还上了，飞哥自然没闹事。小年继续上班，工作保住。家丽和建国掏干老底，终于让生活恢复平静。但小年赌球借高利贷的事，依旧在亲戚朋友中引发巨大震荡，久久不散。老六第一个担心。等事情传到她耳朵里，她才明白七月半小年找她借钱是怎么回事。不行，这钱得找大姐要，但又得偷偷的，不能让宏宇知道，只好静待时机。家喜不忘跟美心抱怨：“妈看到了吧，你大孙子，大姐的儿子，赌鬼！”美心一听那数字，吓得人都缩缩着。她一辈子没见过这么多钱。

家喜再加一把火：“妈，幸亏咱们把那家子弄走了，要不然，他们要不把你这套房子卖了还债我都不姓何！”

美心道：“养不教，父之过。”

家喜又说：“还有你看看，大姐两口子多有钱，起码几十万的窟窿，一下就填上了。之前买香港街的房子也是一把付清。我跟你说他们最会装穷占巧，这么多年当家，不知道搜刮了多少去，以前没出嫁的月月交，也没人查他们账。”

美心问：“小年放出来了吧。”

家喜好笑地：“又没抓，放什么。”

美心哦一声，推酱菜车子出门，迎面见秋芳和刘妈从楼道里出来。美心问她们去干吗。秋芳笑道：“走啦！”

“走了？”美心不懂。

“去上海。”秋芳说。

“真去了？”美心对刘妈。多少年的老门邻、老姊妹，真走了，还有点舍不得。刘妈无奈地：“两边跑着住，儿女都去上海，我一个人在这儿干吗？”

“不是有丽侠照顾吗？”

刘妈说：“丽侠要顾店子，哪能天天陪老太婆。”

美心怅然。朱德启家的前一阵刚走，去合肥，女儿朱燕子接她过去，带孩子。人尽其才，老骥伏枥。人老了免不了做老妈子，她也得接送小曼。刘妈和美心对望着，眼神里有几十年的内容。

“来点酱菜带着。”美心连忙去捞酱菜。刘妈和秋芳赶忙说不要。美心非要给。只好用个塑料袋装着，放在背包两侧的小口袋。

刘妈眼眶有点红。

美心给了她一个拥抱。

刘妈终于落下泪，又强笑，自嘲道：“又不是不回来了，你看我这……”

美心打趣：“去了好好的，准备带外国小孩。”汤小芳结婚了，但还没生孩子，听说在备孕。

“走了。”刘妈向美心挥手。

家艺开了一个员工，一个小女生，对欧阳有点意思。欧阳反复申辩，跟他没关系。家艺举着铁衣架：“你意思是，人家单方面的？鱼不腥，猫能来吃？”

欧阳委屈：“人都开了，谁不知道宝艺里老板娘最大，放心小艺，我这辈子就找你一个。”

“我就看她对你眼神不对劲。”

“完全瞎想。”

“我是不是老了？”家艺问欧阳。欧阳连忙说没老。家艺略自暴自弃：“别骗我了，一岁年龄一岁人，其实偶尔，还真有点羡慕王怀敏。”家艺又开始罗曼蒂克。

“羡慕她什么？”欧阳惊愕，反应过来，“羡慕她有孩子？”

家艺道：“这枫枫马上大了，再过二年，参加工作，你我多无聊。”欧阳问：“你意思是？”

家艺又变主意：“我就那么一说，你别乱想。”

欧阳委屈地："怎么成我乱想了。"

家艺道："你看老五，就有两个孩子。"

"废话，她结两次婚。"

家艺才想起来："老五呢？"

"昨个儿出去了，说去看光明。"欧阳说。

"她跟你说的？怎么又去看光明？"家艺问。

"脑子有问题。"

家艺忽然幽幽地："你说小年这事，真是把大姐元气伤透了。"

欧阳趁机："所以说，你以为孩子多就好？管经的，一个就行。祸害的，生多了反倒祸害人。"

"小年胆子太大。"家艺感叹。

小范跟小年年纪相仿，也从朋友那儿得知小年出事。他也一贯赌，但仅限于老虎机、打麻将，最厉害不过推推牌九，不敢玩大的。听闻小年的事，他一方面感叹，甚至有些佩服，另一方面也有点怕。家文没跟老范说小年这事。毕竟不光彩，而小年毕竟是娘家外甥。说这事，对她也没什么好处。但架不住小范来跟老范感叹。老范一听，问家文是否属实。得知确实，老范也跟着感叹："玩得太大！这小年不得了。"老范也喜欢打麻将，年轻时候牌技不错，但随着年纪增长，脑和眼都跟不上，只能玩玩小牌，不过瘾。米娟趁机向公公告状："你儿子也打。"

老范立即对小范："你要控制，一个赌，一个酒，一个色，沾都不沾。"米娟笑道："你儿子倒想沾色呢。"家文在厨房听着好笑，咳嗽两声。老范有些尴尬，又对米娟："现在小孩子放在我这儿，就你两口子过，他控制不住自己，你得控制他，一个酒，少喝，一个赌，打打小牌过过瘾算了，完全不打也不现实，月月工资你得把着，可听到？"

米娟故意道："你儿子不给。"

老范严厉地："他不给，你告诉我。"

一年过去，米娟还没找到工作，日日在家混着，也去打打小牌。家文让米娟端菜，准备吃饭。吃着吃着，米娟提起个事："前一期去龙湖小区打麻将，旁边一个人说，你可知道，对过这个是你亲戚。我当时奇怪，什么亲戚我怎么不知道，一叙，才知道，哦，对过那个叫何家欢，是文姨四妹。我说怎么长得那么像。”米娟笑呵呵地说。家文淡淡地，说是有点像。米娟又问：“一只眼有点不得劲。”老范确定：“那就是她。”又劝米娟，“麻将千万不要打得太大！”米娟连忙说好。吃完饭，小范两口子带妮妮回家，老范才对家文说：“这个米娟，也打得洋帐样（方言：特别严重）。”

家文回他一句：“你给她带着孩子，她不打麻将干吗呢？”

老范不作声了，一家几口都爱打，谁也别说谁。

还清高利贷，建国一下老了，白发白得更多。无论是大家还是小家，他打年轻时候就“谋兵布阵”，各种安排，他是把整个家族当成一场战事来管理的，处处想到，做到。几个妹妹不用说，自己儿子，他更是从小就铺好了路。小年的前半生，堪称他最完美的作品，当兵，退伍，就业，到重要部门，行云流水。然而，一切又都那么始料未及。命运，从不会按照任何人的规划推进，总有你猜不到、算不到、料不到的地方，那就是天意。

周末，小年和李雯带着何雯依依回家。家丽和建国下定决心，给两口子好好上一课。几十岁的人了，都成家立业了，还要操心。李雯在厨房帮家丽的忙，择葱剥蒜，特别热络。她也是为求表现。家丽把菜炖上，才对儿媳妇说：“他玩，你不能再玩，你得管。”

话算重了。这次小年出事，李雯家也出了钱，但是小头，还是建国、家丽拿了大头。李雯不作声，听着。

“你们还有什么不知足，什么都有了，工作好，孩子好，有房子，想买车子也不是不可以，还折腾什么？”家丽问。她无法理解年轻人的躁动。可在李雯和小年看来，他们就是嫌生活太轻松、无味、寡淡、一成不变，一眼可以看到老。这是他们最恐惧的。

“妈，以后我管着他，一切注意，随时汇报。”李雯态度还是良好。

小冬卧室，建国和小年站着抽烟。

抽到烟屁股，建国把烟头摁在烟灰缸里：“你是不是觉得自己太顺了？”他问儿子。

小年愣了一下，这问题太难答。说是，还是说不是，都会落不是。他只好说：“不会有下次。”

建国忧愤地：“有下次，天王老子也救不了你！你老子我只有能耐救你这一回！家里这点，一次就被涨完了！”

小年把目光调向窗外，盆栽满窗，一株铁树盆景挡住了视线。他爱赌。他觉得人生就是赌，只是这一回他输了而已。

他脑子里想的全是成王败寇，仅此而已。

“你当你这个工作容易？你老子求了多少人，老脸都快蹭地上了！才帮你争取到！你弟想要还没有！你现在的日子就是过得太好了，失去方向了，不知道自己几斤几两了，失去共产主义信仰了，就该把你们这些人都送到战场上去，知道知道什么是生死，什么叫幸福生活来之不易。”讲到激动处，建国无法自持，“革命先烈抛头颅洒热血就养出你们这些玩意儿？你知不知道毛主席率领大家打下江山是多么不容易！长征时要爬雪山过草地，枪林弹雨随时都有牺牲，你老子参加革命前没东西吃都吃树皮！你赌博？你有什么资格赌博？你为什么不为人民服务？你要变了质，老子就可以枪毙你！”建国颤巍巍地，一把抓起窗边一小盆文竹，朝小年身上砸去。小年一躲，文竹击中穿衣镜，当啷一声。

家丽、李雯、小冬闻声连忙赶来。

家丽大喊：“何向东，怎么回事？”

小年略不解：“爸他……”

家丽推了小年一把：“你还气你爸！都走！都走！走！走！”

饭也吃不成了。

213

这年过年光明不回家，就在学校过。打电话给家文，家文再不好受，依旧表示同意。光明的理由很充分：要复习考研。更何况，这年特殊，五姨来无锡玩，陪他一起过年。家文也感到奇怪，这一向，老五往无锡跑了好几趟，总说去看光明。她跟外甥有这么亲吗？奇怪。家文问家丽：“是不是老五在无锡有生意？”

家丽猜到几分，又不能明说，只叹气：“她能有什么生意？如果有，也只能是无本的买卖。”家文猛然一惊，无本的买卖……她有些担心光明。跟五姨接触多，会不会学坏。

家艺也跟欧阳说：“这个老五，在外头绝对有事，这都去无锡几趟了？”欧阳说：“无锡外贸多，可能跑外贸。”

家艺不屑：“她能有这个脑子？”

只有光明知道真相。他还和五姨小玲，以及那个方脸的司机吃过几顿饭。方脸司机请。他叫何其庆，是扬州江都人，跟小玲算老乡。人算老实，不多言不多语。他来无锡打工，做建材生意，近来在倒腾墙纸。小玲在何其庆面前，多半肆无忌惮，吃着饭就嚷起来，“姓何好，我本来也姓何，我爸不让，非让我姓刘。”

小玲对这一段“公案”耿耿于怀。

岁末，税务机关突然下来查账，宝艺未能幸免，账目被查出问题，被迫停业整顿。家艺和欧阳后悔不迭，早该听老四的话，老老实实做账。树大招风，现在宝艺已经不是当时的小作坊，家艺怀疑是竞争对手作祟。但眼下无力扭转局面，只好暂停营业。几个弟兄、员工，都先遣散休息，回家过年。何家欢倒是在证券公司中户室混得风生水起。方涛让她悬崖勒马，她留了一部分钱存定期，其余全投进去。只是没想到股灾突临，她的那几只股票全部被套，她也只好回家过年。农历年前，家丽把老二的钱还了。她知道老二难，不能老占着她的钱。老三、老四的尚未归还。老六的那笔，是小年找她借的。她要，就让她去找小年。那是他们姨甥俩的事。家喜搬回娘家之后，王怀敏跟她关系缓和些，远香近臭，再加上此前小年帮王怀敏亲戚办了当兵，关系就更好一点。过年，王怀敏开始叫家喜去吃饭。可年三十，何家喜不愿抛下美心去，便只能带着美心，去王怀敏那儿赴宴。美心虽觉得别扭，但总比一个人在家强。只好随着走一趟。

去还不能空手。到底是老辈，见了王怀敏的小儿子，美心得给压岁钱。到地方，美心说看看孩子。王怀敏把小儿子抱过来。王怀敏老公自动回避，几个女人坐着说话。美心拧着脖子瞅瞅，道："像你。"王怀敏二女儿笑说："跟我小时候长得一模一样，可人疼，主要妈会生，拣优点长的。"

家喜撇撇嘴，不吱声。大姑子向来会奉承王怀敏。

美心道："老来得子，大喜事。"

王怀敏笑说："谁说不是呢，年轻时候生孩子，只觉得苦，现在年纪大了，突然来个孩子，真感觉是老天爷给的礼物。带孩子的心境不一样，累是累点，但架不住开心呀，跟个小玩具似的。就是以后少点照应。"说到这儿，又对她二女儿，"以后房子都留给你弟弟，没意见吧。"二女儿脸有点僵。当着家喜和美心的面，她只好做表率，说没意见。王怀敏又对美心："咱们做娘的，都是一个心，我看你也最疼阿喜。"

美心说："家喜是我自己带的。"

王怀敏接话："那有感情。"

家喜道："可不，孩子就得自己带，不带，那感情培养不起来。"王怀敏换话题，问美心酱菜摊子还开不开。

"凑合着卖，几次说不开，顾客都不许。"

王怀敏撇撇嘴："你那个酱菜，味道是好，不过要小心，最近有个骗子，到处骗秘方，车站前头那个张记牛肉汤的秘方，还有王麻子做卤菜的秘方都被骗去了。”

美心和家喜都听得神情紧张，忙问怎么回事。王怀敏继续：“就是一个中年男子，看着人模狗样的，一来就说你家东西好吃，然后说花一百万买，等知道秘方了，就立刻消失，一个屁毛没有，白占。”美心脸色发白。王怀敏追着问：“亲家，你没遇到吧？”

美心嗫嚅：“没……”

“我想也是，你一个酱菜，小本生意，他来找你做什么……”

美心问：“那人是不是梳着分头，上面有点油？”

“哟，这我可不知道，怎么，真遇到过？”

美心连忙再次强调没有。家喜盯着美心看，美心讪讪地。闹腾了一天，回家，王怀敏又托家喜找小年给亲戚办个当兵。家喜一时不好驳婆婆面子，只好先应下来。

路上，家喜绷着脸。美心故意感叹：“真是想不到，坏人这么多。”是说要买秘方那个人。

家喜不高兴：“妈，搞了二年半那酱菜方子根本不值钱。”

美心立刻转向：“谁说不值钱，值钱，那个人是假的，有真的。”

“行啦，”家喜道，“也就您，把那方子当个宝贝，我就说一个酱菜方子能值多少钱，吹上天，也不怕掉下来摔着。”

美心着急：“你这孩子，有眼不识金镶玉，那是你姥姥传下来的，几代单传，传女不传男。”

家喜拦阻：“行了妈，听着脑子都疼。”

美心只好闭嘴。

原本，家喜以为住进家，守着美心这个大元宝，赶明儿继承房子，还有酱菜方子，等于几百万落袋，好不快活。可婆婆王怀敏这么无心一说，酱菜方子看来是值不了几个钱了。这么突然地，百万打水漂，家喜不痛快。都怪她妈美心，人家给个棒槌，她就认成真（针）。一路到家，何家喜气都不平，直到进了屋子，她想起好歹祖屋是自己的了，才稍微气定。

竹篮打水，美心也感觉自己犯了错似的。春节晚会看了一小会儿，早早上床睡觉。

年三十，家丽家一切从简。小年和李雯两口带依依去娘家过。家丽叹，不来也好，省了。他们家现在重要的核心问题，就是要省。建国戒烟，家丽戒麻将，小冬的工资也必须上缴一部分，几个人的凑到一起，聚拢，慢慢还账。吃上也必须俭省。年三十，桌子上也就三五道菜，素菜环绕，中间汤盆子里窝着一只鸡，瘦瘦小小，死相难看。小冬举着筷子——“举筷维艰”，扫了一圈没自己爱吃的。建国到院子里侍弄花草，他没胃口。只有家丽陪着小儿子。小冬放下筷子，对他妈抱怨：“咱们家这到底是干吗呢，不过了?”家丽也为难：“苦一阵，就苦一阵。”

小冬叨咕：“一家子都被他祸祸了，就一点不为别人考虑。”

家丽明白，小冬是在指自己。所有的钱都用来还债，他呢，作为老二，什么也得不着，心里难免不平衡。

家丽道：“那你说怎么办？见死不救，让他被人打死?”

小冬不说话。

家丽喟叹：“你们是亲弟兄，一个妈一个爸的，不一样。”

小冬抢白：“你跟老六，还有老四、老三，不都是一个妈一个爸的，不照样抢得一塌糊涂，人家吃肉，汤都不给你一口。”

家丽哑口无言。活生生的例子摆在眼前。

“那不一样。”家丽只能这么说。

小冬道：“妈，小年遇难，我们都帮，是应该的，但都是儿子，一碗水也不能端得这么不平，这前前后后，他涨挤掉多少钱。总数就那么多，以后轮到我，汤都没了。”

家丽苦恼，小冬说的是实情，为人父母，谁不想多给孩子留点，可眼下，小年一件事就耗干了全部，以后留给小冬的，必然所剩无几。“这房子给你。”家丽一锤定音。

小冬不出声。家里值钱的，也只有这房子了。

三十春节晚会也不想看。小冬去看曾国藩，建国和家丽早早上了床。

睡还太早，外面时不时有人放炮仗，点缀点年味。

铁门被撞得当当响。家丽问建国是谁。建国连忙起床，走到院子里，问：“谁个?”

“爸，我。”是李雯的声音。

建国连忙开门。李雯抱着依依进屋，几口人站在客厅。“怎么搞的?”家丽本能地觉得不妙，“小年呢?”

小冬接过依依。

“跑了。”李雯倒还直面。

建国有点发晕，扶着书架。

家丽带着惊恐：“又干了?”

李雯这才口气幽怨地：“妈，他就是想翻本……”

“你为什么不劝?”

李雯自己赌性也很大。戒赌，难度不下于戒毒。

外头又是一阵炮仗响，新年的气氛越来越浓。何家丽却感到万念俱灰。一次不改，又来第二次。这一次小年欠的钱，在家丽和建国听来，那是天文数字。这辈子还不起，下辈子也还不起。怪只怪他们两口子太贪，屡教不改，才让自己堕入万劫不复的深渊。很奇怪，李雯没哭，她只是描述着整件事情，以及后果。高利贷飞哥他们扬言，小年不还钱，不但要去他单位闹，还要让他留下一条腿！这一次，是摧枯拉朽的龙卷风。小冬被吓得呆在一边，他原本那些小算计，在巨大的灾殃面前，也都似乎微不足道起来。小年躲到战友家去了，李雯在婆家讨论了一夜，得出结论：这一次，小年如果想要活命，只能跑。

“跑，跑到哪儿?”小冬问。

“离开淮南，去别的地方，隐姓埋名。”家丽眼眶红红的。隐姓埋名，这话听上去像武侠小说中的事。工作辞掉，房子卖掉，李雯也必须跟何向东切割，离婚。但李雯坚决表示，依依她要带走。天快亮，有鸡叫。人生的路就这么无声无息在这一夜落定。

李雯问：“仇家找你们怎么办?”她还算有点良心。

家丽说："你爸是武装部退下来的，他们不敢。"

再不敢，欠债还钱，天经地义。

送走李雯和依依，家丽还强撑着，站在院门口，招手。待李雯走出巷子口拐弯头，彻底消失不见，家丽才腿一软，倒在地上。小冬连声唤妈。

214

家喜给小年打电话，说亲戚当兵的事，没通。又发短信，过了一天，小年回电话，说事情可以办，看在家喜的面子上，价钱还可以低一点，只要两万，但就是时间上不能等，主要趁着过年，把该打点的都打点好，该送的送，接下来好办事。家喜跟王怀敏回了。王怀敏跟亲戚问，亲戚立刻表示同意，钱第二天就拿来。有第一次的成功经验，大家放心。只不过，家喜多要了五千，两万五。小年来见她，她给小年两万，剩下五千，自己揣着，算介绍费。

谁知没几日，小年二次欠债的事爆发，整个家族被震动，受冲击最大的，当然是家喜。她气得要杀人，在家里张牙舞爪："还是人吗？这个小年，跑之前还捞我一笔！"王怀敏一听事情办不了，立刻找家喜要钱，家喜推卸责任，说："妈，我只是介绍，我又没拿钱，这种事情，谁也不能百分百打包票。"王怀敏不干，闹得翻天，家喜没办法，只好先把那五千块退了，对宏宇说："以后你家的事！别来找我！"

仿佛一夜之间，小年辞了职，办了离婚，龙湖小区的房子卖掉，远走他乡。至于去哪儿了，没人知道。这是事实，短时间内，连家丽和建国也不知道儿子去了哪儿。他只说，去找战友。反正光杆一个，在哪儿都能凑合凑合。走那天当然没人去送，家丽在家偷偷哭。小年坐夜车走，李雯带着依依回娘家。娘家自然都说小年的不是。扶不起的阿斗，毁了自己女儿。可奇怪，李雯似乎并不怪小年。离婚就离婚，她带着女儿过。小年走后半年，就有人给她介绍对象，李雯拒绝。女儿上学，她给改了名字，跟妈姓，叫李依依。时至今日，何雯依依这个名字，跟离婚后墙壁上的巨幅结婚照一样讽刺。不作不死。命运的潮头打过来，再依依，也只能分离。

家艺的旅馆停了小半年。幸亏是自家房，不需要付房租，否则真要一败涂地。半年后，家艺再开张，又请家欢来做账，老老实实弄了。家欢在股市里打了几个滚，有亏有赚，但多少赚了一点，算有些本钱。刚从体制内出来的焦虑有所缓解，她仔细调研市场，打算做面包店。她觉得淮南这种小城市，西点方兴未艾，还有发展的空间。只是要开店，手里这点钱就不够了。

绿十字门口，家欢找到家喜，问她借钱。

“没有。”家喜表情很凶，“我上班呢，没事了吧。”转身要走。家欢不饶她：“何家喜，做人不能这样吧。”

“哪样了？你做你的人，我做我的人，还有两样人？”家喜不高兴。家欢翻旧账：“你要回去占房子的时候，我们可都是支持你的。”

戳到家喜痛处，她反弹强烈：“什么叫我占房子！妈跟大姐过得不好，请我回去的，怎么叫我占！”跟着又哼了一下道，“要说做人，我们自认没什么不到的，你在里头的时候，就宏宇跑得最欢。”

家欢不示弱：“宏宇的命还是老方救的。”

家喜说不过：“提这些有意思吗？陈芝麻烂谷子。”

家欢穷追：“你的命还是大姐救的呢。”

“何家欢，你有完没完！”家喜愤怒，“你还不是被丢在南京火车站差点被人捡走！”

家欢手一挥：“这个就别说了。老六，该谁的谁拿，你占了房子，还月月拿着妈的工资，我们跟你同一战线，总不能得到好处你一人独吞。”

家喜反驳：“我得什么好处了，完全义务劳动，你行你来，你来照顾妈，我腾出来给你住。”

家欢问："房产证上现在是谁的名字?"

家喜不语，扭头就走。

小年走后，家丽家更加沉寂。要债的来闹过几次，见效果不大，也只能作罢。建国基本算退下来，日日无非种种花草，养养鱼，下午就去公园旁边看看其他老头下棋。然后绕公园走走，保健。家丽无事，无非买菜做饭，下午偶尔打打小牌，心思放在小冬身上。小冬自从管卫生监督后，家里伙食不好，人家饭店伙食好，各种店子见他们来监督，立即好菜伺候。小冬和同事们嘴扎到人家锅里，很快膘肥体壮，参军回来，还是个英俊的青年，工作没多久，则开始有点中年气象，老成得厉害。老二的婚事，家丽务必求稳，长相倒是其次，一定要老打老实（方言：很老实）。托人踅摸了一圈，都不太满意。家丽让家文帮忙留心。

放暑假，光明还没回来，继续在学校看书。

家文愁心，托家丽有机会给调和调和。家丽道："既然走了这步，孩子迟早有自己的生活。"家丽也能看出光明对重组家庭的不接受。"过年回来我说说他。"家丽说。

"就怕他不回来。"家文担忧。

"不会吧。"家丽说。

光明没回来，老五却回来了。来回无锡几次，再回来，家艺的旅馆关门，她也不好意思住进去。龙湖的房子收回，她自己住。依旧没有正式工作，也不知道吃什么。这日，半下午，建国去遛弯，小玲上门，家丽在家。家丽问："这展子怎么来了?"

老五说："有点事商量商量。"

家丽现在胆子小，听不得事："能不能安泰点，你就应该找个事，或者找个人，过日子。"

小玲道："就为这事。"

"什么事?"家丽糊涂了。

"人的事。"

"人呢?"

“在门口呢，没让他进来。”

家丽这才意识到小玲又领回来个人。她忙道：“应该带去给妈看。”小玲说：“老六不让进门。”家丽没辙，人都到门口了，少不得帮她掌掌眼。家丽摆摆手：“带进来吧。”

小玲这才出去，领着何其庆进院子。何其庆手里拎着脑白金，进屋放下。家丽给倒了两杯茶。

小玲两边介绍了一下。家丽让座，一口气问了哪里人，做什么的，年纪，等等。何其庆一一答了。家丽惊异于他也是江都人。

她改说江都话，何其庆对答如流，看来没撒谎。

家丽端起茶杯，若无其事地：“老家还有人哦？”

何其庆说：“还有姑姑。”

“父母都不在了？”

“走得早。”

“在外头打拼不容易。”家丽叹息。

“混口饭吃。”

家丽跷起二郎腿：“跟老五怎么认识的？”

何其庆迟疑了一下，眼神向小玲求助。小玲接话：“朋友介绍。”

“认识多长时间了。”

“有日子了。”刘小玲答。家丽不耐烦，“没问你。”

又问小何：“来了住哪儿？”

何其庆说住旅馆。家丽没再多问，又聊了一会儿，到挨晚子，她留饭，小玲与何其庆执意不肯，家丽放行。建国回来，家丽把将才小玲带人回来的事简单说了。建国感叹：“这第三回了，得小心吧，不能再有下次了。”

家丽说：“带到妈那儿，老六不让人进门。”

建国不予置评，停一下，才说：“老五既然来找你，你就好好帮忙把把关，不为别人，就为爸。老五辨别能力差，别又被骗一回。”家丽思忖：“这个人，我看还好。也姓何，江都的。”

建国说："江都好办，可以找老家姑姑打听打听。"

家丽这才想起来自己也有个姑姑在老家，此前老太太的骨灰，就是她让儿子拿回去的。表弟电话她有。打过去，还算客气。家丽把事情简单说了说，表弟说愿意帮忙问问。他在当地公安局有熟人，查人方便。没两日，江都姑家的表弟回电话，把何其庆的情况跟家丽仔细说了。家丽立刻炸毛，打电话让小玲过来，让她不要带姓何的来。

到家丽的小院，小玲笑着说："人昨天就走了。"

家丽哀其不幸，怒其不争，恨其不察："刘小玲，就算你傻，也不能傻到这种地步。"

小玲站在蜡梅树下，一手扶着树枝，不知所措。

家丽斥："你知道何其庆是什么人吗？"

"好人。"小玲乱答。

家丽哼了一声："你让我怎么说你好，刘小玲，你多大了？脑子还这样，你不能光有两只眼，还得长点心眼。"

"大姐——"小玲不知大姐为什么这样。

家丽叹口气："幸亏你姐夫多说了一句。"

"姐！到底怎么啦？"小玲还一派天真。

"何其庆杀过人你知道不知道？"家丽拿着花枝剪，"杀过人！杀人！明白？杀人！"

刘小玲答："知道，是误杀，属于正当防卫。"

家丽不解："知道？知道你也愿意？你要找个杀人犯？"

小玲说："谁没有个过去。"她看得开。

"你真要跟他？"家丽问。

小玲不作声。家丽看老五是动真格的了。她让老五再考虑考虑。次日，又叫家文来商量，虽然姊妹几个如今已经四分五裂，但老五问到她门上，家丽还是尽量帮老五考虑周全。家文道："如果是误杀，或者是被人欺负正当防卫，的确不能证明这人有多坏。"家丽道："杀人，听上去总瘆人得慌，按照老话，至少说明这人煞重。"家文客观地："像老五这样的情况，想要再婚，也就这几年，没有合适工作，有两次婚史，两个孩子，换位想，如果不是这个何有点过去，他可能也不会找老五，都是可怜人，撞到一块了，没准还真是个好姻缘。”家丽说：“还是得看看他对老五是不是真心。”

“怎么看?”家文一时想不出办法。

又几日，家丽把刘小玲叫至家中，老二家文也来，就用家丽家的座机，给何其庆打电话。姊妹仨围成一团。电话通了，何其庆客客气气。寒暄过后，家丽径直说：“小何，你和小玲的事，家里没意见，很支持，就是老妈妈年纪大了，不太想让老五走远。如果你们结婚，希望你能来淮南，发展，安家。你也说，江都家里没人了，到淮南，就是你的家。”何其庆停了几秒，似乎在犹豫。

家丽和家文对了一下眼色，继续说：“你也不用着急回答，再考虑考虑，建材生意，哪里都是做，我这儿出门就是建材一条街，你来的时候也看到了。”何其庆果决地拦话：“大姐，我去，没有问题。”

出人意料，家丽和家文没想到他答应得这么爽快。家丽还要多问，家文伸手一挡，示意一次不要问太多。小玲在旁边听着也欢喜。无锡当然比淮南好，但无锡无论对她还是何其庆来说，都是异乡。家丽鞭策小玲：“再走一步，该老实了。”

小玲连连说是。人到中年，尘埃落定，她也倦了，累了，她原本以为自己可以漂泊一辈子，什么都不在乎。但随着年纪见长，皱纹白发一起冒出来，她才渐渐明白，对于一个女人来说，家是温暖的港湾。有了家，才有了底气。

215

酱菜方子被“宣布”不值钱后，家喜对美心很有些不满。现在，就算刘美心把酱菜方子拿出来给她，她也不会多看一眼。吃还是吃，但已经没有以前那么丰盛，加上家欢找她闹过一次，家艺也来问情况，催得家喜有点紧。这两位家喜曾经的支持者的意思很明确，既然当初支持她占房子，现在就理所应当分给她们一点好处。

是，何家喜当初私底下承诺过，可那时候，美心的“刘姐八宝菜”方子，还是个美丽的梦。如今，梦醒了，家喜不过得了一套房，并没有其他利益，房子是不动产，她不可能自掏腰包给老三、老四补偿。

美心也知趣，看出家喜的不愉快。如果换成家丽，没准美心已经闹了一通，但现在是家喜，美心只当作是小孩子闹脾气，她能包容。家喜脸色不好，她就多去公园遛遛，锻炼身体。这日，她刚从龙湖公园南门进去，就见家丽在草坪上站着，跟几个老太婆说话。两个人打了个照面，家丽岿然不动，美心慌忙躲开，没头没脑朝健身器材方向走。到器材旁，美心心不在锻炼上，她看人把腿跷在杠子上，也下意识跟着学。谁料，放了几分钟，僵在那儿，腿怎么也扳不下来，美心疼得直叫，旁边没人敢扶，怕沾上了甩不掉，后来还是个好心的环卫工帮她把腿扳下，美心又感觉头晕。只好找电话打出去，叫家喜来。家喜在上班，最后是闫宏宇开车，把美心接回家。

美心疼得在家躺了三天，不能动。

家喜递稀饭，配着肉松：“妈，能不能不要添乱，人家跷你跷，人家几岁你几岁，你这一病，小曼谁送?”小曼在旁边说：“妈，我自己能去，不用送。”家喜呵斥：“大人说话小孩不要插嘴！”

美心侧歪着：“头还是疼。”

家喜没理睬，出了屋，对宏宇：“给老三打个电话，她天天也没屌事，就不能过来看看妈。”宏宇只好给家艺打电话。家艺表现倒不错，第二天就来了。宏宇在外头跑吊车生意，家喜上班。美心一直说头晕。家艺只好带她去保健院瞧瞧，上了吊水，医生说有轻微脑梗，血压和血脂也有点高。叮嘱以后要注意饮食，运动适当，按时吃药。美心问：“药得一直吃着了？”

医生倒和眉善目地：“老太太，你这个年纪，血压稍微高点正常，吃点药也正常。”美心看家艺，为难，她心疼钱。

家艺坐在美心旁边，忧心忡忡。国庆路开了一家大酒店，把他们生意冲了不少，再加上不敢做假账，利润更薄。生意干起来也累。家艺跟美心抱怨：“妈，你这退休了，老了，还有人照顾，等我们以后都不知道怎么办。”

美心道：“你还有小枫呢嘛。”

家艺说：“不能指望儿子，何况他现在饭碗子都没扒上呢，马上高考，也不知能考个爷爷娘娘。”

美心无心管这事，敷衍着：“有学上就行。”

家艺忽然问：“妈，家里那房子，后来怎么办了？”

猝不及防，美心虽然轻微脑梗，但脑子还是转，故意压低声音：“什么怎么办，放那儿放着，我不死，谁也别想。”

家艺笑道：“没人想，可我怎么听说，房子已经过户给老六了？妈，你不会连遗嘱都立好了吧？”

“胡扯！我还没死呢！”美心激动。护士赶过来，皱着眉头：“二号床病人，情绪不要那么激动！”

清明节，家文陪老范去寿县走了一趟。老范给他爸上坟。发妻的坟，历来都是老范一双儿女去上，他不操心。年年都是走个形式，寄托哀思。这年去上坟有人在卖墓地，带着去八公山看，说山清水秀。老范经不住销售忽悠，有点动了心思，想趁便宜入手一个。他和家文的夫妻做了有年头，多少年夫唱妇随，倒也和睦。转了一圈，老范提议："要不买个双的吧。"意思百年之后，两个人躺在一起。"怎么样？"他看着家文。

家文为难，只好用缓兵之计："还早着呢吧。现在先不考虑。"能怎么说呢？说好，未免太仓促；说不好，又有点伤了老范的心。半世夫妻，相濡以沫，足矣。何苦再操心身后？又或者，家文本另有打算。家文劝，老范也不强求，暂且作罢。

回来家丽、建国和家文一起上山。自从姐妹们闹掰后，他们三个便单独行动，上电视台山，想给常胜上坟，再一起去看看卫国。山上野花开了，是那种小黄花，烂漫地。家丽和家文一边走一边说话。建国一个人走在头里。家丽说："前儿个遇到军分区老门邻，说你党校大伯哥那女儿，出嫁了。"

家文有些惊异，听说她上高职，算算，才毕业，真是能抓住机会。"没联系。"家文一言以蔽之。

"说嫁了个同学，芜湖的一个干部家庭子弟。"

家文淡然："他们一贯巴高望上。"

家丽不屑地："那离家远了。"

家文道："不关心。"

其实早前她也听到一些，去水厂路买菜，她戴着口罩，迎面遇到机床厂的春华，春华一低头，装作没看见家文。结果当天就在菜市遇到过去北头的门邻大兰子。她跟家文说了好久。老房子还是小健住着，生的儿子有点愣头青。大康过得不错，儿子是混世魔王。又说了敏子、惠子、智子的情况。敏子准备送儿子出国读书。惠子单干。智子老公在外打工两地分居问题多多。家文感叹大兰子消息灵通。最后，大兰子才说克思女儿出嫁了。说嫁得不错，但就是远。又神神秘秘说："克思耳朵不太好，别人说话，他都听不见。"

家文第一反应，听不见好，报应来了。但并不露出来。老天有眼。家丽见家文有些出神，拍了她一下，换话题说："何其庆真来了，店就开在香港街，卖墙纸。”

“住哪儿？老五的房子？”

家丽感叹：“单买了一套，还别说，这人还真不错。”

家文欣慰地：“傻人有傻福。”

两个人又谈起秋芳、刘妈、秋林，都说没消息。可能上海生活得如意，早都忘了这里。

常胜的坟在半山腰。到地方，建国放下草纸，旋好，找石头压着。家丽和家文找树枝，各找了一根粗些的，才去坟周围清理杂草。一抬眼，却见常胜坟前的碑换了，看得出来是个新碑。

家丽估摸，估计是那几个小的生意不好做，求常胜保佑。那碑文上明白写着，立碑人，孝女和女婿：何家艺、欧阳宝；何家欢、方涛；刘小玲、小何；何家喜、闫宏宇。

家文看着碑笑出来。应该是何其庆来淮南之前立的，并且是集资。只是太过随意，懒惰，何其庆出了钱，却只得到一个小何的称呼，连个大名都没有，实在不遵礼法，没有文化。

家丽唾：“他们就这样，脑子被鸡踩了。”

三个人笑了一番，又严肃地拜拜，再沿着山路向西，朝卫国的坟去。前一阵市里来个新领导，要搞旅游业，下令迁坟平坟，电视台山上的坟动了不少。但经海外华侨来闹，上升到国际问题，平坟的事不了了之。后遗症却是，整个坟山变成了乱坟岗。卫国死得早，一直没立碑。年年来都是按照大概位置，记住前后的坟：他前面是个姓胡的，后面是个姓袁的。找到这两个，便能找到卫国的栖身之所。只是今年一派断碑，倒的倒，拆的拆，三个人锁定了大概方位，开始找胡和袁。找了半天不能确定。后来却发现姓胡的碑倒在地上，碑文倒扣，翻过来才看到。

确定了，那一簇小小的坟包，就是卫国的。

家文有些难过，自言自语：“回头立个碑。”

家丽说：“等光明参加工作了，让他立，这个还是得孝子立。”家文说是。建国把炮仗挂上。烧了纸，放了炮。家文在卫国坟前叨咕：“保佑我们，有事去找你哥你姐。”

往下走，家丽又问家文要不要给陈老太太烧一点。她的坟在不远处。手里没纸了，家文也想烧烧，只好在半山腰买了几刀高价纸，去给陈老太太烧了。家文叨咕的还是那些老话。烧完下山，不提。

美心轻微脑梗稍微好点，痔疮又犯了。疼，一上厕所就一摊血，医生建议手术治疗。脑梗老六花了不少钱，还得照顾。而且最关键的是，她回来查账，发现美心工资卡上的钱少了不少，家喜怀疑是家艺动了手脚。而且治病是一部分，康复需要花更多钱，药是长期吃。这才刚开始，年纪大了，毛病多，花钱的地方在后头。家喜危机感很重。宏宇劝："算了，先这么治着，你去找大姐她们要，能要来吗？"

家喜反驳："妈是大家的妈。怎么叫要不来，要不来也要要。"

宏宇脸下不来："随你。不过人家要问这房子，你怎么说？"

家喜道："什么怎么说，不承认不就好了，就是妈的财产，妈赠予我，完全是合理合法的。"

宏宇知道说不过她，只好由她去。

家喜抽空找了家艺，又找家欢，最后找了小玲，大致意思是，妈现在要做手术，怎么办，姊妹们应该开会解决。家艺趁带美心看病的时候，哭穷，套了美心一点存款，是既得利益者，自然站在家喜和美心这边。枫枫上大专，她拿这钱交学费，正好。家喜又向家欢透底，说妈的酱菜方子值上百万，如果家欢肯帮忙，让大家都掏钱给妈治病，她就把方子的钱分出来，利益均沾。

家欢夸口："以前我在银行上班的时候，多少钱没经手过？"

家喜道："那是经手，不是你的，你不是干面包店吗，拿了钱，你就能翻身。"家欢心有点痒痒。此前，钱不够，她本打算找丽侠联营。但丽侠推说秋芳不在，她不能做主。其实主要是因为丽侠保守，她把新星面包房的本部，当作养老靠山，不肯轻易革新。家欢只能作罢。她知道秋芳跟大姐关系好，本想找家丽说说。只是，一边是家喜的金钱诱惑，一边是家丽的人脉资源，家欢有些不好权衡。不过她和家艺一致认为，目前四分五裂的状态不可取。逢年过节，人家家都热热闹闹，她们却冷冷清清。

而且家欢想着，儿子再过几年毕业，搞不好又要当兵。虽然小年跑了，但姐夫建国还在。少不了求人。而且现在小冬管卫生监督，将来万一她开了店，有外甥在上头罩着，方便点。无论怎样，姐妹开会，势在必行。

216

家文挽着家丽的胳膊，一抬头，是五方 KTV 巨大的牌子。老四约的地方，说见面聊聊，姊妹几个都到，不带男人，说是要解决一些问题。自从打家里搬出来，何家丽和家喜再没见过，老三老四来往少，老五因为结婚的事来过，平素里，只有老二家文还走动着。家文说："姐，来者不善。"

家丽道："兵来将挡水来土掩，八成，是老太婆病了，老六不想一个人照顾。"

家文问："那我们怎么办？"

"见机行事。"家丽说。

按理说，几姊妹见面，应该也在家里。但老四和老六怕大姐当场闹起来，惊动邻居太难看，所以约在 KTV 包厢，万无一失。

老六事先和老三、老四都对好点，三个人一头。老五则被老六和老四联合打压，无论说什么，她都只能投弃权票。

五方里都是玻璃。服务员小弟领着家丽和家文走向纵深，家丽感觉，仿佛是到了另一个时空，不是现世，是另一个遥远的次元。服务员敲了敲门，打开，包厢里，几盏彩灯闪烁，昏昏的，老五在唱歌，是那首《为爱痴狂》。家丽往门口一站，家文在她旁边。老四连忙抢老五的话筒，让她闭嘴。

老五上前，傻不拉唧地：“大姐，二姐，来啦。”

老四和老六站着，老三陪美心坐在最深的角落。

服务员上果盘，老四张罗着，说让吃。

家丽凛然：“不必了，不是来开会吗，开吧。”

瞬间的尴尬。老大、老二坐在长沙发上。家喜平时百般厉害，但见到大姐和二姐真人，还是有点怵头。

家欢看了家喜一眼。家喜喝口水，壮着胆子：“妈现在身体不好，要住院，都是女儿，都得出力。”

家丽气得眼红。家文站出来，一针见血地：“老六，房子的事情先说说。”

家喜慌乱地：“我不知道。”

家文逼问：“你不知道？房子被你占了，大姐被你赶了，你不知道？”

家欢见老六乱了阵脚，上前打圆场，拉着家文的衣角：“二姐，房子的事我先表态，我是坚决不要。”

家文凛然：“你不要是你的事，其他人，该有一份就是一份，再少，也是一份。”家艺见风头不对，不作声。美心也有些气弱：“我现在都病成什么样了，还吵！”

家文认理：“妈，你是生病，大家都有义务照顾，但今天来，有几个事情一定是要说清楚的，大姐被赶出来，总不能不明不白。”

美心拍沙发：“我想跟谁住跟谁住！”

家文被冲得后退。

家艺说：“姐，少说两句，妈要怎么样就怎么样，孝顺孝顺，首先得顺。”

家丽沉着脸，和美心对峙。

家文不理睬老三，对老六：“何家喜，你把房产证拿出来。”

“干吗？”家喜有点怵头。

家文道："看看上面名字是谁。如果是你，对不起，你得了房子，妈你带，如果还是妈，大家一起照顾没二话。"

"没有。"家喜冷冷地，"二姐，你能不能不要胡搅蛮缠。"

"这么个破房子，分成六份，每个人也没有几个钱，但做妹妹的，你什么时候尊重过你的姐姐？你一个电话没打，偷偷摸摸把房产证过户，还把老五的户口从家里挪出来，行，你有本事，你本事天大，有本事现在也别来找我们开什么会！你一个人就能解决！"家艺还不知道房产证过户的事，她做旅馆的，对房产敏感。问："老六，房产证到底谁的名字？"

老五则说："我户口得迁回来。"

老四见老六被驳得哑口无言，也不再充当和事佬，不演什么双簧。

美心见局面不利，大喊一声："房子是我给老六的，怎么了！房子是我的，我想给谁给谁！"

彻底暴露。

家丽这才站起来，气沉丹田，对家文："老二！我们走！"

家文随即扶着大姐朝门外走。玻璃镜子映着一张张脸，都老了，恍如隔世。何家丽忽然感到一阵心酸，自己穷其一生，竭尽全力维护的家，终于还是四分五裂。何家，现如今进入战国时代，谁都能立一个山头。长幼失序，伦常大改。她这个大姐，在妹妹们眼里，可能只是一个不识时务的大姐。

走出五方。真仿佛洞中一天，世上千年。何家丽心中的那团火渐渐灭了。"回去吧。"家文对家丽说。

身后一阵吵嚷，家喜又追出来。她不甘心失败，她还有账要算。

家喜指着家丽说："何家丽！你站住！你儿子欠我五万，你得还。"走出五方，家丽已全无气力，但家喜来战，她又必须抖擞精神，迎战。大街上，她不愿像家喜那样撒泼，只是平静地："小年借的，你去找小年，你那钱不是我找你的，你别搞错了。"

"你儿子诈骗！"家喜暴跳。

家文说："行了！你看看你，跟泼妇有什么区别！"说罢，家文扶着家丽往香港街走。家喜在后头追着骂："何家丽，你儿子是赌鬼!"家丽的眼泪一下下来，骂她，她无所谓，但说到小年，家丽觉得她就是有一百张嘴也无从反驳。小年是赌了，并且赌得家破人逃，妻离女散。家丽的脸抽动着，有泪也无声。家文扶着她快速走，家喜跟了一百多米，终于放弃。

老三、老四、老五还有美心在后头，站着看了一会儿，也散了。最终，美心的痔疮手术，还是家喜出钱。她老大不高兴，在家里摔摔打打。她跟宏宇说，这个家，她有点住不下去。

宝艺再度开业，情况不如以前。但勉强可以维持，家艺算着，可以熬到退休。枫枫上了大专，就在洞山，专对矿务局系统，她打算毕业之后找找人，把枫枫安排在矿务局。有个铁饭碗。

家欢又去找过家丽，想让大姐帮忙跟秋芳说说。家丽不计前嫌，确实也问了问，但主要丽侠不肯合作。最后只能作罢。

五方过后，几姊妹的关系确实不比从前。对老三、老四，家丽不好不恼，她们只是一时为利益所牵引裹挟，那天过后也有些后悔。家丽更加深刻认识到，这年头，即便是姊妹妹之间，要想真处得好，德行是一方面，另一方面你必须真有实力。小年远走，她和建国退休，只有小冬在监督所。他们的实力大不如前。然而家丽始终懊恼的是，谁都会老，但不是越老，姊妹们越应该抱团吗？家丽也曾反省自己，跟美心合住的时候，是不是太苛刻了，吃得差，俭朴。但多少年都这么过来的，你让她铺张，她也铺张不起来。何况家庭负担也重，小冬到现在没结婚，马上要买房子。因为小年涨了家里不少钱。小冬始终觉得自己吃亏。多少年一直抱怨。家丽和建国打算在淮河新城——算近郊，帮他入手一套房子。

何家欢到底没创业起来。股市过了高潮，进入低谷，栽得一塌糊涂，这二年碰都不能碰。方涛的车队倒是大发展，缺一个会计，家欢帮他们算账，当"总会计师"。再加上国庆路一线不少个体户的账也找她算，一年下来，何家欢也能挣不少。翻过年，家欢也成立了自己的会计师事务所。人到中年，算再度稳定。

光明顺利考上研究生，去了上海，依旧不怎么回家，偶尔五一或者十一回来一次，再就是过年蜻蜓点水的那几天。家文没有办法。她可以接受老范，她有了新的家庭，但她无法逼迫光明接受。因为离家太久，光明也逐渐不能适应家里的那个小屋，离马路太近，回来容易睡不着。小范的女儿妮妮开始上小学，在洞二小，厂里天天有大客车过去接送，所以妮妮还是放在老范这儿带。家文费点心，高中的底子还在，她能够辅导妮妮的作业。老范也来辅导，但每次成语填空，他都给了错误建议，妮妮按照他的指示办，总会得到老师给的一个大红叉。妮妮很不认可老范。妮妮在学校人缘不错。这年过生日，她收到好些贺卡。家文坐在旁边，陪她随便翻着。忽然，她看见一张贺卡上的落款是李依依。

家文问："李依依是你同学？"

妮妮说是。

"她家哪儿的？"

"就师院的。"妮妮答。家文听了，若有所思。

开春，刘小玲生了个女儿。这是她的第三个孩子。出人意料地，何其庆自从来淮发展，生意竟然不错，在香港街，他经营的元丰壁纸，靠着稳定的供货、优质的服务，稳坐头把交椅。小玲当了全职太太。生活无虞。家喜羡慕，但又不能说，只能向宏宇发脾气。宏宇被骂急了，只好说："我又没杀过人，哪有那么厉害。"

小玲得知，便没通知家喜来看孩子。

家艺和家欢一起来看。小玲刚搬了新房，在百大广场楼上，俯瞰市区，好不威风。趁着小玲去上厕所，家欢对家艺感叹："谁能想到，最先住高层的，是老五。"

家艺说："老五也是，取名字瞎取。"

家欢说："她那是报复，以前爸不许她姓何，现在好，她找了个姓何的结婚，还给女儿取何家美。辈分听着都乱。"

217

家美满月，家文和家丽才凑到一起，来老五这儿看看。

何其庆去店里，小玲带着家美在家，请了个保姆照顾她娘儿俩。家丽家文一进门，见保姆有些眼熟。问：“这位大姐是不是在哪儿见过?”保姆笑说：“以前在小玲姐姐家做过。”

“哪个姐?”家丽问。

保姆说是何家艺家，家文才想起来是从前在家艺家做的廖姐，这么多年还在田家庵做，看上去倒不算老。真叫十年河东转河西，谁能想到，刘小玲回淮南请得起保姆。

小玲抱怨自己没奶，只能和牛奶给孩子。

家丽还是教她老办法，让喂米汤。小玲吩咐廖姐记住，再做饭时试试。家丽看看孩子：“跟你长得还真有点像。”

小玲笑着抢白：“我是她妈，能不像嘛。”

家文接话：“女孩像爸多。”

家丽叹一口气，对小玲：“你走这步还真走对了。”

小玲不假思索：“人生有的时候，不能想。”

家文对家丽：“瞧瞧，老五成哲学家了。”

家丽又说：“名字也瞎取，家美是我上头那个，你这孩子，比我辈分还大?”小玲促狭：“不是瞎取，是我生她之前，做了个梦，梦到最上头那个大姐……”家文不让她继续：“行了，瘆得慌。”

家丽有感于心，发怔：“是，原本不是我做这个家的大姐，我也不想做大姐。”

“大姐——”家文劝慰地。

廖姐端冰糖雪梨来，三个人吃了几口，家丽和家文便道别下楼。家文又陪家丽在百大商场逛了一圈。家丽想买双皮鞋，但看来看去，都没有矮跟子的。去商场里的小超市，家文给老范称了点云片糕。家丽问：“给谁吃？”

“他喜欢吃，他孙女也喜欢。”提起妮妮，家文忽然想起来件事，她悄声对家丽：“依依你去看过没有？”

家丽叹息：“她妈不让，带走了就带走了，现在都不知人在哪里。”小年走后，李雯给女儿改名，完全切断女儿和家丽这边的联系，有私心，也是一种保护。高利贷偶尔还会上门找家丽、建国。李雯她妈和她哥对小年十分不满，认为是他不争气，祸害了她。

“我知道。”家文说。

下午三点五十，洞二小门口，家文搀着家丽迎风站着，校门口已经聚集了不少家长。都是接孩子的。放学铃响，开始有孩子出门。家文注意看着，没多久，妮妮背着书包出来，她坐厂车。瞧见家文，她一边叫阿奶一边跑过来。

“阿奶，你怎么来了？”妮妮问。

“来接你的。”家文说，“叫姨奶。”家文指示妮妮。妮妮果真叫了声姨奶，家丽笑着点头。

“你们班那个李依依呢？”

妮妮回头寻觅，找到了，指了指：“那儿呢！”

李依依背着黄色小书包，梳着羊角辫，文文静静的，一双大眼睛跟小年仿佛一个模子刻出来的。妮妮说要叫她过来，家丽忙说不用。

“叫过来不妨事。”家文说。妮妮跑过去，跟李依依说了几句，两个小姑娘果然牵着手走来。家丽反倒有些慌乱。小年走的时候，依依年纪小，还不记事。这么久了，她担心依依不认识她。唉，不认识更好，她不想给孩子增加负担。

李依依站到家丽和家文面前。依依眨巴着眼，竟真认不出家丽来。也是，家丽老了很多，有皱纹，有白发，但她终究是孩子的亲奶奶。

妮妮对依依介绍：“这是我奶，这是我姨奶。”

依依礼貌地：“奶奶好，姨奶好。”

家丽有些鼻酸。家文看出来，忙说：“走，去买点东西吃。”学校边有炸鸡排摊子，家丽掏钱，给两个孩子一人来了一大块。又买棉花糖，手上拿着一朵云似的。再去买文具，家丽又是出手阔绰，恨不得整个文具店都搬给依依。家文提醒她：“孩子要什么就买什么，拿不下。”又小声，“买多了他们也发现了。”

是说李雯和她妈。毕竟家文和家丽是偷偷来看孩子的，如果被发现，就没有下一次。最后依依只要了一支自动铅笔和一个田字格本。有人喊依依，依依忙跑出去。家文伸头看，是依依的姥姥来接她。家丽怕被看到，连忙拉着家文躲在货架后头。

依依来到姥姥身旁，左手鸡排，右手棉花糖。

姥姥严肃地：“拿来，谁给你买的?”

依依回头看，妮妮连带两个奶奶都不见踪影。

李雯妈严厉地：“丢掉，对身体不好，我们依依要变美，不吃这些。”依依不动。李雯妈再次：“丢到垃圾桶。”

依依恋恋不舍地，慢慢走到垃圾桶旁，把鸡排和棉花糖丢了进去。她姥姥还在叮嘱：“记住，以后陌生人给的东西，不能要，不能吃。想要什么回家跟妈妈说跟舅舅说跟姥姥说。”

依依喃喃：“姨奶买的也不行吗?”

李雯妈没反应过来，还是说自己的：“谁的也不行，现在外头坏人多……还有拐小孩的……”她讲述着恐怖故事。李依依果然被吓住。文具店，家丽眼眶红红的。家文搂了搂大姐的肩膀：“来日方长。”

这一向，家欢和方涛为成成操了不少心。家欢是大学生，当初还被称为数学天才，可成成偏偏数学极差，上了高中，就没及格过。更糟的是他语文也不好，不是作文走题，就是阅读无法理解。家欢气得直和方涛说自己生了个傻子。方涛严厉地：“当孩子面可不能说。”家欢道：“难的刚开始呢，你看前头几个，老大家的两个，就这样了，定型了。二姐家的算是上去了。老三家的再不行，好歹扒了个大专。老五的不管，老六的还小，就是我们家的，老大难，你说说，走哪条路?”

方涛说：“要不去求求大姐，也去当兵。”

家欢道：“现在当了兵也不分配，而且水太深。”

方涛说：“走体育路线呢，院里有送孩子走体育的。”

家欢叹口气：“体育，艺术，这都是没有办法的办法。”方涛说现在已经到时候了。家欢说：“都学着吧！哪条能走走哪条，我就不明白，他妈从小这么优秀，怎么他不能争点气，上一步。”

方涛自嘲：“可能怪他爸，他爸是个不争气的。”

家欢也笑：“那是，主要怪你，拉低平均水平，不过你要太争气，我可能还不找你呢。”人到中年，何家欢对自己还算有个清醒认识。

自从得知小玲住进百大楼上，家喜就浑身不自在。跟宏宇闹了几次，跟美心也阴阳怪气。小曼如今长大了点，懂点事，只有她能说家喜：“妈，你心态能不能放平和点，五姨受了多少罪，才刚享一点福，你就不舒服。你这辈子还没受过罪呢。”

掷地有声。童言无忌。这个家现在也只有小曼敢说这话。宏宇和美心各看一眼，都起身忙自己的去。家喜被女儿说得面红耳赤，却仍旧争辩：“你懂什么！你现在好，就你一个，什么好的都尽着你，你就是小公主、祖奶奶。妈那个时候吃了多少苦你知道吗?”

小曼犀利：“不就是生下来差点被送人，小时候经常穿别人剩下的衣服，吃不上喝不上，妈，我听这些话耳朵都长茧子了。你老说自己过得不好，我看姥姥生的孩子里头，就数你长得最高。”

家喜气极，只好拿出家长的派头压：“古筝弹了没有，三天打鱼，两天晒网，什么时候能弹出来!”

提到古筝，小曼忽然歇斯底里：“我根本就不喜欢弹古筝!”

“你再说一遍!”家喜怒火中烧。

“是你喜欢古筝，那是你的梦想，不是我的!”不知什么时候，小曼找回了灵魂。她不再是妈妈的漂亮玩偶，有了喜好，多了爱恨。美心坐在屋里不动，还是宏宇先出来劝，好歹把家喜拉进屋。

晚间，躺在床上，家喜问宏宇：“你老实回答，我跟老五，谁受的苦多？”

宏宇为难，徘徊在家喜想听的答案和事实之间，终于，他还是无法昧着良心：“老五吧。”

家喜立刻坐起来：“你也认为是老五？”

宏宇不失幽默：“老五结了三次婚，你才结了一次。”

家喜锐叫：“伊丽莎白·泰勒还结了八次呢！能这么比吗？那都是她们自找的！”宏宇不说话，躺下，头蒙进被子里，当鸵鸟。

家喜苦大仇深地：“所以说你什么都不懂，每一个家庭的福气的总量是一定的，谁最先出生，谁就最先占福气，你看我们家，上头多少个，最后才到我，我跟你说我分的福气是最少的。”

宏宇伸头出来：“不怕，你能抢。”

家喜继续：“会哭的孩子有奶吃，你看我从小吃吃不上穿穿不上，八岁之前没穿过新衣服，都是上头剩下来的。老四、老五最可恶，用过的鞋垫都留给我。老四那个脚臭，我一辈子都忘不了。还有这房子，大姐住了那么多年，我刚说住一住，让小曼上学，我就成叛逆了？小年出事谁借钱给他最多？这个小年也不是东西，临走还顺我一刀。闫宏宇我跟你说，这个世界上好多东西，你不去争不去抢，没有人会主动送到你面前。”

宏宇道：“我看老五也没争没抢，不也什么都有了……”

家喜击床一掌：“别跟我提老五！老五都有保姆了！我还当着你们的保姆呢！就那都得不到好脸子！你看看你女儿现在什么样？我跟你说以后你要指望她给你养老，你得活活饿死。”

宏宇小声：“还不都跟你学的。”

“你说什么？”家喜没听清。

“没事，睡觉。”宏宇及时收兵。

218

光明报了考研政治辅导班，在南京开课，讲师叫陈先奎。无锡离南京不远，只是去南京，住成了问题。后来几经打探，大姑家的三女儿智子的老公，在南京的一家大企业做事。一个人单住一套房，算有地方。

为省钱，光明和表姐智子联系，智子二话没说就答应帮他解决住的问题。跟敏子不同，智子的人生全靠自己拼，且人本身也厚道些，跟光明谈得来。她跟老公打了招呼。光明果真住进去。

第二天，智子就带着儿子从淮南赶到南京。光明觉得有些奇怪。是不放心他？他一个学生，有什么可防的？待人来了之后才发现，智子是不放心她老公。

当年下岗潮，智子老公没了工作，不得已外出找事，一做做到现在。智子和他长期两地分居。难免出问题。光明看在眼里，并不点破。可智子来后第二天，她就主动跟表弟诉苦。在光明听来，这不过是一个老套的故事。但发生在身边人身上，他还是能换位思考，感受她的痛苦。

小饭店里，就姐弟两个人。智子喝了点酒："你说怎么办？当初不让他出来干，在家两个人也是戳气！现在出来，钱是挣到了，人出问题。我又不能跟他一起出来。"

光明这方面没什么经验，问："一起出来也就出来了。"

智子道："我这个工作，丢掉可惜，再一个，都出来孩子怎么办？这些年好歹我把孩子弄大了。"

光明劝："商业系统，有些事情难免。"

智子恨道："你都不知道现在小姑娘多厉害！你不惹她，她都硬往上冲，挡都挡不住！”停一下，又说，“那女的跟你一样大，不可思议吧。痞得早，十几岁就在社会上混！是芜湖的，船民。你想想，船民唉，迎来送往社会经验丰富，你姐夫又那么一表人才，对吧，那么帅的一个人。那她还不死死咬住……”

“姐夫心里还是有你。”

智子立即：“那是的。”忽然小声，“有时候喝过酒，都给我打电话。人家讲喝过酒最先给谁打电话，那这个人就是在他心里分量最重的……”

可能是真的，也是自我安慰。光明换位思考，忽然感觉凄怆，这就是婚姻。

两个人又谈起家里其他人。光明问大姐怎么样。智子撇嘴：“她，她要不是我亲姐我都不敢跟她走动，真的，太难缠太好强，什么都要站到人家前头，可能吗？什么叫人外有人天外有天，他们厂科室那几个人，小孩年纪都大差不差，结果人家家孩子，个个优秀，一考大学，不是复旦就是交大，她受不了。”

“吉吉成绩不行？”

智子一拍桌子：“小时候优秀，长大了，到二中一比，那差得就多了。老大心里急，一咬牙，把孩子送美国去了。也不知道什么歪牌子大学，也不知道在哪儿，都不说，反正，三年六十万，你大姐夫现在到处打工挣钱呢，为儿子挣。”

光明大姐夫胡莱，是个老实人。

智子又说：“所以说人不能作，你看大姐，以前房子好，都说买房子。她也要占大头，那头几年地里花二十九万买了个几百平，厕所都四个。现在胡莱在外头做事，儿子去美国，她一个人住又害怕，说吸人气。”

光明苦笑。敏子一贯如此。

又谈起惠子。智子道：“老二就天天觉得，爸妈偏我跟老大了，尤其偏我。其实呢，偏我什么，我一个人在家带孩子，妈伸把手，不是很正常嘛，何况又住那么近。”

光明安慰，说二姐困难些，可以理解。

再谈起小忆。智子分析："她就是求学什么都太顺了，找对象挑来挑去，后来终于看中一个，结果你那个二姑父看不中，把人家刁难得一塌糊涂。"

"他就那德行！本事没有，脾气倒大。"光明忍不住刺一下。

智子客观地："你这两个姑父，都是那德行！本事没有，在家还要做老大，矫情！当初我为什么这么早嫁人，就是想赶紧出来，受不了，真的。在家里待不住，那个嘴叨叨叨叨，比老太婆还烦。"

最后谈到党校的大伯大妈。智子说："你大伯现在又聋又瞎，耳朵听不见，眼睛看不见，说是白内障，还不能手术，说眼角膜有点问题。"光明暗叹，细想，也是他该得的。

千年王八万年龟。

智子话锋一转："光彩离婚了。"

"怎么回事?"这是真正的新闻。光明追问："不说嫁得很好吗？在芜湖，婚礼多大多大，男方家有钱。"

智子隐隐约约地："好像是说嫁过去……人家发现她不能生。"

有因必有果，天理也昭昭。光彩本无辜，但这就是命。

光明微笑着："那跟她姑一样。"

智子想了想："是一样，都不生，当初我爸妈还想把我给过去，幸亏没给。"她庆幸。

光明及时把这些近况分享给妈妈家文。提到光彩不生，家文也啧啧："那跟她姑姑一样，这一辈人不生，下一辈还不生，都不生，不细子就细死，做人，厚道点，老天爷还没瞎了眼。"光明又说了说自己的学习情况。家文叮嘱他别太累。

光明说："等课结束，我去趟上海。"

家文问去做什么。

"看看学校。"光明打算报上海的学校。

"小年和洋洋都在那儿。"家文提醒。

光明说到时候联系看看。

家文挂了电话，笑眯眯地。老范问：“什么事那么高兴。”家文跟他说不着这些，岔过去：“厂里发的油领没领？还有卫生纸。”

老范这才想起来没领，换了衣服，下楼去。

问大姨家丽要大表哥小年的电话，家丽说不知道。问二表哥小冬，也说不清楚。光明不再硬问，这么多年过去，大姨一家对小年的去向还是守口如瓶。

连家里人也不说。

光明赴沪顺带看看他们，也只是念在小时候的情谊。话说到，不愿意也就不愿意。

洋洋倒好找些。这些年断断续续，表兄弟在网上一直有联系，面没见过。虽然一个在无锡，一个在上海，离得并不远。到上海，光明去拜会了一位师兄，他是头二年考上来的，有不少经验。光明问要不要找导师。师兄说能找最好，不找也没关系，硕士主要还是看初试成绩。光明只留一天在上海逛逛，跟洋洋联系。洋洋在上班，又不是周末，只能约着傍晚下了班见面。

说大不大，说小也不小了。光明来也没空手，给师兄带了几盒无锡酱排骨，剩下两盒，留给洋洋。查地图，光明才发现洋洋在青浦工作。晚上来市区怕不方便，两个人就约在青浦，光明早早坐车过去。路灯亮的时候，洋洋来了，他现在在一家外资超市的电器部里做事，是汤小芳的英国丈夫帮的忙。

小饭店，光明和洋洋面对面坐着，点了鸡煲。洋洋非要两瓶啤酒，应酬多，他胖了，也老成些。

“你看上去比我都大。”光明开玩笑。

“人在江湖，身不由己。”洋洋说话的口气也成熟许多。

“怎么样，适应了吧?”

“早适应了！我现在，谁来跟谁来，什么都不怕。”洋洋动动肩膀，“干吗，特地来看我的?”

光明没说自己要考研究生，怕刺激表弟。他只说来看一个师兄。“什么时候毕业?”汤洋洋问。

“不到一年了。”光明说，又岔开话题，“过年也没见你回去。”

“回去干吗?”洋洋本能地，“你不也没回去吗？大过年 IP 还在无锡。”

“有事。”光明概括。不细说。

“那我也有事。”洋洋说，“再说了，我亲戚现在都在上海。回去看谁?”姥姥和几个姨也被她妈“株连”，都不在亲戚之列。

光明敬洋洋一杯：“你这步走对了。”他本来想提小玲，洋洋的亲妈，可话到嘴边又觉得自己先说不合适。算了，如果洋洋提，他就选择性地说说，不提便罢。

两个人又聊了一会儿这些年的经历，过去的事，多半是笑谈，他们似乎都熬过了残酷又痛苦的青春，真正站在人生的起跑线，对自己的生活有了一点掌控。

啤酒喝光了，洋洋嫌不够，又各来一听。

末了，洋洋才低着头，装作不经意问：“她怎么样?”

光明脑中一激灵，知道他问的是谁。可有的能说，有的不能说，他小心着：“还不错。回淮南了。”

“这我知道，然后呢。”

“然后就是过得不错，简单幸福。”

“简单幸福……”洋洋抬起头，出神，“我都不知道这两个词什么意思，反正跟我没关系。”他自己先笑了。

“你下次回去，我帮你安排。”光明见火候到了，说。洋洋对小玲并非不关心，毕竟是母子。

“安排什么？不用不用。”洋洋摆手，又恢复职场人的样子。

光明摇摇罐子里剩下的啤酒。

洋洋举罐，碰一下：“敬简单幸福。”

“敬简单幸福。”光明说。

219

光明回了一趟家。

家文高兴得提前两天就开始准备菜，尽管光明只打算逗留三天。买了螃蟹，母子俩面对面坐着吃。光明又把智子学给他的话复述一遍。家文还说："一报还一报。"

好人遭殃，坏人得意。如今事情反转，确实值得高兴。

虽然有点"幸灾乐祸"，但多少的恩怨在里头，党校是他们共同的敌人。家文又倒了点黄酒，两个人对饮。老范从外头回来，见两个人在吃螃蟹，高高兴兴地，问有什么喜事。家文觉得这些事跟老范说不通，也没必要提，只说光明准备考研，庆祝一下。

"考上了？"老范外行。

"还没考呢。"光明说。

老范没明白高兴和没考的关系，想了想。家文又说："回头去九华山拜拜。"老范表示同意。螃蟹吃好，家文和光明坐在阳台上说话，阳光照进来。光明衣服上的扣子掉了，家文让他脱下来，用家里的扣子补缝一颗。

边缝边说起陈年老事。谈起北头，谈起过去的生活。家文用叹息的口气："你奶那时候刚嫁到陈家去，你们家在寿县城里贩烟土，洋钱多得都用席子圈。后来跑日本鬼子反，一家分了个丫鬟，就这么跑散了，家败了……"光明听着另一个时空的事，心中感觉有些奇妙，过去的辉煌他来不及参与，说的都是家破人亡的事，然后隔着这么多年听，还是亲切。那是他的来处。家文说，他便追问。家文尽己所能地帮他解惑。她知道的，无非是婆婆口中的转述。

谈到人情冷暖，家文歪歪头，思忖，想了想，说："你奶在世的时候，他们不敢，那时候都和（方言：巴结），知道你奶对你看得重。"

光明眼底忽然有些发热，就为"看得重"三个字。原本，在这个世界上，又有几个人真正把你看得很重。对于奶奶的记忆，光明是模糊又模糊。只能从照片中看到身形相貌，声音已经记不清了。不光是奶奶。多少年过去，他甚至已经记不清父亲卫国的声音。一会儿，两个人又翻出老影集，说说这个，看看那个，从黑白到彩照，时不时笑笑，偶尔又低落。过去的几十年，都浓缩在里头，如今多半已成笑谈。

"过年回来吧。"家文冷不丁说这么一句。

光明愣了一下，答："回来。"

关着门，坐在帐子里，家喜和宏宇面对面。

家喜把几个存折，还有存单往宏宇跟前一丢："就这些了，家里的全部老底，事先声明，我是一分钱私房钱没有，都贡献给我们这个小家了。"

宏宇憨憨地："说的好像我有私房钱似的。"

"有你就拿出来！"

"没有！"

"算来算去，加上我的公积金都不够，还差一点。"

"要不再等等？"宏宇试探性地。

"还等什么？等到什么时候，七老八十？女儿出嫁？现在房子就是在更新换代，你不上车不跟上，就永远只能住这个老破小。闫宏宇我今天不是跟你商量的，是下死命令，你得给我立军令状，必须借到钱。"

"你早要这样，干吗借钱给小年。"

"废什么话！"家喜抢白，"借给小年是我自己的钱，而且那时候谁知道妈的酱菜方子就是个坑。"

宏宇嘟囔："刚才还说没有私房钱呢，现在又自己的钱。反正你是一张嘴两张皮，想怎么翻怎么翻。"

家喜扑上去拧宏宇耳朵："你借不借？"

“借……借……我没说不借……”宏宇求饶。

答应了老婆，就得实施，但找父母借钱买房子，在宏宇看来，几乎是天方夜谭。王怀敏有话说：“丈母娘家房子住得好好的，过户也过了，买什么房子？要买简单啊，把那房子卖了，不就能买了嘛。”宏宇只能答：“那房子不能卖，等着拆迁呢，也是一大笔。”王怀敏肯定说：“那就等吧。”宏宇落败。这场对话当然只在闫宏宇脑海中预演，绝对不能这么说。

思来想去，宏宇只好走一步险棋，说家喜病了。

“病了？什么时候的事?”王怀敏问。

“好几年了。”宏宇继续撒谎，“那时候以为不严重，没跟家里说，我们为什么搬回去，是我丈母娘强烈要求的，她就想多照顾照顾女儿。”谎尽量撒得圆一些。

“现在什么程度了?”王怀敏年纪大了，听到生病也心惊。

“晚期。”宏宇泫然。又说：“家喜不能走，孩子小，我一个人带着怎么办，妈，实在没办法了才来找你。”

王怀敏膝下也有个小儿子，此时此刻，她倒能换位思考，又加上儿子苦苦哀求，她不禁动了恻隐之心。

“要多少?”

“八万。”

“算借的吧。”

“打借条。”

“行啦!”王怀敏说，“你那老婆要真死了，钱我就不要了，要是没死，一分钱都不能少还。”

“妈，你真是活菩萨，我们就是给你做牛做马……”

“行啦!”王怀敏摆摆手，不想听下去。

成成走体育这条路，家欢帮忙打通了。她有个大学同学在吉林体育系统做领导，打了保票，只要能过线，就能上省内最好的体育学院，科目也选好了，读篮球。方涛担心：“读篮球行吗，我看 NBA 上球员那个子，咱们儿子会不会个头有点……”方涛欲言又止。家欢抢白：“打后卫。而且这只是个学历，不是真让你去打职业篮球，将来出来了，找个学校当体育老师，安安稳稳的。你这个儿子你还看不出来，是那种开拓性的人吗？让他出去行吗？还是看在身边，能带带他。”

方涛嘀咕：“我看是你舍不得，不肯放手……”

家欢嗷一声：“这么多年，我不放手都这样，再放手，不知道成什么样了！”方涛不跟她顶，她说什么就是什么，人家现在是“总会计师”。

宝艺酒店，小圆桌，家艺率先举杯，敬枫枫：“恭喜儿子参加工作。”枫枫纠正：“妈，现在只是实习。”

家艺道：“实习也是指日可待，你爸都给跑好了。你好好表现，矿务局，旱涝保收。”她又抬头看看自己店子，“你也看到了，你爸妈现在，也是一天不如一天，时代变了，好好干。”

欧阳宝说：“以后多孝顺你妈。”

枫枫道：“说得好像不用孝顺你似的。”

欧阳宝笑笑：“孝顺你妈就是孝顺我。”

枫枫对家艺：“妈，我真的适合在矿上工作吗？”

家艺说：“有什么不合适的。我儿子高高大大的，矿上公积金高，我听说有的一个月都上万。”

枫枫不再多说，喝了杯中酒，去矿务局工作，是眼下他最好的选择。

不到八月十五，家喜就买了房子。园南小区，十八层，两房一厅。这是她眼中更新换代的住宅，高级住宅，跟老五的百大十七层遥遥相对。

家喜得意地对宏宇说：“老五十七，我就偏要十八，压她一层，更上一层楼！”

宏宇啧啧，提醒她：“收着点，你现在是病人。”

家喜嗔：“你也真是，咒我生病！我这还要装修呢！你妈还不知道吧？”

宏宇道：“不知道房子，但知道你生病，八月十五我们不去，她就要来看我们。”

家喜想了想：“还是我们过去。”

到中秋，家喜果然跟宏宇去王怀敏那儿过。临走，家喜对美心：“妈，晚上我们回来，赏月。”口吻似客人。美心心里酸酸的，可家喜这么说，她也不好硬留。家喜的脾气，硬留也留不住。

“去吧，去吧！”美心挥挥手。这是她第一次一个人过中秋。

宏宇觉得不妥，临出门问：“要不带妈一起过去？”

家喜道：“你不觉得难受，我还觉得呢，天天带妈去你妈那儿，算怎么回事，过年那出你还没闹够。”

小曼在旁边：“我不去奶奶那儿。”

家喜拉住小曼：“你奶想你，去跟奶奶说几句好话，你奶给你钱。”

小曼讽刺：“妈，你眼里只有钱。”

“闫小曼！”家喜假意发火。

“姥姥没人陪。”

“说了晚上回来一起赏月，走！”家喜硬拽女儿。小曼不能不去，她是王怀敏的孙女，王怀敏主要想看孙女。

院门当啷一声响，关闭了。刘美心身体一抖。她在沙发上坐了一会儿，又站起来，走到对面的藤条椅子上坐。那是老太太曾经的专属座位。家里没有人，家里阴沉沉地。美心觉得有点冷，又披了件衣服，冲个热水袋抱着。抬头看看自己屋里半截柜上何常胜的遗像，美心忍不住抹眼泪。怪谁？能怪谁？她不忍心怪自己，怪只怪，当初怎么没生个儿子，儿子不会走。儿子起码逢年过节能陪着自己一起过。女儿嫁了人，就不属于这个家了。她想常胜，想老太太，想过去那些不用操心问事的日子。想着想着，美心忍不住大放悲声。

哭人生一场空。

有人敲院门，咚咚咚。

哭声戛然而止，美心侧耳听着，确定是敲门。

她喊了一声谁啊。

敲门声更频促。

220

美心去开门，刘妈站在门口。

美心惊喜地，双手抓住刘妈的手：“什么时候回来的？”

刘妈微笑着，并不说话。

“快进来。”美心连忙。还是老闺蜜、老门邻好，雪中送炭。

刘妈还是一脸恬静，跟着美心进了屋。

美心忙活起来，要给刘妈泡桂花茶，喋喋着：“这是今年刚下来的桂花，山西的，味道特好闻。”说着，又把茶包伸到刘妈鼻子底下。刘妈闻了闻，说：“不如江都的桂花。”

美心笑：“跟江都自然没法比，回头有空，咱们一块儿回去。”

刘妈表情淡淡地，忽然侧了侧身子，礼貌地：“小美呢？”

美心头皮发麻：“什么……什么小美？”

刘妈孩子般地：“请问小美在家吗？”

美心紧张，站起来：“老刘，老刘你别吓我，”她拉住刘妈的手，“我就是小美……我是小美……我……”美心拍拍自己胸口，“我是小美，我是小美……刘美心……小美。”

刘妈眼神发愣，一把推开她。美心打了个踉跄，差点摔倒。刘妈嚷嚷开了：“你不是小美！你是特务！小美呢！你要迫害小美！小美是不是被你害死了，对，对，一定是，你害死了小美！”

美心顾不上那么多，扑上去安慰她：“你看看我，我就是小美呀！怎么了这是！我是小美！”美心才想起来家里曾经发现的苁蓉益智胶囊。

刘妈痛苦挣扎，撒开了闹，茶壶被扫在地上，当啷一声巨响，热水四溅。美心连忙跳开，刘妈却不躲不避，任凭热水洒在裤子上。

“妈!”秋芳从外面冲进来，见她妈一身水，连忙去卫生间拿毛巾擦。美心愕然，问秋芳：“你妈怎么了?”秋芳摆摆手，示意回头再说，她搀住妈妈，柔声说：“妈，我们回家……回家。”

刘妈说：“我找小美玩呢。”

秋芳连忙顺着：“小美在我们家呢。”

“赫兹呢?”

“也在家。”秋芳说。刘妈这才愿意离开。

晚饭时间，刘妈已经上床休息。张秋芳和美心坐在沙发上。

“多展（方言：什么时候）的事?”

“好一阵了，妈不让说。”秋芳平静地。

美心问：“这病就不能治了？你懂医。”

秋芳沉重地：“不可逆。”

“老天爷。”

“发展得很快，”秋芳说，“在上海闹得更厉害，基本就待不住了，非要回来。只能我带她回来。”停下，叹息，“回来起码能睡个好觉。”美心还是觉得无法接受，喃喃说怎么会这样。

秋芳不想老谈悲伤的事，问美心：“今儿个没见到家丽?”她没留心，随口一问，正打到美心的心结上。

“上午来了，有事，吃了饭就走了。”

“老六呢?”秋芳才想起来当初的闹剧。

“出去逛街了，一会儿回来。”美心不想多说，就岔开话题，问秋芳在上海的情况。秋芳也有些尴尬。其实小芳和那个英国人已经离婚，小芳生了个女儿，自己带。离婚的理由秋芳最是不能接受：威廉认为，他们已经没有爱情。只是，在美心面前，她只能说：“都挺好。”

丽侠上来看刘妈。美心见人来，寒暄几句，走了。

秋芳问：“店关了？月饼卖得怎么样?”

丽侠表示供不应求。

秋芳问："老二现在怎么样？"

"没去看。"丽侠态度坚决。

秋芳叹息："家里没人了，过节，还是去看看。"丽侠嗯了一声。她和幼民离婚有一阵了。他不来找她，她不去找他。在秋芳的支持下，她已经走上了独立自主的道路。独立的外交，应该是平等的。但今儿个在节日氛围的渲染和秋芳的劝说下，她打算回汤家小院看看。

月亮又大又圆，亮黄的，像个超大月饼。

汤家小院门开着，丽侠走过去，见幼民坐在正当中，靠在竹椅子上，对着月亮发呆。人生，不过一梦，争到最后，都是空。

感觉到旁边有人，幼民偏头，丽侠亭亭地站在他面前。幼民情绪激动，一时不知怎么办才好。

丽侠问："吃月饼没有？"

"吃了吃了。"幼民连声说。

何家前院，美心一个人坐在门廊下，月季花盛放，墙角还有一簇栀子。风过，有暗香。月亮在头顶悬着。美心知道，家喜他们不定几点回来，搞不好吃了饭还要搓一圈麻将。她怀念家里热热闹闹的时候。屋里座机响，美心去接，是老三打来的。

家艺问："妈，吃了没有？"

"吃了。"

"老六呢？"

"刷碗呢。"美心盖一盖，也怕丑。

"吃月饼了没，就说给你送去两块，一直没得空。"

"有，老式一点红，加冰糖的，有青红丝。"美心的谎撒得有模有样，眼眶却已经红了。

党校克思家，克思坐在床上，嚷嚷着："陶！扶我出去！光彩！"光彩在外头没回来。陶先生坐在客厅，吃瓜子，不动。

"陶！"克思瞎摸着，自己起来，"我要赏月！"

陶先生这才站起："来了！"

克思已经起来。原本以为是白内障，去医院看，一番检查，得出结论：阵发性失明，原因可能是视网膜中心动脉出问题。课是不能教了。克思耳朵本来也不好，现在眼睛又出了大毛病，他实在接受不了，情绪时常失控。光彩受不了爸爸歇斯底里，跟同学出去玩了。陶先生一个人在家伺候着。她回答他也听不见，后来索性不答。不答他更着急，八月十五的月亮，克思连续多少年都观赏，附庸风雅，今年也不例外。

陶先生进屋，半截柜已经给克思一点教训，额角磕到柜角。他也不叫疼，继续摸着走。陶先生上前扶着他，大声："你又看不见，赏什么月！"这句他倒听到，当即暴跳："我能赏！谁说我不能赏！"陶先生不耐烦，连连说能，扶着他到院子里。

"看吧。"陶先生几乎在喊，把他安置在椅子上坐好。

克思坐稳了，抬头，什么也看不见。

"月亮呢。"克思焦躁。

陶先生知道他看不见，只好把小院里的灯泡打开，拉到他头上方一点点。"你抬头！"她说。

克思感受到一点光亮："有了，很圆。"他稍微平复点。

陶先生不说话。

"陶，还记得我们刚认识的时候，我给你念的那首《明月几时有》吗？"

"苏轼的。"陶先生有点文化。

"我念给你听，今天应景。"克思说着，"明月几时有，把酒问青天，不知天上宫阙，今夕是何年……"念着念着，克思从椅子上站起来，慢吞吞摸到葡萄架下，"但愿人长久，千里共婵娟。"话音刚落，客厅座机响。陶先生忙着去接电话，克思一个人在院子里。"我出去一趟。"陶先生跑出来，声音发抖。克思急迫地："你去哪儿，都说了但愿人长久，千里共婵娟。你不能走，你现在去哪儿？"

陶先生咆哮："你就在家！"

克思听得到，不让她走。

陶先生声泪俱下："光彩被撞了！我得立刻过去，你就在家！"说罢，陶先生拉开院门，又反扣上，她的心思都在女儿身上。克思也帮不上忙。"光彩出车祸了？"克思喃喃，他浑身颤抖，摸黑朝前方走去，"假月亮"撞到他脸上。他顾不上疼，继续往前摸，好容易摸到铁门，全靠经验打开，出门，关上，把锁挂上。他带了钥匙。

"光彩……光彩……"克思跌跌撞撞往前走。女儿，他唯一的女儿，他的心头肉，此时此刻，让他一个人在家等待，太残酷了。他告诉自己，至少要走到党校门口。对，在门口等着。他凭几十年的经验前行，党校的大大小小路况他太了解了。靠着边儿走没问题。"光彩……光彩……"他两手伸在前面，以免被不明物体撞伤。"光彩……"他还在喊。

前方有个窨井盖掀开，四周围了防护带，竖个牌子：注意安全，敬请绕行。白天有工人在此修下水道。

克思摸到跟前。有带子挡着，他自言自语："绕过去，绕过去。"他拉高带子，走了进去，再往前踏一脚，整个人瞬间成自由落体，扑通一声，陷在臭水里。克思不会游泳，还没叫喊几声，水便没过了头。

克思的人生定格在这个夜晚，没了下文。光明直到考研前夕，才从智子那儿得到这个消息。他们没叫他去送葬，可能怕他拒绝。其实如果他们叫他，光明觉得，自己应该会去送他一程。

他把这个消息告诉妈妈家文，家文哦了一声，没多说。斯人已逝，各得其所。往事多风雨，不必再提。倒是故事的下文，光明和家文都很感兴趣。

据说光彩那天只是被摩托车擦破了皮，并无大碍，只是克思一死，陶先生的弟弟却从肥西冒出来，要让光彩认祖归宗。光彩的亲妈身体不好，需要钱治病。陶先生为挽留光彩，不得不掏钱。光彩当然认她这个养母，但亲生父母不能丢弃，所以时常往返于淮南与肥西。不能常伴陶先生左右。

陶先生连着做噩梦，时常午夜惊醒，但环顾四周，空无一人，只有院子里的那只灯泡亮着，她永远不肯关。

221

元旦前，何家喜终于装修了园南小区十八层的房子。赶着元旦要搬进去。她需要给美心一个解释，原本那些家具，有的堆在何家前院，沥沥拉拉又拾过去，请了工人，忙忙活活地。美心看在眼里，也不问，等家喜说话。

十二月底，家喜憋到时候，不得不跟美心坐下来：“妈，现在房价开始涨了，不买不行，住宅也更新换代了，小曼也是大姑娘了，老吵吵着要一间正儿八经的琴房。正好我婆婆壮了点经费，我和宏宇一商量，就买了一套。近，就在园南小区。”

美心冷冷地，她心中的那团火渐渐灭了：“不用跟我汇报。”

“以后白天我还在这儿，宏宇和小曼也在这儿，小曼还得妈接，她现在只认姥姥。中午这顿，小曼在家吃，还是陪妈。”家喜留着后半段没说。白天在，晚上不在。可上了年纪的人，往往对夜晚有些恐惧。睡眠本就短，夜晚容易把寂寞无限放大。

“不用人陪。”美心平静地，她打算养只猫。

“妈，你又在闹脾气。”

“没有。”美心否认。

“你不为我高兴？人生第一次有了自己的房子。”

“这套房子不也是你的。”美心冷冷地。

“妈你什么意思嘛。”

“没什么意思。”美心不看女儿。

“这套房子可是你自愿给我的。”家喜掰扯。

美心苦笑：“是自愿，都是我自找，自作自受，我活该。”

“妈你要这么说我无话可说。”家喜说，“反正，这里是我家，那边也是我家，两边跑着住，对妈，我还是尽心尽力。”

“谢谢你的尽心尽力。”美心说。

家喜见谈不下去，收拾东西，忙自己的。十二月三十一号，她果然按时搬了进去。何家喜把灯全部打开。这宅子装的时候就多装了些灯泡，家喜喜欢明亮环境。赤着脚，家喜踩在木地板上，转了两个圈，扑到宏宇脖子上：“有没有一种梦想成真的感觉。”

“你说有就有。”

“镭射小手电给我。”家喜说。

“唔?”

“就你钥匙上那个。”

宏宇取下来，递给她：“要这干吗?”

“我得用这个照照老五家，你看看，就在对面，不远。”

“大白天怎么照。”宏宇微微反对。

“那就晚上照。”

“不要那么小孩子气。”

“什么叫小孩子气。”家喜不满地，“佛争一炷香，人争一口气，老五能住十七层，我就能住十八层，狠狠把她踩在脚下。她啊，就会做无本的生意，算什么英雄好汉，哼，将来我也请一个保姆，我也摆摆太太架势，那才叫做人，没白来人世间走一遭。”

宏宇听不惯她这调子：“请保姆，照顾谁?”

“弄一个人让她照顾不就行了。”

“没现成的。”

“要不咱们抓紧时间?”家喜笑嘻嘻地。

宏宇没反应过来。

“你不也一直想要个男孩?”家喜提示。

“都多大了。”

“多大也能生。”家喜倔强，抬起双手，“准备！”

宏宇只好从命，公主抱，进卧室，把家喜丢在床上，席梦思。家喜抱怨：“你当摔麻袋呢，懂不懂什么叫温柔？”

宏宇动动鼻子：“什么味？”说着要去开窗。

家喜阻止：“你疯啦，不冷？就木头味！正常。”宏宇只好回到床上，两口子很认真交了作业。看看时间，小曼快到家，家喜去开火。宏宇问：“真就把妈丢在那儿了。”

家喜不满地：“什么叫丢？说了白天在她那儿，晚上过来住。”

宏宇撇了撇嘴：“白天不是都上班……”

“那还有礼拜六礼拜天不上。”家喜说，“你这人怎么老跟我唱反调，我能这样不错了，姊妹几个，谁能做到我这样？老五，老四，还是老大？”宏宇怕一说起来又是没完，只好到客厅避一避。小曼进门，后头跟着王怀敏。宏宇和家喜都吓了一跳，买房子的事，一直瞒着婆婆，可架不住王怀敏眼线众多。

“有好事也不说一声。”王怀敏笑呵呵地。

家喜和宏宇都到客厅叫了声妈。王怀敏走到窗户跟前，朝楼下瞧瞧，啧啧：“真高。”又说，“比我那房子还高级，小区绿化也好，不错。”家喜挤到宏宇前头：“跟妈的房子比还差一点。”

王怀敏转过身，问儿子媳妇：“我那间在哪儿呀？”

家喜头皮发麻，婆婆还要一间房，那怎么住？怎么处？她急中生智：“妈，这房子都不是我们的，是我妈的。”

“你妈的？”王怀敏皱眉，不信，“你妈都多大了，买这房子做什么？你妈能跟我一样，还生一个儿子？买房子留给儿子？你爸也不在呀。”王怀敏说得粗俗。家喜只好把谎言编下去，嘴凑到婆婆耳朵边，手拢着，嘀嘀咕咕。说得王怀敏脸色突变：“真的？”家喜得意：“可不真的。要不我怎么搬回家去住。”

王怀敏这下信了，叮嘱家喜：“这个聚宝盆你得守住。”

“怀里抱得稳稳的。”家喜嘿嘿地，一演到底，“将来我得好好孝顺孝顺妈。”

王怀敏要确认：“哪个妈？”

家喜说：“远在天边近在眼前，就是您，我的师父我的婆妈。”有了这句话垫底，王怀敏对家喜的态度有了一百八十度转变，两个人分吃一只苹果后，她才满意地离开。

王怀敏一走，家喜吐了口气，面具摘下，对里屋：“曼！该去弹古筝了！”

小曼不动。家喜上了个厕所，进女儿房间：“曼，快！”

“都说了不学古筝。”

“你这孩子，怎么说不学就不学，那可是交了钱的，别废话，快！”

小曼屁股像钉在椅子上。

“快！”家喜失去耐性，拽女儿起来。小曼失去平衡，差点摔倒。“我不去！不想学！不喜欢！讨厌古筝！”小曼像一头小豹子。

家喜愣一下，转头对外屋：“闫宏宇！来来来，你看看你女儿什么样！你来看看。”宏宇讪讪地跑过来，啧了一声：“曼曼，听妈妈的话。”

小曼直言：“我凭什么听她的话，她也不听她妈的话，还把她妈一个人丢在冰冷冷的屋子里。”

夫妻俩一时无言。别人说，他们可以不在乎，女儿说，杀伤力太大。“谁教你这些的？”家喜有些失控。

宏宇打圆场：“曼曼，跟妈妈道歉。”

小曼气场全开，弓着身子：“我没错！妈这样对姥姥，以后我也这样对你们！你们老了，我把你们丢大街上去！”

震撼教育，女儿给他们上了一课。宏宇和家喜久久回不过神来。

到年底，方涛活不多，家欢却忙碌异常。成成打篮球扭了脚，而且他实在不喜欢篮球，走体育这条路，看来不切实际。尽管忙，方涛还是催促家欢，一起去大姐家看看。家欢担心：“大姐大姐夫不让我们进怎么办？”方涛说：“老六作死，我们当初是不明真相，才误入歧途，而且伸手不打笑脸人，我们毕竟小，大姐不会的。”家欢想了想，问要不要叫老三一起。

方涛说："你为你儿子，叫老三做什么。枫枫早都尘埃落定，在矿上。而且好多话人多反倒不好说。"家欢微微讽刺："老方，想不到你这么老谋深算。"方涛不失时机地："学历不如你，知识不如你，做人上，多少比你强点。"家欢去拧方涛耳朵。

香港街，家丽家，方涛和家欢上门。两箱牛奶放在墙角，四个人也不坐，就站着说话。家欢讪讪地："大姐，来看看你。"

家丽哼了一声，并不让座。家欢来，八成有事。

建国到底拿得住，还是泡了点茶，让老四两口子坐下说话。

方涛忽然大声笑着说："大姐！马上过年了，这样子，咱们这一页什么时候翻过去呀！"

家丽应对："小方，你要搞清楚，不是我不翻过去，是你们把我翻过去了，我是老皇历，撕了一丢就行。"

方涛说："大姐，做小的不懂事，多多包涵。"

家丽心中憋闷，受了那么多委屈，从妈到妹妹，联合起来弄她，一句多多包涵就完了。绝不能！

建国持重地："老四，小方，你们今天来，是不是有什么事情？"

家欢本要说成成参军的事，却被方涛拦住，抢先说："也没什么事大姐夫，都是亲戚，亲姊妹妹，哪能有事才来，这不快到年了，今儿个一过，就是新的一年了。马上又是农历年，我和老四就讲来看看。"

建国笑呵呵地："欢迎！"又说，"不过你们来就你们来，不能代表别人。"

"那是！"方涛立刻附和。

几个人又闲聊一会儿，没说家里的事，无非东拉西扯，说尽了，老四两口子道别。刚出大门，家欢就轻拍了方涛一下："成成的事怎么不让我说。"方涛嫌家欢不懂事："你没看大姐大姐夫情绪不对，还记着仇呢。你这现求菩萨现烧香，也太现实，怎么着也得缓一缓。"

家欢嗔："跟大姐还那么多客套。"

方涛说："不是客套，是现在不比以前，老六闹了那出之后，大姐肯定把我们划到老六那边，不高兴咱们，今天破了冰，以后慢慢来。”

“你倒挺懂外交。”

方涛说：“你别看你学历高，但都是专业技术，其他时间，你不读书不看报，怎么提高？按照实际情况，我的水平应该比你还高。”

“高在哪儿？”

“知道中国美国建交前后的事吗？”

“当然知道，那时候我都出生了。”

“得了，跟出不出生没关系。”方涛揶揄，“你出生你才几岁，关键是要读历史。”

“你读出什么了？”家欢问。

“没有永远的朋友，也没有永远的敌人，只有永远的利益。”方涛煞有介事。

家欢哼哼两声：“是，没错，但大姐永远是大姐。”

222

老四两口子走没几分钟，小冬进门，拎着一盒刚炸好的年糕。家丽问：“跑哪儿去了？”小冬呵呵手，在耳朵上搓搓，“买年糕，你都不知道集萃商店门口那队排多长，我排了一个多小时。”

家丽问：“就为了买这年糕？老么硬的，不好消化。”

小冬说：“不是爸爱吃嘛。”

家丽问建国：“老张，你爱吃这个？”

建国笑呵呵走过来：“爱吃。”难得小冬有这个孝心。小冬打开电视，看情景喜剧《炊事班的故事》，他有点怀念军营生活。

家丽和建国把年糕拿到卧室，放在写字台上，就用商家给的一次性筷子。家丽问：“没听说你喜欢年糕。”

建国喜欢的是枣糕，可小冬巴巴地弄来，他不能不领这份心：“年糕也还行。”

“你胃不行，少吃点。”家丽叮嘱。建国吃了两块，放下筷子。蘸了红糖汁，吃多了也腻歪。建国问：“老四两口子突然来，不知搞么的。”家丽不屑：“用脚指头都能想明白。”

建国笑：“你厉害。”

家丽更进一步：“他们家成成多大了？估计也想当兵，两口子先来铺铺路子。”

建国说：“兵现在也不好当，当了又不分配。”

“部队管着，总比流落到社会上强。”家丽说，“你看她家成成那样，能干吗？既不能像老二家那样上学出来，也没有老三家那运气。”建国问：“什么运气？”

家丽说：“我也是买菜的时候听人说的，枫枫进矿务局了，不过现在也难，大学生都当工人用，去了就得先下矿井锻炼，那真要干活的。”

“枫枫行，五大三粗的。”

“行？那是虚胖。小时候是要当明星的，现在下矿井，这一代孩子，娇生惯养的，都不像以前了。何况他小时候吃过什么苦？但也不能不硬顶，老三两口子开旅馆挣了点，一个是养老，一个是给枫枫买房子。他们把儿子安排进矿务局，也是想有个长久的饭碗子，少点波折变动。”

都是做父母的，建国自然能理解。

家丽说着，年糕还往嘴里送。建国提醒她不好消化，家丽笑说：“年糕年糕，也就过年吃吃，年年高。”年字说多了，家丽免不了想起儿子小年。她突然说：“小年就是在这时候生的。”

建国不说话。家丽怕说多了建国难受，可她自己也想，但又不得不劝自己少想。或者即便想，也只能朝大处想，不能想小处。吃得怎么样工作怎么样住得怎么样有没有人照顾这些细小的地方，她都只能忽略不计。她唯有坚信，小年活得好好的，他能谋生，未来会更好，一定会。朝这个方向思量，她心里才能得到安慰。

建国深叹了一口气。

家丽也被这情绪感染，幽幽地："生死有命，富贵在天。"

建国说："自己担着吧。"

李嘴孜矿，枫枫在矿井下加班，班长拍拍他的肩膀，鼓励他继续干。枫枫挥着锄头，干着干着哭了起来，他受不了这个苦。宝艺酒店，欧阳担忧地："枫枫在下面行不行？今儿个还干？"

家艺说："刚去，不让你干让谁干，没事，就是轮岗，过了春节就回地面。"欧阳说："回来偶尔也要下去。"

家艺不耐烦："到时候再说行不行？你们爷儿俩能不能撑点门面！咱们这酒店越干越小，儿子儿子顶不住，这怎么弄？男孩子吃点苦不正常嘛，咱们就普通家庭。"

欧阳说不过她，只好点头："吃——吃——"

矿井下，枫枫哭了一阵，继续干活，边干边唱："天黑路茫茫，心中的彷徨，没有云的方向，希望的翅膀，一天中展开，飞向天上……"

元旦，老五两口子带着女儿来看大姐家丽。保姆廖姐放假回大河北。孩子全由小玲照顾。小玲手忙脚乱。家丽看着心烦，想说你都生了几个了，孩子还带不明白。但何其庆在旁，家丽只能忍住不说。小玲道："一年一年，日子也难得很。"

家丽嫌她站着说话不腰疼，驳道："你行啦，该守的守住，你就守得云开见月明了。"又说，"你小孩上户口本没有？"

老五说："这事我还得找老六、老四，我户口得迁回家，小孩跟我上，以后得上淮师附小。"淮师附小、洞二小，是每个小孩家长的梦，老五已经开始做梦。

家丽没接她话茬，对何其庆："你女儿的名字得改一改，就算读音不变，中间那个家，不要用家庭的家，换一个。"

跟长辈同辈分字到底不像。何其庆也不强求，笑说："那就改一个，小玲，你说呢？”

小玲说改一个也行，就是用哪个字不知道。她又叫大姐夫给出主意。建国说：“嘉奖的嘉怎么样？”

小玲让小冬拿《新华字典》来。

拿到手里，小玲看嘉的意思。“嘉本来就有美的意思，何嘉美，等于后面两个字重复，成何美美了。”家丽说那你再翻翻其他字。小玲左翻右翻，选中一个“葭”字，大声读出其中含义：“葭，比喻关系疏远的亲戚，如‘葭葭之亲’，这个好，现在亲戚关系都疏远，葭美，就是没什么亲戚，只有亲爸亲妈亲大姨。”

众人都觉得这个字有点怪。但小玲向来如此，不走寻常路，其庆只能暂时依从。吃了饭，半下午，小玲有何其庆壮胆，走到保健院突然说要回家一趟。她打算找美心协调一下迁户口的事。

何其庆觉得空手去不好，在路边水果摊买了一只哈密瓜，几只苹果，一把子香蕉。两口子带着孩子一起上门。

穿过龙湖菜市，拐几个弯就到家了。敲后院门，敲了好一阵都没人来开。小玲诧异，对其庆：“今儿个妈能去哪儿？”

何其庆建议去前门看看。

两个人带着孩子去前门，又敲。有人回应了，是美心浑浊的声音，像在睡觉。小玲看看手表：“这都几点了，还睡呢。”

门开了，美心头发纷乱，小玲叫了声妈。

美心无精打采：“老五，哦，小何，来了。”

“老六呢？”

“去那边了。”美心随口说。

“那边，哪边？”老五问。

事到如今，美心不想再瞒，道：“老六买了个房子，白天在我这儿，晚上回去。”她只好实话实说。

老五登时冒气：“当初要占房子，占到了，现在又自己占一个窝！甩下你不管了？”

美心垂泪，祸福无门，唯人自召。

自从跟其庆结婚后，小玲的气魄也大起来，生完孩子之后，更添了些底气。过去，她是被老六骂出家去。如今，有了丈夫撑腰，她敢打上门来。泡了茶，其庆坐在沙发上，逗女儿玩。美心为招待外孙女，抓了把小糖来。小玲说："妈，你别忙了，吃糖吃坏了牙。"美心说："你小时候最爱吃糖。"

小玲不理她这茬，说："妈，今天回来两个事。一个是户口，老六她们当初把我户口迁走，现在我得迁回来，其庆的户口在江都，以后孩子必须跟我走，牵扯到上学问题。妈你得同意。"

"同意。"美心还是没神。

小玲又说："再一个，老六这样可不行，说了带你，就得带到底，她要了这个房，就得在家里住到你老死。"

美心听了浑身起鸡皮疙瘩，老人本就怕死。小玲还口无遮拦，动不动把死挂嘴上。可现在老五要帮她出头，她也不愿拦着。

一杯绿茶摆在桌上，小玲续了两次水。天快黑，家喜端着个饭盒，开前门进屋。灯没开，葭美在里屋安睡，其庆在厨房做饭，他打算给丈母娘露一手，做淮扬菜。

家喜拉开灯，见美心和老五坐在客厅，唬了一跳。"闹什么鬼！"家喜没好气。她放下饭盒，对老五："你来干吗？"

小玲底气十足地："怎么，有钱了？买新房了？这老家容不下你这座大佛了？"

家喜指着小玲说："刘小玲我告诉你，你如果是上门吵架的，我奉陪到底。"

小玲呛声："何老六！你摸摸你良心，是被狗吃了还是被狼叼了！房子你抢了，妈你不管了，大过年的，把妈一个人丢在家里，你去住新房子享受去了，你什么意思，还端个饭盒来，干吗？饭都不想做，你喂猪还是喂狗？你这样做会天打雷劈知不知道！"

家喜被骂得有点发蒙，可小玲说的也是事实，无从反驳。她只好骂：

“刘小玲！何家的事你一个姓刘的管不着!”

小玲厉声道：“你虐待老人就是犯法!”

家喜被激得火冒三丈，伸手就去抓小玲的头发，两个人厮打着，滚到沙发上，好像小时候为吃的玩的打架一样。葭美在里屋受到惊吓，哇哇地哭，美心去看孩子。

何其庆闻声赶来，手里的菜刀还没放下：“怎么回事?”

家喜见其庆手举菜刀，吓得连忙住手，小玲挣脱了。何其庆有杀人前科，虽然是误杀，但家喜还是怕他几分。

“你离远点!”家喜随手抓起饭桌上的钢精锅盖，当盾牌。

小玲夺过其庆手里的菜刀，吓唬家喜：“反正杀人我就偿命！先劈了你!”

“都住手!”美心抱着孩子，站出来。其庆连忙接过女儿，哄着她。小玲和家喜看着妈妈，说不出话来。

“都走!”美心低头，摆手，“都走，走走走，我一个都不想见。”

223

年前家欢找家喜谈了一次，建议她过年组个局，把姊妹们都叫着，缓和缓和关系。家喜当即不悦，戗道：“干吗要我低头，我错了吗？都想占房子，谁也别装好人，要组你组，不过说好，组了我也不去。”家欢恨道：“你到底要把这个家搅和成什么样?”

家喜一语点破：“行了老四，闹的时候，你是支持的，现在妈的方子不值钱了，你又倒戈了。别以为谁不知道，你现在是又有用到大姐的地方，八成是成成想当兵吧。你倒能屈能伸。别带上我，我何老六可不像你这么软骨头!”

家欢气得七窍冒烟，组局的事，就此不提。

快到农历年，老家姑姑的大儿子来电话，打到老三那儿。说是姑姑身体不好，就怕熬不过年。姑姑很想看看侄女们，请她们务必派几个人过来。这一趟，基本算看最后一眼。电话里，老三不好拒绝，跟欧阳商量了一下，欧阳盯着店，老三去。

家艺找到老五。何其庆是江都人，倒愿意走一趟，只是孩子小，廖姐回来得年后，实在脱不开手。小玲给了点钱，让家艺捎带过去，就算尽心。

年底账多，一直到年跟前还有“狗肉账”，加上成成的事，东方不亮西方必须得亮，家欢跑关系跑得神疲，也去不了。不过家欢叮嘱家艺：“要是老六去，你也稍微劝劝，硬得跟棍似的，跟大姐低个头怎么了？年里头姊妹几个也聚聚，现在这个年代，还四分五裂，不一致对外，只能受欺负。”说完又想起方涛跟她说的话，也传给家艺，“统一，才能强大，分裂，最终弱小。”家艺道：“这老六也是，跟她婆婆斗就是个鳖，回到家里就成龙了，大姐是不跟她计较，真要告到法院，铁铁的重分。”

“妈现在糊涂。”家欢说。

家艺纠正：“她不是现在糊涂，是一直都糊涂。”

去找家喜。家喜同意在年里头一起去几天——过年有假期，再加上调休，她也实在懒得跟王怀敏应付。两个人约定了日子，家艺又给老家的大表哥打了电话。大表哥说到时候找车去扬州市里接她们，并叮嘱早点买票，宜早不宜晚。

家丽去补牙，找家文一起。田家庵这边的牙科诊所偏贵，两个人坐公交车去大通的诊所瞧瞧。大通不如田家庵发达，物价自然低一些，连看牙也是。躺在诊疗床上，家文在旁边看着。大夫说，家丽有五颗牙要补，还有一颗后槽牙从前戴过牙冠，但年头太久，需要重换一个，得定做。摁了模子，等下次再来。

补牙快，一会儿工夫，收拾好了。刚做完牙又不能吃硬的，姊妹俩就在大通转转。走到转盘街，算区中心，天气冷，两个人挤到路边的一家小吃店，点了碗撒汤喝。

面对面坐着，家丽感叹："老了就是麻烦，牙破了还得补。"

家文笑笑："牙破了还能补，情谊关系坏了，就难补了。"

家丽眉头两道竖线："心坏。"家文没往下说，谈起过去的事。说到刘妈，一番感叹。姊妹俩都觉得，像刘妈这么聪明的人，怎么会得老年痴呆。家文问："就秋芳在这儿看着？"

"可不就秋芳。"

"也不见秋林回来。"

家丽说："孩子小，又忙事业。"家文悄声："他跟老四倒没什么了。"家丽说："能有什么？那时候也都是痰迷，现在谁不从实际出发，老四现在怎么跟人家比。人到中年，都缺钱。"

家文又说："听说丽侠跟汤老二复婚了。"

"我去菜市也听人提到。"家丽说，"其实丽侠这个人多好，配个汤老二，可惜。"家文又问汤洋洋。家丽说听秋芳说在上海呢，超市里做做，偶尔也跟小芳走动。

"老五丈夫知不知道这事？"家文好奇。

"应该知道。"

"这么大个儿子，老五真不找？"家文觉得小玲心太大。

"都另成了一家了，怎么找？"家丽说，"而且洋洋那性子，老五就是找，搞不好也是自找没趣。"

家文说："年纪也不小了，又在外面混，该明白事理了。"

"不知道老五怎么想的，操不了她的心。"家丽现在什么都不想管，"南面不还有一个女儿，也是摸不着鞭梢子，老五这一辈子，糊里糊涂。"说完家里，家丽又叮嘱家文帮小冬留意对象。"让老范帮着码拾码拾，看看电厂有没有合适的。"

电厂条件好。

家文呵呵地："电厂那些女的，棍（方言：自我感觉非常良好），心高到月亮上，眼都在头顶，找她们，搞不好就受气，还不如找个老师。”

李雯就是老师，家丽有些心理阴影。“还是分人。”她说，“那个敏子不就在电厂。”家文说：“她恨不得当所有人的老大，可能吗？现在也穷了，儿子能花。现在煤价上不去，电厂效益也一般，十年河东转河西，都难说。”家丽也一番叹，两个人吃完撒汤，坐六路车回田家庵，不提。

到年，宏宇要了个车，他当司机，带老六和老三回扬州江都老家，来回都方便，也省得大表哥去接。家艺问美心去不去。美心不想小姑子，更何况小姑子行将就木，她嫌不吉利，自然不去。年，就让小曼陪着她过。

经过老六这么一折腾，她对女儿也断了指望的心。该吃吃该喝喝，四大皆空，今朝有酒今朝醉。

宏宇开车向东出市区，上蚌淮高速，过水蚌铁路分离立交桥再开一阵，直行进入宁洛高速凤阳支线。家喜一路在吃五香蚕豆。

吃完了喝水。家艺提醒她：“少吃点，吃多拉肚子，好放屁。”

“没事，我肠胃好。”家喜不以为意。

家艺揶揄地：“你忘了你小时候那次，偷吃爸的油炸蚕豆，拉得恨不得脱肛，满地打滚，最后是大姐用三轮车给你拉到保健院的。”一瞬间的宁静。宏宇连忙打开音乐，飘出毛阿敏的歌声。家喜最爱毛阿敏。

脸色有点沉重。

家艺趁机劝解：“老六，差不多得了，见好就收，闹成这样，对谁都没好处。”宏宇侧着耳朵听，从后视镜看老婆。

家喜道：“好处大家得，坏人我一个人做，现在你们又都成好人了。是不是老四让你劝我的，过年摆一桌，你好我好大家好，有那必要吗？天下没有不散的筵席，谈得来就谈，谈不来就各过各的，非要硬捏在一起，也是面和心不和。我还有几万被小年骗去，老大也装孬。要也要不回来，我还不知道找谁说去。”

家艺本来想掰扯掰扯房子的事，只是宏宇在，又是开车在路上，话都说明了，难免尴尬。家艺只好见风使舵：“行吧，你大小姐随便，姊妹妹本来就是只有今生没来世。你怎么舒服怎么来。”

一路沉沉闷闷，醒了睡，睡了醒。终于开到扬州。下江都的路不太清楚，大表哥还是叫了车来引路。开了近五小时，终于到地方。江都乡下建设得不错，但终究是乡村，跟淮南市区不能比。当地乡亲建的小楼房，一排一排的。村里有自建工厂，村民很多在当地上班，不需要出去打工。姑姑嫁给当地农民，原来何家的祖宅她也占着，前几年征地占了不少，但好歹也拿到赔偿。

姑姑已经不能下床，就在床上见家艺、家喜。太多年没见，又加年老，她都有点分不清谁是谁。她只知道家丽大概模样，何家丽从小长到八岁才去的淮南。

常胜和美心并老太太去了淮南，姑姑和娘家鲜少来往，只有老太太去世时，她派人接了骨灰回乡梓。等于说这些年基本没帮过何家什么忙，就是在常胜去世、家里最困难的时候，姑姑也没出现。可能她也困难，一大家子，又隔得远，只能说尽一份心。

姑姑不会说普通话，家艺和家喜不会说扬州话，好在双方都能听得懂彼此的意思，但聊久了也是鸡同鸭讲。

说着说着，姑姑免不了老泪纵横。日子不多，姑姑家老小都希望她有娘家人来，好歹送送，一来是亲情，二来也做给别人看。别人会说，哦，娘家关系不错，侄女还知道来看，娘家是有人的。在江都，人死了如果没娘家人来，要被笑话。

两姊妹在里头聊，宏宇在堂屋外跟大表哥闲扯。姑姑已是儿孙满堂，孙子今年刚结婚，什么都齐全。只是走到人生尽头，忽然想起娘家人来。头一天吃一大桌子，又喝酒。当晚住下，家艺跟家喜住姑姑孙子的婚房，宏宇去大表哥家凑合。

家艺换床不习惯，睡不踏实。倒是家喜，睡得呼吭。家艺嫌吵，急得直用脚蹬她。

次日，还是陪姑姑说话，做孝顺侄女。

家艺坐在床头，时不时说些客气话，头一天已经说过了，但实在没得可说，只好车轱辘话往前滚，让姑姑放心。

姑姑有些糊涂，问："老三怎么样?"

家艺拍拍胸口，无奈地："我就是老三。"

姑姑讪讪地："以为你是老二。"

家喜接过话："姑，我是老六，这是老三。"

姑姑说："只记得老大。"

224

家喜趁机抹烂药："大姐都被妈赶出去了，多少年窝在家里，对妈不好还想占房子，教育出来的大儿子是赌鬼，家闹得不成家。做老大的这样弄，真没法让人服气。爸走后，家越来越衰败。老太再一走，她就无法无天。"

家艺满脸诧异。对于历史，虽然每个人都有自己的解释，可家喜的说法，多少有些不忠于事实。姑姑一听，喃喃，说那不好，家和万事兴，都和和气气的。家艺岔开话题："姑，当初家里那些地，还在吗?"姑姑一听有些紧张，不顾病情危重，坐起来："家里本来就没多少地，被政府占去一些，也没给多少补偿，主要占得早，剩下一点，给老奶奶做墓地。"

意思是你别想了。家艺早料到如此，便不理论。

次日，在一众子孙陪同下，家艺、家喜和宏宇去给老太太上坟。家喜一通乱哭，大致意思是老太太走得早，没有安排好，才导致天下大乱。大表哥偷偷问宏宇："姥姥走得还算早哦?"

宏宇小声："九十好几。"

大表哥诧异："那不能算早。"

何家老宅，小曼陪美心吃饭，还是喝稀饭。

小曼说："姥姥做的枣子稀饭我最喜欢吃。"美心感怀于心，问："新家怎么样?"

"我不喜欢。"

"肯定比这儿好。"

"我喜欢这儿。"小曼坚持。

"胡说。"

"这儿有姥姥。"

"姥姥有什么好，越老越讨人厌了。"

小曼说："姥姥不逼我弹古筝，姥姥没那么多规矩，不像我妈，这不行那不行，又逼我干这干那，都是我不喜欢做的。"

"你妈是为你好。"

"为我好就不应该逼我。"小曼说，"姥，你以前逼你的孩子吗?"

这问题难住美心。回想想，一辈子生了那么多孩子，如今却清锅冷灶，她押宝的老六，也不过像到老人院点卯一样，白天来看一下，晚上就走。"我都后悔生那么多!"美心怆然。可这话跟小曼说有什么用。"你明天去你奶那儿?"美心问。小曼点头说是，去看看小叔，不过妈妈也应该快回来了。

该说的话说完，家艺和家喜不久留。姑姑和大表哥、小表弟还有沥沥拉拉叫不出名字的亲戚，都硬留他们，让再住一阵。大表哥的意思是，他妈身体不好，估计熬不了多久，他们留下来，等于送终，丧事一起办了。

家喜不愿意，她对家艺说："这哪行，阎王让你三更死，谁能留你到五更，反过来也是，阎王不让你死，那到明年也死不了，那我们也住到明年？太没谱。还是走，我还得上班呢。"家艺也觉得一直等下去不是事，便代表家喜和宏宇，出面跟表哥、表弟交涉，一是说要走，二意思是，如今既然来过，等姑姑真去世时，她们就不往这儿来了。表哥、表弟虽然心里一百个不痛快，但见艺喜两人去意已决，也只能接受。

高速路，加油站，宏宇去上厕所，家艺和家喜站在便利店门口吃卤鸡腿。刚吃一口，何家喜就呕出来。

“怎么搞的?”家艺警觉。

“油哈掉了。”家喜嫌弃地。

家艺凑上去闻闻，诧异：“正常啊，就这味，你姐夫专门从八公山买的。”又递给家喜。

家喜又呕一下：“拿远点，你吃吧。”

家艺只好自己吃。

没来由地，家喜接二连三又呕。家艺问：“怎么回事老六?”

“可能有点晕车。”家喜说。

“含一片生姜。”

家喜嗔：“这荒天野地的，哪来的生姜。”说着又呕了两下。家艺猛然反应过来，两手一拍，急问：“老六，你不是那个了吧?”

“什么这个那个的。”家喜不以为意。

宏宇走过来，光听到这个那个，笑问：“三姐，说哪个说得那么激动。”

家艺摸摸家喜的小腹，又看看宏宇。

家喜紧张，也看宏宇。宏宇明白过来，但还是不相信，真中了？再生个孩子，确切地说是再生个男孩是家喜一直以来的心愿。何家喜总认为，姐姐们都生了男孩，她也生，才算平起平坐，而且在婆家也能扬眉吐气。连婆婆王怀敏都高龄产下一个小曼小叔，她有什么不行。宏宇连忙扶着家喜，下了高速，就连忙找了个路边药店，买了三根验孕棒，家艺陪家喜去公厕验证。

验证结果，有迹象表明，何家喜怀孕了。

“真行。”家艺半恭喜半揶揄。

家喜故作姿态：“想不到，完全是意外，计划外，哎，又得罚钱。”家艺戳破：“行啦！我看你是跟你婆婆比赛呢。”

家喜眼一翻：“我跟她比什么，都不是一辈人。”

“你想想怎么跟小曼说。”家艺提醒。

家喜没考虑到这茬，不过她也不认为小曼会是个“问题”：“生不生是我的事，哪有跟小孩说的，说有用吗？当初不是说爸还不想要老四呢，跟你说了吗?”

小孩无法掌握自身命运，原生家庭就是他最大的命运。

手机响，家喜去接，是老四。家艺笑说她来接。理由是，家喜是孕妇，受不了辐射。

“妈呢?”对话那头，家欢问。

“喂，我是你三姐。”

家欢不耐烦：“别三姐四姐的了，老六呢?”家艺只好把手机递给家喜，还是她接。

“妈呢?”还是老话。

“不是在家呢吗?”

“敲门没人应，座机没人接。”

“慌什么，可能买菜去了。”

“龙湖菜市我去转了，没人。”

“你等一会儿，或者去公园锻炼，等会儿，你这急脾气。”说着，老六挂了电话。何家小院门口，家欢焦灼地走来走去。秋芳扶刘妈下来散步，见家欢在，打了声招呼。秋芳善于察人，见家欢满面愁容，笑问怎么了。

“我妈不见了。”

秋芳拽住刘妈，不让她乱跑：“怎么会，昨儿个还见着呢，小曼也在。”

一听小曼在，家欢又连忙给宏宇打电话，问小曼去处。要到王怀敏电话，打过去，小曼在，但美心不在。小曼说姥姥在家。秋芳说：“可能去公园了，你妈喜欢锻炼。”

家欢没头没脑一句：“妈不会也得老年痴呆了吧。”典型的口不择言。刘妈虽听不懂，可秋芳不大高兴。是，刘妈是痴呆，还比较严重。但秋芳只能接受科学说法，叫阿尔茨海默病。慢慢地，她扶着刘妈踱开。

巷道走来个人，是个中年男子，西装革履，很绅士。到何家门口，问：“请问刘美心女士住在这儿吗？”

家欢没好气：“我也找她呢！”顿一下，反应过来，“你哪位呀？找我妈干吗？”

“您是她女儿？”男子带着微笑。

“找我妈什么事？”

“请问美心女士什么时候回来？”

“不知道。”家欢说，“我也想知道。”一脑门子事，何家欢没反应过来。

“那我改日再来拜访。”男子依旧保持礼貌。

再不是也是妈。家欢给家丽、家文、小玲打电话，说妈失踪，几个人二话不说，聚到一起。家文知道家丽轻易不肯回家，哪怕是家喜不在，她回家也得有个说法。家文张罗着，在家丽家碰头，商量对策。家丽满意，主场作战，老三、老六不在，老四一个人翻不出什么花来。

洋洋离家出走那会儿，家丽已经积累了找人的经验。人聚齐，站在葡萄架下，蜡梅树边，家丽分析：“现在还没到报警时间，不能算失踪。”

“那总得做点什么？”家欢这会儿是大孝女。

小玲脑子跟别人不一样，她问家欢：“老四，不会是你把妈藏起来，故意演这么一出？”

家欢跳起来：“我藏妈？我有病？谁藏谁天打雷劈！”

家文劝阻：“别说那些没用的，妈既然存心出走，肯定会去一个她熟悉或者比较安全的地方。”

小玲说：“妈在淮南没亲戚，也没有多余的房子，老朋友就那么几个，刘妈、朱德启家的，现在都不在。”

家丽叹一口气：“乱找也不是办法，都想想，随时打电话，明天过后再没动静，就去派出所报失踪。”

一路疾驰，进淮南了。家艺在，她不好跟宏宇抱怨。现在单独相处，何家喜便跟宏宇抱怨开了：“你说这妈也是，玩什么失踪，这做给谁看呢，我们不就去扬州几天，搞什么。”

宏宇劝："别说了，找人要紧。"

"小曼也不知道看着点。"

"她才多大。"宏宇说，"妈心里也有气。"

"她气什么？有吃有住，无忧无虑，有什么好气？谁也没虐待她。"

宏宇试探性地："我们这白天都在外头忙，晚上去吃一顿，就回园南睡觉，妈一个人在屋里，可能觉得孤单。"

家喜道："就睡个觉，眼一闭，什么都不知道了。有什么好孤单的，你就是心太碎，怪道你做什么都做不起来。做大事的人，能拘小节吗？"

宏宇换话题："当务之急是找到妈。"

家喜一挥手："不用找，到时间自动出来。"

宏宇把车往何家小院方向开。巷子里开不进去，宏宇把车停在路口，扶着家喜往家走。门口，中年绅士站着。家喜一抬头，问："找谁？"绅士微笑着："我找刘美心女士。"

"她不在。"

"我是好味道食品的创始人。"说着递上名片。

家喜警觉地，瞧了瞧，态度稍微转变："你找她什么事？我是她女儿。"

绅士说："上次我来，也有个女儿，看来刘女士有好几个女儿。"

"找我妈什么事？"家喜问。

"我是想来找刘女士谈谈八宝酱菜产业化的问题。"

家喜脖子一缩："产业化？"看来有赚头，立刻换了一副面孔，"进来谈进来谈。"

225

一夜难眠。何家丽想起很多以前的事，爸爸的嘱托，奶奶的叮咛，这个家曾经的盛景。躺在床上，她忍不住跟建国发发牢骚。千言万语一句话：不该死的都死了，该死的都没死。

建国笑："人的命，天管定，谁是该死的，谁是不该死的？都是人，人人平等。"

家丽翻个身，问："你说妈能到哪儿去？"

"去该去的地方。"

家丽拍建国一下："说正经的。"

建国叹息："妈也是憋着股气，老六买房子了，把她甩掉，等于过河拆桥，谁受得了。"

家丽说："那没办法，自己选的，老六是她带大的，好坏都是自找的。"

"老母亲这一辈子，也够受罪的，生了那么多个。"

"你干吗？"家丽说，"你还想越俎代庖，接过来给她养老送终？我不同意啊，一码归一码，之前的疙瘩还没解开呢。"

"再不对也是妈。"

"哦，是妈，妈拿刀把你杀了，在你心尖尖上挖肉，你都不能叫一声疼？你都不能躲开？"家丽说，"张建国你就是没妈，所以才惜老怜贫地见着谁你都说好。"

"我可没说。"建国否认。

家丽说："你是好了伤疤忘了疼，不长记性，人家怎么对你的，你就这么以德报怨。反正，人找到，我们尽了做后代的任务。后面的，该怎么弄怎么弄，老六她跑不了，房产证上名字都改了，还得了！”

建国忽然想起来：“妈会不会在那儿？”

“哪儿？”家丽问。

第二天一早，家欢一得到消息就去找家喜。宏宇出去了，小曼上学，她一个人在家。家里被翻得乱七八糟，箱子全部打开，衣服、杂七杂八的物件，散得到处都是。

家欢进去也吓一跳：“老六，你抄家呢还是要搬家。”

家喜抬起头，若无其事：“哦，打扫打扫卫生。”

家欢上前：“走，去酱园厂。”

“去那儿干吗？”

“大姐来电话了，说妈可能在那儿。”

“在那儿就在那儿，待够了就回来了。”停一下，又小声嘀咕，“最好晚点回来。”

家欢愤然：“何家喜，你是不是人，那是你妈！”

家喜回击：“废话！说了有事，晚点过去，别废话你先去。”

家欢掰开了说：“何老六，你真打算这个家就这样了？”

“哪样了？这样那样的，什么话都让你们说了。”

“大姐叫我们过去，你还不趁着这个机会，就坡下驴，把关系都补一补，给你台阶你还不下？”家欢恨道。

“用不着，”家喜翻着白眼，“什么台阶不台阶，都是人，谁比谁棍？我就在这儿站着，不用下也不用上。行了，我弄完就过去，酱园厂，记住了。”

家欢想打人，站在那儿不动，运气。

“有完没完？别在这儿站着耽误事！”家喜手握笤帚，“跟旗杆子似的。”家欢一扭头，走了。

还是建国想起来的。在这座城市里，除了家，刘美心能去且愿意去的，恐怕只有曾经的酱园厂——如今的春燕酿造公司。企业改制之后，厂子被承包，算私营公司。法定代表人李文忠，也是家丽的熟人。她曾经一度想把美心介绍给李文忠续弦。

电话打过去，李文忠女儿接的，先是确认，老母亲在这儿，凑合住在员工宿舍里。再是解释，不是他们不说，是老母亲不让说，说是要在这儿清静几天。

行踪确定，家丽不太想去。

建国劝：“还是去走一趟，给老人一点面子，都这个年纪了，恩恩怨怨就那回事。”家丽说：“酱园厂那块，真是好多年没去。”

建国说：“谁还往那儿去，北头都衰落了，东城市场人稀稀落落，现在往北头走，真跟时光穿越样，这边是现代化城市，越往北头越老，死气沉沉，那样子就跟七八十年代差不多。”

家丽问：“红风剧院还有吗？”

“淮滨大戏院都没了，还红风剧院呢，淮滨商场都倒闭了，现在那块是格力电器。”

“也就亨得利还在。”家丽感叹。

“过了淮河，高皇那边更破！比这边市区起码落后四十年。”

“都变了。”家丽轻轻说。

家丽去，家文也就跟着。家艺和小玲分头去。家欢去叫家喜。上午十点，几姊妹聚在酱园厂门口，就家喜没到。家丽没问家欢原因，家欢上赶着说：“老六有事。”

家文冷笑，讽刺道：“还有比这大的事？”

家欢说：“也不知道搞什么来，家里翻得洋账（方言：乱七八糟）样。”

厂主李文忠和女儿打里头迎出来，跟家丽寒暄问好。

家丽上去握手。李文忠挨个辨认何家姊妹几个。

“怎么都还这么漂亮。”李文忠说场面话。

“还漂亮！老眉咔嚓眼的！”家丽哈哈笑。

“老六呢？”李文忠女儿数数不对。

"有事。"家欢代答。

"进去吧。"李文忠说，"住得好好的。"他比了个请的姿势，又说自己要出去办事，由他女儿领着进去。

小宿舍还是原来的样子。木头门框，漆酱油色漆，斑斑驳驳。窗台上放着盆吊兰，疯长。窗台下有两双长筒橡胶鞋。

李文忠女儿领到地方，出于礼貌，先行回避。姊妹五个站在门外，一时间没人开口。美心感觉到外头有人，余光瞥见了，连忙把窗帘拉了拉。

家艺先开口："妈，我们进来啦!"

啪嗒一声响，门被反锁。

家欢道："妈！你在这儿住着算什么事，给人家添麻烦，有什么事回家说!"

屋里头静悄悄地。刘美心坐在床沿边上，两手交握，她紧张。

小玲对里头喊："妈！反正，要是老六虐待你欺负你，我们给你撑腰!"

还是没动静。

家文上前："妈，这都在外头站着呢，您先把门开开。"说着推了推门，还是无效，又要敲门。

家丽拦住家文，对窗户缝说："妈！我是家丽。"

还是静默，空气中飘来酱油味。

家丽吸一口气，恳切地："其实我今儿个是不想来的，之前闹成那样，我也是被赶出来的。可还是来了，不为别的，就因为这一辈子只能是这样，你是妈，我是女儿。这个关系到什么时候也变不了。你真有事，谁也不能装瞎，说这个不是我妈。你也不能说我就不是你女儿。你要真想在这儿住，就住。不过要是有什么问题，我看还是回家说，铺开了摊平了，该什么就是什么。人在做天在看，人人心里都有一杆秤。妈，你不开门，我们就走。你好好休息。"

哗啦一下，门开了。刘美心和五个女儿对峙，目光扫了一圈。

她问："老六呢?"

家欢快速答："有事。"

小玲火上浇油："看到了吧，那就是你的宝贝女儿。"

家艺拦小玲："老五！少说两句！"

家文道："回去说。"

家丽岿然不动，微笑着看着美心。

刘美心心如刀绞。家喜竟然来都不来！那可是她一手带大，悉心培养，无私奉献，死跟到底的老女儿！可事到如今，这委屈又能同谁诉向谁说？眼泪就算有，也只能忍。她可不想在家丽面前掉泪。只是人都来了，美心不得不顺着台阶下，跟着回家。再不回，摆姿态，耗个十天半个月，打肿（方言：索性）没人来接，她最终只能灰溜溜自己回去。那多难看！现在"班师回朝"好歹还有点派头。

见好就收。

姊妹几个帮美心收拾好东西，也就几身换洗衣裳。看这样子，原本是打算住一阵的。家丽对家艺、家欢和小玲："老三、老四、老五，你们叫个车，送妈回去。"她和家文单独走。

家艺、家欢当然理解大姐的意思。

小玲脑子转不过弯："够坐！我让其庆来接，不用打车，够坐，一车就回去了。"家丽和家文不解释，从酱园厂出来，两个人沿着老淮河路往北菜市方向走，然后三岔路口抄小道，走到公园东门。家文理解姐姐，轻易，何家丽不会愿意在那个家出现。

走出来不容易，回去更难，那需要老六有个明确说法。前面的故事了掉，才能另起一行，写后面的故事。

其庆来接老五，车停在路边。小玲爬上车。何其庆问："其他几个人呢？"小玲摊摊手，莫名地："不知道啊，一眨眼没人了。"

"妈呢？"其庆笑笑，他早已习惯这个糊涂老婆。换句话说，她不糊涂，他可能还不找她，他喜欢糊涂人。

"也被接走了。"小玲说，"去家里看看。"

其庆怕去了又惹事，说："别去了，葭美在家哭呢。"

“哭啥?”

“离不开你。”

“这个廖姐，孩子也不会带了。”

“还是得妈上。”

“那是。”小玲说，“我才是亲妈。”

打了车，家艺和家欢带美心回家。美心坐副驾驶，老三老四坐后头。家欢一个劲抱怨，说家喜太不像话。家艺以为老六不来，是因为怀有身孕，她捣了家欢一下。

“干吗?”家欢没领会。

家艺在手机上打出一排小字：老六怀孕了。比在家欢面前。

家欢惊愕，家艺打手势，让她噤声。

226

家里翻得更乱。沙发移位，床底的东西全搬出来，美心的大木头箱子口锁被砸开。像刚被打劫过。

家喜的决心很大，就是挖地三尺，也要把酱菜方子找出来。既然有人要买，干吗不卖。只是翻来翻去，那方子像故意跟她捉迷藏，始终不肯现身。若在从前，可能家喜直接找美心要，就能把方子拿过来，只是现在来来回回阴差阳错存心故意，她基本算半搬出去，狐狸尾巴露出来，关系弄得很坏。何家喜估摸着，就算美心回来，她直接要，老母亲也未必那么爽快，还不如自己找。

家喜额角有汗，双手叉腰，喘着气，在几个屋看来看去，她实在猜不到，老妈会把那方子藏在哪儿。有，她确定是有。当然，美心脑袋中也记着方子。做了那么多年八宝酱菜，太熟悉。

院子里有动静。家艺和家欢一左一右，陪美心回家。

家欢一早来过，知道家里情况，可现在更乱。

刘美心大受刺激。什么意思？老六这是要搬家？她刚离家出走几天老六就要搬家？彻底甩开她这个老太婆？美心站在客厅门口，浑身微微颤抖，望着客厅里的一切。她的家，她和丈夫常胜共同组建的家。

家艺不作声。

家欢代妈发声："老六，别太过分！"

"妈，回来啦。"家喜招呼一下。

"这是……急着搬走？"美心问出口。

"没有。"家喜当即否认。

"你没去酱园厂，就是为急着搬家？"美心声音颤抖，眼眶含泪。

"妈你别瞎猜。"家喜赶紧灭火。

"走！都走！"刘美心情绪失控，"我谁也不留，谁也不需要！都走！走！就当我一个没生，孤老太婆一个！走！"她把三个女儿齐齐往外赶。家艺先出门："妈——你这干吗呢？"

家欢打家喜："都是你！气着妈。"

家喜对美心："妈！你糊涂啦！我不是要搬家，是要找你那酱菜方子。"

家艺、家欢同时嗅出点什么，问："你要酱菜方子做什么？"

家喜不愿意说真相，又必须圆场，只好说："我婆婆想吃，我给她做点。"家欢道："你什么时候这么孝顺？"家艺抿嘴笑。

家喜不论，堵在门口："妈，方子在哪儿呢，我看看。"

美心气极："方子，房子，你到底要从我这儿搜刮多少？今天当着你姐姐的面我说句明白的，那方子，是你姥姥传下来的，再往上，是你姥姥的妈传的，上头还有姥姥的妈的妈……"说起来没完。家喜打断她："妈，别痛说家史啦！都快能背了。"

美心恨道："方子不可能给你。"

“妈，你到底要说什么?”

“那方子的传人，必须是个德才兼备的女儿。”

“妈——!”家喜也毛了，“这是干吗，演大长今呢？就一个方子，本来说好传给我的。”

家欢插嘴：“你本来还说给妈养老送终呢，不也变卦了？你能变，妈为什么不能变?”

家艺问家喜：“老六，你这天翻地覆的，就为找那个方子？几个意思?方子又有人买了？值钱了？说说，别藏着掖着。”

家喜慌乱：“没有的事，说了是我婆婆想吃。”

家艺笑说：“想吃容易，厨房坛子里有的是，你叨两块，也不用麻烦做了。”美心拿着苍蝇拍子往外赶人。家喜搬着个凳子坐在门口，今儿个她下定决心，拿到方子才收工。

家艺没空儿跟她耗，扭身先走。家欢对家喜：“老六，你别做过分的事，走了。”说罢也抬腿走人。屋子里只剩家喜和美心母女俩。家喜死死咬住：“妈，您就把那方子给我看看，我以前说的话都没变，你看看上头那几个，有谁靠得住？妈您最后还是靠我。”

美心无欲则刚：“我谁都不靠!”用脚踢老六屁股下头的凳子，“让开，我要上厕所。”家喜只好开点缝，美心侧身过去。

老妈在厕所里蹲着，家喜还在外头磨：“妈，那方子你早都记得清清楚楚的，方子找不到，你就背给我，我记着呢，你说，我记。”

美心哼了一下，识破她：“我知道，你就是想拿我这方子去卖点钱，都有人跟我说了，那个买方子的人又来了，上回不在家，是不是你碰到了，他说要买？哼，我都多大了，我没退休工资？一口饭总有的吃。方子，有，但我记不住，那个抄秘方的纸，更不会给你，我想清楚了，八宝酱菜方，不卖。只传给德才兼备的女儿。没有这个人，那方子就作废，失传，从这个世界上消失。就这么简单!”

家喜急了：“妈，别跟钱过不去呀！你说你卖了方子拿了钱，你嫌我们几个伺候得不舒服，还可以跟老五那样，请保姆呀!”

美心提上裤子，一脚把厕所门踹开：“何家喜！我是你妈！从小最疼你，你就这么对我的？你良心被狗吃了？你不怕天打雷劈，不怕你女儿以后也这样对你？给自己积点德！”

家喜被骂得有点蒙。刘美心侧身进屋，到客厅大桌子上一把抓起打火机，打着火，火苗熊熊。

家喜吓得花容失色：“妈，别想不开！”她以为美心要把家点了。刘美心踩着小板凳，站到椅子上。手指一松，打火机灭了。

“你要干吗呀这是。”家喜也失了章法乱了方寸。

美心伸手朝墙壁上挂着的常胜遗像后头一摸。摸出一张纸来，毛黄的，抖开，上面是毛笔写的小字。正是酱菜方子。

“看到没有？”美心睥睨家喜，“天底下就这一份。”她打出火苗，在下头一点，火烧起来，酱菜方子瞬间化为灰烬。家喜连忙蹦跳着抢救，又用脚踩火，最终只抢救到一块拇指大的纸角。

“妈！你疯啦？”家喜气急败坏。

美心哈哈大笑，从家喜手里捏过那一点点纸，蘸蘸口水，粘在右眼皮上。“左眼跳财，右眼跳灾。”她呵呵地，是疯癫癫的喜。刘妈进院子，嚷嚷着找小美。

美心感怀于心，连忙跑过去，一边说我是我是，一边拥抱住刘妈。家喜嘀咕：“两个疯子。”

越过美心的肩，刘妈指着家喜，喃喃地：“坏人……坏……坏人……特务……坏人，走，你走！”

家喜不愿恋战，从前门走了。秋芳来找她妈，见何家凌乱至此，忙问怎么回事。美心哭得更厉害。

晚间宏宇就批评家喜。一是说她不懂顾全大局，妈不见了，应该先找妈。家喜道：“我不找方子呢吗，谁知道那人什么时候来，回头被老三、老四碰到了，又得分。才多大一块肉，再分分，成苍蝇腿了。”

宏宇不满，说：“所以说你就是没文化，不懂得怀柔，一根直肠子通到底，吃什么拉什么。”

家喜不耐烦："甭废话了，方子都没了。"

宏宇说："你要方子，方子是不是在妈那儿，那你是不是要稳住妈，那你是不是该去找妈，妈一高兴，没准就把方子给你了，现在好，弄得鸡飞狗跳，也没拿到。"

"我再说一遍，方子没了。"

"没了？"

"妈当着爸的面，烧了。"

"听着怪瘆人。"宏宇啧啧，又说，"还有第二点要批评你。"

"有话说有屁放。"

"注意孩子。"宏宇柔声，他对家喜这一胎寄予厚望，"妈说了，你现在就是老大。"

家喜侧目："哪个妈说了？"

"我妈。"

"你跟她说这事了？"

"不是我说的。"宏宇不承认。

"那她怎么知道的？"

"不太清楚。"宏宇死皮赖脸，"反正，希望大大的。"

家喜说："你以为养个孩子容易的，不要钱？反正妈这方子，不管软的硬的，咱们得抓在手里。都怪你，当初在那儿住的时候，你怎么不知道找找，就在爸的遗像后头。"

宏宇嘟囔："爸的两只眼瞪那么大，跟铜铃似的，谁敢靠近。"

翻过暑假，光明要去上海读研。研究生是公费，学校有点补贴，又利用课余时间兼职，写稿，狠赚了点钱。光明已经不怎么问家里要钱。家文得知，又欣慰又失落。欣慰是，孩子长大了，能挣钱了，终于熬出来点。失落是，一天天地，眼见着，孩子在经济上不再需要她。开学前忙，寄行李搬家，还有课要代，光明没来得及回家。十一前，打电话回去。光明问家文需不需要钱。家文来一句："不需要，回来再说。"意思很明显，希望光明国庆能回来。

那就回吧，买了车票，星夜赶回，家文在厨房里忙忙活活。再过二年她也即将退休。“妈，别忙了，那么多菜吃不掉。”厨房，光明站在家文身后。家文麻利地炒着菜：“再弄个腰花。”

光明拿出个信封，走到家文跟前，伸出去：“妈，这个给你。”

家文有些慌乱，一只手还握着锅铲：“这什么?”从口子上露出一点，是钱的颜色。“不要不要，你自己留着。”家文连忙拒绝。“拿着吧。”光明往她围裙上的小兜子里塞。推推搡搡间，终于收下，家文鼻子一酸，就要落泪，但还是忍住，转为喜悦。继续在煤气灶锅台边忙碌着。为人父母不求子女回报，然而真等到“乌鸦反哺”，却也百感交集，仿佛前半生的辛苦都值得。

光明经济独立，老范也高兴，中午多喝了两杯酒。半路父子做了这么多年，倒也相安无事，逐渐向好。曾经，光明是那样的不接受他——表面接受，心底抗拒。然而那么多日子过去，水滴石穿，铁杵成针，时间就有那种魔力，他也不得不承认，母亲家文和老范是有感情的，少年夫妻还求老来伴，半路夫妻，更是但求为伴，度日经年。

光明启程的日子，家文和老范非要去火车站送。三个人坐了公交，大包小包，提前一个多小时到站外头等。站前花池台子上，光明和家文坐着，老范面对面站着。风吹过来，一阵桂花香。

“好闻。”家文说。

“桂花开了。”光明接话。

桂花落到老范头上。光明笑着帮他捏。家文呵呵笑。

“给你们拍个照，景不错。”

照就照，家文站起来，和老范并排，背景是桂花树，星星点点米黄。光明用手机拍了，给老范和家文。

老范瞅了瞅，笑说：“我怎么这么老？那么多白头发。”

家文纠正：“光打的。”

重照一张，好很多。又一阵风来，花香更浓。十月的阳光，打在身上，舒舒服服的。这一刻，光明才恍然觉得，他们是一家人。

227

成成来上海了。在高职混了二年，开始出来工作。他学的也是会计。家欢给光明打电话，托他照顾几天，等工作落实了，就住公司宿舍。成成在光明寝室挤挤。难得聚在一起，光明把洋洋也叫了来。弟兄三个在学校门口小饭店撮一顿。

“准备去哪儿?”洋洋问。他胖多了，在超市做，工作应酬多。

“还在等消息。”

“投了简历过来的？还是来了现找?”

“托了熟人。”成成说。

“你在上海还有熟人?”洋洋直接问。光明拍了他一下。成成倒不隐瞒：“是我妈的一个同学，就是刘妈的二儿子，秋林叔叔。”

光明一听，心里有数，他也听家文说过秋林和四姨家欢的故事。再说下去，恐怕踩雷，他换了个话题道：“考注会了吗?”

成成说还没考。“大表哥不也在上海?”他问。

“来了没人见到过。”洋洋嘴快。

“是在上海，做什么不知道，具体在哪里不知道。”光明详细解释。洋洋感叹：“慢慢爬吧。”

三个人又谈起枫枫。成成知道得详细点，说他在矿务局系统工作，现在经常上夜班。

“你见过他?”光明问。

“也好久没见了。”成成道，“躲着不见人。”

“长疤瘌了?”

成成说："听我妈说，好像因为经常上夜班，头发掉了不少。"

光明和洋洋对看一眼。无言。枫枫小时候可是要当明星的人。如今没了头发，多么绝望痛苦，可想而知。

"他还说来上海看我。"光明补充。

"什么时候来?"洋洋问。

"说来的时候一定要穿最时髦的一套衣服。"光明笑说，"因为觉得到上海必须很时髦。"三个人都笑了。

最后谈到二表哥小冬。光明知道点情况，一个是事业发展，据说当了所里的办公室主任，再一个是生活进展，他准备结婚。只不过，光明只说了前半段，后半段他留着没讲。因为他去看大姨的时候，家丽的意思是，小冬结婚，只请家文一家，从简。其余的，不找麻烦。

在家丽看来，大儿媳进门，她没有把好关。事实证明，失败了。这二儿媳，万不能再不仔细。选了一大圈，托人介绍、相亲，有的看不上小冬，有的小冬看不上。家丽一直给儿子灌输一个观点：找老婆，不用太漂亮的，但得知书达理，能勤俭持家。终于缘分到了，碰到一个。硕士研究生毕业，在理工大学教书，本地人，就是长相一般。人家也选，挨到时候了，不能再等，图小冬工作不错，长相端正。家丽见了人，立刻敲定，就她吧。婚姻就那么回事，缺啥补啥，各取所需。

"我看王梦不错。"家丽对建国说。

"别你看不错，得你儿子看不错才行。"建国杠她一句。

"废话！他要觉得不行，能往家带吗?"家丽越老脾气越大。

"就是皮子黑了点。"建国说。

"又不跟你过，你还管皮黑皮白。"家丽啐他。

"怕影响后代。"

"行了，就她吧。田家庵找遍了，也没几个能对上眼的。"家丽喟叹，"美丑其次，只要能安安泰泰过日子。"

既然定下来，结婚的房子是个问题。

建国和家丽原本的意思是，跟儿子媳妇住一起，肯定有矛盾，还是分开，小两口单住，那就涉及买房的问题。

一把掏，家里没那么多钱。建国和家丽商量，打算把香港街的大房子卖了，用这个钱，再买两套小点的。一套给小冬和王梦。一套老两口养老住。一楼潮，对关节不好，建国也想往高层搬搬。

谁知小冬不干。理由是，家里的钱都被小年祸祸掉了，香港街的房子，是仅剩的他可以继承的“祖产”，再卖掉，太不划算，死活不让卖。建国和家丽只好就范，改变方案：香港街的房子不卖，还是老两口住着，再买一套新房——贷款买，给小冬和王梦结婚用。房贷从建国工资里扣，减轻小冬的负担。

淮南房子多，很快看中一套现房，精装修，拎包入住。一桩大事落地，开始准备婚礼。这日，家丽叫家文一起来看新房。

姊妹俩站在阳台上，远远地，看得到淮河，灰绿色的长带子。

家丽说：“小冬结婚，娘家这边到时候就你受累，陪着去接新娘。”家文问：“不请她们了？”

“没下帖子。”家丽说，“现在家里这样，多一事不如少一事，小冬结婚不让她们破费，将来，也都别来找我。”

大姐主意已定，家文不好再劝，又细问了问安排。谈到美心，家丽说：“她现在都糊涂了。”

家文说：“一辈子就那样人，什么时候不糊涂。”

“前儿个遇到老门邻，”家丽手扶着栏杆，“说人家问她，你现在跟谁住啊？她来一句，跟老奶奶。”

“老奶奶？”

“阿奶。”

“都走了多少年了。”

“可不，还说跟老奶奶住，我看她最后也是跟刘妈一样，痴呆。”

“这老六也是，就甩手了？”

家丽道：“搞不好，老妈子（第三声，土语：妈）月月工资都是老六攥着，顶多分给她一点零花。”

家文也是叹气。

谈完这，姊妹俩一时无话。说什么呢？家弄成这个样子。家丽领着家文在屋里转转。家丽感叹："本来说是买两个小套，小冬不干。"

"这孩子。"

"现在月月他爸还得还贷款。"

"还多少年？"

家丽说二十年。家文在心里算算日子，不由得一惊，二十年，姐夫都多大了？七老八十还在还贷。真叫蜡炬成灰泪始干。

家丽劝家文："你有机会，也弄套小的，老了打扫卫生方便。再一个，也得有个自己的窝。"家文深表同意。

家丽叹息："这一辈子，就这样了。"

家文想问问小年的情况，但刚问一句，家丽就挡了回来，她便不再多问。

都准备好，小冬结婚结得快。果真是家文接亲。一鼓作气弄下来，请个酒席，作罢。老五听到不愿意，非要何其庆来送礼，又要免费给贴墙纸。家丽好说歹说，才拒绝掉。

家喜肚子起来了，得到外甥结婚的消息，对宏宇说："有钱结婚，说还买了房，我那五万就是不肯还。"

宏宇只能劝她："别想了，就当买个教训。"

"这教训也太惨重了点。"家喜扶着肚子，不自在，"那人又来问方子了，妈死活不肯吐出来。"

"你就别想那么多了，对孩子不好。"宏宇顾全大局。

"孩子孩子，你就知道孩子，你不看看你老婆受了多少气。"

宏宇嘀咕："谁敢给你气受。"

家喜深吸一口气："不行，这事没完，这钱得要。"

"吃点叶酸。"宏宇端水端药。

"不吃，没心情。"

"你得补，不能缺。"

“我缺钱!”家喜大声。小曼从屋里走出来:“妈你能不能控制控制你自己,小心生的是妹妹。”

“你这丫头!”家喜气得丢一只靠枕过去。

家喜搬走后,刘美心一个人住。女儿们不上门。偶尔只有秋芳带着不认人的刘妈来坐坐,或者就是丽侠来送点面包给她。在路上有人问她,现在跟谁住呀,她就说,跟老奶奶住。谁都知道老太太死了有年头。因此都说,美心估计也离老年痴呆不远。

家里的电视一天开到晚。美心怕没有声音,太静。她养了一只猫,取名:双喜,可她老打它,猫气得离家出走,再也没回来。

美心还是一个人。

晚上最难熬。老年人睡眠短,睡得晚,醒得早,醒来屋子里空荡荡的。美心好不适应。她只好把常胜的遗像请到卧室,陪着她。稍微能好睡些。美心还学会念经。是丽侠给她的几本经文,从大河北的乡村土庙里弄来的,也有上窑观音洞舍的经。譬如《心经》《大悲咒》《地藏菩萨本愿经》等。美心念着念着,大脑缺氧,昏昏欲睡,也便就势躺下睡倒,一夜到天亮。

这日,美心刚念了三遍《大悲咒》,感觉困倦,就要躺下,晒台那屋当啷一声响。玻璃碎了。美心连忙去看。三五个老儿站在前院墙外,吊儿郎当。美心披着衣服,喝问:“谁?”

墙外的人也不示弱:“该交的东西交出来!大家好过!”

美心骂:“交你到小东门!哪来的野狗!”

人轰一下散了。美心自去休息,到了半夜,又有人敲前门。美心吓得滚下床来:“谁?”她不敢开门。拉下灯绳,客厅亮堂堂的。门外窸窸窣窣。“是人是鬼?”美心手里抓着根擀面杖。

慢慢地,门缝里伸进来个薄信封。

美心下意识地用擀面杖敲那信封。信封不动。过了好一会儿,她才慌乱地拾起信封,打开,里头一张纸。上书:八宝酱菜方子写在纸上,放置于门口收信箱内,即不打扰。否则,后果自负。

美心猛然明白，可能是家喜作祟。

美心瘫坐在藤椅上。那是老太太的遗物。何家喜对她，这是要敲骨吸髓，榨干耗尽，美心想哭，却没有眼泪。怪谁呢。这朵毒蘑菇，是自己亲手培育的。

不！不能让他们如愿！美心硬顶，方子没有了就是没有了，她也回忆不起来。不给！坚决不给！

谁知第二天晚间，美心念完十遍《心经》刚躺下，院子里却突然一阵鞭炮炸响。

228

不用说，又是不速之客，看来她不把方子抄出来，这些人不会罢休。不，实在不想给。

惹不起，躲得起。刘美心迅速收拾两件衣服，见屋外没人时，悄悄逃到对面去，上二楼，敲刘妈家的门。

秋芳开门，睡眼惺忪，见是美心有些意外，连忙让她进来。

“我就是想睡个好觉。”美心很委屈地。

客厅里，秋芳忙着给美心倒茶。

“要不报警吧。”秋芳帮美心分析。在她看来，这些人是谋财害命。

“不用！”美心说，“我躲两天就行。”

秋芳不解：“好端端地，这些人为什么要这么做？”

美心解释：“地痞流氓，见我一个人在家，想偷东西。”实在是难言之隐。

秋芳说：“放炮声我也听到，还感到奇怪，不过这么不作为，岂不是正中他们下怀？老六呢？她现在都不回来？我给她打个电话。”

“别打！”美心连忙制止，“秋芳，你要是还念在我是你的长辈，就让我住几天，我睡沙发。”

“美心姨，不是这个意思。”秋芳解释，“正经有房间，你住多久都行。”刘妈懵懵懂懂从里屋摸出来。见美心来，这回认人，一个劲叫小美。美心上前抱住她，先哭起来。刘妈被情绪感染，也孩子般哭出声。两个老人哭作一团。一个有心，一个无意。

秋芳连忙劝：“行啦，早点睡吧。阿姨，你跟我妈睡一张床。”说罢便急忙收拾床铺，被子。美心果然在刘妈家凑合了一夜，平安无事。

次日，张秋芳偷偷给老六打了个电话。她并不知道何家的诸多变故，以为美心还是归家喜赡养。谁料电话打过去，秋芳简单把前后情况说了，家喜却来一句：“知道了。”没下文。秋芳不解，当她跟美心又闹了矛盾。结果到晚上，鞭炮又在刘妈家阳台炸响。美心没事，吓得刘妈情绪失控，一个劲说日本鬼子来了，要从楼上跳下去逃生。

“妈！你先回来！过来，别动，妈。”秋芳已面无人色。刘妈骑在阳台上，随时可能坠楼。美心也慌了神：“刘姐，日本鬼子在楼下！跳下去是自投罗网，快到沙家浜来。”

刘妈糊涂了，虽然痴呆，但还记得沙家浜：“你是谁？哪里是沙家浜？”

美心急中生智：“我是阿庆嫂，你下来，我带你去沙家浜。”

刘妈乖乖下来，扑到美心怀中，投靠阿庆嫂。

秋芳大吐一口气，心才放下来。

不对，肯定不对。美心跑到哪儿，鞭炮就炸到哪儿。她到底得罪了谁？张秋芳让丽侠把刘妈先接到汤家暂住。

得空，秋芳坐下来，对美心，耐心地：“姨，到底是什么情况？你是借了高利贷。”

“没有。”美心垂头。她累，身累，心更累。又改口，“是有债，女儿债……”

秋芳不懂她的意思。

“有纸笔吗?”美心问。秋芳一时没理解，美心又说了一遍。秋芳真找来纸笔，美心弯腰在小茶几上迅速写着。写完，对折，挣扎起身。秋芳问：“姨，这是去哪儿?”

美心道：“我也没力气了。有劳你，把这张纸，放到我家前门的铁皮信箱里，就都安生了。”秋芳领命，照办。

当晚，果然相安无事。第三天，美心要回家住。秋芳见她脸色煞白，问有没有哪里不舒服。又给她量血压，一切正常。

“要不要叫人回来?”秋芳担忧地。

美心摆摆手：“不用，一个我都不想见。”

“老六怎么回事?”秋芳问。

“别跟我提她!”美心突然大叫，捂着胸口，倒了下去。

亏得秋芳是个医生，施救及时。又带到医院，没查出什么毛病，醒来就一切正常。秋芳怀疑是血缺氧。丽侠却说：“急火攻心。”又把秋芳叫到一边，“大嫂，得赶紧通知何家人，好人不能做，到时候赖到我们头上，扯都扯不清。”秋芳一面说不会，一面又觉心惊，将才只顾救人，没来得及打电话。等人救过来了，她思来想去，才拨通了家丽的号码。

何家丽正在打毛线。放下手机，对建国说：“我出去一下。”

“这展子去哪儿?”建国问。

“妈在医院。”

建国紧张：“怎么搞的?”

“秋芳打来的，说是突然晕倒。”

“我跟你一起过去。”

“你别去。”家丽说，“万一老六两口子也在，尴尬。你在家待着，有情况我告诉你。”

建国只好作罢。临出门，家丽又给老二家文挂了通电话。简单说了说，约在人民医院见。家文二话不说，打车往医院赶。

医院病床上，刘美心躺着看天花板，目光呆滞。她忍不住回想自己一生，是怎么一步一步走到这个境地。或许怪只怪，母不慈，女不孝。可她想来想去，自己做母亲有那么大缺失吗？常胜如果在世，她们不敢。老太太在世，她们也不敢。可她刘美心如今也在世，她们怎么就敢了呢？不，不是她的错，要怪，只能怪现如今人人爱钱。对，世风大变，人心不古。而她一个孤老婆子，竟然必须去门邻家寻求保护，这难道不是滑天下之大稽！思绪飘飞至此，美心不禁悲从中来，放声大哭，像个孩子。急诊科病房诸多病人无不侧目。

一个人影站在病床前。眼泪糊住眼，美心没看清，伸手抹抹，才见是大女儿何家丽。

这是家丽搬出龙湖老宅之后，母女俩第一次单独面对面。

美心仿佛有些抵挡不住家丽灼灼的审判式的目光。

沉默，她除了沉默不知道再说再做什么。解释处境？已经这样了。说自己的病？这病毫无来由，查也没查出什么。

家丽深吸一口气。家文快速走进来。家丽看了她一眼，点头招呼了一下，又说：“给老六打电话。”

“不要！”美心惊呼。

家丽凛然：“不要，为什么？老六得负责任，从她搬进去那天起，她就得给妈养老送终，现在她应该出现，应该在这里。”

美心啜泣：“她养不了老，只会送终。”刘美心开不了口，她不愿意说出真相——是家喜为了抢方子设计的这一出闹剧，是家喜让她不得安宁。她如今的惨状，无非印证了当初决定的错误。可是，美心还是有点不服，跟着感觉走错了，人难道不要忠于自己的感觉？跟着家丽两口子，吃不好喝不好也是事实。想到这儿，美心的心肠又坚硬起来。她仍旧不肯低头。

“老六是女儿，你不是？”美心反问。

“是你不认我这个女儿。”家丽鼻酸。

“你当我是妈吗？”美心一声暴吼。

家丽、家文怔住。病房里，就连撞断了腿的病人也都忘记呻吟，静下来看着一出戏。

“我们走。”家丽扭头。

家文拽住她胳膊：“大姐——”

来都来了，怎么也得把眼前的情况处理好。秋芳进来，把家丽和家文叫到一边，描述了上下楼都被人放鞭炮的惨状。

家文不解：“难道真是老六?”

“这要进小东门的!”家丽激动。

秋芳说：“现在家里肯定暂时不能住了，就怕还有人搞破坏。”

家丽谢了秋芳。自家的事，还是自己处理。家丽走回病床前，对美心说：“现在没什么事了，一会儿我跟老二送你回去。”

“我不回去。”

“那你去哪儿?那是家。得回家。”

“我不回去，回去睡不着。”美心嘟囔着。更像小孩。

家文说：“要不先找个地方住着，再跟老六交涉。”

“不要找她!”美心痛心疾首。

家丽说：“找她也没用，这个人完全疯了。”

“妈——”一个浑厚的声音传来。家丽和家文转身，见建国来了。家丽不高兴，说不是让你别来吗。

建国没招呼，直接走向病床，在床沿上坐下。

美心一把抓住建国的手，眼泪下来了：“建国，你还能来看我……建国……建国……”愈说愈多，愈说愈涕泪横流。

建国抽了张纸巾递给她。美心重重擤鼻涕。

建国看了看家丽、家文，又对美心：“妈，要实在没地方住，就先住我那儿，小冬结婚了，家里还有一间空的屋子。”

美心哭得更厉害，建国建国地叫着。家文鼻酸。家丽微微皱眉，事到如今，只能收留这个老太太，谁让她是妈。

家文和家丽回家帮美心收拾了点东西。接美心到香港街去住。

小冬原来的房间空着。床铺好好的，写字台上摆着书，高高一摞，都是历史类的通俗畅销读物。美心走进这屋子，直感觉恍恍惚惚，走到写字台旁看，玻璃板底下，还压着小年、小冬参军时的照片，两个帅气的年轻人。如今的小冬，比当初宽了一倍。

“妈，你就住这儿。”建国说，伸手摸摸垫被，有些凉，又说去院子里晒晒。美心感怀于心，又落泪：“建国，你怪我吧。”

建国笑笑：“都这个年纪了，还有什么放不下的。”

“家丽她爸招你进来的时候，我就知道你靠得住。”

建国怆然：“妈，过去的就过去了，都往前看。”

美心不禁心痛：“前头，我还有多少前头，往前看，就是黄泥坑了。八十岁还当吹鼓手，太晚了。”

“那就过一天是一天，开开心心的。”

“我倒想开心，没一个让我省心。”

建国说：“妈，你吃不惯家丽做的，以后我给你做，我现在牙也不好，家丽做的饭，生硬，我们吃面条子。”

美心说：“我可以交伙食费。”

建国叹了口气道：“爸走的时候，跟我们说，要把家维护好，现在家乱了，要聚起来，还得老人发话。我和家丽管家管了这么多年，虽然有点经验，但终究难以服众，我想等到年节，妈出面，把底下几个小的聚一聚。事情也就过去了。”

“房子的事你不生气啦?”

建国道：“能有几个钱，说开了，都好商量。”

见建国如此大度，美心想想过去，愧疚万分。小冬和王梦进门，叫阿奶。美心颤巍巍站起来。“奶奶。”王梦叫。

美心对王梦不熟悉。这算头一回见面。建国走出屋，跟家丽坐到一块儿。美心非要给王梦钱，说见面礼，又夸：“我孙媳妇怎么这么漂亮。”

远远地，家丽对建国，打趣：“听到了吧，还这么漂亮，她就不会说一句实话。”

229

宏宇一进门，家喜又是一通抱怨。方子拿到了，还付了要债公司钱，可跟那老板联系，老板却说，无法验证方子的真假，得传承人亲自示范，并且做出来确实是那个味道，才能正式展开八宝酱菜的合作。偷鸡不成蚀把米，家喜窝火。

宏宇劝：“少生点气，为孩子着想着想。”

家喜不接他这茬：“不行，我还得去找妈一趟。”

“你就是找十趟，她该不交，还是不交，咱生完孩子再说。行吗？”

“你送我过去，叫个车。”

“我没脸过去，三街四邻都看着呢。”

家喜一拍沙发：“那我自己去。”

“行行行，我送你。”孕妇最大，宏宇就范。

就几步路，宏宇还是叫了车，到何家老宅，开门，屋里头静悄悄的。“妈！”家喜喊了一声，没人应答。

家喜狐疑，从后院到前院，仔仔细细找了一圈，确实没人。家喜对宏宇：“这个点能去哪儿？”宏宇说可能去公园锻炼。美心没有随身手机，两个人只能在家等。等来等去，何家喜觉得不对劲，又让宏宇上二楼问问刘妈。老门邻，知道的情况比他们多。

“你傻啦，刘妈痴呆了。”

家喜驳：“她痴呆，秋芳姐又没痴呆。”宏宇只好去问。上二楼敲门，没人在。下楼遇到丽侠，宏宇拉住她问：“丽侠姐，我们家老太太上哪儿去了？”

这话问得稀奇。丽侠如实相告，说前几天身体不好，后来去哪儿不知道了。宏宇转回头跟家喜说明情况。

家喜咬牙切齿："完了，八成是老三、老四她们几个也知道方子的事，提前把妈掳走。挟天子以令诸侯。"

"不至于吧。"宏宇真心觉得家喜神经过敏。

"怎么不至于，妈现在值几十万。"家喜激动得差点没站稳。

宏宇扶住她："你慢点，妈怎么成东西了。"

"手机给我。"家喜急不可耐。宏宇只好从裤兜里掏出手机，家喜怀孕后，他不让她多接触手机，嫌有辐射。

家喜先打给老三家艺。她开旅馆，有地方住，老妈可能会过去。是欧阳接的电话。"妈在吗?"

欧阳没反应过来："哪个妈?"

"我妈!"家喜大声。

"没……没有。"欧阳磕巴。挂了电话，又给老四打。

"妈在你那儿吗?"还是单刀直入地问。

"怎么问这个?"老四忙着做账。桌子上都是文件材料。

"在不在?"

"不是你在家住吗？还问我。"家欢反将一军。

"我就问你妈去没去你那儿?"家喜凶得很。

"没有。"家欢懒得跟她缠斗。

挂断电话，家喜一脸疑惑看着宏宇："也不在老四那儿，又离家出走去酱园厂了？有意思吗，老来这套。"

宏宇道："也有可能。被你的讨债小组吓着了，唉，也是丧尽天良。"家喜敲他头："说什么胡话呢，非常任务非常手段，什么叫丧尽天良。"又往酱园厂打电话，李文忠女儿接的，也说不在。

"那只能在老五那儿了。"家喜往下推理。

宏宇知道家喜跟小玲通话免不了要吵，便说："你别打，我给小何打过去问问。"说着，往何其庆店里拨电话。何其庆也说不在。

“去二姐那儿了？不可能吧。”家喜自己都不信。二姐再婚，家里有个老范，还有小孙女，美心怎么也不会往那儿去。不放心，还是打个电话。老范接的。家喜叫了声二姐夫，又礼貌地问妈在不在那儿。老范说了声不在。挂掉，继续看自己的电视。

家喜耐不住了，毛毛躁躁：“难道去大姐那儿了？”

“这个……难说……”宏宇也有些吃不准。

“大姐也知道方子的事了？”家喜往深了想。

“没那么复杂。”

“那她把妈接过去干吗？无事献殷勤。”家喜眼珠子乱转。

“也许想换换环境。”

“我给大姐打个电话。”

“你别惹事！”宏宇阻拦她。可家喜还是拨了出去。

香港街，家丽家，建国在院子里摆弄他那盆兰花。家丽在桌子前剥大蒜。座机铃铃作响，家丽对美心喊：“妈，接一下。”

美心接电话，问哪位。电话那头，家喜暴跳：“妈！你怎么搁大姐那儿呢！”美心吓得连忙挂断，惊慌失措。

家丽看出不对，猜到几分，问：“谁啊？”

美心瘪着嘴。电话又响了，一下下，追魂夺命的样子。美心不肯接。家丽拍拍手，接起电话：“哪位？”

“何家丽！你别以为绑架了妈你就能得逞！没门！”家喜气势如虹。家丽只好把听筒离耳朵远点。

挂了电话，家丽对建国：“瞧瞧，就这熊样，怎么和好？怎么交流？直接报警得了。”建国道：“估计因为怀孕，心情不稳定。”

“谁跟你说她怀孕？”家丽才知道。

建国说小冬说的。小冬听王梦说的。王梦听她同学说的。

家丽问美心：“老六怀孕了？”

“我不知道。”美心现在不想听到老六的名字。

何家老宅，家喜气得坐在沙发上，两腿叉着。宏宇劝：“不值当不值当，你到底要多少，房子也到手了，见好就收。”

家喜抢白：“爸生前说留给我的。”

“以前可没听过这话。”

“说过，本来说给老四，当男孩养，后来说给我。”

“行行，都给你。”宏宇只好顺着，“回去吧，妈今天还过来。”是说他妈王怀敏。家喜伸出一只手，好像太后回宫，宏宇连忙扶着，走了两步，家喜说头有点晕，宏宇伸手摸摸：“热着呢。”

“被气得。”

“消消，气不能留。”

刚出客厅，宏宇一转头，见家喜左鼻孔一条血柱下来，“抬头!”宏宇大喊。家喜这才意识到鼻子出血，连忙抬头。宏宇急促地：“右手举起来!”按照土法子，左鼻孔出血要抬右手。

“没事!”家喜拍开他，剽悍地，“我就是沙鼻子。”沙鼻子容易流血。

可更剽悍的是命运。回到园南小区，何家喜一晚上鼻孔流了四次血。次日早晨，宏宇也有些担忧，无论如何带家喜去医院查了查。医生问诊，家喜照实说，最近腿疼，鼻孔出血越来越频繁，还一直有点发烧。家喜认为是怀孕导致。可没多久，检查结果出来，宏宇被叫到诊室。大夫认真、客观地跟他谈了谈。核心意思是：家喜得了白血病，及时治疗，还有希望，但目前需要把肚子里的孩子流掉。当然，也可以选择保孩子，只是，那样的话，治疗的时间就要延后，病情极有可能迅速往坏的方向发展。

走出诊室，闫宏宇两腿发软，支撑不住，一屁股坐在长椅上。

想来想去，极有可能是园南小区的房子装修后住进去得太急。是家喜迫不及待，还要踩小玲一脚。却想不到最终飞蛾扑火。宏宇存心瞒着家喜，可以家喜的脑子，猜也猜到，她的工作又是生物制品检验。白血病这三个字，从小到大在耳朵里听着，基本等于绝症。园南小区暂时不能住，宏宇只好把家喜暂时安顿在爸妈家。人命关天，王怀敏不再矫情，安排好床铺，收容家喜。宏宇和小曼暂时住在家艺那儿。家艺听闻，甚为吃惊，跟欧阳感叹了一番，就连忙去看家喜。欧阳问：“王怀敏那儿，好去吗?”

因为买房子，家艺和王怀敏发生过纠纷。家艺道：“都什么时候了，还顾这些。”欧阳连忙闭嘴。

家艺给家欢电话。家欢也连忙赶来，过去闹腾纠缠，可生死摆在面前，家欢毕竟顾及姐妹情义。可姐姐们到跟前，家喜的眼泪反倒控制不住。她何家喜一辈子好强，怎么会落得如此结果？也怪她自己。如果不搬家，如果还是在老宅子里带着妈过，如果买了房不那么急着搬进去……千言万语，如果她是个十分孝顺的女儿，这个灾祸，可能就不会落到她头上。大灾难逼到眼前，何家喜才重新拾起善良。

早知如此，何必当初。

床边，家喜挺着肚子，像一只垂死的蝈蝈。家艺和家欢一人一边，握住她的手。

家欢道：“积极治疗，孩子以后可以再生。”

家艺知道到这个时候，安慰也是徒劳，问：“老五来过了？”

家喜挣扎着：“没告诉她，也别告诉大姐、二姐……”她不想家丽、家文看到她如此惨状。

家艺说：“瞒着这个做什么，迟早得知道。”

“也别告诉妈。”

家欢道：“瞒着妈，不太好吧。”

家喜泣不成声。王怀敏进来，道：“别耽误，住院治疗吧，病床联系好了，先把孩子拿掉。”

家喜忽然失控：“谁说拿掉孩子！我要这孩子！不拿孩子！”

王怀敏看看家艺，又看看家欢：“二位姐姐，麻烦说说她，要命还是要孩子，糊涂了！”

“孩子的命也是命！”家喜眼泪一把鼻涕一把，“这是我儿子。”

王怀敏继续劝：“什么儿子女儿，有一个不就行了，而且谁能保证就是儿子。留得青山在，不怕没柴烧。你就不想想，你要是走了，即便孩子来到这世上，一来就没妈，他怎么办。还有小曼怎么办？宏宇怎么办？这些问题都要考虑周详。”

可无论怎么说，家喜铁了心，就一句话，孩子必须生下来，她是孩子妈，谁都能不要孩子她不能。她要赶在自己病情再度恶化之前，产下一子。

230

家喜选择剖宫产，生下了八个月大的孩子，是个女孩。然后开始第一次化疗。按照家喜的意思，她生病以及生孩子的事，都没告诉美心、家丽和家文。还是米娟在麻将桌上得到消息，转告给家文。家文连忙把这事跟大姐通气。

家丽也感到意外。毕竟一奶同胞，同气连枝。是，她怨家喜，有时候气起来恨不得去打她，可是，真走到生死关头，何家丽的心又有了变化。如果家喜就这么死了，一了百了，家丽觉得还是会很不舒服。不是恨，而是惋惜。

她把这事跟建国说了。建国的意思是："该去看看。"又问，"妈怎么说？"家丽道："还没跟妈说，怕她接受不了。"

"那就不说。"建国转念。

"可这种事，怎么能不说，万一……"家丽留半句话没讲。

周末，小冬和王梦回家，给美心带了龙须酥。美心最爱吃的。

饭桌上，美心对两个小的说："以后别给我买，老年人，多糖多油都不好，一天三顿吃好就行了，你们补补身体，还要生孩子……"

王梦脸发红。结婚有一阵，肚子一直没动静。婆家没说什么，娘家倒催了不少次。她娘家总觉得不好意思，嫁个女儿不生孩子，自己仿佛也不理直气壮。

家丽保护王梦，打岔："妈，秋芳她们好像要回上海。"

美心道："我知道，我就说回去再看看，多少年的老门邻，虽然你刘妈不认人了，还是有点舍不得。"吃了几口，又说，"家丽、建国，我想了想，现在我还算能动能行，自己也能做饭，还不需要人伺候。所以还是搬回去住，这样小冬、王梦也能多回来点，赶明儿王梦生了，少不了要在这儿坐月子带孩子，家里房子空着也空着。"

这事提得突然。

家丽好声："妈，你想得真远，还坐月子带孩子，在哪儿来？"

"这个东西说有就有，不马虎。"美心似乎很坚决。

建国也劝留，小冬和王梦都让奶奶留下。可美心既然想好，去意已决，就没有再留的道理，她笑着说："反正不远，就过条马路。"

家丽反省："是不是家里的菜还吃不惯？"

美心摆手："不是……哪这么多道道，我总得回家吧。那儿还是我家。"众人见劝不动，只好由着她。家丽和建国商量，决定时不时去看看。翻过周末，几个孩子就把美心送回何家老宅。

推开院子，已经有点灰味。美心让家丽、建国送到就走，她一个人打扫院子、客厅、卧室。收拾好，拾掇拾掇头面，就往人民医院去。她在龙湖菜市买菜的时候听菜农说的。"老六的病怎么样了？"人家问。美心发蒙，一无所知。打电话给宏宇，才知道真实情况。家丽知道？建国也知道？美心不想深究。知道了怪她没说？太没必要。如果是这样，那也是保护她的情绪。她原本就是个走在人生边缘的人，几经流转，还有什么看不开。

她现在只是想去看看女儿。

病房里静悄悄的，床头柜上一束香水百合，散发着香味。

五号床，何家喜躺着，闭着眼，头上戴着顶帽子。化疗耗尽一头青丝。她面无人色，十分憔悴。美心缓缓走到家喜跟前，手颤抖着，去摸家喜的脸。

何家喜醒了。见到美心，她哀哀地叫了一声妈。她从前那样对妈，如今自己坠入深渊，身处极端弱势，才能静下心来好好反省。往日极高的心气被打压到尘埃里，也方知人的渺小。

狂什么呢？纵然她是姊妹里最年轻的，不也最先躺在病床上？何况家喜每每回溯，理解自己生病始末，更是胆战心惊，不得不信世间报应因果。

美心到底是个母亲，不禁眼泪奔涌，好像过去的那些争斗恩怨都可以不算，她心里只有眼前这个生了病的女儿："怎么搞成这样了？"

"妈——"，家喜抓着美心的手哭。往事不容细究，后悔也来不及。怪只怪自己心肠冷硬，不通人情。

闫宏宇拎着饭盒从外面进入，"妈——"他也叫了一声。走到跟前，美心重重拍打这个女婿："怎么不早说！"已是涕泪横流。

宏宇不动。

为给家喜治病，宏宇卖掉了园南小区的房子。按照王怀敏的意思，原本是打算卖何家老宅，只是那房子年代久远，挂出去，很久无人问津，只好卖了新房以解燃眉。小曼不愿意去奶奶家住。如今美心和家喜破镜重圆，小曼就又回姥姥家。一来自在，二来也能陪陪姥姥。

争抢半生，竹篮打水，家喜心灰意冷，新生的女儿，一直没取名字。王怀敏有正经孙子，还有年幼的儿子，自然对这个迟到的孙女意兴阑珊。宏宇疼女儿，给她取了名叫小晚。意思是她是这个家的迟到者。这些日子，宏宇为家喜的病操劳，疲惫不堪。只有到这个时候，他才能真正体会到当初二姐家文的绝望心情。但风凉话时不时还是能传到他耳朵里。有人甚至说，中年男人有三宝，升官发财死老婆。宏宇听了更心痛。他也回想，自己是怎么爱上家喜的，她那时候年轻、漂亮、倔强、有活力，家喜是怎么一步一步走向歧途的。

善恶不过一念之间。

成成去上海工作，托了秋林的关系，方涛现在似乎不再介意这些事，对秋林，他也能全然当个朋友看待。家喜生病，家欢也联系秋林、秋芳，看上海有没有更适合的医生、医院。

家艺家倒是因为枫枫的工作闹过不愉快。为了保住最后的头发，枫枫辞了职，去北京发展。说是在酒吧里唱歌。家艺气得七窍生烟，还是欧阳安慰她："算啦，为孩子生气不值当，再不济回来继承我们这个小破旅馆还行。"

家艺恨道："哪有那个艺术细胞，搞什么东西！"

欧阳忙说："怎么没有，遗传你。"

家艺想了想，说："那倒是。"

光明正常往返于上海和淮南间。他和老范、家文的关系得到修补，只是每次回家，他越发觉得像回去做客。克思死后，家文与卫国家那边的人更是无来往。只是偶尔在水厂路菜市，家文能碰到春华。春华还是装看不见她，她当然也看不见她。卫国不在了，也没有再走的必要。就那么打个照面，家文感觉春华头摇摇的，似乎有点帕金森。

赶在家喜生病这段时间，光明给了钱，家文操持，打算去电视台山给卫国立个碑。

只是年前又一阵平坟运动，坟地又乱了章法。家文想起那回是小健他们去平的坟，便打算找小健带路，明确卫国坟的位置。毕竟立碑是大事。错了位置对后代不好。可这么多年过去，家文和小健早断了联系，电话号码也没有。家文想来想去，给敏子打了个电话。

敏子接了，笑不嗤嗤叫文姨。

"你有你小健哥电话没有?"家文有事说事。

"喂?"电话那头，敏子似乎听不清楚。

"喂，"家文忽然有种鸡同鸭讲的感觉。好半天，终于听清楚了。"怎么搞的?"家文问。

敏子讪讪地："电话不好了，前儿个掉马桶了，有时候听不太清楚。"

"那还不换一个。"

"没换。"敏子底气不足。她现在穷了。儿子留学花光了家底。

"你小健哥，北头那个，对，小健，他电话号码你要有就发我个。"

敏子连声说："好的好的，你看我身体也不好，不然也就去了。"

“怎么搞的?”家文客气地问。

“心脏不好，走路都带喘。”敏子说。

“听说话声音还好，中气挺足。”家文说。

挂了电话，好一会儿，也不见敏子发号码过来。八成敏子又去这儿汇报那儿汇报，因为太多年没通电话，实在是新闻。家文不想等，又打电话过去问怎么还没发来。敏子连声说好好好，马上。一会儿，终于发过来。

家文打过去给小健，说了立碑的事，让他带路。小健也没二话，约了时间，在山底下见面。

是日，家文和家丽约好一起上山。山脚下的路口，家文搀着家丽，远远地，有人骑个电动车驶来，到跟前停住，下车。家文看了吓了一跳，小健老多了，又胖，也难怪，他原本就跟卫国年纪相仿，头发白了许多。小健叫了声文姨，又跟家丽打招呼。三个人一同上山。

小健走在前头，家文看他一条腿一点一点，好像是做事的时候受了点工伤。她有一次在街上遇到大兰子听她说过。到半山腰，指认了位置，三个人就下山，一路没有话，家文没问小云小磊怎么样，小健也没问光明如何，曾经在一幢房子下生活的人，早已被命运的大潮冲得七零八散，好多事情，不用问，风霜都写在脸上，瞧上一眼，已经了然于胸。办完事，下到山脚，家丽、家文不忘客气，说到矿务局附近小饭店吃个饭。小健说还有事，骑着电动车走了。

原本就是虚客套，他也知趣。在一起吃饭，说什么呢？说卫国？说这些年的变化？有什么意义。一切点到为止，云淡风轻。避免尴尬，也给彼此留了面子。

家丽对家文说：“老了。”是说小健。

“怎么能不老。”家文苦笑，“俺俩都多大了。”

“出体力的，不容易。”家丽评价。

“所以北头那房子，我们也就不提了，给他住吧。”家文说。那房子按说有光明一份。

家丽说：“就当积德，那房子能干吗，卖不能卖，租不能租，让你去住你都不去，北头不开发了，成个死角。”

位置确定，家文便请了力工把从外地刻好的碑运到卫国坟头，搞好弄好，烧了纸，叨咕叨咕。拍了照片，发给光明。光明远在上海，看到照片，心中百感交集。

看碑上的日期，才赫然觉得，原来爸已经走了那么多年。陈家的人，死的死，散的散，算来算去，姓陈的也只有两个孃孃和他。考虑再三，他打算给大孃、二孃打个电话，知会一下立碑的事。他找智子要了号码，先给春华拨过去，不联系也有年头。

电话一通，刚问声好，只听到春华一声大喊：“我的孩咪！你一个人在上海怎么办该?”

光明听了不高兴。什么怎么办，求学工作，正常日子，无非是房价高，生活艰难，你又帮不上忙，何苦大惊小怪。

再说立碑的事。春华没说好也没说不好，忙着说自己的：“哎，你看看，我也不会打电话，打不好手机。”意思是这些年没通电话不是不关心你，是不会打电话。光明听了好笑。多么荒诞的理由。人生前途，大家原本就是各走各路，没打电话，他并无责怪，也全然理解，这就是人性。人免不了自私，没什么大不了的，只是，编出一个“不会打电话”的理由来，未免太过虚伪。光明觉得无话可说了。

匆匆挂断，再给春荣打。她年纪大，性子又钝，聊了几句，始终对不上点，只能是交代清楚，作罢。

该说的都说完了。光明一个人坐在写字桌前，手机上还显示着卫国的碑的照片，不免发怔。他忽然觉得卫国走得早对他自己来说，也未必全然是件坏事。

掰开手机壳，里头压着张黑白一寸小照，是卫国年轻时候。他永远年轻，死的时候不过三十几岁，不必经历衰老。

231

家艺和欧阳站在宝艺前台，迎面，宏宇来了。

欧阳拿胳膊拐了一下，家艺不解，说你干吗。

欧阳偏头，小声提醒：“我可跟你说，他要提什么要求，你可别答应。”

家艺瞅瞅他：“发什么神经。”

说话间，宏宇来到跟前，随手带了糕点。过去他来很少带东西。家艺笑着：“老六怎么样？这几天没去看她。”

“还在治。”宏宇的表情一言难尽。

欧阳给他倒水，宏宇忙说不用。在沙发上坐下，叉着腿，低着头。家艺问：“有事？”

宏宇还是不说话。

家艺又道：“有事你就说，自家人，不磨叽。”

欧阳看看家艺，又看看宏宇，有些着急。

“三姐，你可得救救老六……”宏宇哽咽。欧阳猜出个大概，朝家艺使眼色。家艺没理睬：“别哭，大男人哭什么，有事说。”

“家喜的病要想治好，只能看看能否找亲姊妹配型，骨髓移植……”宏宇声音很小。似乎想降低这件事的严重性。

“这个问题还是比较大的……”欧阳插话。

“你闭嘴！”家艺吼他，又对宏宇，“这得救，毕竟亲姊妹，其他几个你都问了吗？”宏宇说正在挨个问。

“你再去问问，我这边没问题，先去看看能不能配上型。”

宏宇身子一滑，当即跪下，要给家艺磕头，不停地说谢谢。

家艺和欧阳同时去扶他。又让他别等，看看其他人行不行。宏宇擦干眼泪，出门。欧阳望着他的背影远去，又看看家艺，担忧地：“就这么答应了？”

“不然怎么办。”逢大事，家艺还扛得住。

“那可是骨髓移植。”骨髓两个字着重强调。

“没什么大问题，不是还有捐骨髓的。”

“可是家喜她……”欧阳欲言又止。

“她什么，她是我亲妹妹。”人命关天，怎能坐视不理。平日里些来小去的算计，在人命面前，太微不足道。轻重缓急，家艺拎得清。

“你就不考虑考虑我们?”欧阳实在放心不下。

“考虑你们什么?”

“要是有个三长两短，你让我和儿子怎么活。”

家艺乐观地，笑说：“放心，我比你活得还长。我给你端屎倒尿养老送终。”欧阳笑不出来。家艺又问：“如果是你兄弟，或者你爸病了，你捐吗?”

“捐。”欧阳不假思索。

“那不就得了。”家艺说，“人生，就那么回事。别太仔细。”

欧阳喟叹：“我这一辈子找到你，值了。”

“我亏了。”

“哪里亏?”欧阳略微激动。

“我本来的目标是嫁入豪门。”

“你也受不了豪门的气，只有我，能受你的气。”

“哟，活明白了。”家艺俏皮地敲了一下欧阳的头。

宏宇找到家欢的时候她在做账。经过家艺那一回，宏宇稍微能控制自己的情绪。他把事情简单说了，家欢没说不行，但表示要回去跟方涛商量商量。宏宇表示理解，又要给家欢下跪。

家欢一把扶住他：“自家人，不用这样。”

宏宇说：“四姐夫救过我，现在又让你救家喜，这大恩大德，我闫宏宇下辈子做牛做马也要报答。”

家欢叹息：“老六怎么找到你了呢。”

宏宇没反应过来。

“就该给她配个凶神恶煞，治治她。”家欢说，“你什么都由着她，为着她，她能理解吗？”

宏宇含泪微笑。

第三个去找家文。家文愿意去做配型实验。她自己能做主，不用跟老范汇报，光明那儿，暂时隐瞒。

再去找老五，把事情说了。小玲糊里糊涂，一听问题不大，便表示同意。

何其庆却站出来说：“妹夫，救人是好事，我们应该支持，但是现在情况有点特殊。”

宏宇连声说是是。何其庆看看小玲，又看看宏宇：“你五姐怀孕了。”宏宇吃了一惊，又连忙恭喜。小玲也有些不好意思。何其庆对第二胎看得很重，不愿意让小玲冒这个险。宏宇道了喜，不再多提。

从小玲家出来，宏宇直接去医院看家喜。家丽那儿他不去了，不好意思，实在拉不下脸。到病房，美心在家喜跟前，家喜睡着了。美心见宏宇回来，拉他到门口说话。

“骨髓移植，用我的。”

“不是……妈……”宏宇又感动，又为难。

“就用我的。”

“妈，您的年龄……”

“我问了医生，可以试试。”

宏宇眼泪又下来了。

“去问姊妹几个了？”美心问。宏宇点头，说基本都同意。美心道：“那概率就大了，都是好孩子，老六犯过错误，但不能死。”美心说着，也流下泪来。最怕白发人送黑发人。

宏宇担心美心太过劳累伤心，要送她回去。美心却说不用，径自走了。闫宏宇一个人坐在家喜面前。

妻子的脸较从前有了巨大变化。一场大病，仿佛驱散了她面容上的戾气，家喜似乎又变回那个他在五一商场门口遇到的小女孩。护士进门查房，家喜醒了，见宏宇在，轻声问：“她们同意吗？”

宏宇说：“放心，都同意。”

家喜眼泪哗啦泄下来。过去她那样对大家，姊妹们还能如此对她，悔恨、痛苦、感恩、自责、绝望、希望……种种感情混合在一起，家喜这瘦弱的身躯几乎不能承受。

宏宇捉紧家喜的手，吐一口气，低语：“没事的……没事的……都会好的……都会好的……”到这个时候，只能自己给自己希望。

关起门来，家欢把宏宇找她求助的事跟方涛说了。方涛神色凝重，立刻表示不同意。

“对你的身体有损害。”方涛强调。

“这个话就不用说了，我的身体我知道。”家欢说。

“关键救了就管用？”

家欢不懂方涛的退缩：“救了，可能管用，不救，一定完蛋。”

“怎么非要找你。”方涛还是舍不得家欢，“你身体本来就不好，现在不是逞英雄的时候，那么多姊妹，不一定非要是你。”家欢说：“你这人怎么听话不听音，没说是我，只是答应去做实验，配型，都不一定呢。你可是得过见义勇为表彰的，怎么这点事就缩回去了。”

“不一样。”

“有什么不一样的。”家欢忽然豪气，“人生自古谁无死，留取丹心照汗青。”

“扯哪儿去了。”方涛平静许多。

“将来你我之间，也是我先死。”

“别乱说。”

“死在夫前一枝花，我可不想帮你料理后事。”家欢想得明白。

“真要去测？”方涛舍不得家欢。

“谁让我是她姐。”

“不用道德绑架。”

家欢认真地：“我们这个家风风雨雨经历得还不够多吗？合过，散过，吵过，乱过，这种大事临头，还不齐心协力，今生何必要做姊妹。”方涛被说服了。

不日，宏宇开车，带几个姊妹去合肥做配型。家喜已经转到省立医院。美心也要去配。宏宇和小曼强行劝下，年纪太大，伤身体，老人倒下得不偿失。何况小晚暂时还要托她带带。这事还是没告诉大姐。

家文、家艺、家欢挨个采样。一番操弄，折腾许久，结果是：一个都配不上。美心得知，自告奋勇，也去配。

结果照旧。

病房，家喜流泪，抓着妈妈的手：“妈，算了……都是命……别弄了……就正常治。”美心也哭得似泪人。

“再找老五试试呢。”美心也不敢说找家丽。

宏宇道：“小玲怀了孩子。”

那不可能。总不能为救一个人，害了另一个人。小玲本就是高龄产妇，众生平等，她何家喜的命不应该比婴孩更高贵。何况五妹夫已经婉拒，不宜再提。等她生完孩子又来不及。

“骨髓库就没有能配得上的？”美心激动。

宏宇摇头。

“要不……”美心欲言又止。宏宇当然明白，他也开不了口。找二姐已经是千难万难，厚着脸皮，他哪有脸再去找家丽呢。

当初家喜和美心是怎么对大姐大姐夫的，宏宇最知道，他无力阻拦，等于从犯。但凡是个人，都上不了家丽的门。

医生又来查房。宏宇拉着他问了一番。医生表示，现在唯一的存活途径，还是在骨髓移植上。美心道：“有没有死刑犯、杀人犯，被枪毙的，我们可以出钱，我们可以再找找……”医生只能平静地告诉她，不是钱的事，是机缘。到了这个地步，只能乐天知命。医院花园长椅上，宏宇抽着烟，美心呆呆坐在旁边。

都不说话。

丢掉烟头，宏宇下定决心："妈，还是我去。"

美心惆怅，叹："去吧，我也回趟家，谁在这儿看着？"宏宇说他一天就能来回。家里兄弟姊妹包括父母，都指望不上。说罢，两个人穿过急诊区，朝住院部走，迎面遇见小冬和王梦。

"阿奶，六姨夫。"小冬叫人，王梦有些尴尬。

宏宇和美心同样尴尬。

"你们怎么在这儿？"宏宇先问。

小冬、王梦结婚后一直没怀上，到医院查，是单侧输卵管堵塞，他们打算在省立医院做手术治疗，这次是第二回检查、咨询。

美心以为小冬他们得到消息，来看家喜，便说："没事，你们来干吗？你六姨没事。"

小冬一怔："六姨怎么了？"

王梦道："六姨也在这儿？"

闫宏宇支吾不言。

232

小冬、王梦说不用，可宏宇还是坚持要开车一起回去。小两口不想不孕的事被发现，只好放弃检查，谎称刚看过一个同学。宏宇简单收拾好，开车带美心、小冬、王梦一起回淮南。一路尴尬。宏宇在心里把想要跟大姐说的话盘算了不知多少回。美心问了问小冬和王梦的工作生活情况，又问什么时候要孩子。

王梦不好答，小冬跳出来挡着："不急，顺其自然。"

美心心也不在这上头，不再深问。

开到保健院十字路口，小冬说："阿奶，你到了。"美心本想跟着，可小冬这么一提醒，她只好顺势下车，喃喃说到了到了。临关车门，她望着宏宇点点头，是鼓励。

宏宇小声说："没事。"

车子启动，往香港街开，王梦和小冬要回去跟家丽、建国说明情况。到小区门口，宏宇停好车，小冬、王梦表示感谢，又邀请宏宇进屋坐坐。宏宇便跟着一起走。

到院门口，王梦叫妈，没人应答。推推门，才发现已经锁了。小冬掏钥匙开门，三个人进屋坐着，等了许久，也不见两人回来。小冬笑着说："可能去公园遛弯了。"

王梦纠正："区里活动，妈去大合唱，还跳舞。"

"那可得晚回来了。"小冬说，"王梦，去买两个菜。"

宏宇连忙说不用，不留着吃饭。他不能等，得去公园找到家丽。香港街的巷子幽深曲折，天黑了，宏宇刚出屋子眼睛有点不适应，走得磕磕巴巴。路口有个杏林诊所，有人在打吊瓶。这世上总有救人的，也有被救的。空气中有炸土豆片和炸臭豆腐的味道。三岔路口，灯火辉煌，宏宇却只感到落寞。夜深人静的时候，他不止一次想过，如果没有家喜他怎么办。王怀敏跟人提过，家喜如果死了，她就给儿子介绍一个更好的。只可惜他的青春不能从头来过，家喜好不好的，也陪了他半辈子。

公园离得不远，过去收门票，现在成了个公共休闲公园，直接可以进去。从南门进，就能听到歌唱声。远远地就能看到假山前头搭了舞台，是区里办的群众文艺活动。一群中老年妇女咿咿呀呀，自娱自乐。开始唱了，都是些老调子，《红色娘子军》里的《万泉河水清又清》。"万泉河水清又清，我编斗笠送红军，军爱民来民拥军，军民团结一家亲……"宏宇逐渐靠近，在台子上的演唱人员中找大姐家丽的身影。找到了，后排左边第三个，家丽涂着红脸蛋，手臂随着歌声挥动，喜气洋洋。等一曲唱罢，宏宇才凑上去，叫大姐。

“你怎么来了？”家丽问，诧异。

两个人站在假山旁边的草坪上。

宏宇面有难色，他真张不了嘴。那就做吧！闫宏宇扑通跪在地上，不住地给家丽磕头，喃喃道：“大姐你救救老六救救老六……救救老六……”

家丽连忙扶他，让他起来说话。

拉了几次，宏宇方才起来。擤鼻涕，才说：“家喜的病，得骨髓移植……”

家丽头涨嘣嘣的。

“大姐……救救家喜……”宏宇现在只会说这一句话。又要下跪。

“没说不救，起来！”家丽拽住他。家文已经跟她透过情况，家丽有心理准备。

去做配型，居然符合，看来这个家只有家丽能救家喜。家丽把这当作老天对自己的一个考验。小玲得知大姐要捐骨髓，嚷嚷着要自己上阵，被何其庆生拦下来。

家文找到家丽，问：“大姐，真要弄？”

家丽笑着说：“你们不都去做过测试了吗？”

家文点头。家丽说：“该是什么就是什么。”家文问：“妈知道了吗？”

家丽说宏宇应该告诉她了。家文本来想问，妈说没说什么，可话到嘴边又咽下去。美心夹在中间，本就两难。家文打从心里佩服大姐，毕竟，家喜曾经狠狠伤害过她。宽恕的力量，终究比仇恨大千万倍。

风声很快就传出去，街坊四邻得知家丽要救家喜，无不喟叹感慨。这个说：“老大还是老大，这水平，这心胸。”那个说：“我要是老六我就钻地里。”有人回答：“还钻什么地里，直接跳湖里得了，不仁不义，活个什么劲。”美心怕听流言，整日闭门不出，小曼和小晚陪着她。

小冬和王梦都不同意家丽去做移植，小冬情绪激烈：“她的命是命，妈的命就不是命？”家丽只好解释：“我是捐点骨髓，不是去送命。”道理明白，可小冬还是老大不高兴。建国一直没表态，没说行，也没说不行。因为他知道，家丽决定的事情，别人再说也没用，还不如支持她。这么多年夫妻，他了解她，也爱她。

从他没进这个家门开始，家丽就为何家付出着，到如今，依旧付出。其实也是这二年建国才逐渐释然。人说付出就有回报，但人与人之间，尤其是亲人之间，如果付出，就必须要回报，只会让自己痛苦。

小院子里，鱼缸边，家丽和建国吃着吊瓜子。

建国冷不丁说："明天我不去了？"

"别去了，人多闹腾，小冬和王梦过去，老二她们几个也去，你看家。"

"真要做。"建国忍不住说。

"都这时候了，还说这个，能做见死不救的人吗？"

"你就是太重感情。"

"你不也是，不是一家人，不进一家门。就当上辈子欠她们的，这辈子还清了，下辈子轻松自在。"

"不必下辈子，下半辈子，你就能轻松自在。"

"自在在哪儿？"家丽喟叹，"操心的命。"

小冬推院门进来，说门口怎么有个快递包裹。家丽才想起来，快递员打电话说送来，家里没人，她让他放在门口。幸好天黑，没人拿走。家丽问："王梦呢？"

"回她妈那儿了。"小冬答。

家丽又问："她那个妹嫁出去没有？"

"没有，老大难，她看上的看不上她，看上她的她看不上。"已婚的小冬已经有资格把嘴长在别人身上。"这什么包裹？"他问。

家丽拉开客厅大灯："不是你买的东西？"

"我没买。"

"那可能是王梦买的。"

小冬去拆快递，有盒子，打开一看，却是一双皮鞋，绛红色，坡跟。

家丽凑过去看："王梦怎么选这么个颜色款式，我穿都嫌老气，哪儿买的？"

小冬一看收件人，嚷嚷着："妈，给你的，收件人，何家丽。"

建国和家丽都凑过去看。家丽最是诧异："给我的？我没买。"

再细看，收件人一栏的确写着她的名字。"给我的……是给我的……"家丽自言自语，又看看建国。

"看看发件人。"建国提醒。

发件人一栏没写名字，只有一个数字：12.31。

家丽浑身一颤，这是小年的生日。建国也瞬间明白，沉默无语。小冬拽过来，不走心，读：1231。跟着唱军歌："一二三四一二三四像首歌，绿色军营绿色军营教会我……"

家丽鼻酸，眼眶湿润。建国笑说："不是挺好嘛，想起你了，哭什么，试试。"

家丽果真立刻试了试，大小刚好："我就说这个款式洋气，颜色也好。"家丽夸赞。小冬刚洗完脸，吆喝一声："不要钱的，怎么都好！"

建国说："明天就穿这个去。"

省立医院，一切都安排好。家丽入住，穿上病人服，才在妹妹和儿子的陪同下去看家喜。门推开，家欢先说话："老六，大姐来看你了。"家文和家艺开道。小冬扶着妈妈，走到家喜的病床前，化疗后遗症还在，家喜顶着个帽子，神色憔悴，瘦得几乎没有人样。家丽慢慢走到她的面前。

家喜强撑着要坐起来，宏宇连忙在她背后垫个枕头。

家喜嘴唇颤抖，泪珠在眼里转了又转，终于夺眶而出。家丽伸出一只手，家喜连忙握住，凄哀地叫了声大姐。

"没事的。"家丽面容慈祥。有光。

家喜忽然捉起家丽的手，朝自己脸上胡乱打过去，一边打一边痛斥自己："我不是人！我该死！我该死啊……我不是人啊……"众人皆惊，连忙去拉、去劝，家喜好容易平复，还是哭。家文帮家丽找了个凳子，坐下说话。周围站着一圈人，都看家丽。

家丽这才说："姊妹妹，有今生没来世，过去的恩恩怨怨，我放下了，你也放下。我救你是我的事，我想清楚想明白了，你也别觉得欠我的情。爸走之前叮嘱我，家要维护好，妹妹们要顾好，我记住了，这是我的责任，可能我还有做得不到的地方。但我睁眼一天，何家，就还是六个姊妹，不能少。老六，命由己造，放过他人叫慈，放过自己为悲，不管未来如何，希望你好自为之。"

家喜泣不成声。

家欢小声对家艺说："大姐成菩萨了。"

家艺道："要不怎么是大姐，占的福分最大。"

家欢笑说："你是老三，那意思是，你福分比我大?"

家艺确定地："那是当然。"

家欢说："我不信，我看老五现在过得比谁都好，她还是老五呢。"

家艺小声地："跟她比？她是傻人有傻福。"

233

手术顺利。家喜继续住院治疗，术后恢复必须千万小心。

家丽回到淮南，姊妹妹们都到香港街看她。小玲挺着肚子，问家丽："大姐，这个到底要捐多少骨髓?"

家丽据实相告："大概一勺子。"

小玲说："那跟小半份猪脑花差不多。"

家艺嫌瘆得慌："行了老五，说得人起鸡皮疙瘩，不会说点好听的。"

家欢说："老五你再生可是违反国家政策。"

小玲说："国家马上都鼓励二胎，目前虽然没有全面放开，我们愿意接受罚款。”

家文笑，不语。家丽打趣：“不是二胎了。”

小玲有些发窘，这是她第四个孩子。四度当妈，她才真正当出点妈的滋味，偶尔，她也会想起洋洋，还有远在福建的女儿。

美心进门，拎着保温桶：“阿丽，尝尝。”

家欢好吃，问是什么。

家艺看一眼大姐，笑道：“还用问，妈的拿手菜，肥西老母鸡汤。”家文连忙接过来，众姊妹一人盛一碗。家文叮嘱：“给大姐夫留一碗。”

喝到一半，美心说有个事。姊妹几个都放下勺子，听妈说。“宏宇说的，也是家喜的意思，老家那房子，还是给大姐。”

家丽笑说：“这搞什么，好像我捐骨髓救人，就图那个房子似的。”

家文带头：“论理，房子人人有份，论人情，则应该给大姐、大姐夫，这些年他们为家里付出多少，我们做小的，不能装瞎，说句实在话，就那房子，能值几个钱？给大姐也不值什么，还怕大姐不要呢。”家文这么一说，三四五也都同意给家丽。

家丽说：“给我我也不住，小冬有房子，我们老两口这个房子都住不过来，要我看，卖也卖不了几个钱，不如房子还放那儿，也先别过户了，说等一阵拆迁，不知到底怎样，等都落定了，再迁回给妈，总是个养老房。妈要嫌大，租出去也算创收。”

如此一盘算，美心也说好，不提。

足月，小玲生了。是个男孩，何其庆高兴得合不拢嘴，当初误杀了人坐牢的时候，他可想不到自己人生还能有如此光景。要取名字，又是个难题。小玲征求美心意见：“妈，你说一个。”

美心说：“我取？你又不认。”

小玲看看其庆。其庆连忙说：“认，妈说什么都认。”

小玲手一挥：“认，我都跟你姓，有什么不认的。”

美心想了想，说：“你这人脑子不好。”

小玲立刻不干了：“妈！哪有当着女婿的面说女儿脑子不好的！”美

心轻拍她一下："我还没说完呢，你脑子不好，但傻人有傻福。"

小玲说："妈你什么意思，不会给孩子取名傻福吧。"

美心脖子一梗："小名傻福。"

"傻人傻福。"何其庆说，"这个名字好。"

小玲呛："好个屁，土。"

"土好养。"美心笑呵呵地，她现在也有几分慈祥。

"大名呢？"小玲催促。

美心伸出一根手指："大名，何日来。"

小玲嘀咕："何日来……何日再来……何日君再来……好像还不错。"名字定了。

何日来百天，家喜已经恢复得不错，头发长了些，面庞也圆润了些。赶到八月十五，小玲要在何家老宅给儿子摆百日宴。因为生病，家喜没来得及给小晚庆祝。两家合在一起办。枫枫北漂失败，于夏天回家继承小旅馆。光明和成成也提前买了返乡车票，八月十五好一起团聚。

是日，小玲四口人先到。刘小玲如今身边有儿有女，一个葭美，一个日来，丈夫生意做得风生水起，俨然人生赢家。她到厨房帮美心搭把手，美心却说："那两个孩子，有空也顾顾，你是妈。"

哪壶不开提哪壶，然而也是事实。小玲总想着补偿，也跟何其庆说过。其庆不介意，谁没一点过去。

"知道。"

美心又说："等孩子大点，找个事做，谁能靠谁一辈子？"完全是经验之谈。好的时候得想点退路。

家欢三口子也来了。成成叫姥姥，在外头历练，成熟多了。方涛和成成进屋说话，家欢站在锅台边。

"成成行。"美心说，"稳重，长得也漂亮。"

家欢纠正："男孩哪有用漂亮的，那叫帅气。"

美心说："赶明儿找个上海本地的，什么问题都解决了。"

家欢说："妈你这种思想最要不得，当上门女婿？你看看大姐夫给你们当上门女婿当出什么好来了？受多少罪，我不让儿子受这个罪。”

“那你给他在上海买房子，说得好像你是什么大户。”

“买就买。”家欢说，“大师说了，我还有一春。”

美心笑呵呵地：“行，等着你那一春。”

家艺和欧阳带着枫枫到。枫枫戴了顶帽子，他现在基本继承家业，不过还开了个艺考培训班，居然有不少人报名。对外，他总宣传自己混过北京的娱乐圈，懂得表演。

欧阳站在院子里抽烟，枫枫找成成说话，家艺站在家欢旁边。美心说：“老三，这一阵胖了。”家艺说：“得运动。”又对家欢说，“早晚去公园吧。”

“我没时间。”家欢忙着挣钱。

家文、老范和光明进门。老范是稀客，美心也出来打了个招呼。光明叫三姨、四姨。两个人合着把光明夸了一顿。家欢尤其上心，成成在上海，表兄弟之间能相互照顾。

家文问：“大姐呢？”

家艺看看手表：“应该快了。”

快到十一点，美心已经开始慢慢上菜。家喜和宏宇带着小曼、小晚到了。家喜不能受风，裹得跟个粽子似的，进屋就问大姐呢，得知还没来，又要给大姐打电话。宏宇劝：“别催，可能有事，应该到了。”说话间，小冬、王梦陪着家丽进院子。几个姊妹都出来迎。问大姐夫呢，家丽说：“买烟呢。”

家喜走在最前面，她现在跟大姐最亲。从鬼门关走一遭，她才知道是非对错，真正开始学做人。美心从厨房叫端菜，孩子们鱼贯而入，把菜端出来。

建国来，众人才落座。美心自然主座，建国、家丽也是主座。两人不肯，大伙都不答应，还是让坐了。面对一桌子菜，红的白的，炒的烧的煎的炸的涮的，每个人的情绪都很复杂，何家好久没有这样的团圆饭了。

“吃吧。”美心说。

“我说两句。”家喜突然蹦出来。

众人都看家喜。她身子虚，没站起来，举着杯子，以水代酒，清了清嗓子：“我能来到这世上，是妈给的。”停一下，喘口气，“我能有今天，是大姐给的。过去我做错好多，未来好好弥补。姊妹妹，有今生没来世，要好好珍惜。”她自己把自己说哭了。

气氛凝重，家欢破解，对老六：“都明白，一起敬妈，敬大姐！”众人举杯，对家丽喝了一杯。家欢这才说：“能吃了吧。”一桌子大笑。开吃。

酒席间，少不了都敬建国，多少往事在酒中。

痛饮。

吃完饭，自由活动。建国头痛，回家睡觉。老范、欧阳、方涛、宏宇约着去棋牌室打牌。小冬、王梦、光明、成成、小曼去龙湖公园怀旧，说要坐碰碰车。何其庆带着一儿一女回家休息，小晚也被他一并带走，宏宇说晚上去接。

何家老宅，只剩美心和六个女儿，完全的私人空间。

房子说要拆了，拆迁动员令已经下来。

“今晚上都别走，就住这儿。”家艺提议。

难得。

房子拆了，以后再也没机会重回老宅。何况还要聚齐六个人。常胜和老太太的照片依旧挂在南面墙上，两个人都微微笑。家欢说：“大姐，你给我们分分屋子，晚上怎么住？”

家丽笑说：“反正不能把你跟老五分一个屋，死掐。”

家喜道：“我跟老五一个屋。”

家丽对美心：“妈，你分。”

美心谦让：“还是你来吧，你是大姐。”

家文也说大姐分吧。

家丽想了想，说：“老三、老四，北面房睡，”又看看家文，“我和老二一间房，”再把目光掉向小玲、家喜，“老五、老六，跟妈睡大床。”

到了晚间，各姊妹都跟自家人交代好，就在家里安住，晚饭就中午的菜，又专烧了芋头稀饭。一家人凑到一起喝了，中间仍旧有八宝酱菜。家丽说：“妈，听说你这个酱菜，现在值钱了。”

美心强调：“再值钱我也不卖，得传下去，传给德才兼备的。”

小玲接话：“那就是我了。”

家欢揶揄：“德在哪儿，才在哪儿?”

小玲说：“八宝酱菜，传女不传男，我姓刘，跟妈姓，是标准传人，姊妹里头也还有我和老六有女儿。”

家丽、家文笑呵呵都说是。家喜笑道：“我让给你了。”

小玲惊喜：“哎哟，太阳从西边出来了，老天爷开眼了。”

突然，啪地一下，灯灭了，屋子全黑。家丽扒着窗台朝外看看，都黑，是停电了。

家艺说：“怎么这年头还停电。”

美心道：“估计快拆迁了，各方面都跟不上。”家欢起身去厨房里摸蜡烛。居然有不少根。都点上，气氛立刻温馨起来。

小玲说：“我小时候最喜欢停电。”

家文说：“停电你就玩火。”

“大姐不让玩。”小玲微微抱怨。

家丽说：“不是不让你玩，你一玩，就出事故。”

家艺知道那事，拍手大笑。家欢、家喜忙问怎么了。

美心说：“老五一玩火就濑床。”

家艺补充：“濑出个世界地图!”众姊妹皆大笑不止。

蓦地，座机铃响。家欢奇怪，说不是停电了吗。家艺说不是一条线。小玲去接电话，是江都的大表哥打来的。换家丽接，才知是来告知扬州的姑妈快不行了。

这回是真的，大表哥希望这边能派人过去。

234 //

宏宇非要开车送，家丽说不用。老三、老六都去过。老四、老二还要上班。小玲自告奋勇和家丽走一趟江都。

上了大巴车，家丽还在叮嘱小玲，到那儿不要乱说话，不要嬉皮笑脸。小玲拖着腔调："大姐——知道——我都多大了。"

"让你别来非要来，孩子还这么小。"

"老何照顾。"小玲说。她现在叫他老何。

"钱放好。"家丽又叮嘱。小玲说放心。

两个人坐长途车到扬州，姑家大儿子开车来接，一路往江都乡下去，小玲是第一次回江都老家，什么都感到新鲜。问东问西，十分兴奋。小玲叫表哥，实际是家丽的表弟——他自然也应答，但家丽依旧能感觉出有些不高兴。姑妈行将就木，小玲兴高采烈，这是干吗？家丽暗中让小玲控制，小玲这才稍微收敛。

到地方，见到姑妈，果然奄奄一息。上回家艺、家喜来就告了一次急，谁想到又强撑病体了一阵。现如今才是真不行了。家丽向来惜老怜贫，虽然多年不走动，但依旧是姑妈，不免落泪，但又不好太过悲伤。姑妈还认识家丽，握住她的手不撒。对小玲却对不上号，告诉她这是老五，隔天又认作老四。

晚上就在乡下房子里住，家丽住不惯，蚊子多，外头虫叫蛙鸣，响得厉害。小玲却呼呼大睡，安然如在家中。表兄弟跟家丽关系不错，从小玩过一段时间——家丽八岁之前在江都长大，他们算青梅竹马。他告诉家丽，上回老六来，没少抹她烂药。

时过境迁，家丽一笑了之："小孩子不懂事，听了当作没听就行了。"大将风度。表兄弟听闻，不再多说。

剩下的就是等，等姑妈过世。医生是说撑不了数日，可家丽、小玲一到，姑妈似乎又精神抖擞，看着又能活好久似的。等了一个礼拜，家丽还能撑得住，小玲着急。

田间地头，她拉着家丽："姐，就是来敬敬孝心，哪能这么长住，我孩子还在家呢，真给送终？"

家丽也为难："人没走，现在走了，不太好。"

"怎么老不死。"小玲嘟囔。

家丽喝道："刘小玲！"

小玲解释："姐，我不是那个意思……"

本来是件悲伤的事，可拖拖拉拉太久，悲伤的气氛被冲淡，周围人似乎也没了耐性。不过人没到时候，总不能硬让她咽气，好死不如赖活。家丽也没辙，只好说再看两天。

结果又过二日，姑姑开始能喝一小碗米粥，俨然枯木逢春。小玲偷偷跟家丽说："姐，看到了吧，根本没事，起码还能活半年，咱们就这么待着？"家丽一看也是，便也动了心思。

次日，她果然找表弟说了情况，无非是姑姑情况还好，家里还有事，不能久留，即日就要起程回乡。表弟老大不高兴，几次三番挽留，又说估计也就这些天。

家丽、小玲去意已决，万不肯再留。姑姑得知，气得不吃饭，不理人。家丽只好劝，劝也不听。家丽嘴上不说，心里也有些生气，各家有各家的难事，总不能都尽着你这边，说白了，这些年无来往，做姑姑的也没为这些侄女做过什么，如今几次三番娘家肯来人，已经是给了面子。再耍脾气，实在不知趣。只是再转念一想，人之将死，似乎也有理由任性。只不过，让她们留，无非做给外人看，证明娘家有人，其实也是陋俗。

表弟虽不高兴，但大面上还得过得去，唯有放人。开车送表姐、表妹去扬州，又带着在瘦西湖游了一圈，吃正宗淮扬菜，还去东关街看看。东关街老店前，家丽拿着一张“蛤蟆皮”（方言：小孩穿的单衣服）看，五颜六色的，好看。小玲见了，也要给自己儿女买。又抢着帮家丽付钱。家丽不让，定要自己付自己的。

小玲没办法，只好各付各。付完了才想起来问：“大姐，你这是买给王梦的？王梦有了？”

家丽愣了一下，才说：“哦，没呢，先备着。”

“也该生了。”小玲顺着往下说。

“顺其自然。”

小玲也觉得尴尬，不好继续问。世上就有这种不公平的事，她一个人糊里糊涂生了四个，王梦想生一个，却迟迟生不出来。这事小玲跟何其庆分析过，说是因为这一代人，吃激素吃多了，运动又少。小玲神气活现：“你看妈，生了那么多，轻松，现在呢，都这样那样，费劲。”

玩好了，送到扬州长途汽车站。表弟完成任务，和家丽、小玲道别。临着买票，小玲突然又说不想回家。

家丽问：“去哪儿？”

小玲嬉皮笑脸：“才想起来老何在扬州有个客户，让我去拜访一下。”家丽觉得奇怪。

“真不跟我走？”家丽问。

“你先回去，没事的，车到了。”小玲掩饰。

家丽说了声行，说那你安排，我去卫生间，走吧。说罢转身，两姊妹分道扬镳。从洗手间出来，时间还够，何家丽买了票，刚好赶上检票，她挎着包，匆匆上车，是开往上海的。

进车厢往里走，一抬头却看见老五也坐在那儿。

“姐！”老五惊叫，尴尬。

车窗外的景色迅速后退。

家丽歪着头跟小玲说话：“去看洋洋，打算好的吗？不联系怎么见？做事还是那么瞻前不顾后。”

小玲只好用笑解围：“没想那么多，到了再说。”

家丽道："我给秋芳打个电话，看她能不能调解调解。"

小玲忽然局促不安起来："姐，要不算了。"

"车都开了你说算了。"家丽啧了一声。

小玲掏出小粉镜，照着："你看我这样子，能见洋洋吗……"她没自信。家丽不解地："你就是变成鬼，也是他妈。"

"我是担心……"小玲又犹豫了。她以前不是没碰过壁。

"该懂事了。"家丽说。

"我不是一个好妈妈。"

"他是个好儿子？"家丽反问。

小玲这才想起来："姐，你怎么上来的？"

家丽急中生智："我是不放心你，跟着摸上来的，正好也去看看秋芳。"

"小年呢？"小玲问到关键点。

"我不管他。"家丽立即。

小玲叹了口气："也出去那么多年了，也不知在外头怎么样？他都不跟你们联系？"

"不联系。"家丽硬起心肠。又强调，"不能联系。"

小玲问："高利贷的还上门？"

家丽不想多说，敷衍两句，又把话题岔到别处去。

到上海，家丽和小玲在豫园附近找了个酒店住下，再给秋芳打电话，张秋芳立刻来见。多少年的老姊妹，在上海见到，自然高兴，当晚，三个人去外滩走了一圈。

"洋洋我来联系，做工作。"对着黄浦江，秋芳紧了紧披肩，"不过不敢打保票。"洋洋的性子都知道。只是家丽自己想着，几个大人都到跟前了，汤洋洋如果再不肯出现，也太不懂事。

不会的吧。

小玲说："没事没事，秋芳姐，我们就是路过，也就那么一说，不用有压力。"临到跟前，小玲反倒装得云淡风轻。

小玲去买咖啡，家丽才问秋芳小芳现在如何。秋芳也不藏着掖着：“现在我们家，是四个女人一台戏，一老一小，都不懂事。”

家丽不解。秋芳解释：“我，小芳，小芳女儿，我妈，这不四个人，我妈那样，不认人，小芳女儿还小，还不知道这个世界的真实面目，不懂事，我们这个家现在是阴盛阳衰。”

家丽说：“就没想着再找一个。”

秋芳叹息：“高不成，低不就，条件好的看不上咱们，这么个家庭情况，条件差的，小芳瞧不上眼。到相亲公司去找吧，太不知根知底，知根知底又实在没有，上海生活，压力大。”

家丽不知怎么接话，只好拣好的说：“你是有福的，老了在上海养老。”秋芳笑说：“有什么福，拿着淮南的退休工资，负担着上海的开销，还要带孙女，照顾老妈，你才是有福，最起码美心姨身体好。”

家丽又问：“秋林呢，什么都不管？”秋芳说：“为了小孩上学，两口子又要去国外了，移民。”家丽叹：“真有本事。”

秋芳看透了：“有什么本事，不过自我感觉良好，非要跟人家不一样，不然就没有安全感。要我说，我宁愿住回淮南，落叶归根，舒服。要不是不放心小芳，我估计又带我妈回去了，我妈时不时就闹。”

家丽道：“你还不知道？再回去估计也不是那样了，那一片马上拆迁。”

秋芳说：“还能分一套。”停一下，又说，“我倒想在老城区买一套，偶尔回去住住。”

“保管你住不惯，那还是七八十年代。”

“要的就是七八十年代。”秋芳立即说。家丽笑了。七八十年代，熔铸了她们的青春。

小玲买咖啡回来。家丽笑说：“喝什么咖啡，晚上又别睡了。”

秋芳说：“估计小玲兴奋。”

是，小玲兴奋。有秋芳姐安排，应该万无一失。洋洋谁的面子不给，要给大妈秋芳一点薄面。一夜，刘小玲都拉着家丽叙话。家丽苦不堪言。

孰料第二天传来消息，洋洋说他工作忙，抽不开身。

235

小玲站在黄浦江边，对面是巨大的楼宇灯光，闪着我爱上海。家丽在旅馆收拾东西。她一个人到江边走走。洋洋没来见她，失落是有。但次数多了，这一次也并不比从前严重。

刘小玲信步走着，江边风大，她的头发被吹得纷乱。她低着头，拉着风帽。她穿一件连帽衫，显年轻。

有人跟她走对路。她往左边找路，那人也刚好往左，她改右，那人也向右，头对头，顶得死死的。小玲啧了一声，站着不动，让那人先走，结果那人也不动。

小玲有点来火，以为遇到找茬的，一抬头，只见一个高高壮壮的男子站在她面前。夜色昏暗，小玲不客气："长不长眼！"

"怎么搞的，不认识了。"说的是淮南土话。

魔音传脑，小玲浑身打了个战，再仔细看，却是大儿子洋洋站在面前。更高了，也胖了，但眉眼还是那个眉眼。像她，也有几分振民的影子。小玲激动得不知道说什么好。只好乱说："你怎么也在这儿?"

洋洋耸耸肩："刚好路过。"世上没有这种巧合。是秋芳告诉他旅馆地址，他去旅馆找到家丽。家丽告诉他小玲在外滩。

时过境迁，在上海混了这么久，洋洋不再是莽撞少年，多少懂点事。说工作忙，那是真的，当然也在挣扎。

小玲喃喃："路过……路过……"一把拽住洋洋的胳膊。

"妈！"洋洋叫，"轻点，劲那么大。"

瞬间，小玲像被电击了一般。他又叫她妈了？是吗？刚才？她不敢确定。小玲掐了他一下。洋洋再次叫：“妈！你疯啦！”

确定了。是叫妈！他在叫她妈！小玲幸福得要跳起来。

轻松的氛围一下击破全部顾虑。见到真人，刘小玲仿佛一下回到多年之前，她一个人租着小屋带洋洋的时候。

小玲找了个路人给她和洋洋拍合照。

靠着江边的水泥台，背后是东方明珠，咔了不少张。照相的也忍不住赞叹，哦哟年轻的，好看，是姐弟吧。

这话小玲听着舒服。洋洋却有些不高兴：“纠正，她是我妈。”路人也是个好事的，感叹：“哎哟，生孩子生得早幸福的哦。”

拍完照，小玲又非要拉着洋洋去淮海路买衣服。

洋洋打趣：“你不嫌贵？”

“随便买。”

“你又结婚了？”

小玲惊得吞了口空气，咳嗽两声。她怎么也想不到洋洋问这个，只能据实回答：“有结。”

洋洋笑：“还港台腔，结了就结了还有结。”又说，“挺有魅力的嘛。”

“生孩子了？”洋洋继续问。

小玲觉得被问得体无完肤，只好继续诚实：“有生。”

“你的专长。”洋洋还是笑。

小玲说不出话，尴尬。

洋洋破解：“过年我回去，有地方住吗？”

“当然，”小玲又恢复笑脸，“你妈我是有独立住房的。”

收拾好头面，穿上那双暗红色坡跟皮鞋，何家丽走出旅店。往北穿过上海老街，何家丽在典当行门口站着。大约十分钟后，一辆面包车开来，停在路边，家丽拉开车门上去。除了司机，整个车只有她一个人。

她伸着脖子，从后视镜里看司机的脸。路灯的光影迅速从司机脸上划过，两个人都没说话。开到个小区门口，司机停好车，下来。家丽稍微看清他的面容，是小年，还是她的那个大儿子。清癯帅气的面庞，岁月不改。

她没叫他儿子，他也没叫她妈。

她来上海，也是静悄悄的，不能让任何人知道。他们私下有联系。在网上。家丽还特地下载了聊天软件。上次他说，准备结婚，有个孩子。“这边。”小年带路。这是老城区，房子已经很破。没有电梯。小年住在五楼，是租的房。家丽跟着小年上楼，开门，家里都是箱子、杂物，桌子上乱糟糟的。他现在跟几个战友合开货运公司。

家丽忍不住去收拾。

“不用弄。”小年说。

坐在灯光下，家丽才有机会细细打量儿子。他也看她，只一眼，他掏出烟来抽。

岁月不曾饶过任何人，包括他。

静默许久，小年难得露出笑容，问：“这么盯着我看干吗？”

“也老了。”家丽说，是说小年。

小年一笑：“你倒不显老。”那口气好像他们是姐弟。小年走后，家丽找人算过。大师说，小年跟她命里“比肩”，这辈子是母子，上辈子却是姐弟。

家丽从包里掏出那张“蛤蟆皮”，问：“人呢？”

小年知道是问他对象和孩子的事。他摁灭烟头：“没了。”他和那人已经分手，是个本地女人，孩子生出来带走了。到了这个年纪，他不习惯撒谎，跟妈妈，更是有什么说什么。

没了就没了，家丽也不多问，把“蛤蟆皮”放在沙发上。

“爸，怎么样？”

“挺好。”

“小冬呢？”

“安泰过日子。”

小年想问依依的情况，可话到嘴边又咽下去。家丽猜透他，忙说：

“依依也好。”

小年嘀咕：“都好都好，挺好。”

“饿不饿？我去下碗面，家里有面没有，鸡蛋呢……”家丽絮絮叨叨问着。

她终究是个妈。

国庆光明要回来。家文提前准备菜。这日一早，就去菜市采买。光明喜欢吃的，她格外留意。鸡要买活的，还有黄鳝、螃蟹。光明不喜欢吃大闸蟹，倒喜欢吃当地产的小野蟹。得碰，偶尔有农民拎着网兜子来卖。菜市人多，家文抓紧钱包，低着头走，在豆腐摊子跟前，突然有个老妇拍了她一下。

“家文！”她叫得出她名字。

家文看着老妇，怎么也想不起来是谁。

老妇笑着说：“记不得我了吧？”

家文端详了一番，才豁然想起，这人竟是当年跟卫国一个办公室的朱一凤。光明叫她朱奶奶。家文连忙叫朱姐好。

实在惊讶，光明小时候她已经是“奶奶级”，几十年过去，竟仍在人间。“怎么也在这儿买菜，身体还好啊？”家文照例问。

朱奶奶说：“老伴走了几年了，搬来跟女儿住了。”家文才回想起来，朱一凤不生，女儿是抱养的，能这么孝顺，也是难得。

朱奶奶继续说：“身体也不照（方言：不行），心脏搭桥好几次了。”家文早看透了，身体好的容易早死，就是这种病病歪歪的，有时偏活得长。“看你还行，能活。”家文说好话。

朱奶奶自我怀疑：“可还能活几年该？不知道，过一天算一天。”又问，“光明呢？”

家文简单说了说光明的情况。朱奶奶笑道：“打小我就看出来这孩子以后有出息，脑门宽，下跳棋我下不过他。”家文客气几句。

两个人站在菜市边又聊了好一会儿，谈到原来饲料公司的老邻居，家文搬出来之后，又没要还原房，多少年不联系，近况全不知。朱奶奶一一细诉，多半是，哪个哪个又死了，哪个哪个不在了，一嘟噜算下来，竟没了不少。

活着真庆幸。

聊得差不多，两个人依依道别，不过没留电话，都说再见，但彼此心里大抵明白，恐怕这次一遇，是此生最后一面。

国庆光明又回来了。他现在对回家已不太抵触。时移世往，他走着上坡，那些走下坡路的，自然对他客气许多。来家一顿吃，一家人少不了在饭桌上教训妮妮一通。她学习不好。这是“原罪”。吃完饭，光明打了声招呼，说下去走走。在楼下转了两圈，深觉无味，一辆出租经过，光明招手，上去。

司机问去哪儿，光明说北头。

车开到老淮滨商场，光明下了车，向西，从东城市场南门进入，扑面而来的是八九十年代的氛围。做生意的恨不得把摊位摆到路中间。超级市场崛起，曾经的小商品市场已经被挤下历史舞台。路上没多少人。

路边的梧桐树倒有两人粗，见证着历史。

“以前上学放学就走这条路。”他想起家文这么说过。越往里走，分岔越多，这片区域现在算贫民窟。路过卖五金的摊子，光明忽然有些尿急。他问一个年长者厕所在哪儿。那人指路，说前面那个巷子往里，走到头，再向左。

光明按照他指的路往前，果然找到厕所，方便后出来。

出来又迷路，七岔八岔分不清。

一所院子，枣树老高。光明来到院门口，恍惚之间，似曾相识，但他不敢确定。那院落，有两层楼，但一切都那么古旧。是梦里？他不敢确认。光明愣站着，院子堂屋里走出个人，是个年轻男孩，细条眼，肿眼泡，光明一下想起来，那是小磊，是表哥小健的儿子。这院子，原本是他的出生地，是他奶奶留下的房子。

“干吗的？”小磊朝他喊。他显然已经认不出他。

光明一时无措，只好说：“这怎么出去?”

小磊说：“照直走，走到头往左拐。”

光明便走开了。身后，他听到一个女人声音。“谁个?”她问小磊。

“问路的。”小磊说。

“门不要乱开。”这下听清了，是小云，小哥小健的老婆。

“没开。”小磊委屈。

光明走得很慢，老宅院在他身后越来越远。终于，他走到头，一转，过去的一切仿佛扑地一下，沉到时光里。

光明走到淮河大坝上，田家庵码头分外沉寂。河面上，只有一条渡船在两岸来回行驶。天气良好，能见度高，左右看，看得见淮河两边有三个电厂的冷水塔冒着白气。海事站小桥栏杆上，挂着标语，上书：美丽淮南是我家。

光明买了张票，一块钱，在岸边等着渡船过来。他打算到对岸看看。一会儿，船慢慢驶来，是淮上车渡 188 号。待卡车、汽车、摩托车和行人下尽，这边的车、人才上船。

停稳站稳，船准备开了。光明扶着栏杆站着，蓝天顶上卧着几块白云，厚厚的。光从云彩缝里打下来，天地更显庄严。低头看，淮河水粼粼泛光，船边水流激荡。水比过去清。

冷不防，一条鱼打了个挺，跃出水面，又欢快地钻回浪里，消失不见。浪花滚滚，其间似有乾坤。

（全文完）

后记

很久以前就想写《六姊妹》。题目早就定好了，但一直没落笔。直到2016年，我感觉自己在心态上和技术上准备好了，才开始整理材料。一整理又是两年。2018年的春天，我终于开始创作《六姊妹》。一写，就写到了秋天。这是我目前为止篇幅最大的一部小说。时间跨度也大。从1960年写起，一直写到21世纪之后。虽然不能说是刻意为之，但从完成后的文本来看，《六姊妹》写了1949年之后中国家庭形态的变迁；写了这几十年来中国一个普通的平民家庭里人口的生产；写了亲情、友情、爱情、邻里情等；写了错综复杂的人与人的关系。最关键的，它写了时代洪流中人的命运。如今回头来看，这部小说的笔触还是笨拙的，故事也是平铺直叙地讲，老老实实，但用编辑的话说，可能正是这种“拙”反倒使得“文”与“质”紧密地贴合在了一起。皮与骨与肉长在一块儿了，那原始的热情，那逼真的面貌，使得它呱呱坠地之时就成为了结结实实的“人”。是人就有“七情六欲”。最令人欣喜的是，种种情感竟还那么自然而然流淌出来了。写作之初，我从未想着因为要写家庭故事，就一定写成个“史诗”。但写着写着，当每个人物的悲欢锱铢累积地堆叠，“细小”也便不知不觉成了“厚重”。它描摹了一个家庭的开枝散叶。而从这个小小家庭的历史中，似乎又能隐约看到时代的侧影。说一千道一万，中国人对于“家”的情感永远是复杂而特殊的。家是最小国，国是千万家。时光荏苒，沧海桑田。我们的文化终是在家庭的延续中传承着。

小说最开始在豆瓣阅读上连载。起先，编辑们对小说的读者接受度略微存疑。谁知甫一开载，就吸引了大批读者。有的读者甚至还辗转递话来，说每次读完《六姊妹》，都要坐一会儿，才能继续站起来做别的事情——整个入迷了。在注意力稀缺的年代，这种反馈着实令人感动。2019年，《六姊妹》入选了北京市新闻出版局评选的年度优秀网络文学原创作品推荐名单。小说完成后没多久，杨晓培女士率领的西嘻影业辗转同我取得了联系。杨女士非常坚定地拿下了这部小说的影视改编权。老实说，在彼时那个现实主义家庭年代题材还不是那样受市场欢迎的语境当中，杨女士能有这个勇气、魄力毅然将这部作品纳入影视化的进程，着实是个颇具前瞻性的壮举。又过了一段时间，西嘻影业内容研发中心总经理周晓筱女士出现了。她受杨女士之托，力邀我亲自将这部小说改成剧本。周女士摆下了一桌中秋宴，施施然拎着一盒高级月饼出现在饭店。刚开始，我以为这只是一场礼貌性的见面。谁知一顿饭吃下来，或许是被周女士诚恳的态度、踏实的面目、和煦的言辞所“蛊惑”，我竟心头一暖，鬼使神差地接下了这份繁重的编剧工作。一场漫长的跋涉开始了。《六姊妹》，小说写了半年。剧本就没有这份幸运了。刀山上火海下，不舍昼夜不问晨昏，多少次我都想要放弃，我真希望一觉醒来周女士通知我说对不起你下岗了，这样我就可以得到解脱。然而这种情况始终没有发生。在三位策划人员的鞭策和鼓励下，我九死一生地走完了这趟编剧之旅，为这部小说以另一种面貌与读者见面保留了某种可能性。一个故事，小说写一遍，剧本再改一遍，我想我总算对得起它了。

现在，小说《六姊妹》要出版了。恍惚之间，我仿佛又回到了那个奋笔疾书的火热夏天。想写，就写了。全程冲刺。我像一名擎着灵犀火炬的探险者、幸存者，反反复复穿越阴与阳的界限，凝视生者，对话死者，最终带回了这个故事，铸造了这个文本。有人路过，看到了就看到了。这叫缘分。最后，感谢河南文艺出版社的编辑，正是你们的青睐和帮助，《六姊妹》才得以以更完善的面目问世。俗话说，人各有命，作品同样是。一部作品，打从作家笔端脱胎的那一刻，它就已然踏上了属于自己的命运之途。一晃，这么多年过去了。一部《六姊妹》，把我从青年写成了中年。我与它在命运的岔路口挥手道别。并像一位母亲凝望孩子远行的背影时那样，在心中默默祝它好运。

2022 年秋于北京